『新时期文学』口述史

王尧 著

生活·讀書·新知 三联书店

Copyright © 2024 by SDX Joint Publishing Company.
All Rights Reserved.

本作品版权由生活·读书·新知三联书店所有。
未经许可，不得翻印。

图书在版编目（CIP）数据

"新时期文学"口述史 / 王尧著. —北京：生活·读书·新知三联书店, 2024.8
ISBN 978-7-108-07674-8

Ⅰ. ①新… Ⅱ. ①王… Ⅲ. ①中国文学－当代文学－文学史 Ⅳ. ① I209.7

中国国家版本馆 CIP 数据核字 (2023) 第 235037 号

责任编辑	唐明星
装帧设计	周伟伟　康　健
责任校对	陈　明
责任印制	卢　岳
出版发行	生活·讀書·新知 三联书店
	（北京市东城区美术馆东街22号 100010）
网　　址	www.sdxjpc.com
经　　销	新华书店
制　　作	北京金舵手世纪图文设计有限公司
印　　刷	河北松源印刷有限公司
版　　次	2024年8月北京第1版
	2024年8月北京第1次印刷
开　　本	635毫米×965毫米 1/16 印张 31.5
字　　数	430千字　图42幅
印　　数	0,001－5,000册
定　　价	79.00元

（印装查询：01064002715；邮购查询：01084010542）

目　录

序　"文学生态"史的开端　1

绪论　1

上编　思潮　事件　论争

一、"伤痕文学"　17

二、《今天》创刊　34

三、"拨乱反正"时期的重要会议　56

四、"新时期文学"初期的反思　66

五、"第四次文代会"报告起草　73

六、"第五次文代会"报告起草　80

七、批判《苦恋》　83

八、"三个崛起"前后　90

九、关于"现代派"的通信　115

十、"杭州会议"　124

十一、"重写文学史"　141

十二、"人文精神"大讨论　149

下编　创作　编辑　出版

十三、"改革文学"　167

十四、汪曾祺小说　177

十五、"京味小说"等　185

十六、莫言的文学世界　201

十七、"寻根小说"　227

十八、"先锋小说"　259

十九、"新写实小说"　311

二十、"女性写作"　323

二十一、其他小说　344

二十二、80年代长篇小说　353

二十三、文学期刊与小说　373

二十四、90年代长篇小说（上）　389

二十五、90年代长篇小说（下）　431

附录一　"重返80年代"与当代文学史论述　459

附录二　关于"90年代文学"的再认识　470

后记　491

序 | "文学生态"史的开端

王德威

王尧教授《"新时期文学"口述史》发想始于20世纪90年代末，2002年展开访谈，历经二十年终于大功告成。这本口述史回溯了70年代末到90年代中文学界的起承转合。从"伤痕文学"到"人文精神"大讨论，从"拨乱反正"到"重写文学史"，从"寻根"到"先锋"，新时期文学各种现象及事件无不包括，同时涉及文代会等文艺机构的运作及决策。当然，作家的崛起与实验、作品的写作与出版、期刊专书的编辑与发行，林林总总，构成全书的底色。

有关这些话题的论述及研究前此所在多有，《"新时期文学"口述史》的特色何在？如书名所示，这是本"口述"史。口述不同于访问，因为除了话题之外，也牵涉受访者说话的语境和情性的随机表达；而访谈者所扮演的角色不仅在发问、聆听，也能启动一种声气相通的氛围，使得访谈有了一股生动的剧场氛围。王尧显然熟稔也关心许多受访者，因而能召唤出对方言无不尽的意愿。换句话说，一部好的口述史不应该只是有闻必录或自说自话，而是一种基于互信的基础上的（潜在）对话——因此具有伦理意义。

口述史也牵涉声音、叙事文字与时空的碰撞。受访问者以第一人称回顾往事，或还原所谓的真相，或钩沉揭秘，自然传达一种可信度与权威感。但我们都明白，任何回忆总难免后见之明。时过境迁，当事人的记忆与判断可能有变，更何况客观环境的左右，该说的与不该说的分寸处处都得拿捏。这牵涉到叙事的艺术与技术：如何从记录下的千言万语整理、编写出一套可以刊行的叙事，绝非易事。王尧谈到这本口述史是他与受访者共同完成的工程。从世纪初访谈开始，到新时代的整编出版，二十年的时间不能算短，有些受访者已经不在，有些对谈资料的语境也已变迁。历史本身的流动毕竟成为声音与叙事最后的判准，这使《口述史》的时间感跃然纸上。

《口述史》的关键词还包括"新时期"与"文学"。本书对"新时期"采取较宽松的定义，涵盖1977年后、文艺机构屡次调整思考方向与政策，资深与年轻作家的种种实验与突围，以迄九十年代市场浪潮兴起，"人文精神"得而复失，或是未曾拥有的大辩论。这十多年里，中国社会经历了翻天覆地的改变，不乏路线之争，但整体而言充满蓄势待发的向往。"新时期"既然名之为"新"，就有相对反思或批判的对象。新旧之间的龃龉、磨合或各行其是，构成新时期旺盛的辩证能量。学者日后对这一时期已提出多种不同见解。有的认为是"五四"启蒙精神的去而复返，充满改革开放的可能，有的认为是新自由主义入境的前兆，影响社会主义未来愿景，有的则认为是革命辩证的又一转折，无所谓新旧之分。总之，新时期的命名触动了一个社会的感觉结构，自然让我们联想20世纪初期的维新精神或世纪中期大破大立的开新行动。

新时期必须是"文学"的。这可以分为三个层次探讨。

首先，80年代文学大众传媒形式转变方兴未艾，文学，不论是小说戏剧还是诗歌散文，仍是交流情感、传播讯息的重要平台。用陈思和教授的话说，这是由"共名"到"无名"时代的转折点，种种社团、创作此起彼落，质量俱佳，堪称是"五四"之后中国现代文学史上的另一高峰，自然应该重视。

其次，放宽历史视野，"文学"自传统以来一直与政教机制互动不休，远远超过学院"新文学"的制式定义。晚清到"五四"，延安时期到共和国建立，文艺总被赋予审美形式以外的功能与意义。在此格局内看"新时期文学"的崛起以及之后的变化，我们乃知其所谓文学岂止是文类演练或流通，更是一种从感性体验出发的审美"元政治",与现有体系的辩证,以及对"可感性"的重新分配,在在可见其重要性。[1]诗人芒克回忆他的文学启蒙:"你怎么会对一个社会的变化有看法,你只能说感觉,有感受……人在灾难面前,任何灾难面前,你只能去感受这个东西。"这是最素朴的文学证词,胜过千言万语的论说。

但对王尧和他的与谈对象而言,"新时期文学"还富有更强的前瞻意义。亦即文学以其审美范式,调动感性资源,可以成为介入历史、走向未来的辩证方法。《"新时期文学"口述史》书中有不少人物回想当年的热情或执着的片段,令人动容,因为他们眼光所及不仅是与过去当下的情境互动,更及于一种信念或感叹,一种对未来可以如此,或不必如此的想象。我们想到左翼批评家阿多诺(Theodore Adorno)的话:

> 艺术的观念是位于历史不断变动的时刻点所形成坐标图中:艺术拒绝定义……对艺术的定义总是对其曾经如何的定义;但这样的定义总是被艺术已经如此所制约。而真正的艺术是面对它想要也可能成为的未来开放。[2]

《"新时期文学"口述史》所介绍的口述者来自文学场域的四面八方。王尧教授调动组织各种观点与声音。我们熟悉的作家如王安忆、莫言、余华、苏童、阎连科、贾平凹、陈忠实、林白、陈染都陈述了他们的创作甘苦或不寻常的遭遇。莫言谈及故乡曾经的贫瘠生活,如何触动他的书写欲望,成名作《透明的红萝卜》更名的始末,还有《酒国》和《丰乳肥臀》《檀香刑》所遭遇的批判和他个人的反响。这

---

[1] 这是法国左翼思想者雅克·朗西埃的观点。《文学的政治》,[法]雅克·朗西埃著,张新木译,南京大学出版社2014年版,第4页。
[2] Theodor Ardono, *Aesthetic Theory*, trans. Robert Hullot-Kentor, Minneapolis: University of Minnesota Press, 1997, pp. 2–3.

应是莫言论写作最生动的记录之一。又如余华谈《现实一种》背后的"现实"秘辛，苏童谈小说创作前先将场景或意念画成一幅画的过程，陈染谈《私人生活》如何游走私人领域的可能，都能让读者一开眼界，从而理解新时期作家看待虚实、人我、公私领域的方式，早已超越此前时代。

书中对《今天》创刊以及相关人物发起系列新诗运动所做的访谈，尤其弥足珍贵。上世纪七〇年代末的混沌中，一群年轻诗人和编者凭着冲劲，在一无所有里催生《今天》。北岛、芒克等以最艰苦的方式制作、印刷、发行诗刊，由此形成志同道合的聚会。他们朗诵，争执，歌哭，演绎了"新时期文学"原初的精神——一个只能名之为"诗"的时代。唐晓渡回忆80年代末一次"幸存者"诗歌朗诵会。"中戏小剧场只能容纳九百九十人，但来了三千多人，中央电视台、北京电视台的转播车全都进不来，整个会场的气氛让我感到诗歌确实是一种深植于人心深处的力量。"

王尧编纂《口述史》的用心尚不止于此。他走访了当时参与"新文学"编务的编辑，以及厕身文艺政策的文化人。他理解文学不只是作家的纸上文章而已，也是"编辑室里的故事"，更是文艺机构里你来我往的意识形态角力。换句话说，《口述史》同时处理文学生产的上游与下游、核心与外围，如此形成的复杂网络远远超过教科书式的文学史。其中最精彩的篇章包括《人民文学》《北京文学》等刊物的主编访谈，还有对特定文艺会议和机构的侧写。如《人民文学》崔道怡谈1977年张光年策划发表刘心武的《班主任》，开启新时期文学的先声；丁玲、草明"两个老太太"就文学评奖思想性或艺术性孰轻孰重的对话，在在说明作家和作品的命运哪里是"纯文艺"的，又如《北京文学》李清泉发表汪曾祺的《受戒》、张洁的《爱，是不能忘记的》和方之的《内奸》等，显现的不只是文学鉴赏力，也是对时势的判断力。

《口述史》也触及新旧时期接轨的关键人物之一周扬，以及数次会议如第四（1979）及第五次文代会（1988）报告起草的幕后故事。这将文学作为政教机制的意义拉到另一种制高点。周扬在左翼文艺界呼风唤雨近五十年，大起大落，本身就是传奇，晚年的立场转折尤其耐人寻味。口述者顾骧、刘锡成等参与或旁观部分决策过程，做出他们的评价。文艺的"上层建筑"往往在一个关键词、一篇文件上大费周章。然而外人眼中的官样文章每每藏有丰富讯息，据此，各种运动、批判过程的复杂可以思过半矣。

作为访问者，王尧编辑采访结果，有时让一位受访者出现在不同话题里，有时数位受访者讨论同一话题，有时由某一受访者间接评价其他人与事。因为环境的局限，他未必能如所愿还原想象中众声喧哗的场面，但他依然做到多层次地对话。跨越时空，台上的精英作家与台下的专业读者、操盘的领导人物与执行的属下干部，甚至当事人的昨日之我与今日之我都有了现身说法的立场，彼此互动，使得话题陡然有了立体意象。这样的安排对王尧而言是具有民主意识的，"进而改变了文学史写作者在历史叙述中的位置。新的关系可以视为一种对话关系，如何解释作家作品显然已经不是文学史写作者一个人或几个人的权利"。

《"新时期文学"口述史》这类的尝试为当代文学史编纂或写作投射了新的目标：文学生态史的研究。近年生态研究崛起，但焦点多半集中在环境保护及自然资源等话题上，所论从草木山川到污染灾变，的确扩大了文学研究的范畴。然而"生态"一词无须局限为主题式讨论，也同样可以指向更有整合性的文学史观。

法国心理学和哲学学者瓜达西（Pierre-Félix Guattari）曾为文专论"三种生态学"。[1]瓜达西认为，生态学不是小众环保话题，而是我们全面思考人与世界关系的新起点。生态关乎自然现象的变迁、社

---

[1] Pierre-Félix Guattari, "The Three Ecologies," trans. Chris Turner, Material Word, *New Formations*, 8 (1989): 131–147.

会脉动的张弛,以及主体心灵的消长。生态就是生/态,你我应和生命内外情境的总合样貌。这三种生态学——自然/物质环境的,社会环境的,心理环境的——如果置于文学研究语境,促使我们关心文学主体如何在三者不断衍绎交错的关系里,形成言说及行动的位置。又或许我们无须只以西方生态学观念思考文学史。诗可以"兴、观、群、怨",可以让我们"多识草木虫鱼之名";文可以为"声文、形文、情文",彰显或遮蔽现实,或可以成为一种心史,"痛哭古人,留赠来者"……古老的信念生生不息,历久而弥新。

在这样的意义上,《"新时期文学"口述史》将经典、大师、运动等指标性话题导向个人的或群体的心理、社会或物质环境层面。《上海文学》的李子云曾经为是否刊登某篇作品而忐忑不安,余华是如此地怀念80年代,"觉得那是一个最好的年代,那么多人那么认真地要冲破什么;到80年代已经冲破了,起码在人的思维上已经没有禁区了"。而贾平凹写作《废都》前后自认心身经历了一次大清洗。口述者的叙事又与整个社会脉动息息相关。什么是伤痕?什么是现代?文学的词汇总是投向文本以外的意识及意识形态视域。而这一切随着时空的变动,已经扣紧时代甚至生命起伏的周期。这是为什么读到周扬晚年病榻上的奋力一搏,或是获诺奖前的莫言仍愿畅言自己的童年往事,这些都令我们心有戚戚焉。声音与文字,重复与改变,喧嚣与暗哑,衰老与死亡……新时期烟消云散,另一时代形成另一种生命样态。

《"新时期文学"口述史》完成不易。王尧教授花费二十年时间钻研其中,用心何尝只是为时代留下记录?他更要对"文学何为"这样的话题再做思考。有感于他的努力,作为读者的我们应该如响斯应,持续《口述史》所开启的声音和叙事的空间,也预想下一个新时期的对话。

绪 论

口述史（Oral History）作为现代学科成熟于20世纪40年代。1948年，美国哥伦比亚大学建立了一座现代口述史档案馆，用以记录保存美国生活中有意义的私人回忆资料。此后，口述史在世界迅速发展，欧美许多国家和地区建立了相应的机构，专事口述史工作。口述史因为具有其他任何档案、文献资料无法代替的价值及叙述历史的独特方式，在国际学术界受到高度重视。它作为一门学科，在人类学、社会学、民俗学等领域已经相当成熟，其理论与方法也日渐影响到文学研究领域。[1]

按照国际学术界比较通行的说法，口述史指的是由准备完善的访谈者，以笔录、录音等方式收集、整理口传记忆以及具有历史意义的观点。由历史学家借助访问而获得的第一手回忆即口述回忆，通常称为口述史。口述史作为一种方法，它着重从个人的经历、感受角度来叙述历史，突出了原始质朴的历史形态。曾任美国口述历史协会主席、对口述史做出过特殊贡献的唐诺·里齐（Donald A. Ritchie）指出："简言之，口述历史是以录音访谈的方式搜集口传记忆以及具有

---

[1] 译注《胡适口述自传》的美国学者唐德刚曾谈到"口述历史"与文学的关系，但唐氏侧重讲文学与历史的关系：六经皆史、诸史皆文、文史不分及史以文传，突出说明的是"历史中还有文学的一部分"，"口述历史是保存文学成分较多的历史"。他虽然未涉及口述史的方法与文学史书写的关系，但他强调了口述史的"文学性"。参见《文学与口述历史》，《史学与文学》，华东师范大学出版社1999年10月第1版，第9页。

历史意义的观点。"[1]他特别对访谈做了明确的界定:"口述历史访谈指的是一位准备完善的访谈者,向受访者提出问题,并且以录音或录影记录下彼此的问与答。访谈的录音(影)带经过制作抄本、摘要、列出索引这些程序后,储存在图书馆或档案馆。这些访谈记录可用于研究、摘节出版、广播或录影纪录片、博物馆展览、戏剧表演以及其他公开展示。"[2]

这些说法大致揭示了口述史的基本特征和操作方式。如果进一步表述,还必须强调:口述史著作是访谈的录音(影)在由"声音"变成"文字"之后的出版物,作为"声音"(或者"抄本")的口述史资料与作为口述史的出版物(或"著作稿"),这中间还有许多无法省略的重要环节(比如口述者的音调、肢体语言,访谈者对问题的设置等),而每一个环节的处理,都反映了口述史写作者理解和叙述历史的思想与方法。尽管口述史著作通常由访谈者署名,但实际上是访谈者和口述者合作的结果。

用"过去的声音"来描述"口述史",显示了英国学者保尔·汤普逊(Paul Thompson)对口述史学科准确而传神的把握。1978年牛津大学出版社出版了保尔·汤普逊的《过去的声音:口述史》,十年以后,他在第二版的序言中写道:"自从我写作本书以来,十年间已经发生了许多事情。那以后开始进行的工作已经导致了某些杰出历史著作的出版。我们已经在我们对于记忆过程的复杂性和对于口头资料来源的解释的理解上向前迈进了。"[3]保尔·汤普逊所说的变化,同样也出现在晚近的中国学界。从某种意义上说,口述史是我国史学传统

---

[1] 唐诺·里齐:《大家来做口述历史》,王芝芝译,台湾远流出版事业股份有限公司1997年3月第1版,第34页。

[2] 近几年来我国的一些学术机构也开始注意收集口述资料。随着网络的发达,一些研究者在访谈时,除了录音、录像外,也偶尔采用e-mail方式。

[3] 保尔·汤普逊:《过去的声音:口述史》,覃方明等译,辽宁教育出版社、牛津大学出版社2000年3月第1版,第4页。

的一部分。我国有通过访谈、口述收集历史资料治史的传统,周代即有所谓"动则左史书之,言则右史书之"。孔子曾经自信地认为"口述"并不输于"文献":"夏礼,吾能言之,杞不足征也;殷礼,吾能言之,宋不足征也;文献不足故也。"但是,作为现代意义上的口述历史,中国大陆学界兴起于1950年代,1990年代以来则有长足发展。[1]

口述史的兴起显示了口述史叙述历史时的丰富的可能性对史学家的诱惑。印度学者布塔利亚·乌瓦什(Urvashi Butalia)对此有精辟的看法。她选择了"口述史"的方式在研究印巴分治历史,我无法评价她的《沉默的另一面》这本书在研究印巴分治历史领域的价值,但她对口述史方式的创造性运用以及她对口述史方式的深刻理解都是令人叹服的。在布塔利亚·乌瓦什看来:"口头讲述尽管存在局限,但它为研究历史提供了一种不同的方式,一个不同的视点。""它们给我们提供了一种方式,将历史镜头转向一个多少有些不同的角度,看看这个视角能使我们看到些什么。我在这里不想辩论口头叙述可否取代我们眼中的历史,他们只是为研究历史提供了一个不同的、极为重要的视点,我相信这个视点会使历史变得更为丰富。"布塔利亚·乌瓦什还特别提道:"我只是想问,人们的故事,尽管有这样那样的问题,是否能够以某种方式扩展、延伸历史的定义和界限,在历史中找到一席之地?历史是否能够以某种方式给渺小的、个人的声音留出空间?"[2]《沉默的另一面》和宏大的历史叙事不同,布塔利亚·乌瓦

---

[1] 这方面的成绩在当代政治史领域也很明显,一些女权主义学者对女性的研究也采用了口述史的方法。新时期以来大陆学界对口述史的研究有一定成果,北京大学出版社出版了"口述传记丛书",一些高校还开设"口述史学研究"课程。不少学者呼吁应当在课题规划、经费拨发、杂志创办、学会组织等方面加强口述史工作。中国台湾史学界长期重视口述史研究,出版《口述历史丛书》数十种。香港博物馆自1980年代开始从事口述史工作。在文学研究领域,香港岭南大学制订并实施了"中国当代作家口述历史计划"。

[2] 布塔利亚·乌瓦什:《沉默的另一面》,马爱农译,人民文学出版社2001年10月第1版,第9页。

什关注的是那些渺小的、经常是很不起眼的人物：妇女、儿童、贱民。这在方法论上给我很大启发：知识分子书写的历史之外是怎样的历史？我曾经去湖北咸宁的向阳湖农场做过一次短暂的考察，"文革"时期文化部所属六千多位知识分子在向阳湖干校改天换地。我在一篇文章中用了"知识分子的精神化石"这样的语句形容"向阳湖"的意义。但在一些知识分子的房东那里，我听到的回忆和我所读到的知识分子的回忆并不完全一样。他们记忆的是不同的故事。当然，无论是"知识分子"还是他们的"房东"都筛选了自己的记忆。问题在于，我们对"房东"的故事并不敏感，我们通常倾听的是知识分子的声音，我们为什么没有给渺小的、个人的声音留出空间？这就涉及历史写作的"民主"问题。

循着布塔利亚·乌瓦什的思路，我们就不难理解口述史之于史学的"革命"意义。当代中国的学者，显然敏锐地意识到了这一"革命"对史学的挑战："什么人能够制造历史，什么人才有权利在社会知识体系中有自己的声音。以往作为一个理所当然的事实，所有人都在仰慕学者、印刷品、图书馆以及学者宣告给他们的知识，口述显然是对既有知识权利分布的一种挑战，它把边缘的声音传递上来，告诉人们旧有的分布是不合理的。最后一个挑战是对文化发展方向的挑战。面对文化一元化的趋向，口述史提醒人们，文化是多元的。不同族群、不同阶层的人以不同的讲述方式表明不同文化的存在，每一个人以自己的方式加入到社会叙述中，这是他们的基本需求和权利。"[1]人类学和社会学学者在研究中都比较重视"以某种方式给渺小的、个人的声音留出空间"，而在一般意义上，由谁来讲述历史就成为一个基本问题。

布塔利亚·乌瓦什的这一询问和保尔·汤普逊的思索是一致的。

---

[1]《光明日报》书评周刊编：《口述中国 口述与文献 谁能还原历史》，中国社会科学出版社2004年5月第1版，第50页。

在《过去的声音：口述史》中，保尔·汤普逊从口述史的实践经验出发，对历史学本质问题的追问是有力的。他提出：口头证据的可靠程度如何？它与现代历史学家更熟悉的文献来源相比情况如何？我们如何选择要去倾听的人——历史学仅仅因为它对今天的人们有意义才作为社会活动幸存下来——昔日的声音对今日至关重要，但是我们所听到的是谁的声音？这些追问开始触及口述史的核心问题。正如保尔·汤普逊所揭示的那样，"口述史的最丰富的可能性就在于一种更有社会意识的、更民主的历史学的发展之中。当然，同样可以从保守的立场出发，做出一个使用口述史的讲述案例来保存传统的全部丰富性和价值"。他毫不隐讳地突出了口述史的"政治立场"（广义的而非狭义的），并且恰如其分地表述了对这一问题的理解："对证据的选择必然反映着历史在共同体中的作用。这部分说来是个政治问题，历史学家在这个问题上只能独立地达到他们自己的立场。""口述史的优点并不是它必然需要这样或那样的政治立场，而是使得历史学家意识到他们的活动不可避免地是在一个社会脉络之中并伴随着政治含义而被从事的。"[1]口述史写作者的"身份"问题也随之出现。保尔·汤普逊对诸如此类问题的回答，在方法和意义上廓清了我对相关问题的疑惑。为什么说保尔·汤普逊有力地追问了历史学的本质问题？在我看来是因为他突出了两个至关紧要的问题：历史由谁讲述？"口述"与"文献"谁更接近历史的本原？这两者构成了口述史的基本理论问题，并且深刻影响了口述史写作者对口述史方法的选择。

约翰·托什（John Tosh）认为，支撑口述史实践的是两种非常有吸引力的假设："第一和最明显的是，个人回忆被视为重建过去的最有效手段，他提供了被实际经历的人类生活的可信证据。"因此，此类口述史执行的仍然是专业历史学家规定的"程式"。但许多口述史

---

[1] 保尔·汤普逊：《过去的声音：口述史》，覃方明等译，辽宁教育出版社、牛津大学出版社2000年3月第1版，第2页。

学家并不满足于此，"他们将口述史视为一种民主的选择，它将挑战学术精英对历史研究的垄断。不仅要给普通人在历史学中留下位置，而且还要使他们在具有重要政治影响力的历史知识的生产上发挥作用"。[1]中国一些学者关于知青、妇女生活的口述史等似乎属于后者。

当口述史以这样的方式展开时，其实也面临了其他"危险因素"。对此，约翰·托什指出："口述方法产生的各种问题也许最明显地表现在由专业历史学家进行的研究项目中。假定口述证据都是代表过去经历的纯精华内容，那是天真的，因为在访问中，每一方都会受另一方的影响。正是历史学家选择了受访者并指定了他感兴趣的领域；即使他或她不问问题，仅仅是倾听，一个外人的存在也会影响受访者回忆和谈论过去的氛围。最终的结果既会受历史学家相对于受访者而言的社会地位影响，也会受他或她掌握的用来分析过去并能很好地与受访者交流的术语影响。换句话说，历史学家必须承认他们在创造新证据中的作用。"[2]"但当历史学家从现场消失时，困难也远未消除。因为，甚至受访者也不是直接接触过去。不管是多么地准确和生动，他或她的记忆都渗透着随后的经验。"[3]我也注意到，一位口述者在不同时期对同一事件的叙述不无差异，除了记忆的原因，显然与"随后的经验"有关。"即使假设口述证据是可信的和纯粹有关过去的，但作为一种对过去的表述仍然是不充分的。因为历史存在不仅仅是个体经历的总和。"但是，"整体"又由何而来？如果避开个体和整体的复杂关系，我们必须承认，口述史是"个体经历"最充分的表述，它将影响我们对"整体"的看法。另一方面，口述史学家对受访者的影响不仅在"现场"，更主要的是他对整个口述史框架的设计。访问

---

[1] 约翰·托什：《史学导论》，吴英译，北京大学出版社2007年2月第1版，第268页。
[2] 约翰·托什：《史学导论》，吴英译，北京大学出版社2007年2月第1版，第269页。
[3] 约翰·托什：《史学导论》，吴英译，北京大学出版社2007年2月第1版，第269页。

谁，谈什么？在由声音转为文字时，删除了什么？这些都是值得注意的问题。

约翰·托什指出的这些"危险因素"在口述史中显然是存在的。但似乎也不能夸大，因为在非口述史著作中，尽管表现形式和因素不一，但同样的危险也始终存在。因此，如何克服这些局限或者避免这些危险因素，就成为口述史学家的努力之处。口述史学家如何处理这些问题，决定了口述史著作的基本面貌。

口述史的这些基本理论与方法，给文学史特别是当代文学史的写作带来了新的可能性。无疑，在运用这些理论和方法时，文学口述史和人类学、社会学等领域的口述史还有诸多不同，正如唐诺·里齐所言，"口述历史是一块极富创造力与活动力的园地，无法以单一的定义来界定、掌握"，它需要口述史写作者不断开拓新的方法并付诸实践。近几年来，当代作家的访谈录，作为一种文体已经有了新的发展，这不仅体现在访谈者与受访者关系的重新确立，而且也表现在访谈领域的扩大和对作家作品作为"历史"和"对象"的关注。一些人对访谈录的无知和偏见，丝毫影响不了访谈录这一文体的发展。当访谈和访谈文本进一步追问和记录文学史的发生过程时，文学口述史作为文学史的一种形态就初步呈现出来，并将口述史和访谈录区分开来。文学口述史方式在当代文学研究领域引起学者的关注并进行尝试，也就成为当代文学学科发展的内容之一。这样一种文学史的写作方法，显然包含了对常见的文学史模式、文学史观和文学史话语权的质疑，其意义不止于突出亲历性、原生态和保存史料，而是以一种新的方法扩展、延伸历史的定义和界限，并创造新的文学史写作形态。

在文学史研究领域，口述史的方式更适合于当代文学史的研究，这是当代文学史的"当代性"所规定的，鲜明的"当代性"对文学史的写作提出了新的要求。"当代文学"特别是"新时期文学"是20世纪以来中国文学史最重要的阶段之一，与其他文学史阶段相比，该时期的多数作家、编辑家、批评家仍然健在,是"活"的文学史。这就是保尔·汤普逊所说的"口头资料来源的活人属性赋予它们以独一无二的第三种力量"。[1] 如何在文学史写作中以新的叙述方式还原新时期文学的"原生态"特征、相对完整地保存文学创作的史料、呈现文学史研究中被遮蔽的部分,从而构成文学史写作的新面貌,是十分有意义的学术工作。

当我们以口述史的方式进入"当代文学史"时,我们即获得了一条重返当代文学话语实践场所的途径,这使我们有可能在书写历史时重建文学史的时间与空间,并且激活口述者的记忆。在通常的叙述中,新时期文学的发展有这样一个序列:"伤痕文学""反思文学""改革文学""寻根文学"和"先锋文学"等。这样的叙述正反映了"现代性"历史叙事的典型特征。可以说以时间为序的文学史叙述方式对我们的影响是根深蒂固的,口述史的方法对这样一种叙述方式提出了挑战。布塔利亚·乌瓦什曾经提出"时间框架"的"模糊"问题:不同视点的口头讲述,"经常临时性地彼此交织,这使严格的时间框架变得多少有些模糊,而历史正是置身于这样的时间框架中的"。[2] 当我们以口述史的方式努力返回文学话语的实践场所时,口述者相同的和不同的讲述都表明,文学思潮与流派常常是多元共生、冲突交融、必然又偶然。以"寻根文学"和"先锋文学"为例,我们不得不承认一些思潮之间并不构成时间的定义,并不构成一个单一的线性的文学史秩序。一些研究者无疑忽略了这两者之间的相互影响及其复杂的关系。从时间上来讲,"寻根文学"所强调的中国文学的文化意识与审美意识,"先锋文学"所重视的形式探索,都可以追溯

---

[1] 保尔·汤普逊:《过去的声音:口述史》,覃方明等译,辽宁教育出版社、牛津大学出版社2000年3月第1版,第182页。
[2] 布塔利亚·乌瓦什:《沉默的另一面》,马爱农译,人民文学出版社2001年10月第1版,第9页。

到1970年代末、1980年代初期。[1]因此在强调时间性的同时,不仅要除去"线性"的叙述,更不能忽略文学史的空间性,需要在由时空构成的场所中,尽可能叙述和记录文学话语实践活动的全部复杂性。在这样一个大的空间中,不同的文学话语之间,文学话语与政治话语及其他话语之间的纠缠与冲突变得特别地复杂,当代文学的生产方式或者说当代文学的话语实践有了鲜明的"当代性"。[2]在不同主体的叙述中,在对同一对象的相同叙述和不同叙述中,我们也会发现这种复杂性,会发现同一性之外的差异性,并且需要追问差异性背后的元素。

我们在前面提到,口述史的一个基本问题是由谁来讲述历史。这在文学口述史中,首先表现为历史书写者与被书写者关系的改变。在通常的文学史研究和写作中,作家是作为被书写者写进历史的,文学史家与作家是一种书写与被书写的关系。这一关系确定了文学史是由学者这样的书写者来讲述和建构的,当文学史写作成为现代学术与教育制度下的一种知识生产方式时,文学史的写作实际上包含了话语等级。当我将口述史作为一种有效的方法加以实践时,我试图打破"重建"与"民主"之间的壁垒。"学术精英"的"垄断"还表现在文学史写作者支配了历史叙事,因而只有一种"声音"。当文学史写作者以口述回忆的在场者而非论述者的身份出现,作家成为直接的讲述者时,书写与被书写的关系完全被打破了。这一颠覆性的结果突出了文学史写作的"民主意识",进而改变了文学史写作者在历史叙述中的位置。这一新的关系可以视为一种对话关系,如何阐释作家作品显然已经不是文学史书写者一个人或者几个人的权力,尽管受访者也

---

[1] 参见拙作《1985年"小说革命"前后的时空——以"先锋"与"寻根"等文学话语的缠绕为线索》,《当代作家评论》2004年第1期。

[2] 保尔·汤普逊指出:"在历史阐释的发展过程中,能够把各个彼此孤立的生活领域联系起来的能力是口述史天生的力量。"《过去的声音:口述史》,辽宁教育出版社、牛津大学出版社2000年3月第1版,第316页。

不可避免地受到访问者也即口述史著作撰写者提问的影响,但口述者如何讲述和怎样讲述则是无法控制的。在这样的"对话"关系中,口述史写作者(不是传统意义上的文学史书写者)是历史叙述的记录者和考察者,而把作家或其他口述者的讲述仅仅视为资料的观点,显然是局限和狭隘的。——这是今天一些文学史家对口述史的不适应之处。

这样一种关系并未使口述史写作者变得轻松;相反,其"处境"更为艰难。因为,当讲述历史的方式发生变化时,口述史写作者必须重建他(她)的知识体系和文学史观,并且需要改变过去习以为常的做法。在访问时,他(她)如何询问"历史"?在将"声音"变成"文字"时,他(她)如何勘察"声音"中的"历史"?在面对口头资料时,他(她)如何处理口述与文献的关系?等等,这些都在考验"记录者"的史家品格。因此,在文学口述史的写作中,我觉得分析性、辨析性的注释以及文献的征引是十分重要的工作。"文献"是凝固的,"口述"则是流动的。在重返当代文学话语实践的场所时,面临着当代文学的历史文献问题。文献作为一种文本是真实的存在,文献记载的内容却有真伪问题。在这一点上,我觉得福柯(Michel Foucault)的话是有启发的:"历史的首要任务已不是解释文献、确定它的真伪及其表述的价值,而是研究文献的内涵和制定文献:历史对文献进行组织、分割、分配、安排、划分层次、建立体系、从不合理的因素中提炼出合理的因素、测定各种成分、确定各种单位、描述各种关系。"[1]尽管在保尔·汤普逊看来,文献方法的理想时刻已经过去,文献学派也面临着它基础的动摇,但是,"口述"资料同样有其自身的问题。流动的口述有不再重复的特点,但讲述者在口述时,显然有记忆与遗忘的问题,而记忆与遗忘的背后不仅有个人生活经验的烙印,也有社会变迁的痕迹。为什么讲述这些,讲述为什么会有误

---

〔1〕 米歇尔·福柯:《知识考古学》,谢强、马月译,生活·读书·新知三联书店1998年6月第1版,第6页。

（有意或无意），在不同的场合为什么会有不同的讲述，在讲述同一事件时亲历者们为什么存在差异，诸如此类的问题都是传统的文学史书写者未曾遭遇的，或者即使遭遇但也未成为主要问题。有一些环节，作为记录者甚至难有完美的处理方式。当"口述史"由"声音"变成"文字"时，我和布塔利亚·乌瓦什的感觉一样，这当中已经丢失了许多东西："如特殊的语气变化，在某些观点和语句，甚至感觉上的迟疑不决，吞吞吐吐，还有身体语言——它经常表达了与话语所讲述的不同的故事，以及采访者对采访内容的有意识的'塑造'，采访者面对被采访者时，通常是处于支配地位的。"[1] 这些"丢失"的部分，虽然可以通过注释加以描述，但是，除此而外，考虑到语境和人事的原因，有些内容也不得不删除，这是我在整理口述史时时常感到无可奈何的地方。

当我们确立了讲述者和记录者这样的新型关系后，口述史著作所建构的历史也就有了两种"声音"和两种"文本"。相对于后者而言，前者的"声音"是"多声部"的，也就是说，口述史的讲述者并非只是作家这一角色。无疑，"个人回忆"是重建过去的有效手段，但选择什么样的"个人"则关乎"民主的选择"。在我看来，文学口述史在重视作家讲述的同时，还必须把批评家、编辑家和文学活动家等视为文学生产过程的要素。在一般的文学史写作中，我们通常是以作家作品为中心的，但口述史写作的独特方式，促使写作者还要注意倾听相对于作家作品这一"中心"之外的"边缘"的声音。如果说口述史拓宽了文学史边界的话，那么，对文学生产过程的重视则是具体的表现。这是我在做文学口述史时特别用心之处。我们现在对文学史的理解通常就是作家作品史，这样的文本中心主义鼓励了文学史研究者解读的欲望，甚至有过度解读的倾向；如果我们把这样一个以文本

---

[1] 布塔利亚·乌瓦什：《沉默的另一面》，马爱农译，人民文学出版社2001年10月第1版，第10页。

为中心的模式打破以后,文学史叙述的便是整个文学话语建构的空间化过程。我想强调的是,打破文学史当中的文本中心主义,不是消解文本,而是注重生产过程。事实上,《"新时期文学"口述史》仍然把文本作为中心话题之一。就到目前为止的"当代文学"而言,它只是整个文学史里的一瞬间,重视生产过程,从某种意义上说,并不比选择什么是"经典"更次要些。当我们在选择或者确立"经典"时,不能不注意到文学生产过程中与作品相关的其他元素。编辑、出版与批评的过程,在文学生产过程中有不可忽视的意义。编辑、出版家、批评家、文学活动家以及文学制度中的领导者等,他们的"声音"将文本背后的其他因素凸显出来,这对理解文本具有重要意义,而这些因素在文学史著作中通常是被删除被遮蔽的,或者是从未被注意到的。对这些过程和相关意义的发现、揭示与呈现是文学口述史的重要部分。以新时期文学为例,一些重要作品的产生与文学编辑有密切的关系,而批评家和编辑对文学思潮的引领更是不言而喻。[1]

我选择"新时期"作为文学口述史的范围,是因为这个时期的文学具有"讲述性",也就是说,多数的亲历者健在,而且仍然是当下文学的主体。具备这个条件,才可能开展口述史工作。考虑到文学史写作的"历史化"问题,我把时间范围又基本集中在1980、1990年代,个别讲述涉及新世纪最初的几年。《"新时期文学"口述史》的基本结构是讲述和注释。我采用了多重讲述的形式,也就是说有多个讲述主体。作家当然是最主要的,但编辑家、出版家、批评家和文学活动家也是重要的讲述者。多重讲述不仅互证,而且尽可能呈现文学史发生的复杂性。我尽可能地对一些内容加了注释,但不是很充分。这样的结构和方式,包含了我对口述史学的理解以及试图重新论述文学

---

[1] 参见拙作《1985年"小说革命"前后的时空——以"先锋"与"寻根"等文学话语的缠绕为线索》,《当代作家评论》2004年第1期。

史的观点和方法，它的创造性、个人特点和局限并存。

现在看来，口述史是一个综合性的文体。讲述者的身份是多样的，因此，在文学史口述史中有多种声音，是一种"民主式"的文学史。但这里涉及一个如何"集中"的问题，而这个问题又主要反映在怎样处理"我"和讲述者的关系上。口述史是以讲述为中心的，但"我"的作用不能排除。"我"在口述史中是访问者、记录者、书写者和研究者这样的身份。设置什么样的口述史框架、询问什么样的问题、如何处理讲述者的言说等，都受访问者的影响。作为一个文学史研究者或者文学批评者，当我以访问者身份出现时，无疑带着自己的文学史观和对这段文学史的基本理解。这样的"前理解"影响了访问的内容，也影响了对口述回忆的整理。如前所说，当我们确立了讲述者和记录者这样的新型关系后，口述史著作所建构的历史也就有了两种"声音"（记录者的声音是隐蔽的）。

口述回忆作为保留史料的一种方式，将改变既往以"文字文献"为主的格局。研究中国当代文学的学者，通常被认为不太重视史料而比较重视论述，这一状况现在已有很大改观。一个学科的成熟是与史料的保存、整理、运用有关的。做文学批评的或许可以把精力放在文本的解读上，但治文学史，则不能不重视史料问题。"新时期文学"也可以看作是活的文学，但正在被"历史化"。现在的问题是，我们习惯于"文字文献"而不适应"口头证据"。口述史突出多种声音，又是亲历者的讲述，因此，在不同的讲述中有很多细节、事件和过程的呈现，从而作为"口头证据"得以保存并以叙事的方式改变文学史著作的面貌。从长远角度来讲，今天所留的"口头证据"这种史料对未来的研究而言其价值可能远远大于我们今天的观点、判断。如果现在没有做口述工作，大量关于文学内部、外部的一些内容会消失。口述史实对当下的学术研究，提供了另外一个学术参照系。讲述或者口述回忆给文学史写作带来的另一个结果是文学史叙事性的增强。现在的文学史著作基本上是史论性的，重点研究的是文本、思潮，或者是文学制度的论述,缺少叙事性的成分,很少有1980年代中期出版的"美国文学史论译丛"那样叙事性的文学史著作。

尽管我对每一部分内容加了非常简约的概述性文字,但这和我们习惯的文学史著作中的论述不同。为了便于读者更多地理解口述的这段历史,我把自己讨论1980、1990年代文学的两篇论文附录于后。对于文学史写作而言,口述史写作的实践还在初始阶段,它能否以某种方式扩展、延伸历史的定义和界限显然有一长期的过程,但这不影响我们对它的学术兴趣与期待。

上编

思潮　事件　论争

一、"伤痕文学"

1977年第11期《人民文学》发表刘心武短篇小说《班主任》，1978年8月11日《文汇报》发表卢新华短篇小说《伤痕》，由此形成了主流叙述中的新时期文学的第一个思潮"伤痕文学"。"伤痕文学"主要表现"文革"[1]造成的精神创伤，艺术成就不等。"伤痕文学"产生之初，曾引起激烈争论，后来受到肯定，这些创作被认为恢复了"革命现实主义"传统。据考证，"伤痕"一词在文学界被用来概括文学思潮，最早可能见于旅美华裔学者许芥昱的《在美国加州旧金山州立大学中共文学讨论会的讲话》。许芥昱认为，中国大陆自1976年10月后，短篇小说最为活跃，"最引大众注目的内容，我称之为'Hurts Generations'，即'伤痕文学'，因为有篇小说叫作《伤痕》，很出风头"。

---

[1] 1981年6月党的十一届六中全会审议通过的《关于建国以来党的若干历史问题的决议》指出："历史已经判明，'文化大革命'是一场由领导者错误发动，被反革命集团利用，给党、国家和全国各族人民带来严重灾难的内乱。"2021年11月11日党的十九届六中全会通过的《中共中央关于党的百年奋斗重大成就和历史经验的决议》再一次指出"毛泽东同志对当时我国阶级形势以及党和国家政治状况作出完全错误的估计，发动和领导了'文化大革命'，林彪、江青两个反革命集团利用毛泽东同志的错误，进行了大量祸国殃民的罪恶活动，酿成十年内乱，使党、国家、人民遭到新中国成立以来最严重的挫折和损失，教训极其惨痛。一九七六年十月，中央政治局执行党和人民的意志，毅然粉碎了'四人帮'，结束了'文化大革命'这场灾难"。

《班主任》

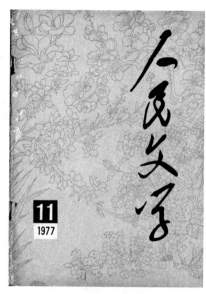

发表《班主任》的期刊封面

《伤痕》

1. 关于《班主任》的发表

口述者：崔道怡（1934—2022），历任《人民文学》杂志编辑、小说组组长、编辑部副主任、副主编、常务副主编，曾担任全国优秀短篇小说奖、中篇小说奖、鲁迅文学奖评委。

口述时间：2005年10月；地点：北京。

刘心武后来写了回忆性的文章，说稿子怎么投出去的，他投稿后又是怎么犹疑的，里面都有详细记录。[1]刘心武投稿一个星期之内我就给他回了信，而且没有经过上级，他收到信后非常激动，因为当时很少有投稿后编辑在一个星期之内就回信的情况。[2]说起来有点冒风

---

[1] 刘心武回忆说："《班主任》的构思成熟与开笔大约在1977年夏天。那时我是北京人民出版社（现北京出版社）文艺编辑室的编辑。1961年至1976年是北京十三中的教师，从1974年起被'借调'离职写作，1976年正式调到北京人民出版社当文艺编辑。《班主任》的素材当然来源于我在北京十三中的生命体验，但写作它时我已不在中学。出版社为我提供了比中学开阔得多得多的政治与社会视野，而且能更'近水楼台'地摸清当时文学复苏的可能性与征兆。也就是说，可以更及时、有力地抓住命运给个体生命提供的机遇。""1977年夏天我开始在家里那十平方米的小屋里，偷偷铺写稿纸写《班主任》，写得很顺利，但写完后，夜深人静时自己一读，心里直打鼓——这不是否定'文化大革命'嘛！这样的稿子能公开拿出去吗？在发表欲的支配下，我终于鼓起勇气。有一天下了班，我到离编辑部最近的东单邮电局去投寄它，要把它投给《人民文学》杂志。柜台里的女工作人员检查了我大信封里的东西，严肃地跟我指出，稿件里不能夹寄信函，否则一律按信函收费。我心理上本来觉得自己是在做一件冒险的事，她这样'公事公办'，毫不通融，令我气闷，于是我就跟她说不寄了。从东单邮局骑车到了中山公园，在比较僻静的水榭，我坐在一角，想作出最后决定：这稿子是投出去，还是干脆拉倒？后来我取出《班主任》的稿子，再细读了一遍，竟被自己所写的文字感动。我最后决定，还是投出去吧，大不了发表不出来，还能把我怎么样呢？过了若干天，我到另一家邮电所寄出了它。"《关于小说〈班主任〉的回忆》，《百年潮》2006年第12期。

[2] 2010年8月14日《新民晚报》的新闻稿《〈班主任〉曾在〈人民文学〉内部引发争议》有一段刘心武答读者问的文字："你还记得当年是哪位编辑选用了你的成名作《班主任》吗？"一个读者的问题，让刘心武忆起自己文学之路的最初。"当年，《人民文学》杂志社的编辑崔道怡找我约稿，我把已经写好的《班主任》投给他，才一周（转下页）

险,万一《班主任》最后被上级否定的话怎么办?如果否定了那我就只能退稿了,就是说在编辑部,没有一个人的力量是起决定作用的,编辑是一个三审制度的整体,哪一关通不过都是不行的。当时的终审也就是第三审是刘剑青,他想这部作品会不会给《人民文学》惹麻烦,因为它不是歌颂性的作品。虽然已经粉碎"四人帮"了,但还是要歌颂现实。他拿不定主意的时候就立马找张光年,张光年表态说:"你们担心这部作品里面提的问题很尖锐,我觉得问题越尖锐越好。"[1]《班主任》11月份一发表就引起了轰动,这也是意料中的吧。[2]后来因为粉碎"四人帮"后知识分子的地位变化了,而且中央马上就要召开科学大会,张光年提出我们要写知识分子。我们决定找徐迟,因为徐迟在1960年代给《人民文学》发过一篇很有味道的报告文学,他写知识分子最合适。周明找到徐迟之后,陪着徐迟到科学院去,科学院把很多先进人事的材料给他了,徐老看了以后不怎么感兴趣,之后听别人说他们那儿有一个叫陈景润的怪人,徐迟说就写这个人,因为他是代表我们中国数学最高水平的,张光年也同意。那么在1978

(接上页)他就给了我回复说'稿子很好',但没想到关于到底发不发,在社里引起了争议,所幸有崔道怡和时任主编张光年力挺。"

[1] 关于《人民文学》编辑部讨论《班主任》是否发表的细节参见张光年《文坛回春纪事》,海天出版社1998年9月第1版。关于《班主任》的投稿和发表,崔道怡在其他文章中有更详细的说明:"1977年夏他创作了《班主任》,9月21日把该稿直接寄给了我,并随稿附信说明:这回'写的是我所熟悉的生活和我所熟悉的人物','写它时,自己是颇为激动的。我希望这篇小说能使读者感奋起来','冒昧地将此稿直接寄给了您,望原谅'。"崔道怡读后当即复信,刘心武在25日又致信崔道怡表示:"感谢您对《班主任》的扶植……既然'题材很好,有现实教育意义',希望能在你们帮助下,争取同广大读者见面。"关于张光年对《班主任》是否发表的裁决意见,崔道怡回忆10月7日张光年把有关编辑召集到他家里,谈了他的看法:"这篇小说很有修改基础:题材抓得好,不仅是个教育问题,而且是个社会问题,抓到了有普遍意义的东西。如果处理得更尖锐,会更引起人们的注意……短篇小说要得人心,写矛盾就不要回避尖锐。写矛盾尖锐好,不疼不痒不好。不要怕尖锐,但是要准确。"张光年还对作品修改提出了具体意见。参见崔道怡:《〈班主任〉与〈人民文学〉》,《北京日报》2009年1月4日。

[2] 刘心武:《班主任》,《人民文学》1977年第11期。

年1月《人民文学》就发了徐迟的《哥德巴赫猜想》，加之1977年11月发的刘心武的《班主任》，这等于是文艺复兴的开始，这两部作品都早于《伤痕》，《伤痕》是1978年8月在《文汇报》上发的。

2.《伤痕》写作与发表

口述者之一：卢新华（1954—　），作家。1978年8月11日在《文汇报》发表短篇小说《伤痕》，是"伤痕文学"的代表作之一。
口述时间：2005年11月；地点：上海。

《伤痕》的发表经过了一些曲折。这篇稿子是我在1978年开学的时候写的，写完之后投给《人民文学》，但是被退稿了，可能是写作触及了当时的禁区。[1] 后来把稿子投到《文汇报》，等了好几个月都没有音讯，最后终于还是等到了要发表的消息，不过他们要我的稿子做了修改后才允许发表。我记得当时《文汇报》一共给了我十六条修改意见，比如为了使得小说不要过于压抑，要在小说的结局加上一个光明的尾巴。又比如小说第一句说车窗外"墨一般漆黑"，怕别人质疑说："'四人帮'都粉碎了，天怎么还会一片漆黑？"于是我改成了"远的近的，红的白的，五彩缤纷的灯火，在窗外时隐时现"，同时附加了一句"这已是一九七八年的春天了"。[2] 稿子都是自己改的，其实还是按照当时的主旋律来改，现在想想他们给的重要意见有点牵强，这十六条意见变相反射出那个时代的思想局限，但是没有办法，因为大家都是冒着政治风险来发《伤痕》的。

---

〔1〕　卢新华仍保留着《人民文学》的退稿信。
〔2〕　《伤痕》发表时的开头是："除夕的夜里，车窗外什么也看不见，只有远的近的，红的白的，五彩缤纷的灯火，在窗外时隐时现。这已经是一九七八年的春天了。"

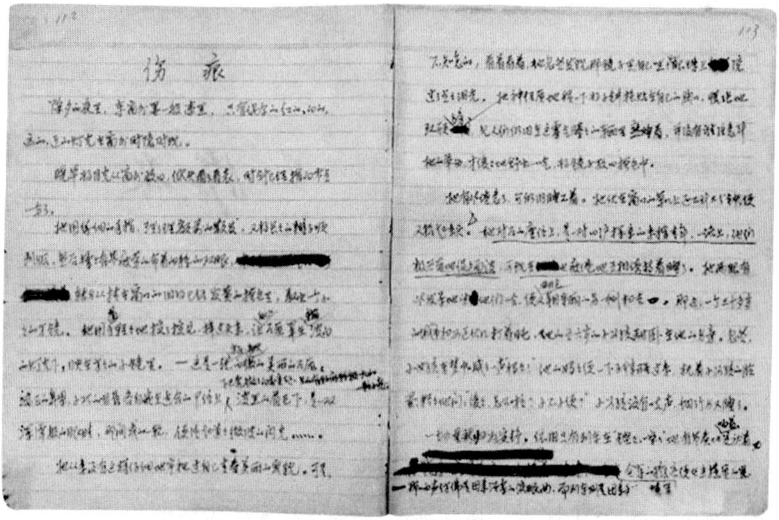
伤痕

《伤痕》手稿

在进复旦读书之前，我在部队当兵的时候，最喜欢哲学和诗歌，最早是写诗。那时候站岗就开始酝酿诗歌，我的第一首诗歌《侦察兵爱山》发表在《曲阜文艺》上。"四人帮"粉碎后，我就退伍了，退伍回来安排到南通，那时候我想对"四人帮"在各个方面做一个批判，最后没有做下去，因为发现资料不多，而且还要翻很多档案，即便写了之后，因为政治上的风险，不见得可以发出来，批判就这样放弃了。后来我考进了复旦大学，入学后要参加兴趣小组，因为我以前在部队写诗，别人就邀请我进诗歌组，但是我进了小说组，因为小说的容量很大，那个时代大家都看小说，看诗歌的人相对少一点，而且我发现再好的诗歌对工农兵来说都是曲高和寡的。这个时候才开始想写小说，我们小说组的组长叫倪镶，他专门负责墙报的稿件。我的《伤痕》不完全是为墙报写的。记得有一次上鲁迅作品分析课的时候，我们的邓老师讲到狼吃阿毛的故事，她说许寿裳先生评价鲁迅《祝福》的一段话很值得人思考，原话是："人世间的惨事不惨在狼吃阿毛，而惨在封建礼教吃祥林嫂。"这话对我触动很大，虽然当时报纸上到处说"四人帮"对中国社会造成了破坏，国民经济到了怎样崩溃的局面，但我觉得不是这样的，"四人帮"给社会造成的破坏不在经济，更多在于人的精神和心灵，无论"红五类"还是"黑五类"，大家心里都有伤痕，"伤痕"的主题就是这样冒出来的。听完邓老师的课，我在放学的路上就想写东西表达这样一个主题，《伤痕》就是主题先行吧，但我觉得主题先行不见得有错，中国人写东西一定要有个中心思想，没有中心怎么写东西？我当时是心里已经有"伤痕"这样一个想法，关键是怎样把它编成一个故事。这个小说准备反映父女、母女、父子的关系都可以，最后想到写一个母女的故事，因为女性的故事更容易打动人。确定后我就坐在床上，一边抱着枕头一边靠着墙就开始写了，写了一会儿后，宿舍里的人多起来，很吵闹就写不下去了，毕竟这是一篇小说，不是一两千字就可以完成的，第二天也只是写了小说前面的一部分。到了星期六晚上，我到未婚妻家去，就在他们家楼上的一台缝纫机上，从晚上六点写到深夜两点，因为是一气呵成，写的时候很多没想到的东西就自己流露出来了，放下笔的那一刻我泪流满面。《伤痕》的写作完全是一种纯粹的写作，没有一点雕琢的痕迹，我把自己家庭的遭遇也融入进去了。之后我把这个故事念给我妈妈听，她听了也很感动。后来我在北京开文代会，顺路到北京一个表哥家里去拜访。一进门表嫂就说她洗完衣服后要听广播剧《伤痕》，顾不上招待我们。得知那个是我写的后，表嫂说写得真好。

写完之后我就觉得这篇文章一定能够打动人，我对自己写的东西向来是有信心的。起先我把稿子给一位老师看，让他给点意见。几天之后，老师对我说："卢新华，你的稿子写得很好，蛮感人的，但是还有很多问题，比如典型性，建议你去看下马列主义的文艺理论。"我一听心里像泼了冷水，随后我又给同班同学看，他们都不以为然。这对我的打击还很大。写《伤痕》的时候，我的想法是这样的：第一，我要以自己的眼睛看世界；第二，要用我对生活的体会来写东西。以前看那种"三突出"的作品我实在是看够了，觉得都是假的，我想要看到的是真实的生活，如果作品不真实的话就没有生命。我受鲁迅的影响很大，我要用19世纪批判现实主义的传统、鲁迅的传统来写东西，而不想按照"三突出"来写，我觉得"三突出"违背了艺术真实的原则、违背了生活的本来面目，这些作品根本不能够看。虽然写了之后，反应不强烈，但这作品是我自己按照对生活的理解来写的，我也不想和老师辩解，因为他做过编辑，他有自己的经验。心想《伤痕》不能发表就算了，就当是练笔，也就不去管它了。大概过了好几天，朋友倪镳找我要稿子，他说新的墙报马上就要出了。我已经把墙报的事情给忘记了，本来准备重新写一篇，但因为时间来不及，只好把《伤痕》给他拿去。倪镳一看，就把它当成墙报的头条处理，说实话，《伤痕》是倪镳第一个给我发表的。他把十七八张的稿子贴到墙报上后,就造成了很大的影响,从贴出去直到《文汇报》发表,墙报周围都围满了人看,开始是中文系的,后来是外文系的人来看。也就是说《伤痕》还没发表之前,就在复旦造成了轰动。有一天,我要去洗漱经过走廊时,看见墙报那里怎么有这么多人,我跑去看,发现大家都在看我的小说,而且都在擦眼泪。这时候我就知道自己的小说还是很成功的,当时想虽然不能在正式刊物上发表,但是同学们看了很感动,自己就已经很高兴了。

我是1978年的4月中旬投给《文汇报》的。他们接到稿件之后,决定把作品打成大样、小样,然后广泛发到上海知名人士手中,征求他们的意见。那个时候还不知道《文汇报》发不发我的作品,等待期间,同学们建议我投到《人民文学》去,投稿的时候,还附带了一份意见,上面有复旦同学的签名,证明这个小说在复旦是有很大反响的,这样希望发的时候更容易一些,但是《人民文学》最终还是退稿了。之后《文汇报》那边就是漫长的等待,等了三个月,在最后要发表之前,他们给了我修改意见,一共是十六条,之前也讲过了。[1]虽然放暑假了,我还是没有回家,因为稿子没有发,我心里还是放不下。那时候天气很热,蚊子也多,我就在学校的路灯下改稿子。这样直到8月11号,稿子终于发出来了。[2]发表就是这样的过程,先是在墙报上发,在复旦还形成了一次小的学术讨论,后来正式发表以后,

---

[1] 卢新华在《〈伤痕〉发表前后》中回忆说,《文汇报》钟锡知亲自约他到当时的圆明园路149号《文汇报》大楼6楼文艺部面谈修改问题。16条修改意见中,卢新华印象最深的有三条:其一,原文中第一句"除夕的夜里,车窗外墨一般漆黑",似有影射之嫌。于是另补充两句"只有远的近的,红的白的,五彩缤纷的灯火,在窗外时隐时现。这已经是一九七八年的春天了";其二,春节期间,"邻居的大伯大娘"来看望王晓华,似乎没有阶级界限,后改成"邻居的贫下中农";其三,整个作品很压抑,结尾要有一些亮色,于是我便让怀着一腔激愤之情站在外滩水泥墙边的王晓华转身拉了苏小林一把,"朝着灯火通明的南京路大踏步走去"。《上海纪实》2018年第3期。

[2] 卢新华:《伤痕》,《文汇报》1978年8月11日。

《文汇报》连着刊出了一批相关的理论批评文章。记得8月11日《文汇报》发完《伤痕》的第一天，报纸顿时供不应求，《文汇报》又加印了一百五十万份，但还是脱销。我的一个朋友骑自行车跑遍复旦附近的邮局，都没能买到报纸。我接着收到了大量的读者来信，很多人还以为我是女孩子，信件开头就叫我"新华大姐"。

《伤痕》发表后，有个叫陈奇的艺术家来复旦朗诵，把我介绍给赵丹，赵丹他们看过《伤痕》很感兴趣，就想拍成电影，让我做编剧。最后剧本也写好了，但是剧本的底稿送人了。因为要拍《伤痕》，我跟赵丹家里的人联络比较多，有一次他的儿子赵劲给我讲：你知道《伤痕》是怎样发的？我说：不知道，你说说看。他说上海市委宣传部副部长洪泽就住在他家旁边，洪泽的女儿是他高中同学。而洪泽和马达[1]的私交不错，《伤痕》的稿子是马达带给洪泽的。马达很想发这个稿子，但是因为政治形势不敢发，马达认为发表后肯定会引起争议。为了尽量减少政治上的风险，马达决定听一下洪泽的意见。一天洪泽的女儿放学回家，看见她爸爸在阳台上看稿子，洪泽把她叫过来说："《文汇报》送来一篇稿子，你看一下，如果写得好的话我就发了，你说不好我就给枪毙掉。"她看了之后，哭着对她爸爸说：爸爸一定要发，不发我就跟你断绝关系。后来洪泽就签字了，马达也跟着发了。

口述者之二：陈思和（1954—　），学者、批评家、文学史家。时任复旦大学中文系教授，上海作家协会副主席。
口述时间：2013年10月；地点：上海。

---

[1] 马达（1925—2011），新闻工作者、报刊活动家，1941年参加新四军，新中国成立后，曾任上海市委副秘书长，《解放日报》党委书记、总编辑。"文革"结束后，任《文汇报》党委书记、总编辑。

我与卢新华都是复旦中文系七七级的学生,我们是同学,又是同年同月同日出生,巧得很。他创作了第一篇小说《伤痕》,贴在四号楼学生宿舍的墙报上,我读后也写了一篇评论文章,那篇小说引起班上同学的争论,我是支持他的。后来小说在《文汇报》发表了,大约是1978年8月11日,引起了普遍的关注。我就把我的评论文章寄给《文汇报》文艺版的编辑褚钰泉,他也是复旦的校友,我读大学前在卢湾区图书馆书评组的时候就认识他。很快,《文汇报》编者就组了一个版面的不同观点的争论文章,也包括我这篇评论。这篇文章好像是我进了大学以后发表的第一篇评论文章。我以前在书评组的时候也发表过一些文章,但都是按照当时的主流话语写的,这篇应该算是我在接受了新的教育以后,开始试图表达自己独立观点的起步。

卢新华原来好像是农民出身,后来参军,复员以后到南通一个厂里做工人,他整个经历就比较完整,农民啊、军人啊、工人啊都做过的。我们复旦中文系七七级是一个比较活跃的班级,像张胜友、张锐、王兆军、胡平等都很活跃,创作上也是有准备的。卢新华当时还算比较年轻的。大学一年级有一门现代文学作品选读的课程,邓逸群老师讲课,她讲鲁迅的《祝福》,讲祥林嫂的悲剧是怎么来的。课堂上引用了当年许寿裳说过的一句话,说祥林嫂的悲剧不在于狼吃了阿毛,而在于旧礼教吞噬了祥林嫂的灵魂。大概是这么个意思。卢新华听老师讲了这句话有所触动,他就联想到"文革"的那些悲剧,不仅仅在于肉体上的创伤,更重要的是在于青年人心灵里受到了伤害。他写了这部小说。他写的意思就是说,王晓华的悲剧就在于"文革"初期作为一个中学生,她对于"文革"打倒所有的老干部丝毫不加怀疑,相信了她妈妈是叛徒。为此她与家庭划清界限,去农村插队落户。她在人生道路上也受了很多委屈,包括不能入团啊,不能谈恋爱啊,等等,始终没有摆脱"叛徒母亲"这样一个阴影,越是遭遇困境她越是恨自己的母亲,连她母亲生癌症弥留之际她也不愿回家探望。最后她接到母亲单位寄来的为母亲平反的通知书，才明白母亲是冤枉的，但那时她母亲已经死了，整个悲剧都不可挽回，所以她心灵上留下了一道无法抹平的伤痕。这是写作课的作文，写了以后上了墙报，是用钢笔抄写在当时很普通的作文格子纸上。我们班同学看了以后，有人觉得他写得好，有人觉得他写得不好。说写得不好的理由，主要是我们在文艺理论课上学的文艺理论，都是关于文学要表现生活本质啊，要求塑造典型环境典型性格啊，典型人物要揭示生活的本质啊，都是那一套政治挂帅的教条。他们认为这个作品没有写出人民与"四人帮"的正面斗争，没有塑造敢于斗争的典型形象，等等。还有人认为：这篇小说结尾时，"文革"已经结束了，"四人帮"也已经垮台了，可是那个时候王晓华的母亲还没有及时平反，王晓华还是不觉悟，还相信"文革"时期她母亲被打成叛徒的结论，那就不真实了。其实这在当时是很普遍的现象，但写进文学作品，就被认为是"不典型""不真实"等等。当时的文艺理论就是这么教学生的。

在争论过程中这篇小说被中文系老师看到了，也是分成两种意见。称赞小说写得好的老师是写作课和当代文学史的老师，秦耕、翁世荣、吴焕章、陆士清等老师都是支持小说的；批评小说的是文艺理论课的老师，当时有同学把这个小说拿给吴中杰老师看，说这篇小说写的与你课堂上说的塑造典型人物不一样。吴中杰老师看了小说以后，他不喜欢这个作品。但吴老师批评小说，也不完全是出于理论主张，他就是不喜欢主人公王晓华这个人物，他说这个人在"文革"期间为了保全自己，竟然与自己的母亲断绝关系、划清界限，是个不可靠的人。像这样的人物被作者写出来了，但作者没有丝毫的批判意识，反而让读者都同情她，他认为这是不对的。吴老师就借题发挥了，说这种人是最可怕的人，今天形势好的时候和你很好，明天压力一来，就和你划清界限，甚至落井下石害人。他从社会伦理学的角度，认为这样的人物形象不值得同情。吴老师这些话也是有感而发,他在"文革"中看多了这类反复无常到处揭发别人、陷害别人的嘴脸。后来吴老师干脆用了一节文艺理论课的时间来分析这篇小说。吴老师理论功底非常好,滔滔不绝,什么不典型啊,人物性格倾向性啊,说得非常精彩,把全班学生都震住了。卢新华听了很受震动,后来卢新华与吴老师成了莫逆之交。吴老师的观点就传到外面去了,消息就越传越远,不仅是同学之间的矛盾,系里老师之间也有不同的看法。中文系就出面开了一个大会,全体师生来讨论这个作品,那个会是在校园里一号教学楼的大教室里举办的,很多学生、很多老师都发言,最尖锐的就是吴中杰老师和吴焕章老师,在会上吵了起来。吴中杰老师说,像王晓华这样的人如果做我的儿媳妇,我是坚决反对的,谁知道她以后什么时候会出卖我?吴焕章老师说,不会啊,她已经接受教训了,年轻人犯错误,上帝也会原谅的。当时吵得满堂喝彩。还有一位老师(好像是陆士清老师)站起来说,现在如果有警车停在校门口抓我,我还是要说,《伤痕》就是一部好作品。可想而知,当时是思想解放运动的前夜,气氛是何等紧张!之后,一个高我一届的工农兵学员孙小琪把《伤痕》推荐到《文汇报》去了。据说《文汇报》编辑把这个稿子送到了上海市委宣传部,当时管这方面的宣传部副部长洪泽看了,这是一个很正派的老干部,他拍板同意签发。《文汇报》就正式发表了《伤痕》。一下子就在社会上掀起了巨大的波澜。

在"文革"刚刚结束时,我们党内高层领导中还是有一批很有思想、敢作敢当的干部。那时候党内已经开始酝酿"实践是检验真理的唯一标准"的大讨论,中国处在思想解放运动的前夕。《伤痕》作为一部文学作品,它适时地出现了,这对于从感性层面上激起人民群众对"文革"罪恶的仇恨情绪,起到了极大的功效。就像土改运动中上演《白毛女》的意义是一样的,客观上配合了共产党党内改革派推动的思想解放运动,对打破对毛泽东的个人迷信、反对所谓"凡是派",都产生了很重要的作用。

《伤痕》公开发表后，社会上引起巨大反响，小说还被改编成其他戏剧形式演出，影响越来越大，但是争论也同样尖锐地存在。因为从创作原则上说，这个作品确实背离了传统的主流文艺思想，有较大的反叛性。那时候中文系把陈荒煤、王朝闻请来演讲，题目都是围绕着《伤痕》和"伤痕文学"。陈、王在当时都代表比较高层的理论家了，陈荒煤是肯定《伤痕》的，[1]他说不能按照"凡是派"的做法。如果毛泽东说过的话都要照办，那么毛泽东有次说，陈荒煤名字叫荒煤，就让他去北大荒挖煤吧，那我也只能去挖煤了，说得大家哄堂大笑。可是王朝闻的态度就比较暧昧——这是我的印象，也许真实的情况不是这样。他在演讲中说到社会主义社会有没有悲剧，这在当时是一个敏感话题，他就举例说，譬如啊，一家人家大年三十包饺子过年，没有酱油了，让孩子上街打酱油，结果孩子不小心被汽车轧死了，这不就是悲剧吗？我当时的感觉是有点失望。王朝闻的艺术评论和秦牧的《艺海拾贝》都是我们从事理论工作的启蒙书，没想到他是这么来理解社会主义社会的悲剧。这个争论后来就一直发展到北京，中国作协开了座谈会。"伤痕文学"也就此叫开来了。那时候《人民文学》先发了刘心武的《班主任》，于是人们就把《伤痕》放在一起讨论。[2]这个讨论里隐隐约约传达的是：《班主任》是主流，《伤痕》是代表另外一种比较尖锐的倾向。《班主任》正面人物是好的，边上有几个不好的人物；而《伤痕》没有正面人物。当时就表现了两种创作的倾向，过程大致就是这样。

---

[1] 陈荒煤1978年9月12日在《文汇报》发表《〈伤痕〉也触动了文艺创作的伤痕》；王朝闻1978年10月31日在《文汇报》发表《伤痕与〈伤痕〉》。《河北文艺》1979年第6期发表李剑批判"伤痕文学"的文章《"歌德"与"缺德"》，文章把写"伤痕"、揭露社会主义时期生活阴暗面的作品斥责为"缺德"。

[2] 1978年9月，《文艺报》编辑部召开短篇小说讨论会，对《班主任》《伤痕》等作品进行讨论。

3.《铺花的歧路》

口述者：冯骥才（1942— ），作家、艺术家、文化学者。历任中国文联副主席、国家民间艺术组织副主席等职。
口述时间：2005年10月；地点：天津。

我是最早的一批"伤痕文学"作家，粉碎"四人帮"后，我的第一部小说是《铺花的歧路》。[1]这篇小说在人民文学出版社引起很大的争论，因为十一届三中全会还没有开，而我的矛头是"文革"，直接批判的对象是"文化大革命"。这个小说的内容很有意思，我写的不是对"文革"的控诉，而是写一个红卫兵心灵忏悔的过程，这和一般的伤痕文学对"文革"的控诉不一样。我记得韦君宜有个儿子叫杨督，他先天精神上有点问题，他管给出版社各个房间送报纸，有一天他无意听见出版社高层说我的小说有问题，他就在走廊高喊："冯骥才出事了，冯骥才攻击'文化大革命'，他要挨批判了。"随后对《铺花的歧路》的争论就闹起来，这有点戏剧性。《铺花的歧路》最初叫《创伤》，因为存在争论，在它不能够发出来的时候，碰巧卢新华的《伤痕》就出来了。后来我对卢新华开玩笑说："如果你的书比我的晚出，伤痕文学就要叫创伤文学了。"因为已经有了卢新华的《伤痕》，我就把《创伤》改名叫《铺花的歧路》。当时有三部小说引起社会上很大的争论，分别是孙颙的《冬》、竹林的《生活的路》，还有我的《铺花的歧路》。针对这三部小说，《人民文学》专门开了个中篇小说研讨会，文艺界、评论界很多名人都参加了，而且也请来茅盾。在会上韦君宜让我向茅盾讲我的小说，我就一口气把这小说在二十分钟之内从头讲到尾。茅盾听完认为小说总体上很好，只是对我小说里面的主人公的自杀不满意。

---

[1]《收获》1979年第2期，人民文学出版社1979年11月出版单行本。

他说:"我并不是不同意这人物自杀,但是你要思考他的自杀符不符合人物的心理。"茅盾一肯定,小说就没问题了。李小林[1]把我的稿子要走一份,巴老说可以发表在《收获》上。《铺花的歧路》和从维熙的《大墙下的红玉兰》发在《收获》1979年的第二期,这是最早发的两个"伤痕文学"中篇。我觉得巴金之所以同意发我的小说跟小说的主题有很大关系,因为巴金也写过忏悔的文章。

我是"文化大革命"的受害者,我在"文革"中经历了很大的折磨,有一小段时间我曾精神失常。这十年我在底层生活,当过推销员、印刷工人,干过很多份苦差事,从文学讲,这对我是重要的。红卫兵运动的时候,我家被抄了四十天,我对他们太恐惧了。粉碎"四人帮"后,我写的第一部小说反而是同情红卫兵的,因为我觉得是荒谬把他们引上了歧路,而且"文革"一结束,他们本身也很痛苦,也许是我小说里这种独特的宽恕动机得到了巴老认可。虽然我是最早的"伤痕文学"作家,但我跟当时的"伤痕文学"又不一样,比如我的《啊!》,[2]它写的是人的心理的荒谬性,小说只不过是虚拟了一封信丢了的事件,本来没这样一件事,但所有人恶的心理全显现出来了,还造成了那么大的悲剧,最后当信找到的时候,大家才觉得所有的东西都是荒诞的。《啊!》是一部很现代也很荒诞的小说。

"文革"之前我主要是画画,没有写小说,但到"文革"就不能够画了。1966年年底的时候,有一天下大雪,我听见外面有人敲门,推开门一看是我的一个老朋友,他叫刘青,"文革"前我们经常合着写美术评论,但"文革"期间就再也没有见上面了。那天他突然出现在我家门口,戴着帽子,身上落满了雪,我一把就把他拉进了屋子,我问他:"青,你怎么变成这样了?"他说:"先抽口烟再说。"我从

---

[1] 李小林(1945—),巴金女儿,1968年毕业于上海戏剧学院,历任《收获》杂志编辑、副主编、主编等。

[2] 发表于《收获》1979年第3期,获1977—1980年全国优秀中篇小说奖。

口袋里掏出一盒烟给他。抽了半天烟，他流着眼泪："我曾经在牛棚里待过半年多，害我的人都是我的学生，他们知道我有说梦话的毛病，他们每天晚上记录我说的梦话，第二天再拷问我，为了抑制说梦话，我尽量不睡觉，后来变成了严重的神经衰弱，想睡也睡不了。"我感叹好好的一个人，因为"文革"整个精神都垮掉了。他又突然问我："将来谁会知道我们这代人的经历、我们的苦恼、我们对生活的想法？谁又会把它们记录下来？"他走了以后，我想我应该把它们记录下来。可记下来是一件很可怕的事情，我就用小块的纸写，然后搁在比较隐秘的地方。我一怕丢，二怕被人发现就不知道怎么藏了，实在是太紧张了。有一次我们那个地区搞公审大会，让各单位的人都去，当时他们搭了个台子，台子上放了很多麦克风，他们让麦克风把犯人脚镣的声音放大，"哗哗哗"的声音听起来真的很可怕。那天我记得枪毙了十七个人，我浑身都凉了，我想我千万不能因为偷偷记录的东西被这样抓起来。我想了个办法，把这些重要的记录文字卷成小卷儿，再塞在自行车车管里，我又怕自行车丢，万一修车的发现了怎么办？他们通过车牌会找到我。最后我就把这些东西背下来，但是太多了，很多都忘了，现在我还有一整纸箱稿子。《铺花的歧路》写的是"文革"期间我朋友的故事，虽然我是"文革"之后走上文坛的，实际在"文革"中我已经走上了文坛，只不过那时候不能够发表，但是我享受到了另一种写作的自由。那时候写作没有任何功利动机，只是简单地想把那个时代记录下来。后来我写《一百个人的十年》，[1]采用的也是这种记录时代的方法。我现在在抢救民间文化，这种责任和我"文革"写东西的责任是一样的，都是时代使命性的责任，那时是对人的命运的责任，而现在是对文化命运的责任，我始终有强烈的民族责任感。当时有个美国记者问我到底写了多少字，我说没法统计，但二百万字应该是有的，因为十年的时间写得太多了。

---

[1]《一百个人的十年》，江苏文艺出版社1991年7月出版。

二、《今天》创刊

《今天》创刊于1978年12月，是"文革"结束后最重要的民间文学刊物，出版九期后于1980年9月停刊。1990年在海外复刊。1979年至1980年的《今天》结集了一批诗人，形成了"今天派"诗潮（亦称"朦胧诗"），与当时的"伤痕文学"思潮不同，开辟了当代诗歌创作的新时代，影响广泛而深远。

口述者之一：北岛（1949— ），原名赵振开。当代最具代表性的诗人之一，著有多种诗集、散文集。1978年与芒克、黄锐创办民间诗歌刊物《今天》。时任香港中文大学东亚研究中心人文学科讲座教授。
口述时间：2013年10月；地点：苏州。

我在一些访谈中都谈到《今天》的创刊情况，忘记了我有没有送你一本谈话录。我在2008年写的《断章》中也简要回忆了《今天》创刊时的一些细节。在这之前，中国的政治已经开始发生变化。1976年是多事之秋，1978年是转变之年，中国的政局变得宽松些。我们都知道，1978年这一年，中共中央决定摘掉"右派分子"的帽子，12月十一届三中全会召开。那时，我们敏锐地感觉到了形势的微妙变化。《今天》的创办与这个大气候有关。

从历史的脉络来说，《今天》的创办是北京地下文学运动发展的一个结果。1960年代后期，红卫兵运动时期就有人写诗了，食指是

《今天》创刊号封面

《今天》创刊号目录　　　《今天》创刊号的代发刊词《致读者》

回答

卑鄙是卑鄙者的通行证
高尚是高尚者的墓志铭
看吧,在那镀金的天空中
飘满了死者弯曲的倒影

冰川过去了
为什么到处都是冰凌
好望角发现了
为什么死海里千帆相竞

我来到这个世界上
只带着纸、绳索和身影
为了在审判之前
宣读那些被判决的声音

告诉你吧,世界
我——不——相——信
纵使你脚下有一千名挑战者
那就把我算作一千零一名

我不相信天是蓝的
我不相信雷的回声
我不相信梦是假的
我不相信死无报应

如果海洋注定要决堤
就让所有苦水都注入我心中
如果陆地注定要上升
就让人类重新选择生存的峰顶
新的转机和闪闪星斗
正在缀满没有遮拦的天空
那是五千年的象形文字
那是未来人们凝视的眼睛

北岛
二零一七年夏抄录于武汉

北岛《回答》手稿

代表性的人物。1970年春，我从河北蔚县的工地上回北京休假，第一次听到同学朗诵了食指的《相信未来》。[1]上山下乡运动后，知青一代中有不少人从书本和写作中寻找精神出路。当时的北京，有不少文学沙龙、地下沙龙。徐浩渊和赵一凡是地下沙龙的重要人物。冬天农闲时，外地的年轻人纷纷回到北京，聚在一起，交换书籍、交换诗歌。在徐浩渊周围聚集了一批诗人艺术家，[2]包括依群、彭刚，还有后来被称为"白洋淀诗派"的代表人物根子、多多、芒克等。我参加的是个小沙龙，三个同班同学，聚在一起读书，讨论，交换作品。当然，这些沙龙是有交集的，不断重组，我也因此认识了更多诗人。这里要谈到赵一凡的贡献，他有很多"黄皮书"，抄录了很多地下文学，一些作品才得以幸存。[3]从1969年到1978年，地下文学运动不断发展，我觉得诗歌的成就可能是最高的。手抄本小说也有，像《九级浪》《当芙蓉花盛开的时候》等。

记得是1978年9月下旬的一个晚上，我和芒克在黄锐家的小院里吃饭，喝了点白酒，三个人聊天。谈到局势的变化，我们都很兴奋，觉得应该做点什么。我提议说：我们办个刊物怎么样？芒克、黄锐立即响应说好。我们说干就干。所以，严格说来，《今天》是三个创办人，我、芒克，还有黄锐。[4]黄锐1979年发起了"星星美展"，他后来的注意力在艺术领域。当时我们还有另一个沙龙，常常在一起聚会交流，我们跟大伙儿说了办刊的计划，全都赞成。这样就开始定期开会商量稿件、刊名、印刷等问题。从9月到12月，我们各自忙碌，做出刊的准备工作。

十余年的地下文学运动，积累了很多诗歌作品。我通过蔡其矫认

---

〔1〕食指（1948— ），本名郭路生，诗人，被称新潮诗歌第一人，著有《相信未来》等诗集。

〔2〕关于徐浩渊与地下沙龙的情况，可参阅杨健著《文化大革命中的地下文学》。

〔3〕关于赵一凡的经历，可参阅徐晓《无题往事》一文。

〔4〕黄锐（1952— ），艺术家，1979年发起"星星美展"。

识了舒婷,写信征得他们同意后,选了他们俩的诗。[1]《今天》创刊号发表了蔡其矫、舒婷、芒克和我的诗。[2]舒婷其中一首诗原题为《橡树》,我看了上下文,觉得加上"致"字效果会更好些,便改成《致橡树》,这也没跟舒婷商量。"乔加"是我顺手给蔡其矫起的,避免危险。我的《回答》写于1973年,1978年最后一次修改后发表在《今天》创刊号上,后来人们熟悉的就是这个版本。我自己没有留底稿。最初的版本,是史保嘉抄的,她在《诗的往事》中引用了《回答》的最初版本。[3]当时比较缺小说和评论。大家没有注意到《今天》发的评论,创刊号上就有评论刘心武的文章,我们对"伤痕文学"是持批评态度的,《今天》和"伤痕文学"是不同的取向。[4]马德升的短篇《瘦弱的人》[5]是通过朋友介绍过来的,我们起初是想发他的一幅木刻,他也给了这篇小说。那时我们不懂得尊重作者,觉得小说不怎么理想,黄锐、芒克和我各自改了一稿,面目全非。马德升很生气,写了抗议信。他从《今天》创刊号起就加入了,帮我们印刷他的木刻作品。

《今天》的刊名是芒克提议的。在一次筹备会上,讨论刊物的

---

[1] 北岛在《远行——献给蔡其矫》中详细叙述了他与诗人蔡其矫的交往经历。

[2]《今天》创刊号发表诗歌依次是:乔加《风景画》《给——》《思念》,舒婷《致橡树》《啊,母亲》,芒克《天空》《冻土地》《我是诗人》《白房子的烟》,北岛《回答》《微笑·雪花·星星》《一束》《黄昏:丁家滩》。

[3] 史保嘉保留的《回答》初稿是:"卑鄙是卑鄙者的护心镜,高尚是高尚人的墓志铭。在这疯疯狂狂的世界里,——这就是圣经。冰川纪过去了,为什么到处都是冰凌;好望角已经发现,为什么死海里千帆相竞。哼,告诉你吧,世界,我—不—相—信!也许你脚下有一千个挑战者,那就把我算作第一千零一名!我不相信天是蓝的,我不相信雷的回声。我不相信梦是假的,我不相信影子无形。我憎恶卑鄙,也不稀罕高尚,疯狂既然不容沉静,我会说:我不想杀人,请记住:但我有刀柄。"原题为《告诉你吧,世界》。

[4]《今天》创刊号发表了林中《评〈醒来吧,弟弟〉》,第二期发表史文《评〈伤痕〉的社会意义》等。阿城署名"韭民"、刊于《今天》第九期的文章《〈今天〉短篇小说浅谈》中说:"其时正是'伤痕文学'时期,正是这个民族开完刀麻醉药过了喊疼的时候。《今天》没有直呼其痛,它镇静地看着伤口,思索着怎么会挨这一刀,研究着鲜血的色泽与成分,动了灵思,这正是《今天》的气质所在。"

[5]《瘦弱的人》在《今天》创刊号发表时署名"迪星"。

名字,大家说了一大串,觉得不合适,芒克提议叫"今天",都觉得好。我向冯亦代请教《今天》的英译,他说"TODAY"不好,把"TODAY"改成"The Moment",强调时代的紧迫感。《今天》创刊号的英文是The Moment。等到第二期重新设计封面,黄锐还是改成了"TODAY"。后来在海外复刊,也用的是"TODAY"。创刊词"致读者",是我写的。[1]封面是黄锐设计的。创刊号的封面是蜡版刻印的,效果不好。第二期开始,徐晓设法在印刷厂制成铅印封面,就是那个天蓝底色青年男女奋进的设计。后来,我们用铅印封面重印了创刊号,所以有了两种创刊号。

关于纸张、刻写、油印这些细节我就不说了。12月20日,北京下雪了,我们在陆焕兴家里印刷的。陆焕兴家在亮马河边的一个小村子,与三里屯使馆区遥遥相望,这是个没人管的小村子。这地方现在估计不在了,北京变化太大,我都不认识了。还是到了苏州有亲切感。从70年代中期开始,陆焕兴家成为我们聚会的中心。当时把自己的家腾出来印《今天》,是要冒风险的。我的《走吧》,是陆焕兴过生日时即兴写的。20日下午,张鹏志、孙俊世、陈家明、芒克、黄锐和我,陆续到了陆焕兴家,连陆焕兴加在一起七个人。当时最困难的是油印机,直到最后一分钟,黄锐终于找来一台油印机,虽然又破又旧,但终于

---

[1] 北岛在《致读者》中写道:"历史终于给了我们机会,使我们这代人能够把埋藏在心中十年之久的歌放声唱出来,而不致再遭到雷霆的处罚。我们不能再等待了,等待就是倒退,因为历史已经前进了。""'四人帮'的文化专制主义就是只准精神具有一种存在形式,即虚伪的形式;只准文坛上开一种花朵,即黑色的花朵。而今天,在血泊中升起黎明的今天,我们需要的是五彩缤纷的花朵,需要的是真正属于大自然的花朵,需要的是开放在人们内心深处的花朵。""过去,老一代作家们曾以血和笔写下了不少优秀的作品,在我国'五·四'以来的文学史上立下了功勋。但是,在今天,作为一代人来讲,他们落伍了。而反映新时代精神的艰巨任务,已经落在我们这代人的肩上。""'四五'运动标志着一个新时代的开始。这一时代必将确立每个人生存的意义,并进一步加深人们对自由精神的理解;我们文明古国的现代更新,也必将重新确立中华民族在世界民族中的地位。我们的文学艺术,则必须反映出这一深刻的本质来。""我们的今天,植根于过去古老的沃土里,植根于为之而生、为之而死的信念中。过去的已经过去,未来尚且遥远,对于我们这代人来讲,今天,只有今天!"

可以开工了。我们连续干了三天两夜，终于在12月22日晚上十点半完工了。这一天是中共中央十一届三中全会闭幕。我记得在小屋里，我们拉上窗帘，在昏暗的灯光下，从早到晚连轴转。那几天，我们吃的都是炸酱面，倒了胃口。完工后，我建议大家到外面的小馆子吃顿饭庆祝一下。我们骑自行车到了东四十条的一家饭馆，要了一瓶二锅头。我们不少人都落泪了。芒克最近在凤凰卫视的《年代访》中也说到这个细节。吃饭时我们商量了下一步计划，想把《今天》贴遍全北京，陆焕兴、芒克和我自告奋勇，决定第二天去张贴《今天》。

23日早上，我们三个从我家出发。我们在市内转了一圈，当天在西单墙、天安门广场、文化部、人民文学出版社、《诗刊》杂志社、《人民文学》杂志社等处张贴。第二天，24日，在北大、清华、人大、北京师大等大学区张贴。在张贴时，附了一张白纸供读者留言，有人还留下姓名地址。后来成为《今天》核心成员的周郿英，徐晓的丈夫，就是这样联系上我们的。从第二期开始，我们就公开出售《今天》，也张贴广告，告知出售刊物时间。还通过销售渠道征订。每期印一千册，每本五毛到七毛不等。[1] 后来我们略有盈余，能够维持刊物的正常运转，印刷的设备也更新了。

创刊号出来以后，《今天》的同人遇到了一件事。当时民刊已如雨后春笋，但都面临着生存危机，大家觉得应该互相支持，于是有各个刊物派代表成立"联席会议"。大概是1979年1月底，"联席会议"协调，在西单墙前搞了公开演讲会。芒克是代表《今天》在"联席会议"上签字，同意参加演讲集会的。政治性的刊物在演讲时言辞激烈，政治倾向性明显。当晚，在《今天》内部，大家吵得很厉害。我提出的解决方案是：要么反对者留下办《今天》，我们退出；要么我们办《今天》，他们退出。结果，除了芒克、黄锐和我三个发起人，

---

[1] 根据《今天》十周年纪念册记载，《今天》创刊号印数三百册，第2至9期印数一千册，《今天》创刊号冲印一千五百册；《今天》丛书四种，每种一千册；《今天》文学资料每期印数六百册。

其他人都退出了。

《今天》其实分成两个部分，一部分是比较松散的作者队伍，每月定期开会，念自己的作品，大家讨论，提修改意见。讨论会通常在赵南家进行，他后来也是《今天》的成员。另一部分，就是作坊，这本杂志是手工劳动，我说的作坊，在东四十四条76号，是编辑部所在地。[1]这是刘念春哥俩的家，大杂院中的一间半小平房。我们喧宾夺主，他们哥俩后来都搬出去住了。那时，来编辑部帮忙干活的人，各行各业都有，络绎不绝。在编辑部，周郿英和鄂复明是两个重要的人物，对《今天》贡献很大。

在1979年的4月和8月，我们在玉渊潭公园举办了两次诗歌朗诵会。[2]第一次是4月8日，举办之前，我们向有关部门上报了，但没有人理会。和出版《今天》一样，我们争取合法出版权利。陈凯歌参加了一次朗诵会，他当时是北京电影学院的学生，在《今天》上发过小说，也是《今天》在电影学院的代理人，在那儿张贴出售《今天》。那天刮大风，但有四五百听众。[3]第二次是10月21日，同一个地点。可能有近千人参加。

---

[1]《今天》1979年2月的《启事》留的便是"通讯（信）处：北京东四14条76号 刘念春"。《启事》进一步明确了《今天》的办刊宗旨："《今天》是综合性文艺双月刊，它的任务是：打破目前文坛上的沉闷气氛，在艺术上力求突破，为中华民族文学艺术的繁荣和发展尽其菲薄的力量；作为年轻一代的喉舌之一，它要唱出人们心里的歌，鞭挞黑暗、讴歌光明，尤其是要面对今天的社会生活和人们心灵的空间发出正义的回响。"

[2] 1979年2月的《启事》预告了诗歌朗诵会："为了纪念'四五'运动三周年，本刊准备举办大型诗歌朗诵会，与此同时，出版诗歌专刊，欢迎群众投稿，并欢迎专业和业余朗诵爱好者给予大力协助。具体时间和地点请注意西单墙等处的海报。"

[3] 阿鸣在《记〈今天〉编辑部的一次诗歌朗诵会》中写道："清明节后的第三天，当一些青年男女陆陆续续来到了八一湖畔树林掩映着的一块旷地上时，一个高个子青年激动地朗诵了这样的诗句，许多人围在他的身旁颇有兴趣地听着。""这是北京一家非官方文艺刊物《今天》编辑部组织的，迄今为止，公开场合下的第一次民间诗歌朗诵会。""清晨，朗诵会的组织者就扯电线，在树上挂了个很小的扬声器，用自带的录音机放起了最近社会上广为流行的舞曲（不过，这些曲子均在电台播放过），（转下页）

前后两年，《今天》出版了九期，还有四本丛书。[1] 到了1979年秋天，很多杂志都自动停办了。我们坚持到了1980年9月。这样，我们成立了"今天文学研究会"，把《今天》变成内部交流资料，出了三期。

差不多是在十年以后，1990年8月，《今天》复刊号问世。1991年夏天，我们在爱荷华召开编委会，调整了《今天》的办刊方向，把《今天》办成一个跨地域的汉语文学先锋杂志。复刊到今天也二十余年了。

口述者之二：芒克（1950—　），原名姜世伟，"文革"时期插队白洋淀，"朦胧诗歌"的代表性诗人之一，著有诗集《阳光中的向日葵》《芒克诗选》等，长篇小说《野事》，散文随笔集《瞧！这些人》。2004年开始绘画。

口述时间：2005年5月；地点：北京。

我是不愿意回忆过去的，过去的事情都过去了，还提它干吗？近来关于《今天》又有很多人在做文章来谈，其实有几个真的了解当时的情况？当时《今天》第一期只有我和北岛两个人。[2] 因为我们都知

（接上页）以招徕那些热心的到会者自动地聚到这个天然形成舞台的空地上来。一张简陋的折叠桌支在一块凸起的地面上，桌上放着厚厚的两摞杂志，一架麦克风放在杂志上；雨衣裹着的录音机、扩音器堆在地上；连同离这儿不远的一棵树上贴着被风吹得哗哗作响的黄纸广告——构成了这个简陋的会场。"朗诵会进行约一个小时后，风愈来愈大，台前不时卷起一阵阵尘土，观众也三三两两相继而去。这时在后台一个佩戴工作证的矮个青年，焦急地对他的同伴说：'不要等人走光了再散，那可不好。'十分钟后，会宣布结束。但随着又出现了激动人心的场面，几百名到会者发狂似的挤成一条几十米的长龙队，抢购封面设计十分漂亮的《今天》诗歌专号。顷刻之间，几百本杂志一售而空。代表《四五论坛》编辑部的一个小伙子在几十人的疯狂追逐下散发了传单。北京的另一家民办刊物《沃土》也乘此分发了订阅卡。"《今天》第4期。

[1] 四本丛书为：芒克《心事》（诗集）、北岛《陌生的海滩》（诗集）、江河《从这里开始》（诗集）和艾珊《波动》（中篇小说）。
[2] 芒克说："北岛这名和我的名字芒克一样都是1978年我和他共创《今天》杂志时，我们互相给对方取的。"《瞧！这些人》，时代文艺出版社2003年10月第1版，第20页。

道这件事情的危险性，北岛不让他弟弟参加。那个年代我们写诗也是二十一二岁开始。现在谈论最多的可能也就是我们早期的作品，因为那个时候它引起注意的，或者说有影响的，大多是最早大家能看到的东西。所以谈论的也多，现在还在谈论我们那个年代的东西。《朦胧诗选》选的不还是那个时候的东西吗？选的基本还是那些东西。我有时候偶尔听到别人背诵、念到我写的诗，我自己还琢磨，是我写的吗？我当时确实是那感觉，因为确实年头太远了。那时候我们写诗的心态跟现在人不一样，我们从来也没抱着你是诗人的这个心态，我们只是读书人。

我们在农村插队那段时间，被下放了也不能去上学了，在那种状态下，你又想去做点事情。你总不能整天跟农民一样种地、打鱼什么的，总是想自己也做点什么事。我看多多采访时谈的也挺好，那时你没条件做任何事情，比如说画画，你怎么可能去画？你没有颜料，没有条件去画，做任何事都需要条件，唯有写诗是不需要什么条件的，有笔就行了，用点纸就可以写出来。所以我们就选择了写诗。尤其是我、多多、[1] 根子，[2] 我们是同班同学嘛，十二三岁就在一起，插队时在一个村子。而且呢，他们两个本身也喜好文学，我呢，当时在班里头，多多也说得好，我是搞数学的。在这种环境下，我们没事可干。多多他们有时候开玩笑说你天性就这么一个人，但在别人嘴里它什么意义都有了，甚至有贬义的，说芒克根本不看书。说我不看书，只看点报纸。在北大有一次，他们就问这个问题，我说如果我大字都不识，我还能写出诗来，那我是什么？那我肯定是天才啊，这没什么可说的。看报纸是我的习惯，我现在还看呢，我还订了报纸。你说这个他们有点讽刺我，不是一点书不看。我们当时是比很多人更有条件看

---

[1] 多多（1951— ），原名栗世征，诗人，朦胧诗代表人物之一，著有《里程：多多诗选1973—1988》等。

[2] 根子（1951— ），原名岳重，诗人，长诗《三月与末日》影响广泛。

到很多书的。你像我们在70年代初的时候,包括"垮掉的一代"的作品,包括俄罗斯的什么,凡是中国所能翻译出来的"黄皮书""灰皮书",内部交流的那些,这些书我记不起名字,但这些诗和小说我基本上都看过。但我那时候只关注西方年轻人有一种什么思潮。就那种状态,在周围那个环境下,我们也很疯狂、很嬉皮、很颓废,才有了去写东西的想法。其实现在谈论这个没必要,因为那时候你是那么个年轻人。"文化大革命"时,我刚十五岁,你说那个状态下,你怎么会对一个社会的变化有看法,你只能说感觉,有感受,没有能力判断它是对还是不对。人在灾难面前,任何灾难面前,你只能去感受这种东西。当时谁敢说"文化大革命"不好,我当时还没听谁那么说呢。一个个比谁都狂妄、疯狂得不得了,现在反过来又怎么怎么地的了,吹什么牛啊。真的,我们大概就是社会怎么变,我们怎么办,但我们能适应,我们能承受,尽管我们感觉不舒服,但是我们能承受,因为社会就是这样的,你也抗拒不了的。作为一个年轻人,在"文化大革命"中你看看所有人的表现,都是什么东西?就是人的那种弱点啊。现在又回过头来批判说,你们都是发动者啊,不是发动者也是参与者啊,你看那狂热的劲头。只是后人反过来看,在当时没有什么抗争的,最多只会有反感。比如当时我也有反感,看到那些逮着人暴打,我就只是反感:你凭什么打人家,对不对?你打死人家了。"文化大革命"时,我是初中二年级,"文革"开始没多久,我们家庭、我父亲也受到冲击,我在学校也被人贴过大字报。学校里任何活动不允许我参加,我就跟红卫兵也没什么关系。之后我跟学校也没什么关系了。后来一直到1969年1月的时候,多多来找我说要去插队,要到白洋淀的一个地方。因为我们是很好的朋友,再怎么也相互有个着落吧。因为那个时候还有一个想法,就是还是离开家好,因为家里父亲挨整。所以我们就一块儿去白洋淀了,就这么去的。那天我还发烧,三十九度呢。我跟他冒着大雪就去了。那时候农村条件普遍比较恶劣,全国都挺穷的吧,但是我们心态特别好,就是说我们到了一个没人管的地方，挺好。有些自由，没人管，没人约束，更好一些。实际上未必是这样，农村也不是一点儿约束都没有是吧。

刚开始我们分工是，我主要负责诗，北岛负责小说，还有一些评论，我们还有翻译作品。还有一些文学方面的评论和翻译作品，还有些插图。我们每期基本上都有插图。阿城给我们做过些插图，阿城他的钢笔画好着呢！当时《今天》第一期是发了四个人的东西嘛，北岛、舒婷、我、老蔡，老蔡当时用的笔名叫乔加。但我们没见过舒婷。我和舒婷一直没联系，北岛和她有联系。北岛是通过蔡其矫，就是老蔡，给我们联系啊，老蔡不是福建人么。见舒婷是《今天》解散之后，当时我是为了避难，跑到了鼓浪屿，在舒婷那儿还住下了。1979年4月搞诗歌朗诵会那次我和北岛也逃过，不是逃，就是躲避一下。不是紫竹院公园那次，那是1979年的秋天了，那是晚些了。我说的是1979年4月，在八一湖，玉龙潭公园里的，那是我们第一次搞诗歌朗诵会。我没有朗诵，我们是组织者。我们那时候比较幼稚，朗诵吧，还请一些人，朗诵好的那种。你看陈凯歌，还帮我们朗诵过。

《今天》的文学讨论会是在赵南家。比如说我们下一期要刊登什么作品，当时主要讨论的还是以小说为主，因为诗这东西用不着去讨论，我们选了定谁就定了。有小说念一念，大家提提意见，完了之后呢下一期发表。到第二期，就是你说的退出了几个之后，我们重新组织编辑部，也是七个人。编委很少，也是做些具体事情的人，也不见得都是写文章的人。当初做这个杂志，编稿是最简单的一件事，选谁就是谁的。那时候我们主要是要把它印出来，因为我们完全是自己印，自己油印。最初我们是刻字，后来又打字，但也还是油印，非常原始的油印方法。不像现在的高科技的印刷方法。所以我们最初最难的就是要把它印出来，然后呢我们的想法是把它印到一千份，还要把它们装订起来。装订完全要靠自己手工，所以每期最难干的是这种事情，不是选稿的问题。所以，《今天》在当时创办的意义要大于现在谈论的作品。

我以前没投过稿，现在也没投过稿。他们要出是他们的事情。我

80年代出过很多东西，我个人油印的诗集，我1983年油印过《阳光中的向日葵》，[1]对吧？我80年代写过很多，包括1987年写的那首《没有时间的时间》，那首长诗。都是80年代写的东西。那时候我们写了很多东西。漓江出版社出版过《阳光中的向日葵》诗集。出了好多人的，还有多多、食指啊，好多。这个联系的人，他自己编了就给拿去出了，这我们都不知道，朋友告诉我们出了这本诗集。包括1989年出的《芒克诗选》，[2]我1988年以前都在法国嘛，回来以后文联出版公司已经在编选我的东西，谁提供的我也不知道。只在我回来的时候给我看了一下校样，而且编得很不理想。2001年十月出版社不是出了我的诗集叫作《今天是哪一天》[3]吗？这个诗集是唐晓渡给我做的。我们两个是好朋友嘛，就一起谈怎么做。就这本书算是我参与了吧，其实我也没操什么心，都是唐晓渡闹的。我90年代没有写诗。我是从1987年之后没有写诗，到了2000年写了这本诗。也没有说故意地不想写，我就是没有兴趣写。因为90年代我基本上老是到国外参加各种活动，什么这个诗歌节、艺术节啊，那个大学请啊，就忙于往外跑了。家里又有小孩。写诗这个东西，我觉得，也许哪天我又出一本诗集，这是很难说的。

其实我最不喜欢的就是回想过去。说实在的，过去的东西我觉得就过去了，有些你做的什么事情也就做了，而且我也从来不把过去做的事情看作是好与不好。我认识的人太多了，新老朋友，我如果天天接触人，我估计我一分钟都安静不了。其实我特别不喜欢人家跟我说，来到这儿跟我谈什么聊聊过去啊，回忆回忆《今天》啊什么的。现在还有出版商要我专门写这个东西，我现在还没答应人家呢，我说我不想写回忆过去的东西。但是他们说很多事件你要不说呢，这个事情好像就说不清楚。但是我那个条件就是，反正我个人不是心甘情愿

---

〔1〕 1981年刊印《旧梦》，1983年刊印《阳光中的向日葵》，漓江出版社1988年3月正式出版。

〔2〕 中国文联出版公司1989年2月第1版。

〔3〕 作家出版社2001年3月第1版。

想写这个东西,因为我不太想回忆过去。

口述者之三:徐晓,散文家、编辑。1979年起开始发表短篇小说和散文,从第二期开始参与《今天》的编辑工作。著有散文集《半生为人》等。

口述时间:2005年5月;地点:北京。

《今天》创刊号我没参与,创刊号最初大概有七个人参与,后来呢,第一期以后就剩两个人了。第一期应该是在陆焕兴家里装订的。在我刚出的书里有一篇新的文章,在网上没有传过,叫《路啊路,飘满了红罂粟》,就是写陆焕兴的。这是北岛的诗句,北岛的这首诗篇名叫《走吧》,这是诗里的最后一句话。那首诗就是送给这个人的,就是我写的这个人。这里面写的这个人,就是讲了第一期《今天》出版的过程。这是原件,后来发表时没有改。当时他在农村租了个房子,就是北京的郊区,实际上现在已经都是市内了,就是三环路以内。当时还是北京的郊区呢。他当时在那儿租一个房子。他们就是在那儿印刷的,把窗帘都关上,印了。当时他们就在那儿,第一期杂志就在一个农舍里出笼了。就是那儿,陆焕兴的家里。其实这种事情吧,每个人的记忆都有点不一样,因为记忆都有误差。我是他们第一期贴出来的时候,才知道他们办了杂志。当然在这之前我就认识北岛。大概在他办杂志之前的两年,1976年,我1976年认识的他。北岛他没有把我视为一个写作者,我也确实不是一个写诗的,所以这方面没什么来往。[1]第一期杂志贴出来以后,第

---

[1] 徐晓回忆说:"1975年,我和一凡同时因为莫须有的罪名而被捕入狱,两年的监狱生活使我情绪极为消沉,为此一凡介绍我认识了一些朋友,其中一个就是赵振开。现在人们都叫他北岛,而我至今仍然习惯叫他振开,这在某种意义上说明我是一个极为守旧或者说惰性极强的人。直到那时,我才知道,振开就是我四年以前读到的手抄本诗集的作者。与此同时我也开始写诗,写完了拿给振开看,因为没能得到鼓励而终于放弃。"《〈今天〉与我》,《今天》1999年春季号。

二期的时候,我就开始介入了。[1]我是第二期介入的,周郿英也可以说是第二期介入的,但是在这之前,他和北岛他们不认识。在西单墙上贴了以后,他们留了一张白纸,愿意和他们联系的人请把名字写在上面。因为他们没有公布地址,他们也没有地址,他们也没有公布任何一个人家的地址,所以把你自己的名字地址写在上面,相当于是一个公开的暴露身份,他就把自己的名字写上了,电话也写上了。北岛就按照那个电话去找了他。然后,他又联络了几个人。然后这几个人就成为后来《今天》的骨干力量。就包括什么老鄂啊,李南啊,这些人都是一条线索。

在赵南家里的沙龙,当时我们主要讨论的都是作品,后来在《今天》发表的基本上事先都在那个会上宣读过。就是让大家提意见,也朗诵过一些名篇。当时的作品比较单一,就是那些东西,就是国内已经出版了的,那个"灰皮书""黄皮书",内部交流的,就是那些书。那当然,除了"文革"前公开出版的那些名著,什么巴尔扎克、托尔斯泰啊,因为中国在渊源上跟苏联比较接近嘛,所以苏俄的东西比较多。我们跟美国的关系一直是属于冷冻的那种,过去对美国所有的东西都是封锁的,都是完全封锁的,所以几乎是读不到的。我觉得应该从两个方面来考虑,一个是因为我们就能接触到那些东西,我们接触

---

[1] 徐晓回忆说:"很快便参与了《今天》的具体工作。第一期是手刻蜡版油印,字迹很难辨认,从第二期起改为打字油印。我们分头通过私人关系寻找打字员,让他们用公家的打字机偷着利用业余时间打,以每版1元5角的价格付费。我找的打字员是我们大学印刷厂一个工人的女儿,她在某民主党派办公室工作,我经常中午到她家去交接稿子,有时候,她用单位的蜡纸为我们打字会使我高兴得不得了,因为我们的钱的确少得可怜。最初都是一张一张在油印机上推出来的,然后折页、配页、装订,大家轮流着没日没夜地干。别人可能想象不到,由钟阿城画的线条画是制成铅版后像盖图章一样一页一页盖上去的。当时,我在大学担任学生会工作,我主编的刊物《初航》在校印刷厂用手摇机印刷,这正好是一个偷梁换柱的机会,我把《今天》的蜡纸拿去顶着《初航》的名义让校印刷厂印,既省了力气又省了纸。流传开的《今天》是铅印的天蓝色封面,当时的民办刊物没有一本是铅印封面,我们可算是出了风头。"《〈今天〉与我》,《今天》1999年春季号。

不到别的东西。而那些东西为什么我们又能接受呢？我觉得苏俄文学跟我们是有相似性的，它起码在这一点上就是说，在伸张个性，在反抗这个层面上是很能引起我们这种处境的人的共鸣。那么，你说的那个像《在路上》《麦田里的守望者》，都是美国的东西，比较现代的了。当时我们实际上接受的呢，就是"文革"以前翻译过来的东西，你想"文革"这十年没有人会译现代派的东西，没有人会出版现代派的东西。我们仅能看到的一个是"文革"前留下的那些书。还有就是"文革"中出的那一小批，供内部交流的那些东西。更多的东西是看不到的。然后到了80年代，才有人开始慢慢地读到那个，中国才兴起了存在主义热。那也比西方晚了大概十几年吧。在"文革"当中读到的特别少，贝克特（应为尤奈斯库）的《椅子》，就是内部读物，就是灰皮书。爱伦堡的《人·岁月·生活》，还有一本小说叫《白鲸》，都是那一套书里的。我读这些书多数都是从赵一凡那里得到的。这些东西有的人是看的比较早的，就是在70年代初就读到，比如说像当时《今天》里的于友泽，就是那个诗人江河，像这样的诗人都属于读书比较多的诗人。应该这么说，他们始终没有进入《今天》，只是作者，因为他们一直在观望。实际上，他们早就认识，只是一直在观望。就是不知道这个刊物的命运是怎么样。沙龙的活动他们也参加，但是他们不算我们编辑部的成员。当然这也是非常松散的，因为也没有什么注册或者什么来证明你就是，或者就不是。都是非常松散的，现在看起来。连包括最经典的，因为我"文革"前还小嘛，"文革"前还上小学呢，就一点儿都没接触到，因此对于我来说，赵一凡就是那个真正的启蒙老师。

1985年冬天，北京大学的学生会主办艺术节。[1] 今年北大又举办

---

〔1〕 关于1985年的这次活动，徐晓回忆说："我清楚地记得，1985年冬天，我踩着积雪到北京大学参加学生会主办的艺术节，北岛、芒克、多多、顾城被邀请在阶梯教室里讲演，当学生们对现代派问题、朦胧诗的概念纠缠不清时，北岛开始回忆《今天》。我不知道坐在讲台上的《今天》元老和主力们当时有怎样的感受，大学生们（转下页）

了一个活动,他们请我去了,有芒克、林莽、田晓青,还有舒婷几个人。等于我们就变成了当年北岛他们坐在那儿的那个位置。当年是北岛提到《今天》,学生就不知道《今天》是怎么回事了。今年主持会议的是谢冕。今年学生也提了许多问题,我觉得都是一样的。比如学生会提到:难道你们当年办刊物真的没想到营利吗?好像我们掩盖了我们营利的企图。那是他们完全不了解那个社会的生活。那时,是不可能想到营利的,不是说我们有多么崇高,是不管你崇高不崇高,你根本不可能想到营利。一个是那个时候没有市场,完全没有,你连卖香烟都不可能,甭说你去卖杂志了,卖烟、卖花生米都是不允许的,那当年叫什么呢?叫资本主义自留地,叫黑市,或者叫什么投机倒把。那根本就是不可想象的。所以,现在的学生就会提出,你们真的没想到营利吗?这让我们听着会比较啼笑皆非的。我感觉的是这个时代变得太快了,变得太快了。时隔这么几年,他们竟完全不知道当年的生活是怎么样的。且不说知道不知道作为《今天》这样一个边缘化的群体。

1985、1986年的时候,就是"第三代诗人"崛起了嘛,就开始有人pass(超越)北岛了嘛,对"朦胧派"诗人呢就开始有不敬。当时我觉得作为文学现象是很正常的。我觉得我们现在是从另一个角度来探讨。因为那些年轻的诗人吧,他们是从诗歌创作者的角度,诗歌创作者总是要一代推翻一代,带着一种反叛的心态,北岛他们当年也是要反叛艾青这样的诗人的,虽然艾青也是很大牌的诗人。我觉得作为一种文学现象都是很正常的。我觉得更多的在于从历史的角度

(接上页)对这一话题的茫然和冷淡深深地刺痛了坐在听众席上的我,我觉得受了伤害,并且为这些无从责怪的学生感到悲哀,我甚至想走上讲台,讲述我们当年承担的使命和风险,我们所怀的希望和冲动……那时离《今天》停刊只有四年,毫无疑问,如果现在处在同样的情境中,我不会再有如此过度的反应。不是因为我不再年轻,被岁月磨钝了感觉,时间筛选了记忆,而是因为当人生走过了足以使你回头遥望后来者的路程之后,你已经懂得,每一代人都有不同的使命,每一个人的每一个阶段都有不同的使命。"《〈今天〉与我》,《今天》1999年春季号。

看，这一文学现象如何影响了80年代的中国，对人的思维方式起到了一个转变作用。对我个人来说，我是想通过个人化的经历来叙述这段历史。在我书的自序里借用了一句帕斯捷尔纳克的话，想说明生活在我的个别事件中如何转为艺术现实，而这个现实又如何从命运与经历之中诞生出来。包括我写的《今天》第一期的参与者，我这里面有两篇新东西你没见过的，就是第一期参与后来没有参与的人，他们是怎么卷入这个圈子的。他们恐怕没有这种所谓的历史使命感，社会的使命感。我觉得这些诗人更多的是一种艺术的使命感。他们和遇罗克啊，很多思想先驱，是很不同的。他们实际上是用一种个性的方式来表达，用自己作品和自己艺术的这种个性来反抗体制。他们不是从政治的角度，而是从个人的角度，我觉得他们投身的是这种艺术活动，所以我说他们是有艺术使命感。他们未必有那种社会使命感。根子的《三月与末日》，是非常有才华的。我对根子的诗是特别后特别后才接触到。因为当年70年代初，他们那个圈子我是完全没有接触的。实际上我是在1977年以后才接触更多的人。在1972年我认识了赵一凡，就接触了赵一凡周围的那些人，然后才接触到北岛这些人。我其实是一个挺后的，从年龄上都是很后的，因为我是七〇届毕业生，他们都是老三届的。恰巧吧，跟这些人混在一起，混得比较早，好像我也是那一代人了似的。因为我觉得70年代有点承上启下啊，它可以靠下边，也可以靠到上边。

口述者之四：*唐晓渡（1954— ），诗评家、诗人，作家出版社编审。1982年2月任职于《诗刊》，亲历了1980年代《诗刊》及诗坛的一些重要事件。*
口述时间：*2013年9月；地点：苏州。*

我先说说民刊，因为我觉得这是当代诗歌的一个小传统，或者说我们自身所处的诗歌传统，或者说接续"五四"以来，特别是三四十年代现代诗传统的一个很重要的起点,这是《今天》确立的一个很重要的建构自身的方式——从办刊物开始。说到这儿我要把它稍微拓展一点,我觉得这个传统不仅仅是诗歌的传统,而是包括了整个当代思想史,他们做没做这个事我不太清楚,但要我来做也会从这个地方开始。我要说的就是民刊这个传统在整理中国民间思想包括诗歌时是一个很重要的传统。

到了北京以后,我自己前后参与了三个杂志的创刊,一个是《幸存者》,一个是《现代汉诗》,原本是想把《现代汉诗》做成一个纯粹民间的年鉴,但出了一期停掉了。这个期刊就叫《现代汉诗年鉴》,[1]其实就是承续的《现代汉诗》。《现代汉诗》从1991年春季号开始出,到1996年秋季号一共是九期十六卷。那个时候我发现了一个问题,我们的出版周期比较长,我们又要求首发。对,自己印刷,一开始我们还是打印,到打字房去打,后来当然有电脑植字了,不像其他刊物一开始都是油印的。那时候我就想,历史的语境已经发生变化,1990年前后有一段时间全国的刊物都不让发表诗歌。"南巡"以后慢慢就放开了,到1996年前后发表基本上没有任何问题了,这是一个变化。第二是我们要求作品是首发,但我们的出版周期比较长,诗人又比较穷,如果他考虑到你的首发,就不能给别的刊物,我们又没有稿费,所以我就说我们不能耽误这些东西,有些人确实还指着它补贴家用呢。而且我也希望它能有一种更广泛、更公开的方式来传播,如果出版允许公开发行,我们为什么不把它做成公开的呢,这样含量更大。虽然我们之前也包括作品、批评、翻译三大块,但我们可以把它做得更充分一些。这样就把它改成《现代汉诗年鉴》,正式出版是文联出版公司,很可惜,里面的一些内幕我到现在也不清楚,没有发行,但因为这么多年做这个,我是有一种警觉的,所以我让工厂送的时候直接送给我五十本,其他送到出版社库里的,一进库马上就被封掉了。

---

[1]《1998:现代汉诗年鉴》,中国文联出版公司1999年出版。

什么原因，不知道。我这五十本他们是第二天叫我交还，我说对不起我已经全部寄出了，因为一些是出钱赞助的，还有很多作者要给书。他们也还好，没有再追究这个事情。

我1982年到的北京，当时大学生诗歌方兴未艾，1983年开始，上海有《海上》《大陆》，四川有《中国当代实验诗歌》《巴蜀现代诗群》《莽汉》《红旗》《非非》等一批这样的民刊，《红旗》更早一点，应该从1982年就开始办了。今天我们回头看，那个时候它是播下了一个种子或者树立了一个样板，中国民间诗歌，就是所谓的第三代诗以及其后的诗歌，其实都承续了这个传统，都是从办民刊开始的。1985年前后是最蓬勃的时期，才有后来1986年的"现代诗大展"，包括后来创办的《倾向》《红土地》，等等。这些刊物对于积聚民间的诗歌力量和多元格局的形成，包括聚积作者、提供文本，起了非常大的作用，你看现在这些中坚的诗人，很多都是1985年前后民刊的创办者和召集者。

1988年我、芒克和杨炼办《幸存者》。我们三个也是觉得时机比较成熟了，其实还是想把《今天》这个传统在北京重新恢复起来，所以就办了这个杂志。《幸存者》办了两期，实际上出了三期，两期是正式杂志，一期是艺术节特刊，里面的作品不是首发而是结合艺术节的。取名叫《幸存者》有特定的意义，我当时写了一个阐释，后来也收在了我的诗学论集里面。包括我们的Logo是个独角兽，是我和杨炼一起设计的。前天我们和北京文艺网在北大做了一个国际华语诗歌奖，有一个搞民间收藏的拿了《幸存者》全部三期、《现代汉诗》大概四期来找我签字，我说"天哪，你从哪儿弄来的"。我都没有他拿来的《幸存者》第一个版本，我们当时做了两个版本，第一个版本是用白漆喷的，第二版是用黄漆喷的，是我和杨炼干的，那个版是我发挥"文革"时期的经验，用马粪纸刻好了，买了喷枪，夏天在他家水泥地上，五百个封面喷下来我们俩全身都是油漆。第一期很快就被用完了，于是我们做第二期，但是白漆买不到了，所以我们买的黄漆，我那儿可能还有一本黄漆的，但白漆的没有了。

同时还办了一个"幸存者诗歌俱乐部"，第一批邀请了十三个人，后来又邀请了一批，有二十来个人，主要是北京的诗人，但是也包括张真，她本来是属于上海《海上》《大陆》的，但当时在北京做外交官夫人，我觉得当时的上海，她和陆忆敏是两个非常出色的女诗人。一开始我们严格地每周聚会一次，后来因为太密，就改成两周，内容就是讨论作品，每次讨论一个人的作品，提问，回答，讨论诗学问题，最近读什么书，想什么问题。这个从1988年4月开始活动，一直到1989年春天结束，讨论了一批作品以后就做了一个"幸存者诗歌艺术节"，是和美术界一起做的，当时在北京影响非常大。我记得那是1989年4月12日。那次朗诵会在中戏，这是我参加过的最令人感动的活动，周围的巷子全都堵起来了，那个小剧场只能容纳九百九十九人，但来了三千多人，中央电视台、北京电视台的转播车全都进不来，整个会场的气氛让我感到诗歌确实是一种植于人心深处的力量，全程一个多小时整个会场里鸦雀无声，当然那次我们也是精心策划整个节目的。海子3月27日刚刚去世，他也是我们俱乐部的成员，也把他的节目临时加进去了，气氛非常好。到了1990年前后我们觉得这样不行，作品也发不出来，朗诵也开不了，80年代的势头就可能被中断，所以我们几个朋友，包括芒克、上海的孟浪、杭州的梁晓明，我们就想应该有一种方式能把那个小传统延续下来，就决定创办一个民刊，这可能是当代唯一一个跨省的诗歌民刊，就是《现代汉诗》。

那个时候我们就说《现代汉诗》不设主编，各地编委轮流编，我们设想的是北京先编两期把基调定下来，然后杭州，然后上海，然后四川。我编了两期转到杭州，杭州编了一期转到上海，后来我们就把它全部收回北京来做了，然后分卷，一共是九期十六卷。这是一个坚持时间比较长的，而且是面向全国的民间诗歌杂志，一直做到《年鉴》。作品比如西川的《远游》，伊沙的《结结巴巴》《反动十四行》，都是在《现代汉诗》上首发的，后来的像余怒、四川的孙文波，这些在90年代有相当诗歌影响的人，在80年代都没什么影响，基本上都是在《现代汉诗》上发出来的。像韩东、于坚这些在80年代已经有诗歌影响的诗人，也在《现代汉诗》上发表了大量的东西。包括我们的批评，比如崔卫平的《诗歌与日常生活》也是在《现代汉诗》上发出来的，以后才在《文艺争鸣》上发的。因为我们当时坚持首发，所以还是有一批作品的。

三、"拨乱反正"时期的重要会议

"文革"结束后，文学进入"社会主义新时期"。在1979年"第四次文代会"召开前，文艺界一系列重要会议，其中包括批判"文艺黑线专政"论，落实文艺政策，为遭遇错误批判的作家作品平反，重新处理文艺与政治的关系等。这些会议以及相关思潮，对文艺界的拨乱反正、解放思想起到了重要作用。

1.《人民文学》《诗刊》与《文艺报》联席会

口述者： 刘锡诚（1935—　　），文艺评论家，民间文学研究专家，曾任《文艺报》编辑部主任等职。
口述时间： 2005年11月；地点：北京。

你提到的三个刊物编委联席会，是在北京远东饭店召开的。[1]由《人民文学》《诗刊》《文艺报》三个编辑部举办，这三个杂志在作协很重要，我当时是负责会务的，并对这个会议做了详尽记录。[2]会议

---

〔1〕 中国作协党组和书记处于1978年10月20—25日在北京远东饭店开《文艺报》《人民文学》和《诗刊》三刊编委联席会。
〔2〕 刘锡诚《真理标准讨论与新时期文学命运》详细记载了会议情况："在这次会议上，各位编委本着真理标准问题讨论的精神，对新时期文学面临的一些重要问题坦率地发表了意见。这次会议对处于转折时期的中国当代文学（转下页）

上最主要的还是讨论"伤痕文学",其他编辑部也有思想比较"左"的,像《人民文学》编辑部的草明,她的思想是老派的。但当时《文艺报》的思想还是比较解放的。陈荒煤发言的时候,他说要正确认识"伤痕文学","文化大革命"后产生的"伤痕文学"不算什么"伤感文学",它是暴露了社会阴暗面的一种文学。在这方面陈荒煤敢于站出来支持青年作家卢新华。[1]陈荒煤对《文艺报》的贡献也大,之前他的秘书严平给我打电话说要写陈荒煤的传记,我说要写详细一点,因为陈荒煤是一个跨世纪的人,30年代他已经是一个作家了,"文革"的时候又被关了七年。严平把传记写好后发给我,我看了确实比较感动,陈荒煤在思想解放上没有太大顾虑,他的确是一个有胆有识、有学问的人。

2. 文艺作品落实政策座谈会

口述者:刘锡诚

(接上页)即'新时期文学'的发展,起了不可忽略的作用。"刘锡诚认为,"在这些发言中,现在看来,有些提法可能过时了,有些提法因受时代局限有明显的错误,但其主要部分和主要精神,如:呼吁为受迫害的作家和被打成毒草的作品平反,揭批'四人帮'捏造的'文艺黑线专政'论和'文艺黑线'论,重新估价30年代文艺和17年文艺的历史功过,恢复毛主席的革命文艺路线,为'伤痕文学'开道,冲破禁区,解放思想,砸掉精神枷锁,提倡作家写自己熟悉的生活和深入生活,文艺为新时期服务和文艺的新时期,特别是根据实践是检验真理的唯一标准的讨论,结合文艺实际,提出了人民群众是文艺作品的权威评定者,等等,无疑推进了真理标准讨论在文艺界深入人心,推动了文艺界的思想解放,在中国当代文学史上是一次重要的会议"。《红岩》1999年第1期。

[1] 会议之前,陈荒煤在1978年9月19日《文汇报》发表《〈伤痕〉也触动了文艺创作的伤痕!》。陈荒煤在文章中说:"总之,是《伤痕》引起的争论,远远超过对小说本身评价的意义,它涉及文艺创作的一些带有根本性的问题,也暴露了我们文艺工作者在思想上的伤痕有多深!""不认清这个伤痕,不清楚这个伤痕,就不可能真正贯彻'百花齐放'的方针,不可能促使题材风格样式的多样化,不可能繁荣我们的文艺创作,更好地为新的历史时期的人民群众服务!""从这一点出发,我热情地支持《伤痕》,也热情地支持《伤痕》的讨论。"

口述时间：2005年11月；地点：北京。

在文艺界拨乱反正时期，《文艺报》的确是发挥了很大的作用。[1]我在《文艺报》工作的时候，上面的规定是每个人必须要读书，必须要看杂志，大小杂志你都要看，我们每个礼拜一早上都要汇报工作，主要是谈一谈自己上个星期看了些什么东西，有哪些作品是好的作品，其实这是很辛苦的，我们的工作方式就是这样，但我们有种热情。另外《文艺报》的特点一定不是从来稿中选稿，而是我们根据看过的杂志、看过的小说来寻找可以写稿的人。这样就训练了一个编辑的判断能力、感悟能力，还有对理论的把握能力，像当时流行的人道主义、现代派我们都要了解得很清楚。如果你对一部作品乱提出意见，你是不能够干这份工作的，这对编辑的锻炼是很重要的。《文艺报》还有一个好处，你必须要很认真地看作品，你管长篇这块，你就必须要看过长篇，否则说不出东西来，也不能够形成敏锐的眼光，从而不能在众多评论中看出新鲜的内容。当时的作家对我们很尊重，包括北京那批很牛的青年作家，因为我们对文学很有责任感，我们是在很认真地对他们的作品提出问题，尽管我们提出的问题不全对。比如对现代派的批评，80年代对现代派的讨论是从《上海文艺》开始的，记得冯牧和我交谈的时候，他问我怎么看先锋派，我回答说："先锋派的特点就是背对现实，面向内心。"关于现代派，我们《文艺报》主流的观点就是这样，现在想想这个理解还有很多不足的地方，显得很简单。

平反冤案对我来讲，是我人生当中做的最不可忘记的事情之一。

---

[1] 1978年7月29日，恢复中国文联及各文艺家协会筹备委员会召开会议，讨论通过各协会的党组名单以及《文艺报》、《人民文学》和《诗刊》三刊物的编委会名单。《文艺报》主编：一、冯牧，二、孔罗荪；编委：孔罗荪、韦君宜、冯牧、刘白羽、陈荒煤、李春光、张光年、林默涵、周巍峙、赵寻。

当时的情况不是中央要平反，我们完全没有接到上面要平反的消息，是我们自己要求平反的。[1]当时在编辑部，雷达和我们几个人坐在一起，然后我们在本子上写下一批作品，讨论哪些要平反。我们列出的作品有几十部，然后我们就开始走访这些需要平反的人。

我印象很深刻的是对《刘志丹》的平反。李建彤[2]因为写《刘志丹》于1968年被关押进监狱，她丈夫也就是刘志丹的儿子刘景范同年也因为"现行反革命罪"逮捕入狱。[3]我们并不认识作者李建彤，1978年的一天我找到李建彤的家，然后对她说："我们要为《刘志丹》平反，请你到大会发个言。"老太太听后说："我很感谢你们，你们要知道，我们的案子是中宣部、公安部、组织部三头定的案，是康生他们一手策划的铁案，抓进监狱的涉案人员就有二百多人，你们还很年轻，连累你们我很过意不去。""文革"结束后，上面根本就没有想过要平反，只是我们自己决定开个大会来为"文化大革命"中受迫害的作家和作品平反，这件事情是我亲自负责的，后来我们还是把李建彤老太太请来了。当时上报党组织，是编辑部的行为。我们还决定

---

[1] 刘锡诚在《一次大行动：为作家作品平反》中记载，1978年10月25日的《文艺报》编委会上，编委们十分关注在"文革"中受迫害的作家和被打成毒草的作品的平反落实政策问题。"第二主编罗荪先生在发言时转达了新华社记者的一个建议：如果我们能开一个为作家作品落实政策的会议，他愿意写一篇报道。第一主编冯牧先生接着作了发言：'大批作家和作品亟待平反。如小说《刘志丹》被扣上四条罪状：为高岗翻案；突出陕甘宁边区；剽窃毛泽东军事思想；为习仲勋树碑立传。作者李建彤受到残酷迫害，至今没有得到平反。应当像邓小平所说的，不管老账新账，只要是错的，都要平反。'在此后编辑部的会上，他又提出要为赵树理、周立波、马烽、艾青、公刘、秦兆阳、刘澍德等一大批受迫害的作家平反。"编委会作出决定后，我所在的《文艺报》编辑部先后研究了几次，决定与荒煤先生担任主编的《文学评论》联合主持召开一次为作家作品落实政策的座谈会。所以名为座谈会而不叫平反大会，是考虑到事情是由我们编辑部发难，自下而上地进行的，而没有按照惯例先向上级主管部门提出申请并得到批准，而且用'座谈会'的名义，规模小些，不易引起某些人的注意和非难。因此，这只是一个策略。"《黄河》1999年第3期。

[2] 李建彤（1920—2005），原名韩玉芝，1937年赴延安参加革命，新中国成立后，曾任政务院监察委员会监察专员、中国地质科学院党委副书记等。

[3] 口误，刘景范应为刘志丹之弟。

为《保卫延安》[1]平反,《保卫延安》是很重大的作品,因为当时对彭德怀的问题搞得太厉害了,所以一大批人受到了牵连,包括这部书的责任编辑宁干,他是被开除了军籍和党籍的。我们去找宁干,他第一次答应了要来开会,但是我们第二次去找他的时候他却说:"我的稿子写好了,我想我不去了,让许翰如同志去吧。"我说:"你放心,我们一定要对《保卫延安》平反。"后来还是说服了他,他的发言《解放军报》全部都登了。其实这在当时是非常艰难的,大家都很害怕,这不仅对大家的政治上造成影响,而且生命都可能有危险。我们在1978年12月5日,和《文学评论》合作召开"文艺作品落实政策座谈会",但实际上主要还是我们《文艺报》编辑部做的。[2]开会的那天,天下着大雪,但到场的有一百四十多人。李建彤、宁干他们都有发言,12月23日,《人民日报》发表评论员文章《加快为受迫害的作家和作品平反的步伐》。这件事情的影响非常大,在新时期文学史上的地位是不可以忽略的。

3. 全国文艺理论批评座谈会

口述者之一: 刘锡诚

口述时间: 2005年11月;地点:北京。

这次会议是在1979年3月举行的,周扬、林默涵他们都来了,有

---

[1]《保卫延安》,杜鹏程著,人民文学出版社1954年6月出版。
[2] 刘锡诚在《一次大行动:为作家作品平反》中回忆说:"我根据编委会和主编的决定,于11月14日到《文学评论》编辑部去,与杨世伟同志一起研究了召开这次落实政策座谈会的一些具体组织工作。商定时间就在12月5日,事不宜迟。我们就组织发言做了分工。"《黄河》1999年第3期。

一百人左右，开的时间很长，是空前盛大的一次会议。[1]每天都有简报，我现在还有全套的简报。"全国文艺理论批评座谈会"的意义极大，会议的主讲人是冯牧，冯牧的思想比较解放，在会上他讲得很好。讨论的时候涉及的问题很多，比如对建国三十年来文艺的经验教训进行总结，比如如何正确开展文艺理论的批评与评论，比如如何按照艺术规律写作、批评等。许多同志都指出，文艺界要清除"四人帮"的影响，要正确认识建国十七年来文艺界遭受的"左"的干扰。我们请周扬、林默涵、陈荒煤做报告，每人做半天，他们的报告都是发表了的。周扬确实很有觉悟，他认真反思过去，在大会上还哭了起来，我对此印象极其深刻。林默涵讲到我们过去"批左""纠左"时，他的调子一下就变了，因为年轻的一辈对他的态度不是很友好，比如陈辽他们说"四人帮"的极左路线就跟十七年有关。林默涵讲完报告后就不参加了，总体而言年轻一代攻击林默涵比较厉害，算是很尖锐了。后来林默涵对冯牧意见很大，说在会上对他们进行讨伐也不打招呼，他还给冯牧写过信。这是"全国文艺理论批评座谈会"一个很大的事情。"全国文艺理论批评座谈会"第二个很大的事情就是李子云的"为文艺正名"，我们第一次谈文艺和政治的关系就是在这个会议上。李子云是写好文章来参加会议的，她在会上讲的"为文艺正名"的观点虽然有争论，但对推动思想解放运动也是有帮助的。还有一个人叫徐非光，也就是戚方，他说文艺是不能为政治服务的，但后来他的观点变了。其实大家在会上讲这些东西之前，做了很大的思想准备。参加会议的人中，一大批人包括我都受到了熏陶，在文艺理论

---

〔1〕 座谈会于1979年3月16日在北京向阳第一招待所（现为崇文饭店）召开。邀请到会的有：首都和部分省市的文艺理论工作者、报刊文艺理论编辑、高等院校中文系文艺理论教师，以及"文革"前和"文革"后文艺战线的一些领导人，共九十余人。会议由《文艺报》的两位主编冯牧和孔罗荪主持。李子云在3月18日的会上发言，对"文艺是阶级斗争的工具"提出质疑，3月19日的会议《简报》刊载了发言内容。根据与会的刘锡诚回忆，文艺与政治的关系问题，在文艺理论工作座谈会上成为与会者关注的话题之一。参见刘锡诚《在文坛边缘上》，河南大学出版社2004年9月第1版。

领域这次会议确实不可忽略。

口述者之二：李子云（1930—2009），文艺评论家。曾任《上海文学》副主编等职。

口述时间：2005年11月；地点：上海。

1979年3月北京开"全国文艺理论批评座谈会"时我已经写完《为文艺正名》，4月份《上海文学》就发了。这件事发生在这个时候，但在我心里酝酿已经很久了。在"文革"当中我就想我很忠于毛主席，其实我是个紧跟的人。但是在文艺的根本作用上，可能我还有其他一些曾经服从于政治、做政治传声筒的人有困惑。你说文艺跟政治的关系究竟是什么样的关系？王元化先生有个看法，他说文艺完全跟政治没关系，在这个环境里也没可能。夏衍跟我讲过一句话，说现在我们一个人每天的生活，是在很宽松的状况下，你能要求心里加上一个为政治服务的东西，要求文艺为政治服务，成为依附于政治的工具吗？还有文艺与生活的关系问题，我觉得"三突出"等所谓"创作原则"，也从根本上否定了文艺与生活的关系，把文艺与政治的关系强调到了极端。

粉碎"四人帮"以后，我开始集中思考这些问题，对"文艺是阶级斗争的工具"这一长期使用的口号提出质疑。在十一届三中全会之前，上海要开一个理论务虚会，我作为文学界的代表之一参加了这个会。跟我认识的一些人都是思想解放的先锋。那些老人家是很了不起的，当时还没有完全出来。讲了以后反应非常强烈，认为是恢复了马克思主义文艺理论的本来面目。一些老头儿很支持我们，像钟望阳。[1]

---

[1] 钟望阳（1910—1984），原名杜边牧。1933年参加左联领导下的文学工作，抗战后参加上海文化界救亡协会，1942年进入淮南抗日根据地。新中国成立后，曾任上海文化局副局长、上海音乐学院党委书记。"文革"结束后任《上海文艺》副主编、上海文联党组书记等。

《为文艺正名》

发表《为文艺正名》的期刊封面

没有钟望阳这批人，我们这些人都出不来了。[1] 钟望阳是一个办事很保守、很胆小的人，但他当时被我们这些年轻人包围。他对我很好，对周介人也很好，也很欣赏周介人。[2] 这篇文章是我和周介人根据我在上海理论务虚会上的发言稿写成的，洪泽他们要求用"《上海文学》评论员"的名义发表，这样影响大。现在的年轻人可能无法理解了，那时候我们冲锋陷阵，只要达到目的就行。上海的会结束后，我到北京参加"文艺理论批评座谈会"当然还要讲这些，我是写完这篇东西去的。我去北京还有个任务，这个会完了以后，中央还要开理论务虚会，我也要参加。中央的会后来没有开成，我在北京感到情况有些变化，觉得知道了不能不讲，就打电话到上海告诉钟望阳他们，问《为文艺正名》要不要撤下来。他们说照发。我觉得不能把这篇文章的影响都归功于自己，是一环扣一环的，我李子云再蹦跶是没有用的，假如钟望阳、洪泽他们说撤。现在的小青年讲起这些来很轻松，如果当年没有这些人坚持和支持是不行的。《为文艺正名》发了以后，引起争论，赞同和反对的意见我们都发，而且开始是发表不同意见。[3] 争论由上海波及到北京和其他省市。[4]

---

[1] 李子云在《送洪泽同志远行》中说："这个题目在1978年的背景下，当然会遭到很多人的反对甚至叫骂。也有好心人劝我不要过早去碰如此敏感的问题。我由衷感谢洪泽、钟望阳和罗竹风同志。他们听我陈述了自己的观点之后，认为我的想法有价值，坚定了我的信心。在我准备发言提纲过程中，他们始终关心，不断提出意见，让我思考得更周密一些。"《我经历的那些人和事》，文汇出版社2005年1月第1版，第251页。

[2] 周介人（1942—1998），编辑，评论家。曾任《上海文学》执行副主编，著有《文学：观念的变革》等。

[3] 1979年第6期《上海文学》发表王得后和吴世常的文章，对此问题提出不同意见。

[4] 根据刘锡诚叙述，《为文艺正名》发表后，首先引起了上海文艺界的热烈讨论。上海师范学院中文系、复旦大学中文系、上海戏剧学院等单位，先后开会讨论。中国作家协会上海分会连续召开了四次座谈会，邀请持不同观点的人士参加。中国社会科学院文学研究所副所长陈荒煤7月14日将《文汇报》编印的《理论探讨》上有关这次讨论的文章《讨论为文艺正名简报》等复印给所内各研究室参阅，并做如下批语："《上海文学》今年四月号发表《为文艺正名》一文引起了上海文艺界的热烈讨论，这个讨论实际涉及文艺与政治，文艺与生活，文艺的性质、功能、特征和规律问题。（转下页）

去开文代会之前，我们在第九期发了一篇反对官僚主义的文章。这篇文章其实违背我的一些想法。当时的情况是那样，有很多反对官僚主义的作品。我不赞成文艺为政治服务，不赞成文艺为这种政治服务，也不赞成为那种政治服务，不赞成持不同政见的人把文艺作为反对一种政治的工具。陈沂[1]在电话里说你知道吗，反官僚主义就是反党。我说反官僚主义怎么会是反党？我是对党有感情才发这篇文章的，我在电话里说。接着我就把电话挂了。我跟钟望阳讲，他要开除我党籍呢。钟望阳说你不要那么激动，不要那么凶。我虽然嘴巴很硬，但心里非常生气，回到屋里就大哭一场。后来就到北京开作代会，我和茹志鹃去看周扬，向周扬汇报。茹志鹃在这一点上和我意见一致，我们协同作战。周扬见我们了，我们就把情况汇报了。周扬一听就哭了，我们吓了一跳。他说官僚主义不反要亡党亡国。邓小平在"第四次文代会"上致开幕词，小平同志说了不要提文艺为政治服务。我们开心死了，我们当不成"反革命"了。

（接上页）现将上海文联简报及《文汇报》《理论探讨》未定文稿《不妨看点文学史》翻印给各室。理论、现代、当代、文评各室，最好讨论一下。"《讨论为文艺正名简报》归纳了上海文艺界对这篇文章的不同观点。

上海师范学院中文系吴世常、刘叔成，市文化局唐应光、杨里冈等不同意《为文艺正名》中阐述的基本观点，他们认为"'文艺是阶级斗争的工具'是个科学的口号"，《为文艺正名》有如下几个错误：1.这篇文章讨论的是文艺的定义，文艺的定义可以从各个方面去下，古今中外的大文学家都想给文艺下一个统一的定义，但谁也无法做到。研究问题不能从定义出发。2.因为"四人帮"利用过"工具说"，而把"工具说"否定掉，这是从一个极端走向另一个极端，这是因噎废食，形而上学。3.如果仅仅抓住山水诗、花鸟画来批"工具说"，这是用支流掩盖主流，没有看到本质。4.把"工具说"作为阴谋文艺的理论基础，混淆了"十七年"同"四人帮"控制时期不同性质的矛盾和问题。5.批了工具说，文艺成了什么工具？还要不要为无产阶级政治服务？还要不要为四化服务？这些都不要了，文艺工作怎么搞？怎样领导？《正名》把思想搞乱了。

在上海作协召开的四次讨论会上，丘明正、王文生、徐中玉、王西彦、罗竹风、石方禹、张海珊、王若望、刘金、徐缉熙等表示基本上赞同《为文艺正名》一文所阐述的基本观点。

[1] 陈沂（1912—2002），1929年参加革命，1931年加入中国共产党，1937年参加八路军。1955年被授予少将军衔。曾任中国人民解放军总政治部文化部部长、上海市委副书记兼宣传部部长等。

四、"新时期文学"初期的反思

周扬在20世纪30年代即参与领导左翼文艺运动,曾任"中国左翼作家联盟"党团书记。1937年秋赴延安,是解放区文艺的组织者之一。1949年参与负责筹备和召开了中华全国文学艺术工作者代表大会即"第一次文代会",并做关于解放区文艺运动的报告《新的人民的文艺》。从延安时期始,周扬便是毛泽东文艺思想的阐释者,在五六十年代具体领导了多次文艺运动和思想斗争。"文革"中受批判并被监禁,粉碎"四人帮"后复出。1979年负责筹备召开"第四次文代会",当选为文联主席,领导和推动了新时期文学的发展。晚年周扬充满了反思精神,代表性的讲话有《关于马克思主义的几个理论问题的探讨》等。

关于起草"纪念马克思逝世一百周年"报告

口述者:顾骧(1930—2015),文艺理论家,曾在文化部、全国文联、中共中央宣传部、中国作家协会任职。1980年代初协助周扬的文字工作,执笔起草了《关于马克思主义的几个理论问题的探讨》第一、第四部分。

口述时间:2013年10月;地点:北京。

"纪念马克思逝世一百周年"的报告是在1982年起草的。按照党的惯例，像这样一些大的东西都是有笔杆子起草的。这个纪念活动实际上有两个会：一个是中共中央开的，叫纪念会；一个名义上叫学术讨论会，周扬被中央指定做报告。当时我在中宣部文艺局，贺敬之就找了我们谈话，说要给周扬同志起草报告做准备。按照贺敬之的想法，他心目中的报告要有理论水平，思想观点正确。经常往中宣部跑的是三个人：一个程代熙，一个王春元，一个陆梅林。这三个人不一样，陆是搞俄文翻译的，外国文学所的，俄文比较好，的确翻译过马列的东西，当然他是晚一辈的。王春元是我非常好的朋友，理论水平比较深，笔名叫马文兵，为人很好，后来他觉得他们那里的味道不好。贺敬之认为这些人都是有理论水平的，就找他们三个组成一个起草班子，讨论的时候我还提了个意见，说是不是周扬报告的起草班子里应该有不同的声音，我提了王元化。[1] 为什么提王元化呢？两个原因，一个是我跟周扬接触的时候，他提出来要抓理论的班子，要在全国范围内开一个理论骨干的名单，其中就有一个王元化，他说过王元化等几个研究古典文艺理论的成绩；还有一个就是我跟王元化关系不错，"四人帮"垮台之后他也没有担任职务，在学术界还没有那么高的地位，我们在昆明、庐山、上海开过几次会议，非常熟悉。我就说是不是让他也参加，因为当时北京几个人都是铁板一块，要有不同的声音。这个时候贺敬之还比较开明，就同意加一个王元化。当时贺敬之就定了他们三个加上王元化，还有一个陈涌，陈涌在贺敬之心目中是头一块牌子的，很佩服他。陈涌这个人很"左"，但为人很正直。就是这些人来一起讨论，但也讨论不出名堂来。中央纪念马克思逝世一百周年有什么精神没有啊？周扬有什么想法啊？都不知道。下面起草无非是根据上面的精神来，什么都不知道，自然讨论不出东西来。

---

[1] 王元化（1920—2008），学者、文艺理论家、思想家，1935年参加"一二·九"学生运动，1938年加入中国共产党。曾任上海文艺出版社副社长、上海市委宣传部部长。著有《文心雕龙创作论》《清园近思录》《文学沉思录》等。《王元化集》（10卷），2007年由湖北教育出版社出版。

这就是第一阶段，这个事情就告一段落了。中间隔了好几个月，到1983年年初，我参加文联的理论工作会议，那时候秘书叫小丁，说周扬在医院里面休息，让我去，有话要跟我谈。我就想是不是周扬要亲自来抓纪念马克思的报告了，这个事情我一个人拿不下来啊，要起草这个报告的话，贺敬之那个班子第一块牌子肯定是陈涌，贺敬之认为他是大理论家。正好陈涌也在开这个会，我就跟他说周扬同志找我们，实际上周扬只找我，但我拉了他一起去，在路上陈涌就说："要我参加给周扬起草报告不合适啊，第一，我不赞成周扬同志对于'双百方针'的解释，就是'两个自由'，另外在关于人性、人道主义的问题上，我和周扬同志的看法也不一样。"到了医院，不谈正事闲聊聊了一个多小时，我想坏了，这是我自作主张了，周扬肯定是专门要跟我谈的，现在我拉了一个人来，气氛不对了，一个多小时什么正经事没谈，这个就很明显了。

回去之后不久周扬就到天津去了，他在"文革"前跟天津也有关系，那是一个很好的休养的地方。刚过了春节上班，小丁给我打电话说：周扬同志找你了，这次就是找你自己来，但是给王若水带个信，让王若水[1]一起来。我这次不敢自作主张，就跟王若水通了电话。这次就是来起草报告了，当时刚过了春节，我记得是2月15日，那时候不像现在这么方便，坐火车晚上到天津，在天津迎宾馆。王元化也坐飞机来了，同一天到达，到了之后事情很清楚了，就是给周扬起草报告。那时候王元化还没有当宣传部长，是回到上海以后才当的，当时仅仅是听说。第二天就开始工作，就是我们几个人弄，王若水这个人我很钦佩。当我们刚刚要开始动笔的时候，他和他妻子离婚了，法院要开庭，通知他到庭，他就跟周扬请假回去了。所以王若水一开始讨论的时候提供了很好的思想，但要开始执笔的时候回去了，等于就我

---

[1] 王若水（1926—2002），政治理论家，1948年毕业于北京大学哲学系。曾任《人民日报》副总编辑。著有《马克思主义的认识论是实践论》《为人道主义辩护》等。

和王元化两个人起草。周扬是大理论家，对理论的概括能力很强，基本上谈完之后文章四个部分，四大块理论问题就出来了，我写第一和第四部分，王元化写第二和第三部分，写完之后周扬自己修改。当时我们四个人讨论达到的水平好多年以后也没有再达到，完全放开来，不管是谈"文化大革命"，还是整个共产主义理论、马克思主义、国际共运的基本问题，等等，都摊开来了，有的话说得很深，最后把它提炼起来。

报告当时有一点十分明确，讲共产主义运动中间存在的问题。我在文章里写了，社会主义应该是民主的、人道主义的社会主义。周扬对这个问题酝酿已久，不是1983年我们讨论这个文章的时候才有的，1981年讨论《关于建国以来党的若干历史问题的决议》，那也是一次很大的思想解放运动，党内几千人参加讨论，这个时候周扬在高级党校做了一个讲话。这是中国在"四人帮"倒台后讲异化讲得最早的人之一，当然我也有相关的文章，但无法跟他们相提并论，不过我是有文章可证的，1980年我发表的文章里面已经提到了异化问题了，但不是特别谈异化的。说句不客气的话，当时在中国知道异化问题的人不是很多，不要说普通老百姓，就是搞理论工作的人里面直接去接触异化的人也很少。王若水回京，没有参加起草，第三天他就走了，实际上没有用到他的东西，我们谈的时候甚至没有提"异化"，是他走了以后才提到的。第一稿写的是人道主义，周扬看了以后说我们可不可以加上一个"异化"问题。这才加上的。加了"异化"之后周扬怎么一夜没睡着觉啊，苏灵扬同志也说他一夜没睡着觉，现在很多人根据我的材料都说一夜没睡着觉。但我自己都没想到怎么会这么严重啊，为什么写个"异化"就一夜睡不着觉啊，现在豁然开朗。

《1844年经济学哲学手稿》是1956年才由何思敬翻译过来，有多少人是直接从黑格尔那里把这个"异化"抓出来的？一般都是从《经济学哲学手稿》里得来的，都是说马克思说劳动异化、精神异化，搞哲学的人也没有多少人去专门研究异化问题。1956年翻译过来之后，有多少人知道这个事情我不知道，但我怎么会知道呢？我当时在人民大学马列主义哲学研究班，那个时候已经要搞专题、搞毕业论文了，我谈的美感。人民大学的马奇和何思敬关系很好，他得到《经济学哲学手稿》之后最先研究，辅导我读《手稿》，所以我是比较早地接触到《经济学哲学手稿》和异化问题的人。到1980、1981年周扬谈异化的时候很少有人了解，王若水谈的时候很多人知道有异化了，但依然不是很清楚。我们写这个文章的时候周扬一直在讲写文章要有突破，搞理论要有新的东西，他觉得我们的突破就在这个地方，把异化问题提出来。这里面讲异化主要有两个角度。一个是从总结"文化大革命"的角度，我们当时很多搞理论的有个针对性，就是反思"文革"。怎么上升到理论高度呢？就是异化问题，总结"文革"的经验教训。还有一个就是联系到现实，思想解放就是人的解放，讲人的解放就讲到异化了。

1983年3月7日，"纪念马克思逝世一百周年学术讨论会"在中央党校大礼堂召开，周扬做《关于马克思主义的几个理论问题的探讨》报告。[1]在马克思忌辰一百周年提出这么重大的理论问题，那是

---

[1] 顾骧《我与晚年周扬师》回忆说："中央党校礼堂坐满了人。包括全国各地来的出席会议的代表与首都社科界临时赶来聆听周扬同志报告的人。中央党校校长王震与中央书记处书记兼中宣部部长邓力群出席了会议。周扬同志作主旨报告。报告稿是由《人民日报》印刷厂打印的清样。他作了一个开场白，他说，他的这个讲话，找了几个人一起商量写成的。报告由一位女播音员代读。后来知道这位女播音员是中央人民广播电台的著名播音员，她音色优美，吐字清晰，声调顿挫，为这篇报告增色不少。报告结束，获得了长时间的掌声，掌声是热烈而不是敷衍的。我感到宽慰。下午回城，在中宣部食堂匆匆吃了晚饭，赶去安儿胡同周扬同志家，与周扬同志碰碰情况。我告诉他会场的气氛，还告诉他，他说报告是找了几个人商量写成的，引起人们猜测，社科院文研所的贺兴安同志问我：周扬同志是否找了胡乔木商量的？周扬同志听了笑笑。他告诉我：会议休息时，邓力群上前向他祝贺，说讲得好。王震也说讲得好，还问他'异化'究竟是什么意思？能不能换一个词？周扬对他说，不能换。那晚看上去他挺高兴。他还告诉我，他的讲话稿在《人民日报》印刷厂打印的清样，已分别送胡耀邦、胡乔木、邓力群和贺敬之审阅。大约过了三天，听他说，耀邦同志将讲话稿退了回来，只是在名字上画了圈，没有讲什么。按照通常的理解是同意通过了。事情到此，似乎很平常地过去了。"《晚年周扬》，文汇出版社2003年6月第1版，第51、52页。

非同小可啊。所以作为周扬来讲他很重视这个问题的理论价值，也觉得它有危险性。周扬讲话以后，胡乔木就说要批判，批判什么？很明显，人道主义。

周扬报告在《人民日报》发表以前，中间有好几天，胡乔木想到周扬家找他谈话。[1]后来有许多材料，说胡乔木到周扬家公开讲：我来是受胡耀邦同志的委托，耀邦同志认为你这篇文章不要发表。这个事跟周扬对了，周扬说：没有这事，你胡乔木到我家来没有说是代表胡耀邦来的，也没有明确地说中央不让讲，我有事实为证，把参加那天谈话的人的文字记录都摆出来，大家自己看看讲没讲。参加会议的除了胡乔木还有夏衍、郁文、贺敬之和王若水，夏衍没有留下文字资料，郁文和贺敬之有一个共同的传达记录，所有参加会议的人有文字资料的都摆出来了，就看有没有明确讲，事实是没有明确讲。[2]周扬很明确，我自己说话我自己担当，我自己这么讲了我当然希望发表。中央有什么想法呢，在发表之前胡乔木打过电话给邓力群，意思就是这个文章不要发了，但邓力群没有把这个给秦川明确地讲，只是说要修改，要研究，没有说不让发。所以我的书里

---

[1] 谈话时间是1983年3月10日："还是在3月10日，胡乔木到周扬同志家，谈他对周扬讲话的看法。同时还约集了夏衍、中宣部常务副部长郁文、副部长贺敬之和王若水。这次谈话的内容，无论在当时，还是这些年的有关记述文字，都颇有出入，特别是在中央、耀邦同志是否不准发表周扬文章这个关键问题上。胡乔木本人，以及夏衍未见正式发表当时谈话文稿和记录。郁文和贺敬之当时各有一个记录曾在中宣部内部传达，但均未形诸文字示人。"《晚年周扬》，文汇出版社2003年6月第1版，第54页。

[2] 周扬在1983年3月27日给胡乔木、邓力群、胡耀邦的信中说："对我的讲话，主要是认为人道主义讲得不充分。乔木同志说他是一个热烈的人道主义者，他主张提社会主义的人道主义，认为没有把社会主义的人道主义和资产阶级的严格地区分开来，而对社会主义的人道主义更充分地发挥。文中我提到了马克思主义者的人道主义，这和乔木同志所赞成的社会主义人道主义并没有根本不同。当时我还问了一句我的讲话是否要改了以后再发表，他说可以出单行本时再改，再详细发挥。我没有听见乔木同志说他是正式代表耀邦同志来同我谈话的，而且耀邦同志退回寄他的清样也没有这样的批示。"转引自顾骧《我与晚年周扬师》，《晚年周扬》，文汇出版社2003年6月第1版，第54、56页。

面，包括他们的书里面都没有说不让周扬发表，发表之后胡乔木就让邓力群写了一个报告，说《人民日报》不听招呼，擅自发表周扬的文章。

《人民日报》发表以后，当时也有一笔稿费。我到周扬那里去，苏灵扬同志告诉我，这个稿费我锁在保险柜里了，就不分给你们了，这个事情如果进一步追究的话，周扬同志一个人承担，同你们没有关系。就把我们保护下来了，所以这笔稿费当时就没有拿到，是后来给我的。

五、"第四次文代会"报告起草

中国文学艺术工作者第四次代表大会（简称"第四次文代会"）于1979年10月30日至11月16日在北京召开。[1]邓小平代表党中央、国务院到会祝贺，发表了《在中国文学艺术工作者第四次代表大会上的祝词》，成为新时期党指导文艺工作的基本纲领。周扬做《继往开来，繁荣社会主义新时期的文艺》报告。大会改选了领导机构，周扬当选为主席，茅盾为名誉主席。这是历史转折时期的一次重要会议，推动了新时期文艺的发展，影响深远。

1. 关于"第四次文代会"文件的起草

口述者：顾骧

口述时间：2013年10月；地点：北京。

"四人帮"垮台后在文艺上首先有"三座大山"，第一座大山就是"文艺黑线专政"论，另外两座是"三突出"和"根本任务"论，但最主要的还是"文艺黑线专政"论，其他的相比较而言就其次

---

[1] 关于"第四次文代会"的筹备、召开、报告起草等，可参阅：徐庆全《文坛拨乱反正实录》，浙江人民出版社2004年4月第1版；樊锐《第四次文代大会与文艺领域的拨乱反正》，《中共党史研究》2008年第5期。

了。[1]"文艺黑线专政"论是1976年江青的《纪要》(《林彪同志委托江青同志召开的部队文艺工作座谈会纪要》)里提出的。[2]什么从30年代起一条"黑线"专我们的政了,广大的文艺工作者都是资产阶级,对无产阶级工农兵进行专政,文艺界有一条反革命的路线,等等。你说这个不破除文艺怎么前进?所以首先就要破除"文艺黑线专政"论,要"拨乱反正"。所以1976、1977年以后文化部内部"拨乱反正"的时候,批判"四人帮"大家都是一致的,再往下批就有分歧了,因为再往下就到"十七年"了。这就出现问题了:"拨乱反正"到"十七年"还要不要继续往前进。当时的党内其实是有路线之争的。一条是讲"实践是检验真理唯一标准"的"思想解放派",另外一条就是当时很坚决地提出"两个凡是"的"凡是派"。

我当时达不到现在的认识。那个时候我在文化部政策研究所,我是理论组组长。当时开始要"拨乱反正"了,那就要开大会啊。出来负责组织工作(包括起草会议报告和筹备工作等)的组长是林默涵和冯牧,还有贺敬之,他当时是最早任命的文化部副部长。当年

---

[1]《林彪同志委托江青同志召开的部队文艺工作座谈会纪要》声称建国以来的文艺界"被一条与毛泽东思想相对立的反党反社会主义的黑线专了我们的政",号召"坚决进行一场文化战线上的社会主义大革命,彻底搞掉这条黑线"。1968年5月23日,于会泳在上海《文汇报》上发表《让文艺舞台永远成为宣传毛泽东思想的阵地》,他提出:塑造人物上要在所有人物中突出正面人物,在正面人物中突出主要英雄人物,在主要英雄人物中突出最主要的中心人物。姚文元则把"三突出"的原则进一步概括为:在所有人物中突出正面人物,在正面人物中突出英雄人物,在英雄人物中突出主要英雄人物。"样板戏"创作和拍摄中的这一原则,成为"无产阶级文艺必须遵循的一条原则"。江青在《谈京剧革命》中提出"首要任务","我们提倡革命的现代戏,要反映建国十五年来的现实生活,要在我们的戏曲舞台上塑造出当代的革命英雄形象来,这是首要的任务"。《纪要》提出了"根本任务论":"我们要满腔热情地、千方百计地去塑造工农兵的英雄形象……这是社会主义文艺的根本任务。"初澜在《京剧革命十年》进一步明确了《纪要》的这一说法:"无产阶级明确提出,塑造无产阶级英雄形象是社会主义文艺的根本任务,这就从根本上划清了我们的文艺运动同历史上一切剥削阶级文艺运动的界限。"1979年5月中共中央撤销《纪要》。

[2]根据刘志坚《〈部队文艺工作座谈会纪要〉产生前后》所说,毛泽东第一次审阅《纪要》是修改十一处,第二次是重点修改第二部分,在十几处做了内容的增删和文字的修改。

情况很复杂，周扬出不来，1977、1978年的时候还不准周扬插足文艺界，"修正主义"的罪名还没有完全否掉，周扬被批了十年的"修正主义"，别人还觉得他是修正主义，给一条出路就可以了，还想出来当头儿啊？1977年就开始准备起草报告了，就是我们这一摊子的人，真是狗咬刺猬无从下手啊。参加的人很多，来来去去的，当时都很忙，有时候大家议论了半天，然后就走了，又换了一拨人。怎么写呢？基本上过去的"十七年"历史不敢动，"五次大批判"，批《清宫秘史》、批《武训传》、反右派、反修正主义，都不敢否，就是要批"黑线专政论"，这里文艺和政治的关系问题开始出现了。接下来要开始起草，但怎么个起草法？完全没有办法。这时候是胡耀邦出来说话了。他讲：这个事情还要周扬来，大理论家大手笔。周扬的确是大理论家，他刚出来。1978年之前，他基本的思路还是"文革"前的。周扬这个人的复杂性在于他对毛泽东非常佩服，甚至有一种士为知己者死的心情。毛泽东真还是有他的个人魅力，你不管是三教九流，包括许多比他年龄大很多的国民党重要人物，跟他谈过一席话之后都五体投地。周扬是跟着他干的事，但周扬也有作为知识分子个人的东西，比如19世纪末几个思想家的东西他也有。所以姚文元的那篇文章《评反革命两面派周扬》，基本上划出来周扬的三个阶段，可以看出他在"十七年"中间很多事情上面常常表现出的矛盾心情。

周扬已经成熟了，1977年还是1978年在广州有一个文艺座谈会讲话，那时候已经有系统的思考了。[1]开始的时候，他谈话基本是按照"文革"前的路子来。常常有人问周扬的转变是什么时候，我认为周扬作为理论家思想比较敏锐，他在新时期成为思想解放运动的先驱者就在这里，他变化得很快，大概是在1978年，"务虚会议"是很多人思想转变的标志。"务虚会议"是我们党历史上一个十分重要的会

---

[1] 1978年12月，周扬在广东省文艺座谈会上做了长篇讲话，后来整理成《关于社会主义新时期的文学艺术问题》。

议,一大批人思想改变了。周扬也是这样,从"务虚会议"后思想就起变化了。所以"四次文代会"这个报告,周扬是在这个思想路子下来做的,"十七年"基本上没怎么动,但是有几个新的问题:文艺和政治的关系问题,文艺自由的问题,新的"伤痕文学"的问题,等等,这些有了重大的突破。"伤痕文学"主要是受到当时苏联"解冻文学"的影响,实际上是一种思潮、一种先声。苏联的"解冻文学"实际上也是这种作用,先是《古拉格群岛》等,然后带来整个社会的解冻。所以"文革"以后,围绕"伤痕文学"非常激烈的争论点也在这个地方。周扬了不起就在这里,"四次文代会"上,他充分肯定了"伤痕文学",评价比较高。

"四次文代会"是这么开的,大会套小会,大会是"四次文代会",然后各个协会开会,现在我们谈的都是作协的会议。开了幕了,然后各个协会来开,讨论啊,发言啊,都是小会。大会实际上还来不及在理论上进行讨论,包括文艺和政治的关系,在周扬的报告里很了不起的就是"不谈了"。

起草报告的人集中住在颐和园,一个组负责起草周扬的报告,一个是给中央领导起草讲话。对于中央领导是胡耀邦还是邓小平出来讲话我们不知道,反正我们三个人就是给中央起草的,有唐因和我。唐因是《文艺报》的,我当时在文联,由冯牧牵头,起草一个代表中央说话的东西。我们也讨论了好几次,这个东西更不着边际了,你说我们怎么下手?最后是唐因执笔写了第一稿。唐因这个人你们研究过没有?很复杂。他文笔很老辣,非常好。中央文件不像我们自己起草的报告那样可以反复讨论,后来收上去了,后面中央怎么介入我们就不知道了。我后来听说是林涧青[1]同志修改的,他思想也好,文笔也

---

[1] 林涧青(1922—2008),抗战后投身救亡运动,1938年9月加入中国共产党。1949年2月负责建立三联书店编辑部,筹备《学习》杂志。曾任《学习》杂志社副总编,中共中央书记处研究室副主任等。

好,"四次文代会"的中央领导致辞就是他重新起草的,当时就听说这个事情,但是我们不好问。我在《晚年周扬》中说到我这个人在研究方法上是很服膺胡适的实证主义的,梁启超也非常重视实证主义,他们都称赞清朝的朴学,"有九分材料不说十分话",过去把朴学贬得太低了,尽管我书中的某些观点有很多人不赞成,但十年来没有人对我书中的史实问题提出不同的意见,我每下一断语,脑子里都有一个人跟我争论,问我这么说证据在哪里,所以我的每一个论断都能拿出证据来。

2. 文艺界党员领导骨干会议

口述者:顾骧

口述时间:2013年10月;地点:北京。

这个会是1980年召开的,从2月12日开始。[1]当然在1980年中央有一个"中央工作会议",讨论经济问题。当时国际上波兰的团结工会闹事,各个省市各路诸侯开会提意见。一位中央领导提出来,现在有两个问题,一个是经济搞不好,一个是宣传,宣传指的是两个,

---

[1] 会议时间应为1981年。顾骧未刊稿《胡耀邦与思想启蒙年代的文艺》叙述:"由中宣部召开,周扬同志主持。参加会议的中宣部、文化部、全国文联及其所属单位的党员领导骨干,从学习会开始时的一百二十多人,逐步扩大到学习会结束时近二百人,大会发言十余次,小组讨论会多次。还召开了几次会外老、中、青年作家,艺术家座谈会。学习会是为了学习中央工作会议文件,清理指导思想中左的或右的错误。这个会议,可以说是第四次文代会的扩展、延伸。""会上涉及问题很多,针锋相对的一种意见,代表人物,被认为是陈荒煤、冯牧。他们认为当前文艺方针、政策、倾向,应该是贯彻三中全会路线,思想解放,反对'左'的僵化、保守;另一种意见代表人物,被认为是林默涵、刘白羽。他们强调坚持四项基本原则,认为当前思想解放过了头,右了。当然,两种意见代表人物都说,三中全会与四项基本原则是统一的。两种意见人物都知道,力主反'左',力倡思想解放的后台是周扬,不过都没有公开讲。"

新闻和文艺,"搞不好要翻船的",就是要闹大事的。这个会提出了文艺界要反对"资产阶级自由化"。在中央会议之后,文艺界在三四月左右开这个会本来是要响应中央号召的,中央要大家清理思想,我们文艺界也就要清理自己过去的思想,但结果这个会在周扬的领导下变成了主要清理"左"的思想。我很佩服他说的八个字,他说"左"的东西"根深蒂固,源远流长",很有见地。所以这个会最后开不下去也有这个原因。这个会议当时叫"领导骨干会议",按现在讲都是很重要的人物,很多人现在都去世了。凡是思想界的头面骨干人物都去了,这个会议很大啊,所以先来一小部分,就是"领导骨干",我参加过这个小会,这个第一手材料现在很多人都不知道。参加的有周扬、夏衍、林默涵、刘白羽、陈荒煤,等等。这个会就是"党员领导骨干会议",党外的专门又开过老中青作家的会。电影界有赵寻,戏剧也一样,都是最高的头。党员领导骨干思想首先统一了就好办了,所以这个会是两层面,一个是小范围的,然后大家各个协会来开。主要讨论这么几个问题:"伤痕文学"、文艺为政治服务等,现实的问题、历史的问题都搅在一起。

我记得,大会在中南海的小礼堂,以前中宣部在北大红楼后面,一部分是《红旗》杂志,一部分是中宣部,"文化大革命"以后中宣部就被打散了,"四人帮"垮台后中宣部要恢复,没地方了,就寄住在钓鱼台。钓鱼台是国宾馆啊不可能在里面住,就在中南海里面找了一座房子,先在里面办公,但那地方也太小了,所以中宣部一部分在里面,一部分在外面。有几次开会就在中南海中宣部的小会议室,不像现在开个会正儿八经的。小会就在周扬的家里,有个小会议室,会议有十几个人。[1]骨干会议时间很长,不是一直开,断断续续有三个多月。这个会议的资料到现在还很少有人知道,因为这个会没有公开

---

[1] 根据顾骧在《晚年周扬》中所述,这次小会的时间应该是1981年7月,主要是讨论制定新的文艺条例。参见《晚年周扬》,文汇出版社2003年6月第1版,第26页。

报道啊。

　　骨干会议大会上周扬也做了一个报告,是我起草的。周扬在"文革"前就是大理论家,不像现在做官的还需要秘书来写稿子,但到这个时候,他在"文革"中间被批怕了,"文革"中间批斗他,什么什么事情,你在哪儿讲了什么,他说没有啊,所以这时候他觉得这样一个报告必须要有稿子了。开头的时候都简单,就是最后要总结了,需要写报告了,他来找我。我跟他的关系说来话长,就不再说了。他找我谈了几次,谈思想,谈提纲,然后我起草。成文以后他做了修改,我现在还有他修改的打印稿,修改之后比较乱了,我再整理文字,他再修改,再往下就定稿了,定稿之后我可以说这完全是周扬的东西了,因为整个经过他审核同意,那时候不像现在是电脑,都是打印成文,打印成文还不算是他的吗?我出版《晚年周扬》的时候把它作为附录用了上去。[1]当时也没有形成什么决议,总结报告也没有拿出来,最后不了了之了,肯定有不同意见。

---

〔1〕这篇讲话题为《文艺界党员领导骨干学习讨论会小结》,未收入《周扬文集》。周扬在讲话中说:"经过学习和讨论,有些问题取得了比较接近的看法。多数同志在原则上都认为:三中全会以来、四届文代会以来,文艺战线形势是好的,成绩是主流,缺点、错误是支流。对主流必须充分肯定,对支流也应给予足够重视。在我们文艺领导上,基本上执行了党的方针政策,基本上维护四项基本原则,基本上是鲜明的。但是,我们执行中央方针政策不够有力,有时不无偏差,对某些违背三中全会路线和四项基本原则的错误作品和言论,未能予以及时恰当的批判。在有的问题上旗帜不够鲜明。当然,对这些问题,并非是所有人的认识都一致。或者,在原则上看法一致但进行具体分析时,认识上还是有差距、有分歧。有的差距还较大,分歧还很尖锐。简单明了地说,就是文艺工作的领导是否背离了党的方针政策,是否背离了党的四项基本原则;如何正确地坚持三中全会的路线和四项基本原则;如何正确地清理'左'倾思想和克服放任自流的倾向。这些都是重大原则性、方针性的问题,不可不弄清楚。"参见《晚年周扬》,文汇出版社2003年6月第1版,第147页。

六、"第五次文代会"报告起草

中国文学艺术界联合会第五次代表大会(简称"第五次文代会")于1988年11月8日至12日在北京召开,距"第四次文代会"的召开整整九年。大会修改了章程,改选了领导机构,曹禺当选为文联主席。本次文代会无主报告。

口述者:顾骧

口述时间:2013年10月;地点:北京。

当时我还在中宣部里面,夏衍要用我,你要使用我就要把我调离中宣部,经历了几年的冷板凳,这个时候我就调离了。"第四次文代会"是1979年,到那个时候已经1985年了,按照章程必须开,但周扬已经不能视事,接近植物人了,文联就以周扬的名义给中央写了一个报告说,按照惯例1985年应该召开"第五次文代会",委托当时的文联党组副书记、文联副主席夏公来主持"第五次文代会"的筹备工作,夏衍在"四人帮"垮台以后,与周扬、陈荒煤、张光年在政治思想上完全一致。所以当时就上报政治局开始筹备"第五次文代会",名单是书记处通过的,一个叫筹备组,一个叫第五次文代会报告起草小组,起草小组三个人,其中一个是王春元,一个是我。我到的时候,中央书记处已经决定要讨论"第五次文代会"筹备工作和"文代会"的报告了,就拿王春元起草的第二稿作为第五次文代会筹备工作

1988年11月，邓小平同出席第五次全国文代会的代表夏衍亲切握手

的报告上报中央,五月初开书记处会议,在中南海,我去了,由胡耀邦同志主持,讨论"第五次文代会"筹备的具体事情,名单啊,人员啊,包括报告。报告那时候没有什么争论,包括胡乔木也还很开明,说不能从"四次作代会"后退。[1] 后来有一些意见我都记下来了,书记处会议以后我接下去写第三稿,当然也有一些自作主张的地方。这时候由冯牧同志牵头,就是我再继续修改第三稿。那时候很多人心思都不在这儿,社会上的大事太多了。"第五次文代会"就落下来了。这个事情总要有个结束吧。开了"第五次文代会",但没有主报告。曹禺当选为文联主席。

---

[1] 顾骧在未刊稿《胡耀邦与思想启蒙年代的文艺》中说:"1985年3月2日,在中南海勤政殿,五次文代会筹备组、报告起草组全体列席了中央书记处召开的讨论文联五代会筹备工作及五代会报告稿,耀邦同志主持。""耀邦同志说,报告可以讲表现我们伟大建设时代的时代精神。五十年代后期开始打棍子,我是不赞成的,现在也不赞成,对文艺要说理、号召,要感染鼓舞,会上夏衍同志说,现在传言,中央精神要'收'了,说降温了。习仲勋同志说,'左'的东西不能搞,现在不能搞,永远不能搞。乔石同志说,该讲的话还是要讲的,还是那个方针。胡乔木同志说了一句我一直记住的话:不能从'作协四代会'后退。"

七、批判《苦恋》

　　白桦的电影文学剧本《苦恋》发表于《十月》1979年第3期。电影《太阳和人》据此拍摄，彭宁导演，长春电影制片厂摄制，编剧为白桦、彭宁。因送审未通过，《太阳和人》未公映，1981年开始的批判主要是针对电影文学剧本《苦恋》。《解放军报》1981年4月20日发表"特约评论员"文章《四项基本原则不容违反——评电影文学剧本〈苦恋〉》，《文艺报》1981年第19期发表唐因、唐达成受命撰写的《论〈苦恋〉的错误倾向》，1981年4月《时代的报告》增刊发表黄钢《这是一部什么样的"电影诗"》等。[1]1981年12月24日白桦在《人民日报》发表《关于〈苦恋〉的通信》。

口述者之一：章仲锷（1935—2008），编辑家。曾任《十月》编辑，《当代》副主编，作家出版社副总编辑，《文学四季》副主编和《中国作家》常务副主编等职。

口述时间：2005年11月；地点：北京。

---

[1] 关于批判《苦恋》事件，可参阅《十月》发表《苦恋》时的二审张兴春曾撰写的《批判〈苦恋〉前后琐忆》。张光年在其日记《文坛回春纪事》中详细记载了《苦恋》的批判过程。《论〈苦恋〉的错误倾向》作者之一唐达成在《百年潮》1998年第1期发表的《唐达成访谈录》叙述了批判《苦恋》的背景、过程以及他们的基本观点。2008年4月7日《南方都市报》发表访谈录《白桦：〈苦恋〉带给我沉重的磨难》。

《苦恋》

发表《苦恋》的期刊封面

先说下我的情况，我开始编大型文学期刊是在1978年。1978年的秋天《十月》创刊，《收获》当时还没有复刊，《十月》是我接手的第一个刊物。当时《十月》还不是双月刊也没刊号，而是以丛书的形式出现的，到了1979年它才取得刊号。1980年《当代》就出现了，我1981年离开《十月》，离开的原因是《苦恋》。1979年《苦恋》发表在《十月》上，《苦恋》发表一年多也没什么事。[1] 后来白桦和彭宁把它改编成电影《太阳和人》，彭宁可能觉得这电影拍得太好了，还没上映之前他把电影拿给中央的老同志看，这等于是撞到枪口上了，一些老同志提出意见说《苦恋》污蔑了社会主义。当时《解放军报》发表了批评的文章，我们不服气准备要反击。1981年6月18日我到汉口去找白桦，可他不在武汉，已经去了长春。我的意思是请白桦再写个东西，写首诗都行，然后我再让评论家写篇反驳的文章。但是半年后等到风头一过，我就被调到《当代》了。

口述者之二：刘锡诚

口述时间：2005年11月；地点：北京。

只要我是某次会议的记录人，我都对这个会议做详尽的记录，很多材料，公家的档案一概没有，但在我的笔记本上都有记录。《文艺报》最主要的是评论，冯牧本身就是搞评论的。冯牧在延安那批人中间是学生辈的人，上自周扬他不敢顶撞，其实他并不是每件事都要听

---

[1] 张兴春回忆说："《苦恋》发稿前是我负责二审的，听到不断传到编辑部来的种种说法，我感到很吃惊。在审读《苦恋》时，我明确地认为，这部电影文学剧本总的倾向是否定'文化大革命'的，剧本中的主人公对祖国坚贞的爱是至死不渝的。再说电影的导演彭宁是老红军子弟，绝不会反对他的父辈用鲜血和生命换来的社会主义。况且《苦恋》从1979年秋发表到1981年春天，这一年多的时间里，没有看到报刊上有一篇批评文章，编辑部连一封读者来信都没有收到，怎么突然一下子就变成了'毒草'——资产阶级自由化的代表作？"《批判〈苦恋〉前后琐忆》，《生机——新时期著名人文期刊素描》，中国文联出版社2003年1月第1版，第48页。

周扬的，而且对于张光年说的话他也不敢冒犯，但什么事情都要落到他身上去做。冯牧身上天生的软弱性，可能跟他的知识分子出身有关。他父亲冯承钧是很有名的人，精通多国文字，像《马可·波罗游记》就是他翻译的。冯承钧的成就比冯牧还要大。因为冯牧的知识分子出身，又在体制中，天生就比较软弱，他入党也很晚。在推动新时期文学发展方面冯牧是站在前线的，但一碰见困难他心里就打鼓，这是很自然的，而且他当时面对的还是刘白羽、林默涵这批思想比较保守的人。特别是《苦恋》事件，他真的很没办法处理，在写批评文章的时候，冯牧决定不写，他就说自己要到兰州去养病，其实也没有什么大病，这样下来，就只能由唐因、唐达成来写了。冯牧本身是个好人，在战争中上过前线、做过记者，而且的确是站在思想解放、文学变革的最前沿，但他是知识分子家庭出身，在大的事件中不免表现出脆弱性，这是他天生的问题。当时《文艺报》的情况就是这个样子，孔罗荪之前在上海工作，张光年把他调了过来，罗荪的好处是敢说话，他没有冯牧那么多顾虑，比如我们开"文艺理论座谈会"，冯牧有时候还战战兢兢的，但是由罗荪主持的话，什么事情就会办得很妥当。罗荪在《文艺报》的改革开放时期发挥了很重要的作用，加上他有陈荒煤的支持。

批《苦恋》的文章是组织决定写的，因为《文艺报》很重要，上面直接下达命令，我们写好文章后就要上交。我当时是编辑部主任，我每天都能在办公室看到他们写作过程的进展。唐因有个笔名叫于晴，写过很多东西。唐因、唐达成两人性格不一样，在《文艺报》发挥的是不同的作用。写批评《苦恋》的文章完全是工作，冯牧到兰州，这边《文艺报》没有人写了，于是就由他们两个人写。没想到最后他们两个人闹翻了，原因是很复杂的，也说不清楚。他们关系的破裂是由于社会环境造成的，到底谁是谁非，都不能妄自做评论。

口述者之三：顾骧

口述时间：2013年10月；地点：北京。

白桦发表了《苦恋》，彭宁以此为剧本，就拍了《太阳和人》。[1]拍这个片子很多人有不同意见，文化部就让四个单位内部去听听意见，包括文化部电影局本身、中央党校，等等。这个问题复杂的地方在于还牵扯到部队，因为白桦是武汉军区的人，属于解放军总政治部管。当时对于《苦恋》的意见非常激烈。白桦的思想很尖锐。电影的结尾，主人公躺在大雪里面，一个汉字"人"。

当时周扬不直接管这个，他是中国文联主席、党组书记。电影是文化部电影局管的，因为和黄镇的矛盾，周扬也不好多说话，但听到这个事情之后他还是表示态度了，是不赞成批判的。他说这个问题我们要表一下态度，说了三条：第一条，《苦恋》是有缺点的，是可以批评的；第二条，批评要讲究团结，要与人为善，批评是为了改好，而不是要一棍子打死；第三，白桦还是有才华的作家，我们还是要保护的，这三条都成文了。[2]文化部当时也在想这个电影怎么办呢，也没有放出来，只是内部送审，你说像"四人帮"那样写篇文章批吧，没有放映怎么批呢，不批又没法交代，最后怎么搞呢，不批电影《太阳和人》，批剧本，剧本已经在《十月》杂志上发表了，所以批的是《苦恋》。

但说实话周扬说话没有用，电影不归你管，你又不是上级。这

---

[1]《苦恋》发表时彭宁是署名作者。
[2]周扬在《文艺界党员领导骨干学习讨论会小结》中说："在学习会期间，发生了批判白桦同志的电影剧本《苦恋》的事情，白桦同志是一个比较有影响、有才能的作家，写过一些好的作品，但《苦恋》确实是有倾向性错误的作品，应当批评。批评的角度和观点可以不同。作者表示愿意修改这个电影，文化部也同意了。我们希望改好。无论是否改得好，电影公映后，还是可以批评。有错误不批评是不对的。但对待人民内部的思想问题，一定要慎重。既要实事求是，弄清是非；又要团结同志，与人为善。"《晚年周扬》，文汇出版社2003年6月第1版，第150页。

时候正好胡耀邦在休养,休假还没满。大家都在看这个事情怎么办,胡耀邦出来讲话,当然是说文艺界现在是惊弓之鸟啊,形势是好的啊,过去常常把支流看成主流啊,要保护啊,等等,实际上就是说不能再批了,也不要再批《解放军报》了,用了所谓的"冷处理",这个事情就压下来了。[1] 1983年胡耀邦又讲了"八条"。[2] 之前《人民日报》不转载《解放军报》文章,也不批《苦恋》,甚至一篇消息都不发,一个动态都不发,明眼人一看这个事情有名堂啊。外面很多报纸、电台每天都在转载啊,批判啊,《人民日报》一直没说话,都在看着。胡耀邦讲完话以后,周扬和《人民日报》的人一起商量,说这时候我们该写文章了,该讲话了,该发表消息了。周扬说:好,应该是这样,找谁来写呢?找顾骧。就找我来了,我写得很快,就是《开展健全的文艺评论》。[3] 我还记得时间是6月8号,这个文章一发啊,特别是海外驻京记者,二十多个通讯社都发了消息。[4] 当时新华社编"大参考",每天两个版讲外电发表的东西,我把这些都留存着,外电都报道了,有各种说法。当时我的署名是"顾言","四人帮"垮台以后,包括党内传统就是,社论都是中央书记处批准的,一看就是党中央的,所以有的报纸就避开"社论",用"评论员""本报评论员"或者"本报特约评论员",故

---

[1] 1980年5月17日,胡耀邦与中国文联及各协会以及中央文化部的负责人谈话,指出,"前些日子对《苦恋》的批评是可以的。但是现在看来批评的方法如果更稳妥,效果会更好些"。"我们意见先把这场风波平息下来,现在国内还没有平息下来。用一两句话把这事停了。不要再批判了。或者说过一段再说,这叫冷处理,有些事情处理方法就应该这样。"参见《晚年周扬》,文汇出版社2003年6月第1版,第23页。

[2] 1983年12月14日,胡耀邦召集人民日报社、新华社、广播电视部领导谈话,讲了"要注意八个问题"。在中宣部《文艺通报》1983年第16期。参见《晚年周扬》,文汇出版社2003年6月第1版。

[3] 该文发表于1981年6月8日《人民日报》。顾骧在《我与晚年周扬师》中说:此文经周扬同志审阅,将原题"开展'健康'的文艺评论"易一个字为"健全"的文艺评论,避免刺激,还是他老到。参见《晚年周扬》,文汇出版社2003年6月第1版,第24页。

[4] 关于外电评论此文的情况,参见《晚年周扬》之"资料"部分,文汇出版社2003年6月第1版。

意隐瞒自己的身份，像《实践是检验真理的唯一标准》就是这样。但胡耀邦的"八条"讲话里面讲到今后写文艺评论文章要写真名实姓，刚刚说了不能用"特约评论员"，但如果写顾骧的话又压不住啊，周扬又不能写，就用了个化名"顾言"，不让他们知道是谁。我自己不说没人知道，我也不想宣扬这个，国外认为这篇顾言的文章，不是一般的文章，是代表党的。

但事情没有结束。后来发了一个文件，就是批《苦恋》，批资产阶级自由化。这样才组织了唐因、唐达成的文章《论〈苦恋〉的错误倾向》。白桦写了一封信表示检讨。[1]这个事就完了。我跟白桦是朋友，后来他对我很感激，我说这是工作，这是任务，当然里面肯定是有私心的。包括戏剧上，有好几件事我被他扯进去了，比如话剧《吴王金戈越王剑》被批了，我写文章称赞他，有人说，这顾骧怎么回事啊，白桦的文章他还写文章吹啊？

---

[1] 1981年12月24日白桦在《人民日报》发表《关于〈苦恋〉的通信》。

八、"三个崛起"前后

1980年文坛因"朦胧诗"而引发论争。1980年5月7日,《光明日报》发表谢冕《在新的崛起面前》,1981年第3期《诗刊》发表孙绍振《新的美学原则在崛起》,1983年第1期《当代文艺思潮》发表徐敬亚《崛起的诗群》,这三篇文章,史称"三个崛起"。

1. 1980年4月"南宁会议"[1]

口述者之一:谢冕(1932—),学者、诗评家、文学史家。北京大学教授。

口述时间:2005年11月;地点:北京。

"南宁会议",当时是当代文学研究会和一些高校理论批评的人联合发起的这么一个会议。在我发言之前的情况,我现在记得不是特别清楚,可以看一看那个会议纪要啊,要是找白烨的话,跟他要一本当代文学研究会的资料,有记载。关于"南宁会议",后来广

---

[1] 1980年4月8日,中国当代诗歌讨论会在广西南宁召开,通称"南宁会议","朦胧诗"论争由此开始。

发表《崛起的诗群》的期刊封面　　发表《新的美学原则在崛起》的期刊封面

《崛起的诗群》　　　　　　　　《新的美学原则在崛起》

《在新的崛起面前》

西出版社出版了一个集子，叫作《新诗的写作与展望》。[1]你看题目就知道，就是要展望。我是组织者。南宁会上的发言，包括我的发言，可以看出来，好像是要对"文革"结束后，包括"文革"后期，我们诗歌出现许多新的气象，做出一种展望，对未来诗歌的发展做出一种展望。这是有新诗史以来，第一次全国性大规模的关于诗歌的讨论会。也就是高校里有一批人，包括北大啊，包括很多高校里面有一批从事理论工作的，那样一些批评家，感觉到要讨论这些问题。这次会议不是诗人为主而是理论批评为主的会议，诗人也参加，主要有三部分，还有学者、批评家。

我是会议筹备组的，最初准备时，并没有要讨论后来的"朦胧诗"，但是那个时候很敏感的人能够感觉到这个创作现象。应该说以《今天》为代表出现的这样一个"朦胧诗"呀，那时候已经不是地下的，处于一种被谈论的状态。有的人觉得很好，有的人觉得不好，有的人觉得很怪，有的人觉得一点都不奇怪，这是应该的，应该有的。这是截然不同的看法。为什么会觉得非常不好呢？现在说起来，你说舒婷的诗写得非常好，非常纯情的、非常唯美的、非常感伤的，但还有思想性在里面。本来是非常好的，但有的人觉得非常不好，非常坏的诗风。为什么会有这样的想法呢？他们认为本来诗歌不应该表现这样的情感，应该像"样板戏"那样的，革命！革命！革命！艾青也不行，艾青那种情调也不可以，那种欧化的语言，自由体的诗，自由体的表达，散文化的表达也不行。就是这么一种非常僵硬的观念，只允许一种情感，一种表达方式。当然就没有诗歌了，当然就是诗歌的死亡。它是死亡的规定，按照死亡的规律来要求，来评论一切的诗歌现象。舒婷诗，现在看起来是非常温和的、非常温柔的、非常不极端的，他们却把她看作极端。就是那么一种可怕的、不可言说的标准，我就把它叫作惰性，它那个东西呀，太可怕了，摧毁一切。在"四人帮"

---

[1] 应为《新诗的现状与展望》，广西人民出版社1981年出版。

倒台以后，我们批判的那些诗歌，被训练过的那些人仍然认为这样的诗歌才是诗歌，而跟这个不同的，表达人类情感的，更不用说表达人性的，表达爱情的，那是不见容的，不见容于世的。这个标准应该说是非常长的时间形成的，形成到江青把它给总结了。一切从她那儿开始，除了《国际歌》，除了鲁迅，除了浩然，大概没有人符合她的标准。鲁迅被改造了，她按照她的理解来认定鲁迅就这个样。可怕啊！非常可怕的一种现象。那么"朦胧诗"这个诗出来以后啊，你说孙犁，他有多么丰厚的感受能力，他的散文和小说写得多么好，但他对"朦胧诗"的攻击非常厉害。[1]他几乎说，这是一个亡党亡国的声音。就是说这些人，我在一些文章中引用了孙犁的一些话，你在期刊上找找看看啊。能够表达劳动者的非常美好的情感的这样一个人，对"朦胧诗"就是这样地严厉。你想这是多么可怕的。关键是艾青、臧克家这些诗坛领袖，都反对"朦胧诗"。无论是情感、表达方式都不见容于世。

　　这个我是感受太深了，诗歌灭亡了，诗歌灭亡的标准是什么呢？情感都是一路的，语言也是一路的，就连形象，也是要被允许的。形象啊，思维啊，或者是思想啊，内容啊，都应该是和作品、和诗人的作品结合在一起来评论。我感受最深的就是，大的方面来说，只有一种诗歌被允许，在被允许的诗歌当中只有一种思想被允许，在被允许的思想中只有一种表达方式被允许，在描写、表达思想的过程中，只有一种形象被允许，这就太可怕了。我说的被允许，就是长期的这种路越走越窄，越走越窄，形成一种惯性。然后一旦出现舒婷、北岛以后呢，他就是一种条件反射，他就觉得诗不能这样写，这样写就是反

---

〔1〕孙犁《读柳荫诗作记》，此文谈到"朦胧诗"时说："这种诗，以其短促、繁乱、凄厉的节拍，造成一种于时代、于国家都非常不祥的声调。读着这种貌似'革新'的诗，我常常想到：这不是那十年动乱期间一种流行音调的变奏和翻版吗？从神化他人，转而神化自我，看来是一种新的探索、新的追求。实际上这是一个连贯的、基于自私观念的、丧失良知的、游离于现实的人民群众之外的、带有悲剧性的幻灭过程。"参见《诗刊》1982年第5期。

党。这就是整个背景。

现在回到会议上,因为我是研究诗歌的,会议的主持者就让我来先说说,我在《新诗的进步》这个题目底下讲了几个问题,诗人队伍正在扩大,诗人写作的什么什么,具体我都忘记了,大体也是这样讲的。[1]那还是一种展望吧。那么这个会议中呢,如果说,有个怪影,或者说是阴影呢,我觉得就是"朦胧诗"。与会者,都是研究诗的,写诗的,当然那时候像北岛、舒婷他们都不能参加会议,参加会议的有一些是像公木老先生,唐祈参加了,就是《九叶集》的唐祈。现在回到会场上来,我也是不辩论,我讲完了就完了。辩论的是孙绍振老师,他跳出来了。他当然是和我站在一起的,除了孙绍振,还有刘登翰几位,当时就和一些观点比较保守的人直接冲撞。而我,只是观点发表出来以后,完了就是完了,我这个人也不爱辩论,也缺乏辩才。孙老师也非常激动,辩论了好几场。不过我觉得有孙老师出来,我就省力气多了。所以"南宁会议"上,就变成这样,开始是说比较宏观的,看看这几年的进步,打倒"四人帮"以后诗歌的恢复情况,文学的春天、诗歌的春天究竟怎么样美好,怎么样发展的前景,后来因为我说到怪影或者鬼影在会场上的游荡啊,就有了争论。应该说支持"朦胧诗"的声音非常响亮。一些有实力的批评家,包括孙绍振老师,这样一些有实力的人,在会上发言肯定"朦胧诗"。但是反对的力量非常大。我觉得整个那几年当中,支持的力量是很小的。人数很少,力量很小,但它还是有实力,有活力。反对者非常多,它不是批判,我觉得还是论战,论战的结果呢,因为他们无力,我觉得我很自信。

---

[1] 这篇发言后收入《新诗的现状与展望》一书,广西人民出版社1981年1月出版。发言分三部分:一、诗人的使命重新得到确认;二、诗的艺术得到第二次解放;三、诗的队伍有一个空前的壮大。发言最后呼吁尊重和理解所谓"不免古怪"的诗,指出"读得懂或读不懂,并不是诗的标准","有的诗,追求一种朦胧的效果,应当是允许的","编辑部和批评家不应该对不同风格流派的诗歌怀有偏见……看不惯的东西,不一定就是坏东西。在艺术上,即使是坏东西,靠压服和排挤是不能解决问题的,要竞争"。

口述者之二：孙绍振（1936—　），学者、诗评家、文艺理论家。福建师范大学教授。

口述时间：2007年4月；**地点**：苏州。

1980年4月，诗歌理论讨论会在广西南宁、桂林召开，先到南宁后到桂林。我是以诗人的身份出席的，参加这个会纯粹是为了和谢冕、张炯、刘登翰几个见面，我们很少聚。会的路程很吸引人，可以旅游啊。上会后我就注意听，一般思想解放的话，我们觉得也平常。正好这个时候《星星》的主编带来了新出版的刊物，登一组顾城诗。第一首就是现在很有名的《一代人》，"黑夜给了我黑色的眼睛，我却用它寻找光明"。后面就是《弧线》。拿到《星星》杂志很高兴，但对顾城的诗发生了争论。我记得是丁力、闻山为代表的，认为是"古怪诗"。觉得比较古怪些，看不懂什么意思。黑夜给了我黑色的眼睛，我却用它寻找光明，是看得懂的。弧线，灰色，讲什么东西？还不是一首。后来大家谈一谈，反映到会上去，第二天闻山发言。他不赞成古怪，而且聊了一些年轻人的非常明朗的、政治化比较强的、献身革命的赞歌式的诗歌，他还提出我们对这些年轻人的倾向要加以引导。而我听了之后觉得很反感，年轻人诗歌创作不去支持他，反而对他横加指责。那么他讲了以后呢，实际上有不同意见，但是到会上呢，就没有冲他反映出来。我那时是写诗的人，也没有想去发言，当时是两天会议。

第二天下午吃完饭，张炯跑来跟我说，你来放一炮。我说我又不懂的，虽然写了一篇文章，但是对参加这个会，好像没什么研究。张炯说你发言吧，不要客气了。后来我就说，一定要我讲的话，我就讲，但是我有个要求，发言到五点钟。最后一个发言在四点半，我说我就安排在四点半，我讲不好呢，结束，讲好了呢，大家觉得蛮好的也就做个回忆。好了，到了四点半就发言了。一上去呢，我就针对闻山的话来讲。闻山说中国年轻人堕落啊，看不懂啊。我就非常反感，非常直率地说，现在有些同志说年轻人走向堕落的道路，诗写得叫人看不懂，古怪诗，我们要加以引导。既然要引导，我们又凭什么去引导呢？既然看不懂你怎么去引导他呢？难道看不懂是你的光荣吗？你怎么引导呢？难道凭你干饭吃得比别人多吗？凭你的胡子比别人长吗？看不懂不是你的光荣，而是你的耻辱，对不对啊？年轻人鼓掌啊，反对的一方就非常气。说这样讲话，怎么这样讲话，这不是在骂人吗？我也不管他啦，该怎么讲就怎么讲。我说我们看到有些年轻人的新的东西，或者出现新的气象新的探求的时候，我们不是先去研究他的可贵之处，而是反而先去引导。引导的结果呢，实际上是付出巨大的代价。40年代我们就有这样的经验和教训。我说，延安文艺座谈会讲话以后，虽然民歌体取得了巨大成就，如出现了《王贵与李香香》，但是，诗人都去写民歌体，代工农兵立言，却没有多大成就。我还说，艾青歌颂什么劳动模范吴满有，结果这家伙国民党一来就投降，不能继续写下去了。田间写准五言体的《赶车传》，改来改去，艺术上"全军覆没"。等等。当然我们也得承认，取得这样的成就是好的，劳动人民的声音，在诗歌里有表现。但是取得这样的成就，代价太大啦。底下的赞成的反对的区分分明，讲完了以后，鼓掌了一通，我也很高兴啊。后来洪子诚告诉我说，你别得意，人家不会放过你。讲完以后，大会发言完了，说明天继续开大会。

第二天开会。第一个发言的广西诗人黄勇刹，歌剧《刘三姐》的执笔者。他说，这些古怪诗理论家使我想起了1960年，饭吃不饱，肚子饿。忽然报纸上来了一条消息，说是，只要把树叶泡在水里，过几天，就可以产生一种小球藻，营养比猪肉还强。我相信了，可是肚子不相信，还是饿得要命，老婆大骂我神经病。现在我们诗歌界出现了一种"小球藻理论家"。骗人的，不要上当。后来，我们就被称为"小球藻理论家"。他又说了一通民歌的好处。

当时唐祈、公刘支持我的观点。

会是在广西开的，据说自治区宣传部很紧张。有些话传到北京了，惊动臧克家，他对我有个评价，说我是"大放厥词"。后来我到谢冕家去，谢冕对儿子说孙绍振叔叔来了。他的儿子见到我，就问，这就是那个"大放厥词"的叔叔吗？后来，臧克家写信给谢冕，说，你是党培养的有出息的青年理论家，怎么和孙绍振搞在一起。劝他与我"划清界限"，遭到谢冕拒绝。

这个事件后来就告一段落。

口述者之三：徐敬亚（1949— ），诗评家、诗人、学者。现为海南大学教授。

口述时间：2005年2月；地点：深圳。

当时我写评论主要是看我们班写评论的来气，一个一个的，成天抱着一摞书，然后专看大部头别林斯基、车尔尼雪夫斯基，然后讲话慢条斯理，做了很多读书笔记。我看着就烦，我也写评论，也是有想法的，整天看的诗都是那些教授当时看的，其实水平也没那么高。我写了一篇评三年诗歌的文章，讨论1976、1977、1978这三年的诗歌，发在张炯主编的《当代文学研究》丛刊第二期上。这篇文章写完之后系里马上就非常重视，当时是作为当代文学的一门课的论文交给当代文学老师的，老师马上交给系里，系里专门指定了系里的一位女老师，做我的指导教师。公木听说了，跟我讲这个暑假你就不要到哪去了，你用一个暑假把它修改好，公木给我直接在稿子上改了不少，那时候我和公木的共同点还比较多，因为说三年诗歌的时候，主要针对"四人帮"，我们的观点还比较一致。那篇文章受到了公木极大的肯定，当时也是打字，推荐给"南宁会议"，谢冕和孙绍振到了"南宁会议"上，是1980年4月初吧。整个诗歌发难，首先就是"南宁会议"发难的，主要是孙绍振打起来的，孙绍振舌战群儒，提出"新诗路越走越窄"。其实就是否定六七十年代吧，然后双方发生了激烈的争论。在这个基础上，谢冕5月写了"崛起"，这么一个背景。我那篇写1976、1977、1978年诗歌的文章叫《复出的缪斯》,当时很多人都看了。谢冕看了,给我回信,说感到别林斯基出现了。谢冕当时给张炯看了我那个评论。当时我觉得我这个东西一写,把这些大家伙都给震了,然后推荐到"南宁会议"作为论文,"南宁会议"就给我发出邀请。当时接到请柬是乐坏了,要去南宁参加诗会。结果学校不同意,公木他就支持我,给我说好话,学校说不行,一直找到主管的副校长。把我气死了,我当时是第一次接触到比较大的官,满嘴油滑,没说不行,关键是他那种油的腔调,让我特别愤怒,没去成。

2. 1980年8月"定福庄会议"

口述者之一:谢冕
口述时间:2005年11月;地点:北京。

后来《诗刊》1980年的9月,大概也是受"南宁会议"的启发吧,在定福庄北京广播学院召开了全国性的"朦胧诗"讨论会。广播学院当时还属北京郊区的通县,现在叫"定福庄会议",那个叫"南宁会议",我参加了,孙绍振也参加了。那个会上,两种意见的人,甚至有中间意见的人也都参加了。大概有几十个人。最激烈地反对"朦胧诗"的人包括丁力啊,也都参加了,中间意见的,有一些持中间立场的方方面面的人都参加了,更加激烈地论辩。孙绍振啊,论才非常好,在论辩的过程中,《诗刊》的丁芒都哭了。我当时感觉到,感觉欣慰的就是说,比"南宁会议"更多的人出来支持"朦胧诗",支持我的观点,包括现在首都师大的吴思敬老师,那时他还是很年轻的,比我小十几岁,我说我不用发言的,有他们几员大将,就能够把他们打得一塌糊涂的。

口述者之二：孙绍振

口述时间：2007年4月；地点：苏州。

　　当时我正在北京前门一家旅馆里，编辑第一期的《诗探索》。这个刊物是"南宁会议"的产物，张炯、谢冕、雁翼、杨匡汉和我等是编委。没有人手，暑假就把我叫到北京来编稿子。有一天《诗刊》找我过去，问我能不能写篇稿子，说看过我在"南宁会议"上的论文《论新诗的民族传统和外来影响》。后来我就写了《给艺术革新者更自由的空气》。8月，《诗刊》在北京郊区定福庄广播学院召开了"朦胧诗"讨论会。这是一次真正的理论交锋。双方摆开了阵势，旗鼓相当。赞成的是我、谢冕、杨匡汉、吴思敬等，反对的是丁力、闻山、李元洛等。[1]我们是大学老师，言之有据。能够和我们辩论的就是李元洛，他的家学比较好。我长篇发言，整整一个上午我一个人包场啊。我说，大我是普遍性，小我是特殊性，而根据列宁的《谈谈辩证法问题》特殊性大于普遍性，普遍性只是特殊性的一部分。我还讲到异化和造神运动，我说我们的悲剧是在造神的同时造鬼。一次运动造一次鬼，然后批鬼。批俞平伯、胡适、胡风、"右派"，直到横扫一切牛鬼蛇神。鬼是我们内心的自由和幸福。等等。有人说我太过分了，又大放厥词了。《诗刊》邵燕祥等领导也来听会，邵燕祥支持我们。柯岩也到场了。从此，我就挂上了号。

3. "三个崛起"的写作与发表

口述者之一：谢冕

口述时间：2005年11月；地点：北京。

---

〔1〕 讨论的综述以《一次热烈而冷静的交锋》为题发表在1980年第12期《诗刊》。

"南宁会议"上,《光明日报》的记者到会采访,会开得很热烈,记者想回来组织一整版的文章。当时记者就找到我,我说好啊,那么大家都写,都写成短文嘛,千把字、两三千字的短文,弄一整版。4月开会,5月回到北京,我交了稿,大概是4月底5月初写的稿子。我寄给《光明日报》了。5月7日《光明日报》发表的就我一篇,并没有组织整版。后来邵燕祥开玩笑给别的诗人打电话,说谢冕发表"五七指示"了,你知道不知道?邵燕祥呢,大概他也是支持我的看法,所有对诗歌史有理解的人,都知道诗歌这几年被变成什么样子了,这是非常清楚的。而现在这些诗人的写作展现了一种活力和希望。有诗歌史观念的人,知道中国新诗发展历史的人,应该是能够感知到这一点的。现代主义曾经给我们带来很多的好处。从现代派开始,从李金发,到戴望舒,几代诗人,到了后来西南联大穆旦他们做的一些工作,就给新诗补充了很多东西,丰富了中国新诗的一些东西。这些东西啊,有诗歌史观念的人都应该知道的。但是,那种环境里训练出来的批评家、诗人,甚至读者太可怕了。我给你讲吧,你不能写太阳落山了,太阳怎么能落山呢?要写夕阳西下,写太阳落下去了这都是不可以的。

"南宁会议"回来以后,我就写了这篇文章,这篇文章就成了第一个"崛起"。[1]其实,这篇文章我现在看起来也感觉没有什么深度,也没讲出什么东西来。大体上就是说,我们诗歌史上的很多东西都是大家看不惯的,古怪的东西来取代不古怪的东西,或者不叫取代,用一个新的、更为新奇的,来丰富了它、补充了它,会好一点,不叫取代。诗歌这个东西、艺术这个东西就是靠不断出现新的灵感来补充、来丰富、来推进,应该是这样的。要是没有新的灵感,没有新的意象,没有新的形象,没有新的思想了,那不是就死亡了吗?那就死亡了。所以,不要因为这个东西古怪,或者不要因为它奇怪,我们看不惯,就

---

[1] 谢冕:《在新的崛起面前》,《光明日报》1980年5月7日。

要把它扼杀。大体上就讲了这个。就说我们应该对这种创新持一种宽容的态度。所有人都应该有宽容态度。然后讲到诗歌史的时候，就说我们这几年诗歌走的是越来越窄的一条道路，越来越窄，我没说死亡，我那时还不敢说。他们认为越来越宽广，江青他们认为是无产阶级的大发展，这个看法，我认为是越来越窄，其实是走向灭亡的一条道路。没有什么理论深度来讲这个问题，也就是对现实发表一种看法。孙老师吧，第二个"崛起"，他就谈道，"他们不屑于做政治号筒"，这个就讲得很好。不是说一般的崛起，而是美学原则，一种新的美学原则在崛起。我刚才跟你说的，我自信，我不屑于跟你们讨论这些问题，我是智慧的，你是很愚蠢的，我是这么看的。我这个不是一种狂妄，而是我自己写过诗，我这些年都在研究诗，这几年我眼巴巴地看着诗歌怎么样地走这条路，我看得清清楚楚的。所以，你刚才说的除了敏感、喜欢把握这些感性的东西以外，我还有理性的东西做我的基础。我说他们不如我，就在这个地方，他们没有历史感，他们不知道新诗怎么发展过来的，他们不知道"朦胧诗"带来了什么新的东西，它和我们新诗的渊源是什么，他们不知道。而我，我是清楚的。所以这一点才建立了我的自信。所以我不愿意跟他们讨论，我不是一般的读者，我也不是一般的写诗的人，所以，我自己觉得我很自信。

　　但是理论上面啊，准备不够。我这个人呢，读的理论的书不多，我不是从理论上面来阐述。而且很不善于从理论上面阐述。所以，我觉得，理论深度呢，我说不上。后来呢，孙老师呢，他写文章也不跟我讨论的，我们是不约而同的。"崛起"呀，也许他们觉得我这个词，可能用得好。也不是讨论，他也不约而同地用了这个词。徐敬亚也是这样的，徐敬亚那时还是个学生，他写的文章我看到了。但是不是《崛起的诗群》，是另外一篇文章，因为他是学生，不能到会，公木那时候是他们的副校长。徐敬亚那时候我也不认识，总体上他认为，崛起的不是一个人，而是一个诗群。他们都各自表述，不约而同。但我是第一个用"崛起"的，所以我算"第一崛起"

吧,他们也许觉得,原来都趴在地下,都潜伏在地下,一下子就崛起了,他们觉得好,他们用了,而且都是有一段时间才出现"第二个崛起""第三个崛起"。

口述者之二:孙绍振
口述时间:2007年4月;地点:苏州。

《诗刊》的会议结束后,我乘火车回去,《诗刊》编辑吴家瑾约我写篇文章。我说我已经写过了,不用再写吧。他说写吧。跟着,《福建文学》在福州又开了一个诗歌讨论会。《福建文学》做了细致的工作,他们把舒婷、顾城、梁小斌、杨炼、徐敬亚等平时的诗歌主张收集了一组,编辑成"诗歌札记",打印成一个小册子,拿到会上给我们看。我一看,想起《诗刊》的约稿,就从会场上溜回去,写了一天半,就是那篇《新的美学原则在崛起》。溜回去写的,一气呵成。稿子寄给了《诗刊》。到了12月份,形势紧张,《诗刊》就把我的稿子退回来了。写来一封信说,你的稿子写得很不错,但提的问题非常多,建议你分别写成文章发表比较好,我们这里暂时没有这么多篇幅发表。那我就不登,放在家里。又过了一个月,《诗刊》又来了一封信,说我们讨论了一下,当时没重视,我们还是想用的,请你把稿子寄给我们。这时我有点小感觉,是不是想批判我?我不敢鲁莽,把稿子的主要观点写成提纲,寄给谢冕,让他把关。我说如果有重大问题,就给我来信;没有问题,就算了。谢冕没有反应。我想,他大概是觉得没有问题。谢冕没有回信,我就把稿子寄给了《诗刊》。不久,张炯得到内部消息,他不好给我写信,就给刘登翰写信,说:"孙猴的文章被《诗刊》加了按语。要批判。"我的稿子是2月份寄出去的,3月份发表。[1] 得到这个消息,我连忙写了封信

---

〔1〕 孙绍振:《新的美学原则在崛起》,《诗刊》1981年第3期。

给《诗刊》的吴家瑾，我说我的稿子有重大修改，要求退回。《诗刊》回了封信，说已经印出来了，为了避免重大经济损失起见，还是发吧，发了以后可以讨论，没关系。我知道他们加了按语，收不回来了。当时我曾经想写信给周扬。按语是邹荻帆写的，他后来向我道歉了。他是奉命而为。

后来我知道了内部情况，陈丹晨告诉我的。我的稿子到了以后，《诗刊》打印了向上汇报。贺敬之主持了一个会，出席的有《人民日报》的缪俊杰，《文艺研究》的闻山，《文学评论》的许觉民，《诗刊》的邹荻帆，《文艺报》的陈丹晨，这么几个人。贺敬之拿着打印稿，我原来的题目是《欢呼新的美学原则在崛起》，后来拿掉了"欢呼"二字，我同时还删掉了一些过激的话。会上就讲了，现在年轻诗人走上了这条道路，这个形式是比较不好的，不能让它形成理论，有了要打碎。就发给大家看。陈丹晨看了以后说，孙绍振是我的大学同学。贺敬之说不对吧，年龄也不对呀。陈丹晨说，他是调干生，工作过几年，年龄大一些，孙绍振是中学生考上来的。在贺敬之的印象中，我可能是红卫兵。有人说不能搞大批判，贺说不搞大批判，要有倾向性地讨论。正讲得起劲的时候，邹荻帆说稿子退了。陈丹晨说，贺敬之愣了一下，还是想办法把稿子弄回来吧。于是就有了《诗刊》的那封信，说稿子还是要用的。我就上了当。这是以后才知道的。谢冕是副教授，不好批，只好找我这个无名小卒，找个红卫兵来批一下。但搞错了，我和谢冕是同学。

稿子退不回来，发表时又加按语。[1]大概是1985年，我在一个

---

[1]《诗刊》1981年第3期发表《新的美学原则在崛起》时加的按语是："这里发表的孙绍振同志的《新的美学原则在崛起》一文，是本刊自1980年8月号开展问题讨论以来一篇较为系统地阐明作者理论观点的文章。作者在评价近一二年某几个青年诗歌作者及其作品时说：'与其说是新人的崛起，不如说是一种新的美学原则的崛起。'他认为这个崛起的'新的美学原则'有如下特点：（1）'他们不屑于做时代精神的号筒'；'不屑于表现自我感情世界以外的丰功伟绩'；'回避……我们习惯了的人物的经历、英勇的斗争和忘我的劳动的场景'；'不是直接去赞美生活，而是追求生活溶解（转下页）

会上，遇到邹荻帆，可能以为我来闹事的，他马上向我道歉，说那个按语，是他在医院加上去的。我因为知道内情，决策的并不是他，就说，不用不用，我对你没有多大意见，只是对柯岩同志有意见。

口述者之三：徐敬亚

口述时间：2005年2月；地点：深圳。

其实这个事情是当时一个比较典型的事件，我现在觉得它其实是由误读引起的，咱们比较中性地说，就是有意和无意的误读引起的。一篇文章能被这么多的人读一遍，实际就是这个结果。80年代诗歌有那么大的发展，不光是对我的这篇文章，还包括对"三个崛起"的误读，有意的误读，它的这个作用实际上可能起得更大。因为有意的这种号召，可能还没有这个力量这么大，结果就造成了80年代中后期中国文学的大规模的灿烂，所以这一现象确实是值得研究的。

我的《崛起的诗群》在1981年就写出来了，没毕业就写出来了，当时是学年论文，一个很小的给老师交的论文。其实当时是写着玩的，然后就把它当学年论文了。当时指导教师他们都看不了，公木看了，他看了之后没表态。公木跟我关系一直非常好，他可能觉得挺大的，或者想系统跟我说一下。毕业之后，我也比较忙，一直到1982年6月，没事了，当时就打字了，当时的打字稿是不容易啊，公木给

（接上页）在心灵中的秘密'。（2）提出社会学与美学的不一致性，强调自我表现，理由是：'既然是人创造了社会，就不应该以社会的利益否定个人的利益，既然是人创造了社会的精神文明，就不应该把社会的（时代的）精神作为个人的精神的敌对力量……'（3）'艺术革新，首先就是与传统的艺术习惯做斗争'。作者向青年诗人指出要突破传统，必须……从传统和审美习惯中吸取某些'合理的内核'，但又认为他们当前面临的矛盾，主要方面还在于旧的'艺术习惯的顽强惰性'。编辑部认为，当前正强调文学要为人民服务、为社会主义服务，以及坚持马克思主义美学原则方向时，这篇文章却提出了一些值得探讨的问题。我们希望诗歌的作者、评论作者和诗歌爱好者，在前一阶段讨论的基础上，进一步对此文进行研究、讨论，以明辨理论是非，这对于提高诗歌理论水平和促进诗歌创作的健康发展都将起积极作用。"

我批的，因为写了很多稿纸，公木就给签了字，学校不知道哪个部门就给打了字，当时我手里就有十多本打字本，一直没寄出，包括大学同学很多人都不知道我写了这篇文章。毕业了不到半年吧，正好辽宁师范大学，在大连办一个《新叶》杂志，他们自己办的，正好跟我要稿，我就给他们寄过去了，第八期上全文发表出来了，这下让《新叶》的人倒霉了。编《新叶》的几位辽师院的同学，如刘兴雨等，都因我的文章受到不同程度的牵连，分配到小县城去了。

我那文章《新叶》发的是不全的，当时写了三万多一点，后来可能是在七八月份，夏天的时候，《当代文艺思潮》刚创刊，然后我就给《当代文艺思潮》主动投稿，那是1982年。我看到的可能是第二期了，我没看到它的创刊号，寄过去之后，他们就非常兴奋，给我打长途电话，直接和我说，你敢不敢坚持这一观点，我说我敢坚持啊。后来我给他们写信，我估计就被他们复印了。主编谢昌余保留了我一些谈话的记录，和我通话，什么时间和谁谁的通话记录，然后给我写的信，什么时间写的、内容，他们都做了准备，因为当时就觉得事情比较大了。他们当时跟我说，就说敢不敢坚持这一观点，我说可以坚持，另外我说我可以面对任何批评，敢于面对最权威的批评，当时比较理直气壮。后来我才知道文章拿到了《当代文艺思潮》之后，《当代文艺思潮》一直层层上交，传到了北京，可能他们觉得事关重大吧。所以我的文章发表时就是作为靶子发的。[1]

4. "三个崛起"发表之后

口述者之一：谢冕

口述时间：2005年11月；地点：北京。

---

[1] 徐敬亚：《崛起的诗群》，《当代文艺思潮》1983年第1期。

"南宁会议"以后,8月作协开了一个会议,那个会议主要就是批判"崛起论","南宁会议"还谈不到批判我,因为我是会议的组织者嘛。后来好多年,就是反对"资产阶级自由化"、"清除精神污染",我都在里头。后来假借政治呢,那就批判了。批判,我也不回答他。当然,北大这个环境比较好,北大这个地方呢有的时候还是有它的传统,压力太大了不得不做一些表态。压力不大的时候它还是很宽松的。所以北大并没有对我怎么样,没有停职啊,北大不会做这样的事情的,就是做也是做给领导看的。后来呢,就是批判,变成政治批判,把它纳入"清除精神污染",纳入"资产阶级自由化",把"朦胧诗"的"崛起论",变成了一种"资产阶级自由化",变成了一种"精神污染"。这个进行了很多年,没有太多效果。

对艾青啊,我从来都是评价很高的。但艾青,后来他对我,对我有意见。在艾青周围有一些人啊,有一些类似这样的人啊,在边上说,到艾青面前去说,说我不好的话。其实我这个人呢,我对艾青呢,一个他是长辈,他是前辈,而且我始终呢没有跟他见过面,没有交谈过。他们在艾青面前,说我的坏话无非就是我支持"朦胧诗",支持北岛那些人。北岛和艾青有过一些矛盾,还有一些更加年轻的诗人对艾青有些不敬之词,老人,你颤颤巍巍的吧,为什么还在我们中间挤来挤去呀,甚至要把艾青送到火葬场的。有一些年轻的大学生,一些很激烈的很不冷静的一些言辞。这都传到艾青那儿去了。艾青认为我支持了年轻人,我和年轻人站在一起,当然我也就持有这种观点,甚至认为,是我指使他们这样来说。他们的话对艾青当然是一种伤害。他们不应该这么说,但是说了,我又支持了这些人,那我是大学的老师,可能是教他们说的。艾青很有可能这样想,甚至说,我是不是有什么想法,要取代艾青,或者是要在诗坛上做一面旗帜,甚至要做诗坛上的领袖人物,这些都可能这么说。这些话对老人,对一些前辈来说,他当然有戒心。艾青对我有一些看法,他写的一些文章,蒙汗药啊,迷幻药啊,对"崛起论"的攻击也是非常厉害的。臧克家、艾青这两位前辈的攻击都是非常厉害的,有一些是直接对着我来的。我现在还记得,艾青说,"崛起论"者为了自己的崛起而崛起,这个话很清楚啊,"崛起论"者为了自己的崛起而提出崛起。我没有伤害艾青,艾青可是伤害了我了。这些我都不计较了,无所谓。后来有一些前辈诗人,包括这个袁可嘉先生、杭约赫先生、陈敬容先生,北京的一些"九叶派"的人,包括唐祈先生,就告诉艾青,谢冕不是那么回事,他们跟艾青还能够直接对话,那时艾青回到北京,住在北纬饭店,他没有家,他和高瑛都住在那儿。后来他们就安排我和艾青见面,包括杨匡汉、杨匡满,陪同我,那天艾青请客,把我请去的。我为了表达对艾青的敬意,把我写的艾青的文章《他依然年轻》,送给艾青。艾青也送给我他的《狱中笔记》,艾青见到我的时候,第一次见面,艾青说,你就是谢冕,你这么年轻啊。他以为我年纪很大了。这是后话了。

口述者之二:孙绍振

口述时间:2007年4月;**地点:**苏州。

看到《人民日报》发表批判文章的当天,是九点半左右,我走在去课堂的路上,心里不紧张,但很糟糕,被《人民日报》点名批判了。程代熙的批判文章,在同一期《诗刊》刊出。[1]名为"讨论",可是被批判的文章还没有发表,批判的文章已经写好了。随后就是《人民日报》、《红旗》杂志。我不知道怎么去面对学生。但没想到,我走进课堂之后,学生们竟全体起立鼓掌,包括后来去夜大上课,全体起来鼓掌。我非常感动。这样的批判,如果是在过去,家破人亡。1981年,对我的批判,高潮大约持续了半年,基本上是一边倒。当时对我批评得比较严厉的还有周良沛。江苏的《雨花》也有批判我的文章,其中也说了一句话:孙绍振的文章,也有深思熟虑的东西等。

---

〔1〕 程代熙《评〈新的美学原则在崛起〉——与孙绍振同志商榷》,《诗刊》1981年第4期。

学校党委当时也不知道怎么办，一个青年教师被批判了。不久，大概是四五月份吧，我接到丁力、宋垒两位朋友的书信。他们想在中央音乐学院办一个文学方面的专业，到中央宣传部汇报。贺敬之问是不是认识孙绍振，他们说认识。他就让丁、宋二位带口信给我，说，这是讨论，我们党不会像过去那样，扣帽子、打棍子、抓辫子了。我就把丁力、宋垒的信放在口袋里，给了党委，我说贺敬之托人带口信。

当时周扬路过福州，开了一个处级文艺干部的座谈会。我是一个小小的讲师，本来没有资格参与，但周扬点名要我去。会上我发言说，现在就说我有错可能为时过早。程代熙说我受了叔本华的影响，这根本是文不对题。与其说我受了叔本华的影响，不如说我是受了周扬的影响。在1958年，我听过周扬的《建设马克思主义美学》的报告，我的目的就是要以美学标准来衡量诗歌。我不识时务，当时周扬处境困难，我说这样的话，只能给周扬帮倒忙。但周扬平静地说，我的文章他看了，觉得我很有诗的禀赋。不过作为共产党员，他不能不说，我的文章，是列宁说的那种"精致的唯心主义"。会后，周扬和我握手，一个中年干部拍我的肩膀，说："你以后有什么问题，可来找我。"我看看此人，并不认识，也拍拍他的肩膀，说："同志，你哪个单位的？"旁边有个干部模样的人，忍住笑说：这是黄敏同志。我不知道黄敏是何许人物，直到回来以后，才知道，是省委常委，宣教口负责人。我要说到福建省委书记项南同志，我后来知道，他一直保护我。

出乎我们意料的是，在《文汇报》上，出现了艾青批判崛起的文章，意思是说，崛起理论，表面上是为了青年诗人的崛起，实际上是为了他们自己的崛起。[1] 艾青的恼火，可能和我多少有些关系。贵州大学那时出了一本油印的《崛起》。把一些年长的诗人都骂得很凶。其中《致艾青的公开信》有一句说：艾青你已经老态龙钟了，不要在

---

[1]《从"朦胧诗"谈起》，《文汇报》1981年5月12日。

我们队伍里挤，不然，就把你揪到火葬场去。我当时看了一笑，这是出出气的。后来，骂艾青的那句刻薄的话，在诗歌界一些人士中间流传开了。艾青的火气，可能从这儿来。艾青的话，可能也不完全是他自己的。在批判我的文章发表之时，《诗刊》一个有地位的女士，写信给舒婷，意思也是这样，你的诗是好的，但这些崛起理论家，名为青年诗人辩护，实际是为了自己崛起。在当时，艾青的思想有点跟不上了。

口述者之三：徐敬亚

口述时间：2005年2月；地点：深圳。

我的文章发在1983年第一期，我记得1月中旬，北京冯牧组织的讨论会就开始了，刚出来吧这边已经准备好了，现在看来都是整个大背景下的一件事情，突然有这样一篇文章进入了他们的世界，被作为一个重要内容，然后就纳入整个的轨道，那是我们熟悉的轨道，之后剩下的事情我们现在看来不可思议，太惊讶了，但是在当时对他们这部机器来讲，都是非常正常的，按照以前那种思维惯性，进入他们整个流水线。《诗刊》的一位朋友，大概是在新年刚过，也就是在这篇文章还没有发表的时候，对我说不好了，你要做准备。后来的事情就是当时一位领导将我的文章定性为"背离了社会主义文艺方向"，并亲笔删掉了我名字后面的"同志"两个字，事情变得异常可怕。有一个部门的文件，当时明确地说徐敬亚患"精神分裂"。我是2月看到的，我看到这个时，当时我真觉得我患了精神分裂了。文件用了一个"据说"，据说徐敬亚患了精神分裂症，这是在整个的文章的最后部分，对徐敬亚的情况的一个通报。我当时就感到了我会不会有不测，因为这个话说出来之后，就什么都可能发生了，在这个前提下，那一瞬间我觉得自己真的是精神分裂了。将来我想找到这个材料再读一下挺有意思的。之后在我这方面就是落实到单位了。当时我在文化厅下面的一个编辑部，我们那个单位搞了一个测验，时事测验一样，题目呢，整个就是我，就是《崛起的诗群》的作者，《崛起的诗群》的主要观点，《崛起的诗群》主要的反动的东西，做一个问答，还让我来答，我觉得很有意思的，这还用我来答，我还用答吗。这个事情吉林省做得就比较大了，我当时面临的选择这里边也有难言之隐，也是我一生最黑暗的时候。投降的想法我是早就产生了，我一开始的愿望就是投降，我觉得是不成比例的战争，但是我没想到我被愚弄。我的工作、生活，包括这个"精神分裂"，已经纳入了我整个生存范畴，它最后落实到我的生存，我的生存面临着危险，很多鬼鬼祟祟的事情就开始出现了。各种可能都存在，所以当时我就肯定是我失败。我是个刚毕业的大学生，一无所有，所以要打败我是很容易的。一开始我就想投降，但是投降得不大漂亮。当时的单位让我写个检查，我就写吧，我就写了个检查，后来又不通过，单位里不通过。吉林省开了个文学年会，专门讨论我这个问题，是1983年的6月吧，吉林省所有的大专院校、文艺研究、文化主管，凡是涉及文学评论的人都去了，吉大也有很多老师。过了多年之后，我回吉大，吉大的一位老师，当着所有同学的面，突然说了一句："我要向徐敬亚同学正式道歉。"就是指在那次会议上他批判了我。然后我说没有对我多大伤害，因为我当时受到的伤害是一个笼统的伤害，你的伤害我没有接收到。其实当时很多人发言完了就跟我说什么什么，领导不知道，当时我在会上除了我的发言稿外，我就一言没发。

我一直是跟我们单位的党支部书记，我们的总编在对话在交流，交流这个检讨。过不久发现，突然，1984年3月5号，这个时间我记住了，《人民日报》半版，登出来我的检讨。[1] 我不知道我交的行政检讨，突然变成了学术检讨，发出来了，这应该说是我一生的失误，我感到很不舒服，我交给单位的检查，没有任何人征求我的意见发表

---

[1] 检讨题为《时刻牢记社会主义的文艺方向》。

了。《人民日报》《光明日报》《诗刊》《文学评论》，所有的报刊，能发的地方他们都给我发出来了，还给了我稿费。我没想到从这里出来，说明当时我还是比较幼稚的，如果知道，打死我也不会发表的，我可以暗地里投降，但是我不可能用署名的方式来检讨。

后边的事情，结局就相当快。3月5号《人民日报》做的检讨，夏天的时候我已经开始游览祖国大好河山了，他们就觉得有一些不舒服吧，就莫名其妙地让我在全国旅行了一圈，走了一个月吧。我们单位让我出去玩一玩，当时花了很多钱，全部报销，在当时很不容易的，我全国走了一大圈。到了北京我见到了谢冕，后来我就决定考谢冕的研究生离开吉林，谢冕说你考吧。旅行回来整个的秋天和初冬我都一直在准备考研究生，因为我觉得别的都没有问题，结果没到三个月的时候，突然接到谢冕的信，说他今年不招研究生了。后来事实上谢冕招收了研究生，这个我相信绝不是谢冕的意见。后来我也听说了，有人提出如果他考上了怎么办。我当时考研究生也很奇怪，我旅行回去说了，单位就说好，你考吧，可以不上班在家复习，我就不上班了。我去了深圳中间又有许多有意思的事情，去了之后，所有的人都非常高兴，我们的单位、文化厅的厅长都送我。突然有一天接到通知说徐敬亚不能走，省委书记、省长突然批示：人才难得，不能放。他们那个批示都相当具体，就是他想到哪去体验生活都可以。当时有个副省长找我谈话了，最后不可能同意，他说你要去《吉林日报》，去作协都可以，很诚恳。他们确实希望留住我，因为当时已经都转过来了，还不到一年的时间，我已经变成人才了。这样我们的单位、文化厅全部做我的工作了，这样我觉得没有可能改变他们了，我就没几天，没和任何人打招呼，我就到了深圳，我在路上，给省委给单位的领导写了些信，这样我就再也没有回去。

口述者之四：唐晓渡

口述时间：2013年9月；地点：苏州。

关于《诗刊》在80年代初的一些会议，我在我的《亲历80年代〈诗刊〉》里讲还是比较多的，里面讲到了两次纪念《讲话》四十周年，解放区和国统区的诗人是分别召开的，解放区的我没来得及参加，我参加的是国统区的。我写到臧克家迟到，所有人都站起来。那次应该是邵燕祥组织的，当时开会的策略也是非常注意的，因为有的诗人之间的关系比较微妙。那时候主编是严辰，常务副主编是邹荻帆，邵燕祥是副主编，实际上很多事都是邵燕祥在做。

在纪念《讲话》四十周年的国统区诗人会议上，艾青当时为"朦胧诗"论争的事情，对李黎的一篇文章很生气，那是因为他个人的问题生气。北岛当时写了一篇《彗星》，后来雷抒雁在"清污"的时候自然把它解读成一首自由化的诗歌，《作品与争鸣》还争鸣过一段时间。北岛，包括黄翔原来都是把艾青作为中国诗歌的旗帜，他们的关系一开始都非常好，后来可能在对所谓现代派和中国诗歌未来怎么发展的问题上有分歧，这本来很正常，但是可能还是因为我们这代人也有所谓的"迟滞的青春期"，当时就觉得你作为我们认可的旗帜怎么能这么保守，你怎么能对中国未来的诗歌这样来看。我跟北岛谈过这个问题，他就说艾青对他很好，给他粮票啊什么的，但在这个问题上北岛也没有准备退却，所以就有点闹崩了。他的《彗星》确实跟他们的这场不愉快有关系，但后来被解读成自由化了，艾青我想他也还是比较看重和北岛、黄翔等人作为诗人的交往的，就觉得不被他们理解，而且被李黎的文章说成那样，所以每次开会他都会发发牢骚，但谈不上攻击。他就是说"他们都上高速公路了"，"我们都赶不上趟了"，"他们都恨不得认为我死了"，等等。他和臧克家那种肃杀的感觉不一样，你只会觉得老头受委屈了，老头发牢骚了，他有不被人理解的痛苦，但也不撕破脸皮。我们以前的理解好像是单向的，我们永远是说你要正确对待，你要理解前辈的用心、领导的意图。现在到艾青这里也产生了不被理解的郁闷和要求理解的牢骚，也很好。对臧克家这样的诗人就不存在这样的问题，我觉得他更多的时候扮演的是秩序的维持者，到最后时刻才出动，说话要算数的。包括那次在《诗刊》开的会，拍着桌子讲"三个崛起"的要害是要否定革命诗歌，否定30年代左翼文学，而且是跟港台呼应的，要用清醒的眼光，只是没有说要用阶级斗争的眼光。而且啪啪啪拍桌子。当时我们都在场。这个会上并没有批判谁，他讲了几句话就走了。我说"神龙见首不见尾"。他讲完站起来就走，说："医生本来不让我来参加这个会，可是我必须来，我就先走了。"然后所有人全部站起来，包括牛汉他们都站起来送他。当然你也能看出来他在诗歌界的地位不一样，那时候他正在和艾青争泰斗，我们就觉得很奇怪你凭什么跟艾青争第一把交椅，你就是《老马》《有的人》，艾青的东西放在那个地方，这没有什么可以争议的。但是因为他当过《诗刊》主编，得过毛泽东的亲笔信，在诗歌界的地位就不一样，而且又是闻一多先生的传人，自我感觉也是不一样的。臧克家那时候已经惧怕诗歌现实了，他需要隔绝诗歌现实，把自己封闭在他的自我感觉里面。

  这之后就是一个奇怪的会，就是我讲的"务虚会"。这是我在《诗刊》参加的第二个会，因为形势比较松动了，那时候都是一阵一阵的嘛。是1983年的春天。"清污"结束了以后邵燕祥就讲形势也比较松快了，诗歌界的很多问题也需要清理一下，所以开个务虚会。务虚会就是不宣传，不预告，事后也不报道，不定选题，大家就是"神仙会"，爱说什么说什么。当时这对我来说挺神秘的，像一个官方的地下活动，当然它是有官方许可的，但这种方式带有秘密色彩，所以我很好奇。现在看来这种会在背后还应该有它自己的传统，我猜想可能和党内的一些政治传统有关系，采用这种非正式的会议，可以把更多问题无所顾忌地提出来。会议进行没有任何仪式，每天早上大家就带杯茶，先还有个会议室，后来连会议室都没了，我们就在一个套间的露台上。会议在黄山的屯溪宾馆召开。那次会议有何西来、谢冕、严迪昌、沙白、刘祖慈，还有周良沛。

  "重庆诗会"我们都没有资格去的，它实际上是一个全国诗刊诗报负责人的会,当然还有他们精选的一批人,整个《诗刊》就去了柯岩和邵燕祥,我们是被传达的。[1]传达分为两个批次,一个是邵燕祥在编辑部传达"重庆诗会"的精神内容,我对邵燕祥是佩服至极,这个佩服始于"务虚会",他对历次文艺界的讨论,从50年代到大众化的讨论、民族形态的讨论,他如数家珍,对这些东西那么上心,记得那么精确,随手征引,真是了不得的功夫。他做了非常详细的笔记,从头到尾都是纯客观、传声筒式的传达,没有做一个字的评论,没有倾向性,要说有倾向性就是他的表情。他传达得非常仔细,怎么开始,谁致辞,谁发言,每一个人都有交代。另一个是在首都剧场开的一个向整个文学界传达"重庆诗会"的会,那是柯岩做的报告,我们被要求必须去,不许请假。柯岩的讲话基本上是放大了她在重庆诗会上的主题发言,当然会加一些在诗会上怎样得到与会者和作者拥护之类的话。那天会议的气氛是非常奇怪的,心情很郁闷,不知道下面要干什么。那是一次完全流产的运动,整个都要拉开阵势了。对诗歌界来说,整个贯穿80年代的主要议题还是面上不断被提起来的"三个崛起"的问题。

---

[1] "重庆诗歌讨论会"于1983年10月4日至9日在重庆召开,会议的主题是批判"朦胧诗"和"三个崛起"。1983年第12期《诗刊》发表《开创一代新诗风——重庆诗歌讨论会综述》。《诗刊》为此所加的"编者按"写道:"本期发表了重庆诗歌讨论会的综述。我们认为,这次讨论会是值得诗歌界重视的一次富于战斗性的讨论会。与会同志在充分肯定十一届三中全会以来诗歌战线所取得的成绩的同时指出:近几年来相继出现的三个'崛起'的诗论就其实质来说,是资产阶级文艺思潮向社会主义文艺方向的一次挑战。回顾过去,由于我们对这种理论给诗歌界造成的思想混乱和精神污染的严重性认识不足,虽然组织过批评,但论战的力量和深度是不够的。在今后的工作实践中,我们将通过党的十二届二中全会文件学习,继续深入地总结经验教训,更高地举起社会主义文艺旗帜,为防止和清除诗歌领域里的污染,为开创新时期社会主义诗歌建设新局面,做出我们应有的贡献。愿听到诗歌界和广大读者同志的批评建议。"

九、关于"现代派"的通信

1981年9月,花城出版社出版了高行健的《现代小说技巧初探》,叶君健作序。1982年,作家冯骥才、李陀和刘心武曾以通信的方式讨论相关问题。这三封信件分别为:《中国文学需要"现代派"!——冯骥才给李陀的信》《"现代小说"不等于"现代派"——李陀给刘心武的信》《需要冷静地思考——刘心武给冯骥才的信》,发表于《上海文学》1982年第8期。《初探》的出版与三封信件的发表在80年代初期曾引发争论。

1. 北戴河"现代派"讲座

口述者:李陀(1939—),批评家、作家,曾任《北京文学》副主编。1989年后旅居海外,时为哥伦比亚大学研究员。
口述时间:2003年9月;地点:苏州、扬州。

我在《1985》的那篇文章里,谈到在北戴河作协组织休养的时候,我、苏叔阳、刘心武、叶文福、白桦、高行健,我记得的这些作家,还有一批的,在北戴河住了一星期。天天晚上有一个节目,就

发表"三封信"的期刊封面

"三封信"之冯骥才　　　　　"三封信"之李陀

"三封信"之刘心武

是高行健在那讲现代派，天天讲，大伙缠着他讲。[1]特别好玩的事是，叶文福写了一首现代派的诗，模仿现代派的诗，大伙当时都背这首诗。从高行健那儿，印象最深刻的是，起码对我来说是这样，马雅可夫斯基是现代派，第一次听说，原来不知道，未来主义。而且听说阿拉贡是现代派，革命的。高行健写作也很怪，那时他正在人艺当编剧，他写作就是对着录音机说。他写作特点很有意思，他无论写戏剧写小说，先对着录音机说，说了以后，对着录音机整理。这给我很深印象，而且好玩，所以高行健这点应该给我一定影响。所以他写《现代小说技巧初探》，[2]就顺理成章，把他那些平时讲到的东西写成稿子，基本就是那些内容，但要比当时讲的更系统、更准确。

2. 关于"现代派"通信的写作

口述者之一：李陀

口述时间：2003年9月；地点：苏州、扬州。

我记得好像最早是我和刘心武商量，说这个咱们得支持一下高行健，找冯骥才，我们仨是不是搞一个通信，支持一下。冯骥才先写的，好像是然后我写，最后是刘心武写的，就是这个顺序。我写这封信，思想上有一个小变化，到现在我坚持的是，现代小说不等于现代

---

[1] 李陀在《1985》文中说：大概是1980年夏天，作家协会请一些作家在北戴河海滨小住，我就在那里第一次受到现代主义的启蒙。老师是高行健，天天傍晚开课，每次都是从黄昏讲到夜深。我是闻所未闻，而且时惊时喜。当高行健讲到普鲁东的超现实主义主张"自动写作"时，我和另外几个"学生"真是惊奇极了，写作可以这样干？当高行健又讲到其现代主义运动中的一些诗人、作家、导演例如马雅可夫斯基、阿拉贡、爱森斯坦都是左派、都是革命者时，我们又是多么高兴：这些人我们都知道，但怎么一直不知道他们也是"现代派"。《1985》，《今天》1991年第3、4期合刊。

[2] 《现代小说技巧初探》，高行健著，花城出版社1981年9月出版。

派,中国要创作一种现代小说,但是不能搞西方现代派,这么做的一个主要想法不是一个理论上的认识,而是不能模仿,不能跟着别人走。出乎我意料的是,冯骥才是全面肯定,更出乎意料的是,刘心武出来说一些反面的话。[1]我心想,平常不是这么说的啊,底下聊天都不是这样,后来想也许是这样留点差别。

口述者之二:冯骥才
口述时间: 2005年10月;地点:天津。

有一次在北京开会,什么会我记不得了,开了一半我要走,李陀送我出去,李陀说,咱们轰轰吧,北京的文化气氛太沉闷了。我说怎么轰,从哪儿轰?李陀说从艺术上。我说那我们把现代派教导教导。李陀说,要找点新武器,要不然,你写第一篇,我写第二篇,刘心武写第三篇。我说开足马力,打第一炮。你看我的题目就很猛,叫《中国文学需要"现代派"》。我在当时不太在乎这件事。李陀的题目是《"现代小说"不等于"现代派"》,就稍微往后退了点。我看了也骂他了,你让我当头炮,把我当炮灰送出去了,然后你躲在后面,你就开始进行思辨了,你为什么一开始不和我思辨?一开始你跟我说好要我打得猛一点儿,然后你开始思辨了,跟我玩虚的。我没想到刘心武那篇会这样写。当时说现代派,主要是想支持一下高行健。

3. 关于"通信"的发表及其他

口述者之一:李子云

---

[1] 这三封信包括《中国文学需要"现代派"!——冯骥才给李陀的信》《"现代小说"不等于"现代派"——李陀给刘心武的信》《需要冷静地思考——刘心武给冯骥才的信》,载《上海文学》1982年第8期。

口述时间：2005年11月；地点：上海。

我那时经常有机会到北京，在夏衍家里见到过高行健，他坐在沙发上不大吭声。因为《现代小说技巧初探》，高的压力很大，大概就是曹禺比较支持他。我现在不愿意说这一段，大家都喜欢把发表通信这件事跟自己联系在一起。我不敢讲，别人讲是经过别人手发的，是不是记忆有问题。《现代小说技巧初探》我也看了，当然还是写得比较浅的，但我认为应当探讨。这本小册子引发了李陀、冯骥才、刘心武他们的讨论，这三个人以连环套的通信方式进行讨论。李陀告诉我北京不能发，我说给《上海文学》吧。发表通信的那期刊物出厂那天，我早上刚到办公室，冯牧同志就打电话来，命令我撤掉这组文章。我跟他解释，杂志已经印出来了，根本来不及换版面。他说，你知道吗？现在这个问题很敏感，集中讨论会引起麻烦的。但我认为没什么关系，讨论一下不要紧。冯牧说，你知道吗，一只老鼠屎要坏一锅粥。我说你这样讲也太过分了吧，我这老鼠屎还没有这能耐坏一锅粥吧？他说，啊，你这种……他没讲出来，意思是你是小人物没什么关系，可是会影响整个文艺形势。我说我在上海连累不到文艺界。他说现在是牵一发而动全身，怎么怎么。稿子还没有发出来，不知北京他们怎么知道的，我不知道谁告诉他们的。我说你管不着我，有市委管我。他把电话挂了。我就发了，他从此几年不理我，我们见面也不说话。我后来在书的后记里也向冯牧道歉了。我才知道这不是他的意见，是贺敬之点我的名。在顾骧的《晚年周扬》里我看到了，贺敬之在中宣部点我的名。不直接点我的名字，说夏衍的秘书怎么怎么干。冯牧替我辩论，说这个人是个共产党员。康生1964年反《北国江南》时，把我点名了，林默涵替我讲话，林是看我长大的，他说我是个共产党员。康生说我是个瞎了眼的共产党员，《北国江南》的共产党员是个瞎了眼的人。冯牧打电话是想挽救我，我还这么凶。我对他很抱歉，我对很多老人家都很抱歉。[1]三篇通信发表后,就有人说这是为"现代派"试探风向的三只"小风筝"。

过了两个月,巴金来了一篇文章,是写给瑞士作家的一封信。这完全是偶合。我发的时候没有意识到这封信跟三只"小风筝"有什么关系。当时我知道巴老有一封信,我就跟李小林说给我发吧。她说好啊,巴老那时对《上海文学》支持得不得了,就这样发了。到了过年的时候,夏衍来了一篇稿子《与友人书》,是篇手稿,很长,他批判了文化专制主义,着重谈了需不需要借鉴现代派的问题。夏公的文章也发了。这两篇文章一发,我又罪加一等。有传言说我是有组织的,发了三个"小风筝"后受到指责,就把两个大人物搬出来撑腰。我听到就笑起来了,我说我要是有这么大能耐就好了,我想搬巴老就搬巴老,想搬夏公就搬夏公,我有这么大的本事啊?他们听我指挥啊?说我是策划好的,先放三只"小风筝",然后再搬巴金,再搬夏公。他们两个老人家是可以随便被我搬的?能有这么大能耐我可了不得啦,可以呼风唤雨啦。当时正好又是讨论异化问题。上海思想工作领导小组负责人点名《上海文学》是重点,要检讨。是谁去检讨的呢?我们那个支部书记不让我去,不让我去检讨,大家都得去受教育,他知道我一上去又不晓得讲出什么来,惹麻烦。他说他上去讲。那个时候我们支部很团结。支部书记在台上慢条斯理,一条一条证明我们一点都不自由化,而且是服从中央的。这个会就无疾而终了。会上各个协会的人乱骂,声东击西,滑稽极了。有人骂吴强,说他儿子怎么样,女

---

[1] 李子云在《好人冯牧》中写道:"我想想,自己是不是也有点'欺软怕硬'呢?明知道冯牧同志不害人,不会报复,自己才会这样和他吵,如果换了一个强硬的领导对自己进行训斥,自己是不是会收敛一些呢?不免生出一些歉意。在后来的交往中,我认识到他是个直来直去、将一切情绪——紧张、激动、不安、不满、忧心忡忡、惶恐不解统放在脸上的人。不像有的人当众说得冠冕堂皇、圆滑周全,背后却另是一套,而且跟着时髦,悄悄地或理直气壮地更换自己的学术观点,以示开放。我更觉得自己有点理亏,于是想找个台阶能够下来。"《我经历的那些人和事》,文汇出版社2005年1月第1版,第161页。

儿怎么样。这跟我们上海文艺界"自由化"有什么关系？最后柯灵站出来讲，说这种大会是不健康的。大会最后变成这样子，不了了之。后来通知我，把我调到大百科全书去，说我本事太大了，在这里呼风唤雨，把检讨会弄成这个样子，要把我清除出文学界。我说这倒跟柯庆施一样了，柯在"文革"时就要把我清除出文学界。我问我犯了什么天条哪？钟望阳就讲她犯了什么问题，要把她不能留在文艺界的根据找出来，要不然我们没有办法处理。那个时候我真的很感动，幸亏钟望阳几位领导和杂志社同人支持，没有这些领导我早就完蛋了。

口述者之二：冯骥才

口述时间：2005年10月；地点：天津。

高的书出来了后，《文艺报》不高兴，[1]冯牧也不高兴。但是，一般来讲，谁也不肯随便碰那一拨。后来，这件事争论非常大，我对这件事的争论向来不在乎，我从来不喜欢和别人争论，我一点也不紧

---

〔1〕《文艺报》1982年第9期发表了署名"启明"的读者来信《这样的问题需要讨论》，信中说："读了《上海文学》第8期上冯骥才、李陀、刘心武三位作家关于当代文学创作问题的通信，受益匪浅。由于他们是在对高行健同志新著《现代小说技巧初探》一书的评论中，阐述了他们对一些文学观念和文学发展趋向的意见，所以就特别使我感兴趣。他们的文章中不乏引人思考的见解，当然也有使我感到困惑和忧虑的东西。"启明不同意李陀提出的当前文艺创作的焦点是形式问题的看法，也不赞成冯骥才把现代派描绘成我国文学创作的出路，他认为刘心武的文章基本论点比较客观，但也有一些观点值得商榷。启明认为"这涉及我们的文学是走现代派道路还是走现实主义道路的问题"。《文艺报》1982年第11期《讨论会》栏目，还转载了徐迟的《现代化与现代派》，在为转载加的"编者按"说："最近又有读者提出今年出版的《外国文学研究》第一期上，徐迟同志发表的题为《现代化与现代派》的文章，关系到我国文艺发展的方向问题，也需要进一步展开讨论，以使更有利于建设我国革命的、民族的、大众的新文艺，使我国的社会主义文艺在建设以共产主义思想为核心的社会主义精神文明中发挥更大的作用。我们认为这个建议是好的。"此后《文艺报》发表数篇相关讨论文章。

张。后来我突然接到一个通知,《文艺报》叫我去开会。[1]当时是在新侨饭店,是在七楼还是几楼会议室,我去的时候,一看气氛非常紧张,有我、李陀、刘心武几个人,好像王蒙来得晚一点,有冯牧、唐达成,还有阎纲等。冯牧先说了,他从如何推动现实主义创作说起,是从侧面讲的,避开了与我们的冲突。冯牧说完后,作家从维熙发言,具体内容记不得了,他的第一句话特别够义气:我从外地刚回来,一回来就听说大冯他们出事了。很艺术,也很够义气。轮到王蒙发言时,麦克风坏了,就换了好一点的麦克风,王蒙就笑了:还是越现代越好啊。[2]

口述者之三:李陀
口述时间: 2003年9月;**地点:** 苏州、扬州。

三个人的信发了不久,就听到很多批评,我们就不服,我接信比较少。刘心武和胡乔木的儿子比较熟,我就跟刘说咱们肯定没错,说跟胡乔木说说去啊。有一天晚上,我和刘把我们的观点一说,高的书怎么重要。我还是那个观点,焦点是形式啊,因此我们可以从现代派的很多技巧里吸取东西,但我们不是搞现代派的。心武做了些批评,但还是说现代派是可以借鉴的。胡乔木就是静静地听,不太插话,几

---

[1] 根据《文艺报》记者雷达、晓蓉的报道《坚持文学发展的正确道路——记关于现实主义和现代主义问题讨论会》,《文艺报》连续两次召开了作家、评论家的座谈会,着重就现实主义的发展和如何研究、借鉴现代派文艺问题交换了意见,这两次会议的时间分别是1982年10月15日至19日,11月8日至9日。《文艺报》主编冯牧、孔罗荪,副主编唐因、唐达成主持了会议。参加会议的有:陈荒煤、陈冰夷、袁可嘉、程代熙、徐非光、顾骧、郑伯农、沈金梅、张德林、谢昌余、冯健民、张胜泽、吴亮、王蒙、谌容、林斤澜、邓友梅、从维熙、张洁、冯骥才、刘心武、高行健、李陀、理由、郑万隆、彭荆风、兰芒、柳鸣九、张英伦、许觉民、梁光弟、王春元、谢永旺、方顺景、刘锡诚、陈丹晨、李基凯、吴泰昌等四十余人。参见《文艺报》1982年第12期。
[2] 《文艺报》的报道综述了会议的内容要点。从会议的报道看,会上发言有很多分歧,对冯骥才和李陀的观点有不点名批评。

句话印象比较深:"现代派的东西并不是新东西,我们年轻的时候也都迷过,也都读过。我读过《尤利西斯》。"我当时只知道"尤利西斯"这个名字,并没看到过小说。"但这个东西十恶不赦,是个问题。"胡并没有直接批评我们俩,所以我们俩回来还特别兴奋,说胡乔木有点支持我们。当时天真,我们俩特高兴,说告了状了,一直告到胡乔木那了,肯定支持咱们,这有什么错,当时说思想解放,就觉得自己思想解放。

过了几天,越来越不对,第一次是搞"清除精神污染",说我们的"现代派"是个大错误,说要开会,传出来说我们必须做检讨。高行健说是有肺病就跑了,[1]到南方转了一年才回来。他的《灵山》啊,就是在外面转了一年,采集的素材。我是不记得这个会是怎么开的了,反正我是没检讨,还坚持了几句,那时也容不得你多说了。后来冯牧开始批评我了。有一次唐达成对我的批评印象特别深刻,开什么会回来,坐在车里,唐苦口婆心地说,李陀啊,我们这些人就像鲁迅说的,是横着站的,我们是腹背受敌,你就别捣乱了。什么小众化、什么焦点形式,添什么麻烦啊。可是我很感动,即使那样,我还常找冯牧啊,不是我和刘心武,就是我和冯骥才,和张洁一起去,那时见冯牧很容易啊,经常见,这点我还是很感动的。当时冯牧也好,陈荒煤也好,不是很计较的,虽然不赞成我们这个,但也不是很严重,批评也不是很重,没有什么你犯错误了,很严重之类的话。发表通信,好像是我说的,我和李子云说的。当时我和李关系很好。周介人当时还是普通编辑。你说的大概就是这么回事。"现代派"这个概念应该是袁可嘉提出来的。我有一次为了"现代派"这事,到了袁可嘉家里去了,向他请教"现代派"怎么回事,我觉得他当时出于谨慎吧,没和我说什么。

---

[1] 在《坚持文学发展的正确道路——记关于现实主义和现代主义问题讨论会》中,与会者中有高行健的名字,由此可以推测,李陀、冯骥才和高行健出席的不是同一次会议。

十、"杭州会议"

1984年12月,《上海文学》、浙江文艺出版社和杭州市文联联合在杭州召开"新时期文学创新座谈会",后来称为"杭州会议"。会议开始并无明确的主题,讨论中逐渐涉及本土文化和反思西方现代派文学等话题。因此,批评界通常认为"寻根文学"发轫、"先锋文学"崛起与"杭州会议"密切相关。

口述者之一:李子云
口述时间:2005年11月;地点:上海。

"杭州会议"我是觉得,假如大家的记忆不一样是可能的,我的记忆也搞不清楚了。开始并不是去讨论"寻根文学",并不是有了这个主题才去开会的。那时,我们觉得"现代派"展开了,各种问题都展开了,什么"方法论"也出现了。在创作上,我们发了杨炼的《诺日朗》,丁玲批评《诺日朗》是写女性生殖器的,我们看了半天也找不出女性的生殖器在哪里。创作上各种派出来了,理论上各种方法论也出来了。我们的初衷是把理论家和作家弄在一起开个会,讨论理论和创作的问题。李陀那时非常起劲。他当时对《上海文学》是寄予厚望的,他的《自由落体》[1]就发在《上海文学》上,没有地方发

---

[1]《自由落体》发表于《人民文学》1982年第12期。

《棋王》

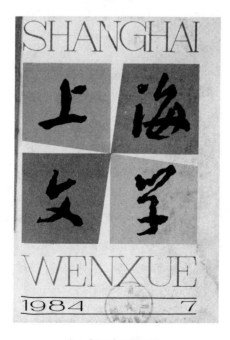

发表《棋王》的期刊封面

他就来找我了。《棋王》他在北京推销不出去,他跟我讲的。李陀跟我讲阿城有个《棋王》发不了,他觉得很棒。我说给我看。我后来给李陀打电话说这有什么问题啊?他说北京人说阴暗,小说阴暗哪能发?我说我要,你说很棒是很对的,小说写得特别,那种极端的写法我很欣赏。这个作家很有才气。"杭州会议"我们也请阿城来了。《棋王》很不错,有创新,我们希望有多种多样的东西。[1]当时我们的理论也出了一批小将,当时上海有程德培、蔡翔等,北京还有黄子平、季红真等,出现了一批人。我们想批评家和作家在一起讨论,批评家会促进作家思考一些问题,作家也会促进批评家。我想大家在一起会互相有启发。作家和批评家在一起会有许多好处,也有坏处,苦恼背对背更好。外国搞评论的跟我说,你跟作家还交往啊?这很不利啊。我的初衷是想请批评家和作家直接对话。李陀是个积极分子,就想兴风作浪,他大有可为。他的才能是窜来窜去,他会点拨人,是个人才。到杭州以后,我觉得一开始阿城是个主角,好多天就是听阿城讲故事。在楼底下大厅里,坐一大圈人听阿城讲故事。这个会议开始是无主题变奏。后来集中了,从"现代派"到怎么关注本土的东西,提到了寻根,是这么过来的,强调要用现代的观念观照本土的东西。

你问有没有谈到马尔克斯,好像是谈到一点,当时刚出来,不是主要话题。会议的内容就是这么转过来的。韩少功对"寻根文学"很热衷,也有理论知识。还有郑万隆。"寻根"就是这么开始的。开始时我还有点犹豫,觉得如果全部朝后看,专门去找"异乡异闻"啊,苦恼也不妥。这个会议的作用,我觉得是作家和批评家直接对话,然后互有启发。我觉得阿城对批评家起了作用,他的一些思维方式,他讲故事的方式都有启发性。阿城讲故事的能力太强了。我那时觉得理论上不能排斥这种观点、那种观点,哪怕是我们不能接受的,各种写作的、论述的方式都可以。我们发刘索拉、张辛欣,也发韩少功、李

---

[1]《棋王》,发表于《上海文学》1984年第7期。

杭育，我觉得杂志要杂。哪种声音听长了都会反感。

口述者之二：李庆西（1951—　），批评家、小说家。曾任浙江文艺出版社编辑，浙江作协书记处书记等职。

口述时间：2004年7月；地点：杭州。

　　我记得是周介人的主意。我记得有一次我在上海，他们说想搞这样一个会议，他们想找个地方开，问在我们杭州行不行，想找一两家合作单位。当时我是个小编辑，想到是有一定可能的，我回来跟黄育海一商量，向我们社里的头儿提出这个事情。我们领导不搞当代文学，在我和黄育海进社之前他们对当代文学不太关注。我们和黄育海想了一个主意，我们社为什么要配合这个会，找了个理由。因为要社里出钱的。我们说这次《上海文学》能请到一些小说名家，那个时候不大讲学者这个字眼，就讲评论家、理论家。我们说我们想搞一个小说词典，请这些人给我们的小说词典写条目。反正《上海文学》能把他们请到，我们趁这个机会搞一点我们自己的东西。这样说服了领导。这个事另外跟李杭育讲的，杭育拉了杭州市文联，会议主办的三方就是这样的。钱我估计大头还是《上海文学》，当年文学刊物很有钱。他们比我们出版社有钱，反正大头是《上海文学》，我们跟杭州市文联也出了点钱。[1]

---

[1] 李庆西《开会记》中记载："这次会议由《上海文学》编辑部、浙江文艺出版社和杭州市文联三家联合主办，地点在杭州西山路（现杨公堤）解放军一二八医院（又称陆军杭州疗养院）。有些回忆文章把地点写成'空军疗养院'或'海军疗养院'，都不正确。我是主办方之一浙江文艺出版社的参加人员，确定会议租房时还参与过意见。选择那儿主要是看中租金便宜，会议包了两幢二层小楼——过去是将官休养的住所，那时已显窳败——时在冬季，室内连暖气和热水都没有。""与会者总共三十余人，来自三个主办单位和一部分特别邀请的作家、评论家。受邀人员是李陀、陈建功、郑万隆、阿城、黄子平、季红真（以上北京）、徐俊西、张德林、陈村、曹冠龙、吴亮、程德培、陈思和、许子东、宋耀良（以上上海）、韩少功（湖南）、鲁枢元（河南）、南帆（福建）等。上海作协和《上海文学》方面有茹志鹃、李子云、周介人、蔡翔，（转下页）

当时我记得也没有好好地讨论什么主题，很空的题目，很泛。新时期文学怎样发展这样的题目，但是会议开了以后谈谈就谈到了这方面。对，后来会议开开就有比较重要的话题了。周介人在请人方面请得比较好。有代表性的作家，不同的评论家，这里面有不少院校的，黄子平、鲁枢元、陈思和，还有上海华师大的宋耀良。王安忆本来要来的，后来因为有事没去，临时有事情。其实那时候大部分，80年代没有形成后来所说的学院派，大部分评论家在作协这个系统里比较多，但是上海比较特别，院校的比较多。我的记性不好，会议的很多细节性的东西记得的不多，你可以问。

周介人虽然年纪只比我大了近十岁，但是在文学界的辈分上讲完全是我们上一辈，他有些想法我们不太清楚到底是怎么想的。这个会议客观上讲，它打破当时的体制化，因为以前文学界的很多事情都是由中国作协布置下来的，事实上，一开始中国作协也是一个思想解放的重镇，但是在思想解放的过程中，它也想作为一个组织有步骤地去

（接上页）肖元敏、陈杏芬（财务）等人出席；浙江文艺出版社仅我和黄育海二人；杭州市文联有董校昌、徐孝鱼、李杭育、高松年、薛家柱、钟高渊、沈治平等人。会议由茹志鹃、李子云、周介人主持。"这次会议事关寻根文学发轫，先锋小说崛起，可以说起到扭转文学观念的作用，是八十年代最重要的文坛聚会之一。会上一些详细情况，周介人、李陀、韩少功、蔡翔、吴亮、黄育海等人曾撰文或是在接受采访时做过不少回忆，这里就不再赘述。""有一个跟我本人有关的情况，好像别人的回忆都未提到，那就是周介人叫我提前一天赶到上海，第二天与上海和北京等地与会人员一起来杭。为什么先把我召到上海，现在想不起来有何具体原因，只记得他们把我安排在文艺会堂住宿，在那儿见到了北京来的李陀、黄子平、阿城等人。我去黄子平房间叩访，见他手里正握着一册新出的《管锥编补编》，这个细节印象很深。当晚《上海文学》宴请将赴杭参加会议的作家、评论家，出人意料的是王元化先生来了。那时王元化还担任上海市委宣传部部长，似乎是编辑部特意安排的一个礼节性会见，他没有吃饭就走了。李子云与会者一个一个向王元化做了介绍，他走过来跟大家一一握手问候，见到吴亮很亲切地问道，'你在《上海文学》上的对话录还写不写了？'他们聊了一会儿，还扯到了黑格尔什么的。我想，有关这次会议的筹备、酝酿情况，李子云跟王元化不会没有沟通吧。""第二天上午，一辆租用的大客车把大家拉到了杭州。车子驶入一二八医院，冬日里'将军楼'前依然树影婆娑，阿城一下车就大声说好——'好！这地方太好了！'"《书城》2009年第10期。

思想解放。我和黄育海还比较年轻，应该说在文坛上涉世未深，有些事情我们上一辈的人怎么考虑的我们也难以猜测的。客观上周介人有没有更深层的考虑，我也很难讲。我不知道蔡翔有没有，因为他和周介人要比我更熟，蔡翔有没有想到这些问题。因为《上海文学》当时确实起到很革命的一面，按照过去体制化的那一套，《上海文学》属于上海作协的刊物，它也应该是要听从中国作协的有组织的分派任务，怎么去思想解放。但是《上海文学》他们是走在前面的。我说没有明确的议题但不等于周介人没有具体的想法。我觉得周介人这个人对新时期文学确实有很大的贡献，这个确实也很不容易。

也许周介人比我们更高瞻远瞩吧，当时可以肯定的是中国作协和地方作协在思想解放上有他们的一致面，但是他们肯定有不满的地方，比如评奖方面话语权力都是掌握在中国作协手里，所以地方上，尤其是上海那个地方它不同于其他省，有自己独特的个性，它对于中国作协僵化运作体制是不满的，有自己的动作是肯定的。另外中国作协推行的思想解放，在艺术上对当时的创作有一定的压制性，这个压制性不一定表现在对你的批判上发表上，包括发奖啊、导向啊，中国作协有创研部，他们的评论家看好那路作品，比较看好的是"改革文学"那一批，蒋子龙他们。《上海文学》为什么没有叫什么蒋子龙李国文他们，从人员构成上可以看出它的意思，因为人员都是《上海文学》请的，我们只是尽地主之谊，安排会务，出一点钱，所以方向上的东西都是周介人和李子云、茹志鹃他们把握的。

马尔克斯肯定提到的。这个我印象很深。当时我记得提得比较多的一个是寻根的层面上，地域文化的问题，地域文化少功和杭育讲得比较多。还有在宗教文化，包括儒啊道啊，阿城、黄子平讲的，还有李陀对小说的表现形式这方面讲得比较多。马尔克斯是话题之一，这里不仅谈到了马尔克斯，当时李子云还把马原的《冈底斯的诱惑》校样带来了，反正大家都觉得挺好，都觉得这种叙事方式很新鲜。对了，当时李子云好像有意要用，以前已经发了《拉萨河女神》。马尔克斯是肯定讲了。但是没有成为一个中心话题。

当时实际上还有个背景,就是冯骥才、刘心武、李陀他们为了高行健《现代小说技巧初探》那个通信,他们比较关心的是西方小说的形式,意识流之类的。这个会议上,大家对于小说形式要变化有共识,但是认同意识流的太西方化的不太多,想找到自己的路子,不想按照西方现代派的那一套亦步亦趋地走,包括少功他们都是这样想的。阿城的创作就是明显的表现,当时看上去很民族的,但是又跟我们新文学不同,当时我们都觉得看到了希望,它有别于那种翻译小说的味道,又打破了以前的旧框框。

我当时不光是想民族化的问题,还想打破话语体系、打破当时定型的东西,写"笔记小说"因为它篇幅比较短小,因此也比较符合现代人的阅读口味,但是比较难成气候,因为不是宏大叙事,说到底分量不是太足,写作要求很高,要有语言功底生活根基,不好写。我当时在《上海文学》上发表《新笔记小说:寻根派,也是先锋派》,[1]韩石山在上海的《文学报》上发文章嘲讽我,好像我的这篇文章是在炫耀我自己,既提出理论又在写作,好像我这个理论是在为我的创作开路似的。我以前没见过韩石山,后来有一个会议我们还遇到的,他说很不好意思,当年我还骂过你。

口述者之三:李杭育(1957—),小说家,"寻根文学"代表性作家之一。曾任杭州市作协主席等职。
口述时间:2004年7月;地点:杭州。

这个会议也没有什么主题,现在只能说是"杭州会议",与会者思想很庞杂。我还记得一个细节,会议上茹志鹃和李子云这两个老太太都参加了,她们都是《上海文学》的,她们俩住一个屋子里,她们

---

[1]《上海文学》1987年第1期。

俩还蛮好的，后来吵架了，会议结束了，她们俩回到她们的房子里，李子云是个很激动的人，急着要和茹志鹃讨论刚才会议上的发言，茹志鹃说你等等，我还没记完，我要记下来。这个老太太很认真。一个很兴奋，一个很认真，这是我的印象。我记得有一个在大学里的教授叫鲁枢元，大谈心理学，因为我觉得从前的文学会议不大谈心理学。我在谈区域文化，乡下的农民的生活形态、民间的什么。就觉得忽然那个时候中国的小说家、评论家关注的或者说使用的语言或者说脑子里的想法，发生了极大的变化，所有的与会者都有一种新鲜感，会上谈到马尔克斯，这些都是没有中心化的，想说什么就说什么，说的东西都是在这个之前，杂志上也好，会议上也好，大家都不曾谈论过的。还有就是人和人私下里的交流了。韩少功呢，这个我记得很清楚的，当时《爸爸爸》还没有发表，但是《爸爸爸》已经写出来了，就是再过几个月就发表了，那种情况，那时候发表的周期要长一点，少功向我表示了一个很有信心的意思，就是你看着吧，我这个小说要发表了，有那么一个味道。

"寻根"呢，我倒是觉得各人有各人的考虑。当时中国文坛上有一些人也在提倡"现代派"，高行健，有一些人在讨论民族性的一些问题，唱对台戏。我觉得我的考虑不是这样的，至少我和韩少功是一致的。我们在会上也交流过，我和韩少功都是大学中文系出身，外国文学读了很多，也不是土包子的乡村作家，我个人更热衷于很民间化的东西，也不是民族化，我是很民间化的，我那时候的文章就有这个意思，[1]大致意思和我后来写的差不多，写成文章就更概括更清晰。会上反正是扯一段扯一段的，自己也没有一个联系在一起的主题，即兴式的。我更热爱中国的民间、民俗文化，它们那种很有生气勃勃的东西，当时我写作也好，平常的阅读也好，我就喜欢读县志。我也搜集了很多，每个县文化馆都有编印的油印的资料，比如说民歌啊，民

---

〔1〕 参见李杭育的文章《理一理我们的"根"》，《作家》1985年第9期。

间传说啊，采风的那些东西，搜集得很多，包括明清笔记野史。其实我读这些算早的，现在很多人在读这个。那时余华在海盐的文化馆，只要他们印了，他都给我寄来，都是艺术资料。我是这样一种取向的，所以我觉得寻根的取向是多样的。

口述者之四：蔡翔（1953—   ），批评家、学者，曾任《上海文学》执行副主编，时任上海大学文学院教授。
口述时间：2003年8月；地点：苏州。

　　社会科学界也在讨论文化，对文化问题有些兴趣，这就谈到1984年"杭州会议"。10月份，浙江搞了一个笔会，我们去了，在那里见到了李杭育，那时他也开始崭露头角，写了《最后一个渔佬儿》，[1]茹志鹃老师很欣赏。最后发表在《北京文学》上。80年代编辑部非常好，发现好作品大家都会看。我和他的哥哥李庆西很熟，所以第一次与杭育见面，很亲切。参观的路上和李杭育聊天，杭育提议，《上海文学》能不能出面搞个活动，把青年作家集合起来，让大家有个交流。当时大家想法很多，最好有个交流。周介人老师说主意非常好，应该开个会，回来向李子云老师汇报。当时有很多的新东西出来，韩少功在写，阿城的《棋王》刚出来，到底有怎么样的说法和新的可能。正好11月份我们和周介人老师到杭州参加一个作品讨论会，有杭育、庆西、吴亮，在会上又讨论了一下，由《上海文学》、浙江文艺出版社、《西湖》杂志联合主办。杭州东道主，受到他们支持，《上海文学》也负责整个会议的筹备，主持了大会工作。当时住在杭州一个军队疗养院，地方不错，价钱也便宜。赶紧打电话给李子云老师。定好时间，各方面的工作都安排好。会应该是在12月开的，几号记不清楚了。周介人老师那里查得到，集子里应该有。会议上请

---

〔1〕《最后一个渔佬儿》发表于《小说月报》1983年第6期。

来了北京的有李陀、阿城、陈建功、郑万隆，评论家有黄子平、季红真；湖南的有韩少功；浙江的李杭育、李庆西；上海人多，作家陈村，评论家吴亮、陈思和、南帆、许子东，还有鲁枢元、宋耀良。那时包了两栋将军楼，很简陋的，不过卧室很好，三个人一个房间。随便住，不像现在安排好的，大家都抢着住三人间的，把好的让给其他的人住，当时觉得很感动。我觉得那时是值得留恋的时代。当时的会议也没有很明确的主题，就叫"神仙会"，面向未来的文学。会上讨论得很激烈很热闹。记得也有相对集中的主题，反对对西方主题的简单的模仿，有一个说法，就是不能主题横移，不能把西方文学中的主题直接移到中国来。同时还在对当时流行的"伤痕文学""改革文学"进行反思，认为文学性不足，太简单化了。

"杭州会议"上当时大家都提到马尔克斯的《百年孤独》。我记得《译文》上还是什么杂志上有过介绍，可能片段的翻译有过。[1]大家都提到这个话题，说《百年孤独》怎么样，是立足本土的创作。我觉得韩少功的记忆可能是有误。提到这个话题，我有这个印象，不管大家完全地还是片段地看过，那是另外的事。《百年孤独》给我们刚刚复兴的文学这样一个启发：要立足本土文化。这一点就又谈到第二个话题，就是文化，我觉得当时的作家可能蛮敏锐的，记得陈建功、郑万隆谈的胡同文化，韩少功谈了楚文化，我记得李杭育在会议上讲的是吴越文化。文化这个概念大家都有了一个共识，但不能说"杭州会议"就直接酝酿了"寻根文学"，不好这样说。韩少功也这样认为。但是后来"寻根文学"的基本概念在这次会议上已经有了一些共识，这次会上算是把大家平时想的问题明朗化，所以"杭州会议"和"寻根文学"有内在的联系。不能说直接地酝酿"寻根文学"，但是它有一个内在的瓜葛。

---

[1]《世界文学》1982年6月发表了《百年孤独》的六章译文，译者为黄锦炎、沈国正。

口述者之五：李陀

口述时间：2003年9月；地点：苏州、扬州。

  我当时对地域文化特别感兴趣，我记得地域文化在"杭州会议"上形成了讨论，好像大家都不太记得了。[1]但不管怎样，就我个人而言，地域文化开始作为一种文化资源，如何被我们现代小说，或者创作新的小说利用，始终是我思考的一部分。这种考虑受什么刺激呢？就是汪曾祺的小说和比较早期的拉丁美洲小说。读了以后，就想中国作家怎么办？好像是1984年到解放军艺术学院去讲课，我就讲了两个"斯"，马尔克斯和博尔赫斯。当时给他们说的时候，他们都没听说过马尔克斯。我就说我们要重视南美的作家，他们给我们提供一个完全新的视野，把现代主义和他们本土的文化有一个很好的结合，形成的拉丁美洲文学既是现代小说——符合我对现代小说的想象，又不是现代派小说的再版，不是欧洲现代派小说的再版，是拉丁美洲自己的小说。据他们说，后来对莫言写《透明的红萝卜》都产生了影响。总而言之，这一段我一直在考虑中国的文化资源，如何跟中国的小说结合起来，可我的苦恼是我自己找不到合适的结合点。

口述者之六：韩少功（1953— ），作家、学者。"寻根文学"倡导者和代表性作家之一。曾任海南省文联主席，海南省作家协会主席。时

---

[1] 参与筹备"杭州会议"的批评家蔡翔著文说："这次会议不约而同的话题之一，即是'文化'。我记得北京作家谈得最兴起的是京城文化乃至北方文化，韩少功则谈楚文化，看得出他对文化和文学的思考由来已久并胸有成竹，李杭育则谈他的吴越文化。而由地域文化则引申至文化和文学的关系。其时，拉美文学'爆炸'，尤其是马尔克斯的《百年孤独》对中国当代文学刺激极深，由此则谈到当时文学对西方的模仿并因此造成的'主题横移'现象。有意思的是，这些作家和评论家都曾受西方现代主义影响，像李陀，曾是'现代派'的积极鼓吹者和倡导者，而此时亦是他们对盲目模仿西方的现象作出有力批评。"蔡翔进一步说，"我已无法回忆具体的个人发言内容，但有一点是肯定的，把'文化'引进文学的关心范畴，并拒绝对西方的简单模仿，正是这次会议的主题之一"。《有关"杭州会议"的前后》，《当代作家评论》2000年第6期。

任海南省文联名誉主席。

口述时间：2002年11月；地点：苏州。

当时大家对外国文学很感兴趣，有的模仿苏联作家艾特玛托夫，有的模仿美国作家海明威的短句型，有的模仿塞林格的《麦田里的守望者》那种嬉皮风格，作为学习的初始过程，这些模仿也许是难免的，也是正常的。但以模仿代替创造，把复制当作创造，用我当时的话来说，叫"移植外国样板戏"，这就很让人担心了，其实也失去了西方现代文化中可贵的创造性精神。还有一种现象，就是某些批"文革"的文学，仍在延续"文革"式的公式化和概念化，仍是突出政治的一套，作者笔下只有政治的人，没有文化的人；只有政治坐标系，没有文化坐标系。"寻根"话题就是在这种语境下产生的。80年代中期，全球化的趋向已经明显，中西文化的激烈碰撞和深度交流正在展开，如何认清中国的国情，如何清理我们的文化遗产，并且在融入世界的过程中利用中西一切文化资源进行创造，走出独特的中国文学发展之路，就成了我和一些作家的关切所在。我想说的是，尽管当时的文章并不成熟，缺乏理论深度，但这一主旨在时隔十多年以后我觉得依然有效。因为这个问题依然存在，全球化与本土化的缠绕依然存在，模仿与复制依然是创造的大敌，特别是当中国处境越来越显出特殊性以后，更是思想创新和文化创新的大敌。我们对此应该有一个清醒的把握。当然，有些人批评，你们的"寻根"本身就是模仿，本身就是舶来品，不就是受拉美魔幻现实主义的影响吗？在这里，我不想否定这种影响的存在，正如我从来不认为一个民族的文学可以孤立地发展，从来不认为一种创造，即便是最高明的创造，可以不受任何外界的影响。这不是我对"寻根"的看法。我记得，在1984年"杭州会议"之前，我们已经从报纸上看到了拉美作家加西亚·马尔克斯获诺贝尔奖的消息，看到了有些新闻中对他的评介。不过，当时他的作品还没有中译本，我想没有任何中国作家读过他的作品。在"杭会议"上，据我的记忆，谈论马尔克斯的并不多，更没有什么人提到美国小说《根》。参与者当时主要感兴趣的还是海明威啊、萨特啊。《上海文学》的周介人先生有一个"杭州会议"纪要，发表在几年后的《文学自由谈》上，大体上是准确的。人们可以从那个纪要看出，"寻根"在会上是一个很次要的话题，会上更没有什么"拉美"热。周介人是当时的主持人之一，他的记录是可以相信的。退一万步说，如果几条消息能够引发一个新的文学浪潮，那也只能证明中国已经有了足够的内部动力。欧洲古典主义、浪漫主义的作品在中国已经车载斗量，为什么没有引发什么运动？

口述者之七：陈思和

口述时间：2013年10月；地点：上海。

1984年的"杭州会议"，是《上海文学》的茹志鹃、李子云组织的。副主编李子云是理论家，她有意识地在周围培养了一批理论家。一批是社会上的，一批是高校的。我的印象是以华师大教师为主，青年人大多是在读研究生。这样就慢慢形成了一支理论队伍。这支队伍没有什么任务，没有什么名称，就是定期开会。有些人开过会就算了，有些人会依靠编辑部的活动。我觉得与《上海文学》走得比较近的就是吴亮、程德培、蔡翔，李子云后来把吴亮、程德培、蔡翔调到作协去了，蔡翔留在编辑部做编辑，作协搞了理论室，就收留了吴亮、程德培两个人。

"杭州会议"之前，吴亮、程德培受浙江《西湖》杂志邀请，参加浙江一个作家作品讨论会。会上跟浙江作家李庆西及他的弟弟李杭育等一些人聊得很好。后来决定，《西湖》编辑部跟《上海文学》编辑部联合在杭州开一个会，有作家和评论家参加，主题为"新时期文学：回顾与预测"。

《上海文学》编辑部请了一批上海的作家和评论家，另外从北京请了一批，这些人都是1984年最活跃的一批作家，是比较前沿、先锋的。北京来的是李陀、郑万隆、陈建功、阿城等；还有几个评论家，季红真、黄子平、鲁枢元、南帆等；也有韩少功；上海有吴亮、程德培、蔡翔、我、许子东、宋耀良，作家陈村、曹冠龙，作协领导去的有李子云、周介人和徐俊西等。参加会议的还有编辑部的几个编辑。

1983年"清除精神污染"运动时，批判了很多作品，主要是批判西方现代派和人道主义异化观念。1984年，"清污"基本停止了，文学出现了新的气象，比较有代表性的是阿城的《棋王》、张承志的《北方的河》、贾平凹的《商州初录》，韩少功发表的《归去来》。《上海文学》发了阿城的《棋王》，张承志的发在《十月》，贾平凹的发在《钟山》。

会议讨论这一年里出现的新气象。这些小说不太像小说，贾平凹的小说完全是一组随笔，像《世说新语》体式的笔记体；张承志跟"知青文学"不一样，写到哈萨克文化了；阿城《棋王》更神奇了，跟我们理解的完全不一样；李杭育发了一篇《最后一个渔佬儿》，叫"葛川江系列"，当时还不被人承认。很显然，文坛出现了一批新作家，他们创作上有自己的特色，很新鲜。所以想开这样一个会。

当时为什么请理论家开会，我只是参加者，不太清楚。他们的意思或许是希望新的理论家对新的文学现象进行解读。张承志给李子云写了一封很长的信，阐释他的想法，他当时正处在世界观转变的时期，他到六盘山去了。王安忆在徐州探亲，也没有参加。

这个会留下了很开心的印象。参加者主要是年轻人，是个神仙会。住在部队里，住了三四天都没出去，天天开会，从早开到晚，吃在里面。晚上都不睡觉，通宵聊天。会议随便聊，完全没有形式，聊的过程渐渐出现一点东西，但跟"寻根"一点关系也没有。

头两天主要是李陀和季红真他们讲。那时"清污"刚过去，人们都松了一口气，尽情谈一些新的东西。李陀讲很多北京文学创作情况，主要是介绍西方现代派的东西。原来讲小说都是很规范的，那几天讲出许多不规范的东西。季红真一个上午滔滔不绝讲当代文学的儒家、道家、佛家啦，这些后来写成了文章，分上下两篇发在《中国社会科学》上。

有意思的是阿城的发言。在我发言之后，他讲现代主义。他认为现代主义不完全是西方的，中国古代就有。他举了个例子：西安霍去病的墓，墓边有很多石雕，有的石雕是一根线，几个洞，很抽象，完全是西方抽象化的东西。在这之前他讲了很多故事，故事引起了大家的解读。吴亮、黄子平就开始讲故事了，大家都讲故事了，每个人都讲奇奇怪怪的故事。黄子平讲的故事，我印象很深。他说：一个老和尚讲禅，小和尚问老和尚什么是道，老和尚举了一个手指，说这就是道。过了几天，老和尚问小和尚什么是道，小和尚也举出手，老和尚不说。过几天，老和尚手里揣了一把刀，去问什么是道，小和尚又把手举出来，老和尚就把小和尚的手指砍了。又问什么是道，小和尚把手举出来，一看，手指没了。大家都是这样讲奇奇怪怪的故事，但会议气氛越来越好。

印象比较深的是阿城他们讲故事。围绕"什么叫荒诞"的命题，当时是郑万隆或是陈建功讲了一个故事。后来讲故事跟打禅一样，大家在那猜谜。故事讲：医学做实验的人，有很多身体器官，有一个容器里，器官放了男性的；另一个容器里，器官放的是女性的，有生殖器官，什么都有。做实验的时候，就把器官打乱了。到走的时候，再把它分开，一定要男的归男的，女的归女的。说这就是荒诞。

第二天，有些年纪大的人感觉不好，说这样下去会变成自由化的。特别是鲁枢元，他忧心忡忡，说做了个梦，梦的征兆他觉得很不好。他梦见一房间的人坐在那开会，忽然屋外飞来一只大鸟，五彩的鸟，像凤凰一样，吴亮说要去抓这个鸟，大家都去抓这个鸟的羽毛，宋耀良跳得最高，然后鸟就飞掉了。鲁枢元就解梦，感觉很不好，觉得这个会很可能是昙花一现，因为美丽的鸟飞掉了，最后一场空。吴亮解读这个梦，却觉得很好。

开会就是从打禅说到做梦。

我当时发言的内容，就是发在《上海文学》的那篇文章，题目是《中国文学中的现代主义》。我认为西方现代主义并不可怕，现代主义在今天可能是进步的。我举了"五四"时候的例子，那时凡是提倡现代主义的都是"五四"激进主义的作家，像郭沫若、鲁迅、茅盾啊！文章还说了一个理论："五四"时候，正好是文化的逆向对流，中国文化急于去吸收西方的"五四"以来的这个文化；西方抛弃传统文化，想从东方文化寻求审美主义现代主义意识的东西。我说过后，他们蛮受鼓舞，阿城后来就说了霍去病墓的故事，支持我的想法。

这个会本身没有讨论"寻根"的问题，但有一个基本想法，就是阿城他们认为的，现代主义不一定都是西方的，中国也有，像中国的话本艺术等。这个想法在会议结束以后，由阿城、韩少功、李杭育等这一批人进行了实践。说明这个会是很好的会，是一个解放思想的会，完全是无拘无束、任意想象的场合，让大家有一次充分张扬个性的机会。次年，阿城在写《遍地风流》。张辛欣也有自己的作品，开始转向文化，沿着大运河走，写一百个人的口述实录，叫《北京人》。韩少功写《爸爸爸》《女女女》。李杭育写了一组作品。他们有一个共同点，就是认为文学要打破一切条条框框。

1985年，稀奇古怪的文学一下子进入文坛，很多小说很奇怪的，笔记小说都出来了。1985年涌现出一大批作家，当时我觉得"杭州会议"跟"寻根"也没太大的关系。这个会宗旨也不是讨论寻根，宗旨是讨论1983年出现的新文学现象。当时马尔克斯《百年孤独》已经翻译出来了吧。我记得领风气之先的是李陀，他讲了川端康成，也讲了马尔克斯，意思是说现在不要纯现代派，还可以回过来从民族文化中找到一些现代的东西，说川端康成是把日本精神与西方结合，马尔克斯也是被讨论的。第二年，整个文坛轰动了，韩少功带头写了《文学的"根"》，后来慢慢"寻根"就被推出来了。当时对"寻根"

的理解也是不一样的,阿城是强调维护中国文化传统的,有点反思"五四",觉得"五四"反传统太过分,但也有人是坚持"五四"的做法,像韩少功的《爸爸爸》,批判传统文化。

"杭州会议"在被人回忆时,很多事被人撺掇到一起。会议当时是没有具体目标的。到了1985年,文学很轰动,连续开了好几个会。春天在厦门开了个会,然后在扬州开了个会。年底,上海作协跟江苏作协、浙江作协在杭州开了第二个会,所谓"金三角会"。江苏的赵本夫、周梅森、储福金一批作家都来了,浙江到了一批作家。会议讨论到王安忆的《小鲍庄》,李劼、毛时安、邹平也参加了。

十一、"重写文学史"

1988年陈思和、王晓明在《上海文论》第4期主持《重写文学史》栏目,至1989年第6期,陆续发表"重写文学史"的论文四十余篇,重新研究、评估中国新文学重要作家、作品和文学思潮、现象。每期专栏编发"主持人的话",介绍本期文章梗概。在专栏结束时,陈思和、王晓明发表了《关于"重写文学史"专栏的对话》,系统阐发了他们关于"重写文学史"的学术主张。

口述者之一:陈思和
口述时间:2013年10月;地点:上海。

1985年5月在北京开了青年学者创新座谈会,会上钱理群发了《论二十世纪中国文学》的长文,是钱理群、陈平原、黄子平三人写的,我发表了关于新文学整体观的观点。这个会跟1984年"杭州会议"有点像,参加者主要是年轻人,想象大胆,发言随便。这个会以后,大家关于文学史的问题有各种想法。我当时想把现当代合在一起,这就涉及总结70年新文学的经验教训,具体想法从那时开始。

1987年《上海文论》出版,《上海文论》是上海作家协会和社会科学院文学研究所合办的理论刊物,主编是徐俊西,他当时是上海社科院文学所所长。办了不多久,他升上去当宣传部副部长。杂志起先是一般的理论刊物,但文章还是很好的。方法论热的时候,理论很吃

《重写文学史》"主持人的话"

发表《重写文学史》"主持人的话"的期刊封面

香，理论家很受人关注。趁着这个兴头，好些省份办了文学杂志，山西的《评论家》、东北的《当代作家评论》《文艺争鸣》都是差不多这个时候办的。

1988年年初，徐俊西老师找我们开会，找我和王晓明，还有编辑部主任毛时安等，大家在商量选题的时候，徐老师说能不能搞一个引人关注的理论专栏。讨论中扯出一个题目，能不能对传统文学史进行纠正。既往的文学史存在一定的问题，比如有的作家被捧得很高，但事实上不怎么样。这个观点跟我1985年提出新文学整体观有关。新文学整体观很重要的问题就是把现代文学和当代文学合起来，一合起来就发现有问题。分开的时候，可以把现代文学的"鲁郭茅巴老曹"谈得很好；当代文学是新建立的，要模仿现代文学，也想拉一批作家，树出一些经典来，当时把赵树理、柳青谈得很高。但是你把现代文学跟当代文学联合起来一看，当代文学成就显然不如现代文学。很多人提出观点，比如比我低两届的赵祖武发表了一篇文章，他把中国现代文学分为前三十年后三十年两个阶段，指出前三十年文学成就超过后三十年文学，这个观点实际上就直接批判了1949年以后的文艺政策了。那个时候文艺政策是批评不得的，他的观点马上被否定掉了。我们还是觉得不要搞前三十年后三十年，抬高现代文学压低当代文学不大好，我们要着重具体研究某些作家，多研究些具体问题。这个观念提出来，徐老师觉得很好，当时就定下来了。这时应该是3月份，不是很冷，当时天气很暖和。4月份，我就陪贾植芳先生到香港去了。

杂志准备开这个专栏，让我和王晓明做主持人。题目是王晓明想出来的，叫"重写文学史"。

第一、二篇文章，我约了宋炳辉，当时他还是学生，写关于柳青的。[1] 王晓明约戴光中写了一篇关于赵树理的。[2] 第一期具体栏目都

---

[1] 宋炳辉：《"柳青"现象的启示——重评长篇小说〈创业史〉》，1988年第4期。
[2] 戴光中：《关于"赵树理方向"的再认识》，1988年第4期。

是王晓明和毛时安做的,等我回来,第一期已经出来。社会反响很大,有正面的,也有反面的,但达到了引起关注的目的,大家还是很兴奋。第二期文章的稿子也已经组好了,是王晓明组的。第一期主持人的话是王晓明写的,第二期是我写的。

后来我们合作一直做,我回来直接参加工作,贡献了一篇谈胡风的文章,在第六期上发的。[1]毛时安写了一篇批评姚文元的文章,对姚文元的思想有点解剖。[2]文章是毛时安写的,内容却是我们一起讨论的。

一开始约稿,后来基本上没有约稿,都是主动的。1989年第一期范伯群老师给我们一篇文章,关于鸳鸯蝴蝶派的,[3]沈永宝写的中国现代文学中的宗派主义,[4]都是自发来稿。这是学术界的突破口,大家都有话说,全国各地都有来稿,反思郭小川的文章是河北某个大学的老师,[5]讨论杨沫《青春之歌》的是来自东北四平师范学院,[6]都是从底下上来的。

1989年,对"重写文学史"有不同的意见,刘再复建议用"另写文学史",觉得"重写"有点武断,"另写"比较多元。刘心武提出用"复写文学史"。编辑部为此专程到北京去听意见,在北大开座谈会。因为"重写文学史"涉及王瑶先生,有点担心王瑶老师,怕他不高兴,结果王瑶先生一点没有,他的发言后来登在《上海文论》上,意思是要鼓励后来居上。[7]那时王瑶先生就走在学术前沿,鼓励年轻人。上海的徐中玉啊、钱谷融啊、贾植芳啊都非常支持。

---

[1] 陈思和:《胡风文学理论的遗产》,1988年第6期。
[2] 毛时安:《重返中世纪——姚文元"文艺批评"道路批判》,1988年第6期。
[3] 范伯群:《对鸳鸯蝴蝶——〈礼拜六〉派评价之反思》,1989年第1期。
[4] 沈永宝:《革命文学运动中的宗派》,1989年第1期。
[5] 周志宏、周德芬:《"战士诗人"的创作悲剧——郭小川诗歌新论》,1989年第4期。
[6] 杨朴:《林花谢了春红,太匆匆——由〈青春之歌〉再评价看革命历史题材创作的局限》,1989年第2期。
[7] 王瑶:《文学史著作应该后来居上》,1989年第1期。

较有争议的是王雪瑛写了一篇关于丁玲的文章,《论丁玲的小说创作》,第五期发的。[1]这篇估计也不是约稿,是她自己给我们的。我们觉得这篇蛮好的,后来有争议。写丁玲的人很多啦,有的人站在丁玲的立场上。还有一篇有争议的是蓝棣之。他自己寄来的稿子——《重评〈子夜〉》,[2]写得很有意思,是细读文本的文章。但编辑部的人不认识蓝棣之,好像是回绝了,意思说要给主编看看再决定。蓝棣之回信意思说,我的文章你们还要看看什么?我知道是蓝棣之的,就马上给他回信了,说可以用。这篇文章引起过反响。总的来说,批评赵树理、柳青啊,反驳的意见不多,但是涉及丁玲、茅盾时,意见就比较尖锐。1989年夏天之后,批判"重写文学史"的时候,主要抓住的就是茅盾的那篇文章。这一期是王晓明组稿。1988年第五期,夏中义送来一篇文章,重评"别车杜"的文艺理论,[3]这篇文章写得非常好,发出去后,反响强烈。

第六期我组。第二年基本上是来稿,我们否定过两篇文章,一篇是夏中义的;还有一篇是老先生郑超麟写来的,论瞿秋白的,讲瞿秋白的文学思想,但这篇文章大量阐述的瞿秋白的政治思想,认为他的思想来自托派。文章很长,我认真读了,送审的时候徐俊西认为这篇文章不是谈文学的,没发。

那段时间,"重写文学史"已经是一个响亮的口号了。章培恒老师提出古代文学史也要重写文学史,在《上海文学》开了个专栏,这是章老师搞古今演变的开始。音乐学院的要重写音乐史,现代史有人提出要重写现代史。

到第六期,从现成的稿子改出了一些比较有意思的稿子。最主要的一篇是张文江关于钱锺书《管锥编》的,这文章不是重写,也不是

---

[1] 王雪瑛:《论丁玲的小说创作》,1988年第5期。
[2] 蓝棣之:《一份高级形式的社会文件——重评〈子夜〉》,1989年第3期。
[3] 夏中义:《别、车、杜在当代中国的命运》,1988年第5期。

批评，而是正面阐释。[1]《管锥编》一般人也阐释不了，他学问很大，阐释《管锥编》是四种文本结构。这文章在一般杂志上不会发，我当时胆子大，直接发掉了，这直接鼓励他后来写《钱锺书传》。

当时我们觉得要做一个整体回答。在南京，我跟王晓明做了一个讨论，历时两天，很认真地一句句对话，录音整理后，发在"重写文学史"的最后一期。[2]从"重写文学史"题目开始解释，回答各种各样的意见。当时我们把它看成是对极左路线的反击。"重写文学史"刚开始办的时候没有什么意义的，只是把1985年青创会上提出来的解放思想贯穿到文学作品中，这个栏目出来后引起如此大的反响，我们也想不到。这个反响主要不是内容，而是因为名字，这个名字太好了，很响亮，迎合了社会上的一些需要。

1988年年底，大概11月份，我们到黑龙江镜泊湖参加老钱他们组织的会，钱理群、吴福辉、陈平原、赵园到了，人不多，还特别请了一些搞古代文学的，这次会想把古代文学与现代文学沟通起来，这也是"重写文学史"的一个想法，这个会也很有影响。王晓明专门写过一篇文章，叫《从万寿寺到镜泊湖》，就是讲这个事情。

口述者之二：王晓明（1955—　），学者、批评家、文学史家。时任上海大学教授，上海市作协副主席。

---

[1] 张文江：《〈管锥编〉的四种文献结构》，1989年第6期。

[2] 在对话中，陈思和提出："开设这个专栏，希望能刺激文学批评气氛的活跃，冲击那些似乎已成定论的文学史结论，并且在这个过程中激起人们重新思考昨天的兴趣和热情。自然目的是为了今天。""另外，从新文学史研究来看，它决非仅仅是单纯编年式'史'的材料罗列，也包含了审美层次上对文学作品的阐发评判，渗入了批评家的主体性。研究者精神世界的无限丰富性，必然导致文学史研究的多元化态势。"陈思和、王晓明：《主持人的话》，《上海文论》1988年第4期。王晓明认为："我们刚才是谈了'重写文学史'的释名，政治性和审美性两种不同标准的文学史研究，以及所谓历史主义与当代性的关系。实际上，这只是近来'重写文学史'讨论中表现得比较明显的几个问题，也可以说是理论性并非很强的问题。就学术领域来讲，更值得我们注意的恐怕是另一些问题，譬如文学史研究的主观性，或者说主观性与科学性的关系，等等。"陈思和、王晓明：《关于"重写文学史"专栏的对话》，《上海文论》1989年第6期。

口述时间：2013年10月；地点：上海。

"重写文学史"这个事件，我觉得要分成两段。第一段是"重写文学史"这个概念出来之前，第二段是《上海文论》的栏目《重写文学史》。

印象最深的是跟老钱，钱理群，在北大的未名湖，晚上散步，老钱讲了他对现代文学研究的看法。老钱讲的具体内容我记不得了，大概的意思是明确的，现在的文学史——当时主要是唐弢的文学史教材，王瑶的文学史虽然再版了，但不是教材用书——需要重写。这是他当时一个明确的想法，当然不只是他一个人的想法。但是，都没有用"重写文学史"这个词，只说文学史要重写。在这个之后呢，是他们的"三人谈"。"三人谈"里面，钱理群起的作用是非常大的，但是署名的时候，老钱列在最后，这是北京学界的一个好风气，总是把年轻人推在前面。黄子平当时名声最大，他做当代文学批评，陈平原年轻，所以老钱殿后。这件事，我的理解是这样。

在万寿寺开现代文学研究青年学者座谈会，他们就把陈平原推出来，陈平原代表他们三个人讲"二十世纪中国"研究。这里面还有一个很重要的人物，王信。如果要讲80年代中国现代文学研究的巨大转变，王信是重要人。在这之前，年轻人要给《文学评论》写文章很难，当时的《文学评论》都是发名家文章，从王信开始发年轻人文章。而且不是王信一个人，《文学评论》的主要编辑跟他也一致。他们发年轻人的文章，这个影响是巨大的。当时我们这些人，只要在《文学评论》发一篇文章，在学校里就没有人说你不行了。一般来说，一个系里面，往往是一位资深的老师才有可能在几年之内发一篇文章。在王信他们的主持下，一个年轻人一年可以在《文学评论》发一篇、两篇。《文学评论》用了很大篇幅发"三人谈"。那个时候《文学评论》非常有权威。这是在北京方面的情况。"三人谈"出来之后，文学史要重写的讨论范围就扩大了。而且重要的是，不但王瑶先生支持，唐弢先生基本上也支持。北京当时还讲究师承关系，你要重写文学史，不仅重写唐弢先生的文学史，还有王瑶先生的。据我所知，王瑶先生明确地支持，唐弢先生不是很明确，但至少让年轻人感觉到他不反对。这两个人态度一定，下面低一辈的，有些是反对的，但两位老先生支持，别人就不好说什么。

上海的处境要比北京好一点。上海的现代文学研究，主要是钱谷融先生。钱先生非常开明，你们尽管去做。徐中玉先生主要不是做现代文学，也做一点。上海参加中国现代文学学会的代表性人物是钱先生，副会长。上海的学者也在写文章，但没有跟一个体制结合，北京有《文学评论》，现代文学学会也在北京。上海有了一个契机，徐俊西当时主持《上海文论》，他想办成一个有影响的刊物。这是一个新刊物。他找了陈思和和我两个人，还有《上海文论》编辑部主任毛时安，在他们的编辑部商量。他们说要办一个新栏目，你们两个负责。好像是我说文学史要重写什么的，陈思和反应很快：好，就叫"重写文学史"。我们是这么说的，但抽出这句话，命名这栏目的是陈思和。那时我就感觉到思和有做刊物的能力。他一提出来，我们都觉得好，就定下来。后面就开始组织人写文章。北京的做法是自己写文章，文章可以产生影响，但他们没有组织什么。《中国现代文学研究丛刊》上有一个栏目叫"名著重读"，这是他们组织的，但这个栏目好像在我们后面。《上海文论》通过一个杂志来组织人，约请一些人写文章，连续谈一件事，做学术研究，这在现代文学研究领域以前是没有的，以前是组织批判文章。有点搞运动一样，但不是政治运动，是学术研究。记得当时发了徐麟、李劼、戴光中等人的文章。先找熟悉的人，有影响了，就有人来投稿，稿子就很多很多。《上海文论》这个栏目一出来，北京的《丛刊》第二年第一期就推出了《名著重读》，不是评现象，而是重评一本本书。这两个栏目其实是呼应的，事实上形成了南北呼应的局面。后面就越搞越大了。

十二、"人文精神"大讨论

《上海文学》1993年第6期发表《旷野上的废墟——文学和人文精神的危机》,该文为王晓明主持的讨论会纪要。《读书》1994年第3至7期,连续刊发以"人文精神寻思录"为题的讨论文章,由此引发90年代"人文精神"大讨论。[1]

口述者之一:王晓明

口述时间: 2013年10月;地点:苏州。

---

[1] 王晓明在1996年出版的《人文精神寻思录》"编后记"中对这场讨论做了这样的归纳:"一、我们今天置身的文化现实是远远不能够令人满意的,甚至可以说它正处在深刻的危机之中;二、作为这危机的一个重要方面,当代知识分子,或者就更大的范围来说,当代文化人的精神状态普遍不良,人格的萎缩,趣味的粗劣,想象力的匮乏和思想、学术的'失语',正是其触目的表现;三、之所以如此,从知识分子或者文化人的自身原因讲,就在于丧失了对个人、人类和世界的存在意义的把握,在基本的信仰和认同上两手空空;四、知识分子或文化人的这种普遍的精神失据,并非仅由他们自己所造成,而是在近代以来的历史过程中,由各种政治、军事、经济和文化因素合力造成的;五、唯其冰冻三尺非一日之寒,要想真正摆脱这样的失据状态,就也绝非一个短时期能够做到,它很可能需要几代人的持续努力;六、作为这个努力的开端,讨论者们特别愿意来提倡一种关注人生和世界存在的基本意义,不断培植和发展内心的价值需求,并且努力在生活的各个方面去实践这种需求的精神,他们用一个词来概括它,就是'人文精神';七、既然是这样的一种精神,它的实践就自然会成为一个不断生长、日益丰富的过程,一个通过个人性和差异性来体现普遍性的过程,在某种意义上完全可以说,正是这种实践的丰富性和多样性,真正体现了人文精神的充沛活力。"《人文精神寻思录》,文汇出版社1996年5月第1版,第272页。

发表《旷野上的废墟》的期刊封面

《旷野上的废墟》

"人文精神"讨论,你说是两个部分。第一个部分是《上海文学》发出来的那篇对话录,第二个部分是《读书》上的文章。对话是在华东师范大学的研究生宿舍,徐麟和胡河清两个人的宿舍,但胡河清不经常来,徐麟在安庆的一个同事崔宜明就常在这里。徐麟是钱谷融先生的博士生。崔宜明是冯契先生的博士生,研究中国哲学史,他现在是上海师范大学哲学系的教授。他们俩的宿舍就成了我们聚会的中心。很多人都到他们那儿去。张闳兄弟、格非、胡河清等也去。我也去,还有陈福民。大家年纪差不多。年轻一点的就是毛尖几个人。在那里经常通宵达旦讨论问题,形成一个风气。有一天《上海文学》找我,说你们能不能组织一个谈话,谈当前的文化状况。我就把这个信息带到聊天的地方,我说我们来做一个谈话录。大家就开始讨论,原来预定的是陈福民、张闳、崔宜明、徐麟跟我,五个人谈。正好陈福民回老家了,杂志的出版又有时间,这样就把张柠叫来,开始聊了。聊完以后,总得有个题目,我印象中,"人文精神"是崔宜民提出来的,他是研究中国哲学史的,"人文"这个词他讲得比较多。以前我们不大讲。我们觉得"人文"这个概念可以,就拿出来讨论,确定以"人文精神"作为主要话题。当时我是唯一的老师,他们是学生,就由我主持。

文章发出来之后,影响很大,出乎我们的预料。《上海文学》做了一些组织性的事情,组织了赵园、陈平原几个人对笔谈,推动这件事。用这样的方式来谈文化问题,实际上也形成了南北呼应。这是第一阶段的情况,反映出了当时知识界面对现实的基本状况。大家对新的现实有不满,模糊地觉得问题很大,但还没有形成比较深入的研究,因此很难有系统的看法,有话要说,话又很杂。对话的形式正好符合这个状况。

讨论还在深入。慢慢发现,这不是少数人的事情,大家都在想类似的问题。复旦的、华师大的其他人也在谈,南京的人也在想这个问题,北京也在想。这时候有了大家共同关心的话题了。我这时候有很多串联性的事，当时我们都比较空，看见时，我们聊，回家时碰到谁，我们又聊。大家都关心这个事件。我记得有一次陈思和到我们家里来，他讲了自己的一套看法，他对"六经"有一个解读，认为一个社会应该有这样一套基本的东西，我们现在这个社会没有了。一个社会的精神根据没有了，社会可以接受的共识没有了。当时要在华师大开文艺理论学会的年会，就趁这次开会的机会，约了一批人，在晚上开一个会。我就把陈思和、张汝伦他们都找来，在这个会议之前，大家私下有很多接触，聊天。开会之前，我写信给吴彬，我说我们要做这样一个事情，你们有没有兴趣。吴彬告诉我，沈昌文自己要过来，这出乎我的意料。沈昌文、吴彬那天晚上来了，坐在角落里，一声不吭，我好像也没有介绍他们是谁。那天晚上有四五十个人。谈得热火朝天。陈思和那天血压高，头疼，但还是有条有理地讲了一个长篇。完了以后，沈昌文他们什么话也没说，回去了。过了两三天，他告诉我预备做一个系列讨论，请我们来做。我们喜欢讲，但每次要有一个杂志告诉我们，你们做什么事情，我们才会变成文字稿。这样就开始组织了。

第一组文章是我、陈思和、张汝伦和朱学勤，在陈思和家里讨论过，也在陆灏家里讨论过。当时是清谈，谈到黄昏。陆灏自己上班，他楼下有家小餐馆，他帮我们订了饭菜送上来。第一组就这样定下来。在协调时，出现了不少问题，主要是选谁。我们请了高玉泉负责一组，吴炫也负责一组，许纪霖也负责一组。我们在华师大找了一些学生，来做记录。谈话地方放在《文汇报》会议室，我们聊，学生记录，然后分头改，改完给《读书》。就这样搞起来了。我觉得那次是非常好的合作经验。我和张汝伦在讨论之前是不认识的，《上海文学》的文章发出来之后才熟悉，他妈妈家和我们家住得比较近，他有一次过来聊天，聊到天黑，很投机，成了朋友。和朱学勤、许纪霖也是这样熟悉的。确定谈什么题目，都是要讨论的。我们每次讨论的范围很广，东西很多，但真正成为文字的不到三分之一。讨论很宽，有很多重要问题都没有谈，当时是那样的形势。其实心有灵犀一点通，我们很多话含含糊糊闪闪烁烁，但读者都知道我们想说什么。

"人文精神"讨论不是哪几个人可以发动，绝对不可能。包括"重写文学史"，都是集体行为。我们做的是串联的事情，这是实际情况，是一个集体情绪的表达。"人文精神"讨论，是广义的知识界的行为。比如，有天《光明日报》说，经济学界出来说话了，樊纲他们也出来谈"人文精神"。《读书》是在北京出版，但谈的人都是南方人。我记得是谁组织，我到北京去过一次，有李陀、汪晖、陈平原、吴彬，李欧梵当时也在，座谈了半天，闲聊。他们基本上是批评我们的讨论。他们的前提是，讨论的问题很重要，但方法有问题，我和他们是很好的朋友，谈得很好。李欧梵出来后说，没想到你们可以这样讨论。他们是从不同的角度批评，他们自己的看法也不一样。其实，是各界在关心"人文精神"问题。觉得这是一个大问题。不同的专业有不同的看法，相同的专业看法也不一样。但知识界彼此呼应，互相尊重，这对我是一个非常正面的经验。

今天回头看，我对"人文精神"讨论有这样两点基本认识：第一，我们意识到了这个事情的重要，关心文化、价值观的走向，换句话说，我们到底需要什么样的社会，人类生活应该什么样，是这样的基本问题。中国应该往哪里去？当时我们模模糊糊觉得，现代化，跟西方接轨，这样的一个方向是有问题的。我们表示质疑。当时我们并没有准备得很好，但话题抛出去，还是引起共鸣。第二，我的回顾是，这个问题实在太重要了。一直到今天，回过头来看，我的说法是，这个问题越长越大，越来越关键，越来越严重。今天中国社会、文化的走向，一个根本的问题就在这方面。你怎么看待所谓现代化，看待新自由主义为代表的资本主义新技术，二十年来问题非但没有改善，反而更严重，这个问题必须回答，当年的讨论只是开了个头。

口述者之二：张闳（1962— ），学者、批评家。时为同济大学教授。

《旷野上的废墟》发表时署名"张宏"。

口述时间：2013年10月；地点：上海。

1992年夏季的某一天，当时还是青年教师的王晓明带来消息说，《上海文学》杂志打算恢复《批评家俱乐部》栏目。大家都知道，《批评家俱乐部》是1980年代文化黄金时代在文学批评方面的一个重要标志，但它已经停办好几年了。复办的消息，可看作是自1989年以来文化萧条期即将过去的一个信号。

《上海文学》的文学批评复兴计划首先是从几所大学开始。约请华东师大、复旦大学、北京大学、北京师大等几处的青年批评家，以对话的方式开始针对当下文学和文化现状，发表看法。当时的社会风气正在开始转变，拜金主义的毒雾开始弥漫，国民道德滑坡，知识界陷于失语状态，文艺家普遍犬儒化，几乎所有人都感到无所适从。对此，大家均有同感。

当年秋季，对话进行。约定的成员有王晓明、徐麟、崔宜明、张柠和我，毛尖做笔录。这些人除王晓明是教师身份之外，其他几位都是在读的博士生或硕士生。讨论先后反复进行了好几次，文字稿于次年发表在《上海文学》上。

印象最深的细节是：最初没有张柠参与，而是陈福民，由他谈张艺谋。可是，秋季开学之后，陈迟迟没有返校。约好对话的那天，大家正犯愁张艺谋怎么办。正说着，张柠敲门进来。徐麟说，来得正好。张柠一头雾水。王晓明就问张柠，你看过张艺谋吗？张柠说，看过啊。又问：那你对他的电影怎么看？张柠就噼里啪啦地批判了一通，大家听了，都很高兴，说：好了，就是你了。王晓明做事很谨慎稳健，希望对话质量可靠又有相对可观的阵容。而张柠当时尚是硕士研究生，研究的又是俄罗斯文学，所以要摸摸底。张柠等于是稀里糊涂地一头撞进了这场讨论。

当时大家的一个共识是：面对一个糟糕的文化状况，公开发出批判的声音,是知识分子的基本使命。但对于造成这种状况的根源以及应该倡导什么样的文学,看法并不完全相同。讨论过程中还时常发生争执。但公开发表的对话被修削掉了个体差异,尽可能地形成了一个相对统一的观点。

分歧最大的有两点:一是当下应该倡导的文学是什么样的,有哪些作家值得推崇。有人提史铁生,有人提张炜,王晓明提张承志。我对史铁生不熟悉,但对张炜很不以为然,对张承志则是抵触,而且,比起小说来,我更看重诗歌。为此,大家有过一通争执。但因为这一次对话主要是批评,推崇谁的事情也就不了了之。另一个分歧是对王朔的评价。虽然大家都不喜欢他的油腔滑调,但我认为,他的这种腔调是一种策略,用以掩盖他的批判性。在此之前我曾经写过一篇批评王朔的文章,称其为"改邪归正的王朔",也就是说,我对王朔是有一定程度上的肯定的,所不满的是,他的油滑的掩饰,最终让他的批判锋芒消失得无影无踪,早年那种锋芒毕露的言辞没有了。而几乎没有人同意我的这种判断,我的发言中这一部分内容也被修改得最多。其他人的观点我印象中没有什么大的删改。因为毛尖记录的原始稿就是我整理的。

文章发表之后,我们收到许多读者来信。尤其是我和张柠两人,因为我们俩谈具体的现象比较多,容易引起读者的共鸣。我总共收到二十多封。大多是鼓励支持的,也有商榷性的。有一位偏远省份的读者专门提供了一份"黑名单",列举了当时一系列文化界的名流,要求我们定点清除,逐一批倒批臭。张柠收到一位墨尔本老华侨的来信,信中表达了他远在天涯海角的激动心情,而且对张艺谋之流利用电影给祖国抹黑的"无耻行径",进行了字字血声声泪式的控诉。一位干休所的老革命在给我的信中说,他激动得一夜没睡,并说,如果毛主席他老人家还健在的话,一定会嘉奖你们是"90年代的李希凡"。他们以为又要搞运动了。将"人文精神"讨论理解为跟1950年代的《红楼梦》大讨论一样,以为会酿成一场声势浩大的全民性的文化运动，乃至政治运动。

　　有一天，我在路上遇见王晓明，就把这些事情告诉他了。我觉得，讨论的效果在一定程度上可能适得其反，它非但没有唤起"人文精神"，反倒激发了某种程度上的"文革"精神。王晓明说，这样很好啊，能引起反响，这本身就是一件有意义的事。其他几位则淡然以对，或一笑了之。这几位老兄大多散淡随性，对日后"人文精神"热潮也不甚上心。

　　毫无疑问，"人文精神"讨论是人文知识分子介入现实的一次重要尝试，也是他们自我救赎的一次重要尝试。它将知识分子从1980年代末以来的沉默状态召唤出来，开始主动承担社会责任，其积极意义显而易见。但"人文精神"讨论是精英知识分子对刚刚到来的商业化时代不适应而产生的呕吐反应。这场文化行动同时也暴露出知识分子的一些根本性的缺陷。"人文精神"讨论既是治疗又是疾病。它是针对社会病症发出的疗救呼吁，而它本身也是社会疾病的一个症状。

　　"人文精神"讨论采用的是"对话"形式，但实际上却各怀心思，各说各的。尤其是在后续的一系列讨论中显得更为突出。谈话参与者更多地关注共同点，而个体差异几乎可以忽略不计。关键在于说出来，说出对某事情的看法。至于其言谈的价值和方式，鲜有人去关注。其中充斥着直陈式的表态和道德教谕，不乏对话语权力的迷恋和某种程度上的道德教师的姿态。这实际上是一场徒有"对话"形式却无"对话"功能的"对话"。这一倾向实际上助长了人文知识分子道德上的自命不凡和面对现实时的精神狂躁。这一点在日后的自由主义与"新左派"之争中表现得更为充分。

　　缺乏对等的话语形态，也缺乏稳定的话语平台，使得知识分子的思考和言说流于浅表化。对商业文化的批评无的放矢，而对"后现代主义"的批评则更是不得要领。从总体上说，"人文精神"讨论思想基础仍停留在西方古典时代的人文理想层面，大多无非是19世纪之前的欧洲古典人文主义哲学的较为粗陋的汉语版。对20世纪以来的西方现代主义文化成果基本上处于无知状态。

观念的老化和话语的陈旧,一种一知半解的人文主义知识和夸张的理想主义高调,形成了极大的反差,其效果如果不是悲剧性的,就必然是喜剧性的。讨论到了后期,已经在向喜剧的方向转变。而在当今物质消费主义和商业化的语境下,所谓"人文精神"正无可避免地面临着荒诞的命运。

口述者之三:徐麟(1949—),学者,鲁迅研究专家。时为苏州科技学院教授。

口述时间:2013年10月;地点:苏州。

"人文精神"讨论我介入不深。我是1988年考进华东师范大学,跟钱谷融先生读博士,应该是1991年毕业。但因为导师钱先生建议我延长一年答辩,我是到1992年才答辩完毕,拿到博士学位的,但没有找到工作。华东师范大学留不下来,安徽我又不想去,最后去了湖南。这样就在学校滞留了一段时间。我好像是1993年3月去湖南的,忙于工作的事,所以介入不深。另一方面,也有观点的原因。我是个不想青史留名的人。晓明喜欢讨论公众话题,喜欢座谈、对话。我们是老朋友,也就加入了。当时讲了什么,我都想不起来,想不清了,是在我宿舍里讨论的。在这之前,有一个人,张闳,你访谈过没有?应该访谈。张闳在这个事情上比我更系统,我是断断续续的。当时刘小枫的《拯救与逍遥》影响特别大,我和张闳讨论得特别多。晓明也是我宿舍的常客,据说当时我那个宿舍很有名。还有一帮朋友,陈福民、格非、毛尖等,张柠不是来得很多。还有崔宜明,他现在是上海师大哲学系的主任吧。最早谈的一些话题,是当时的一些人文现象,谈王朔、张艺谋也比较多。最初提议的是王晓明,他提议我们就这些话题来座谈。我对晓明说,你出个题目吧。晓明给了一个谈"人文精神"的范围,分头思考,自己准备讲什么。最初过程大概就是这样。"人文精神"这个概念其实很含混。在我的理解中,核心的东西是知识分子精神问题。知识分子的概念,我比较倾向于赛义德的定义,知识者和知识分子不是一个概念。所以,我觉得核心是知识分子的精神问题,基础是普遍的人文意识问题。我对"人文精神"的基本定义是来自周作人的人的文学,这和神本位是相对应的。我研究西方基督教史后发现,基督教人文精神的生成过程是一个不可或缺的基础,没有博爱,就没有人道主义。在我的理解中,人文精神有狭义的和广义的两个方面。我们当时在这个问题上走得比较近。我不是说我介入不深嘛,谈完以后,我就没有问过,都是晓明、毛尖他们在整理。3月份我就到长沙去了。到长沙后,我也思考过,比如晓明说"人文精神"的"失落",我说,你有过,丢了,是"失落",如果从来没有过,怎么叫"失落"?我认为中国没有这个东西。我听说后来的讨论,北方有些朋友担心我们的讨论意识形态化,最具代表性的是王蒙,王蒙直接把我们否定了,当然,我们没有必要回忆。到湖南后,我再观察这次讨论,发现越来越远,和我们当初的本意越来越远。所以,我后来没有就这个问题再发过话。我沉默了。

口述者之四:毛尖,作家、学者,现任教于华东师范大学。
口述时间:2013年10月;地点:上海。

引发"人文精神"大讨论的这篇著名对谈——《旷野上的废墟》,的确是我做的笔录。当时真没想到这场讨论会进入历史。讨论是在徐麟的寝室做的,九舍625室算是当年华东师大的著名地标,最早是张闳带我去的,说让我见识见识"胖大和尚徐麟",这样就跟625室来来往往的人成了朋友。当时我住在八舍,本科最后一年,后来徐麟找我就隔着窗户从九舍六楼向我们八舍五楼喊话,全八舍的女孩大概都听得到,他声音响。所以,王晓明、徐麟、张闳、张柠还有老崔(崔宜明)一起争论的时候,徐麟的大嗓门是占点上风的,张闳、张柠兄弟俩，声音一模一样，我在记录的时候，常常要回头看，弄清楚到底哥俩谁在说话，争到激烈处，最温和的王老师也会站起来，然后五个人跟打架似的都站起来，然后王老师说，坐下说坐下说，又都坐下。当时没有录音设备，说实在的有时也搞不清楚到底谁说的"荒诞"，谁说的"虚无"，问他们，他们忙着争论，也没人理我，反正当时大家都很无所谓，没版权意识，另外也是因为，当时他们在观点上的差距没有今天这么大。

其实在谈出《废墟》前，来往625室的这拨人，包括陈福民，有时还有格非，还有一些跟我一样打酱油的女生，比如吴雁，比如吕亚兰，已经很多次地谈到精神、鲁迅、王朔等，搞得很长一段时间，我们路上遇到，互相招呼，一方说"人生痛苦"，一方说"世界荒诞"，然后大家哈哈大笑。说实话，痛苦也好，荒诞也好，主要还是王老师、徐麟他们的自觉，对我这种刚刚进入中文系的研究生来说，90年代初的世界还是蛮美好的，王朔的小说我都看，电影也一场不落，包括商业文化，有时看看也觉得创意非凡，情形有点像小时候看金庸，跟着老师说不好，但私底下不舍昼夜。所以坦白说，其实是隔了好些年，我们这批人才肉身地感受到"人文精神"讨论的巨大意义。

那些年讨了那么多论，很多人也恋了个爱，吴雁和张闳、吕亚兰和张柠，后来都成了一家人，当然，没成为一家人的更多，但在那个火热的年代，大家恋爱学术的热情真是一样高的。

《旷野上的废墟》出来以后，参与讨论的五个人都收到了很多读者来信，他们在625室聚会，酝酿后续的讨论。那时因为开始跟着王老师读硕士，所以王老师组织的沙龙和会议，我们几个学生包括罗岗、倪伟都参加了。我不务正业，不太记得那些精彩的演讲都讲了些什么，反正每次看到不大的房间挤满热烈的老师、同学，一个沙发上坐四五个人，就觉得人生不能更完美。而那么多次讨论下来，"人文精神"这个词是传播开了，虽然今天看看，二十年前所谈"人文精神"的具体指向其实分歧很大，但当时我们在寝室里说话，也会说

"有点人文精神好不好"。

口述者之五：陈思和

口述时间：2013年10月；地点：上海。

"人文精神"大讨论最早是由王晓明发起的。他们把我和王晓明联系在一起，我是他的忠实盟友，工作都是他做的，他很重要的。

1989年夏天后，文坛空气比较沉闷、沉寂。但1992年邓小平"南巡"后，社会突然要搞市场经济，这一下子把死水激活了。大家反正对政治、文化没兴趣了，都下海去了，形成1993年全民皆商的局面，人文科学边缘化了。20世纪90年代，最流行的口号是"造原子弹不如卖茶叶蛋的，手术刀不如剃头刀"，人文学科非常灰心丧气，很多人都下海了，不想再做。在岗位上的人蛮苦恼的，不知怎么做才好。那个时候，起因是《上海文学》当时想搞一个批评家俱乐部，希望一个教师带一群年轻人，把年轻人带出来。当时说好了，第一期是王晓明，第二期是我。第一期王晓明带了几个学生，张闳、张柠、崔宜明等，他们是华师大的研究生，不是王晓明的学生，做了《旷野上的废墟》，集中批评张艺谋、王朔。王晓明在批评张艺谋、王朔时就提出了要寻思人文精神，认为人文精神失落了。这主要针对张艺谋、王朔，因为市场经济以后，通俗文学抬头，更市场化了。

在那个过程当中，王晓明批评张艺谋、王朔，这比较敏感，文章因此被转载，引起很多议论。"人文精神"讨论开始被关注、批评，比较典型的是王蒙。王蒙当时发文章，有点为王朔辩护的态度。王蒙当时正好写了一篇文章谈王朔的，认为王朔那种痞子行为是解构主流意识形态的东西。王蒙有点误解，认为王晓明是冲着他去的，其实我估计王晓明不是冲着王蒙的，他有点敏感。

这个时候，上海华东师大开了个文艺理论年会，王元化都参加了。年会上，王晓明搞了个会中会，《读书》的沈昌文主持。王晓明叫我去了，我眼睛痛得厉害，坐在边上听，没有发言。会上，请了张汝伦、朱学勤，谈市场经济对人文精神的冲击，张汝伦在会上非常激昂。沈昌文后来建议我们做一个连环对话，他约稿，把各人不同的观点表达出来。《读书》愿意连载对话，分六讲。我是分配在第一讲，我和王晓明、朱学勤、张汝伦讲总的，把问题提出来。后来几讲分开谈问题。讲这个是在我家里，当时我家比较宽敞一点，坐在桌子边，聊也是瞎聊，聊完了，整理后在《读书》上发了，反响很大。

起初，王晓明批评张艺谋和王朔跟这都是两件事，但两件事连在一起了。当时，第一讲发在《读书》上，支持不说了，主要是反对：一个是张颐武，说现在谈什么"人文精神"，现在都搞后现代了。当时，他认为这是反对市场经济，是螳臂当车的；一个是王蒙，王蒙发了好几篇文章批评。王蒙不知说了什么话，引起了搞"人文精神"的人的反感。王彬彬写了《过于聪明的中国作家》，把王蒙和萧乾放到一起批评了，认为中国作家比较油滑，这又引起了王蒙的反感。王蒙因此对王晓明、王彬彬的文章非常反感。

这里面过程蛮复杂的，后来越来越复杂，当中又出现了山东的萧夏林惹出来的事。萧夏林跟张炜关系蛮好的，他当时编了两本书，叫"抵抗投降"书系，一本是张承志卷，一本是张炜卷。当时还要继续编王安忆卷、史铁生卷。两本书出来以后，反响很强烈。王蒙给了他们出版社压力，这样把张承志、张炜也卷进去了，后来叫"二张""二王"之争。

"人文精神"后来变成了一场混战，没有很好地深入下去，很可惜的。但是当时提出来的观点非常重要，这些观点到今天不幸而言中，当年却被他们认为是夸大其词。市场经济必然会带来很多副作用，如果当时强化"人文精神"的话，强调我们做人要有道德底线，社会可能不是现在这个局面。但是，王蒙等北京一些人认为，市场经济是国家政策，是反对极左路线、抵制计划经济的措施，所以只能歌颂不能反对。我和其他参加"人文精神"讨论的人认为，这应该可以批判，矛盾就在于怎样看待市场经济。因为过去我们习惯了，国家的政策一定要歌颂。但后来你看，十年过去了，经济搞上去了，可是我们的道德沦丧啊，许多问题出现了，这都是跟"人文精神"没有很好地发展有关。

这个讨论，我自己也没有什么突出的观点，我当时也不大主张批判张艺谋和王朔。我只是觉得这是知识分子自省，反省自己为什么到了市场经济我们没有这个能力。我认为"人文精神"是个实践的过程，我们需要高扬人的主体性。因为我们原来是靠大锅饭，被国家包下来的，所以那个时候人都没有吃饱，没有个性。

当时很混乱，说作协、社科院应该解散，弄得知识分子好像没饭吃的感觉。这个时候我觉得知识分子应该勇敢一点，自己面对市场经济，找出一条能够发扬知识分子人文精神的路。我们知道，中国30年代也是市场经济，鲁迅、巴金不是过得很好？

我当年搞了一个"火凤凰"基金会，我就想如果社会允许实践的话，我还是想和当年的巴金、鲁迅一样，能够在社会上好好做点事情，推动一下知识分子的精神，但后来也做不到。

记得一段时间，"人文精神"讨论也被压下去了。但我们现在回过头来看，"人文精神"已经是非常普遍的话了，而且大家意识到了当年讨论的必要性。

口述者之六：张炜（1956— ），作家，古典文学研究专家。时任山东省作协主席，万松浦书院院长。

口述时间：2013年9月；地点：苏州。

时间一晃就到了20世纪90年代，90年代发生了一些重要的事情，现在《文学报》也要搞一个关于"人文精神"的再思考，想继续那一场讨论，能不能讨论起来那是另一回事了，起码他要反思那个事情。我现在回想当时的情状，觉得顶多四五年的样子，但其实是1993年的事情。那正好是二十年了,你根本想不到二十年,再过二十年有没有我,是什么状况都不知道了。你想一下,二十年这么快就过去了,我当时也是一个参与者,而且是被广泛讨论的标本,他们约我写这个文章,我觉得我有责任去谈几句。我写了一篇几千字的小文章,叫《未能终结的人文之辩》。[1]我现在回头看那场讨论,发现不是那么简单的,它有非常复杂的背景。当时人心气蛮高,满怀理想,思考中国的前途,特别是中国的作家和知识分子,有那样一种心气,很有勇气地在文学和思想上探索,这跟我说的80年代的文学气质是相连的。后来就不一样了,1989年以后进入90年代,一大部分人走向沮丧、绝望,最后走向嬉戏、调侃,这些东西当然也是一种反抗的方式,不可以完全否定,但是再往前走就变得很松气了,跟物质主义结合得太紧,一头栽到欲望、物质里边,这是非常危险的,人在巨大的挫折、危险面前不可以只有这么一个向度、一种选择。这种复杂的背景很多人不愿把它说得太透,有各种各样的忌讳,但实际上正是在那种复杂的背景下引起了一部分人的警觉,所以他们以自己的人文精神来唤起知识分子的勇气、责任感,特别是尊严。这现在回头看非常清楚,否则一个知识分子、一个作家怎么可能从那一极突然走到这一极呢?都是有原因的呀。有一部分人很敏感、很锐利,在那个时候就议论起关于"人文精神"方面的一些话题。实际上我个人几乎没有为这场讨论去写什么文章,只写过一篇《诗人,你为什么不愤怒》,后来他们编的所谓"抵抗投降"书系。[2]萧夏林,他编了我和张承志的。虽然书中百分之九十九的内容都是我过去写的,不是为这场讨论所准备的一些文稿、言论,但他后来发现把这些放在这场讨论里面很合适,因为我并没有从一极转向另一极,而是一直保持均匀的步伐向前迈进,沿

---

[1] 《文学报》2013年10月10日。
[2] "书系"出版了两种:张炜《忧愤的归途》,华艺出版社1995年6月第1版;张承志《无援的思想》,华艺出版社1995年6月第1版。

着我个人的政治向度，沿着我个人的理想和方向，探索的目标，我一直在走，并没有突然隔一夜就转向另一极，所以他回头看那些东西拿过来还是好用的，同时也招致正反面的争论和攻击。那场争论是很大的，持续了两三年，也是一直都在风口浪尖，各个报刊上一版一版地对我们进行批评或者赞扬，当年我没有参与到第一线去做，只是他们把我作为一个标本，有很多的剖析。

下编

———————

创作　编辑　出版

十三、"改革文学"

1978年12月18—22日，中国共产党第十一届中央委员会第三次全体会议在北京举行。全会重新确立了党的实事求是的思想路线，停止使用"以阶级斗争为纲"的口号，决定将全党的工作重点和全国人民的注意力转移到社会主义现代化建设上来，提出了改革开放的任务。在这样的大背景下，继"伤痕文学""反思文学"之后出现了"改革文学"。《人民文学》1979年第9期发表蒋子龙短篇小说《乔厂长上任记》，成为"改革文学"的发轫之作。此后蒋子龙发表了《开拓者》等一系列小说，成为"改革文学"的代表性作家。在70年代末80年代初中期，"改革文学"的代表作还有张洁《沉重的翅膀》（1981）、李国文《花园街五号》（1983）和柯云路《新星》（1984）、《夜与昼》（1986）等。这类作品关注现实中的改革开放，思索改革开放中的体制困境、文化弊端和观念束缚等，呈现了历史发展的强大动力。

口述者之一：蒋子龙（1941—　），作家。曾任天津作家协会主席，中国作家协会第五、六、七届副主席。1965年开始文学创作，著有《机电局长的一天》《乔厂长上任记》《一个工厂秘书的日记》《开拓者》《赤橙黄绿青蓝紫》《燕赵悲歌》等小说，"改革文学"的代表作家。2018年中共中央、国务院授予蒋子龙"改革先锋"称号，并颁发改革先锋奖章。

口述时间：2013年9月；**地点**：苏州。

我先说一下我与文学的关系。我们那时候农村很穷，没有娱乐节目，一到冬天就趴在炕头上给乡亲们读武侠小说，这是文学对我最早的感染。我们家的书我都看不懂，什么《周易》啊、《奇门遁甲》啊、《汤头歌》啊，还有一些医书，都是我父亲给我存的书，我都没兴趣。但是也有一些武侠小说，像《雍正剑侠图》《三侠剑》《九巧传》《黄天霸》《施公案》《包公案》这些，每到冬三月乡亲们就听这些。我从三年级就开始给大家读武侠小说，读到"这个飞镖打过来"，后面的字我不认识，正在犹豫的时候，因为乡亲们知道那个故事，他们不需要知道那个字怎么读，就叫我继续往下读，这样就过去了，不认识的字还是不认识。后来考到天津上学，凭考分当了班主席，正好碰上1957年带着班干部参加批判教导主任。教导主任是给我们讲大课的，一个非常好的老太太，跟我们讲《红楼梦》《三国演义》《水浒传》，全校一块儿听。前一天刚听完讲大课，第二天就被打成"右派"，班主席和班委列席批判会，批判会出来之后我说了一句"孟主任够倒霉的"。学习委员是天津人，对我当班主席一直不服气，就去告状，就这一句话，结果全校的学生批我，说我想当作家，这才开始有这个意识：认真读书。因为学生不划"右派"，最后受了个处分，班主席被撤下来。自此，我开始大量读书，托尔斯泰、雨果、梅里美的作品，都是那个年代读的。我本来想去上大学，但因为出身不好，加上受过处分，就考了中专。我父亲也说了，别再靠你哥哥供应了，中专管吃管住。

毕业后进工厂，第一个月工资很丰厚，那时候中专毕业给37块钱。这时候招兵了，为什么招兵呢？1958年炮轰金门，测定12海里领海，打金门是我们自己定的，与国际无关，与美国无关。海军收编了两个原来国民党的制图人员，一个是少将，一个是校官；又从上海、北京、天津三个大城市招一批高中生和中专生，进制图学校学一年，然后出来画我们12海里领海，所以现在好多港口的图，像大连港、龙口港、湛江港、厦门港当年我都参加制图了，但是现在不一样了。我对那些港口很清楚，水深在哪，船怎么进，我出身富农又背着处分，但是我的年龄符合，所以必须报名，不报名是态度问题。但我知道报了名也不会让我当兵，所以文化考试就比较轻松，我在学校里原来就是班主席，成绩常是班里第一名，会考试，心态又很轻松。别看我当不上兵，但我比那些出身好的人更厉害。结果文化考试全市第一，而且比第二高了好多分。负责招兵的参谋姓季，说："这个人要了，我不管他什么出身。"我总结出来，这个部队啊，用小不用老，用人朝前而不是朝后，当时我受处分他一概不计较，一定要把我收进去。等了多少年以后要提官了，当时我已经是组长了，相当于中尉，这时候《太平洋图集》《领海图集》早就画完了。"北部湾事件"的时候好几个月离不开制图室，但提干的时候一查，出身富农，于是就复员了，回到原来的厂里。幸好我们厂长好，就是乔厂长的原型，有他一点影子。他叫冯文彬。[1]

我们厂生产水压机，有指标，当时根本毫无希望，都认为完不成，冯文彬限令必须在国庆节完成。9月27号那天他突然喊："小蒋，是你在这儿给我搬个凳子还是到车间给我找个凳子？"我说："你干嘛？"他说："我要到水压机车间坐着。"我说那车间有，就到车间拿个凳子给他坐在那儿，三天三夜，我就没看他睡过觉，太厉害了。这大概是1965年。这三天，他只是12点的时候会去食堂看一下夜间饭做得怎么样，然后又回来坐着。这三天三夜供应科、材料科、行政科、技术科、锻冶科各个科的科长都围着转，缺什么马上汇报，三天之后试机成功，参加国庆游行，他的司机开车，叫我押车。我那三天

---

〔1〕冯文彬（1911—1997），浙江诸暨人，早年投身革命参加工农红军长征，新中国成立后曾任青年团中央书记、共青团中央书记处书记、中共中央党校副校长、中共中央党史研究室副主任等，曾在天津工作。

还经常睡，这时候都困得不行，他不睡还一点不困。他到北京之后，进了办公厅，我们到他家去看他。他没有公开说，乔光朴那种人物他不会往自己身上靠，但他知道我对他的感情。去年他女儿还从德国回来找我，要我写一个她父亲的传，但是我手里的材料不够，而且年纪大了没精力了，但他确实是个人物。

是冯文彬送我去当兵的，他是中央大干部，犯错误下来的，任天津重型机械厂第一任厂长。他有令，所有我们厂的人当兵回来一律还回厂，所以我又回到以前的工厂，给他当秘书。"文革"的时候他是"走资派"，我是"保皇派"，被打入车间劳动改造，加上写小说，写"大毒草"，被批判。我经历过七千人的批判大会，在中国大戏院，中国大戏院是梅兰芳、马连良、裘盛戎他们到天津要想红必须要上的台。在那里整个下午批蒋子龙，有一个哥们儿在那儿记喊"打倒蒋子龙，踩在脚下，永不得翻身"的次数，画"正"字，结果一个下午喊了97次。然后就被送去劳动改造，在劳动改造的过程当中，当初与我相处好的那帮人渐渐又上来了，因为造反造不下去了，经济要崩溃了，所以又弄了一批生产骨干上来。然后就是邓小平复出，钢铁座谈会，"工业学大庆"。一机部的"工业学大庆"在天津召开，开会是1975年，在11月份左右。我当时虽然还在劳动改造，但车间主任和车间书记都是我过去的部下，所以那阵车间的生产大事他们去了没有用，实际上是我在管理了。虽然还没有明确落实政策，但是我已经不再受监督，在车间里掺和管事了，因为厂长秘书相当于中层，就像现在的总经理助理等于副总经理，所以叫我去参加那个"工业学大庆"的会，这个会让我受到很大的震动。一个震动是在宾馆吃得很好，六菜一汤，馒头随便吃；另外是晚上有时间，最核心的是由老"走资派"出来抓生产了。大家都说："外地都已经翻身了，都是懂生产的上来抓生产了，为什么天津还是造反派的头？"

这时候毛泽东批示了《人民文学》复刊。筹备复刊的有一个女编辑,她是过去老的《人民文学》编辑部主任,叫许以,[1]一个老大姐。她在之前读过我的一篇"大毒草",叫《三个起重工》,那篇是编到了高中课文还是工农兵大学的教材里面去了的,因此知道天津有我这个人。她跑到天津来找我,找到厂里又找到会上,把我从会上叫出来,叫我写一篇。我受宠若惊啊,第一次见到文学编辑,而且还是《人民文学》的,当时激动啊。我那时候住的不行,两个人一个房间,跟我一起住的那个人晚上要回来的。所以我就利用开会,在这里有台灯、有热水,干一夜都没人管,写了《机电局长的一天》。[2]写好给她之后,一开始一片赞扬,然后送审。据说给叶圣陶、张光年看了,看完了之后都很激动,说是"好长时间没看到这样的小说了""掉了泪了",如何如何。但是很快,风气变了,1976年的3月份开始反"替天行道"、反"克己复礼",一开始说我有严重错误,后来变成"大毒草",全国批倒批臭。当时的文化部长于会泳在北京开一个文艺座谈会,参加的都是那种京剧演员,特意叫我去接受批判,听那些先进人物介绍经验。这个会的核心目的是找我谈话,写检查,不写检查就全国批倒批臭,写了检查就没事。我不写,因为我那时候在工厂已经要提车间主任了,所以我无所谓,不是老子要写小说,是你叫我写的,我从此不写小说不就完了吗。一气之下就回车间了,我以为就没事了,这时来了三个穿军装的人,自称是内蒙古部队的,要把我揪到内蒙古去。但他们始终不敢进厂门,找到市里,市里说这不是我们的人,去天津重型机械厂找。这时候我已经在车间里管事了,一万四千人的工厂,也有造反派,有的造反派还是我的徒弟,所以我一直对工厂感情很深。他们三个当兵的不敢进,我如果当初被他们揪走,现在就见不到你们了,肯定被打死了。最后他们和天津市委达成了默契,

---

[1] 许以(1927—1997),原名许英儒,曾任《人民文学》小说组组长、编辑部主任,著有《羽式关系》等。

[2] 蒋子龙《机电局长的一天》,发表于《人民文学》1976年第1期。

指使李希凡代我写了一份检查，所以说人是复杂的，李希凡是小人物，当年毛泽东支持他，他迫害我，现在有我在的场合，李希凡不敢露面，到现在任何会只要有我参加的，他都不参加。他以我的口气写了个检查。[1] 然后派人到家里找我，正好家里锁门，那一天我女儿出生，那时候很穷啊，我熬了小米粥灌进暖壶往医院里送。我爱人在医院里刚生完女儿，我们一个儿子一个女儿非常称心，我熬了小米粥去伺候月子。到了医院门口，市里派来的人把我拦住了，叫我先去见李希凡和那个书记，在检查上签字。当时还是工人脾气，当兵的脾气，但最后还是有点懦弱，本来想拿暖壶砸他脸的，最后砸了下半身，就应该往脸上砸，烫坏他小子。我说："你叫警察来抓，我老婆在里面生孩子，我来送粥，你们去医院堵我，你们都不是爹娘生父母养的。"两个人一看我火了也不敢动手，他们又不是警察，就回去了。我没办法只能回产房告诉我老婆重新回家熬粥，那时候都是粮票，很心疼啊。没想到有一个女的在里面做我老婆的工作，说"蒋子龙犯错误了"，吓唬我老婆，我老婆神情非常紧张。我说："你是什么东西啊，你是不是你妈妈养的，你养过孩子吗？你是自己滚呢还是我把你扔出去？"她说："那两个人呢？"我说："那两个被我打跑了。"然后我回来跟我老婆说："没事啊，一点儿事没有。"产妇三天之内不能受惊吓，惊吓之后就没有奶，果然没有奶。我又回家重新熬小米粥，反正小米粥快，15分钟就熬好了，重新送。但是第二天，他们派了一个我认识的省委宣传部长，跟着一个文教组的副组长，没敢去医院，找到了我家。我当时就跟他火了，我说："一、不写检查，二、从此不写小说，是他们找我写的，又不是我要写的。"我说了一句粗话"哑巴叫狗操了——有苦说不出来"，天津话，以后就在文艺界流传。因为他要向领导汇报，蒋子龙说了什么，什么态度，他说不出来，

---

[1] 这份以蒋子龙名义发表的检讨书题为《努力反映无产阶级与走资派的斗争》，刊于《人民文学》1976年第4期。

只好说"哑巴让人给打了",领导听着莫名其妙,想这是什么话啊。

结果就这么耗着,最后回到工厂,书记找我说只要我签个名。工厂派车送我到市里,文教组组长、市委管文教的书记,还有李希凡带着以我口气起草的检查在那里。就问我同意不同意,那个书记说:"同意也是同意,不同意也得同意,你想当工人没门儿,没有写检查还想回工厂,立刻抓走。"当场就签字了。所以现在吴泰昌见了我特别牛,那时候他一直跟着李希凡跑来跑去,但一言不发,他是个聪明人。所以后来反过来了,李希凡就怕我,他就特别牛。当时《人民文学》的主编是袁水拍,副主编是李希凡和施燕萍,《机电局长的一天》就是这样来的,因为那个时候《朝霞》都是写造反派。我参加的那个会里都是一些老"走资派",我自己是"保皇派",所以一看老同志抓生产还是有办法的,感情在那儿,就写了这个。

《乔厂长上任记》1978年写的,1979年第7期发表。[1]那时候我已经当上车间主任了,经常连轴干,上火生了痔疮,没办法走不了路了,就去拉痔疮。拉痔疮那天下着大雨,《人民文学》又来了,赔礼道歉。[2]这次来的是王扶。[3]当时下大雨,她被浇得透湿,到病房的时候我正在拉痔疮,又不好说,她就在那赔礼道歉,说:"对不起啊,当初逼你写检查,做这做那,打成大毒草,牵累你了。"我说:"又不是你们的事。"她说:"如果不怪罪我们,再给我们写一篇。"许以是要退休了还是身体不好来不了。她说:"许以同志实在来不了了,否则一定向你当面赔礼道歉。"毛泽东逝世后开追悼会,《人民文学》每个人要表态,承认《机电局长的一天》是"大毒草"的就去参加毛泽东的追悼会,不承认的就不能参加。我的责编是崔道怡,他把原稿拿出来说:"你看,我们只订正了几个笔误,没有一句话是我加的,因为蒋子龙的

---

[1]《乔厂长上任记》,《人民文学》1979年第9期。
[2] 关于《人民文学》向蒋子龙约稿的过程,参见涂光群《蒋子龙——"乔厂长上任"》,《五十年文坛亲历记》(上),辽宁教育出版社2005年5月第1版,第278页。
[3] 王扶(1938—),曾任《人民文学》编辑、编辑部主任和副主编,著有《桃花船》等。

语言特别硬，有个性，加不进去。"当时他确实把原稿拿出来了。现在我上当了，现代文学馆要手稿我就给了，我应该自己留着，现在可以换一瓶八年的黄酒，现代文学馆给我一张纸就把我的手稿要走了。有过这一段，等于我也牵累了他们，所以我说："我也对不起你们。"她说："如果你不怪罪我们《人民文学》，就再给我们写一篇。"我说："我现在一肚子意见。"当时我正当车间主任，这车间根本没法干，"文化大革命"期间，设备弄得够呛了，上面也不给我进，制度也不行，我是一肚子牢骚。她说："你就发牢骚，你写什么我们都给你登。"就这样答应了。正好拉痔疮有病假，三天写了《乔厂长上任记》，三万多字，一天一万字，只有第三节又重新改了一遍，那时候写稿子已经很规矩了，一次成稿，学浩然。所以我从来不说浩然的坏话，他非常朴实。有一次我到浩然家去，他给我做了满桌子的菜，那时候我什么都不是，只是个业余作者，跟一个认识浩然的人到北京办工厂的事，跟他去浩然家看看。他老婆很厉害，一个土豆可以做三个菜，一个咸鸭蛋就一个菜，没有好菜，但一桌子的盘子，虽然都是白菜、土豆、萝卜，但在那个年代令我很感动。我好奇嘛，就看浩然的稿纸，上面干干净净、规规矩矩，我原来是好几稿才定，头一稿特别快，一个晚上就一个短篇，第二天有好多字我都不认识了，要重新整理两遍才能成稿。

我是车间主任，不住院就得回工厂上班了，每天换药打针完了，到四五点钟就可以回家，写一夜，第二天到医院睡一上午，医院该打针打针，该干什么干什么，有的时候下午四五点钟到家就开干，三天三万字，《乔厂长上任记》就这样出来的。出来之后又批。这时候就不害怕了。批《机电局长的一天》时还是紧张的，《天津日报》十四块版，[1]一版一版，那可是真臭啊，跟现在不一样，现在一批很香，

---

[1]《天津日报》的另三篇文章是：召珂的《评小说〈乔厂长上任记〉》(1979年9月12日)，宋乃谦、滑富强的《乔厂长能领导工人实现四化吗》(1979年9月19日)，王昌定的《让争鸣空气浓些》(1979年10月10日)。参见徐庆全《〈乔厂长上任记〉风波及背后》，《名家书札与文坛风云》，中国文史出版社2009年5月版。

那时候是真臭，别人都不敢跟你说话，女儿上托儿所都不收，最后我还是找的一个私人托儿所。《乔厂长上任记》出来后再被批。我那天知道《天津日报》又一版文章出来了，下班路上买一瓶啤酒，我胃不好可能就跟这个有关系，一根五毛钱的火腿肠，五毛钱我最多吃一毛钱的，都给闺女、儿子吃，那时候哪舍得给自己吃啊，喝完之后开始写。只要今天有批我的文章，我就必须产生一个短篇，所以我的小说不好都是这种原因，都是怄气写出来的。

你问我当时是不是已经敏锐地感觉到不改革不行了？那没有，与改革无关，我写乔厂长时还不知道"改革"这两个字，我只是作为车间主任没法干，《乔厂长上任记》实际上就是说如果我当厂长我要怎么办。上面管生产的副厂长是我的同学，他虽管生产，却什么事也不干，天天就盯着我怕我工作时间写小说，特别恶心。要我当厂长我怎么干，就是乔光朴那一套，理想主义的，所以我跟王扶说发牢骚，她说发就发吧。

口述者之二：崔道怡
口述时间：2005年10月；地点：北京。

到了70年代末期，随着国家不再"以阶级斗争为纲"，而是要抓经济建设了，王扶到天津再一次找了蒋子龙，提出让他写能体现出转折状况的作品。后来王扶就拿到了蒋子龙的《乔厂长上任记》，刚送到《人民文学》的时候，这作品的名字都还没有定，还是在我们编辑部定的，因为原来作品的名字不理想。[1]定了小说名字之后，就把稿子给我了，因为我原来是蒋子龙的责任编辑，我编辑过他的《机电局长的一天》。我做了些加工润色，分段加上了小标题。当时《乔厂长

---

〔1〕"作品原名《老厂长的新事》，是小说组组长涂光群改定为《乔厂长上任记》的。"参见崔道怡《方苹果》，作家出版社2000年12月第1版，第550页。

上任记》一发表就引起了广泛的关注,全国的人都知道了蒋子龙这个名字,他的名声从那时候一下就起来了。跟着《乔厂长上任记》发表的步伐,我们又出了一批类似的作品,评论界管这批作品叫"改革文学"。1980年评选的第二届全国优秀短篇小说奖,《乔厂长上任记》列第一名。[1]

---

[1] 根据崔道怡的会议笔记,许多评委在会议上力荐《乔厂长上任记》。贺敬之说:"评选应表现出我们的倾向性意见:一、对于描写新人的、积极向上的作品,要提倡。为什么'乔厂长'受欢迎,这和时代和人民的愿望有联系。二、干预生活的作品也要选,文学有这个战斗任务。但要注意避免片面性,注意社会效果。我个人认为,《乔厂长上任记》选为首篇,它比《班主任》更强烈。"草明说:"评选应该在艺术技巧上讲究质量,不可降低艺术标准。对《乔厂长上任记》,就要坚持法制、民主和艺术规律。如果只有某些问题,就不给作品第一,便没有了艺术民主。"袁鹰说:"时间越久,意义看得就越清楚,去年评选,的确推动了短篇创作,今年则不仅候简单接续,三中全会开创了一个新的时期,评选要体现全党工作转移的精神,这是一个出发点。因此,我支持《乔厂长上任记》为首篇。"参见崔道怡《方苹果》,作家出版社2000年12月第1版,第553页。

十四、汪曾祺小说

　　1980年5月，汪曾祺重写了他作于1948年的小说旧稿《异秉》。8月12日，他又改定了写于5月的《受戒》。这一年，他还有《寂寞和温暖》《岁寒三友》和《天鹅之死》。1981年2月顺势而来的《大淖记事》让汪曾祺达到更高境界。汪曾祺的小说后来被视为"寻根文学"的开端。[1]

口述者之一：李清泉（1918—2010），文学编辑家、批评家，曾任《北京文学》主编，《人民文学》执行副主编，文学讲习所所长。

---

[1] "汪曾祺早在1980年10月就发表了短篇小说《受戒》。当时没有人想到这样一篇清清淡淡的小说会有什么革命性；相反，人们喜欢它正是因为它'无害'，有如充满火药味的空气里的一股清风。批评界大概由于要体现一种'新时期文学'特有的宽容精神，客客气气地给了汪曾祺一席之地，反正是闲云野草，可任其自生自灭。然而，有意思的是，与此同时'朦胧诗'却在遭受围攻，处境相当之艰难，为此拍案而起的批评家谢冕也立刻陷入重围，差不多一直是孤军奋战。这应该是中国大陆文学的幸运：汪曾祺的写作几年里一直没有受到压制。我这样说并不是要对汪曾祺的写作做出一种评价，认为他一定如何高出其他当代中国作家，这事不用忙，今后自会有人谈。我说'幸运'的意思是，如果没有汪曾祺的小说，八十年代的中国文学就会失去一条非常重要的线索，这条线索的另一端是1985年的'寻根文学'——在我看来，正是它使中国大陆的文学告别了毛泽东所创造的'工农兵文艺'的时代而进入一个全新的境界。但是，在1980—1985年之间，这条线索是相当微弱的。"正如李陀指出的那样，当时的情形是，"它让读者感到陌生，也让批评家们感到陌生——他们已经十分习惯'伤痕文学'和社会之间互相激荡、彼此唱和那种互动关系——以功能而论，当时的文学确实起着类似新闻的作用，文学和新闻的界限混淆不清被认为是理所当然的事——这或许正是1976年至1984年间中国大陆文学的最大特点。"李陀：《1985》，《今天》1991年第3、4期合刊。

口述时间：2004年4月；地点：北京。

1978年以后，有了一种历史的转折。你比如说我吧，我原来在延安的时候搞文学的，但进城以后，这工作多了，由不得你，指挥你干什么就干什么，所以搞了很多年的教育。可是搞教育不甘心啊，我内行是文学，所以抽个机会就溜回来，回到文学界，还不是组织上派回来的。溜回来什么情况？没多久就打成"右派"了，我1954年冬天溜回文学界，1957年打成"右派"，就下放了，1957年下放以后，到1978年，二十一年，没有工作，没有事干，而且整个社会二十年尽搞运动。到1978年听说有这个消息，"右派"问题要平反。我就跑回北京来，家还在北京，我一个人在外面，跑回北京来了解情况，找中央组织部，要平反啊。一说我是作协的"右派"，哎，那不行，作协都没有了，你等着吧。要我等着，也只好等着了。不久北京文联恢复了，挂了牌子了，我就去找人，就去找熟人。我说这么多年没有工作了，我想干点活儿啊。行，答应我给考虑考虑啊。等了两天，给我回信，来吧，就在《北京文艺》[1]了，交给你负责了。我这还没平反完呢，就交给我工作了，就这样。你看我戴了二十多年的帽子，再做这工作应该是胆子很小了，怕出事啊，再戴上怎么办啊？我这人个人的问题不大计较。所以，我觉得可以发应该发的，毫无顾虑，也不向谁请示，也不要谁批，我自己就发。就这样，就是这么一种情况。

《北京文学》等刊物什么的都由那时的文联管，领导是文化局局长兼党组书记。一次开会汇报情况，有一个是北京京剧团的团长，他也在那里汇报，他就说到了汪曾祺，说他写的小说，就是《受戒》，轮着在几个周围要好的朋友中间传，大家都说挺好挺好，不错，看着

---

[1]《北京文学》的前身是《北京文艺》和《说说唱唱》。《北京文艺》创刊于1950年，1966年"文革"开始后，《北京文艺》一度停刊，1971年复刊为《北京新文艺》，1973年改回《北京文艺》。1980年，《北京文艺》正式更名为《北京文学》。

挺有味道。不过这个东西不能发表，送不出去，不能让它流入社会。我一听我就找他，我就说，传给我看看行不行？他们说，不行，这可不行，不往外传。我又没说发表，他们还是说不行。后来我就直接给汪曾祺写个条儿，就说听说你写了个什么作品，你给我看看好不好？还是送来了，接到我的条儿当天就送来了。他知道我当时的意思了，他也说了一句将军的话：你要发表可得有点儿胆量才行。我一看，觉得也不存在什么胆量问题，当然无论是题材什么，解放以后，没有发表过这样的东西，没有人写过这样的题材。我就发了，发他这个东西我还真没有什么犹豫，我觉得它不涉及什么政治问题，当然要按过去极左的那一套，那什么帽子都可以戴，当时我觉得不涉及什么政治问题，没涉及。[1]

---

[1] 汪曾祺的子女在回忆文章中准确地说了发表《受戒》的相关时间、地点和人物："《受戒》的发表缘于十分偶然的机会。7月的一天，北京文化局系统召开各单位党员干部座谈会，杨毓珉偶然谈到了《受戒》。说是汪曾祺写了一篇这样的东西，写得很美，但是恐怕难以发表。说者无心，听者有意。在场的《北京文艺》主编李清泉知道此事，非要把《受戒》拿来看看。爸爸和《北京文艺》向有联系，刚刚又将《塞下人物记》交给这家刊物发表，因此没有理由不将稿子给李清泉过目。于是，8月12日，爸爸将《受戒》的定稿转交给了李清泉，还附了一个短柬，说发表这样的作品是需要一些胆量的。这倒不是有意将军，而是爸爸的真实想法。如果他觉得《受戒》能够顺利刊出，也不会只在剧团少数几个人中传阅了。""如果没有《北京文艺》，如果不是李清泉拍板，《受戒》在当时要发表，难。"参见汪朗等《老头儿汪曾祺》，中国人民大学出版社2000年1月第1版，第164页。

汪曾祺的子女追述说："爸爸在写《受戒》时，其实并不知道这篇小说能不能发表，或者说知道很难发表。即便如此，他心里仍有一种冲动，非要把这个故事写出来。他把自己的想法和剧团一些搞创作的人谈了，大家都不理解：'为什么要写这样一篇东西？'提出这样的问题在当时是十分自然的。因为人们对文学功能的理解还很偏狭，一般都认为只有反映现实生活，揭示重大问题的作品才是正宗，才被承认，才是积极的。你汪曾祺竟然要写几十年前一个小和尚的恋爱故事，其中意义何在？没有追究你是何居心已经不错了。""按照传统的理论，爸爸确实也无法对此做出解释，他本来也没有想按照传统理论来写这篇小说。于是他只是带着一点激动地说：'我要写！我一定要把它写得很美，很健康，很有诗意！'"带着这种冲动，爸爸没用多长时间便在1980年5月写成了《受戒》。写成之后，爸爸说：'我写的是美，是健康的人性。'爸爸一直觉得，美，人性，是任何时候都需要的。但是，他十分清楚，这一主张在当时并不被主事的人所接受，特别是《受戒》这样的题材更难得到认可。（转下页）

口述者之二：章德宁（1952—　），文学编辑家，曾任《北京文学》小说组长、副主编、执行主编和社长等职。

口述时间：2004年4月；地点：北京。

汪曾祺的《受戒》在我们编辑部里，凡是传阅过的人都是一致叫好的。好像在我们编辑部内部没有争议。那篇东西当时是，在文联领导主持的一个会上，谈创作问题。就说现在好像好的作品也少，好像就是说现在的作家在做什么，在思考什么问题？聊起这个话题，有一个北京京剧团的负责人，他呢，应该是汪曾祺的一个朋友，他说汪曾祺写了这么一个东西。李清泉听到以后说拿来我看看。然后这样就把那一篇作品拿过来了，我不知道是团长还是他找汪曾祺拿来的。李清泉就要求其他编辑传阅，当时我看了那个传阅意见，大家都是非常称赞，内部没有遇到任何阻碍。这事虽然离现在时间不是太远，但是很多当事人的记忆和那时的真实情况很不一样的，有一个杂志社曾经登过一篇纪念汪曾祺的文章，谈到发表的过程，文章发表出来以后，有些当事人有一些意见，然后又发表一篇，来澄清这个事情。所以经过时间并不是很长，但是我觉得记忆已经很不一样了。所以我觉得，你所做的工作其实还是很有意义的。

口述者之三：李陀

口述时间：2003年9月；地点：苏州、扬州。

（接上页）因此，《受戒》写成后，爸爸没有想找地方发表，只是在剧团少数人中传看。把想写的东西写出来，爸爸已经很满足。杨毓珉、梁清濂都看过。梁清濂回忆说，一天爸爸找到她说：'给你看个东西。'这个东西就是《受戒》。看过之后，她才知道小说原来是可以这样写的，很激动。但是看过之后又想，这样的小说能够发表吗？给杨毓珉看，也很激动，觉得写得很美，但也认为没地方发表。这其实不奇怪，这样的作品解放几十年都没有一篇，谁能相信如今可以发表？"参见汪朗等《老头儿汪曾祺》，中国人民大学出版社2000年1月第1版，第162、163页。

李清泉人很好，现在老了。他当时最早发了汪曾祺的《受戒》，1980年，一大功劳。汪曾祺的《受戒》，以及后来的《异秉》《大淖记事》的出现，对"寻根文学"的出现，有很大的作用，我在《意象的激流》里，说他是一只寻根小说的头雁。"寻根小说"的出现，当然就不只是汪曾祺的一个因素了，起码汪是第一个征兆，这样李清泉有一个很大的功劳。《受戒》发表以后，都觉得好，但都认为是小花野草，是无害的作品。[1] 不有益，也无害，是这么一种态度，对一批年轻的有志于文学变革的人，影响很大。当时，批评界被《文艺报》、文学所、文联的一批理论家与官方的批评家所垄断。他们当时的注意力都在"伤痕文学"上，把"伤痕文学"评价得特别高，包括冯牧、陈荒煤啊，他们对"伤痕文学"评价特别高。汪的出现无益无害，采取容忍态度，"文革"时候一个教训，就是没有"百花齐放"，这就是"百花齐放"。王蒙的小说当时出现在《北京文学》，主要是李清泉发的。记得有一次，我到王蒙家去玩，他特别高兴。他说他在写一个新的小说，念了念，就是《海的梦》，写了一半。当时我很高兴，我说你这小说和你以前的小说，是另外一个类型。我当时很强调小说实验，我觉得《海的梦》对小说实验来说，是重要的。

当时还有一个比较重要的笔会，就是"太湖笔会"，《钟山》组织的，好像是1983年。那时陈建功、郑万隆、林斤澜、宗璞等我们几个人开了个"太湖笔会"，就在太湖这一带转，围着太湖转，挺长的一个笔会，一辆车拉着与会者。这时候，我就和汪曾祺整天在一起，我跟汪的感情就建立在那段时间。记得有一件事，我印象特别深刻，

---

[1] 在《受戒》之后一年发表的《大淖记事》获1981年度全国优秀短篇小说奖。"比起《受戒》来，《大淖记事》的官方待遇要高，《受戒》得的是《北京文学》优秀短篇小说奖。这很可能是《受戒》写的是一种现实中很难找到的生活，虽然很美，但是社会意义不足；《大淖记事》则反映了劳动人民遭受的压迫以及反抗，尽管在小说中这一点只是陪衬，但毕竟写到了，评奖时好说一点。"参见汪朗等《老头儿汪曾祺》，中国人民大学出版社2000年1月第1版，第168页。

好像是在一小茶馆喝茶,那时还是老茶馆,梯子还有点晃啊,桌子、椅子带点窟窿,很旧的,楼也有点摇晃。我们这些作家凑一块儿就聊天,人多,汪不是很爱说话,他凑到那边喝茶的一群老头那去了,那群人说的都是本地话。让我非常惊奇的是,过了大约二十分钟,汪开始用本地话和他们说,说得还挺热闹。从茶馆出来以后,我们就问他,你会说吗?他说我不会。那你怎么和他们说啊?他说我听一会儿,就会了。这给我印象太深了。这样的作家写出来的东西,和机械的模仿现代派小说肯定不一样。当时我们已经看到他的《受戒》了,有些作品是后来陆续出来的。当时还有一件事,我突然看到《小城无故事》,是我先吵吵起来的。我说:大家快看,大家快看,特别是汪老师,这是你的知音。《小城无故事》特别早,何立伟《白色鸟》是后来得奖成名的,《小城无故事》默默无闻的,我自己的鉴赏力不错,给汪看,他看完了说这好。这些激发我进一步考虑我们的本土资源,我们的文化传统里到底有什么资源可以用。

口述者之四:叶兆言(1957—),作家、学者。时任江苏省作协副主席。

口述时间:2003年5月;地点:苏州。

高晓声对汪曾祺评价很高,因为他的推荐,我读到了《异秉》小说的手稿。我父亲[1]一直遗憾没有以最快速度在《雨花》上发表汪曾祺的《异秉》。[2]记得当时不断听到父亲和高晓声议论这篇小说写得

---

[1] 叶至诚,作家,文学编辑家。
[2] 林斤澜回忆说:"汪曾祺当时跟文学界脱离,状态很懒。我说,把《异秉》交给我转寄吧。《雨花》的叶至诚、高晓声看后觉得很好,说江苏还有这么好的作家。但是两三个月没发出来,我写信问,叶至诚说:'我们也讲民主,《异秉》在小组通不过。组长说,我们要发这样的小说,就好像我们没有小说可发了。'后来高、叶一定要发,高晓声还特意写了的编者按。汪很欣赏编者按,认为他懂。"转引自陈徒手《人有病,天知否》中的《汪曾祺的文革十年》,人民文学出版社2000年9月第1版。(转下页)

如何好。我在《郴江幸自绕郴山》中说了，未能及时发表的原因很复杂，结果汪的另一篇小说《受戒》在《北京文学》上抢了先手。从写作时间上看，《异秉》在前，《受戒》在后；发表时间呢，《受戒》在前，《异秉》在后。

80年代在扬州，我对汪曾祺说，别人说你的小说像沈从文，我说我更能读出废名小说的味道。汪先生不高兴。其实，汪曾祺小说想摆脱的是老师沈从文的某些影响。沈的语言句式像《水经注》，汪的语言精致、峭拔，这有点接近废名。

口述者之五：余华（1960— ），作家，"先锋小说"代表性作家之一。
口述时间：2002年5月；地点：苏州。

我感觉到使用方言最好的是汪曾祺，汪曾祺的作品里几乎读不到方言。我记得当初读《大淖记事》时汪曾祺用的唯一的一个方言词是"倒贴"，比如有些女的养男人在那个地方叫倒贴，可是倒贴这个词你发现没有，北方人全懂，我发现汪老有一个了不起的地方，他用一点方言，他不是不用，他用的方言都是全中国人都能懂的那种方言，特别土的方言谁看得懂？文学它毕竟是一个阅读的作品，它不是一个资料，不是说你要去搜集民间资料。所以我觉得当时汪老给了我一种如

（接上页）1981年第1期《雨花》的"编者按"其实是"编者附语"，附在小说之后："'异秉'这个词，一般读者会有些陌生，所以作者在文中解释说，就是'与众不同'。这很有意思，我们写小说，也应该力求'与众不同'；否则也不能叫'创作'。而《异秉》这篇小说，确有与众不同之处。小说的内容，是写旧社会的市民生活。写了个体，也写了群体。无论是写个体或群体，纯用白描手法；抓住一个一个富有特征性的细节，铺展开去，罗织成一幅幅几乎和生活本身完全一样的图画，真实得令人惊叹。而人物的性格就在这图画中一一显示，形神逼真。作者写生活，放开去时，一泻千里，似无边无岸，不知其究竟；而一笔收来，则枝枝蔓蔓，又尽在捏中。毫无疑问，作者非常熟悉那种生活，有极丰富的知识，对笔下人物的精神面貌有极清楚的了解；而这一切又都通过作者深厚的艺术功底在短短一篇小说中写出来了。所以，发表这篇小说，对于扩展我们的视野，开拓我们的思路，了解文学的传统，都是有意义的。"

何处理方言的启示。汪老他语言的句子、他的节奏是典型的南方式的,他绝对不是北方式的,他是非常南方的,他语言里面的那种灵秀,北方作家根本就写不出这样的东西,根本就没有这种感觉,他思维非常缜密,北方人粗犷,语言也粗犷。所以我觉得对我来说的话,语言就是一个不断妥协的过程,而且我跟汪老也有相同之处是——当然汪老比我住得更久,我后来也住到北京了,肯定有时北方语言的影响也会有。其实我觉得很遗憾,我有很多次机会和汪老一起出去,在大街上散步两个人东说西说,但两个人不谈文学,谈话时这个话题已经没有兴趣了。我要写一篇怀念汪曾祺的文章。

十五、"京味小说"等

在"寻根文学"发生的同时或稍早于"寻根文学",出现了一批写市井、世俗的小说,一些批评家或文学史研究者将这类小说称为"文化反思小说"或"风俗乡土小说""市井小说""都市小说"等。代表性作家有邓友梅、冯骥才和陆文夫等。依据现代文学史对"京味小说"等的界定,80年代出现的这类小说,也可称为"京味小说""津味小说"和"小巷文学"。

1.《神鞭》和《三寸金莲》

口述者:冯骥才
口述时间:2005年11月;地点:天津。

我记得写《神鞭》[1]的时候,创作开始进入"反思文学",我也写了类似的小说《感谢生活》,[2]1985年还获过奖。但是我在反思的时候碰到一个问题,就是觉得大量形而上的东西放不进小说里,越形而上越放不进,即便是放进去它都会变得很有限,而且有些形而上的东西根本无法放进小说,我想必须有另外一种不拘一格的形式容纳形而上

---

[1]《小说家》1984年第3期。
[2]《中国作家》1985年第1期。

的东西。那个时代是思想大于形象，作家有太多的东西需要思辨，这么多的思想一般小说形式是无法容纳的，所以我就创造了一种民间的、通俗的、黑色幽默等集一身的小说形式。我当时做的是国民文化心理反思，为什么"文化大革命"会在我们中国人身上出现，而其他国家就不可能出现？我们有太多的国民文化心理要反思，比如鲁迅反思到国民性的时候，他说中国人身上有一个劣根。这劣根是一个顽根，到现在都还存在，而我们的政治还在不断打造、维护这样的顽根。记得《神鞭》拍成电影的时候，我在南开大学做过演讲："电影里的人把辫子剪掉了，我们也应该拿起剪刀，把我们头上看不见的、沉重的辫子彻底剪除。"我当时一想到顽根就想到辫子，这本小说里面的人物、故事完全是凭想象编造的，没有一点现实依据，故事的一切是假的，但是我运用的历史环境、历史生活、历史风俗都是真的，运用的人物心理也是真的。小说家的本事就是你的人物是假的，但是你运用的材料是真的，反过来小说就完了。我对民俗生活很了解，我喜欢美术，不仅喜欢西方现代派的美术也喜欢中国民间的美术，我了解民俗民情。我觉得小说家必须知识面广，这样就可以随手拈来调动起来的生活。

说到小说家的优势，我觉得小说家有两个优势，一个是熟悉生活的优势，一个是熟悉文化的优势。我觉得熟悉文化比熟悉生活还要重要，因为你了解那个地域的文化你就会写好那个地域的人。为什么鲁迅小说中的人写得非常好，因为他们不是虚幻的人，他们是鲁镇的人。孔乙己是鲁镇的，离开鲁镇文化，孔乙己就不可能存在。另外小说家写的人物必须有个性，但是这人物还要有共性，阿Q为什么好？是因为鲁迅把民族的共性作为阿Q的个性写，他把民族的缺点、共性变成阿Q的个性是非常难得的写法，我不能走鲁迅这条路，这条路他已经走绝了，我要走另外的路。有一次阿城对我说："我写神奇的时候，尽量把神奇的事情写得很平凡，这样东西就出来了。"我说："我刚好相反，我把神奇的东西写得更神奇。"这是我和阿城的不一样。当时我写《神鞭》，虽然我把人物写得过分神奇，但我始终把握一点，即人物的心理、性格冲突必须是真实的并符合常理，这样小说才可信，否则别人就会认为我胡说八道了。写完《神鞭》后我进一步想，顽固劣根性现在仍然存在的原因是什么？我们民族文化有一种恐怖的力量，它能够把荒唐、畸形、变态的东西变成一种美，变成美以后你很容易认同，然后你就很难离开这个规范而进入另一个规范。当时我的感受是我们离不开那套很壮美的革命境界，这原因是实际上我们已经把反人性的、变态的、畸形的东西变成了美。

记得写完《神鞭》，冯牧问我再准备写什么，我说写《三寸金莲》。[1]冯牧听后不高兴，他说：你写完辫子又写小脚，接下来你还要写太监吗？《三寸金莲》开头写了这样一句话：人都说小脚里面藏着一部中国历史。实际上我写了那个时代，《三寸金莲》对那个时代的隐射比《神鞭》的隐射要深刻得多，而且力度也大。在小说里我写缠足家庭院子里很多东西，写了畸鱼，写了四方的菊花。中国人能把菊花养成四方的，中国文化能把所有自然的特性全消灭掉，这是中国文化的人为化，显得非常可怕。我为了尽量把中国文化的思想表现出来，在《三寸金莲》里用了大量同义和反义的词汇，语言上完全和《神鞭》不一样。第一遍写完后我不太满意，接着我到美国去，在美国我一口气就把小说写完了。我觉得在一个跟中国文化完全不同的背景下获得了一个距离，这样就能把中国文化看得特别清楚。因为在《三寸金莲》中我用了大量复杂的语言，已经把语言写到了头，我想用另外一种语言来写一些干净、宁静的短句子，我就写了《阴阳八卦》。[2]到90年代中期我受到法国年鉴学派的影响，写了《俗世奇人》，这篇小说的想法和我其他的小说又不一样。[3]

---

[1]《收获》1986年第3期。

[2]《收获》1988年第3期。

[3]《俗世奇人》由十九个短篇小说连缀构成，作家出版社2008年12月出版。

发表《三寸金莲》的期刊封面

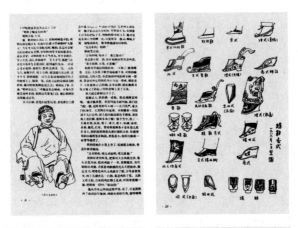

《三寸金莲》插图

2.《那五》《烟壶》等

口述者：邓友梅（1931— ），小说家。曾任中国作协第四届书记处书记，第五届全委会副主席及第六、七届名誉副主席等职。
口述时间：2005年5月；地点：北京。

（1）《那五》

1957年我被打成"右派"以后就不能写作了，去了鞍山。回北京时我都办了退休手续。大概是1977年，那些50年代创作的一批老友，像王蒙、李国文、陆文夫又都浮出水面，各以自己之长展现不同风采。我面临的问题是还要不要写下去？如果写不出自己的特色，只跟在别人后边跑，就没必要再花这份气力。像王蒙这种知识分子，我写不过他，刘绍棠的乡村生活，我也自愧不如，那我就要写我熟悉的但是别人又没有的东西。我小时生活在京津地区，常听到汉族人说旗人爱面子没本事，好吃懒做。北京解放初期，我曾参加做安排旗人知识分子生活的工作，打成"右派"后又长期和几位满族朋友共同劳动。发现旧中国时汉族人对旗人看法带有民族偏见。其实旗人的平均文化素质相当高。他们不仅会吟诗写字，而且不少人对琴棋书画、音乐戏剧、服装美食都大有研究。只因大清国皇上夺得天下之后给了他们一份特权：子承父职，生来有一份钱粮。旗人子弟只能习武学文，从军当官，不准经商、务农、学手艺。当不上官的就在家斗蛐蛐遛鸟，驯狗架鹰，不必为吃饭操心。大清国一倒，特权没有了，没有本事换饭吃，反招来笑话。新中国成立后，政府安排这些人各展其长，会吹笛的进昆曲剧团做伴奏；能编能写的为曲艺、京剧写词编剧；对吃喝有考究的到有关单位做"品尝员"或物价调查员；能写会画的更可参加书协画院；最差的也安排到某些部门做文书刻蜡板，得到了发挥特长的机会。我看到"文化大革命"中一批造反派英雄，以无知为荣，靠特权逞凶，心想一旦这些人失去特权，比当年的八旗子弟命运还惨。由此触动灵感，写了《那五》。[1]

我年轻的时候啊，在文学讲习所的时候，曹禺先生课讲得非常精彩，他戏也演得好，课上学生经常鼓掌，别的老师讲课还有打盹什么的，他的课大家都叫好。当时我跟曹禺先生家住在一个院子里，吃同一个食堂。每个礼拜一早上我都到那儿吃早点。我礼拜六回去，有一天我回去，在食堂碰上他，他就问我，哎，小邓，我那天课讲得怎么样。我说好，学生反映都很好呢。他说，就没有什么缺点吗，没提点什么意见吗，你给我反映反映。我说还真就有点意见。什么意见？我说听着挺热闹，我们自己写的时候用不上，你的写作经验怎么能变成我们写作的能力？怎么能提高我们的写作水平？他说，我跟你讲，就讲怎么读书，作家没什么秘诀，有那么多秘诀，一个半钟头那了得了。写作没别的秘诀，三句话就完了。他说你想学写剧本还是学写小说？我说想写小说。那你就把你最爱看的小说、最好的小说反复背它两本，你背下一本来，就和以前不一样了，至于怎么不一样我就说不出来了。

一个人不是所有的风格都能接受的，这个人读书啊，我说过，就像收音机似的，有不同波段的，有的人这个波段能吸收，另外一个波段再好，他听了以后要发困。比如说歌德的《浮士德》，还有但丁的《神曲》，我一看就觉得困得不得了。歌德我觉得他啰唆死，但那是经典著作。所以我认真读的是《红楼梦》。《红楼梦》我反复读了很多遍，最厉害的时候，我翻翻目录基本可以背下来。外国文学我反复读的是托尔斯泰。我觉得读老托尔斯泰的书真有一种良心的震撼，这个老人是在用他的灵魂去写社会的。他不是站在旁边，他是自己投入，对自我解剖，这点对我后来做人也有影响，就是不断地进行自我解剖，不肯自我解剖的人也无法去解剖社会。《红楼梦》的语言，跟它的叙事方法、它的结构、它的写人物的方法，这个对我影响很大。

---

[1]《北京文学》1982年第4期。1983年获全国第二优秀中篇小说奖。

所以呢，我很少像西洋小说那样停下来写人物心理，我是用细节来表达他的心理状态，从来不是他怎么想，这点是受《红楼梦》的影响。我发现中国小说跟西方小说在心理描写上有很大的不同。对现代文学的一些作品，那时都看过了。"京派"和"海派"比起来，可能"京派"更容易接受一些。

（2）《烟壶》

比较激昂的时代氛围，更适合的表现形式好像是诗歌。但是描写故事人情历史的还是靠小说。我自己对文学的兴趣在小说，读的作品最多的也是小说，戏剧也读过一些。但是戏剧不是你自己可以完成的，别人怎么演，不是你说了算。就像前两年演的那个《烟壶》，[1] 我就一集都没看。因为很多改编的作品表现都跟我的创作意图不一样。开始跟我谈的时候，我说你们要排多少集？他们说要排二十二集，从我的文学观点上，我可以写一千字的，我绝不写一千二百字，这个作品排不了那么多。他们说，你不排到二十集，人家投资商不给钱。后来我说这样，我把改编权卖给你们，你们爱找谁改找谁改去，我就不过问。当然怎么排出来的呢，我就不忍心再看了，看了以后人家会问你，说邓友梅你看了吗？我说看了。你同意不同意？我说还好吧，他就会说作者同意我们这样改的。你要说不同意，你还得罪他，而且你不同意一点儿用处也没有，所以干脆我就没看。另外香港李翰祥拍的《烟壶》那个电影，改名为《八旗子弟》，比李保田他们那个好。李翰祥终究是个有文化的导演，这是个文化片，不是搞笑片，而且几乎是纯消费文化了。李翰祥对中国传统文化也有兴趣，他原来是美术学院的学生，所以呢，他知道这里的文化品位在哪里。我觉得这一点他把握得很好。原来我们笑人家粗制滥造，光顾赚钱。现在我们拍的东西比香港粗制滥造多了。

---

[1] 根据邓友梅小说改编的二十集电视连续剧，李森执导，李保田等主演，2003年1月在国内首播。

我写《烟壶》[1]是因为"文革"后期看到过的一篇报告文学,是讲一个内画高手王习三的,说他在"文革"中的经历。领导啊,(就是)村里的书记说,他整个抄了家了什么都没带,就偷了几个没有画过的烟壶带着。村里困难,想买什么东西,他说这么着,我画几个,你拿着先去到什么地方卖,用卖的钱你可以去买。村长说能卖钱吗?他说你试试,但你别说谁画的,就说是村里有个老头,那个时候当然都画的是革命题材了。他觉得在北京卖有危险。他让村里的村长、党支部书记就拿到天津一个外贸出口单位。人家一看说,哦,你这是哪来的?他们就说村里有个老头没事画着玩儿的,人家就说"好吧,收着",一个大概可给几十块钱。那他们一听这还了得,那时候几十块钱,不得了了。那外贸的人又说,你问他现在还能画不能画,要是能画的话,我们再订几个。(村长)说他就这么几个瓶。(外贸的人)说瓶我们这儿有,你带回去,画好了再送来。村长一听,挺高兴的,带着钱回去给生产队解决了大问题。还在"文革"中间呢,这样的话,他就不用下田了,就在家里画。第二批画完了村长送去,人家就说,你跟我们撒谎。哎哟,村长就害怕了。(外贸的人)说你知道是谁画的,你故意不说。你这一句假话,我们少卖了多少钱啊,我们拿去香港给人家认出来了,是王习三画的,买了以后人家说出来了。(外贸的人)说你回去就让他写上他的名,我给你收购,几百一个。回去时候王习三正在这挨斗呢,说他又在这复旧,而且借着这个机会不去劳动。(村长)赶紧说别斗了,别斗了。而且外贸那里马上反映了,反映到衡水市,好像是,市里面马上把他借调出来,因为这可以给市财政挣钱。

我看了这篇报告文学呢,从北京特意到衡水,找到王习三。在他那儿住了几天。我有些旧的故事,但那些内画什么的,我得到王习三那儿学。以前解放初期啊,东安市场,老东安市场也有卖的,但他不

---

[1]《收获》1984年第1期。

会当着你面画。所以我到王习三那里，（他）当面画给我看。这个烟壶的传说为什么我感兴趣呢，以前听说是穷旗人实在是没辙了，就刮，刮刮，旁边就有个人说，把它洗干净就是一幅画，说内画就是这么来的，无意中得来的。跟王习三谈了以后呢，后来我就想写当代不能发挥我的长处，倒不如倒退，从艺术历史的角度，通过艺人的个人的一面，其实也是中国艺术的命运，曲折地反映出近代历史。所以从王习三那儿回来，我当时写得很快，两万多字大概两天就写出来了。说也奇怪，为什么我长篇写得少呢，我写过一部长篇，我就觉得写小说这个东西，要一气呵成。你如果断了的话，尽管整个故事能够连接起来，但在艺术上，气韵可能断了。所以，两万字我一气呵成。写完了，改的时候可以慢慢改，但是初稿我一定得一口气。

　　我是有把小说写成"清明上河图"式的构想，但不幸的大概是1984年开始，我被选入中国作家协会书记处工作去了，时间就很难再挤出来，很难像那几年那样放松去写了。我还养成个习惯，我是个当兵劳动出身的人，你给我搞上这个，本职工作一定要做好。已经计划好的，甚至连提纲都有的，我自己都忘了，后来翻到看见，都没写成。所以当了书记处书记以后的这些年也没写什么。小说这东西，不能为完成任务去写。非得自由地想象，从从容容地写，才能写出水平来。那种赶稿子，后来我发现杂志社也很聪明，我就是要你赶稿子。后来为了这个写作计划，到了1989、1990年，我还辞了一次，但是那个时候不允许我辞，时间就耗掉了，计划就泡汤了。

　　当时提出那个构想，就是想沿着《那五》《烟壶》写下去。我还知道一些旗人的命运，一些故事，当时我都记下来了，以哪个人为核心，怎样构思。写作就是这样，你在写这篇的时候，常常你写到哪一段，又引起你的联想，另一篇就后备了。你越不写那个联想就越不存在，然后就慢慢断掉了。现在有时候我写一点散文啊，随笔啊，小说就不写了。前几年可能会不服气，现在我觉得每个人都有高潮的时候，我现在再想超过《那五》《烟壶》那个时候，已经不可能了。遗憾归遗憾，有故事没有写出来的遗憾程度，比你写出来写不好的遗憾还差得多。

（3）"京味小说"

"京味小说"是评论家给界定的，京味的内涵，不仅是语言。因为后来很多人也是用北京的语言来写，但不一定有北京味。因为北京这个城市，它是几百年延续下来的空间，它变成了中国的文化交汇的地方。北京人的道德观、文化观、伦理观，北京人的城市生活生态，是有它自己的特色与品位。这个品位是你只能意会不能言传，也不是你能直接叙述得来的。比如说北京人有些幽默，外省人有外省人的幽默，这个呢外省人只能在生活里跟北京人相处去品味。比如说我在"文化大革命"时，给我讲《画儿韩》故事的那个人，他因为他父亲开过当铺什么的，就算是资本家子弟了，他们就斗他呗。而且他这个人呢，学什么都不成材，那五也有一部分就是他。他原来是京剧科班，怕挨打逃出来了。后来到电影院给人家带座，他就图看电影不要钱，可以有什么看什么。解放前呢，他就混到人家剧团去了，人问他究竟学过什么？是个什么剧团呢？就是给国民党部队演出的，可以长期管你饭，就是那么个剧团。后来人们就斗他说，这小子绝对不是在剧团，是国民党军官，（就）狠斗他。说是有一次他在张家口还是哪里唱戏，中间回来一次，演员不够了，（他是）回来招人的。斗他时说，你是不是从张家口回来一次？是，回来一次。你穿的什么衣裳？旗袍。"啪"，打他个嘴巴。旗袍外面是什么？旗袍外面冷啊就穿个马褂。又揍他一下，说实话！他一听这个啊，马褂外头还穿个什么？马褂外头穿个军装。这就对了，接着往下说。军装上面（除了）领子还有什么？领章。都说下来，军装外头还系个什么？系个皮带。皮带上挎个什么？挎手枪。你看，你早坦白了。你说他怎么坦白？这是什么德性？旗袍外面还穿个军装，军装外面还系个皮带，有一点审美观点也不会这样穿啊。我们都在挨斗，我就挺同情他。他姓叶，叶赫那拉氏的那个叶。我就说，哎，今天辛苦了……他就说："做戏耳!"他就能看得那么开。挨斗吧,我们就都觉得心情沉重得不得了。他就是在戏院里,清朝旗人,当过皇族了得,所以一跌,跌的就是等于要饭了。说你小子是不是还想复辟?不想复辟。我们大清朝几十年前就垮了,我还用得着去复辟?懂的人一听就笑了。红卫兵不懂还接着往下问。你在那儿打他,他在那儿嘻嘻哈哈。这也是一种反叛,但这种反叛是有素养的反叛,是北京特殊的文化,真正的京味。过去我们太简单了,写人物就分析他的阶级思想,其实借着北京这个环境,它有一种京城式的文化。前一阵儿,我们这个西河沿街上,一大些摆摊儿的商贩,证件呢必须是北京市市民,北京人办下来他租给外省人,租给安徽人摆摊卖,人家摆摊一个月可以挣几千上万元,给他的摊子费顶多就一两千块钱。人家说你好不容易办下来的就这么给他们?他就说他们也不容易,就这么想得开。天子脚下那种很知足的心态。但是你看除皇帝外,京城里真正的大商、富商,没有一个是北京人。这种韵味只能去生活里体会、体味,跟那人相交。不是你采访或者是创作出来的。这个是创作不出来的。

丁玲的说法,我不敢接受。丁玲就说"京味小说"吧,先是老舍,再是邓友梅。她说我有些作品有比老舍先生写得还好的地方。我觉得在运用北京的语言上,老舍先生呢,就是在作品当中。我是有意地学,有意地选择跟生活不一样,有意地选择应该更注意精一点吧。再一个呢,我毕竟比老舍先生晚了几十年,回头看那个世界跟老舍先生当时看那个世界(相比)可能更清晰一点。有了这个距离以后呢,可能我有些事情看得更清晰一点。我没有有意去模仿老舍,但有些地方我们更为接近,不像别的"京味小说",我的更像北京市民那个风格。你知道那个刘绍棠,他也是北京人,通州的嘛,写《蒲柳人家》的,他写的就是京郊的事,那个也是不能代替的,他跟城里的人就是有区别。冯骥才这个人很聪明,他第一个写民俗的大概是《三寸金莲》是吧?总体来说我觉得他写得不错,单有一点,我觉得他对民俗的研究,(比如)说天津的语言,对天津的民间文化接触得很深,所以他写天津的文化写得相当地不错。如果说跟我比，我比他占便宜在哪？我比他大十岁。大十岁的含义是什么呢？大十岁就是全国解放时我已经十八了，我亲眼看到旧世界，从我懂事起，如果从六岁算起，那我也看了十二年了。他基本都是听来的。别人跟他讲当时是一个什么场面，他可以想象得很丰富，可以看看照片，但是直接感受少。这个年龄差距就是这样的。你比如说我跟刘绍棠比，我比刘绍棠大五岁，如果按现在这个年龄，我七十五岁，他七十岁，大家看起来差不多。可小的时候，我六岁上小学，他还刚吃奶，等我上高小，懂点事儿的时候呢，他刚上小学。小孩你可能什么都不懂，但那个时候留下的形象，到什么时候、一定年纪回忆起来都很深刻。所以旧中国的印象我是有的，但他们只能是从资料上剪接的了。而我是直接的，有质感。但是冯骥才能在这种情况下把小说写成这样，我觉得很不错。他也是多面手，他自己会画，他喜欢读民俗的东西，他熟悉，他本身就对民间艺术感兴趣。这实际上，感兴趣就是一种素养。我小时候也对画感兴趣过。因为我小时候是文工团的，文工团也跟着学过画。就是画速写。那时候都是靠自学，你自己愿意学画，你就叫美术组的战友，他们就告诉你应该怎么画怎么画，就没有系统，战争期间怎么会有系统的教育呢。就是日本投降以后有那么一年，大概还不到一年左右的安定时间吧，这段时间能给我们上上课，那种上课就是做报告的形式，小孩还不一定听得懂。《水浒》我也挺爱看的。风格不一样，但是我觉得里面有些用词用语，就是它那个语言很精练，它不像《红楼梦》那么生活化。另外一个呢，是传统笔记小说，《聊斋》啊，宋人话本。还有一个就是对人关注多一点，对人的社会环境比对人的自然环境关注要强烈。所以我的小说里风景写得很少，对生活写得很少。

我说过以前完全按照什么主义来写作时，我什么也写不出来，写出来的就是程式化概念化的东西。真正艺术作品，作家写作那个时候，他就投入到那样一种心理境界中去了，他会抛开那种概念性的东西。"文化大革命"中我们被改造，除了毛主席语录什么都不许接触,毛主席语录我们都没资格念,人家念我们只能在那儿听着。什么都不能看,所以那时候我就买了考古的书看。我们是被专政的对象。没有自由的。我主要是靠自学。我回忆那个时候的学习,文学讲习所的时候也是学习苏联,行文上都模仿人家。那时候要说"河滩上有几棵树"就很不时髦,要说"树,一棵又一棵,连绵地在高高的河岸上",很多年都这么说。有一次,高莽说这个话是他翻译的。经过这么多年的磨炼以后,我写《我们的军长》,后来有一篇小说叫《荒寺》,我这个结构上还带有种西方的味道呢。但是同时,我又意识到,特别是我要写民俗小说、京味小说,用那样的语言跟结构,无法表达出中国人的特点,而且文体跟民俗、民风、民味这是个统一的问题。所以我觉得,要想真正表达出、描述出中国的东西,用西方的油彩画是不行的,我还是要用中国的水墨画来画。所以从《那五》开始,我就逐渐逐渐用传统的手法,也有改变,但主要还是传统的。经过"文化大革命"十年空白以后,这个阶段一旦过去,凡是真有一点文学品位的东西,不管你是学西洋的,还是别的,读者都会承认。所以,老实讲,我们赶上了一个好时期。现在你写十篇也不行。你看,那时"文化大革命"刚过去,别说电视极不普及,连收音机都不普及。现在说的卡拉OK啊什么的,那时包括青年真正业余时间的消遣多半是看点文艺书,其他的活动太少了。现在休闲娱乐的手段也多了,包括读书可选择的门类也多了。我觉得这种情况下,文学读者阅读层次有些降低,这大概也是自然的,但这种降低是相对的,不是绝对的,因为按照中国人口的绝对数量,也未见得怎么低,但相对说呢,人有更多的选择量,就不占那么大的比率。

3."小巷文学"

口述者:陆文夫(1928—2005),小说家。曾任中国作协副主席,江苏省作协主席。

口述时间：2004年3月；地点：苏州。

粉碎"四人帮"以后，刘绍棠也叫我一起提倡乡土文学。他不是参加过《中国》的编辑嘛，跟丁玲在一起，叫我去当什么，我直接回绝了。我对丁玲没好感。方之的《内奸》被丁玲看到了。丁玲说："你们没看出来，江苏两个作家很厉害的，隐藏得很深的，一个是陆文夫，一个是方之。"她公开讲。

我说，不要标新立异，刘绍棠你写了就是乡土嘛！刘绍棠写大运河不就是乡土嘛！我写苏州乡下，本来就是乡土，没用那名称罢了。一个成熟的作家要写生活，提出乡土就要他到乡下去，你叫他怎么去了解？我对体验生活是有异议的，生活不是体验出来的。解放以后，这么多人体验生活就没有一个人成功的。你可以举出很多例子来，好多人体验生活都体验不出什么东西来的，除了体验出遵命文学来。当年为了革命的需要，在延安的时候深入生活写一些是可以的。就拿世界上有名的作家来讲，哪一个是先去采访而后才写作的，托尔斯泰也没采访，巴尔扎克也没采访，中国的鲁迅也没采访，鲁迅写得最好的还是关于鲁镇的一些东西，稍微有一点出息的作家都不是这样。他不是叫你体验生活，而是叫你就在那里生活。你熟悉什么生活就写什么，我认为这一点就是写你熟悉的事情，这是正确的，硬是让人体验他不熟悉的事情是不会成功的。写农村的作家，他要去体验生活，说要去看看。我认为，你是写农村的作家，你待在城市里几十年，你是干吗的？你晓得农村现在怎么回事？写农村的在城市里待这么久，你怎么晓得农村？所谓乡土文学，我从来不去张扬，我写我自己熟悉的东西，不熟悉的我不去写，靠想象的我到现在没写过。农村我也写，我对农村也很熟。我小时候从农村走出来的，长到十五六岁才出来的。后来下放劳动，几次又到农村，农村我熟。

说老实话，我不赶潮流。而且我认为文学的潮流没有意思。文学有所谓的流派，当年《探求者》也想成立个流派，[1]后来我们都反思这个事。反思以后，觉得流派不可能成立的。我和高晓声、方之哪一篇文章跟哪一篇文章是相同的？谁跟谁是派啊？真正有本事的作家一个人就是一个流派，大作家都有独立的风格和独立的思考，不可相同的。流派是理论家便于研究才把他们概括起来。所以后来我给年轻人讲课，我就说不要学某个流派，那是要上当的。画也一样。上海有个很有名的画家，开始模仿别人的画，人家告诉他，模仿得再好没有自己的画肯定不行，他后来改换门庭才有了出息。后来我们也检讨流派的问题。

写小巷是从我最先开始。那时候也不知道什么小巷，完全是写我的生活，我熟悉的就是这个生活的本身，也不是我故意去写的。后来，我写的时候，有时故意把它避免掉。有时候想避免，我很注意避免把这个东西作为卖点，写《人之窝》[2]就避得很多。你说作家与某个区域文化的关系，绝对离不开，离开是不大可能的，它把你的生活经历搭成一个架子，它可以假造一个名称，写时离不开，包括你的语言。现在你看我的语言不完全是苏州话，苏州话和苏北话搭在一起。

有一个人写文章批评我，埋怨我把苏州话和苏北话搭在一起。事实就是这样，我承认。苏州话我也懂，苏北话我也懂。不能希望我用苏州话来写文章吧！用苏州话写他绝对看不懂。

《美食家》[3]不是写吃的。写粮食问题，写"大跃进"、割资本主义尾巴等时期，人没有吃的。还是外国人看懂的。《美食家》在法国影响很大的，在法国销掉十几万册，现在还在销。那个时候，"大跃进""文化大革命"搞得没饭吃，小说通过一个好吃的人，反映中国社会粮食问题、民生问题的变化。法国人讲这个小说连政治带饭一齐

---

〔1〕 1957年6月，江苏作家高晓声、陈椿年、方之、陆文夫、叶至诚、梅汝恺等酝酿成立《探求者》文学月刊社，并作《探求者》文学月刊社章程和《探求者文学月刊社启事》，因反右运动，月刊未出版，发起者也遭批判。

〔2〕《人之窝》，长篇小说，首发《小说界》1995年第4期。

〔3〕《收获》1983年第1期。

吃下去了，讲得相当深刻。当然外国人对吃也有兴趣。小说要让人有兴趣看才行。小说要有可读性，要与生活结合得很紧才行。

当时脑子也有这样的想法，偶然碰到一件事情，陡然一想，哦，就是这样，把事情结合起来，就写着看。写《围墙》《美食家》都是这样，一个触动，但生活是有的。我写《美食家》，人家说你看不看食谱，我写小说从来不看食谱，有时候翻翻，核对一下有没有记错，全靠脑子里储存。写《围墙》更简单了，那个地方路拓宽了，房子也拆了，造了围墙，盖低了不好看，我站在那里，当时脑子那么一想，一下子就触动了。《美食家》也是这样，困难年代没吃的，一直想写。50年代我住在《美食家》那个主人公的家里。我在报社工作的时候，住的房子就是他的。后来他把房子卖给我们报社的，我住的房子就是他住的后面的一间，前面整栋房子都是他的。他是旧社会的老板，房子很多，靠吃房租，是个好吃鬼，动不动坐黄包车去吃饭。我把看到的，想着想着，这个人的形象就出来了。其他吃饭的事，想到的就太多了，下放的时候，遇到一等吃家，没事就讨论吃，贪吃。这些生活都调动起来，形成那个人物。我很赞同写小说是不能规定任务的，长期思考，偶然得之。一天到晚脑子在思考，偶然得之，偶然在那个地方爆发一下，找到接触点。《美食家》写得很快，改得也很多，初稿和定稿变化很大，常常一边写一边改，想法慢慢地完整，人物跟思想互动起来，有些变动。

当时有个想法，始终把它控制在中篇，如果放开来写个长篇，写个十五万字是没问题的。当时还有一个想法，认为三五万字的小说看起来蛮有趣味的，《美食家》六万字，坐下来正好可以一口气读完，三个小时多一点，我读过的，这样效果比较好。字数长了人家就不看了，效果很难达到，所以控制在六万字左右有些章节不写了，不去发展，空白留在那里。

十六、莫言的文学世界

莫言1985年发表《透明的红萝卜》，1986年发表《红高粱》，以丰富的想象力和独特的叙述方式，成为80年代最重要的作家之一。之后，莫言又创作了《丰乳肥臀》《檀香刑》《生死疲劳》等一批经典之作。莫言在中西文学资源之间自由出入，他的小说不在"新时期文学"潮流之列，也非西方小说的模仿，充分显示了其天才式的创造力。2012年莫言获得诺贝尔文学奖，成为第一位获得该奖的中国籍作家。

（一）80年代创作

1.《透明的红萝卜》[1]

口述者之一：莫言（1955—　），原名管谟业，山东高密人。《蛙》获"茅盾文学奖"。2012年获诺贝尔文学奖。时任中国作协副主席。
口述时间：2002年12月；地点：苏州。

《透明的红萝卜》所写的某些真实事件应该发生在60年代末期。我十二三岁的时候，在一个桥梁工地上当过一段时间小工。白天打

---

[1]《中国作家》1985年第2期。

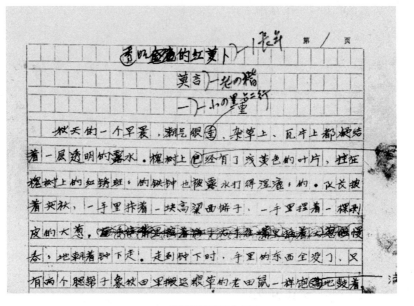

《透明的红萝卜》手稿

铁,晚上就睡在桥洞里。洞外是生产队的黄麻地,黄麻地外是一片萝卜地。

一天早晨,天刚亮的时候,我迷迷糊糊做了一个梦,眼前出现了一片很广阔的红萝卜地,北方的大红萝卜,上面的都是绿的,萝卜是很红的,很鲜艳的,太阳初升,一轮红日,很大的一轮红日从地平线上冉冉地升起,萝卜地中央有一个草棚子,草棚子里出来一个红衣少女,穿红衣的姑娘很丰满,手里拿了柄鱼叉,叉起一个萝卜来,举着朝太阳走过去。这时起床号子响了,我醒了,当时在军艺。起床后,我对同学说,我刚才做了个梦,能不能写小说啊?我同学说,好啊,写啊。然后我就写,就把我少年时代在水利工地上当小工,帮人家打铁的一段事情写进去了,故事自然地以"文革"为背景。这个写完以后,我自己也拿不准,这个小说能发表吗?而且里边很多是通感的东西,像小男孩奇异的感受,超出常人的嗅觉、听觉,以及在铁匠炉看到的萝卜的变幻啊,红萝卜在他眼睛里变成一个很神奇的东西。后来,拿给我们老师看,当时徐怀中是我们系主任,他很快看完了,第二天很高兴地告诉我,很好很好。这篇小说最早的题目是《金色的红萝卜》,我们主任用两个大字勾掉了,改成《透明的红萝卜》。我当时还感觉有点不太好,透明的还不如金色的好,多少年以后我才感受到改得太巧妙了,意境一下子就出来了,有种空灵感。小说发表在1985年第2期的《中国作家》上,这个杂志刚创刊,冯牧老先生主编的。《中国作家》有一个老编辑叫萧立军,到我们系组织一个座谈会,配合着小说发表。[1]那天刮大风,他说能不能请来徐主任主持一

---

[1] 萧立军回忆说:"1985年元旦后,老太太拿一部稿子对我说,这是徐怀中推荐的,你看看值不值得搞一个'文学对话'。我就接过来了,我就看了,我就觉得值得搞点什么。我就跟老太太说值得搞'文学对话',我想组织作者的同学和老师徐怀中来一场对话,我还想等刊物出来后组织个作品讨论会,因为这篇作品太有特色了,它是一种意象式写作,很写实也很虚幻,这在当今的小说中,可与冯骥才的《高女人和她的矮丈夫》媲美。"萧立军组织了两个活动,一是作品发表前的讨论,"到了莫言的宿舍,徐怀中老师、施放、李本深、金辉和莫言都在,我就打开了(转下页)

下座谈会。我说,我怎么好意思请。他说,你还是请一下。那我就给主任打电话,主任就说我去我去。过了一会儿,他骑了辆自行车,穿着件棉大衣来了。我们一帮同学座谈,整理出来后配合小说发表。发表了以后中国作家协会在华侨大厦开了个讨论会,冯牧主持。当时开讨论会和现在也不一样,很少有,比较隆重。冯牧先生是作协的领导人,德高望重,他亲自主持,我想北京评论家大多数都来了。尽管会上也形成了一些争论,还是对把我推上文坛起到了重要作用。紧接着很多报纸、杂志都发了讨论会的消息。这篇小说的成功增强了我的信心,使我意识到原来这就是好小说。接下来很快就出来了一大批,像《爆炸》《球状闪电》《筑路》《秋水》《三匹马》《白狗秋千架》《老枪》,都是这个时期写的。这一批小说基本上奠定了我所谓青年作家

(接上页)录音机,徐老师主持着讨论会。与他的三位室友比,莫言不善辞令,施放、李本深、金辉这三位老兄弟都健谈,尤其是侃自己专业内的事就更有话说,一句递一句侃得极热闹。我的印象是,谈到了莫言的风格追求、美学追求,还有文学的模糊性问题、神秘性问题、距离感问题等,谈得细致、深入、透彻。我听着这场对话特别受启发,对我所从事的文学期刊编辑的工作,应该说获益匪浅。施放、李本深、金辉后来也都成为中国文坛上很有成就的作家。最后,徐怀中老师做了个总结,非常肯定《透明的红萝卜》,断言莫言已经初步形成了他自己的一种色调和追求"。"我把录音带留给了莫言,请他整理成文字。后来,我把整理的文字稿子修理了修理,我们用徐怀中老师的话《有追求才有特色》做了标题,与《透明的红萝卜》一同在《中国作家》创刊后的第二期发表了。"二是作品发表后的研讨会,"大约是在二校的时候,我请印厂的师傅们多打了几份《透明的红萝卜》的校样,分送给当时最有影响的评论家,开始准备作品讨论会"。"刊载《透明的红萝卜》的这期刊物在1985年4月11日出刊,我就到离沙滩最近的华侨大厦租会议室,订午餐。一星期后,在华侨大厦二层的一间会议室里开作品讨论会,有20多人出席,规模不算大,但都是文坛耆宿和文坛新锐。规模不大的原因是1200元钱,拿不下3桌饭和会场。老主编冯牧主持了会议。会议上午8点半开到将近12点结束,讨论很热闹,也给予了作品充分肯定。"《小眼睛的莫言和马脸的我》,《中国作家》2006年第12期。

时任《中国作家》副主编的张凤珠对接受《透明的红萝卜》细节的叙述和萧立军稍有不同:"萧立军拿到一篇莫言的作品《透明的红萝卜》,当时对莫言的名字我还有些生疏,但是觉得这篇作品很新鲜,给人一种异样感受。当时对这篇作品在文学上的意义我认识不足。对莫言的创作潜力也不够了解。编辑部为这篇作品举行过一次研讨会,徐怀中和冯牧都出席了。接着又发了莫言一个短篇小说《白狗秋千架》,获台湾《联合报》优秀小说奖。"《难忘最后一站》,《中国作家》2006年第2期。

的地位，文坛知道有这么个人。

口述者之二：李陀
口述时间：2003年9月；地点：苏州、扬州。

"寻根文学"还有一个可以提的就是，《透明的红萝卜》出来以后，有很多反对意见。我觉得冯牧他们不错，专门开了一个会，讨论《透明的红萝卜》。当时特别说好，只邀我一人，所以我很心虚。我就找史铁生去，我说咱们一块儿开会去，你得帮帮我，说点话。我们在会上一定要支持莫言。他说好的，去。在会上，果然有很多人批评《透明的红萝卜》，我说"红萝卜"怎么怎么好。我就着急啊，铁生你倒是说话啊。铁生老不说话，后来冯牧沉不住气了，也问他，你怎么老不说话。铁生一发言，就说宗教感，他只讲了几句"红萝卜"，重点不是"红萝卜"。在80年代讲宗教是异端，说什么宗教对文学的重要，我急得哦。他在正式会议上谈宗教，那是第一次。我万万没想到，后来铁生的宗教情结越来越深。

2.《红高粱》[1]

口述者之一：莫言
口述时间：2002年12月；地点：苏州。

在军艺学习，对军事文学是很关注的，而且系里也希望同学能写出反映军事题材的小说。写农村题材当然也好，可你能写一篇和军事有关的、和战争有关的小说更符合解放军艺术学院部队作家的身份。

---

[1]《人民文学》1986年第3期。

一次我们去西直门的总政招待所开一个军事题材小说座谈会。当时座谈会不是为我们开的，但把我们军艺的几个比较活跃的学员吸收进去了。会上一批老军事作家对中国军事文学创作现状忧心忡忡，他们拿着苏联的战争文学做比较，苏联的卫国战争只打了四年，可反映卫国战争的文学层出不穷，描写卫国战争的作家也是一批一批又一批，说有五代描写卫国战争的苏联作家。我们中国共产党领导的战争历史和共产党的历史差不多是一样长，二十八年新民主主义革命历史，但是真正地反映战争的文学，像《战争与和平》《静静的顿河》这样的经典著作一部也没有。他们分析是由于"文化大革命"、极左路线扼杀了很多老作家的才华。现在改革开放，老作家创作的黄金时代已经被耽搁了，年轻作家当然精力旺盛，但是没有这种战争考验，没有经历过战争，所以他们对中国军事文学创作现状很忧虑、着急。我当时就说我们实际上也能写，写我们心目中的战争。我说我们固然没有见过日本鬼子，但我们可以通过查资料来解决。我们虽然没有亲自打过仗，这种间接的经验还是有的。我们毕竟当过兵，也搞过军事演习。没有亲手杀过敌人，但看过杀猪、杀鸡的，都可以移植到我们这边来。对我的这个看法，一些老作家不以为然，年轻人呀，狂傲。当时我就憋着一股子气，我就一定要写一部战争小说，后来就开始写《红高粱》。

是1984年年底写的。写了个草稿，我当时也放了一段时间，没有把握，然后就把它誊抄出来了。出来以后，给我几个同学看了，他们摇头说不怎么样，一般化。但此书走红后，他们的观点也变了。这是《人民文学》朱伟约的稿，我刚把稿子抄出来，《十月》的一个老编辑来了，说要拿回去看看，看了以后要发。朱伟给我打电话问，稿子呢？我说给人拿去了。朱伟听了很生气，说你不是给我写的吗？我说，他要拿过去看看。《十月》这样的大刊物，对我也很有吸引力。朱伟找到《十月》的郑万隆硬把稿子给追回来了。结果那个老编辑对我有意见，朱伟对我也有意见。这当然是我的错误。后来我1985年回去过年的时候,收到朱伟的一封信,说《人民文学》主编王蒙看了《红高粱》很喜欢,明年第三期头条发表。朱伟在之前看过我的作品,在发《红高粱》之前,《人民文学》发过《爆炸》这个中篇,许多人评价比《红高粱》还要高,然后就是《红高粱》。我记得由于《爆炸》修改的问题,《光明日报》社的冯立三先生带我去王蒙家,王蒙家当时在虎坊桥,他正在和鲍昌、唐达成商量事情,也没说几句话,王蒙就说改一改。冯立三说:为什么要改?你认为好,就没必要改啊。我觉得他说的也有道理。朱伟给我写信,说王蒙看了《红高粱》很感叹,说莫言是写什么有什么。原话记不得了,反正是两句赞赏的话。被王蒙赞赏,我心里面沾沾自喜,信心大增。

马上从维熙先生在《文艺报》上发表一篇文章,叫《"五老峰"下荡轻舟》,[1]"五老峰"就是指老套子、老框子等意。接着李清泉也写了评论文章,题目叫《该说的和不该说的都说》,[2]有批评,有肯定。李陀、雷达二位先生也写了赞扬的文章。本来也没想过写长篇啊,写个中篇就拉倒了。紧接着有约稿的,继续往下写嘛,我就写了,《高粱酒》《高粱殡》《狗道》《狗皮》,连续写了四篇。那会儿记忆力也特别好,能够记住那些细节,就那么个故事,在反复地讲,同时把一些零零碎碎的东西弄进去。所以,《红高粱家族》是没有结构的结构,本来是作为一个系列中篇,人物是一贯的,故事是有关联的,就变成系列中篇组合成的长篇。

说《红高粱家族》系列作品受到了马尔克斯的影响,这是想当然的猜测。《百年孤独》的汉译本1985年春天才在中国出版,《红高粱》完成于1984年的冬天。我写《红高粱家族》第三部《狗道》时才读到《百年孤独》。假如在动笔之前看到了马尔克斯的作品,《红高粱家族》可能会是另外的样子。

---

[1]《文艺报》1986年第12期。
[2] 应为《赞赏与不赞赏都说——关于〈红高粱〉的话》,发表于《文艺报》1986年第30期。

关于张艺谋拍摄《红高粱》。1986年暑假,我还没走,其他同学都回家了,我当时正在写《筑路》这个中篇。有一天楼道里有人喊我的名字,我看到一个人,穿着一双老百姓穿的用轮胎内胎缝的简易的凉鞋,鞋带可能在公共汽车上被人扯断了,提着个鞋来找我,晒得黑黑的,可能当时正在西北拍《老井》。他说自己是张艺谋,想改编《红高粱》。我说随便改吧,无所谓的。我当时很明确地告诉他,我又不是什么名作家、名人,你绝对不要忠实于原著,你愿怎么改就怎么改。当时也没有版税意识。一切按规定去办,当时电影版税是八百块钱。此后我就参加了两次讨论,执笔的老先生叫陈剑雨,后来当过福建电影制片厂厂长。我和朱伟参加了讨论。到了1986年暑假在高密拍摄的时候,因为高粱是种在我们高密东北乡的,我正好回去写《欢乐》,见到陈剑雨,到现场看了一眼。对高密县来说,拍电影是一件很新鲜的事,很多周围乡的老百姓都来看,他们很失望地发现,拍电影一点都不好玩,半天也拍不了一个镜头。他们很忙,我就带着我女儿看了一眼,就不管这个事了。我认为高粱种得太少了,长得也不好,天太旱,拍出来也是捉襟见肘的。

口述者之二:朱伟(1952—),批评家、编辑家。1983—1993年任《人民文学》小说编辑室编辑、编辑部副主任。时任《三联生活周刊》主编。

口述时间:2005年4月;地点:北京。

自从1985年莫言在《中国作家》上发了《透明的红萝卜》以后,我就很关注他的创作,觉得这是一个很重要的作家。1985年夏天《人民文学》开了一个青年作家创作会议,这是非常重要的一次会议,我们把莫言的名字也列进了会议的名单,会议在北京的一个招待所举行。1985年是《人民文学》最活跃的时候,王蒙把当时文坛上最活跃的一批青年作家聚集到了一起,包括阿城、莫言、马原等,余华那时候都还没有出来。这次会议之后，我开始和莫言建立联系，我第一篇发的他的小说是《爆炸》。[1]记得看《爆炸》的时候我很激动，这虽然是一个很简单的故事，但莫言把故事的长度拉得很长，《爆炸》写计划生育的过程，写人的一种恐惧感。当时我们讨论的时候说表面上看《爆炸》有很多废笔，比如主人公去人流的路上，看见飞机在做表演，还有很多其他细节，这些貌似废笔的东西加在一起构成了一种恐惧。《爆炸》1985年发表于《人民文学》，莫言那时候住在解放军艺术学院的宿舍，我会经常过去问他有什么新的打算，他当时对我说他想写五个中篇，写抗战时期他家乡高密发生的一些传奇故事，并且小说已经有了余占鳌这样一个人物类型的故事线索。我说小说写出来之后我想要这个稿子，而且我们也说定了。[2]我有个习惯，当我和作家建立关系之后，我都不去催稿，不然感觉不好。后来等了一段时间没有消息，我再到莫言那儿去，莫言无奈地对我说已经让别人把稿子拿去了，后来经过种种曲折，我还是把稿件召回来了，这是发《红高粱》的一些经历。[3]《红高粱》发表的时候在《人民文学》没有争议，

---

[1] 《爆炸》发表于《人民文学》1985年第12期。2012年朱伟在文章中回忆说："从1985年到1986年底，我骑着一辆凤凰牌破自行车，就这样经常跑军艺，莫言当然是最重要的追踪目标。他给我的第一个中篇小说是《爆炸》，他交给我的是特别干净的稿子，每一字都写得方方正正，字体扁而几乎一致，其间几乎没有涂改。偶尔增加的句子，都会清楚地标示，一如他永远整洁的床铺。"《我认识的莫言》，《三联生活周刊》2012年第42期。

[2] 朱伟在《我认识的莫言》中回忆说："他写《红高粱家族》的设想，背景是韩少功当年提出的'寻根'的口号。""这个系列先以《红高粱》为开头的构思，是《爆炸》发表后他与我谈起的，他说，高密家乡有太多精彩的土匪传奇，高粱地为土匪出没提供了极其便利的条件。他一开始真没有说到那场伏击，也没说到罗汉的活生生被剥皮。我说，那么，这个第一篇写完了一定要先给我，这也算事先就向他订了货。"《我认识的莫言》，《三联生活周刊》2012年第42期。

[3] 关于《红高粱》的发表过程，朱伟在《我认识的莫言》中有更详细的叙述："莫言准备动笔后，过些天我就去军艺看看，问问写作进程，但也不敢多催。过些日子再去，问他写完没有，他说，刚写完，但刚被《十月》的章仲锷拿走。我一下子就急了，我问，我们事先已经说好的，怎么能写完就给了他呢？他说：我也没办法，他说想看看我的稿子，坐在那儿看完就一定要拿走。他那么好的人，我实在（转下页）

莫言的才华王蒙是很看重的,所以我们把这小说发了1986年3月号的头条。当时文学界没有把莫言及其《红高粱》的分量看得很重,《红高粱》写的是一个传奇故事,大家对故事后面的蕴含没有特别多的认识,因为在1985年、1986年,更多作家和编辑关注的还是那些有哲学意味的、意象性又很强的作品,比如《透明的红萝卜》,大家议论比较多的还是"红萝卜"的那种意象性,虽然《红高粱》也有它的意象性,但大家觉得它故事的层面还是大于蕴含的层面。所以《红高粱》刚开始发表的时候没有带来很大的影响,而《红高粱》后面的影响可能是因为张艺谋改编成电影带来的。

3.《欢乐》

口述者:莫言

口述时间:2002年12月;**地点**:苏州。

1987年《人民文学》一、二期合刊发表了《欢乐》,一发表马上就有人批评,很多老作家感到惋惜,说这个作家太可惜了,写这个东西。但是也有极个别人认为《欢乐》确实好。[1]

(接上页)没有办法。我当时年轻气盛,我就对莫言说:那你就给章仲锷打电话,帮我把稿子要回来,你的态度必须明确。然后就打电话给章仲锷,我说,老章,你是前辈了,这稿子是莫言说好给《人民文学》的,你怎么能不讲道德就把稿件拿走了呢?如果文学界都这样,那还有信义吗?你马上把稿子给我退回来。章仲锷是《十月》的创始人之一,一个优秀的前辈,现在想想,当初的我真有一种狂妄的不顾一切。也亏得章先生雅量,当初他在电话里并没有分辩,过了两天,我就收到了他寄回的稿子。现在,章先生已经作古了,再回想这一幕,我的眼前浮现的都是后来相遇,章先生嘴角那种宽厚的笑。"《我认识的莫言》,《三联生活周刊》2012年第42期。

[1] 朱伟回忆说:"在《红高粱》之后,莫言给我的第三个中篇就是《欢乐》,那时,王蒙已经在选择了刘心武当主编后,自己当文化部长去了。刘心武上任后决心在王蒙奠定的引导文学主潮的基础上,再提上一个台阶,于是就指示我一定要准备一批(转下页)

我认为《欢乐》是我写作状态非常好的一个中篇,九天写了将近七万字,而且是实打实的,没有分行的。感觉分不了段,更别说分行了,一连贯下来一大块,一气呵成。写到兴奋状态了,觉得笔根本赶不上思维,一大堆好句子滚滚而来,自己控制不住。我弟弟说,在窗外能听到我腿一片哆嗦的声音,然后就不断喘粗气,我自己意识不到。当时我戴耳机听音乐在写作,音乐放什么,我不知道了,就是一种节奏感很强的东西,好像是京剧唱段。这个小说的创作状态至今是我怀念的,后来几乎也就没有出现过这样一个状态,写得那么顺畅,一泻千里。什么叫宣泄?真是一泻千里,而且信息量很大。当然,我不敢说脉络很清晰。故事也很简单,讲连续五年参加高考,到第五年依然落榜的这样一个人。家庭环境非常差,非常贫困的一个学生,要去他女朋友的坟墓自杀,就是这样的一个故事,整个是他的意识流。但是我觉得这个小说有很强烈的社会性,反映高考对农村青年的压力,反映农村这种麻木不仁的生活,确实有很多华彩乐章在里面,那么多的形容词,那么多的东西堆砌到一块,现在肯定是没有那种状态了。所以《欢乐》还是值得我经常回忆的一篇小说。我并不是认为这部小说本身比其他小说高到哪里去,而是这种状态确实是再难找回了。

把《欢乐》分分行,差不多有个八九万字应该没问题,可以演绎成一个小长篇。这种方法确实能把读者累死。记得当时上海的评论家吴亮说,这个太难读了,简直像心电图的符号。当时骂声很多,包括天津的报纸整版地批判《欢乐》,对我进行了很多人身攻击,说这

(接上页)风格更多样化,'更能显示活力'的作品。莫言就在这样的背景下,给了我《欢乐》。"《欢乐》发表在《人民文学》1987年一、二期合刊上,这期合刊,刘心武写的刊首语是《更自由地扇动文学的翅膀》,这篇《欢乐》发在小说的头条。这期刊物出刊不久就出了问题,收回销毁,《欢乐》也成了'资产阶级自由化'的批判对象。"《我认识的莫言》,《三联生活周刊》2012年第42期。提到的"问题"是指本期《人民文学》发表了马建的小说《亮出你的舌苔或空空荡荡》。

是一个戴着作家桂冠的坏人啊，说小说在亵渎母亲啊。之前我已经预感到了在我这部小说发表以后，会有很多的批评。《人民文学》像朱伟他们还是有胆量、有胆识的一批人，既然作家这么写了，就这么发表，也没提意见让我修改。刘心武当时是《人民文学》主编，1987年《人民文学》一、二期合刊，由于这期刊物，他好像下了台，真是抱歉。[1]

《欢乐》应该没有政治问题，小说描写了一般认为小说不能描写的东西。然后到6月份的时候，第四期[2]《收获》就发表了《红蝗》，是1986年寒假写的。当时我的同学就说，就怕莫言回高密，一回来肯定带回一重磅炸弹。我暑假回去带回《欢乐》《弃婴》两个中篇，寒假带回《红蝗》。老家当时根本找不到一个有炉子的房间，春节就在我们家厢房里面写。冷得我都穿着大衣、棉鞋，戴着手套写作，写着写着鼻涕水就流下来了。后来春节一结束回京，同学就看到我满耳的冻疮，流黄水，手上也是冻疮。我的同学里面没有一个像我这种家庭环境的。钱钢当时是南京军区的，他问：你怎么还起冻疮，你们家没暖气吗？我说我们高密县都没暖气。但也有在农村家庭条件比我们好的，我们家太冷了。在家中寒冷的环境里面，头脑特别清楚，感觉脑袋本身像一块透明的冰一样，一切清楚，你想写的字句好像在你脑袋透明的冰块上印着，当时唯一的痛苦就是手不听指挥，字写得很难看。

4.《天堂蒜薹之歌》

口述者：莫言

口述时间：2002年12月；**地点**：苏州。

---

[1]《人民文学》1987年第1、2期合刊发表了马建《亮出你的舌苔或空空荡荡》，1990年刘心武被正式免去《人民文学》主编职务。

[2] 应为第三期。

《欢乐》《红蝗》引起了很大的批评，尤其是《欢乐》。《红蝗》使得一些以前吹捧我的人也发出了怀疑的声音，这个作家在挥霍自己的才华，浪费，感情泛滥，他们表示担忧。这个时候实际上已经写完了《天堂蒜薹之歌》，[1]在《欢乐》《红蝗》之后，第二部长篇。

这部小说与一个事件有关。山东苍山县确实发生了震惊全国的蒜薹事件，也是当地的干部玩忽职守、不负责任，导致当地的农民种植的蒜薹卖不出去。对外地来拉蒜薹的车乱收费，把车都吓跑了。农民一怒之下，就把大量的蒜薹推到了县政府，把县政府的门都用蒜薹堵住了，然后导致了更过激的行为，冲进县政府，砸了县长办公室，放火烧了县政府办公大楼，县长在家里不敢出头，叫人在院子拉上铁丝网。当然后来领头闹事的给抓了，县里的主要领导也撤职了，调到别的地方去了。作为很大的事件，《大众日报》发了整整的好几版。我一看报道，各打五十大板，第一批评农民没有法制观念，行为过激，政府是人民的政府，楼是人民的大楼，人民怎么能砸自己的政府呢？反过来就批评官僚主义、玩忽职守，不为农民负责。我看了这个报道以后，内心马上就很冲动，当时感觉到是想替农民说话，实际上我是想替我自己说话。直到现在，我一直认为自己和农民还是有千丝万缕的关系，在1987年我更感觉我就是一个农民，家里都是农民，农村的任何一个事情都会影响到我的生活。

当时我写《天堂蒜薹之歌》，实际上是把我积压多年的作为一个农民的愤怒和痛苦，对这种官僚主义、腐败行为的不满发泄出来。写的时候我也没去过鲁南的苍山县，地理环境我也不了解，故事的环境自然又回到高密东北乡，包括那条河流，河边的槐树林、桑树林，包括那些胡同，写我生活的那条胡同，前边那片黄麻地，写那条河、桥梁、集镇、火车站的候车室、四叔的家，我觉得都是我身边的那些家庭、房子，按照那个样子写的。写的时候我脑子里有一个完整的乡

---

[1]《十月》1988年第1期，作家出版社1988年4月出版单行本。

村，就是我们的村庄，事件当然是外来的事件，但是写的时候就是我们村庄。当然没有那么大面积的蒜薹，但在我们农村也是种过的。里边写到一个四婶与四叔，就跟我那个四叔的遭遇有点像。我四叔和他的亲家，每人赶了一辆牛车，到县城里送甜菜，送到制糖厂，回来的路上就被迎面而来的一辆汽车给撞翻了，把他一下子撞死了，脑袋一下子撞破了，牛也撞死了，一头怀孕的母牛，小牛在母牛肚子里当然也死了。赔了大概三千块钱，司机没有驾驶证，是个开拖拉机的。三千块钱，一条人命，两条牛命，（汽车）是给乡党委书记送盖房子的材料，那个党委书记是在我姨家那个村子，是我姨夫的亲侄子，原来我们公社的党委秘书，和我父亲很熟很熟，还沾亲带故的。这边是我四叔，我回去被我四婶一哭，当然是站在我四叔这一边的。我父亲考虑得多一点，这个党委书记一直对我们很好，事情他也没想到，撞谁不好偏把四叔撞了。他也托人来说情。但后来他一句话把我惹得很恼，他说要告就告去吧，我们也不怕。县里面交通大队处理这个事情的时候，肯定是偏他那边的，司机无证驾驶、酒后开车，应该要判刑的。我的四婶也很大度，她说我也不要他判刑，只要他来看一看我，我就满意了，我甚至可以拜他做干儿子的。但这个人心虚，不来看，书记也不露面，我当时就给他写了一封信，措辞很激烈，你一个公社党委书记，一个小芥菜籽那么大的官，撞死一条人命就像撞死一条狗一样。我说我四叔固然是农民，但也是一条命，你竟然置之不理，赔三千块钱就拉倒了，两条牛命值多少钱啊。一个农民的命在你们手里只值一千块钱。他们看了这个信也不知道什么反应，后来也不露面，我还想往上闹。但我那些堂弟的表现也让我很不满意，完全就是为了闹钱，想多要一点钱，本来也不孝顺，然后也没有多少同情心。他爸爸尸首停到了乡政府的院子里，兄弟两个还到乡政府里边看电视去，父亲的遗体就在院子里停着，两个人就去看电视。我二哥说，真是不懂事，看什么电视，还看得下去吗？所以后来我父亲说，算了算了，你不要为他去闹了，这边也是你姨的亲侄子，固然你姨没说什么,把他闹到监狱去,把他党委书记当不成了,也是问题,就算了吧。然后他们送了一捆带鱼来,我说扔到马路上去。我爹说那不好。父亲就把这个事给抹平了。我四叔一死,我原想他那些孩子就落到地上了,怎么活下去,结果就像催化剂一样的,一夜之间这些孩子就长大了。

我就在一个外来事件的刺激下,重新回到那个村庄,以四叔家的遭际作为故事的原型,大概是三十五天还是三十四天就写好了,1988年春天在《十月》发表的,然后作家出版社出的单行本。出版以后,无声无息的,一篇评论文章也没有,当时还有人要搞电视剧,后来一看,这个怎么拍呢,这是农民暴动,怎么能拍呢。而且用的是比较传统的手法来写的,与原来风格不一样,有区别的。当时在文学界还是以追逐新潮为时尚,我猛地在《红蝗》和《欢乐》之后写了这么一篇,他们感觉我这一步也倒退得实在太大了,几乎没人来评价。

5.《十三步》

口述者:莫言

口述时间:2002年12月;地点:苏州。

《天堂蒜薹之歌》算是我真正意义上的第一个长篇,这部小说(《十三步》)也是从不同的角度来讲这个故事。以前也有作家用过这种方式,卷首用民谣,通过一个瞎子的口气来唱一遍,通过作家的客观叙述,通过政府的公文,把一个故事讲三遍。写《十三步》[1]时我

---

〔1〕《文学四季》1988年冬之卷,作家出版社1989年4月出版单行本。后改名为《笼中叙事》,2001年由九天汉思公司与文化艺术出版社合作出版《走向诺贝尔:当代中国小说名家珍藏版·莫言卷》,收录《笼中叙事》。

认识到视角就是结构，人称就是结构，一旦确定了人称之后，你就不是在叙述故事，而是在经历故事。如果用传统的现实主义小说笔法来写，就很容易变成作家叙述故事，但是，你一旦确定视角以后，就变成了经历故事。我确定了物理教师的视角，实际上就变成了物理教师经历这故事，这个物理教师所闻所见、所经历所感受到的事，是跟作家一致的，是作家的亲历故事。

《十三步》这部小说，我想真正看懂的人并不太多，确实写得太前卫了，把汉语里面所有的人称都实验了一遍。写《十三步》让我认识到了所谓的人称变化、视角变换，实际上就是小说的结构。

《红高粱》通过"我爷爷"建立了"我"和祖先的一种联系，打通了过去和现在的一个通道。如果我用全知人称写历史，那么就和一般历史小说差不多，用第一人称写显然你是没有亲身经历过，一旦用"我奶奶""我爷爷"，就使我变得博古通今，非常自由地出入历史，非常自由地、方便地出入我所描写的人物的心灵，我也可以知道他们怎么想的，我也可以看到、听到他们亲身经历过的一些事情。说起来很简单的，雕虫小技，《十三步》就是在这基础上做了更大胆的、更频繁的变换人称。

用第二人称写成《欢乐》这么长的东西，也是达到了一个极致，我的极致，做了巨大努力。《十三步》索性把所有的人称都验一遍。我记得这篇小说发了以后，林为进发了一篇评论文章，他可能比较喜欢这个。还有一些零星的文章，认为比《红高粱》还要好。再后来就是无声无息了。《十三步》后来被翻成法文了。这部小说前边很多闲笔，刚开始没有意识到，后来突然发现都是有用的，前后呼应起来的。再版的时候名字改成《笼中叙事》。

我觉得《笼中叙事》的题旨更贴近这部小说。《十三步》里边最后有一个寓言故事，讲麻雀是跳跃的，不会单步走，如果一个人看到麻雀像鸡一样一步步走的话，看到一步就能够走红运，看到两步能够怎么样，一直看到十三步，到十三步是我编的。《十三步》

每部有四个章节,"笼中叙事"更符合我写这个小说的本意。就是想在叙事上做一些试验,"笼中叙事"实际上是由一个超级叙事者来讲的,就是由一个关在笼子里的人来讲故事。关在笼子里的人就象征一个中学教师。

(二) 90年代创作

口述者:莫言
口述时间:2002年12月;地点:苏州。

1.《酒国》

1992年《酒国》就最后完成了。[1] 实际上1989年我到鲁院前夕就开始动笔写了。当时因为痔疮,非常痛苦地跪在椅子上写,他们说我是劳动模范。1992年写完这五个中篇以后,《酒国》后面的十万字我就一鼓作气地写完了。《酒国》这部小说,它最早的写作动机还是因为强烈的社会责任感。我看到一个报道,说东北地区有一个人是南方人,后来到了南方回家养老,曾经当过陪酒员。他是大学中文系毕业的,由于家庭出身不好,分配的时候被贬到了东北的矿区,教小学。一个大学生分配到偏僻山区,找对象也找不到,天天和一帮矿区的蓬头垢面的孩子在一起,他感到很苦闷,就喝酒。他有时候就想,醉死拉倒。他从来没喝醉过,慢慢地喝酒的名声越来越大,矿区宣传部听说那个子弟小学有个千杯不醉的怪才,请了去试验,果然酒量很好。以后每当来了客人就要他陪酒,他是大学中文系毕业的,嘴巴又会说,能编各种各样的有文采的劝酒词,酒量又大,然后就慢慢地变

[1] 湖南文艺出版社1993年2月第1版。

成人物了，离开了子弟小学，变成了宣传部的副部长。这个陪酒员后来对象也找着了。我在读报道时就想，这人应该找到一个特别能喝酒的女的，两个人喝酒，每天他们马桶里也一股酒味，生出的小孩也是个痴呆，只有灌上两杯酒，小孩才能和正常的人一样，一旦离开酒就不行了。紧接着我想出了很多关于酒的传说。

我家邻居是开烧酒锅子的地主，我爷爷年轻的时候也在这家干过活儿。到烧酒的时候，村子里洋溢着一股浓浓的酒香，还有酒糟的气味。到了冬天，烧酒锅子像个大蒸笼，全村弥散着一股酒香，那真是好酒，不加任何水勾兑的。还有很多关于酒虫的传说，一个人特别能喝酒，一次能喝一缸，说他肚子里有一个酒虫，后来人家把那个"酒虫"骗出去，喝了三天，不断地喝酒，突然把他放在一个缸边，说你喝吧，他一低头，那酒虫突然从他嘴里钻出来，跑到缸里去了，红红的，像个小河马一样的东西。这也是神话传说。一旦确定这个想法以后，真实的事情、魔幻的传说就都来了。再有，我已经和县里的人打过很多交道，在酒桌上被别人灌醉过无数次。写着写着，《酒国》就变成了语言的狂欢节，进行各种文体实验，有"文革"大字报那种文体，有当时流行的所谓新写实小说，也有对鲁迅早期小说的戏仿。我一旦进入小说创作的时候，就让李一斗这个人处于一种半醉的状态，就是一个人思维不太正常，醉话连篇，营造这种小说语言，当然，作家在叙述这个小说故事的时候是清醒的。小说中李一斗不断地和作家莫言在通信，并把习作寄来，李一斗所有的通信以及这部小说，都是醉话连篇，醉意蒙眬，似真似假，然后把对社会毫不留情的批评就放到了李一斗身上和他的小说里。这也是一种技术措施。也有人说，你怎么能如此丑化我们社会的干部呢？我说，这是一个醉鬼写的小说嘛。

这个小说应该有一些话题可以探讨，文体方面的实验，酒神精神，狂欢精神，再有社会批判意义，以及对酒文化本身的一种探索。这部长篇小说的结构，有一些批评家也注意到了这一点。

2.《丰乳肥臀》

1994年秋天我已经开始构思这部《丰乳肥臀》。[1]我和好几个人讲过,在北京积水潭地铁站,一出地铁站的时候,看到一个农村妇女,估计是河北一带的北方妇女,在地铁往下通道的台阶上,抱了双胞胎,一边一个,叼着她的乳房在吃奶。夕阳西下,照着这母子三人,给人一种很凄凉也很庄严的感受。妇女满面憔悴,孩子也长得像个肉蛋子一样。

这时我意识到围绕哺乳、生殖应该写一部很大的书。这一下子和我们文学史上一些很大的文学主题有了关联,母亲呀,土地呀,祖国呀,这样就有了密切的联系。当时想写一部什么小说呢,就写一个男人从小被溺爱,只能吃奶,一吃别的东西就呕吐,就无法生活,有过敏反应。结婚以后,跟着孩子争他老婆的奶吃,导致整个家庭的破裂。就想写这么一部有现代派意味的、有象征意味的小说。开笔以后我就发现,这样写很单薄,而且高密东北乡的历史很难回避。

我母亲去世后,我就想写一部书献给她,但不知道该从哪里动笔。这时候,我想起了几年前在地铁站出口看到的那个母亲和她的两个孩子,我知道该从哪里写起了。先从母亲生育最后一胎写起,一直写到她去世,这个老太太活了九十五岁。这个小说里有些经历当然有我母亲的影子,我母亲也是在三四岁的时候我外婆就去世了,然后在她大姑姑的抚养下长大成人,很小的时候就包脚,一辈子也是饱经苦难,其他东西都是虚构的。我们家庭也和小说里不一样,最早的动因确实是母亲的去世,使这部小说改变了原来那种黑色幽默的方式,变成一部历史小说,变成容量更大的小说。《丰乳肥臀》除了继续新历史小说的探索以外,还以民间的视角、民间的观点来写民间的历史。

---

[1]《大家》1995年第5、6期,作家出版社1996年1月出版单行本。

宗教在我们高密东北乡确实有较长的历史，帝国主义宗教势力渗透最早。1894年，瑞典和挪威的传教士就到达了高密地区。随着1900年胶济铁路的开通，铁路沿线周围各个乡镇和县城纷纷建成了天主教堂、基督教堂。我做过一些调查，发现德国人在中国修建那么长一条铁路，好像是他们掠夺了很多财富，其实他们没赚多少钱。当时农村经济还是一种自然经济，交换的货物很少，胶济铁路列车每天只能跑一班车，是客运，根本坐不满，所以他们头几年好像是年年亏损，到最后一年，赚了几十万两银子。投资这么巨大的一个工程，从青岛修到济南的一条铁路，1900年的时候他们得到的回报实际上是很微薄的，它的意义也就在于德国把胶东半岛作为他们的势力范围。单纯从经济上来讲，不赚钱的，把它的资本投到其他地方可能赚更多的钱。要从这个意义上看胶济铁路，很多东西有一种历史辩证法在里边。胶济铁路的开通，对开启山东老百姓的心智是很有作用的，一下子就把视野拓宽了，把仿佛一潭死水的农村自然经济和农村日常生活给搅浑了，形形色色的人，形形色色的思潮，都随着铁路的开通而活跃起来。为什么到了抗日战争时期山东一下子冒出几十支队伍，我想都是和铁路开通有关系的。而整个胶东半岛那么多在外边做买卖做生意的，也出了那么多有远见、有见识的走南闯北的知识分子，都和铁路有关系。它除了提供一种交通便利之外，还因为铁路来回跑，每跑一个来回就带回大量信息，让老百姓知道原来世界如此之大，外面的世界很精彩，外面有很多新奇的东西。

所以从这个意义上来讲，从历史的观点来看，胶济铁路的开通，毫无疑问，帝国主义肯定不可能意识到铁路开通给中国带来一种文明，它的目的可能就是当时要霸占这个地盘，赚钱，掠夺，但实际上带来的结果不是那么简单的，除了负面影响以外还有积极的意义。这个在写《丰乳肥臀》时也都考虑到了。基督教进入胶东半岛，进入山东各地，老百姓知道除了佛教之外还有这么一种教派，而这个教会也并不完全像一些近代史教科书所写的那样，所有的教会都是干坏事的，什么奸淫民女啊，什么把婴儿做成药丸啊，洋鬼子依仗教会的势力抢男霸女、霸占粮田——这种行为当然有，尤其在鲁西北一带。

但是，也有的教会还是规矩的，像我们高密那个瑞典传教士和那个挪威的传教士，他们确实非常简朴。像我们旁边镇上瑞典的女传教士，她完全是自己劳动，开了两亩荒地，养了两头奶山羊，每天挤奶，非常能吃苦，天天真是像老百姓一样戴着斗笠，披着蓑衣，在地头上老百姓一边干活她一边传教。加入教派的人也有很多游手好闲的地痞流氓。我有个同学的爷爷加入了，他给孩子起名，大孙子叫摩西，二孙子叫马太，三孙子叫约翰，四孙子叫大卫什么的，他们一家子全都是洋名。我们当时也不知道为什么有这样怪的名字，后来才知道他爷爷是教徒。

小说里的母亲皈依了天主教，确实是因为她感觉到在尘世中没有任何出路。她这一辈子，为了生一个男孩，也为了在这个家庭中取得地位，她和八个男人睡觉，然后借种生孩子，最后她只有在那个牧师那里得到了真正的爱情。很多人说你写什么啊，写了一个荡妇，写了一个破鞋。这个我觉得恰好是我非常痛心的。我想，一个社会、一个制度对女人的迫害，除了肉体的迫害以外，更大的迫害是精神的迫害。对一个妇女来说，最大的痛苦莫过于把自己的身体交付给她不爱的人，为了一些别的目的跟人睡觉。那就是说，作为一个封建时代的妇女，如果在一个家庭里面，你跟人家结了婚，不能生孩子，你作为一个女人就是不完整的，别说你在家里没有地位，在村子里面也是很难抬头见人的，抬起头来人家都会笑你的，你的婆婆可能骂你说养了个母鸡不下蛋。如果你能生孩子，只能生女孩，生不出男孩来，你就同样无法在家里取得地位，你的婆婆、你的公公、你的丈夫还是要瞧不起你。在山东那种农村里，在几十年前那种封建社会制度下，一个家庭哪怕有十个女儿，没有一个男孩，这个家庭依然是被叫为绝户，就是说这家已经绝后了，没有继承人，没有香火。

小说里的母亲不生孩子，实际上是丈夫的问题，她丈夫是性无能，她为了生孩子，在她大姑姑的启发下，不断地变换男人睡觉，每次都是生女孩，她的婆婆、丈夫联合起来虐待她，到最后把她的身体都烫伤了，生命垂危。在这个时候她听到了村子里教堂传来的钟声，她爬到教堂里去，然后听到牧师讲经，正在讲经传道。她突然感到来自心灵深处的一种感动，一下子把她深深感动了，这个女人到这个时候，唯一支撑她活下去的力量就是来自上帝的召唤。我觉得对一位母亲来说，最大最深重的痛苦、最沉重的负担莫过于被逼得不断地和自己毫不相识也不爱的男人去睡觉，与其他的战乱、病痛、饥饿等打击相比，那些还是能让人承受的。很多道德批评家如果连这一点都没有看懂的话，除了说明他的低能之外，不能说明其他问题。

写到第七卷的时候，回头从母亲出生开始写起。那是1900年德国人包围村庄的时候，那也是一场战争，德国人包围这个村庄引发了大屠杀，然后母亲的母亲和父亲带了一帮人去抗击德国人的包围，也都在战争当中牺牲了，母亲变成孤儿，孤儿怎么样一步步长大，母亲怎么样一步步为了生孩子跟八个男人发生关系。看了前面的六卷，母亲肯定是传统的形象，与传统小说里面的母亲没有什么区别，也就是忍辱负重、宽宏大量、像大地一样宽厚的无私奉献的这么一个母亲。

刚开始没有这么想，写到第五卷时我意识到这些孩子应该来自不同的父亲。开始时想法没这么明显，到第五卷的时候我突然对这部小说的整体结构非常明晰了，读完第六卷的时候，当然也可以结束。如果有第七卷，读完以后，大家猛然一回头，就发现前面六卷建立起来的母亲形象一下子土崩瓦解了，母亲究竟是什么样一个人，要你思索半天。这到底是个什么样的母亲呢？前面也没有露出任何蛛丝马迹，这实际上是一个没有结构的结构。我想这么样的五十万字的作品，如果玩弄过多叙述和结构的技巧的话，就更加让读者难以卒读，只能老老实实地写，然后在结构上大块地创意，玩大结构，不玩小把戏。这本书1995年年底出版，首先得了"大家文学奖"，当时十万元大奖不得了，紧接着是铺天盖地的批判，部队的一批老作家，很多人没看书，他一听那个书名就觉得这个作家低级下流，完全是为了商业炒作。我也反复回答过多少遍关于书名的问题，我认为这个书名还是必要的。刚开始用这书名也是姑妄用之，写完以后再换书名，才发现就像我当年改不了《红高粱》里边王文义的真实名字一样，这个书名和这本书已经牢固地焊接在一块了，敲不下来了，而且任何其他名字都不对了，就用这个名字。

小说名字是符合作品本身的。"丰乳"完全可以当作一个歌颂的东西来看，"肥臀"就是一种反讽，与小说的后半部分恰好是符合的。80年代标新立异、异想天开，整个社会就像一个乱糟糟的大狂欢节，各种各样丑恶的现象纷纷出笼，繁华后面充满了颓废，庄严后面暗藏着色情。整个社会的重点好像都转移到女人身体上去了，所有的中国男人都变得阳痿，都要壮阳，中国女人的乳房都嫌小——"没有什么大不了的"。打开电视机，铺天盖地的广告，充满了性暗示和性意识，所以，整个社会的重点从过去那种高度政治化变成高度的色情化，我觉得这是社会普遍的堕落，甚至比西方有过之而无不及。导致小说中途风格变化，这是和现实生活有关系的，我自己也意识到这个问题，但我无法改变，还是按照这个风格一写到底。

长篇小说都应该有一个结构。这部小说比较长，五十多万字，历史跨度比较大，描写的人物也比较多，如果玩得太花哨的话，就势必影响阅读。所以，这部小说前面还是按部就班，按照顺时针的方向叙述，从1938年日本人进攻村庄写起。在日本人进攻村庄的同时，母亲在生她的最后一胎，双胞胎，生下了本书的男主人公上官金童和他的姐姐上官玉女。这个时候，在厢房里，她家的毛驴也在生骡子，她的丈夫、她的公公对母驴的关注远胜于对难产的儿媳妇的关注。儿媳妇前面已经生了七个女儿了，最后一胎他们依然不抱希望，他们用很大的精力请来兽医帮助毛驴接生，都围着母驴在转，母驴也是难产。这时在河堤上，母亲的七个女儿在大姐的带领下在河里摸虾，河堤边的柳丛里面埋伏着游击队，桥头上司马库布下了烧酒阵，摆了很多干草,摆了大量烧酒,准备用这种方式来拦截日本人,对面是日本人的马队正在向这个村庄逼近,一开始就从正面进入了。然后,母亲生下了本书的主人公,日本人也占领了村庄,日本人杀死了母亲的公公、婆婆,她的丈夫也被杀死了。进入第二卷,母亲就变成家长,带领她的一群女儿和儿子,开始她艰难的人生旅程,下面紧接着是战乱和饥饿,动荡的社会变迁,然后一个孩子一个孩子的命运,女儿在这种动乱的环境中恋爱。紧接着,经过了解放战争时期的一个大迁移,接下来是土地改革、三年困难时期、"文化大革命"、改革开放、90年代,是按照这个历史的脉络走下来的。

当然也有人批评小说的后半部分有些松懈,整个的叙述腔调发生了变化,前边用的是所谓史诗的笔调,庄严宏大的叙事,一旦进入80年代,小说立刻就充满黑色幽默和反讽的东西。刚开始我没有想到黑色幽默,完全运用庄严的叙述方式,一旦进入80年代,社会生活本身就是充满黑色幽默的。

我坚信将来的读者会发现《丰乳肥臀》的艺术价值,这两年其实已经有很多评论家做了让我感到欣慰的评价。小说主人翁上官金童的恋乳症实际上是一种象征。每个人的灵魂深处都有污点,每个人都有一些终生难以释怀的东西,有的人追求官职,有的人追求金钱,有的人追求古董。总有一些东西的价值是被你放大了,其实没有那么重要。放大了某事物的价值,然后产生一种病态的冲动去疯狂地追求,其实完全不需要这样。我在写这篇小说时也无法左右自己,这也是作家写作中经常碰到的一种现象:小说中的人物摆脱了你,战胜了你,人物自己要这样做,我无法左右他。上官金童的恋乳症,实际上是一种"老小孩"心态,是一种精神上的侏儒症。固然已经到了满头白发的年纪,但他还是儿童的心态,他永远长不大,他是一个灵魂的侏儒。最近我把《丰乳肥臀》润色了一下,做了一些技术性的删节,当时写得太仓促了。在修改的过程中,我更加明确地意识到《丰乳肥臀》是我的最为沉重的作品。还是那句老话,你可以不看我所有的作品，但你如果要了解我，就应该看我的《丰乳肥臀》。

3. 关于《檀香刑》

《丰乳肥臀》之后，从1996年开始我就断断续续地写《檀香刑》。[1]关于结构问题一直没有想好，拖到1999年年底、2000年年初，几个月的时间把它完成了。解决了几个问题，第一个就是语言的问题。这个时候我已经写了那么多的小说了，如果还是用过去那套语言，自己也就感觉到没有意思。我突然想起故乡的猫腔戏来，就是想在故乡小戏的基础上搞出新的变数，一段戏文，一段小说，后来发现实际上两块永远合不到一块去，是拼起来的这么一块东西，索性就打乱这个，完全用一种我认为的民间戏剧语言来写，特别注意小说的音节、押韵，注意到可朗读性，注意到文字的声音。当然，也有一种批评意见认为，小说实际上是不能朗读的，不能朗读的也是好小说。但我认为，民间艺术的一个最大特点就是可以口头传诵，可以朗读的、出声的。

我在《檀香刑》后记里讲的所谓"大踏步的倒退"，实际上是说我试图用自己的声音说话，而不再跟着别人的腔调瞎哼哼。当然，这也不可能一下子就能与西方的东西决裂，里面大段的内心独白、时空的颠倒在中国古典小说里也是没有的。在现今，信息的交流是如此地便捷，你要搞一种纯粹的民族文学是不可能的。所谓纯粹的民族语言也是不存在的。这个小说结构也不是我的发明，利用了古典小说的小说理论，用凤头、猪肚、豹尾这种写法，然后我看到很多人批评这是雕虫小技。按照二月河的方式来写作长篇，肯定不是我的强项，而且三四十万字的篇幅不可能把这个事情讲完。用现在这种方式，凤头、

---

[1] 作家出版社2001年3月第1版。

豹尾变成人物的内心独白，猪肚部就是把所有的材料都塞进去来证明凤头、豹尾的两部分。这个结构的脉络特别清晰，操作性很强，很容易写。这种写法我得心应手，是我的强项。

关于《檀香刑》中一些残酷的场面，例如凌迟，我写的时候也觉得很过分，甚至有一种要受惩罚的感觉。今后还是应该节制一点。小说中关于凌迟的场面，出版社跟我商量这个地方能否删去一点，我删掉了一些，即使这样，很多读者还是难以接受。现在批评最多的就是关于凌迟的描写，有的文章甚至说我是虐待狂，我辩解的理由就是读者在批评小说时应该把作家和小说中的人物区别开来。那是刽子手的感觉，不是作家的感觉，当然刽子手的感觉也是我写的，是我想象的。应该相信一个正常的作家能够写出病态的感觉来。我写一个神经病人，不代表我就是一个神经病人；我写刽子手，并不说明我就是刽子手。实际上，我们很多文学批评常常混淆了这个常识。过去就有很多人批评我别的作品，也都是很低层次的批评。

十七、"寻根小说"

80年代初中期，文坛出现"文化寻根"思潮。1984年12月的"杭州会议"开始涉及文化问题，1985年一批小说家先后发表《文学的"根"》《我的根》《理一理我们的"根"》《文化制约着人类》《跨越文化断裂带》等文章，以"寻找民族文化精神"为共同趋向。文学的"寻根"推动了80年代小说的发展，"寻根小说"被视为80年代"小说革命"的主要成就之一。

1. 关于《文学的"根"》《爸爸爸》等

口述者：韩少功

口述时间：2002年11月；地点：苏州。

（1）"寻根"跟我一篇文章大概有点关系。实际上当时有这种思想苗头的人远不是我一个。像阿城，写过比较大的一篇文章，反思"五四"以后文化激进主义的态度，反思中国文化传承的断裂。贾平凹、李杭育、郑万隆、李庆西，等等，当时也写过一些文章。我只是其中的一个，而且是仅仅写了《文学的"根"》这一篇，发表在《作家》杂志上。[1] 后来很多报刊约我再写，我比较谨慎，没有答应。弄

---

[1]《文学的"根"》，发表于《作家》1985年第4期。韩少功在这篇写于1985年1月的文章中提出："文学有'根'，文学之'根'应深植于民族文化传统的土壤里，根不深，则叶难茂。"

《文学的"根"》

发表《文学的"根"》的期刊封面

出一个流派来，在我的意料之外。我觉得所谓流派是不存在的，就像以前的"荷花淀派""山药蛋派"，等等，也都十分可疑。大家的想法各种各样，内部距离非常之大。"寻根"这个简化了的提法，浓缩了很多意识也掩盖了很多分歧。从归之于"寻根"旗下的大量作品来看，有的更倾向于"寻而护之"，即继承中国文化传统；有的更倾向于"寻而斩之"，即批判中国文化传统。介于这两者的兼容状态也有。当时很多人"寻根"的旨趣在于佛家与道家，可以看作对现实困境中如何实现个人解脱的美学回应，阿城就是一个例子。这与后来在全球化浪潮中发掘本土文化资源的积极进取，也有很大的距离。就是说，关注中国文化传统的哪一个层面，要达到一个什么样的目的，人们各怀心思，从来不是一个声音。这恐怕就是不同点。从当时的一些有关言论来看，有的认为"寻根"的意义是抵抗西方现代文化的侵入，有的则认为"寻根"刚好只能靠西方现代文化才能激发出来，而且本身又是对全球现代文化进程积极的推动和参与。这里面也有深刻的分歧。但当时这些问题都没有充分展开。从我个人兴趣来说，1985年的"寻根"只是我关注本土文化资源的开始，但这种关注并不一定直接表现于作品，更不一定直接表现为对本土素材的囤积居奇。我想，任何一个有全球眼光的人，任何一个对现实社会与现实文化有关切之心的人，都不会对自己身边的文化遗产视而不见。

当时中国作家对外国文学很感兴趣，有的模仿苏联作家艾特玛托夫，有的模仿美国作家海明威的短句型，有的模仿塞林格的《麦田里的守望者》那种嬉皮风格，作为学习的初始过程，这些模仿也许是难免的，也是正常的。但以模仿代替创造，把复制当作创造，只会"移植外国样板戏"，可能没什么出息了。还有一种现象，就是某些批"文革"的文学，仍在延续"文革"式的公式化和概念化，仍是突出政治的一套。"寻根"话题就是在这种语境下产生的。80年代中期，全球化的趋向已经明显，中西文化的激烈碰撞和深度交流正在展开，如何认清中国的国情，如何清理我们的文化遗产，并且在融入世界的过程中进行创造，就成了我和一些作家的关切所在。

在我的记忆中，当时对"寻根"的批评主要来自两个方面。贺敬之当时是中宣部副部长，有一次到湖南开会。湖南文联主席康濯传达他在会上的讲话，说现在有些青年作家提出"寻根"，"寻根"是对的，但革命文学的根在延安，怎么寻到唐朝汉朝去了？怎么寻到封建主义文化那里去了？这是一种不正确的趋向。另外一些青年文化人，则认为"寻根"完全是"文化保守主义"和"文化民族主义"，是与现代文明的方向背道而驰。他们说，中国文化这根大毒根斩断都来不及，还寻什么寻？我当时就处于这两面夹攻的处境。有个台湾作家还问过我，说你们是不是要像美国黑人作家那样寻根？你们不是移民作家，有什么根可寻呢？只能让人哭笑不得。

（2）那时我到湘西的一个自治州挂职锻炼深入生活，在那里待了一年。跑了一些县乡基层，在山里面转了大概半年多，后来有些作品多少受了一些影响。后来一些批评说不容易看懂啦，过于神秘主义啦，等等。我想有些批评可能也是有道理的。像《爸爸爸》[1]写得像一个寓言似的，包括我很多朋友看了也说写的啥呀，也看不懂。当然我觉得这个小说是一种样式，也不是天经地义的，应该尝试多种多样的写法。要允许一些探索，我觉得应该允许，80年代的许多作品打开了中国读者和作者的眼界，而且为中国现代文学贡献出了许多技巧，很多新的观念。这都是一些很可喜的东西。大众文学是一种文学，其实小众文学也不能排斥。尽管读者少一些，但那也是人民中的一部分吧。以读者的多少来衡量其实也没有多少道理。这样的情况延续到80年代后期，兴趣发生了一些转移。但有些朋友说《爸爸爸》就好，接着写十个或者写个长篇。有时候自己也想接受他们的建议，但又觉得老那样写没劲。自我重复不是一件令人愉快的事情，有多少价值也值得怀疑。80年代后期基本上停止了这样一种写作。

---

[1]《人民文学》1985年第6期。

说到魔幻现实主义，我不否定这种影响的存在，也许就像拉美魔幻现实主义也受乔伊斯、福克纳、贝克特的影响，博尔赫斯还深受中国古典文化的影响——只是有些评论家好像不愿往这方面说。1984年"杭州会议"的时候，拉美作家加西亚·马尔克斯有获奖的消息见报，但他的作品没有中译本，没有任何中国作家读过他的作品。[1]在"杭州会议"上，据我的记忆，与会者谈论更多的是海明威、萨特、尤奈斯库什么的。《上海文学》的周介人先生有一个"杭州会议"纪要，发表在几年后的《文学自由谈》上，大体上是准确的。人们还可以从那个纪要看出，"寻根"在会上甚至只是一个很次要的话题。

2. 关于小说写作的本土资源问题等[2]

口述者：何立伟（1954—　），小说家。时任《创作》主编，长沙市

---

[1] 韩少功的这个记忆可能有误。根据有关学者考证，1980年，《外国文艺》第3期译载了马尔克斯的《格兰德大妈的葬礼》《咱们镇上没有小偷》等四篇短篇小说。随后《外国文艺》又刊登了他的中篇小说《一件事先张扬的人命案》(《外国文艺》1981年第6期)，《外国文学》刊登了《没人给上校写信》(《外国文学》1982年第12期)。1982年，《世界文学》第6期摘译了他的获奖作品《百年孤独》。1982年10月上海译文出版社出版了赵德明、刘瑛等译的《加西亚·马尔克斯中短篇小说集》。1982年马尔克斯获诺贝尔文学奖。这一消息极大地刺激了中国当代文学界。文学翻译界也迅速涌起了一股"马尔克斯译介热"。马尔克斯短篇小说的译作纷纷出现在各种外国文学期刊上。1984年，几乎同时出现了《百年孤独》的两个中译本：一个是上海译文出版社出版的黄锦炎根据1972年西班牙语版翻译的译本；另一个是北京十月文艺出版社出版的高长荣参酌英、俄译本转译的译本。同年11月，张国培编的《加西亚·马尔克斯研究资料》也由南开大学出版社出版。

[2] 此为何立伟先生的文字稿，原题为《当时文学如皓月》。2005年4月25日，我致电何立伟先生邀请口述，何先生让我以邮件的方式提出问题，他再回答。是日，我致信何先生，不久即收到文字稿。我邮件中的主要内容为：

　　为了重返八十年代，我简单整理了您在1985年前后的写作情况：1984年第10期《人民文学》发表《白色鸟》。1985年第4期《人民文学》发表中篇小说《花非花》，这一期"编者的话"说："青年作者何立伟，去年在本刊发表的《白色鸟》，如诗似画，明丽隽永，荣获1984年全国优秀短篇小说奖。本期（转下页）

文联主席,湖南省作家协会副主席。

文字稿时间: 2005年4月。

我在上世纪80年代初倾力投入文学创作,有幸亲历了中国文学彼一时的繁荣同热闹,且以一石一砖之微与当时众多中国作家一起共垒起新时期文学的一道难得的风景。现在回想起来,我个人当时的文学创作与中国文学的整体繁荣进步,亦是值得总结与回顾的。因在我看来,正是有了80年代初期的中国文学狂热,及由此提供的诸多思想资源与写作题材,才为以后的文学健康发展生成了许多新的可能。这之后,文学才有了明显的分流,作家有了明显的分化,作品立场亦有了明显的市场化同非市场化的分野。

(接上页)的中篇《花非花》,又是他艺术创新之作。虽是中篇,却似乎没有故事,只借助中学校园里的一幅幅极平常的生活画面和人物素描,展示生活之流。指斥弊病,不露声色,满含忧愤,耐人寻味,更在改革洪流中发现社会深层的前进力量。"1985年第9期《人民文学》发表何立伟短篇小说《一夕三逝》,"编者的话"说:"何立伟以其小说的独特风格逐渐为人瞩目,这一次这三章短篇,作者立旨不在'明理',而在捕捉一种感觉,描摹一种意象。营文运笔,刻意求工,造成一种空灵悠远的境界,任凭意会,难以言传。"1985年第12期《上海文学》发表《影子的影子》(三篇)并《酒后》(创作谈)。我想请教的问题是:

1. 关于小说写作的本土资源问题。在谈话中,李陀老师说:"当时汪曾祺和何立伟的小说使我进一步考虑我们的本土资源,我们的文化传统里到底有什么资源可以用到我们小说里头"。您在1985年的《酒后》中说:"中国文学,实在不得不掘出源远流长的民族文化,以成大器。"所谓"本土资源"也即您所说的"传统文化""诗意美学"。请以您的创作为主,兼及汪曾祺、阿城的小说,谈谈"传统文化"与"诗意美学"对小说写作的影响。

2. 《白色鸟》《花非花》《一夕三逝》的构思及写作过程。

3. 《白色鸟》《花非花》《一夕三逝》的发表过程。

4. 小说的文体、语言问题。您曾经提出"小说语言本身就提供了多种审美可能"的观点,有希望形成"民族气派的美语言"。

5. 寻根前夕(1984年?)您和阿城曾在上海作协小住,聊天(陈村也参与)的内容有?您对阿城、汪先生的印象。

6. 1985年《人民文学》的笔会,1987年《钟山》海南岛笔会。

还是让我们来回忆一些事情同经历。

（1）关于小说写作的本土资源问题

我在写小说之前曾写过一段时间的诗歌，而写诗之时我又读着小说，并暗自揣摩着我写小说的可能。我发现"五四"以来的中国新文学，散文还好一点，诗歌，尤其小说，多半是模仿苏俄同西方的作品，从题材到思想，从文体到结构，从叙述方式到语言本体，无不同传统中国文学的审美情趣渐行渐远。朝好的方面来说这是一种文学的进步，"拿来主义"同"盗火"方式使中国文学同社会现实有了更加密切的关系，于是文学有了批判的锋芒同反省的力量。且在这一过程当中形成了一种被称为"翻译体"的文体洪流。简单地说，外国文学的文体标准、思想力度以及审美方式取代了中国传统文学的意境、诗学同文字趣味。也许正因为如此，中国的现代文学自"五四"发轫，方有了今日这番声势，但是从坏的方面来说这又是一场文学的破坏。中国文学传统中那种轻理而重情，空灵而有意境，讲感觉而重笔墨意趣以及伤高伤远将生命体验与历史浩叹融为一体的诗学审美完全遭弃之如敝屣的命运，又很是叫人扼腕叹息。中国小说的本土资源仿佛成了一口枯井，不再有源头活水。因为写诗的时候我读过一些唐诗，尤其是五七言绝句，我突然觉得中国的小说，除了可以朝外"拿来"，亦完全可以从里"拿来"，比方元稹的《行宫》诗："寥落古行宫，宫花寂寞红。白头宫女在，闲坐说玄宗。"短短二十个字，有景有情，有史有人，山河惊变，却淡笔以出，让人心中充溢着浩大的怅怀。这样一种取材方式，这样一种处理历史同人物命运的含蓄而韵味深长的写作方法，未必不可以借镜，而写出有中国传统文学意韵的小说来吗？此外，我还以为汉语言的资源亦可重拾起来。"两句三年得，一吟双泪流"，这种对中国汉语言文字的珍视同推敲锤炼，是传统美文之所以有文章之美的基础。在状物描情中，汉文字自有翻译体语言所不具备的独特美感、节奏同笔墨意趣。区别如同国画同油画，有着工具性的差异以及由此所产生的不同的韵味。但在那一时期，注意到这一问题,并且有着明显的语言自觉同文体自觉的作家是很少的。能与传统审美接上气的作家,在我看来其时只有汪曾祺、阿城、贾平凹等人。而我与他们不同的是,我更多的是向唐诗学习。我看重意境、情绪、感觉、留白以及汉语言的表现力。我就是在这种意识里,开始抛弃诗歌,转而向小说出发。

(2)关于我前期一些作品的写作及发表过程

有了上述那种半明半昧的自觉,我开始来写小说了。我有意识地揣摩那种画面感特别强、意绪深藏在情境之中含而不露的所谓有意境的唐诗,尤其是绝句,比方"葡萄美酒夜光杯,欲饮琵琶马上催。醉卧沙场君莫笑,古来征战几人回",比方"朱雀桥边野草花,乌衣巷口夕阳斜。旧时王谢堂前燕,飞入寻常百姓家",我觉得化开来写,未尝不是一种小说作法。那就是以境写意,而又将感觉融入到情景之中,把浓的化为淡,繁的化为简,把线性的化为点与面,形成小说的新的构成。此外我亦着力在语言文字上,夹杂着文言和方言的白话里尽可能多地表现汉语言的张力同表现力,以此形成一种语言上的实验。我就是在这样的意识下写了《小城无故事》[1]《白色鸟》《一夕三逝》《苍狗》《花非花》等一系列中短篇小说。而我的短篇处女作是《石匠留下的歌》。我当时写完寄给《人民文学》,有幸遇到了一位非常敬业的编辑王朝垠,他后来跟我描述看稿时的情形:那时候《人民文学》的自由来稿每天均用麻袋拖来。他一回要上厕所出恭,顺手从稿纸堆里抽了一篇稿子蹲坑阅读。这篇稿子恰好就是《石匠留下的歌》。他形容我的字写得很难看,若是正常看稿,看到字迹不端的稿子,他会气愤地扔到字纸篓里去,但当时他手里就只这一篇,所以只好将就来看。结果他从厕所出来就趴在堆着如山稿纸的桌子上给我写回信。他在信上说,这是一篇很特别又很有诗意的稿子,既可以作散文发表,又可以作小说发表。如果作小说发表,那它就是一种有意

---

[1]《人民文学》1983年第9期。

味的非常散文化和诗化的小说。不久,这篇作品就发表出来了,并且是以小说的体裁发表的。现在的作者很难想象,当其时,一个业余作者,能够在《人民文学》上发表作品,那是何等巨大的鼓舞同激励。而且这也恰好证明当时中国最好最顶尖的文学刊物对我尝试写出一种新的形式的小说来的认同跟首肯。紧随其后,我就写出了《小城无故事》跟《淘金人》,分别发表在《人民文学》同《上海文学》,当时北京的一些作家看了这两篇小说,给予了相当高的评价。湖南作家蒋子丹当时是《芙蓉》的编辑,她到北京组稿,遇到李陀,李要她回湖南后转达他对《小城无故事》的好评,并向我问好。[1] 蒋子丹告诉我,李陀是北京现代派文学沙龙的领袖(人称"陀领袖"),眼光极毒,能够被他看好,是非常难得的一件事。我听了亦受到鼓舞。势头一来,我就一鼓作气写了后来的《白色鸟》和《花非花》等小说。当时还有一个人,对我的小说特别垂以青眼,此人就是王蒙。当时他是《人民文学》的主编,我的一些作品就是他强力推出的,好几篇作品都是发的头条,并且由他写的编者的话里给予了相当高的首肯。这也是蒋子丹告诉我的,因为蒋那时经常去北京,对我的作品的反响比我自己都了解得多。我喜欢并怀念80年代初的那样一种文学氛围,有那么多的好编辑,有那么多愿意提携后进的热心人,有那样一种没被市场化破坏的创作心态,多么难得!

---

〔1〕李陀在《1985》中这样评价何立伟:"我说'幸运'的意思是,如果没有汪曾祺的小说,八十年代的中国文学就会失去一条非常重要的线索,这条线索的另一端是1985年的'寻根文学'——在我看来,正是它使中国大陆的文学告别了毛泽东所创造的'工农兵文艺'的时代而进入一个全新的境界。但是,在1980—1985年之间,这条线索是相当微弱的。只有一位默默无闻的湖南的青年作家何立伟,在1983年9月号《人民文学》发表了一个短篇小说《小城无故事》,可以算作是对汪曾祺的写作的一个呼应。再过一年,何立伟的另一篇'绝句式'的小说《白色鸟》才引起较多的注意,在王蒙的积极支持下它还获得了1984年全国优秀短篇小说奖——这使隐伏的线索稍稍清楚了一点。所以,《棋王》出现得正是时候,阿城的写作明显地和汪曾祺、何立伟有着密切的关系,敏感的人已经感觉到,他们是另一种类型的作家,他们的写作是另一种类型的写作。"《今天》1991年第3、4期合刊。

（3）关于文体与语言

汪曾祺先生在为我的第一本小说集《小城无故事》写序时称我的小说有点像废名。[1]1985年我到汪先生家里去，汪先生聊天时亦说过这样的话。但我在1983年到1984年写出那一时期主要作品时我尚未读过废名的作品。1986年我在三峡的轮船上才读完了一本废名作品集。我的确惊异于我同废名的小说的诸多相似之处，比方文体。废名的小说亦是不重故事，只重感觉，重情绪跟氛围的渲染，特别主观，有一种将自己的情绪雾化在字里行间的写法。我想我当时亦是这样子来写小说的。故事不重要，人物性格刻画不重要，命运的转折起落不重要，重要的是意象，是画面及画面后面的情绪，是感觉的释放，是一种唐人的诗学里所推崇的意境，是化实为虚的空灵同含蓄。这样的一种小说文体，骨子里更多的是中国文学传统的神韵同文气，它必定要区别于当时汹涌如潮的"翻译体"文体，它的审美取向是回到古典。

还有语言。我在《小城无故事》《白色鸟》《一夕三逝》等作品里，不但进行文体的实验，亦同时进行着语言的实验。我觉得汉语言的那种墨趣、弹性、张力以及锤字炼句所带来的意韵同文气，肯定要比翻译体的文字语言富于表现力。翻译体止于"表意"，而我要的语言是"表现"。而那一时期，我像贾岛似的，将文字的组合反复推敲，努力让汉语言的魅力生效。这样的文字后来被李陀称之为"障碍性阅读"的语言效果来。亦就是说，人们阅读小说，不只是被情节吸引，还要被语言吸引，要在语言的风景面前流连，不可一越而过。汪曾祺先生说过，写小说，其实就是写语言，我非常赞同他的见地。我那一时期小说的实验性，主要体现在两个方面，一是意境，二是语言。从这两个方面，我想让我的小说回到传统的审美精神，回到伟大的唐朝。

---

[1] 汪曾祺：《从哀愁到沉郁——何立伟小说集〈小城无故事〉序》。

（4）我对阿城和汪曾祺的印象

《白色鸟》获1984年度全国优秀短篇小说奖。据说我的这篇小说能够得奖，作为评委的王蒙先生是起了很大作用的。因为当时的历届评奖，重在作品"写什么"，而不在"怎么写"。《白色鸟》就题材而言是写"文革"的，但与当时许多写"文革"题材的小说比较而言，它的特色在于"怎么写"，它是取了一种把故事跟沉痛深藏在画面背后的写法，表面宁静、唯美，而实则是一种美的毁灭，把一种历史之痛像元稹的《行宫》诗一样藏在如诗如画的景色之中，仅仅三四千字的篇幅，语言上字字句句经过锤炼，以达到我想要的效果。这样的小说能够得奖，表明了当时主流文学的开放态度。这大概就是王蒙先生希望看到的文学新局面。

我在次年春天南京的颁奖会上初识阿城，相见甚欢。阿城亦在报纸的感言里提到我们相见时的高兴。我喜欢阿城的小说，当时读过他的《棋王》，后来读了他的《孩子王》《树王》及《遍地风流》，我觉得阿城心中有古今，文字品格甚高，亦是深有文字自觉的作家。他的文学的根自是深埋在传统文化里，而他阅人阅世阅书皆是同时代作家中少见的渊深。他小说中的人格同他本人的人格极相近，仙风道骨，笑傲江湖，对悲欣人生取超然态度。阿城小说文字的精到、叙述的简约、行文的从容，再加上文化与哲学的底蕴，使他皆具大家风范。他的文学同他的人生，又皆是行于所当行，止于所当止，不为外物外力所羁绊，自有一番自由潇洒。阿城对绘画、电影、摄影、民间文化等艺术门类深有涉猎同研究。我在1987年到美国访问时住在他在洛杉矶的寓所里，其时他正在写《中国民间美术史》。他后来跟台湾侯孝贤亦合作拍片，早年他亦参加"星星画展"，为中国当代从事现代艺术的先锋人物。及至我写本文时，他居然成了威尼斯电影节的评委。他真是艺术门类里的一位通才。他到哪里皆受到欢迎，因为他特别能侃，说话风趣、幽默，常道人之所不能道者，让人惊异于他的阅历的丰富同见闻的广博。

至于汪曾祺老先生，我觉得他是中国传统文化同诗意美学的一位道行最深的传人。他的《大淖记事》的问世，应当是一个文学事件，它标志了一种多情的、审美的、诗意的并且非常中国风的文体风格，呈现在当时以模仿西方现代派文学为主要面目的作品洪流中，显出了独特醒目的艺术价值同美学取向。汪老的风格直接启发过我，我相信他也启发过其他一些作家。原来小说还有这样一路风格，原来小说还可以写得这样从容、冲淡而又清丽。汪先生受他老师沈从文公的影响，特别关注中国草根阶层的生活，带着善良的感情来抒写，他的作品是歌吹下层劳动者人性人情之美的一支悠远美丽的洞箫。我特别喜欢他的语言，汪先生的功力表现在文学语言上是丝毫没有火气，没有造作，很白，很淡，但是白而有韵，淡而有味，并且行云流水，自由舒展，非常地中国，非常地个人。汪先生炉火纯青的语言风格，至今无人能出其右。我的第一本小说集《小城无故事》就是请汪先生写的序。他的序写得非常好，除了奖掖后进，亦表示了他对废名一路孤独的文学的激赏同他对中国文学的期望。我在1985年第一次到北京参加文学笔会时去看他，他非常高兴，并当场作画一幅送给我。后来他作湘行勾留长沙，我又去看他，相谈甚欢。他是一位风趣的老头，善良、正义，并且淡泊名利。他身上有种传统的"士"的精神，他的人格同他的作品一样让人景仰。

我写过两篇人物印象记，一篇是《关于阿城》，一篇是《关于汪先生》，记叙了我对这两位我特别喜欢的作家的人与文的感受同印象。

（5）关于两个笔会

上世纪80年代，文学很热闹，文学期刊亦热闹，因为那一时期，文学期刊发行量都还不错，有钱，所以常常办笔会，争夺作家及作品。这种争夺还不是市场化的表现，主要是想造影响，想团结好作家同发表好作品。那个时候，文学名家或小荷刚露尖尖角的文坛新秀，常常应接不暇，顾此失彼，一年里要参加好几回各地期刊举办的笔会。不过大多的笔会皆流于形式，游山逛水，诗酒风流，吃了玩了就走人。但也有少数笔会开得很认真，以文会友，如切如磋，总结得失，探讨前路，产生有意义的话题，以推动文学观念的发展。比方1984年的"杭州笔会"，就催生了日后轰轰烈烈的"寻根文学"运动，而且也帮助马原这样的先锋作家得以发表了在当时很难发表的作品《冈底斯的诱惑》。我所参加的笔会中有两个笔会值得一提，就是1985年的《人民文学》北京笔会同1987年的《钟山》海南笔会。王蒙先生当《人民文学》主编时，力推新人，发表了当时许多文坛新秀的探索实验之作。如莫言、刘索拉、徐星等人的崭露头角，皆与王蒙先生的鼎力推出不无关系。听说王蒙在当时是很有压力的。1985年，他组织了一个笔会，邀了我和马原、刘索拉、莫言等一干新秀参加，王蒙亲自主持座谈，与会者皆谈了创作体会同文学观念，有很多的碰撞与火花，形成了一种比较健康的讨论的氛围。我记得马原在会上还与王蒙就乞丐的主观感受，其实就是"子非鱼，安知鱼之乐"的问题展开了激烈的辩论。氛围很民主，亦很学术。整个笔会，涉及的话题，无不与文学观念有关，而不像后来我参加的许多笔会，谈女人，谈是非，谈吃喝玩乐。那种严肃的文学探讨的氛围，至今难忘。它代表了当时许多新锐作家的创作状态，年轻、激情、严肃、认真，而且有抱负、有原则、有定见。1987年夏，前卫的《钟山》杂志在主编刘坪先生的主持下，在尚未建省的海南办了个笔会，邀了当时思想同创作状态特别活跃的一批中青年作家，李陀、陈建功、高行健、戴晴、史铁生、韩少功等，刘坪是一位思想很开明的长者，他手下有帮很有才干的编辑，苏童、范小天、傅小红等，把这个笔会组织得很活跃，李陀是个话题挑起者，一路上都在讨论作品同文学观念，热烈而真诚。而且刊物还很有创意地搞了个与会作家的对谈录，两人一组，就文学创作的观念同实践展开对谈或辩论，激发出一种有益的思想火花跟创作热情。在海边上的座谈会，每每都会起争论，面红耳赤，激越飞扬，这种深入而严肃并且真诚坦率的文学探讨，在如今的文坛已很难见到。当时讨论的话题同眼界，既有国内文坛的创作现状，亦有世界文学的发展趋势，非常广泛，亦很有高度。这是文学尚未商品化之前的盛会，之后，就风景不再了。

3. 关于《商州三录》

口述者：贾平凹（1952—　），作家、书法家。《秦腔》获"茅盾文学奖"。时任陕西省作协主席，《美文》杂志主编等职。

口述时间：2005年11月；地点：西安。

七几年吧，短篇小说《满月儿》[1]获全国奖了，是新时期文学第一次评奖，优秀短篇小说奖。获奖以后那一段时间，我都写的短篇，那个时候长篇没人写，一般都是中短篇。我当时觉得自己的写作没有根据地，是流寇式的写作，我想找根据地，就回老家去了。我老家那个地方叫商洛地区，有七个县。回去后，我就找了一两个朋友，当时条件很差，不像现在有车。他们帮我联系好地方，我就坐板车或者骑自行车去，不是只跑县城，镇上村子都去了，几个县的主要镇子都走到了，基本上把商洛大的地方都走了一遍。走了一遍觉得受到的启发特别大，回来后就写了《商州初录》。[2]接着又写了《又录》和《再录》。到一个地方，有的接待，有的不接待，有时就吃不上饭。当时县城条件也差，我就到乡镇住上了，那个时候得病了。我感冒了，到一个地方打柴胡针。那个地方正流行肝病。一根针头要给很多人打，只是用棉球擦擦，没有消毒。那时农村没有

---

[1]《上海文艺》1978年第3期，1978年获首届全国优秀短篇小说奖。
[2]《商州初录》发表于《钟山》1983年第5期。《商州三录》，百花文艺出版社1986年12月第1版。

啥消毒，用药棉球擦擦，不停给人打。回来就得肝病了。那一年发大水，我住在镇上一家旅馆，太潮湿了，得了一种疥疮。这种病本来已经灭绝了，那个时候又复发了，特别痒，最后集中到阴部。那时特别紧张。好像谁也治不好，谁也不知道啥东西。治了几个月以后，后来是一个老中医看的，他说这是疥。吃了他配的药，很快就好了。在这段时间，不停下乡，得了两场重病，尤其是肝病，得了十五年，才治好了。当时是这样。写完以后，在《钟山》上发，反响特别好。当时有很多评论，李陀、韩石山也有，许子东也写过。后来接着就是"清污"，还是"反自由化"，开始批判这组文章。好像是从我老家先开始批判吧，宣传部组织的吧，说暴露了农民的落后面，意思是把农民的垢甲搓下来给人看。到后来，商洛也改名了，叫商州了。

但这组文章当时反响非常好。过了一年还是两年吧，《钟山》的一位编辑给我来信，说是对目前创作中出现的这些情况，想总结一下。他给韩少功写了一封信，让韩少功写信，让我回应一下。我说我就不回应了，我的一些看法在《卧虎记》[1]中谈了。当时是编辑部组织的，韩少功写了，我没有回应。"寻根文学"就是这样起来的。韩少功是主角，我也是。不是谁一篇文章突然弄起来的。

4. 关于《棋王》等

口述者之一：阿城（1949—　），原名钟阿城，作家，"寻根文学"的倡导者和代表性作家之一。
口述时间：2005年4月；地点：北京。

---
〔1〕 应为《"卧虎"说》，《当代文艺思潮》1982年第2期。

当时纸张的获取很困难，所以那时候我用香烟壳写作，抽完香烟以后，把烟壳展开就在上面写。插队的时候如果有什么小视觉、小感觉就记下来，但是我写的东西在"文革"没法出版，差不多就是写写日记，去赶集的时候把日记给大家相互传阅，这就是所谓的"手抄本"。70年代我也会写一些故事给别人看，如果有些人觉得你写得好还会帮你改。我的"遍地风流"就是写在香烟壳上的，有几十篇，大多丢失了。现在有些朋友手上还有我手写的东西，我自己都找不到了。

　　到了1984年，我们聚会一般都喜欢讲故事，有一次聚会的时候我讲了个《棋王》的故事，他们听后说这可以写下来，没想到很快就发表了。[1] 后来别人还问我为什么写得这样快，我说这故事原来就有，不像即兴讲了之后还要重新再写，这就会花很长的时间了。

　　《棋王》发表的过程我不大记得住了。结尾按现在来说是比较消极的，那消极是"文革"产生的。我小说一个真实、主动的意识就是脱离大叙述，或者说脱离权力叙述，因为大叙述就是权力叙述。很多人对这小说的结尾都感兴趣，结尾就是王一生后来调到省里工作，他朋友去看他，看完之后王一生留他们吃饭，大家问他现在棋下得怎么样，王一生说他现在整天忙着吃，还下什么棋，有这样一个结尾你才

---

〔1〕 李陀回忆说："照例，餐中阿城要给大家讲故事——那时候阿城在朋友中已经以会讲故事出名（阿城曾对我说，他在云南插队那些年，就常以说故事'混吃'：很多'知青点'上的'老插'们把当时很稀罕的肉、烟、酒省下来，留给阿城巡回到他们'点'上讲故事时犒劳他；有趣的是，阿城当时拿手的'大段子'中竟然有《安娜·卡列尼娜》！不过，为适合'老插'们的口味，要把最后的'娜'字去掉，简称'安娜·卡列尼'），以至有的作家借请他喝酒为名专门'掏'他的故事。虽然我们已经一再催促阿城，可他照例不慌不忙地低头猛吃猛喝，用一片嚓香的咀嚼声压住大家的急切，偶尔冒出一句：'吃，先吃！'这样差不多吃了近一个小时，阿城才抬起汗水淋漓的头，掏出那只总是不离身的大烟斗，慢慢地装烟、点烟，又吸了两口，然后慢悠悠地说：'好，今天我讲个下棋的故事。'接着他又停住，吸烟，一口又一口。我们都知道他在故意卖关子，只得一叠声地求他：'讲呀，讲呀！'阿城笑着回答：'别忙。'然后才一边不停从烟斗里吸烟，喷烟吐雾，一边不慌不忙地给大家讲了关于'棋王'的故事。"参见李陀《1985》，《今天》1991年第3、4期合刊。

知道王一生身上的宏大叙述痕迹到这时候就消除了，什么为国争光都没有了，剩下的只是最低级的生存要求。其实王一生下棋时的那种精神状态都有大叙述的痕迹，变相说这精神状态呈现的形象是一种无产阶级英雄形象。在小说的结尾我脱离大叙述回到底层，别人就认为我的结尾是消极的。凡是你的家庭经过政治变故，你的意识形态会慢慢地转变。为什么我们说一个人可以教育好，如果他能够再回到大叙述和利益集团中来，他才是可以被教育好的。我当时是教育不好的，因为我不愿意回到大叙述中来，就做自己吧，这显得有点毒辣。我记得林白送给我一本《一个人的战争》，林白的小说也没有任何宏大叙述的部分，她面对的是如何从宏大叙述中解放出来，我其实也没有比她高明很多。[1]

我觉得批评家误读我的原因是可以找到的，可能评论者头脑背后也有宏大叙述的因素存在。我觉得作品是个镜子，它折射出批评者的格局。我一直都不是"寻根派"，因为我已经知道了根在哪。[2]可能韩少功他们不知道根在哪，在"杭州会议"上他们突然觉得民间是个根，完了就去写，就使得作品的痕迹感很重。这和谭盾很像，谭盾突然发现民间还有这个，把这些发掘出来再带到国际上，这就是寻根了。其实寻根是一种觉悟，但为什么到这个时候才有这种觉悟，其实是个问题。

你说到在"杭州会议"上讲故事。我以前从来没有参加过这种活动，很不适应会议的沉闷，太沉闷了我就开始讲故事，只是因为故事显得好玩一些。[3]当年我们在乡下看干部开会就是这种样子的，干部

---

〔1〕 我访问阿城是由林白介绍的，访问时林白也在场。
〔2〕 阿城在一次访谈中说："我的文化构成让我知道根是什么，我不要寻。韩少功有点像突然发现一个新东西。原来整个在共和国的单一构成里，突然发现其实是熟视无睹的东西。"参见查建英：《八十年代：访谈录》，生活·读书·新知三联书店2006年5月第1版，第33页。
〔3〕 我访问的"杭州会议"与会者，几乎都提到阿城在会上讲故事。

来了我们去村口欢迎他们，他们进入会场后我们就回家了。没想到突然某天我怎么也变成了三级干部，很不适应这种角色和沉闷的气氛，所以在会上我就讲故事了，用现在的话讲就是解构，不过起码可以让自己快活一点。我讲故事的时候，我有个很深的印象，我说什么别人就会笑什么，甚至还会接下去，别人是完全懂我的，根本就不用什么理论来解释我的故事。

一般来说知青是利益集团的人，为什么知青要返城，因为他们要回利益集团里面去，而农民却不能，农民本身就是最底层，他们没有什么利益可获取。下放的时候我有个很朦胧的感觉，就是人把森林毁得太厉害了，树砍得太多，刚下去就碰见这个情况，刺激很深，所以这是《树王》的动机，表达的是人与自然不合作的状态。《树王》现在说就是保护生态。最早是《树王》，完了是《棋王》《孩子王》。[1]

乡村生活对我的影响，第一就是当你第一次把自己的利益摆进去，你才知道农民才是真正的无产阶级。其实一直以来人们把"工农联盟"的概念弄错了，工人是利益集团，农民却不是，农民没有医疗保险，没有受教育的权利，没有真正属于自己的土地，任何利益都与农民不沾边。所以这时候我才知道中国的无产阶级先锋队代表应该是农民，应该是"农工联盟"，农民要摆在前面，农民应该代替工人的概念。当你探到底往回看，很多事情就清楚了，你做事情往往都是要做到极端的时候才会找到什么是合适的地位，碰不到极端你根本就不知道哪是合适的。知道什么是合适的，你才真正成熟，我觉得我的成熟就是认识到宏大叙述，主动不跟那一套合作。

拿读书来说，"探到底"就是老实读字典，你要知道字的原意。

---

[1] 朱伟说："他曾经计划要写八个王，什么棋王树王孩子王拳王车王钻王，钟惦棐先生已风趣地把八王倒过来，给未来的小说集起了个《王八集》的书名。但我们所看到的却只有三个王。阿城声称他给《钟山》写了一个《车王》，在邮寄过程中遗失了，但我们至今看不到此王的具体形态。"《接近阿城》，《作家笔记及其他》，江苏人民出版社2006年1月第1版，第61页。

我在使用文字的时候,我是知道它的原意的,所以我不会用"凯旋归来"这种错误的词,"凯旋"就是胜利归来,再加个"归来"就是重复,"仔细端详"也是一个道理。当你把多余的东西去掉后,就会获得一种表达的简洁和直触问题根部的深刻。

我们在小学就开始学语法,学什么是主谓宾、定状补,我们修改的病句差不多有一万多句。记得我们老师说过"天下人写东西重要的不是语法错误而是逻辑错误",比如"我们扩建了一个新的工程",语法上看是没有错误的,但是"扩建"只能在旧的工程基础上说才是成立的,"扩建"与"新的工程"连起来就是一种逻辑错误。虽然我们当时每天都改病句,对病句的类型、改法我们已经很熟悉了,但老师还不忘提醒我们一句:"哪怕你们做完这些题,最终你们都不能解决表达的问题。"因为你在语法上不会出现错误,但是你的逻辑会出现错误。这时明白了虽然语法本来是逻辑问题,但它却不能解决逻辑问题,你可以知道语法,但不能被它限制。所以无主句也是正确的,因为语境就能够让别人知道谁是主语,如果你不能让别人知道,就证明你的语境没建立好。《棋王》出了以后,有人说我的小说是一本病句小说,语法成分很不完整,我说这又不是英文小说,为什么一定要用完整的语法。

我对中国文字、词发展的了解是这样。中国文字到了魏晋南北朝的时候有重大的变化,因为佛教引进了,很多新的概念也随之被引了进来。有些概念没法直接用汉语翻译,只能音译,比如"菩萨","菩萨"本叫"菩提萨埵",中国文化原本没有"菩萨",那就音译它。还有就是把两个意义不同的汉字组合成一个新义来表达佛教的意义,所以这时候产生了很多新词。那时候的文字是很有活力的,它们为人们的写作、谈话带来新的概念、意义。到了唐朝,大家不服气佛教对汉字和中国文化的影响,玄奘就要到佛教的知识背景中去取真经。其实我们现在缺少玄奘这样的敢取真经的人,在这方面赵毅衡很了不起,他为了弄明白新批评是怎么回事,返回到西方的原始资料里去寻找答案，光是手稿都不计其数，赵毅衡为了取得新批评的真经下足了苦功。佛教传进来之后，慢慢大家就习惯了，把这些引进来的词当成中国本来就有的词。走到明朝末期的时候，其实从明中期就开始了，"耶稣"这个概念进入了中国。这时又要发明新词了，或是音译，或是赋予旧的词新的含义，或是找到两个字让它们的本义扭曲、变形从而构成新的含义。后面还有一次，到了"五四"的时候，新的概念也涌了进来，但这次乱了，这次大家为了宣传革命理论，导致白话文运动没有做好，"五四"的前辈没有玄奘、徐光启他们做得好。这时外文词汇进入中国，又掺和了日文的汉字形式，比如警察、派出所、一元化、干部、资本主义，如果把日文的汉字形式去掉我们就不能够说话。我们的现代汉语不是先天不足，只是在"五四"的时候没有把问题解决好。

我一直都是读杂书，而且是去旧书店读书。旧书店对我有绝对的启蒙作用，我的启蒙不是在小学，而是在旧书店，因为在这里你突然发现了在主流话语之外的东西。你读的书决定了你的知识结构，当你的知识结构不一样的时候，你看事情的方式就不一样了。旧书店里面的人都很好，以前的行规之一是要尊重进来看书的小孩子。他们在文化上还是做得很好的，我进来之后他们让我坐好，给我倒水，还帮我拿够不着的书，他们从不把我当另类看。去别的地方是阶级斗争的武化关系，去旧书店却是文化的关系，所以我就很愿意去旧书店，这样慢慢地我就把我的知识结构、写作方式、对世界的观点都改变了。如果大家在知识结构上一样，那么大家就没有代沟了。我虽然不是"寻根派"，但我是赞成"寻根"的，因为只要你一寻，你寻出来的知识结构就和共和国的不一样，还有只要你寻出来东西，之后你的知识结构就随着改变了。

《三言二拍》虽然讲的是宋代的事，但用的是明代的语言，具体说是明代的民间语言。"民间"是相对于非民间的说法，如果没有非民间是没有民间的，就像假如没有富人就没有穷人，没有穷人就没有富人一样，所以我说的"民间"是个对照的、相对的概念，它不是一个绝对的概念。我在《文化制约着人类》里面说过礼的问题，我们通常说"刑不上大夫，礼不下庶民"，礼其实是属于上层的，公爵碰见侯爵的时候，侯爵要以他是侯爵的地位对待公爵，这叫礼貌，就是你在你"礼"的地位上做的样子，如果别人说你没有礼貌，就是你做的动作不是在你"礼"的那个地位上做出的。礼的这套东西是贵族的，民间是没有这些客套的，民间重视的是血缘，像拍拍肩在民间就没有那么大的压力，而贵族是不能够随便拍肩的。相对于贵族、当权者，民间没有那么多礼的压抑，民间的生命力就会容易焕发出来，这就是为什么民间比上层社会老是有生气一些。在"文革"的时候，"风流"不是个好词，别人会说这叫乱搞关系。这个"风"我用的是本义，"风"就是性的交合，所以说"风马牛不相及"，在交合上马是不和牛做的。其实《遍地风流》这个题目隐射的是民间那些活生生、有生命力的东西。

中国古代统治者都知道这个度，皇帝那么高的权力，但是皇权不下县，这是严格的规定。如果皇权一下县抵达了底层，老百姓就没法活了，民间的活力就被皇权干涉了，这也是社会没有生气的原因。民间自有一个净化的过程，但社会主义中国就是把道德从上灌到底，权力从中央一直抵达到居委会，也就是礼下俗人了，皇权下达县以下了，干涉了民间自行净化的过程，这样社会就死了，没生命透了。所以为什么"文革"中每次运动都伤筋动骨，因为中央每一次震动都一震就震到了底，这样的社会谁都受不了，民间也会越来越无趣。

我到了国外，别人常问我中国文化的问题，我多次对他们说中国文化没有了，中国文化已经没有了自己的根，原因是土地改革。文化是什么人产生的？阿Q是不会产生中国文化的，中产阶级才有能力做文化，第一他们有钱送孩子上学，第二就是他们请得起戏班子，阿Q是出不起钱请戏班唱戏的，所以文化是奢侈品，是农业中产阶级产生和维持的，继承文化的人也是农业中产阶级。而土地改革却把农业中产阶级消灭掉，让他们彻底无产阶级化。改革开放以前中国在制度上已经不允许中产阶级产生，所谓"宁愿长社会主义草，不愿长资本主义苗"，不产生中产阶级的时候，中国文化无从发生，文化也无从有能力传下来。中国文化从土地改革的时候就没有了，我们现在说的文化其实是中国文化知识，那不是真正的中国文化，所以我知道中国文化的根在哪里，但是根已经没有了。"五四"、民国时期都没有根除掉中国的农业中产阶级，无论社会怎样革命、颠覆，但乡绅阶层还在，如果这个被动掉，那么中国文化就糟糕了。

你问我的小说跟文化有关系吗？肯定有关系，说起文化，那要从文化是什么讲起。"文化"这个词是从日本进来的，中国很久之前就有"文化"的这个意思，你只要读《论语》四书五经，就会知道人和人的关系、集团和集团的关系、阶级和阶级的关系是文化关系而不是武化关系。孔子反复提起周文王治理，是因为孔子处于武的时代，孔子所说的礼就是文的意思，当然也含着仁的意思，仁者爱人，所以孔子就说"郁郁乎文哉"，"郁郁"这个词是森严、茂盛而且有秩序的，就是文而不是武，武是乱哄哄的。周文王为中国文化做了一件事，就是他确立了文的关系，当你和别人发生争执的时候，你不动手，不因为自己力气大而欺负别人，而是坐下来谈，这就叫文化，什么问题都可以谈判解决。而毛泽东见到宋彬彬的时候，对她说："不要文质彬彬，要武嘛。"这其实是一个信号，从周文王开始终于有一个现代的领导者说要武，这下中国文化就没有文了，而文就是根。回到我的小说中，我写小说就是写人和人的关系，这关系到底是文化还是武化，哪怕我传达的不是人和人的关系，而是人和自然的关系，也要是文化的。只有人和人之间才是文化关系的，而动物之间的关系是武化。文化制约着人类，如果你理解"制约"这个词是贬义词就错了，"制约"是对人的规范，我们在文化的规范里生活，我们才能延续下去。在武化的关系中，有一部分人就无法延续了，因为你的阶级不正确，你有什么不合适你就会被消灭，你都已经被消灭了，还谈什么延续？

回想那时候别人在看我小说的时候有奇异感，他们说人和人的关系怎么是这样的，因为大家习惯了斗争、武化。一旦人和人之间、集团和集团之间是文化的，他们反而会产生生疏感。其实文化是我们本来就有的东西，但在那时候我们却对它生疏了，这真的很可怜。我们不能够从文化知识上去钻牛角尖，文化是活生生的人和人之间的关系，这是周文王早就立下来的。

文明虽然和文化有交集的地方，但文明不是文化，文明指的是生产力的发展。西方在1840年的时候是用文明来征服中国的，主要是军事文明。文明像鲁迅说的一样是可以拿来的，文化不一定能够拿来。文化跟文明形成的原因不一样，文明可以跨越文化，比如手机，欧洲、非洲、亚洲等全世界的人都在用手机。"五四"的时候，我们的先辈们把文明和文化这两个概念弄混淆了，他们认为文明先进，是因为他们的文化先进，终于文化学告诉大家，文明有先进落后之分，但文化是没有高低贵贱和先进落后之分的。

先锋从上上个世纪末和上个世纪初的文学的流派、绘画流派中一路发展下来，在当时确实是有冲击力的。现在全世界的先锋，比如艺术的、政治的、哲学的、宗教的，要你马上接受并消费掉它们，现在的先锋跟以前的不一样了。在这之前，马克思误认为资产阶级是不能够自我调整的，所以它必然灭亡，其实资产阶级是能够自我调整的。资产阶级里面的中产阶级的自我调整功能就是受教育，中产阶级是最重视受教育的，这样今后才能有能力消费先锋艺术。你越先锋，我越愿意买，先锋也意识到，他们越先锋就越能够集中读者消费群。先锋其实早已经和权力合谋，我们现在还以为先锋是颠覆，现在的先锋已经不是上上个世纪末、上个世纪初的概念了，现在的先锋又回到了大叙述中来。

口述者之二：李陀

口述时间：2003年9月；地点：苏州、扬州。

当时汪曾祺和何立伟的小说使我进一步考虑我们的本土资源,我们的文化传统里到底有什么资源可以用到我们小说里头。这时,发生一件事。1983年冬天,[1]几个朋友在我们家吃涮羊肉,那时和阿城已经很熟了,我是电影美学小组的,我和他爸爸特别熟。他爸爸、妈妈特别关照说,我们这儿子特别喜欢写东西,后来就和他熟了。开头他给了我几篇他写的东西看,我觉得写得特别好,不是《遍地风流》,但已经是《遍地风流》那种写法了。当时我还犯了一个错误,事后想起来的。当时说:"阿城,你这东西写得挺好的,可这句子老别扭,你看你好多句子没主语。"这是他的特点。他最早给我看东西的时候,大概是1982年,我说你句子怎么都没主语,老别扭。偶尔的没有主语,来调节句子结构变化是可以的,连着的没有主语,这句子就别扭。事后想起来,是我错了。我习惯了主谓宾下来,后来他发了《遍地风流》的时候,我才明白他是有意识这么做的。当时给我看的时候,我是有点不同意他的,还和他商榷。谁都不知道他写小说,只知道他画画,只有我看过他几篇东西,知道他想写小说。1983年冬天在我们家吃羊肉,是暖忻[2]张罗的,有陈建功、郑万隆、何志云,当时阿城讲故事已经很有名了。大家说,给讲故事吧。我在《1985》里写得挺生动的,阿城不理我们,闷头吃涮羊肉,他的吃相特别狼狈,说吃完再说。吃完了,他把烟斗点燃了,讲《棋王》的故事。刚讲完,我就说这是很好的小说,而且是个中篇小说。建功和万隆也说这肯定是个好小说,你写吧。他戴眼镜,当时灯也没那么亮,眼镜闪着光,用特别怀疑的眼睛看着我说,这能弄成一篇小说吗?我们说保证成,都鼓励他写。然后我就到西安给滕文骥写剧本,我走之前就和他们说,阿城你小说写完一定要让我看,那时候我就像大哥似的,我

---

[1] 李陀在《1985》中说,时间可能是1983年年底或者1984年年初。《今天》1991年第3、4期合刊。
[2] 张暖忻(1940—1995),电影导演,主要作品有《青春祭》《沙鸥》等。

比他们大几岁。后来我给他们打电话,具体记不清了。问建功和万隆,说已经给《上海文学》了,我说你急什么呢?我和肖元敏说有这么个小说,但不是说马上给,我说经过我看了再给,我是告诉肖了,当时大伙来往特别多。等我回来了,我说既然给了,这个小说给我看一看,这时小说的清样已经出来了,一看结尾和阿城讲的不一样。我说你太可惜了,阿城讲,"我"从陕西回到云南,刚进云南棋院的时候,看王一生一嘴的油,从棋院走出来。"我"就和王一生说,你最近过得怎么样啊?还下棋不下棋?王一生说,下什么棋啊,这儿天天吃肉,走,我带你吃饭去,吃肉。小说故事这么结束的。我回来一看这结局,比原来差远了,后面一个光明的尾巴,问谁让你改的?他说,《上海文学》说那调太低。我说你赶紧给《上海文学》写信,你一定把那结局还原回来。后来阿城告诉我说,《上海文学》说了,最后这一段就这么多字,你要改的话,就在这段字数里改,按原来讲故事的那结局,那字数多。我说那也没办法,我就说发吧。[1]没想到小说一下子会这么红。然后才有1984年拉阿城到上海开会的事。"杭州会议",是我们把阿城拽来的。

---

[1] 李陀在《1985》中写道:"我以为小说《棋王》许多地方远不如阿城讲的关于'棋王'的故事,前者不如后者丰富——熟悉他的朋友其实不妨请他再讲一次这个故事,只是恐怕他再不肯了。"关于《棋王》结尾的修改,李陀在《1985》中说:"这里有一件事值得一提,即阿城的故事的结局与小说《棋王》不同,故事的结局大致是:许多年后'我'到云南出差,听说'棋王'已调到'体委'做专业棋手,于是抽暇去看他。俩人正好在'体委'大院的门口相逢,只见'棋王'胖胖的,一脸油光。说不几句话,'棋王'便拉着'我'的手说:走,吃饭去,这里每天有肉,随便吃。当'我'问他是否还下棋时,回答是:每天吃饱饭,下什么棋?以上当然只是我的记忆,大致而已。阿城小说完稿那几日,我正在西安。待我回京时,陈建功、郑万隆已急急将稿子寄给了《上海文学》。听阿城说结尾做了改动,我大为惋惜,觉得这会大伤神气。问阿城为什么做这样的改动?回答是不然怕'通不过'。我于是和他商量把原来的结尾恢复,阿城同意了,俩人便分头给上海写信。不几日,编辑部复信说,稿子已排出清样,且版式已定,如修改,只能在最后一个自然段中做手脚。这使修改实际不可能,只得作罢。"《今天》1991年第3、4期合刊。

口述者之三：蔡翔

口述时间：2003年8月；地点：苏州。

"寻根文学"是这样，先有了阿城的《棋王》，编辑肖元敏现在是《收获》的副主编。好像是在1984年上半年到北京组稿，李陀推荐的，李陀是很重要的一个人。说北京有个阿城最近在写，非常好，是很难归类的小说。80年代对作品的评价最高的就是"很难归类"。不管作品、评论，发出来，大家说不好归类，可能就会是影响最大的。强调文章的独特性，个人化。当时好多小说都是很难归类，后来才发展成理论上创作上一个潮流。然后到阿城那里拿稿子，印象很深的是，李子云老师很兴奋，说非常好。我们看了都觉得非常好。发表在1984年第8期上。[1]编辑部也讨论过，当时"知青小说"也很多了，可你说它是"伤痕"，它也是，新的创作特征出现了，对文化问题的关注。

口述者之四：朱伟

口述时间：2005年4月；地点：北京。

自从《棋王》发表后，我就找阿城约稿，我在写阿城的那篇文章中，发表《孩子王》的过程我都说了。[2]至于修改的意见，稿子来了

---

[1] 应为1984年第7期。
[2] 朱伟在《接近阿城》中说："最初与阿城的来往，是由《孩子王》建立起来的。那时北京刚刚开始酝酿城市改革，像是一池搅翻了的水，几乎人人都生怕在一夜之间就突然变成了穷光蛋。阿城急匆匆地辞职，拉了一个什么文化公司的牌子，一会儿搞广告生意，一会儿好像要到什么地方去投资建个什么烧陶的窑。每日午夜是他的公司成员碰头的时间，于是写稿的事只能安排在碰头散席后烟气腾腾的冷清之中，交稿日期当然也只能一拖再拖。找他，必须午夜碰头之时或早晨九点之前。我熬不得夜，每次选择早晨八点后登门，那门总是虚掩着，屋里烟气酒气臭气混杂在一起，床上总是蜷缩成的一团，从被窝里钻出来的声音总是：'讨债的鬼又来了？''还没到年底，你就讨得这么凶。'终于有一天，那堆被子倦倦地说：'债清了，桌上放着，你自便吧。'"《接近阿城》，《作家笔记及其他》，江苏人民出版社2006年1月第1版，第53页。

之后我觉得他小说的调子比较低,所以让他做了修改。[1]

5. 关于《小鲍庄》

口述者:王安忆(1954—),作家、学者。《长恨歌》获"茅盾文学奖"。时任中国作协副主席,上海市作协主席,复旦大学教授等职。
口述时间:2003年10月;地点:上海。

马尔克斯的《百年孤独》,写《小鲍庄》之前读过的。我觉得那个时候,大家都受到那个影响,都是要搞一个封闭的世界,一个相对孤立的世界,在里边发生一些事情。当时《十月》出了一个长篇小说的专号,高长荣翻译的,这个翻译家非常好。后来译文出版社出版,是全文,我们都是看了这本。[2]时间顺序肯定是这样。你说到《小鲍庄》与传统文化问题,我认为《小鲍庄》肯定是中国传统文化的产物,这肯定是不能否认的,也是受马尔克斯影响的。马尔克斯给我的最大影响,一个是重视本土文化,还有一个形式方面,塑造一个相对孤立的封闭的环境,这影响到目前还有,包括李锐的《银城故事》,还是那个路子。最近,叶开的一篇文章说,《银城故事》里什么都是抽象的,完全脱离具体东西,其实我觉得他分析得蛮有道理的。这

---

[1] 据朱伟回忆,《孩子王》的结尾曾经过一笔修改:"当时读原稿,我觉得收笔处墨迹还不够酣畅,建议阿城加重蕴积。王福那篇作文与结尾那个大雾的意境是后加的。当初极称好,以为只一笔就化出了效果。现在看,那篇作文加重了辛酸,把重心指向表层,多少破坏了从无声处觉有声的那种玄机。精彩的其实就是当初并不留意的'将竹笆留在床上'一笔,竹笆就像是一件穿上又脱下的衣裳,它很好地铺垫了那个依旧是白白的一圈的太阳。"《接近阿城》,《作家笔记及其他》,江苏人民出版社2006年1月第1版,第54页。
[2] 高长荣译《百年孤独》,北京十月文艺出版社1984年9月出版;黄锦炎等译《百年孤独》,上海译文出版社1984年8月第1版。

是那个时候的余音,这个封闭的环境越来越孤立。总之,马尔克斯的《百年孤独》给我们一种方式,在一个相对孤立的世界里发生事情,塑造一个假想的世界。

那时,阿城把我们找来,专门对我们进行了一场"寻根文学"的启蒙。(蔡翔插话:阿城肯定是1985年到上海的,1984年"杭州会议"我和阿城见面,那时他还没来过上海。)那就奇怪了,我觉得我的《小鲍庄》是受到他们的影响的。是1984年秋天写的,那是谁在启蒙我的呀?我觉得是他们启蒙我,我才会写的呀。我觉得阿城是启蒙我的,可能我糊涂了。[1]

1984年写《小鲍庄》,1985年发的。"杭州会议"我没去。我肯定是1984年的秋天写的《小鲍庄》,开会是1984年12月,我在徐州,从徐州到北京去开作代会,当时冯牧就和我谈这个稿子的修改。他很肯定的,我就是在会议里逃了几天,修改了,给他然后就发了。[2]

《小鲍庄》我要把它写成一个完整的相对封闭的社会,这个社会是假想的。《上种红菱下种藕》不是仅仅写这个乡镇,乡镇不是重要的,乡镇要比小鲍庄具体得多,小鲍庄里边很多因素是抽象出来的,抽象归纳出来。这个具体和抽象是有本质的不同,抽象是归纳总结,把它抽象化变成条理性的东西,后者完全是不经归纳的东西。《富萍》是细节,《小鲍庄》是可以命名的,每一个人物、每一个细节都是可以命名的,而现在我看中的东西都是不大能命名的。马尔克斯给我们的最大影响就是这个,给我们塑造一个小社会,这个小社会是一

---

[1] 根据陈村回忆,大规模"寻根"前夕,阿城到过上海,但时间不详:"那还是八几年的事,是在文坛大规模寻根的前夕,阿城和何立伟小住上海作协的小楼。我去聊天,不料聊到天明。我们轮流说话,一起抽烟,房间里满是白云似的雾气。那时他俩刚得了奖,于是买来洋烟。那是一个愉快的夜晚。阿城宣讲他'文化小说'的主张,令我获益匪浅。他不笑时颇有仙风道骨,莞尔一笑倒还妩媚。那晚上,我说要写大象。事后,阿城竟记得寄来说象的书,这样看,他又是儒家了。"陈村:《一下子十四个》,上海文艺出版社1994年9月第1版。

[2]《中国作家》1985年第2期。

个缩影,都是经过提炼抽象的。

有一件事是很影响我的,就是我从美国回来。改革开放以后,有了这么一个现实。当时特别讲写作的命题,在美国那个社会,谁的命题都在它那里得到解决了。我当时关注的是贫困的命题。从那里回来了,觉得富裕了,很好解决的问题,不是写作的命题。这个命题就消解掉了。还有思想不自由的命题,那个社会都解决了,我发觉这个事情都比较简单,好像不能写什么。我记得我回来写一个中篇,开头两万字我就否定掉了,没写下去,写家庭互相的纠缠性。那时觉得这个命题不值得写了。我就一直在找命题,1984年写得很少,后来写了个《小鲍庄》。当时去采访小女孩,是个英雄,死掉的。那个事件本身的一切条件都很像《百年孤独》里的条件,是在江苏宿迁,那里人情风俗、地理环境我都能了解。[1] 这个小孩,身前死后所有的事情都是在一个孤立的村庄发生的。我写的时候,脑子里出现的,严格地讲,还不是"寻根"。当时我就想,一个非常仁义道德的村庄,就是因为这个小孩子的死,每个人都得到了利益,但在得到利益的同时,已经抛弃仁义的原则了。这和"寻根"没什么关系。如果有关系,就是特别强调本土文化。这和经历有关系,知青经历回想起来也蛮好的,是消解我们意识形态教育的一个读本。我们受的教育是教条的,到了这个环境里,在农村一切都是不可命名的,一切命名都是失败的。

---

[1] 王安忆回忆说:"写作《小鲍庄》的直接起因,是一个小小的具体事件。当时我还在杂志社工作,1984年盛夏,单位给我一个紧急的任务,说在江苏宿迁县出了一个英雄,一个小女孩,她为了保护一个五保户的老奶奶去世了,被评为全国优秀少先队员,我们准备做个报道。我们请了团中央两个人来写,写出来不能用,差不多要开天窗,让我去补。当时我丈夫还在徐州工作,正是靠近宿迁,所以主编答应让我看望丈夫,并且让他与我同去宿迁,一切费用都报销,等于让我们公费旅游一次。我就去了,很热很热的天气。这个村庄向我呈现了一幅完整的画面,也许是'寻根'让我有了不同的眼光,那些散漫的细节似乎自行结构起来,成为一个故事,这就是《小鲍庄》,很偶然的。"王安忆、张新颖:《谈话录》,广西师范大学出版社2008年6月第1版,第263页。

6. 关于《厚土》[1]

口述者：李锐（1950—　），作家。曾任山西作协副主席，2003年10月辞去该职，并退出中国作家协会。

口述时间：2002年8月；地点：太原。

在《厚土》之前我有一系列关于吕梁山的短篇或中篇小说，比如《凤女》《静静的南柳村》《霉霉的儿子》，你看看这些，你也能感觉到，我一直在摸索，一直在准备。我这人没多少才华，凡事都要靠反复努力长期坚持。《厚土》不是突然写出来的，它是长期探索、努力、试探，最后找到了一个最佳的语气、语言方式，找到一种总体的把握。我写《厚土》第一篇《锄禾》里的第一句话："裤裆里真热！裤裆不是裤裆，是地……"，就这第一句，我写在一张纸上，放了一年，等我写这篇小说，写的时候很快，一天的时间我就把它写完了，放在那儿想它的时间，酝酿的时间很长。我最经常的创作就是这样。一篇小说，有时候就一句话，一小段放那儿，有时候就永远不碰它了，有时候就突然出来了，像一棵庄稼一样，从土里长出来了，开了花，结了果。

当时如果从大的方面来讲，我自己写小说老觉得不满意，不能再这样写下去，在写《厚土》之前，我有一段停顿，我写东西老有停顿的。"文革"结束以后大家都写"伤痕文学"的时候，我停顿了一年多，我觉得大家都这样写，其实我也有这样的经历，我的父母都死于"文革"，我自己又插队，那段经历我也觉得跟"伤痕文学"很相像，

---

[1]《厚土》为系列小说，又称"吕梁山印象"。主要作品有《人民文学》1986年第11期的《锄禾》《古老峪》，《山西文学》1986年第11期的《选贼》《眼石》《看山》，《上海文学》1986年第11期的《合坟》《假婚》，《青年文学》1987年第12期的《驮炭》《"喝水——！"》等。浙江文艺出版社1989年7月出版《厚土》。

可是大家都这样写的时候我就没有写，我觉得我没必要再那样写，别人都已经写过了。怎么写？我想不出来，我停顿了一年多。以后我再开始，可是呢，写了一段后我又觉得不满意，还没有把我的意思表达出来，当然这是和当时的历史氛围紧密相连的。实际上我是跟着整个新时期文学一起慢慢往前走的。

　　我自己没有任何先知先觉。写《厚土》的时候，中国开始了一种文化热，以"寻根文学"为代表的那个思潮是1949年以来中国大陆在文化上的第一次觉醒，一个文化上的自觉。那是第一次中国文学主动地来确立自我立场，既不是简单的政治意识形态化的，又不是简单的全盘西化的，或者说是全盘苏俄化的，那样一次自我立场的确立，非常非常重要。我觉得尤其对于某一种语言的文学来讲，如果没有文化上的自觉，根本就谈不上文学上的自觉。"寻根文学"实际上就是开启了这样一个过程，而在这样的过程之中，虽然我当时没有写寻根宣言什么的，但我也开始觉得应该有这样一个立足点，有这样一个立场。说白了，一句话，用方块字深刻地表达自己。说得最简单就是这么一句话。不是用方块字惟妙惟肖地模仿别人，也不是用方块字来完成一个政治任务，文学这才回到了正道上。就好像当年，李白、杜甫用方块字深刻地表达了自己，曹雪芹、吴承恩丰富地、深刻地、生动地表达了自己，那么我们能不能做到？就这么简单，你既然是搞文学的，你是用中文写小说的，你就得用方块字丰富地、深刻地表达自己，就这么简单。那怎么表达自己？不要去模仿别人的主题，不要只是简单地技术化地模仿别人的形式，那是我一直思考的问题，也是我后来一直努力的方向。所以说写《厚土》的时候我的这个目标是很明确的，而且我也确实有一些"文革"时期刻骨铭心的经历。吕梁山，我在那儿插队做了五六年的农民。我见过那样一种世世代代的中国农民的生命状态，而这一切客观地去描述它，不会成为文学，最多叫报告文学，是吧？那仅仅是个材料记录。要把这一切变成文学那是另外一个问题，那就是说需要一种你能够对于苦难的深刻的记忆和表达，你能有一种深刻的精神性的体现和情感的表达，所谓思接千载。

我觉得从《厚土》开始我找到这个东西了。《厚土》是系列小说，篇幅都非常短，常常是我思考的时间很长。前面说过，我那篇《锄禾》，小说第一句话写好了，我就放在那里放了将近一年的时间，"裤裆里真热"，这句话我放在那里放了很长时间，等到有一天我想好的时候我实际上写得很快的，一两天的时间就把那篇小说写出来了。

篇幅短，可能是跟作家个人的性格呀等等有关，我对那种写得很繁琐很长的东西有一种拒斥，天生有一种拒斥。如果说得深一点，那是我对小说的体积有一种选择。在我看来小说篇幅的大小，是文体选择的一部分。在传统小说中，尤其是所谓有史诗品格的小说，全都是长篇巨制，甚至多卷本。那是因为史诗是属于宏大叙事的东西，它要求对历史、社会、生活、人物、自然景观有全方位的描述。它也相信自己可以所谓"真实"地再现历史。追求史诗也已经成为中国当代文学一个不言而喻的真理，而且是最高真理。而我的创作是出于对历史的厌恶和怀疑。我也不相信任何小说可以真实地再现历史。所以我不追求什么史诗画卷。我常常是以短篇小说的手法来处理长篇小说。既然我有自己不同于史诗风格的追求，那我在文体上也就自然要有一种不同的选择，我刚才说了，小说的体积是文体重要的一部分。以现代派、先锋文体闻名世界的《尤利西斯》，堪称所谓先锋小说的鼻祖。但是乔伊斯还是把他的《尤利西斯》写成了多卷本，写成了"都柏林的百科全书"，在这个意义上全面反传统的乔伊斯还是失败了，因为反抗者最终在文体上还是成了压迫者的影子。这也是乔伊斯作为造反者的悲剧，他要反抗的是一个太过强大的传统。

所以，《厚土》写成了那个样子，也和我自己的脾气秉性比较吻合吧。实际上从那开始，我找到了一种适合自己的叙述结构，连语调、语气都找到了。

十八、"先锋小说"

20世纪70年代末80年代初,西方现代派文学的大规模译介深刻影响了中国当代文学。1985年刘索拉《你别无选择》、徐星《无主题变奏》的发表,被视为"现代派小说"而受到关注。80年代中后期,与"现代派小说"有所区别的"先锋小说"(当时又称为"新潮小说"或"实验小说")逐渐成为与"寻根小说"并列的新潮。这批小说重视文体式样,突出叙述的意义,完成了从"写什么"到"怎么写"的转换,因而被称为"小说革命"。

1. 1980年《文艺报》座谈会:"文学创新的焦点是形式问题"

口述者: 李陀

口述时间: 2003年9月;地点:苏州、扬州。

由于想拍电影,我研究电影技巧,进而研究电影语言,从而提出电影语言的现代化。[1] 我写小说受《带星星的火车票》《在路上》这批书的影响,所以我那个第一个得奖的小说,[2] 和别人很不一样

---

[1] 我是由李陀与张暖忻《谈电影语言的现代化》及他在1980年在《文艺报》座谈会上提出"文学创新的焦点是形式问题"开始访谈的。我觉得这是一条线索,而且顾及了小说的形式革命与其他艺术样式的关系。

[2]《愿你听到这支歌》,《人民文学》1978年第12期,曾获得1978年全国优秀短篇小说奖。

的，小说写得都不好，但叙述语言和别人不一样。我是试图学《在路上》，很口语的语言。所以小说写作时，我对小说形式并没有很自觉的要求，但在研究电影的过程中，自觉就产生了。1980年《文艺报》的座谈会，我就放了一炮。我当时一个小伙子，那会我没有资格参加，王蒙也参加了，张洁也在，是《文艺报》的一个何什么的，他让我去的，他好像说是冯牧让我来的，我就去了。但我不是第一次参加会，是第二次还是第三次参加《文艺报》的会，我就放了一炮，说创新的焦点是形式。[1]会场上没有什么，出了文章了，我也没看过，他们就整理了发了。1981年在北京政协礼堂，开新春晚会，我到那去玩，当时作协有这个活动，贺敬之就把我叫过去了，说你过来，我说什么事，他说你那个文章，什么文艺创新的焦点是形式，你这是小众化。他批评我是"小众化"，说得很严重，我就不服。你说我这人能服吗？后来就在会上不断听到"小众化"，我一听到"小众化"就笑。所以我对形式的关注是直接的。

2. 残雪《苍老的浮云》等

口述者之一：残雪（1953—   ），作家，"先锋小说"代表性作家之一。
口述时间：2004年10月；地点：北京。

说到文学资源，我可能有天生的成分吧，要说我的文学故乡的

---

[1] 李陀1982年5月20日致刘心武的信中说："那个会开得不错。大家对文学创新问题各抒己见，讨论很热烈。其实那样的讨论应该坚持下来，可惜后来难以为继。记得在那个会上，我谈了文学形式的变革在文学发展中的重大作用问题。我有那样一句话，意思是当前文学创新的焦点是形式问题。结果这观点后来被许多文章'不点名'地进行批评，意思是不能把形式的创新说成是什么'焦点'。当时我没有写文章进行'反批评'，但是我也没有进行'自我批评'。因为当时开的那个会，所讨论的问题，乃是'艺术创新'。而批评我的人差不多都没有注意这个大前提。这令人有些烦恼。"《"现代小说"不等于"现代派"——李陀给刘心武的信》，《上海文学》1982年第8期。

话，应该就是西方，西方的文学。小的时候中国的也看了，但看俄罗斯的最多，年轻的时候非常喜欢俄罗斯文学，后来到70年代末80年代初就开始写作了。很小的时候，还是比较喜欢中国的文学，但是后来随着年龄的增长慢慢就不太喜欢了，是天性吧，更个人化，因为我的文学本来就是个人化的东西。

读卡夫卡已经是晚了，之前看过一些二三流的，接触到的不是最好的，但还是有一种亲切的感觉。我父亲是管图书馆的，就给我看一些中国文学史，古典的东西，但我就喜欢看西方的，不喜欢看中国的，而且我有这样一个观点，中国古典文学不能算是独立的文学，像真正个人化，独立起来，站起来的人，那种形象没有，至少是我知道的东西，有一点也只是表面。真正作为精神产物的文学是从西方来的，那里是故乡，但并不是说只有那里才有最好的东西，文学是流动的，可能现在要流到我们这里来了，潮流差不多走到头，最近好的东西也不是太多。我自己提倡的纯文学，与李陀是相反的，不是他的含义，我指的是一种高层次的，类似于哲学的东西，在国外称之为"实验小说"，文学比较发达的国家都有，只是少数人的，我追求的就是那一种，那一种的源头在西方，所以我觉得西方小说非常对我的路子，非常亲近，就拼命吸取那边的营养。我就是愿意看这个，但别人都不愿意看，我不是故意的。

《山上的小屋》[1]是一个短篇，是第三篇，那几篇是同时写的，可能是1985年发表的，当时在《人民文学》，自己寄过去的稿子。他们告诉我，当时私下里的议论，说怪里怪气的。我也模糊，讲不出来的一种味道，写得很顺利，我没有构思，一构思绝对会失败，只能自动地去写。

《黄泥街》《山上的小屋》《苍老的浮云》[2]那几篇是初步奠定我的

---

〔1〕《山上的小屋》，《人民文学》1985年第8期。
〔2〕《黄泥街》，《中国》1986年第11期；《苍老的浮云》，《中国》1986年第5期。

创作方向。批评界对我的理解也是到这些作品为止了，就停止了，上不来了。对后来几个作品的理解还是停留在这个框架里。

口述者之二：李陀
口述时间： 2003年9月；地点：苏州、扬州。

讲"先锋小说"，有一个作家是残雪，和我关系很大的。她的《苍老的浮云》到了我手里，我看了就说好。当时刚反了"现代派"没多久，气氛不合适，这小说在我手里整整压了一年。谁在北京给我的，记不起来了。后来，《中国》的王中忱他们就找我，说丁玲说要发先锋派的小说，我非常吃惊，我很烦丁玲。听说丁玲要发"先锋小说"，就觉得不可思议，我想丁玲牌子大，她能顶得住，我就拿出《苍老的浮云》来了，我说这小说特别好，如果你们真想发"先锋小说"，你们就发这篇。我说在中国文学史上，这么写的还没有过，后来在《中国》发了。这件事我觉得我是做得比较好的，沉住气，老等机会，下了决心，非要把这个小说发出去。

3. 刘索拉《你别无选择》

口述者之一：李陀
口述时间： 2003年9月；地点：苏州、扬州。

认识了刘索拉和她丈夫后，我们两家就结成好朋友，经常一块儿玩。那时索拉挺可爱的，在我看来就一新人类。有一次，她就闹，我说你别闹了，她就讲《你别无选择》。刘索拉认识我不久，就给我一篇小说，我就说了一顿，你瞎写，你根本不会写。索拉特别不高兴，说你懂什么呀，和我瞎吵一通，我也不理她，据说后来给她打击很大。她跟我讲完故事以后,我说,索拉你不是想写小说吗,你把你刚才说的事,别加夸张,原原本本地写下来,就是一个很好的中篇。索拉说,这哪像小说。我说,你写吧,这肯定是小说。索拉说,真的啊。写完之后,你给我找地方发。我说,我给你找地方发。她就开始写起来了。写到一半的时候,给我看,说行不行,我说行,你就写完吧。后来我给她提了点意见,做了些修改,就交给朱伟了。其中有一个细节,开第四次作家代表大会,宣布文学的黄金时代到来了,正好元旦,会上朱伟说,王蒙(《人民文学》主编)说这小说好,要发,而且评语里有一句"横空出世"。小说发了以后,王蒙让我写评论,我拒绝了,拒绝的理由,和马原的差不多,虽然我推荐了那小说,但我觉得不是我想象的那么好,比如我觉得她模仿《第二十二条军规》,痕迹太浓,我就没写,是王蒙写的。刘索拉一夜成名。[1]

口述者之二:朱伟
口述时间:2005年4月;地点:北京。

《你别无选择》的稿件是李陀给我的。当时李陀是一个稿件中转站,有些稿件发不了,如果李陀觉得比较好的话,他就会把这些稿件推荐给一些杂志,他跟一些好杂志的编辑的关系都很好。还有一种情况就是一些青年作家的稿件被退回了,就送到李陀那里,如果李陀觉得有价值也帮着中转。我在《人民文学》做编辑的时候,1985年之后也有人把发不了的稿件送到我这里,文学界在80年代就形成了一个文学圈。在《人民文学》的小说编辑室的时候,我联络了一大批优秀的青年作家。这时候《人民文学》有个特点,就是尽量揽括多的题材和表现方法,我记得王蒙说:刘索拉的稿件,是一篇横空出世的作

---

[1]《人民文学》1985年第3期。

品,是我们正需要的。之前发的阿城的《孩子王》都没有像刘索拉的《你别无选择》那样给人带来震撼。

至于刘索拉的小说在编辑部有争议,可能有一定的争议。当时小说编辑室的负责人还是王扶。我觉得虽然别人对《你别无选择》这小说有不同的看法,但王蒙是肯定的,在编稿之前我给王蒙说过一些小说的情况,那时王蒙就是首肯的。

4. 徐星《无主题变奏》

口述者之一:徐星(1956—),小说家。80年代"现代派小说"代表作家之一。
口述时间:2005年10月;地点:北京。

对于《无主题变奏》,[1]我觉得很重要的是它是对当时价值观的反驳,它的成功是在这个意义上的成功。以前完全是读书无用论,像什么高贵者最卑贱,卑贱者最高贵,如果你越有文化就越证明你出身不好。1977年10月恢复高考后,突然什么都翻过来了,你必须得读书,你必须得有文化,很多人都觉得他应该遵从这种价值观来生活,虽然恢复高考后的招生名额特别有限,也很苛刻。1981年我从山沟里当兵出来,来到北京,突然发现整个社会变了,周围人的生活都变了,只要别人一见到你就会不断问你是学什么的,你上夜校、电大没有。而且报纸上每天还登什么题目,比如贞观之治的时间是什么?好像一个人不读书、不上大学他就不正常,你突然感觉中国一下变成了文化大国,像疯了一样,其实这个变化很荒诞。《无主题变奏》就是对这种价值观的嘲讽,在这个意义上受到了青年人的认可。文学评论家他

---

[1]《人民文学》1985年第7期。

们连故事为什么吸引人、为什么有市场都没有搞清楚，他们对中国70年代末80年代初社会变化的大情况都闭着眼睛不看，这样的评论根本就评论不到小说的脉上。

其实我对什么是现代主义没什么太多了解，我不知道中国的现代主义什么时候有，什么时候复出。其实在30年代的上海，穆时英、施蛰存他们的小说，像《上海的狐步舞》之类的，这些小说看起来就像翻译小说，不像是在写中国人，连里面的生活方式比如喝咖啡、抽雪茄，这对于当时的中国人都是陌生的，难道30年代的上海真的就是这样？所以我也不大承认当年施蛰存、穆时英的文学价值，那种刻意现代化的语言是特别干瘪的。但对现在的学生讲，他们反而认为这批人是中国现代主义的代表。跟电影是一样的，西方有电影后，上海马上就有了，但上海的电影跟中国当下生活是结合不了的，同样西方的现代派文学跟中国的现实也是结合不了的。但废名还不错，废名跟30年代的穆时英他们完全不一样。

我接触西方现代主义的东西比较早，"文革"时期最早的"黄皮书"我都看过。当时西方的文化思潮在中国的翻译是同步的，但是翻译得相当少，主要是为了给中国的高级文化干部做参考。这些东西1962年就有了，新中国最早翻译的那批"黄皮书"跟欧洲、美洲是同步的，外文出版局就是专门给中国文化干部介绍西方新文学思潮的机构，那批"黄皮书""灰皮书"都是外文出版局出的。文化干部的子弟，他们的接受是与翻译同步的，这批黄皮书最终也随他们流传到了民间。文化干部的子弟其实变成了最早的先锋，比如太阳纵队、X小组，因为他们有信息，老百姓没有信息，这跟现在信息共享的年代是不一样的。当时北京才是最早接触到欧美先锋主义的地方，最早的先锋派其实是因为他们有信息，像郭路生、北岛、芒克、多多，没有一个是信息圈以外的人，他们无一例外都是这批书的受惠者，包括我。

《无主题变奏》肯定不是畅销书，如果这样的书算畅销书就不对了。《无主题变奏》不像郭敬明、韩寒他们的书一样，一出就是好几十万。出版商把中国文学给毁掉了，把这些孩子也害了，但也没办法，因为经济转型就是这样。这些孩子是牺牲品，等他们到四五十岁才认识到，其实已经晚了。

欧洲从第二次世界大战以后，基本上就产生不了很好的作品了，因为那个最野蛮、最张扬、最膨胀的时代已经过去，那是19世纪末巴尔扎克的时代，人与人之间都是尔虞我诈的。随着改革开放，中国也正处于这样一个膨胀的时代，但中国现在却出不了巴尔扎克这样的作家，我觉得这是值得中国文化界好好思考一下的问题。中国现在也做了一些刺激文化发展的事情，比如设立各种奖项。只要是关注现实的作品，我觉得都值得。

对于历史的叙述，在我看来不是小说。比如有的小说写一个30年代的村，写里面的人怎么抽大烟、人性怎么被扭曲，还有写女人的小脚，这不是很确信的东西，首先这样的东西已经消失了，没法用语言表达了，像我们刚才谈的那些，已经没有语言承载这样的内容了。对于历史叙述，尤其是对历史中落后的东西进行叙述，如果是打着东方的神秘来猎西方人的奇，或者是为了迎合西方的市场，这样的作品我不觉得是一个伟大的作品。比如《巴尔扎克与中国小裁缝》，虽然写的是以"文革"为背景的现实题材，但是根据题目你已经知道这个作品是给什么人看的，它已经跨越了中国市场范围进入了国际市场，我觉得这种作家缺乏伟大的心态。

我觉得伟大的作品是一种伟大心态的表现，一个作家要对历史负责任，这个态度很重要。如果你只是想评个什么奖，况且得奖很容易，得外国的奖也不是那么困难，那么你完全可以为了获奖而写作。写作关键还是一个心态问题，作家确实还是要对中国文化传统有责任感。我觉得一个作家要是真的有才华，他对身边的事、今天的生活是敏感的，要是没有这个敏感，他的写作也就没有激情。

现代中国是对西方的想象构造，现代汉语是现代中国的一部分，它承载的内容只能在现代生活的范围内。这是一个很复杂的问题，其实我们今天的汉语是很新的表述方式，这种表述方式从五四运动才有，它不过一百年的历史。现在的汉语表述其实是很荒诞的，它是一百年前的知识分子为了富国强民而全盘西化的产物。五四运动是西化的，与中国文化传统完全断裂，所以当时做了很多极端的事情，包括汉字拉丁化，这就有了现在的汉语。有的人说可以用现代汉语重新写《三国演义》，重新写《水浒传》，我觉得这是不可能的事情，因为现代汉语是全新的言说方式，而且现代汉语中大量的词语、表述方式是从日语中来的，现代汉语不能承载现代之前的那些东西，重写就什么都变了。

受西方文化的影响，中国传统语言被破坏、重组、拼合，经过种种革命变成了现代汉语，中国文人最初用这样的语言写新诗就有它内在的问题。其实这样说很模糊，不管怎么说，任何新诗我是不能看的，感觉中国人写的新诗都像是翻译来的，你可以在西方文化中找到它们的老师。其实在清末民初那个比较封闭的年代，门没有完全被打开的时候，我们就已经有很成熟的东西了，比如笔记小说，那时候的东西实际上是不能够翻译成现代汉语的，不然就什么味道都没有了，你连用现代汉语都无法把它们翻译过来，那又怎么能够把它们翻译成英语、法语、俄语呢？

口述者之二：朱伟

口述时间： 2005年4月；地点：北京。

《无主题变奏》的编者按不是我写的，可能是王蒙写的。徐星的稿子也是转了很长时间。他和张辛欣关系很好，他的稿子是张辛欣介绍给我的。后来徐星来找我，我看了《无主题变奏》后，觉得这是一篇比较好的稿子，在我这里是没有争议的，我觉得他表现了当时孤独的年轻人要去寻找什么东西。虽然大家说他的这个作品接近《麦田里的守望者》，但是80年代整个小说的创作都有对别的形式的借鉴和模仿，更何况《无主题变奏》里面还是有作者自己的东西，有他自己对生活的感受。在1985年《人民文学》发表的小说中，刘索拉的《你别无选择》、徐星的《无主题变奏》这两部小说王蒙最看好，他看刘索拉、徐星的价值可能会超过马原、莫言，因为在王蒙看来，这些小说体现了在时代潮流中青年的迷惘，然后在迷惘中又有一定的追求，它们突出了社会化的取向。王蒙把《无主题变奏》和《你别无选择》当作这个年度两篇最重要的小说来看，他的评价很高，所以徐星《无主题变奏》的编者按估计就是他写的。

5. 马原《冈底斯的诱惑》《虚构》等

口述者之一：马原（1953— ），作家、学者，"先锋小说"的代表性作家之一。时任同济大学教授。

口述时间：2003年4月；地点：苏州。

（1）1984年，我去灌县，本来是去青城山玩，到那以后突然下起了鹅毛大雪，太奇特了，当时可能是1月份吧，我本来是从沈阳返回拉萨，在返回的途中我在重庆等飞机停留，下大雪的时候我就觉得奇怪。我住在一个县里的招待所，一个人一个房间，当时很冷，我就奇怪我怎么就那么想写东西，把枕头放在腿上，太冷了。南方人的冬天比较难过，我们北方人有暖气。写完小说之后我也奇怪，怎么写出这么一个奇怪的小说，原来想都没有想过，没有头没有尾。当时我是1982年到西藏的嘛，1984年元旦以后差不多一年半的时间，就把去西藏以后很多重合的印象放到小说里，糊里糊涂的。《冈底斯的诱惑》[1]发表之后，实际上还有一篇小说《叠纸鹞的三种方法》[2]也应该

---

[1]《上海文学》1985年第2期。
[2]《西藏文学》1985年第4期。

是这个小说的一部分。《上海文学》是个影响力很大的刊物，影响力太大了。那时候我已经是《上海文学》的作者，我把我特别看重的小说，寄给了（这个）我特别尊重的刊物。当时，《上海文学》回一封信，说马原你的小说我看了也很激动但是好像没有把握，还是过一段时间吧，眼前暂时没法发表，退了回来。我也没有多想。后来，一位朋友看了我的小说激动坏了，他说马原，我都看不懂，但是这小说太好了，我不知道是什么东西。他给李陀说。后来我到北京，打电话给李陀，说我是西藏的马原，我有一个小说的手稿在你那儿。他说我还没看哪，对不起。我说我是来取我的小说。李陀说对不起，你明天来。当晚他就把小说看完了，也很激动，他说你就把小说留在我这儿。因为李陀当时在文坛上有一定的影响，后来辗转到"杭州会议"上。韩少功、李陀他们一块儿拿给李子云老师说，你发吧，发你那儿有影响。可能因为有那么多值得信赖的成名作家推荐，就发了，终于发了。这就是发这个小说的过程，这也是一段佳话嘛。

（2）《虚构》[1]这篇小说取篇名的时候有没有什么斟酌？没有多想，当初不知道，因为我有很强的自我保护（意识），我不是希望这个东西有很强的避讳，当说这个东西它是虚构的时候，可能是防止别人问我什么的，当时我已记不清楚了，但是我知道不会那么简单，因为要不然前面就不会有那么长的一个题记。题记当时都是现象式的表象式的，但是那个题记是抽象式的，我自己起了一个名字叫《佛陀法乘外经》，我故意说它是"外经"，实际上是故意说在国土上你肯定找不到，但是现在我很难还原当时的想法。当时是给《人民文学》写的，因为《人民文学》的待遇很优惠，到一个地方给你房子、车费。我给《人民文学》，但是《人民文学》的运气也不好，当时送审没通过，居然就推掉了。当时他们也有解释嘛，因为《人民文学》毕竟是国家刊物，它那儿不太准说麻风病的问题。我就给了《收获》，李小

---

〔1〕《收获》1986年第5期。

林当时就发了。虽然发的是二题,但是李小林非常重视,所以李小林是我特别钦佩的一位编辑。她个人的贡献可以说在新时期文学史上非常大。不是头条,因为它属于特别阴暗的小说嘛,就是很复杂很阴暗的一个小说。那一期《收获》的头条是铁凝的《麦秸垛》。当时《中篇小说选刊》要选《麦秸垛》,李小林就说要选就得和《虚构》一起选,这也是头条,虽然它没能放在头条小说,但是它绝对是一个头批小说,最好的小说。在李小林的推荐之下,《中篇小说选刊》唯一一次选了一篇我的小说,实际上他们没吃亏,因为他们选了这段文学史上的一个重头戏。《虚构》是晚上写的,所以有很强的梦魇的气息,当时皮皮一直在,我们在北京,可以是一个见证人。一部小说有那么强的梦魇气息,在这之前,写麻风病的名著我都看过,我觉得我都不比他们差。

(3)你说到对洪峰[1]的评价问题。实际上我觉得这里是有一个很大的误区。我80年代写的小说基本上是不食人间烟火的。洪峰的小说是很享受人间的。洪峰的小说里经常能体会到体温。我们两个人的价值取向是完全不同的。我和洪峰是很好的朋友,实际上我能理解李陀当时的判断。我和他也讨论过,但是没有深入,因为他是兄长嘛。但是换个角度我对他的判断是很不以为然的。他有他的盲点,我觉得是很严重的失误。洪峰一定是有他独特的价值的,洪峰有一部小说叫《离乡》,[2]写得非常之好。当时我和李小林说《离乡》《妻妾成群》一定是我们文学史上的极品,平均十年都难得的。对《妻妾成群》的评价也很高,这部作品也很怪,接受群没有多高水平,但却是极其罕见的完美无瑕的一个小说。《离乡》是另外一部非常好的小说,但除了我和李小林之外,好像别人没有发现,我觉得是很可惜的一件事情。很多年以前,余华写中篇《活着》的时候,我和皮皮有一天聊起来,

---

[1] 洪峰(1959—),先锋小说家,著有《瀚海》《离乡》《和平年代》等。
[2] 《离乡》,《收获》1990年第4期。

1987年第5期《收获》先锋作品专号

收穫

长篇小说
上下都很平坦 ……………… 马 原 128

中篇小说
极地之侧 ……………… 洪 峰 4
四月三日事件 ……………… 余 华 25
1934年的逃亡 ……………… 苏 童 55
寻找童话 ……………… 鲁一玮 89

实验文体
信使之函 ……………… 孙甘露 75

1987年第5期《收获》先锋作品目录

她说余华有一篇小说叫《活着》。因为皮皮也有一篇小说《活着》，她说余华写得不错，还问余华你怎么用我的小说名字。后来在拍成电影的时候，余华写成了长篇，我觉得长篇更棒。因为那里面能升腾，中篇就不能，因为篇幅，因为量的不够，好死不如赖活啊，但是不该死的都死了，最不该活的活着，所有的一个接着一个地死掉。这正是好死不如赖活的伟大，很多人不知道。他道出了伟大处，生命延续的重要，没有比生命更重要的。我们有很多观念，宁死不屈啊，宁为玉碎不为瓦全啊，很多的东西，但是这些东西有一个巨大的悲哀，你搏得了一时的胜利，而这一时的胜利很快就被人们忘却了。

（4）大概是十五年前，李小林大姐说过，谁要是不写小说了我觉得没什么，马原要是不写了，我觉得很可惜。实际她这么说的时候，我没什么。但是后来因为婚变还有生病，这两件事停顿了，个人的心理压力比较大，一个落差又一个落差，这些事很大程度上导致了小说写作的中断。我跟王安忆聊了，我才发现其实我写小说比王安忆早，她发表得比我早。但我在她前面写，我比王安忆大几岁吧，他们是70年代末开始发表，我实际上70年代初开始写作，当然那时候发表还是遥遥无期的，但是那跟我关系不大，我原来对自己的定位，无论是社会定位还是个人定位，我都想我就是一名小说家，不是其他任何的，但是一个小说家在不到四十岁的时候就停止写作了，当然也是痛苦的。其实我在过去的这十来年里边，我都在攒积蓄，然后半年到一年什么也不做，找个地方，海口、我家乡锦州、成都、拉萨、深圳，长时间地准备。很多次，一住几个月，写了几万字就发现写不下去，进不了状态。散文随笔作家他们有几百万字的随笔，像董桥啊还有一些，我看他们的随笔集都是两三百万字、三四百万字的，国内也有。我还不说小说家，小说家里面他们也有好多，他们一直在写，像安忆他们都是一直不停地在出东西。我发现我就不行，写一段时间，用某一种方式，对某一个领域的事情集中关注，那么过了一段时间我一定要否定它，不否定我心里就不舒服。可能就是这个原因，我所有的小说都不能做提纲，因为做提纲的过程中我已经把这个故事完成了，重复我的故事我就不行了。这肯定是有问题的，小说这么复杂，按道理很多作家做的，当然也有很多大作家不做提纲的，后来我就想我的性格里面是不是有一种偏执倾向，我注定不是那种产量很大的作家，大概有个百万字，在我同行里面是很少的，我写的时间很久很久了。1970年前后开始的，现在都2000年，三十多年，平均分到每一年，才写那么一点点。不只这些，早期的东西没有这个概念，生活有很多变故，大部分散失掉了。但我很多年轻时的朋友，他们都看过这个小说那个小说的，现在已经没有保留了。我感觉我的前半生是个认真的严肃的作家。我希望我的后半生能做一个普通的作家。

我觉得表达是对方法论的不间断的一个探索。我们成长的整个人生中方法论是永远立于不败之地的。一个时代有一个时代的方法，20世纪初的意识流的方法论一定是在心理学达到相应的水准之后，它不可能诞生在文艺复兴时代。各个时代有它相区别的内容，也是相应的方法的基础。在80年代初，我逐渐形成的我个人命名的叙事方式，被吴亮的"叙述圈套"定位了之后我就产生了很大的苦恼。我希望不应该止于此。止于此是很大的苦恼。我第一次出国，去巴黎待了六天。卢浮宫没去。我就嫌卢浮宫太大了，我要进去了就出不来。我想我就六天的时间，我要好好利用这六天的时间。所以我就去了三个博物馆。我想卢浮宫太大了，钻进去要一个月，我是个对美术特别着迷的人。我去了一个罗马时代的浴室，据说是罗马最早的建筑之一；凡尔赛花园，我对凡尔赛花园心仪已久；还有一个是毕加索博物馆，我早年对毕加索有误解。我觉得这家伙没有真本事，但在我第一次看毕加索专题片的时候，我很震惊，我发现毕加索很多东西和我特别吻合，就是冲动啊，他不能满足于一种成功或者一次成功，不管这个成功有多大，他每次都要向自己的反面去做，所以我就特别想去毕加索博物馆看看，找了个朋友找到那儿，在那里逗留了一整天。我说这个世界有特别强的冲破自我的冲动。那个自我可能也是我的动力，就是我可能在小说表达、方法论上有我马原自己的一点贡献，比如说，突破传统，但是在我突破自我的时候，突破马原比突破传统似乎更难，因为每个人都有一个画地为牢的惯性，虽然每个人并不清楚自己的困境。

（5）实际上我们绝大多数的小说家，他们写作的背景是从西方来的，我也是。因为现在的这种小说形态确实就是从西方过来的，我们过去的小说，像古典小说、章回体呀，它们都不是严格意义上的现代小说。但是我同时也注意到我们小说的起点和终点，汉人确实是有汉人的生命法则。在他们的生命过程中确实有一种有别于其他人种的东西，他的方式样式都不一样。我曾经和别人讨论过这个话题。我说，对我们来说，非接触是可以作用的，比如说气功，不管它有用没用，从古到今它对汉人的生活是有作用的，汉人一直讲究养气。气究竟是什么东西，它是非接触作用，一个人给另一个人发功，两个人根本没有接触。那汉人为什么相信呢，这是因为它和汉人哲学里的一部分东西相吻合，它不是以物理的方式相互发生作用，那么科学的东西就比较深奥了，气，究竟是什么？再譬如说书法。书法里的气究竟是个什么东西。我想以理性主义作为思想基础的西方人是不会理解，他们仅仅从线条的变化中能感受到一种形式的美感。但对于汉人而言绝不是这样，对于汉人而言，大的书法家能够力透纸背，很厚的宣纸正面有多少，反面就有多少。而很一般的书法家，他的纸的正面可能用很浓的墨，但后边就一点点。这究竟是什么，其实我们汉人也难以用一种准确的东西表达出来，逻辑的线性的方式不能表现那些非线性的存在。后来我就发现，汉人的生活里有一些东西是不可解析的，汉人的生命哲学里面都是不可以解析的，把这些不可解析的部分归结为宗教艺术、信仰这样一部分东西，在汉人的思想里面这一部分东西才更明确。但是回头看在西方特别好的小说里面，他们也有一些不可解析的，但是他们跟我们的这种写意又不一样。这时我就发现，实际上，我们汉人自己本身有一个不能用线性逻辑去表述的境界，但他们的表面上看来可以的，实际上他们的精髓也是不可以的，这就是说在更高的境界有着一种艺术的无国界，但走的是完全不同的路子，在高点上交汇。我更关心的是这条路子交汇以前的不同。汉人从形式到内容，与西方都是不同的，我个人就是对这一点感兴趣。民间的东西是最有力量最伟大的，我小时候读书比较早，读得最多的就是民间故事。

我十几岁就去当知青，发现没有什么比底层人的生命更有活力。底层人生命的旺盛很难想象。我们所有的坏事都做尽，偷，摸，抢，我们以又打一次架为荣耀。对强权的反抗，我们知青出身不好，到农村，农民就成为强权，我们是被教育对象。当时政府给我们的一个称号，"剥削阶级出身可教育好子女"，表面上是一种宽大政策要放我们一条活路，但实际上是一种歧视制度。所以我们戏弄农民，掌权人，当面弄他，背后搞他。我就觉得当时的生命是最有张力的最强大的。那些东西伴随着我一生的人生态度，包括出发点和立场。因为那时候十几岁嘛，刚刚进社会，社会是那么一个情形。可能是多方面原因使我一个从小喝西方文学的奶长大的孩子，在写作时最终改变了对民间方式的认识。所以我的写作都是用口语，这跟我的好朋友格非正好相反，他一生都是用书面语的方式写作，这也是我很钦佩的。我想口语是他日常使用的方式，可是他却用书面语来写作，也取得了这样的成就，非常不容易。但是我一生都不用书面语。因为书面语已经和我的人生的愿望相悖。就像我刚才所说的，我就想我会说些人话。我写的几个话剧拿出来了以后，那些演员说：马老师你的话剧虽然说起来我们不一定特别懂你的用意，但是说起来还是比较舒服的。说不说人话，其实就是会不会口语。这个口语并不一定是汉语，就包括我的用语有很多外来语的影响，因为一个人是不可能脱离你的教育背景的。但是我知道我很多用的是非接触作用的那种方式。就像我的评语，马原把一些不相关的东西写在一起，但似乎就是有一点关系。这就是中国的艺术鉴赏。我的美学方式构成更是汉人的。所以我比较强调我是汉人，汉人写作。可能在汉人里边领会，我的作品在开始的时候，阅读有障碍，评论有障碍，但是过了一段时间后，说马原的东西我懂。我的小说西方人更难明白。我的小说西方人在翻译的时候经常会问这是什么东西，那是什么东西。但是，初读者，可能一遍不能够看得懂，说马老师，实际上我知道，之所以在中国偌大的范围里他们那么喜欢马原，马原的小说在他们那没有阅读的障碍。事实上从西方的背景里来阅读我的作品是读不懂。很多人以为我的小说是西方的，实际上是不对的。因为他们总想要一个所以然，就会觉得非常地吃力。

口述者之二：蔡翔
口述时间： 2003年8月；地点：苏州。

《上海文学》有好的传统，就是好的作品会在编辑部展开讨论。马原的《冈底斯的诱惑》情况也是一样的，马原的稿子是1984年到这里，七八月份，秋天吧。讨论文章我也看过，大家意见完全不一样。很难有个说法，讨论很激烈。《棋王》发表之后有一点"寻根文学"的趋向，突然有马原的现代主义色彩很浓的作品，后来一直讨论到"杭州会议"，请李陀、韩少功看，李陀、韩少功都很肯定。小说发表在1985年第2期上。编辑部有这样一个好的传统。文学批评也一样，有一批青年批评家集合在《上海文学》周围，吴亮、陈思和、王晓明、南帆，很多人。80年代杂志对文学的介入是重视文本。有了马原的《冈底斯的诱惑》，觉得不错，有意思，发表了，其实到底是什么大家也说不清。发了《冈底斯的诱惑》以后有一串连锁反应，出现了格非、残雪的小说，然后就搞了"先锋小说"的专号，是这样一个过程。

口述者之三：李陀
口述时间： 2003年9月；地点：苏州、扬州。

还有一个和我有关系的就是，"杭州会议"推荐马原的小说。开会的时候，周介人说，我们有一篇小说，拿不准，李子云想让你看看。我说行啊，后来就拿来了，是《冈底斯的诱惑》。我一看，我说挺棒的。我想说服李子云，但拿不准就给了韩少功，我说你看看，我觉得这小说特别好。韩看了也说好。我和韩少功同时向李子云、周介人说这小说很重要，一定要发，大概这样决定发了。

6. 余华《一九八六》《现实一种》等

口述者之一：余华
口述时间：2002年5月；地点：苏州。

（1）80年代刚开始写作的时候，阅读比较窄，我就喜欢某一种风格的作品，比如像川端康成是我特别喜欢的，还有普鲁斯特，还有英国的曼斯菲尔德，一个女作家，类似这样一种叙述很慢而又比较优雅的，像曼斯菲尔德又带有一点纯真的、比较纯洁的那种感觉。无论川端康成也好，普鲁斯特也好，虽然都是截然不同的作家，但他们的作品都是很纯真，就是这样的一些作家。但过了二十年以后，我发现我现在是什么作家都喜欢了，不再是什么这个或是那个，我发现只要是好作家你就是喜欢他。所以我相信这一点非常重要。我曾经也因此而告诉过其他学校的那些学生，就是我之所以能成为一个作家——假如你们认为我还是一个不错的作家的话，那我必须告诉你们，我作为一个读者比我作为一个作家更优秀。正是因为我有阅读和判断文学作品的那种能力，反过来又把握了自己写作的分寸，这一点是非常重要的。任何一个作者，他的前提必须是一个好的读者；是一个好的读者，他才能成为一个好的作家，否则他不能。要是他净读一些烂书，他的阅读能力很低的话，他能写出好东西吗？所以我觉得要培养大学生们自己的那种阅读能力和自己的兴趣，而那种阅读的能力是首先必须要有一种阅读的乐趣，有了这种乐趣以后，他的能力就会增长；没有这种乐趣，他的能力就增长不起来。他老是在想，别人都说它好，我为什么看不出来？

现在我非常怀念80年代，我觉得那是一个最好的年代，那么多人那么真诚地要冲破什么；到80年代已经冲破了，起码在人的思维上已经没有禁区了，这时候你突然又感觉到整个有点不对了。所以我觉得80年代的一些事件，给我们的心理带来的冲击，把我们"文革"的经验全部调动起来了。我记得我那个时候是很绝望的。《十八岁出门远行》是李陀发表在《北京文学》上的，[1]还有《一九八六年》[2]等一些中篇小说，也是给《北京文学》的。突然间，整个形势一下子转到另一个方向去了，就是差不多一年时间，就在这不到一年时间，我所有要发的稿子都被退稿。这意味着什么呢？当一个作家感觉到他自己可能慢慢地终于要出来的时候，突然被人踩了一脚；当你真正出来以后，谁踩你也踩不下去了。但这个时候一脚就把你踩没了，你知道吗？那种压抑，我记得完全就是"文革"的那种感受，全部回来了。好在后来一下子又扭过来了。就在扭的过程中，李陀跟我说了这么一句话，他说别的杂志不敢发的稿子，《收获》有可能敢发。他就把别的地方退的稿子全弄到《收获》去了，《收获》全发。刚好到《收获》发我的小说的时候，整个的形势已经拧过来了，《收获》也没事，就是这样。为什么我跟《收获》保持了那么多年的友谊？所以我觉得，是什么东西老是勾起我们对童年、少年的"文革"记忆？到了90年代再来回忆我们童年和少年经历的感受已经没有那种压抑了，社会已经不可能再往后退了，再回想"文革"那种经历又不一样了，"文革"的那种记忆就变成一系列的事实了，就是不再调动我在政治

---

[1]《北京文学》1987年第1期。

[2]《收获》1987年第6期。

上的判断力,道德上的判断力,这些判断力让我明显感到跟我个人的前途是密切相关的。90年代一两年里跨出的步伐,比90年代整个十年都大,这是很惊人的,再没有往回走的那种倾向。有这样的声音,但是也就是很弱的声音,马上就消失了。

(2)你说到"文革"留给你的恐惧感很深。我的写作应该说与"文革"记忆有非常密切的关系。我最早阅读的文学作品,现在回想起来其实就是大字报。那个时候我上初中了,"文革"已经进入后期了,但是大字报还很兴旺。那个时候的大字报慢慢地就转向攻击人的隐私,编造一些色情故事之类的,很好看,我那时候很喜欢看,很好奇。我刚参加工作,是1978年吧,在牙科医院当牙医,我们镇上每个单位都要抽调一两个人去读那些审查资料,"文革"后那些造反派不都给抓了嘛,都关了起来,然后他们都写那些交代材料。真奇怪了,所写的交代材料,前面一小段都是说他政治反动呀什么的,下面都是交代他跟这个女人那个女人跟所有的女人的关系,由此可见那个时代已经压抑到什么程度了。因为你不审查他是不可能交代这些的。审问的那些人也都关心这些事情,看得我是心惊肉跳。那时候没看过这样的东西,比现在下半身的写作更吸引人,一个一个我看了一堆呀。1978年的时候书还是不多。因为到了1980年以后,大量的书才开始出来。这就是我的文学启蒙。你想想,接触的大字报是暴露阴暗面的,又在那里被组织起来看了半年那些色情交代。我印象很深的是,我小时候,在"文革"时偷偷看过一个"走资派"写的交代材料,写得跟我后面看到的造反派的交代材料一样,也在写他跟女人的关系。你说那个时代也真奇怪了。

那个时候我写《十八岁出门远行》《现实一种》,[1]比较阴暗,我觉得跟"文革"给我的经历有关。但是到了90年代以后,在《收获》发的三个长篇,那个时候我的视野稍微开阔一点,不仅仅去为了暴露

---

[1]《北京文学》1988年第1期。

那些阴暗的东西,而是为了去注意到更多的人是怎么生活的,可是问题是他们的生活也不幸。比如还是有很多人问我,《活着》为什么人都死光了?我说这样的小说换了你来写,你可能不会这样写。我相信,王尧你会同意我的看法的,我们童年的时候有多少孤寡老人,五保户多得很。所以,我就跟他们说,应该明白一个道理,童年对一个作家的重要性。童年,就像把整个世界当作一个复印机一样,把这个世界复印到了你的一张白纸上,以后你做的都是一些局部的修改了,这儿修修,那儿修修,但它的那个基本的结构就是这样了。所以我说我童年到处都是五保户,到处都是孤寡老人,因为经历了战争,经历了瘟疫,经历了疾病,经历了饥荒,真是死了很多人。

五保户特别多,在我小的时候,只有一个人的、没有亲人的很多。现在当然少了,因为社会已经安定了,五十多年了,没有战争,生活条件啦,各方面都越来越好,自然是少了,尤其是生活在城市的人,从小到大都没有见到一个孤寡老人这个情况。我觉得一个人的记忆真的决定了他写作的方向。

(3)写《现实一种》的时候,是我写作生涯最残忍的时候,我印象很深,那里面杀了好几个人,还有《河边的错误》《一九八六年》。[1]我印象中那个时候写了一堆的中短篇小说,里面杀了十多个还是三十多个,那个时候不知道为什么就不能摆脱自己一写小说就要杀人,必定里边有人死亡,最后是我自己都受不了了,晚上净做这种梦,不是我在杀人就是别人来杀我,有一个梦里我在被公安局通缉,我东躲西藏,醒来是一身冷汗,心想还好是梦。最凄惨的一个梦是我被枪毙了,因为我在念书的时候我们那个中学的操场就是我们县里开公判大会的地方,你们现在都没有这种经历了,开公判大会的时候,就是我们全县人民过节的时候。我们是在杭州湾边上的,我们那里有一个

---

[1] 《现实一种》,《北京文学》1988年第1期;《河边的错误》,《钟山》1988年第1期;《一九八六年》,《收获》1987年第6期。

北沙滩，一个南沙滩，不是在南沙滩，就是在北沙滩枪毙犯人。那时我们都很小，上次是在北边枪毙的，这次我们就往南边跑，拼命地跑，提前几小时就到了那里，到那里一看没坑，完了，跑错地方了，赶紧再往北边跑，然后还没有跑过去，看到大卡车后面有一堆人在跟着跑，还有骑着自行车的，一辆自行车骑着三四个人。枪毙犯人，成千上万的人挤在那边看，那种经历很像现在小镇上的人去看歌星似的。而且每次公判大会都在我们县中学的主席台上开，那时候还没有上诉，根本没有什么上诉，那时候法律也真奇怪，宣判完了就马上枪毙。我还真有一次押宝押中了，事先跑对了沙滩，一看有个大坑，赶紧在边上站着，看着后面有人来，我就在第一排，看着那个人被杀。《现实一种》里面写一枪打下去以后，那个人的身体噔、噔、噔跳几下的，就是我亲眼看到的，我吓了一跳，死了没有？这种感觉。我就做了一个这样的梦，我被枪毙了。这个梦决定我不再在小说里写杀人了，我精神快要崩溃了，在那个梦里面，我被绑在台上，挂了一个大牌子，犯了杀人罪，然后说是判我死刑，立即执行，话音刚落就有人拿着一杆枪对着我放了一枪。我那时候倒在地上，还爬起来说不是还没有到那个沙滩嘛，怎么就把我枪毙了呢？我出了一身冷汗，就觉得脑子是空的。我还问，怎么这就执行啊，应该去沙滩那边啊，还和他们辩论起来，醒来以后决定以后不再写杀人了。

（4）在80年代，我和苏童、格非、孙甘露，还有北村、吕新，我们差不多是同一个时代的。吕新、北村、格非虽然小，比我年纪小，小几岁，但他们还是跟我是同一拨的。韩东虽然比我小一两岁，因为他以前是写诗歌的，他是更晚的那一拨。我交往更多的是苏童和格非、兆言。与叶兆言那个时候交往不太多，这几年我跟兆言交往非常多。80年代我们是接受"先锋文学"称号的，起码我觉得我们这三个人是接受的，当然他们那两个人要是抵赖那我也不负责任的。那是很难说的。可现在我回想起来吧，我感觉到真是时势造英雄，当然我不能说我们是英雄，就是什么样子的环境造就了什么样的事物。

为什么会在那样的时代出现这样的文学，我现在感觉到更应该用一种比较大一点的角度去说、去讨论。我们从1949年以后一直到1978年吧，或者是到1979年、1980年吧，那个时候，严格意义上来说我们没有什么文学。当然也有一些，像老舍先生写的《茶馆》之类的，解放以后，还有这样优秀的作品出现确实是很不容易的。巴老《随想录》那是以后了，巴老那个时候的《团圆》也写得很好，是吧？那个时候我们看到的所有的电影最耐看的就是由《团圆》改编的《英雄儿女》。现在回想起来我感觉到什么呢，就是当这几十年中国处于文学逐步消亡的时候，而世界刚好是流派纷呈的时候，从严格意义上来说，当中国的先锋派在80年代末出现的时候，先锋主义运动起码在西方已经退潮了。为什么在中国出现？我感觉到我们必须要认真地赶上去，如果我们从这个角度来说，"伤痕文学"都非常重要。"伤痕文学"跨出了第一步，后来是"反思文学"，那时候我印象很深的是读知青写的那些小说，突然读到了陈村的两个小说《蓝旗》和《我曾经在这里生活》，我当时就特别喜欢这个作家。[1]"反思文学"从我的眼光来看其实是从陈村的小说开始的。我的阅读可能是有限的，但那个时候我确实是读了不少杂志。为什么呢？因为那个时候我读到的所有的那些知青作家，写的那些小说都是控诉的，就是他们在那边受了多少苦。到了陈村，突然感觉那么苦的生活至今回想起来是很美好的。严格意义上说，当我们读那些伤痕文学的时候，我们读不到记忆，但我们读陈村的《蓝旗》和《我曾经在这里生活》，我突然读到了一个人对"文革"的记忆了。以一个公正的态度来对待往事，我认为"反思文学"比"伤痕文学"又跨了一大步。然后接下去又有"寻根文学"，"寻根文学"整个地就去寻我们的根去了，这个又不得了。

再后面一个是"先锋文学"出现了。当然还有另一些作家的功劳是不能抹杀的，比如像王蒙。王蒙从80年代初一直以一种非常激进

---

[1] 陈村（1954— ），当代作家，著有《鲜花和》、《陈村文集》（4卷）等。

的态度进行写作。应该说王蒙在整个80年代起到了一个非常好的而且是很大的作用。现在有些人写文章也不太负责任了。我觉得王蒙的作用是绝对不能抹杀的。我记得，我那个时候读王蒙的小说《夜的眼》，我吓一跳，二三十个字一个句子，他的句子之长，但又写得非常清晰，这一点不得了。所以我可以说在那代作家中，有两个作家语言感觉是最好的，一个是汪老汪曾祺，另一个是王蒙。我记得当时我读他的《夜的眼》，读他的《春之声》，对他的语言着迷，他对我们起到了很多的像《红灯记》里的那盏灯一样的作用。像这两个作家，你很难把他们归到"伤痕""先锋"里面。汪老写的语言是干净。我觉得他们起码对我们这一代的作家来说是非常重要的作家。所以我们现在应该怎么看呢？它其实就是从"伤痕文学"到"先锋文学"，中国文学用短短十年的时间要赶上，不能说赶上，是向世界表明我们有文学了。因为在此之前，严格意义上说我们站在这里说这个话是有些羞愧的。你说那么大的一个国家，有那么多的民族，而且又有那么多人口的一个国家，居然所有人写出的小说都是一样的。这是可怕的。经过这个十年以后，我发现作家们的个性充分得到了表达，其实我觉得从"伤痕文学"到"先锋文学"，作家们都是在努力地争取他们写作中的个性，这是他们要争取的东西。所以我觉得"先锋文学"也就是起到这个作用。就是通过十年的努力，起码我们有文学了，我们有个性截然不同的作家，我们又有很多表达方式不同的作品，就是说，起码是我们有了丰富的文学。

口述者之二：李陀

口述时间：2003年9月；地点：苏州、扬州。

《北京文学》的编辑老和我说，李陀，浙江有一个小伙子叫余华，写得特别好，你要重视。我说，拿东西来看看，给我看的是《看海去》，我说这没什么，这《看海去》看不出好来。当时编辑真是好，跟他一点关系都没有，老说服我。我当时是真管事的，说服我让我重视他。后来在改稿会上，我就同意了，既然你们说余华这么好，那你们就把他请来。是1986年冬天请来的。你跟余华谈话，他老眯着小眼笑，你不知道他心里想什么。后来，一天晚上，他又拿了一篇文章来，说特别好。我一看就特别激动了，《十八岁出门远行》，[1] 当时我就觉得这才是我期待很久很久的现代小说。某种意义上，"寻根小说"对我来说，不是特别满足。后来，我就说这个小说太好了。我就找余华，我说你这个小说很重要。可能当时话说得太重，说可能是中国一种新的写作样式的开始。后来余华老说，我记不清原话了。

口述者之三：程永新，编辑家，小说家。时任《收获》副主编。
口述时间：2003年9月；地点：上海。

余华的小说倒是由李陀转给我的。当时我们还不是很熟，打电话的，他是把他的两篇小说《四月三日事件》《一九八六年》给了我们。当时要编一个专号嘛。说李陀推荐一个人，评价很高，写《十八岁出门远行》的那个，当时我就抽了一篇。当时我要看很多稿子嘛，当时一看觉得这个不错啊。我说我要这篇《四月三日事件》。[2] 后来他的另外一篇也发了。

7. 苏童《桑园留念》《妻妾成群》等

口述者：苏童（1963—　），作家，"先锋小说"代表性作家之一。时任江苏省作协副主席。

---

[1]《十八岁出门远行》，《北京文学》1987年第1期。
[2]《收获》1987年第5期。

口述时间：2004年6月；地点：南京。

（1）我大学毕业那两年，当时的朋友圈，这个圈子里的朋友都是写诗的。身边还有像《他们》这样的文学刊物。我整天跟他们玩。他们当时都不写小说，大多数写诗。其中只有我一个还有另外两三个是写小说的。因此他们看小说自然有一种比你高的眼光，当时他们全写诗的，他们总觉得你写的小说问题多多。但是正因为有这么一种压力，你始终觉得不能说追求卓越。追求独特是当时他们一致的创作心态，或者是反潮流，当时别人怎么写，你倒过来写。当时你记得整个诗歌的基调以《诗刊》为中心，非常高亢的、非常可疑的热情。而韩东他们的诗歌是冷的、内敛的、往下沉的。我觉得是对的。当然他们的创作观，他们的诗歌创作对我的小说创作有一种潜移默化的影响。因为我一向不认为我要把高亢的明亮的主题作为我的小说内容。跟这些诗人朋友的交往，虽然是在两个路线上走，但是方向大致是一样的。我在《他们》上发表过两篇，《桑园留念》和《流浪的金鱼》。《桑园留念》是1984年写的，1985年在他们那个油印刊物上发表，那时候你可以想见，写我这样的东西多么难。《桑园留念》在全国不知道转了多少圈，退，寄到这儿退，寄到那儿退。然后到了三年以后，一直到1987年才发表。所以这篇小说从某种意义上来说我认为是我的处女作。因为我以前也写过一些不像话的东西也发表过，但那不是我的处女作。现在我觉得这篇小说毛病多，但还是比较可爱的，是一篇比较可爱的处女作。确实也是1984年写的。我虽然是1983年就开始写，但是1984年这篇我认为是我的处女作。对我来说它是小说了，是我心目当中的小说了。现在别人做作家档案，我也不管三七二十一，我就写处女作《桑园留念》，别人一查觉得怪了，你怎么把1987年发表的作品作为你的处女作。[1]

---

[1]《桑园留念》，《北京文学》1987年第2期。

那个时候的写作，应该说有一些东西在打架，因为那时候有潮流写作。比如说"寻根"之前是"伤痕文学"的尾声，"伤痕文学"发展到那时候已经比较弱了，但是仍然在。在"寻根文学"之前我觉得还有一批这样的写作。然后这似乎是作为一种写作的楷模和典范。但是我的写作，从1984年以后，因为是反这个东西，或者说是与潮流隔得很远，也经常会有挫败感。虽然1985、1986年我也发表了一些东西，但是只是我所有写作中的十分之一，根本也谈不上有什么成功的感觉。因为我东西太多了，退稿太多了。黄小初和程永新是我的同学，我那时候一塌糊涂了，我跟小初说你能不能帮我推荐到《收获》，他就推荐了那篇《青石与河流》。到了1987年2月，我同时发了三篇小说，《收获》第2期《青石与河流》，[1]《上海文学》的《飞越我的枫杨树故乡》，《北京文学》的《桑园留念》。因为我发表的东西都是我比较喜欢的。1987年2月就成为一个非常重要的开始，对写作充满自信了。

我个人最初的创作，尤其是80、90年代，都有这样一个特点，我好多小说都是先有名字。我那时有个特点，我会在纸上列一长串，只有我自己知道的名字，比如说《祖母的季节》，比如说《门》。我有时突然想到，我会写一个名字叫"门"的小说。至于细节，写什么东西，我自己当时其实不清楚。但是有一天这个东西在暗暗地鞭策我的写作，这张单子在鞭策我，我要把这张单子上我列出的一个一个名字勾掉，这使我产生一种成就感。这对大家来说可能是很奇怪，但是我持续了好多年，而写出的短篇小说基本就是这个名字。然后一般到了年底，我把这张单子勾得差不多了，我觉得有种非常愉快的感觉。

还涉及一些个人方法，比如我最初对自己不信任，我写作的时候还画画。我那时候在南艺，单身的时候，跟一些画画的人接触比较多，为了怕忘掉脑子里非常漂亮、非常瑰丽的画面，这些画面往往是一闪而过的，我有时候像想我的小说一样想一幅画的，如果突然会

---

[1] 应为《收获》1986年第5期。

忘掉这东西，不存在了，就很可惜，于是有时间我会在纸上画。当然，我的素描功夫很差，但是能画出那个意思来就行了。比如《1934年的逃亡》，[1]我画了一个死人塘的意象。关于那条路，就是说所有的工匠从那条路上走过到城里去，那条路上好多人夜里离乡的场景我画了个人上面有个月亮，时间有了。这个东西会带来一个非常奇特的效果，因为我到现在，有画在支撑。我现在看来看去我所有小说中间有画面感的就《1934年的逃亡》画面感最强。跟写作经验、跟写作准备也有关系，那个小说你要从技术手段上或者我们现在所说的技术含量上去分析，是很粗的，但是这部小说是我所有小说中间色彩最斑斓的，像油画一样浓得化不开的画面感。这跟当时的创作背景有关系，跟那个画也有关系。当然后来我觉得这个方法太可笑太幼稚了。

《1934年的逃亡》是程永新跟我约稿的。他说你帮我写一个中篇，我当然受宠若惊。《收获》你想想什么地位啊，跟你约稿。所以我的《1934年的逃亡》写得那么紧张，又是写又是画，双管齐下。跟这个很有关系，如临大敌。因为他要求我写一个中篇，我之前没写过中篇，所以兴奋。又画又写，最后就出来那么一篇。然后正好我们那一期程永新他所挑的那几个作家，我、余华、格非，我们同一期，一个专号。后来变成了比较重要的所谓的"先锋派"的人物，变成一个符号。

（2）《妻妾成群》[2]

《妻妾成群》也是先有小说题目。

当时有个叫丁当的诗人，他的诗有一点颓废，有一点反英雄主义的，很浓烈的情感，所以看上去很好玩，耳目一新的。他有一首诗，前面诗句忘了，他写道："哪一个男人不梦想着嫔妃三千，妻妾成群？"我觉得在这首诗歌当中诗人的态度很有意思。我就想着这

---

[1]《收获》1987年第5期。
[2]《收获》1989年第6期。

"妻妾成群"四个字,我觉得这四个字辐射出好多意义。我又觉得某一天我的一个小说会用这个名字。刚好跟我另外一个小说的写作想法契合。我想用白描的手法写一个传统的、真正中国化的中国故事。在脑子里想好,慢慢膨胀以后变成一个关于封建家庭、一夫多妻制的这么一个小说。然后这两个东西碰撞在一起,最后有了《妻妾成群》。

《妻妾成群》的写作其实是蛮怪的。因为我是在1989年6月之前写的,写着写着写到大概一万多字的时候,写不起来了。然后就放在那好长时间,到了差不多过了8月还是9月,我忘了,或许是七八月,我又捡起来重新写。我不知道大概这样放一放对我很有好处。这是我小说写作中间唯一一篇时间隔这么长的。我的写作经验当中没有一次中断这么长时间,再重新拾起来,而且从文本上来看还是成功的。从文体上来说我倒不觉得有什么断裂。大概那个小说的时间观很强,所以隔那么长时间没有打乱。所以这个小说也是我记忆当中比较深刻的。

我写完后很疑惑,这个东西有没有意义,有没有价值?写作的时候只是觉得写作经验当中开了一个新的窗子。当时自己是这种感觉,拿出来给《收获》的时候我心里是非常没底的。我就觉得这篇小说可能不能给文学带来什么东西。我不知道这么一个故事,这么一个关于人与人之间争斗的故事,放在封建家庭大背景下的涉及人性这一面的东西,有没有力量使人们重视到这篇东西。自己觉得这篇东西重要,但心里一点都没底。这恰好是一篇我弄出去之后非常忐忑不安的作品,但是后来很奇怪,这篇小说有比较大的反响,在当时那个背景下,人普遍都很幻灭。人在幻灭的情景当中不是向上,就是向下。那现在都是向下。所以这样的东西反而在那样的年代抚慰了别人,所以每个人读了之后很过瘾。我觉得可能是这个原因。这篇小说给我带来了一个全新的经验。

(3)小说的形式问题

形式问题当初自然想到,现在倒不想了。你说这个小说的形式感到底是个什么东西？80年代末，我们每一个小说作者准备上场了，就像比武一样，开始比武了。一定要有自己的一招，你使的是青龙偃月刀的招式，或者别的什么招式。说通俗一点，就是你准备用什么风格招引别人。在那个时代每个作家都有所谓自己的形象，就是"先锋小说"那个时期，大家都希望从小说的叙述形式上搞花样。每个人登场的时候，一定是在叙事方法上别出心裁的。当然这个别出心裁有做得好做得坏的。久而久之，评论界和这个作家都误以为这是个人风格。其实我觉得个人风格不光是这么一个语言的叙述形式。我觉得光是一种叙述风格，不是一种个人风格。个人风格有太多的东西。个人风格可以说跟世界观有关，跟对生活的认识有关，跟个人的性格有关，甚至跟性格都有关。

形式是与语言文字联系在一起的。有时候在阅读的过程中文字的信息大到可以覆盖真相。比如说有的作家对某人是这个看法，他是比较善良的，比较明朗的，或者是客观的。但是因为写作时叙述的需要，文字的信息给人们提供了一种相反的印象，灰暗的，沮丧的，沉沦的，向恶的。文字产生的信息可以覆盖真相。我觉得可能是这个东西。一个作家他有一个惯性，他写到一个时候他的真实的思路会跳出来，会按捺不住，那这个时候，所谓的小说的形式感、个人风格会支离破碎。有一点，就像一个人如果有尾巴的话只能拖着这个尾巴走。比如说我写《米》的时候，其实《米》不代表我的世界观，这个非常黑暗的人性世界从来不是我的世界观。但是我的写作需要我走一个反道。我觉得走一个反道是我这个作品安身立命的资本。写作的时候不能说是人来疯状态，但是是一个搔首弄姿的人。所以我说我在很多写作的过程当中也有这种嫌疑。然后文本是一回事，通过这个文本研究这个作家是不是合拍，其实没有一定的定论。因为这个文本跟我的世界观可能没有任何关系。我觉得我那个东西就好像一个山西农民去演莎士比亚的《麦克白》一样，恰好演对了，有各种的原因。那你说一个山西农民和《麦克白》有什么关系？没有关系。我以前什么时候写过一个所谓第五条道路的创作的关系，我表达得不清楚，今天表达得更清楚。其实所谓的摸索就是大家已经知道往人少的地方走了，对我来说人少的地方也不走，但是又要去那个地方，那么只好走第五条路。十字路口是不够的。其实这个是没有选择的。因为在这个时候每个作家在写作道路上要做出的选择不光是个人风格，文体，故事类型，关注内容的选择，还要选择你的姿态。当然有一个写作姿态的问题。比如说我是一个什么样的写作姿态，80年代刚刚开始写的时候我选的是一种破坏性的，带有先锋风格的这么一种写作姿态。

反主流的，叛逆，这样来确立一个姿态。那么接下来，我觉得每个作家都一样，在写作当中都是真的在成长。年轻人是天生的愤世嫉俗的，对于所有的文学秩序也好，文学样板也好，天生看不惯，觉得这个怎么这么差，还变成了范例。这确实是年轻人的心态。有时候批评家从他的学术立场出发，不去看待这个问题，就是一个作家隐藏在背后的真实的嘴脸，真实的形象。就我刚才说的写作姿态，是真实的，还是虚假的，甚至是反的。因为一般来说好多评论家是不会研究这个问题的。但是作家自己很清楚。当他在说一个问题时，觉得好像我根本不是那么回事。对我来说，我写着写着，不再考虑什么是我的个人风格，不想这个问题。以前老觉得极端的东西能吸引人，现在你写到一定程度，极端的东西是多么幼稚，恶也恶到极端，善也善到催人泪下，这种东西其实是你最不需要的。哪怕这极端能耸人听闻，能够使人哗然，不管是什么样的效果，你都不屑于去走这样的道路了。虽然作家的成长在某些人的心目当中他变得中庸了，但是我从来不认为中庸是坏事。这完全是一个作家，不是自我觉醒，而是自我成长的一个选择。因为自己不想纳入潮流之中，现在觉得孤寂是多么美啊，无人喝彩。这个心情有点老，不是非常年轻了。那么这个时候人要自得其乐，人要体会所有写作当中美好的东西。极端所产生的效果对我来说已经不是美好的了，即使它能产生效果。

好多人说可以从一个作家的作品中看出他大致的生活区域。可能有道理，因为有几个地方容易泄露信息。你的语言，北方人的叙述语言自然能看出来。比如那些河南作家、陕西作家，都不一样，哪怕大家都用书面语。而南方人普遍一类是像王安忆这样的，她的语言思维是上海人的语言思维，而每个字是书面白话。所以我说会透露籍贯的，其实用最正规的书面语写作的恰好是南方作家。北京作家比如像王朔是比较极端的例子。我们南方人在用两重母语，一个是普通话，一个是家乡话。像王安忆也好，余华也好，格非、兆言也好，都是两重母语。在两重母语中选择书面语写作。这南方作家和北方作家作品中透露的信息确实是能够看出来的。还有一个非常关键的问题，我们的北方作家不知道是出于懒惰还是什么原因他们都非常疏于对事件的外部描写，或者说是比较少。贾平凹是个例外。他们主要关注人的事情，布景几乎不布置，或者是非常粗糙的布置。而所有的南方作家对于背景、小说的发生地一定会不遗余力，非常津津有味地要演绎一番。比如我写香椿树街，看完了你会觉得这条街是立体的、散发出味道的。南方作家觉得这是天经地义的。而大多数的北方作家我觉得至少读来有这个缺陷。你要说是不是南方和北方有一点地域差别？还是有一点的。地域文化的影响这一点不能否认的。

对我这样的作家来说，童年生活经验是非常重要的，这个太重要了。这似乎是一个真理。从托尔斯泰开始，人到中年后都悟出了这个道理。那么童年经验为什么重要呢？因为那个时候的记忆是最真切的，尤其在你十岁之前。在你确立正确的世界观之前，我觉得人的五官的记忆是完全打开的。这个打开是全方位的，没有价值标准观念在里头起任何杠杆作用。所以这样的五官的打开，它所获取的世界的印象我觉得是最文学化的。一个孩子对于他儿童时生活的记忆，到了他青年、中年以后，当他利用这块东西写作的时候就非常自然地把童年带到作品里头去了。在世界观确立之前，童年经验是这个世界打开以后对你产生的那么一种刺激。可能这个世界比较真实。比如莫言《透明的红萝卜》，是一个梦也好，或者是少年时代某一个场景也罢。一个孩子和一个红萝卜，一个这样的东西我觉得很正常。比如我关于那个街道，我记得最清楚的就是冬夏两季，对于路的记忆，对街面的记忆。因为夏天，我终归记得，那小时候穿的海绵拖鞋。因为天热嘛，走长了拖鞋还是烫的。冬天走在路上，脚趾头是冷的，觉得地是冰的，走在冰上。那么这种东西到了成年人以后他没有这样的记忆。关于路的记忆，跟季节有关的，只有孩子会有。而成年人的记忆就只会是这条路是什么样的路，对它的描述是水泥的，什么质地的，有多宽。孩子他才不这样记，孩子的记忆恰好是文学化的。冷的、热的，这样的温度的记忆只有孩子才有。他的脚对于路的感受，这个是文学的记忆。所以我觉得童年记忆表现在很多方面就在于它的文学化。

8. 格非《迷舟》《敌人》等

口述者：格非（1964—　），作家、学者，"先锋小说"代表性作家之一。时为清华大学教授。

口述时间：2004年11月；地点：苏州。

（1）在写《迷舟》[1]之前呢，比较早的几篇小说，比如说《陷阱》，这是发在《中国》上的，开始也没写多少东西，后来写《迷舟》就稍微有点变化了。这个稿子写出来以后，先是给《上海文学》，当时我有个朋友在《上海文学》，叫吴洪森，他现在在香港，他看了之后非常高兴，他说写得还不错。他当时以中间人的关系，推荐给周介人。周介人其实还是挺负责的，他看了以后大概不到一个月，

---

〔1〕《收获》1987年第6期。

给我写了一封信,信写得很长,对我的创作也写了很多鼓励的意见,但是其中一个评价说我们《上海文学》是不发通俗小说的,说你这个是通俗小说。我看了信以后也不能接受,当时通俗小说和纯文学的泾渭是非常分明的,不像现在社会所谓通俗不通俗实际已经混淆了,在当时是很清楚的。所以,后来周介人把这个小说给退了。吴洪森是个很仗义的人,立刻就跟周闹翻了,说以后再也不理你了,周当时也很生气。然后他找到了马原,马原大概和程永新、李洱说了一下,稿子给了《收获》,程永新就说你放下,我看一下,以后也没有任何消息了。《收获》在我心中很神圣的。几个月后,我就给永新打电话,我就说那个稿子你看了没有?你觉得不行的话,你就给我退回来。永新说退什么退,我已经给你发了,你不知道吗?早就发了。我就赶紧到图书馆去找,一找,果然已经发了,而且根本就没和你打招呼,这个事情使我一下子了解到《收获》,它也不看你是名作家还是什么,它根本不看资历。我开始发表小说就是这样的杂志,我觉得很幸运的。其实过程也很简单,后来见到李小林,她非常懂行的。《收获》发了以后,周老师心里不痛快。周也是做事非常认真、心里有事抹不开的人,他后来就找我谈,当然他不会说没发的事情,他把整个话题绕开来,他说你现在给我写一篇。我听他的口气,我无论写什么,他都给发的,后来我就写了《大年》[1]给《上海文学》,和他的关系也改善了,这个事情也就过去了。

朱伟,我觉得他是非常优秀的批评家,我个人是非常佩服的,他实际上做过很多作品的评论,其实一些小说像《蚌壳》《背景》,没有受到什么关注,他都写了专门的文章。我跟朱伟接触很多,打电话、见面,有的时候还住到他家里,交情非常深。现在联系少了,他是完全改行了,他是最了解情况的,后来大概对周围有很多看法,时代也有变化,他一直想办一份相对来说阅读面比较广的杂志,他在主持

---

[1]《上海文学》1988年第8期。

《三联生活周刊》，也办得很好。他在《人民文学》的时候，他其实一度有发稿权，他约了我，当时我就给他写了《风琴》，他当时给我的一个说法是，他觉得《风琴》写得也不错，虽觉得好像我没有拿出最好的感觉来，但是还给我发了。

《迷舟》发表的过程我已经讲了。写作过程就是想还原一个简单的想法，就是对命运的不可知。实际上我自己也有这方面的体会，我也接受过中央台的采访，问为什么你会去这么思考问题？其实我这么多年的生活，本身也充满了传奇性，我觉得生活就是传奇，你如果仔细来看这个问题的话，非常地荒谬，充满了神秘，神秘主义不是说我要故意制造一种神秘的东西，它本身总是神秘的，我可以举无数例子来证明这个事情，你没有一件事情可以认为是值得推敲的，都经不起推敲，一推敲马上就完蛋了。比如幸福，你想马上就没有了，你不能分析。命运更是不能把握，比如说我觉得我当年考大学，我大学是1980年考的，没考取，我母亲就说不要考了，你回来学木匠，我在一篇文章里讲过，我真的打算回去学木匠了，当然这个过程也很复杂。有一天我们快睡觉了，有一个老头从很远的地方跑到我们家，说你儿子是中学里边成绩最好的学生之一，你愿不愿意让他再去读？我母亲问去哪读，他说去什么什么中学。当时只要任何一个环节出了问题就根本去不了，而且这个事情本身就很荒谬，所以我写一篇文章，《上大学还是当木匠》，[1]就是详细谈了这个事情。所以现实生活中的很多事情，没法解释。我有不少朋友都突然死掉了，我的内兄，就跟我住在一个床上，就突然死掉了，身体非常好，我们把他送到医院，救活了，心脏跳了，但脑死亡了，三十多岁。你根本不知道第二天会怎样。我妈妈经常说农民你今天脱下鞋子、袜子，明天根本不知道能否穿上，没有把握，这是乡村经验很重要的东西，这个当然也能使你看清物质、金钱、权力，当然这些都是我们早就思考的，但这是另外

---

[1] 发表时题目为《当木匠，还是上大学？》。

一个问题。所以写《迷舟》主要是这种经验，小说里边，当然，当时的方法是我不愿意写实，把经历还原，但希望另外一些事，和它没有关系的，如北伐战争啊，搞一些故事，能够把这个意思表达出来。

（2）我现在重新回过来讲，当初有一个很重要的原因，在当时可能也没有想得很清楚，就是现代主义作品的影响很大。卡夫卡那些人，几乎所有的现代主义作家作品我都看过，在阅读当中，很容易在现代主义这个圈子中钻不出来。我现在反思的话，我觉得当初有一个很大的问题。我个人一直觉得，关于现实，如果归纳它，用过去的一些方法，统计啊，归纳啊，演绎出一个有意义的作品来，这我是不屑于做的，我觉得反而用更简单的方法好，所以我比较喜欢用一种不复杂的方法，能够把自己一些复杂的经验传达出来。所以，我跟李洱交流非常多，他当时对我的感觉就是，我可以用一种不复杂的方法去写一个复杂的情感，他可能比较了解我。还有一个，我觉得写作必须和当下现实保持距离，写作是对现实的一种疏离，我觉得文学史上还没有一个作家能够完全依附于现实来写作，依附于现实关系、现实政治、意识形态来写作，它必须比较暧昧，要么就是批判性的，所以"空缺"这东西确实不重要，不是说人为地制造一个空缺，不是技巧的问题。因为从现代主义的发生来看，我们当时不可能不去看那些作品，我不知道其他作家怎样，我个人是做过一些研究的。像现代主义本身是有很高的政治理想的，它是用一种极端的方法，对现实生活造成一种震惊的效果，让你被迫去注意它。年轻的时候，二十多岁喜欢这个东西也是正常的，所以现在我的学生喜欢写作，我也会鼓励他。像拉美几乎所有作家都是从超现实主义开始的，早期的小说都很不成熟，就是有一个概念，年轻时候你的写作可能有这样那样的毛病，但是你以后是写不出来的，这个关我觉得是要过的。包括像现代文学的学习，我在讲课的时候，也谈到这个问题，我觉得中国文学是一次漫长的出发，这个过程中，它需要他者的经验，他者是能够帮助我们认清自己，有些问题不是一下子就能认清的。我觉得现在没有后悔，就是那个时代的产物。还有一个很重要的原因，就是现实政治的问题。这个其实大家都不大愿意谈，我可能也不大愿意谈，但实际上，今天我可以说有一个很重要的原因，就是对政治的批判会导致两个截然不同的结果，一个就是跟现实政治达成一致了，第二个你就带有另一种立场。但很多人都不同意我的看法，我一直是坚持的，我认为文学高于政治，这是毫无疑问的。文学看起来有些歌颂、有些批评，其实你要看它背后的东西，有可能是一样的，所以中国有的时候左派、右派打得不可开交，其实思路完全一样。

从"先锋小说"在当时的影响，我觉得也可以说明这个问题。对这个社会，"先锋小说"的写作，当时社会是不承认的，现在当然很多人不了解当时的政治背景。我跟余华交往比较多，因为当时我在上海，余华在浙江，苏童在南京，我正好在中间，就经常来往、聊天，但是大家聊得比较多的还都是切磋一些作品，大家看过的一些书，包括我们每个人的构思，大家都要讲的，写什么怎么写，大家都会坦诚地交流，大家很少说要去集体搞一个运动、流派，一句话都没有谈过，没有大家凑起来去做什么，绝对没有。我觉得这段年月，我个人都很怀念的，特别好，有着无拘无束非常好的朋友、知心般的朋友。当时一聊就是通宵的，我们经常聊到四五点钟去吃饭。马原觉得讨论完三个小时可以写作，当时我们有几十个人一起聊天，也有些诗人在一边就写诗，那个气氛也非常好，没有后来人所想象的，这些人故意制造什么潮流。当时大家想到的问题也有一些共通的地方，比如说小说，这个里边涉及前面的文学思潮的评价问题，就我个人而言，我觉得最重要的是语言要变革，小说如果在语言上不做变化的话，一切的革命等于零。"文革"结束以后许多痕迹还保留下来，这个我个人看得很清楚，我不愿意再用那种方式写作了，需要跟它保持距离，需要打造些东西。我当时非常孤单，觉得周围完全没有人理解你，突然有一帮朋友，大家聚在一起，相当开心。马原虽然比我大十岁，但是我觉得我们之间没有隔阂。代与代之间的隔阂没有。他刚写完就给我看，我也一样。在小说的方法、语言方面，大家确实非常用功的，做得比较多的，希望做些变化，有一个新的开始，不管这个开始好不好，必须要有一个新的开始、新的面貌。契诃夫有一句话，我记得很清楚：一个年轻作家，必须用全新的面貌出现，你不要指望用一种一劳永逸的方法，别人用过的方法，去创作作品，年轻的时候如果没有这个勇气，以后也不会有。因为我们年轻的时候天真，大师们的话钻研得比较透，然后真的会去那么实践，包括作品与作品之间，一部作品可能有生气，一部作品会呆板，一个方法也不太会使用两次，老害怕重复。后来李陀给我写了一封很长的信，我当时觉得很激动。李陀当时影响很大的。李陀当时在做电影，他对文学的变革起过作用。我当时不认识他，他对我的《迷舟》和《大年》做了一些评价。他觉得《迷舟》非常重要，他说你什么时候到北京来，跟他见面，后来我给他回了一封信。他的这封信谈了一个很重要的东西，他说你绝对不要害怕重复，他举了一个例子，他说海明威一辈子都在重复自己，但是他毫无疑问地是一个大师，他说一个作家，他有一个恒定的主题，这个主题他不变化，有的时候一生不变化，核心的东西不变化。李陀的这个话给我的印象很深的，当时我一时半时也不能理解，总在求变化。他说你不要害怕重复，你想怎么写就怎么写，不要刻意求变，他特别提醒看到我小说里边的一些问题，他觉得你就按照你心里最想写的感觉去写。

  我很少看批评家的批评。我比较看重的几个人，朱伟、李陀啊，他们会说你看了我的批评有什么意见，大家做个讨论，他们是要做个讨论，不是完全要说你好说你坏。"先锋小说"的变化是正常的，包括转向故事。后来余华做了一个变化，他写《许三观卖血记》《活着》，有些对余华的批评，我觉得是有偏颇。实际上我个人也不是不想变，我觉得最重要的是，可能很多人也不太会去想这个问题。中国的现实正在发生变化，那个时候已经看出端倪了，变化非常快，几年就有一个新的变化，而且从来没有出现过。过去的作家，像海明威、福楼拜，他们基本上也是一个笔法一种方法，一种写作叙事的文体，基本上可以是一辈子，但是现在条件不允许，在中国尤其不允许。所以90年代以后，特别是90年代以后，中国社会变化，跟当时社会完全不同，这个时候"先锋小说"，也就是形式语言的变化，它所起的作用已经松懈了，这个时候的压力我们就感觉到了，你跟这个社会发生不了关系，就是你原来是有关系的，当时的一些大事，你还是刺痛了社会的某个神经，这一枪还是打准了，所以觉得跟这个社会有关系。大家是一个话题，不管从哪个角度来阐释。90年代以后，商品市场的进展加快了，这个时候必须变。我写《欲望的旗帜》，[1] 当时的一个想法，就是希望通过一个，我把它称为全景式的，或者整体性的，当然不是整体主义的一种方法，是否可以重新保留现代主义的一些东西，但是其他能够促进现代生活的一些问题，在读者阅读的时候，能够直接看到我，现代主义的语言，先锋主义的语言，当中需要经过许多转换，但是这种转换是不可能的，太奢侈了，这个社会也不允许做转换和做阐释，谁理你啊，所以这个当中我觉得必须提出这个问题。我开始写《欲望的旗帜》的时候，还是做了一点变化，但是说老实话，这个问题还是没讲清楚，所以后来停了很长时间。

　　卡夫卡的小说我从大学三年级就开始看了，我知道卡夫卡的导师是来源于北欧的一些作品，其实卡夫卡还有一个来源就是丹麦的哲学家克尔凯郭尔。我是从卡夫卡那儿追到克尔凯郭尔，这位哲学家对我的一个影响就是，他还是比较提倡一种孤绝的姿态的，他所认为的哲学，或者说我们所知道的这个世界，一个人的价值实现，其中最重要的一个标志就是看到他在怎样的层次上、多大的可能中，不在乎这个时间的评价，保持一个独立的东西。他一直在说要对这个现实世界加以分析，而且这个分析，比如说什么是重要的问题，什么是次要的问题，什么是不重要的问题。这些问题，其实

---

[1]《欲望的旗帜》，江苏文艺出版社1996年7月出版。

对于作家来说，要有自己的思考，所以我个人觉得，对我的小说来说，我不仅仅是关注这个现实的社会矛盾关系，背后还有一个大的存在的概念，当然这个概念，基本上是从哲学或者说是西方的哲学里得到一些启发。很多小说写完了，对我来说刚刚开始，但是其他的东西，别人也不一定认可，其实我早期一些短篇，也提出了一些问题，但是没有多少人去关注。

所以我觉得，你说得比较对，后来比较长的时间重新来思考中国传统的问题，它的哲学思想是融会在人和物的关系上，世界就两个，一个是物的世界，一个是人的世界，而人是很重要的，要去了解这个东西是非常包罗万象的。小说尤其是长篇小说，它作为社会比较矫正的力量，它用完全不同的见解，来分析这个社会的价值系统，我觉得中国的文学也一样，只是出发点不一样，所以最近几年来我开始比较深入地思考中国传统相联系的问题。

回到刚才的话题，用一个简单的方法表达复杂的经验，用变形的语言或叙事的视角去表达很难捕捉的某些意念、感觉，这是一个方面。还有一个方面，我觉得对语言的把握能力还有欠缺，特别紧张。我觉得这跟年龄也有关系。回到哲学这个问题上来，我认为一个人，他认识世界的层次、境界达到一个什么程度，他的语言就会呈现什么，不是相反，看这个人，看这个变化，有些东西你看清楚了，经过一段时间变化，语言就跟着走了，不会需要太多的思考，每个人都有直觉。我个人从90年代以后有相当长时间，精神上一度到了崩溃的边缘，真的很脆弱，不堪一击。有的时候觉得自己很伟大，其实一夜之间就变掉了。当时慢慢过来了，了解这个东西以后，我觉得对人是有帮助的。别人会问你，你也没发生什么事，你凭什么会这样？还是一个敏感的人有很大的变化。我觉得有一个是我坚持的，一个人不能被打垮，要有一个信念。所以后来我就慢慢地重新找到了一个放松的方法。福楼拜的做法，一个词真是这样，会考虑几天，然后还是用最早那个词，一开始用了个词，然后不停地换，换到最后还是用最初那个词,到最后都糊涂了,但是现在不可能了,现在我觉得写作的时候,真的是把它想清楚,然后再做。我觉得心能够放下来,然后对小说有新的认识,尤其是中国古代小说,我花了很长时间去读。可能废名对我写作文字也有影响。废名做得更极端了,他有自己的想法,不仅是废名,现代作家实际上与中国传统的诗性文学是有联系的,重新来看,确实也受到很大启发。

(3)《褐色鸟群》[1]

我个人一直不知道是怎么写出来的,现在叫我来还原,我都很难还原。当时《钟山》有位编辑沈乔生,他也是华东师大毕业的,他到上海来,我和一帮人打麻将,他不会打,他就在旁边看,他看了一会儿说,格非你能否给《钟山》写个小说,我开玩笑说我写你就给发吗,他说你随便写什么我都给发。我觉得有这句话和没这句话不一样,我就可以乱写了,我写作状态就完全放松了,我打了一个通宵,第二天回来睡了一天。然后就开始写,我就糊里糊涂写了,没有完整的思考,所以《褐色鸟群》最早被翻译成外文,法文的翻译,我当时是不同意的,我当时觉得这部小说太开玩笑了,完全是瞎写的。我写完以后拿给我一个朋友谭运长看,他看了以后说杰作,觉得非常好,他非常喜欢,他是《粤海风》的一个编辑,非常有才华的一个作家,理论也写得很好。后来我就把小说寄给《钟山》沈乔生。发了以后,沈乔生说这个小说阅读起来比较困难,他说能否让师大中文系的老师们看看,做一些讨论,后来我找了一大帮人,师大的一些老师,做了些讨论。我个人对这个作品,后来都不敢再看,我一直觉得这个作品是我唯一一篇不知道怎么写出来的作品,没有完整的想法,完全是自由写来的,当时比较重要的可能是我看了埃舍尔的画作。《走向未来》丛书有一本《一条永恒的金带》,它里边就介绍了埃舍尔的绘画,我当时在看,我桌子边上就放了这本书。我想他可以双手互换,

---

[1]《钟山》1988年第2期。

完全不可能的，水往高处流，他通过绘画告诉你这个事情是可能的，当时我也觉得很好玩，然后就想把这个意愿转达出来，简单的想法就是不可能中的可能。[1]

（4）《敌人》[2]

开始写长篇了，我觉得要调动自己的积累，我第一次写长篇，很紧张，当时我跟其他人住在一起，非常吵，那个人打呼噜，朋友也很多，根本没法安心写作。后来李小林让我非常感动，她说你没办法安心写作的话，我能给你租个房子。这很不容易的。当时给我租了上海文艺的一个招待所，有人给你做饭，我有一个小房间可以写作。我住了大概有一个月，但是还是不方便，因为上课，要骑自行车赶回来，后来就干脆回来，在自己那儿写。当时《收获》有一个截稿日期的，所以整个小说就是在赶这个进度，时间有点问题，当时我写了三个月。我觉得第一次写长篇，心里不踏实。我在写《敌人》前，没有超过两万字的作品，都非常短，所谓的中篇也就两万字，一般都短的、写不长的，写《敌人》的时候，我想我要写个长篇，十五万字，当时我很想要二十万字，害怕。后来我想要把个人的积累、个人的经验调动起来，我也不太愿意去写自传，就想把童年的记忆，我们家出的事，把它变形、变化。我们家的事情，就是村里边比较有权势的一帮人，政治上很红的，对我们家完全围剿，春节的时候，大过年，给我们家贴对联，把我们父母打得一塌糊涂，我根本就不知道原因。我当时很小，根本不知道事情是怎么发生的，不知道周围哪个人究竟跟我们家不好，表面上都是好的，我母亲和我们都猜测究竟怎么回事，我

---

[1] 这本书曾经这样介绍埃舍尔的一幅作品："埃舍尔的画往往表现了一些很深刻的思想，怪圈就是其中最常见的一种。我们先来看看那幅奇怪的版画《瀑布》。在画面的中央，瀑布倾泻而下，水花四起，还推动了水轮。汇集到水池中的水则顺着水渠哗哗地流去，一级一级地下降。突然水又流到了瀑布口！真是不可思议，可是在画面上却表现得明明白白。我们只能把这种周而复始的圈称作'怪圈'。"

[2] 《收获》1990年第2期。

当时就想，是否把这一段经历，你当时讲最铭心刻骨的一件经历写出来。压力之下就变形了，我还是把它放到一个古代乡村当中，有这么一个人，这个主人公最后是把自己的儿子杀死了，来逃避这个责任。写完了以后，我拿去给李小林看，她说这个作品可以成为非常非常好的作品，但是，她说我们不满意的，你愿不愿意再做修改，她说你做一个选择，如果你愿意改的话，我们给你时间，如果你不愿意改的话，我们马上给你发。写完一个长篇，我当时很想休息，就赶紧给她发了。后来我就后悔了，应该花时间改。李小林给我很多建议。我今天看，里边有很多毛病，但是所有的感觉是我自己的，我一直想有没有可能重写一个小说，后来我几个好朋友说我可以重写《敌人》。

  主要问题是什么呢，太抽象了，很多东西都太概念化了。经验都是有的，一旦变形，情况就不同。我当时对小说的理解和今天也完全不同，当时非常多的是靠想法来支撑的。我现在认为理想的小说是非常丰富的，它有很多层次，包容在层次中，所有人物要活动，人物要有性格、语言、背景、器物。当时我也没有去做资料，你想想看，你做这个长篇，不做资料怎么行。实际上，我个人比较喜欢《青黄》[1]，我个人觉得是我早期小说中最好的。我比较喜欢《迷舟》《青黄》，带有抒情性，为一个事件不断去描述的过程。《青黄》原来名叫《事件》，程永新不满意，他说你这个小说干脆叫《青黄》算了，题目是他出的，挺不错的，我自己也挺满意的。

9. 叶兆言《悬挂的绿苹果》《五月的黄昏》等

口述者： 叶兆言

口述时间： 2003年5月；地点：苏州。

---

[1]《青黄》，《收获》1988年第6期。

当时我在南京大学中文系读研究生，身在其外，好像是在认真读书啊，做学问，那时候基本上是写着玩的，还没有准备当作家。这样一种状态，更多的是一个旁观者，刚才说到的，我完全是一个旁观者，更直接看的是我的上一辈人，就是我的父辈，但是我对于他们的作品吧除了汪曾祺、高晓声看得比较认真外，对于那一代作家其他的其实看得也不是太多，但是我知道。我读研究生之前还在读本科时，稍微有点时间写点东西，阅读经验上我还是喜欢外国小说，对于"伤痕文学"也好像没有感觉，一个是距离创作很远，另一个是距离文坛也很远，实际上都不是很清楚，写点东西懵懵懂懂地就发表了。所以对我来说没有什么文学潮流，完全是懵懵懂懂的。我跟他们都不太一样。我不知道余华他们怎么样，我最早是和李潮我们几个一起搞《人间》社，这个是我搞文学最早的原因，而且那个时候我就认识马原了，所以在这些人中间可能我是最早认识马原的。可能是1980年。当时，马原说他的小说发表不了，所以到南京来了。

我的记忆中间，"先锋小说"是后来的事，好像当时一开始流行的是叫"新潮小说"，一听到这个名字我就很不喜欢，因为我的文学观告诉我小说不能新潮，我记忆很深的先叫"新潮"，"先锋"是后来的事。因为当时最真实的是新潮，我一直不太喜欢的原因就是，新潮就是时髦，不太舒服。一开始的时候有人说我是新潮，也有人说不是。一开始我不去管这些事情的。这件事情和朱伟是有很大关系的，是他把我们四个人拉在一起的，因为曾经有一次组织苏童、余华、格非他们三个各发了一篇小说，余华发的是《鲜血梅花》，苏童的我记不清了，格非的是叫《蚌壳》啊还是《风琴》，[1]原本也有我一篇，我因为寄过去的时候出了一点问题，正好那是朱伟编最后一期，后来就不编了，我的中篇隔了一期还是两期发了，当时朱伟还特地关照。我

---

[1]《人民文学》1989年第3期发表格非的《风琴》、余华的《鲜血梅花》和苏童的《仪式的完成》。叶兆言的《最后》发表于《人民文学》1989年第4期。

印象挺深的，朱伟是挺用心地做这个事的，我写过他的文章。[1]从写作来讲，"新潮"或"先锋"对我没有多大的影响，因为从一开始我就认为写作是一个非常个体化的事情。也有性格的原因，和写作的朋友聊天是很少的。我当时印象最深的是新潮，因为这个词肯定不对的、用不下去的，但是新潮反映了当时的一种时髦心态，确实有一点问题，现在想象的话当时是有那么一点。新潮有两个问题，在保守人眼里它是一个话柄，在年轻人那里它又显得浮躁，有这么一点问题。我认为针对老年人来说，它是个好东西，但它确实有当时的时髦习气。[2]

我认为我们这些人写作，一开始总是想写出和别人不一样的东西，我自己是这样的，开始写小说就是希望写出和别人完全不一样的来。80年代初期，我比较喜欢马原、北岛的小说，北岛、马原我都认识。有两种走上文坛的路子，有一种进入文坛是比较顺的，写了就获奖了，还有一种，像马原、北岛包括我自己也是这样的，发表很困难。当时的想法是，写的时候当然是希望和别人不一样的，不应当用

---

[1] 叶兆言：《印象中的朱伟》，《作家》1994年第4期。
[2] 叶兆言在1980年12月的日记中记录了高晓声与他的一次谈话。高对自己的《钱包》《山中》《鱼钓》一篇都未获奖感到可惜，叶告知"陈奂生"影响太大，这三篇反映不好，有人看不懂。高晓声说"我是搞艺术，不是搞群众运动"。叶兆言后来回忆说："有一点我永远也忘不了，这就是高晓声对自己的这些现代派小说自视甚高。"叶兆言指出，谈到大陆的现代派运动往往疏忽了高晓声他们的艺术探索："当高晓声被评论界封为农民代言人的时候，身为农民作家的他想得更多的其实是艺术问题。小说艺术有它自身特点，有它的发展规律，高晓声的绝顶聪明，在于完全明白群众运动会给作家带来好处，而且理所当然地享受了这种好处。但是小说艺术不等于群众运动。在当时，高晓声是不多的几位真正强调艺术的作家之一，他的种种探索，一开始处于被忽略的地位，即使在今天提起的人也不多。我们谈起大陆的现代派运动，往往愿意偷懒，一步到位，从八十年代中期开始说起，张口就是新潮小说或者先锋小说。其实早在八十年代初期，有思想的作家就蠢蠢欲动。值得指出的，大陆的现代派最初更热衷的是形式，这集中在那些尚未成名的青年作家身上，中年作家通常不屑这些时髦玩意儿，王蒙小说中有些意识流已经难能可贵，像高晓声那样在小说中描写人的普遍处境，极力在内容上下功夫，用北岛的话说，写出了'海明威式'的小说，简直就是凤毛麟角。"叶兆言：《郴江幸自绕郴山》，《作家》2003年第2期。

反叛这个词，这是很自然的一件事；但是一旦写完之后很想发的。当时，我为什么认识马原，是因为马原不断地给《青春》投稿子，发不出来，马原也没有什么拒绝姿态，他不管什么刊物能发表就行。北岛也是，我把北岛的小说给我父亲的《雨花》，没发出来，给《青春》也发不出来，当时拼命地想给他们发就是发不出来。[1]我觉得当时有一批年轻人的小说，写作是不妥协的，但是只要能发表，那就完全无所谓。因为从一开始写作就相信文学只有发表出来才有用，我觉得新文学史其实应该有这么一笔，这批人不停地在写，然后慢慢被承认，这是一个很真实的事件，但是，没有人关注。当时好不容易发一篇，但是发出来也没有什么影响，是慢慢地成长起来。终于有一天，马原先成名了嘛，我们很高兴。我的意思是这样的小说和小说家能走上文坛是一段历史，然后就是，等他们成功了我发现他们这些小子也走上文坛了嘛，信心大了点了。王安忆的《小鲍庄》、韩少功的《爸爸爸》使他们已经成名了，感觉他们是能够左右文坛的，紧接着是莫言一步登天，一下冲上去，非常过瘾，还有余华他们。在我的印象中最早冲破文坛格局的应该是《棋王》，《棋王》开始动了，然后是《小鲍庄》《爸爸爸》等，然后连在一起像群众打群架一样，所以我的感觉，当然每个人的文学史不一样，还有当时我毕竟在外面啊，等到莫言，已经有大功告成的感觉，所以等我们这些1987、1988年开始出来的人，跟他们1984、1985年出来的比，已经算是晚辈了。好多事情说苦闷是经常有的，因为你就是发不出来。所以我是非常感激像韩少功、王安忆啊，因为他们已经成名了，他们的创作会得到其他编辑的认同，会带出一批人，如果没有王安忆、韩少功、马原、莫言，向前冲确实是有难度的，80年代的文学到他们已经有一种水到渠成的感觉。王蒙也弄过现代派，但对年轻人影响不大，和王安忆、韩少功他们不一样，

---

[1] 指北岛的《旋律》《波动》。《波动》初稿于1974年，定稿于1978年，最初在《今天》第4—6期连载，后发表于《长江》1981年第1期。

因为年轻人愿意引以为同志，他们就能一下子形成气候。我也这样想，"寻根"和"先锋"不是对立的思潮，也是引以为同志，是不矛盾的。

1985年我读研究生期间，在《钟山》发表了《悬挂的绿苹果》。[1]《状元境》是读研究生的时候写的，比较早，是1985年、1987年发表的。当时写这个比较简单，因为研究生太苦了，看了很多现代的文学作品后，我觉得我要是写肯定比他们写得好，然后就这么写。所以"夜泊秦淮"系列从一开始就想调侃现代文学作品。那时候好不容易写出来，写完之后还要改，改过以后还要等，等到这个小说能用，是很漫长的。我是有这种等待的，苏童也有过，所以我们是这种熬出来的人。你像我的《五月的黄昏》，我自己感觉，一年之内没有任何回音，即使写信过去编辑也不理你的，所以一年也蛮累的，整个的一年都在关注那本刊物，希望名字能突然冒出来，然后到那一天一张退稿单就来了。1987年的《收获》发表了这篇小说。

关于形式，起码在我这儿不存在这个问题。我其实是始终想避开潮流的，一旦有种东西时髦了，有很多人愿意往里哄，很多人都想属于这个山头，想属于"先锋"这个山头，再后来是"新写实"。有一批评论家就专门制造山头，然后什么后现代啊，确实有很多人愿意，这种情结确实都属于新潮情结，后来到"新写实"，"新写实"其实也是一种新潮，这种不断命名一直延续到现在。文学本来就是一种个体行为，作家可以是好朋友，但写作是我要写得比你你要写得比我好，都应该另开一个山头，你没本事是另外一回事。

我觉得我自己用力比较多的是《花煞》，[2]可是不知道为什么大家不是很喜欢《花煞》，从我自己来讲我还是对《花煞》很有感情的。当然，也有朋友讲《花煞》不错，我自己觉得不错，起码在写的时候

---

[1]《钟山》1985年第5期。
[2] 今日中国出版社1994年6月第1版。

给我带来的快感蛮多的。我自己认为《花煞》谈不上比《1937年的爱情》好,但写的时候感觉很好,在写作的心态上。写作的时候有两种,《1937年的爱情》就一个故事,《花煞》就不是一个故事,它依然延续着我对文体的激情。[1]《1937年的爱情》中我的文体激情完全抹杀掉了。本来《1937年的爱情》我是想用年谱的方式写的,我特别喜欢年谱,因为觉得还没有人这么写过,后来有一天我突然觉得我老是在玩这种东西,太没意思了,等我意识到以后,我就不愿意了。我觉得非得这样,一旦想明白以后就不愿意去做了。我觉得自己是矛盾的,总是希望有一个好的形式,然后一旦想明白了以后又想放弃。我当时也想过,我怕重犯《关于厕所》那一类的东西,老是那样,卖弄玄机。那时我还做年谱,我收集了大量年谱,本来是想写1937年大事记这样的东西,后来明白了以后就不想做了,已经不重要了,但是我最早是这样想的,最早这篇小说的名字叫《1937年古都南京》。后来我想算了,就写爱情,发生这样一个变化。在这之前我的想法是很强烈的,总想写点不一样的,写到《1937年的爱情》,我突然就想到这个问题,你玩来玩去不还是这一套吗,那时候就觉得不舒服了。

10.《收获》"先锋作品专号"

口述者: 程永新

口述时间: 2003年10月;地点:上海。

我是1982年到《收获》,1983年正式毕业分配进编辑部。刚刚开始接触到一些文学作品,当时已经有一些变化。到了1985年,全国其他刊物小说都要去看,业务的需要,当时出现了一些青年作家,感

---

〔1〕《1937年的爱情》,《收获》1996年第4期。

觉到他们跟我们以往的小说创作发生了一些变化，不是说每一篇都是很好的作品，但是这种创作有了一种新的取向，包括他们的文本结构语言都有一些新的东西在里面。后来我们搞了一个笔会，包括北岛他们都来了。在桂林碰到了马原。碰到马原是一个机会，当时差不多都是通宵地聊，在我碰到的作家当中，像马原那样读书那么多，对西方文学那么了解，对古典文学《红楼梦》啊都有很深的研究的很少。他是精读，一遍遍地读。我们都是白天参加会议，晚上通宵地聊小说。哪怕是一个小说的开头，我们都能聊很长时间。我跟马原认识以后，我的感触很大。当时在全国的很多杂志上有很多小说。莫言也已经有了很好的小说《透明的红萝卜》，莫言这样的小说家无疑是当代比较优秀的作家，他的小说自觉不自觉地表达了他对于文学的理解，但是马原比莫言和其他作家更自觉地进行小说方面的革命或变革。后来我回到了上海，跟华师大那些搞批评的像李劼他们讨论。在当时这些小说还不能形成大的思想，还是零零星星的，李劼他们就说你要做一点事情，但是也只是一个想法，不够全面。在这样的想法下面想把一些与以往的小说不同的小说集中起来发在《收获》上，在社会上做一个集体的亮相。当时我们的主编已经退休了，是李小林负责，我们就跟她商量能不能把国内这些新人的作品做一个专号，因为文学这东西要不断有新人出现才有推动的作用，她很支持，也很信任我。当时我也是一个普通的编辑，他们一些老编辑特别相信我，他们有时候说有些作品我看得有一些糊涂了，说你来看，就这样的，在这样的前提下，我就计划"先锋作品专号"。[1]

---

[1]《收获》1987年第5期推出"先锋作品专号"，发表洪峰的《极地之侧》、余华的《四月三日事件》、苏童的《1934年的逃亡》、孙甘露的《信使之函》和马原的长篇小说《上下都很平坦》等。1987年第6期发表格非的《迷舟》、王朔的《顽主》和余华的《一九八六》等。1988年第6期再次推出"先锋作品专号"，发表余华的《难逃劫数》、格非的《青黄》、苏童的《罂粟之家》、史铁生的《一个谜语的几种简单猜法》、孙甘露的《请女人猜谜》、扎西达娃的《悬岩之光》、马原的《死亡的诗意》和潘军的《南方的情绪》等。

苏童是我的大学同学黄小初推荐的嘛，一篇短篇小说《青石与河流》。这在苏童的小说中不是特别出色的。当时小初说我们南京有一个叫苏童的，你不要小看他，他以后会大红的。后来我看了这样一个短篇，也觉得这个人的小说确实有才气，虽然当时我对苏童的小说也不是很满意，后来就发了。莫言已经在我们那儿发了一篇，但是他最有影响的都是在《人民文学》发的。在我们那儿发的像《球状闪电》等。我还特别想发史铁生、余华、洪峰啊这样一些作家的小说。后来又约了另外几个作家像扎西达娃、洪峰、马原的，发在1987年的第五期。每年第五期，出了以后我都没有想到会有那么大的影响。我们那么集中的，这是《收获》从来没有做过的。当时李陀就给我写了一封信说，你这个策划是划时代的，他当时用了一个词叫像炸弹一样集束而发。发出后也有一些意见，包括一些作协的领导，他们说写的什么东西看不懂，这些领导有一些想法，但也是很开明的，没有正面说，只有私下里议论时说这做得有些太过了，全是一些看不懂的。第二年的时候因为有第一年这样的影响，就有很多作者主动说愿意参加我们这样一个阵容。后来希望把1988年的编得更好，格非也参与了，《青黄》《迷舟》都是我们发的。包括1989年有王朔的东西。王朔也是我们发得比较早的作家，他原来的小说叫《五花肉》，我觉得这个名字不大好，当时他给了六个名字，后来我挑了一个叫"顽主"。我这边一发，李陀在北京说王朔写了《顽主》才是王朔。比较遗憾的是有两个人。我当时作为一个编辑，希望把这样一批作家一网打尽，疏漏了两个人，一个是残雪，一个是莫言。当时我就想找残雪，找她也很困难。她的小说大多是在《中国作家》上发的，我当时就想约她，老是碰不到时间。我觉得当时残雪没能收入很遗憾。当时把这些小说编了一个新潮作家小说选，做了一个说明，把残雪疏漏了，其实也不是疏漏，是由于技术上的原因，因为联系不上，没有她的地址。当时她在湖南长沙做裁缝。另外是莫言，1987年的没有莫言，后来连续发了几个，所以我们就觉得可以了就算了。

11. "寻根"与"先锋"的关系及其他

口述者之一：李陀
口述时间：2003年9月；地点：苏州、扬州。

我1986年到德国开会，他们还在那说"伤痕文学"呢，我说1985年的"寻根文学"，他们都不知道，一个个大傻瓜。为了这个，他们对我特别感兴趣，刘绍铭编了一个中国什么什么大系，大陆这部分小说是我选的，写了篇序。我写的序主要是写"先锋小说"和"寻根小说"在中国是互为表里的，"寻根小说"里有"先锋小说"的成分，"先锋小说"里有"寻根"的成分。后来从维熙和我说，李陀你不是"现代派"吗，怎么也写起这些文章来了。

口述者之二：韩少功
口述时间：2002年11月；地点：苏州。

我说过我也受到马原等非"寻根"作家的影响。所以我反对有些批评家喜欢在文学上编排团体对抗赛，把"寻根文学"和"先锋文学"看成保守和进步的"两条路线"的尖锐斗争。80年代中期掀起了"先锋文学"的浪潮，这个浪潮后人可以做各式各样的总结。这个浪潮中有现在我们还经常提起的莫言、余华等，余华后一点；也有一些讨论把《爸爸爸》这些"寻根文学"作品的部分放进去。这批与传统小说写法不一样、差异非常大的作品，坦白地说确实受到西方现代派思潮和作品的影响。现在看来，我觉得当时的一些探索都是非常有意义的，包括马原、残雪的一些作品。介绍引进新的文学样式风格，经过作家的自我创造，是一种本土性的文学的自我更新，一种自我发展，都是有意义的。

十九、"新写实小说"

稍后于"寻根小说"和"先锋小说",一些作家的创作出现了回归现实主义的倾向但又不同于传统的现实主义创作。这类创作被命名为"后现实主义"、"现代现实主义"和"新写实主义小说"等,后来逐渐趋于为"新写实小说"。《钟山》1989年第3期始开辟《新写实小说大联展》专栏,专栏的"卷首语"对"新写实小说"的界定是:"所谓新写实小说,简单地说,就是不同于历史上已有的现实主义,也不同于现代主义'先锋派'文学,而是近几年小说创作低谷中出现的一种新的文学倾向。这些新写实小说的创作方法仍是以写实为主要特征,但特别注重现实生活原生形态的还原,真诚直面现实、直面人生。虽然从总体的文学精神来看新写实小说仍可划归为现实主义的大范畴,但无疑具有了一种新的开放性和包容性,善于吸收、借鉴现代主义各种流派在艺术上的长处。"作为一种被命名的思潮或创作倾向,"新写实小说"并无严格的定义和阐释,90年代初逐渐式微。

口述者之一:王干(1960—),批评家、作家。曾任《钟山》杂志编辑,《中华文学选刊》主编,时任《小说选刊》副主编。
口述时间:2005年11月;地点:北京。

1988年的时候,《钟山》到北京来组稿。后来我就跟他们谈,谈到组织搞点什么活动，实际上就是讨论写实小说，他们也关注到这个现象，也比较感兴趣。然后，那年9月还是10月，在无锡太湖的度假村，开一个研讨会，中青年评论家共同研讨现实主义和先锋派的问题。那个会议上我的论文是《论后现实主义》，其实就是论"新写实小说"。那时候还不流行叫"后"，还流行叫"新"。我对"新写实"的思考基本成熟了、成型了。那年夏天，我是很认真地看了一下新小说派，法国的新小说派。为什么我要对现实主义重新思考，是受罗伯－格里耶的启发，他说他们是真正的现实主义，我们写的都不是现实主义。所以这个时候，我觉得对现实主义概念需要重新界定，重新来研究。我认为这一百年，是现实主义跟现代主义不断交锋的一个年代。研讨"先锋派"和现实主义也是在那种交锋的背景之下，"新写实小说"在某种意义上跟"先锋派"的冲击有很大关系。我这篇文章写得比较早，但是后来发得比较迟，在《北京文学》1989年第6期刊载出来，叫《近期小说的后现实主义倾向》，就是这么一个概念。"后"这个词，当时我是受到后结构主义的启发，我就用了一个"后现实主义"的概念。后来我也没想到"新写实小说"大联展的时候我到《钟山》当了编辑，当初我和《钟山》一起谈论策划的时候还在北京。1989年3月我就从北京回到南京，到《钟山》编辑部去当编辑了。《钟山》的编辑他们原来也就有这个想法，我到了《钟山》也促使他们做这个"新写实小说"大联展了。《钟山》到第三期，就有了关于"新写实"的卷首语，那个卷首语是我们一个主编写的，后来我做了比较大的改动，但还不完全是我个人的想法。主编她说你看看，你是批评家有些问题你能说清楚。在尊重她的基础上，我又加入了我的想法，也不全是我的意见吧，毕竟它是主编写的卷首语。回到那个"后现实主义"，当时我把现实主义归结为三条，一个是还原生活的原生态，第二个是情感的零度，第三个就是对话姿态，这就是我对"新写实"的一个基本概括。

原来大家准备打"新写实主义"的旗帜，后来考虑还是不要用

"主义"好，因为"主义"容易引起纷争。在中国，这样一个编辑部，几个评论家，随便说一个"主义"，没有这种决定权、话语权。其实"新写实小说"也很复杂，到了1989年以后，大家这个时候需要一个坡度，"新写实小说"就给人家一个心理坡度，就是怎么回到日常生活，怎么回到我们生活本身来。在由高峰状态陷入一种比较低迷的苦闷状态时，"新写实"提供了一个坡度，让文学重新回归到比较正常的文化形态。因为我们在80年代中后期基本上是往云端走，一批理想主义者一直往前走，很高昂，但忽略日常生活，忽略脚下的土地。所以"新写实"是要提供一个心理坡度。再一个，"新写实"本身就是给新时期文学画一个句号。现在看来，是一个句号。就是到了90年代以后，还有许多类似"新写实"的作品。在最早写文章时，我把余华的小说也作为一个"新写实"放进去了。余华小说很多地方跟"新写实"很相似，写得冷峻，特别客观。后来我把苏童、叶兆言的小说也放到"新写实"里去了。我们选择时，可能就是在三点中取其一点了。把三点都做到的作品很难找，典型的大概就是刘恒、刘震云、池莉、方方这四个人。像刘恒的那个《贫嘴张大民的幸福生活》，其实也是"新写实"的代表作，当然那是后期写的，但他还是这个"新写实"的路数。他们四个人是比较典型的。我把王安忆、余华也纳进去，主要是从他们小说里那种客观的、对生活还原的形态上讲的。再一个，"新写实"正好是许多先锋作家反叛的回归。你看，余华后来写的《活着》，其实也是"新写实"风格，苏童写的《米》也是。方方最初是从"先锋派"小说转过来的，她讲究叙述视角，讲究这些东西，像《风景》，就是一个死婴的叙述，所以视角很特别。

  关于"新写实"，由于我们当时的匆忙反倒留下了许多空间。80年代是讲究理念的，而"新写实"正好是对这种理念的反叛。后来发现"新写实"是一种更合乎中国写实小说实际的小说理念。因为我们以前讲的是拔高的、有深度的、有高度的，始终有一个理性来解剖事件。到了"新写实"，开始承认这种生活的不可解剖性，不能简单地概括，从某种程度上也是对整个文学观念的矫正吧，回过头看，意义很大。某种程度上，让文学离生活更近，离读者更近了。《一地鸡毛》《烦恼人生》等，都是描写现实生活的。后来《钟山》又做了一个栏目叫"新状态"。"新状态"正好就是"新写实"的一个延伸、一个变种或者叫作一个变异。原来只是还原生活，现在不仅是生活，而且要把日常生活欲望化，把人性中要求资本主义的本能也还原出来，把90年代资本主义经济带来的生活方式给人的影响还原出来。

口述者之二：池莉，作家，医专毕业后，又从武大中文系汉语言文学专科毕业，2000年起任职武汉市文联主席至今。其人生三部曲《烦恼人生》《不谈爱情》《太阳出世》，发轫中国新写实小说。主要作品有《池莉经典文集》九卷，近作长篇小说《大树小虫》获全国优秀中篇小说奖、鲁迅文学奖等80多项文学奖；多部作品被影视改编，并有多部作品在国外翻译出版。

口述时间：2023年2月；**口述地点**：南京。

关于我的创作历程，出版《池莉经典文集》时我有过一个简单梳理，大约有三个时期。第一时期为28岁前后，是青而不涩的时期，充满青春激情，充满成名渴望，满目都是现实生活的真相，并努力撕裂宏大话语，启用新的真实细致的文字进行写作。第二个时期为30—45岁前后，是熟而不透的时期，不断怀疑、猜测、颠覆、学习、重构，对自己、对生活、对社会、对历史、对世界。第三个时期为45岁至今，是透而不达的时期，在45岁那年，我断然确立了一种远离文坛喧嚣的个人生活方式，更多地切入其他各阶层生活，更大地扩展阅读面、阅读量和思考范围，终于获得拨开层层迷雾之感。我在80年代后期发愿，所谓好好过日子，就是要创建自己的生活方式。学会远离世俗热闹，断绝名利诱惑，让自己的文学感觉更敏锐，思想更深远和明澈，更有能力理解真实的众生，并写好每一个文字。

高中毕业前后，我非常强烈地想成为作家。高中毕业无大学可考，只能上山下乡做知青，我倒是特别开心，在农村能收集很多素材，听到很多故事，我觉得这对我的写作来说是一件大好事。那时候开始，我每天都写日记，写笔记，积累素材。在农村，样样农活我都学，特别积极，相对此前17年备受压抑和欺凌的城市生活来说，乡村田野耕作都对我特别宽厚亲和。只因看见我每天都在写写读读，农民就推荐我到大队小学当了老师。乡村老师与农事的关系依然十分紧密，一到农忙，都带学生下地；眼看要下暴雨了，立刻下课，带学生跑到地里抢摘棉花，这个角色也就只有一年多时间，却很能锻炼我的个人能力，包括吃苦能力，因此在农村满两年的时候，我获得了贫下中农的好评，被推荐返城读书，我这个末代知青又成为末代工农兵大学生。

冶金医专毕业后，我被分配到武钢卫生处，任流行病防治医生。在大几十万人的武汉钢铁公司做医生，与产业工人朝夕相处。我曾说过，《烦恼人生》是找回自己的自由思想后写的新的现实。[1]《烦恼人

---

[1]《烦恼人生》发表于《上海文学》1987年第8期，根据杨斌华回忆，《烦恼人生》最初的名字是《一个产业工人的一天》，时任《上海文学》执行主编周介人亲自改题并写文章推荐。参见杨斌华《尽付芳心与蜜房——怀念周介人老师》，《上海纪实》2021年第10期。周介人在《上海文学》1987年第8期"编者的话"中以《人到中年》为参照，用了整个篇幅推介《烦恼人生》："亲爱的读者，接到本期《上海文学》，我们希望您首先阅读湖北青年女作家池莉的中篇小说《烦恼人生》。这部小说的特点是：它那完全生活化的、尾随人行踪的叙事方法；它既有故事，又没有故事模式，让主人公面对实际生活中大量存在的机缘、偶遇、巧合自由行动，因而就像植物的生长与发育那样，不是预先定型而是逐渐定型的结构形态；它那接近于提供生活的"纯态"的原生美；它那希望由读者自己面对作品去思索，去作判断的意愿。自《人到中年》问世以来，我们已很久没有读到这一类坚持从普通公民日复一日、月复一月的平凡且又显得琐碎的家庭生活、班组生活、社交生活中去发现'问题'与'诗意'的现实主义力作了。""我们生活在一个大变革的时代。现实生活的不能尽如人愿，既限制人们的眼界，又常常促发人们去超越这种限制。于是，在物质与精神之间摇摆、选择构成了人的日常烦恼的主要内容。我们看到，在《人到中年》中，女主人公陆文婷常常用理想主义的漫游来摆脱实际生活的烦恼；《烦恼人生》的主人公印家厚却缺少这种气质。作为一个普通的操作工，人到中年之后，他更多地被'现世'所拖累，或者说，他更多地被自己在一天中不断变换着的'社会角色'所拖累。他一会儿是父亲，（转下页）

生》之前的作品只能说是一些习作，但在我作品里头有一个宗旨是不变的，那就是对于中国个体生命真实生存状态的关注与表达。中国人的个体生命，在漫长的历史中是如此孤零飘散，难登主流话语的大雅之堂，但我着迷个体，着迷个体独特的生活状态。认为这种个体状态的文学形象集成，更能够构成中国历史的真实。《烦恼人生》就是在这种宗旨的支配下，一气呵成的小说。中国人很苦，很能自我忍耐，特别自我压制，逆来顺受的印家厚，在社会上比比皆是。我这部小说采取了完全的写实，印家厚所有的尴尬、窘迫、焦虑和贫困，都实写，不躲闪，不回避，不再像以前的文学作品那样用诗词歌赋去提拔，不为"工人阶级领导一切"的最高层级定位而添油加醋地虚构英雄，不推销真理。仅仅只是在技巧上，高度注意提炼与凝练，高度注意细节的还原性与真实感，因此全篇小说的时间、地点、场景以及印家厚的活动线路，一一都是严格真实，犹如一幅工笔画。

《不谈爱情》[1]这个否定性书名，其实就是我当年自以为是的爱情法则。写作这部小说时年轻热血，酷爱宣言式，用"不谈爱情"四个字，演绎女性的柔弱的暴力审美：爱情肯定是生物体内的一种化学物质，化学物质肯定是逃不出衰变过程的。爱情是化学，而婚姻是物理。婚姻是一种生活结构，结构物就没有完全的可统一性。只是说，当年我还不那么残忍，不忍心残忍，会笔下留情，最后笔触要柔软下来，怜惜怜惜爱情，安慰安慰女性读者，因为女性往往甘当爱情守望者。《不谈爱情》就是有这样一种豁出去又往回找、阅读效果却平添柔肠回转无奈的凄美。不过，当我写到近年新作《大树小虫》，也到

（接上页）一会儿是丈夫，一会儿是情人，一会儿是儿子，一会儿是女婿，一会儿是工人，一会儿是师傅，一会儿是乘客，一会儿是邻居，一会儿是拆迁户……他心灵中集聚着众多的社会角色，复杂的自我表象，繁密的传统责任与社会义务，再加上外在的不能尽如人意的物质生活条件，竟使他'真希望自己也是一个孩子，能有一个负责的父亲回答他的所有问题'。我们的印家厚太累了！能不能使印家厚这一类人到中年的普通公民生活得轻松些呢？作者与主人公、与读者一样，寄希望于改革。"

[1]《不谈爱情》发表于《上海文学》1989年第1期。

了写真相的年纪了,也就该残忍时便残忍了,当然,该宽容时便也就宽容了。现在我以为,关于爱情,可能还是适合那句名言:一千个读者就有一千个哈姆雷特。地球上有多少人,就有多少种爱情;而爱情观,不一定每个人都有。并不是所有人对所有事物都需要持有某种观点,因此事实上写着写着我是没有爱情观了。我相信任何爱情都可能发生,我也相信任何爱情都可能不发生。我相信婚姻中有爱情,也相信婚姻中没有爱情。我不歌颂爱情,也不批判爱情。我的写作关注点,变成注重个体的爱欲,在怎样地玄妙地发生与变化,这是人类一桩最神秘的事物。

《太阳出世》[1]有不少素材与细节,则是我自己的亲历。作为女人,怀孕、分娩与乳养,世上最苦的三样,我都承受了。而中国式生养,大约又是所有族群中最独特的。我的生养恰逢计划生育年代,便更有一种荒诞的现实苦,要添加在三苦之上。《太阳出世》不得不写,也不得不——实写,才能够纾解和疗愈母性之痛。这种超级承受,是更为浓烈与强烈的母爱源泉,也是我的这篇小说得以带上暖色的直接动力。孕产连同哺育婴幼儿,对于母亲而言,无疑是天赐的生命鼓励,感谢上帝!

总之,我的小说人物,都是他们自己,他们一个个的个体,从他们的家庭出生,在他们自己的生态里生长,说生态环境要他们说的话,做生态环境要他们做的事,他们突破不了他们自己的维度,他们也不会意识到他们的维度或许可以突破:众生的悲剧性就这样流露出来,在文学的文字结构中,美美地或者弱弱地或者丑丑地,流露了出来。而阅读者却可能被触动被唤醒,我想这就是写作和阅读的最大意义,也是我对自己写作的基本文学要求。

口述者之三:刘恒(1954—),作家。时任北京市作家协会主席,

---

〔1〕《太阳出世》发表于《钟山》1990年第1期。

中国作家协会副主席。

口述时间：2006年10月；地点：北京。

《狗日的粮食》《伏羲伏羲》是80年代末发表的，1988、1989年吧，是我真正调动童年时代在农村的生活经验。[1]有很多人认为我是农村作家，以为我是后来进的城。我父母50年代初到北京来打工就没有走，是北京远郊的，离北京二百多里地，那个时候还属于河北，1958年之后划给北京，然而后来就不停地回农村。那段回农村的时候正好是我十二到十五岁，正好是刚刚对生活有一个朦胧的感觉，所以那个时候听到、看到的东西记忆非常深，以后搞小说创作，很自然地要从自己的记忆里下意识地选择题材，不由自主地选择那段时间在农村所感受到的。《狗日的粮食》《伏羲伏羲》就是这样的来源。比如说我外祖父叫杨天宝，天字辈的，小说里边的那个人物叫杨天德。小说虽然是一个虚构的场面，但是确实是有一个原始的起源，这个起源跟上边的记忆有直接关系。

实际上《狗日的粮食》《伏羲伏羲》都有生活这个影子。比如我1959、1960年的时候，到老家去，那时候我还没有上学，我记忆非常清楚，那个时候就是闹饥荒，没有吃的；另外就是吃食堂，成为人民公社后，大家聚在一起吃饭，过"共产主义"生活。《狗日的粮食》的主人翁，她丈夫是我外祖父一个亲戚，也是天字辈的，叫杨天图，他孩子非常多，不够吃，我记忆特别深的是，他拎个口袋，空口袋，挨家挨户去借粮食。另外，那个时候没有粮食吃，但是呢，有一些钱，在山外的亲戚资助的一些钱，他拿着这个钱到镇上去买菜，买瓜、买茄子，用这些东西来充饥，我曾经跟着他们一起到镇上买东西，所以对饥饿的感觉促使我写了《狗日的粮食》。《伏羲伏羲》也是

---

[1] 《狗日的粮食》发表于《中国》1986年第9期；《伏羲伏羲》发表于《北京文学》1988年第3期。

类似的东西，因为《伏羲伏羲》也是有真人的影子吧，所以我之后回家乡的时候，我还是很关心、关注那些有关的人物，也很有意思。

我刚才说的小说的生活来源，在写这些小说的时候，实际上有一个思考，从贬义的角度来说有一个概念先行，思考的还是人最基本的困境。所以这个出发点，应该是哲学的出发点，实际上也是政治的出发点，很有意思的是它只能成为艺术的出发点，小说的出发点。当你思考困境的时候，可能就会把困境具体化，我那个时候就是通过这种思辨的方式，对生活有综合观察，我认为农民有四大困境。一个是食物的困境，为了维持他的生存，他要有食物，通常水源是不缺的，在农村，水和空气是不缺的，缺的可能是食物。再一个是农民的生活得以延续是性的膜拜，传宗接代、家族、姓什么也有好多的困境，《伏羲伏羲》说的就是这个事情。我还有一个中篇小说叫《力气》，这个写的什么困境呢，写的是农民赖以生存的一个基本条件，他要有能力去获取食物，要有能力去传宗接代，他要有体力，农民一旦失去体力之后，他的最基本的困境就来了，我的这个小说写的就是这个，这个小说没有引起大家的重视。农民还有第四个困境，当他的生活达不到他的要求的时候，或不能满足自己生活的要求的时候，他以梦境来实现，所以有时候农民特别迷信，他总幻想会有更好的一个世界，或者认为他活着的时候，也可能会有一个更好的状况，类似于宗教的，但中国是泛神论的，所以在农村哪里都有神，山神、树神，到山上去开个地，也要拜拜神、各种庙，所以这个时候支撑他生活下去的勇气就是对虚幻生活的渴望，就是梦境，就是白日梦，这个白日梦是人在困境条件下活下去的一个主要东西。我也写过《苍河白日梦》，实际上是另外一个题材方式，跟我另外一个题材融合下来了，跟我这个系列就不太有关系了，把历史的东西容纳进来了，但我的思路是那个思路。

《伏羲伏羲》原来是更直接的题目《本》，"本"，带儿化音，本本就是男性生殖器。在家乡，所有与男性生殖器相似的东西，全是这样命名的，有一种谷子，谷子那个穗比较大，叫本本谷。当时大家可能觉得这个题目不够好,就换题目,后来是林斤澜建议换的,《伏羲伏羲》就是兄妹相爱。

现在看来,能够真实地记录生活的,可以有各种各样的方法,但是真正能够刻下一个很深印痕的方法,应该是艺术的方法。我有时候想追述50年代那种生活场景的时候,我甚至不愿看那种记录,不用翻报纸,不用查一手资料,看一下书,能够直接感受那个时代、那种氛围。对困境的思考,角度、方法不一样。比如写农村题材小说,受方言的影响,我脑子里在设想一个农村的生活状态的时候,在我的想象中是用当地方言在说话,可是当我把它还原到纸上的时候,可以用一种书面的方式,但是我认为最好还是稍稍模仿当地的口音,造成某种真实的感觉,或者是技术上的某种舒适。但是反过来,当你写城市的时候,尤其是写到一个知识分子题材的时候,脑子里的想象空间就发生了微妙的变化,那个时候就是用书面语言表达的时候,但我写农村小说的时候,这样说好像就很别扭。所以我觉得这种文体上的差异挺有意思的。

口述者之四:丁帆(1952—),学者,批评家,散文家。现任南京大学资深教授,历任南京大学文学院院长、江苏省作协副主席、中国现代文学研究会会长等职。

口述时间:2008年5月;地点:南京。

我和《钟山》的缘分从认识徐兆淮开始。徐兆淮从《钟山》创刊起,就开始了编辑生涯,从一般编辑到副主编再到主编,直至退休。我是1978年在南大教授许志英先生家里聊天时相识徐兆淮的。我们一见如故,有许多共同关心的文学话题,在许志英先生撮合下,我们就搭档合作写文章,用当时的时髦说法就是所谓"双打选手"。兆淮一直希望我们两个人成为《钟山》杂志的同事,到了80年代中后期,江苏省作家协会决定将我调入《钟山》编辑部。当时作协党组书记海笑找我谈话，宣布了党组决议调我担任《钟山》编辑部主任的决定。由于种种原因，我最终没有进入《钟山》编辑部，去了南京大学中文系。在这段时间，我与徐兆淮共同署名发表了许多文章，后来结集为《新时期小说思潮》。其中涉及"新现实主义小说"的文章可能有十篇之多。80年代中期"先锋小说"兴起后，我们俩就开始在讨论中国现实主义文学的发展可能。怎样重新定位80年代后期的中国现实主义文学其实是一件十分艰难的理论与实践问题，我们讨论多次后，酝酿把全国著名的理论家和评论家请来一起研讨中国现实主义道路的会议，这就是1988年在无锡召开的"太湖笔会"。

　　这个会议的主题是讨论现实主义回归问题。研讨会上大家对当时的创作思潮进行了梳理与反思，对现实主义的回归，以及如何回归，进行了热烈的讨论。会议就一种新的现实主义文学做出了不同的解释，有些意见甚至是针锋相对。我个人认为，无论怎么定义，它一定是要与旧现实主义，也就是1930年代的苏联社会主义现实主义进行彻底切割，对"两结合"式的现实主义进行告别，重走欧洲19世纪批判现实主义的老路，当然，如果与自然主义融合也是有意义的尝试，可能更加体现出现实主义的"新"。其实，这都是为了《钟山》杂志在1989年推出"新现实主义小说大联展"做舆论准备的。后来改为"新写实小说大联展"也是为了标新立异，不无炒作意味。但我们后来写文章坚持学术性立场，仍然使用"新现实主义"这个名词。"写实主义"就是"现实主义"，虽然加上了一个"新"字，骨子里就是19世纪在欧洲流行的"自然主义"，左拉、福楼拜等大师的"自然主义"就是我们所说的"写实主义"，而"自然主义"的特征就是我们给所谓"新写实主义"定位的"那种毛茸茸的、带着质感和原生态生活样态"的作品。同时，我们提出了与"自然主义"相近的文学主张，就是去掉作家的"主观战斗精神"，用中性客观的描写方法去体现作品的"人物主体性"，也就是"复调小说"理论。因此，那几年我们所写的文章绝大多数还是坚持

"新现实主义"的提法。记得当时曾有人找我采访，让我谈"新写实"事件，由于我对"新写实"这个提法有着天然的反感，就婉拒了。后来个别文章之所以采用了"新写实"的说法，其实是与编辑意见妥协的结果。

这样的认识与我自己的学术研究有关。我1979年年底写了论文《试论茅盾早期的自然主义主张及其创作实践》与《论茅盾早期短篇小说》成稿后，后者很快发表在《南京大学学报》上，而前者投了几个刊物都杳无音信，虽然我在1979年就在《文学评论》上开始发表论文，但当时"自然主义"还是一个污名词，直到三年后才发表在上海文艺出版社的《文艺论丛》第二十辑上。新文学初期茅盾就将"自然主义"、"写实主义"和"现实主义"画上了等号，他对"自然主义"主张一再倡导，强调写实。茅盾最早欣赏的是像左拉的《卢贡-马卡尔家族》、雨果的《悲惨世界》和老巴尔扎克以及福楼拜那样的批判现实主义作家作品。"自然"和"写实"就是作品反映客观世界的一面镜子，世界观和价值观只需通过作家"写实的描写"即可达到艺术的彼岸。很长时间，我和徐兆淮都在讨论中国当代文学究竟有无真正的现实主义这个问题。我们认为："伤痕文学"赋予了中国文学批判现实主义的"自然"和"写实"的权利，中国文学才有了80年代的辉煌，否则，即便是后来"先锋小说"的技术革命也是不可能的。中国不能没有包含着"自然""写实"的现实主义。

二十、"女性写作"

继"五四"之后，80、90年代是女作家创作的又一个活跃时期。80年代初期，女作家写作的性别身份并不十分突出，80年代后期性别与叙事的关系受到重视。随着"女性主义"理论的传播，一些女作家的创作被视为"女性主义写作"，而另外一些女作家则始终撇清与"女性主义"的关系。因而，有学者使用了更为宽泛和包容的"女性写作"概念以代替"女性文学"。

1. 关于《哦，香雪》《麦秸垛》

口述者：铁凝（1957— ），作家。曾任河北省作协主席，时任中国作协主席。

口述时间：2003年10月；地点：苏州。

（1）《哦，香雪》[1]

写作《哦，香雪》的时候，我的乡村记忆，跟同时代的其他写乡村的故事完全不一样，故事本身也有些差异。第一，我不讨厌农村。我一直认为中国还是一个农民的国家，是一个农业大国，到现在我们农村的人口还是有70%左右。我还是重复我那个想法，就是一个中

---
[1]《青年文学》1982年第5期。

国作家，他可以一生不认识农民，或者也根本不去乡村，不写农村，可以写出很漂亮的小说，可以成为很好的作家，我觉得他可以不写，但是作为一个中国作家，对中国的农村和农民应该有一定的了解和理解。这种想法也许是过时的，也许只是从我个人的经验和感受出发，但我又觉得是没错的。为什么呢，因为既然我们是一个农业大国，我认为不真正地了解中国的农民、中国的乡村，就不可能真正把握、理解中国这个民族，我就是这样想的。虽然你的故事可能讲的是一个很小很小的城市生活或者是没见过乡村的一个城里人的故事，但如果你有了这种了解作底，那作品就不一样了，这是我个人的感想。《哦，香雪》的基础就在这儿。

中国的城乡总是有这种千丝万缕的联系，差异又是那么大，联系又是那么密切，好像中国没一个人敢理直气壮地说我跟农村没有关系，没有丝毫的关系，我想是不太可能的。再说我写《哦，香雪》的基础。我一出校门就直接过渡到农村，中间是空白，没有经历过社会生活，农村也可以说是一个社会。十七八岁的时候，一到乡村，一在农村生活，就变成了一个农民了，而不是一个作家到农村去体验生活了，知道今天没吃好明天还有好的吃的那种心态，就是一个农民了。到那儿去，接触到的也就是十七八岁、二十岁左右的乡村女孩子，从城市里来到乡村这样一个陌生的地方，我觉得首先是这些女孩子接纳了我们，同龄的乡村的女孩子她们接纳了我，我想非要刨这个根的话，这可能是我的一个非常重要的根基，这些女孩子接纳了我。你说乡村是什么，是一片土地接纳了你吗，你必须有一个具体的什么接纳了你，什么使你在那儿还有快乐。本来我们也是小孩嘛，那时候正因为有了她们，我觉得不那么陌生了，你的温暖、暖意从哪儿来的，你的那种相对的踏实感从哪里来的，我觉得就是从这些女孩子身上来的。好像跟我不一样，但一下子就站到一块儿去了，我获得了一种眼光，是一种平视的眼光，也谈不上是屈尊，或者仅仅是怜悯，我觉得那时候她们挺怜悯我们的。乡村这些少女，那时候确实是很自然的，没有人强迫她们对我们好，反倒是我觉得我的心情当时是有点做作。做作在哪儿呢，一方面就是有点夸张，夸张自己劳动的痛苦，我想也是这些女孩子告诉我生活是什么样的。我记得我十八岁的生日是在农村过的，在玉米地里劳动。当时叫我去当小学教师，说我普通话讲得好，去教书就不用劳动了。我就说不行，因为那个老作家说过生活在农村，在农村得劳动，所以我说我必须劳动，不能当老师。也不会劳动，就拼命地干活。第一次过生日的时候，9月份，秋天，到那个玉米地里劳动，手上有了十二个泡，都是血泡，我当时看着手上的泡就觉得我又可以写篇日记了，看我劳动弄了这么多的泡。

后来还是一个女孩子，她抓着我的手就哭起来了，在那个玉米地里边，她的那种哭我觉得非常打动我。我跟她又没有亲戚关系，她也不是什么功利的需要，谁需要她向我表示这种怜惜。我问她为什么哭，她就说你们和我们是不一样的，你们不应该有这么多泡，而我们就应该有，你们怎么能来呢，你们应该回到城市里去。我就觉得这些东西是说不清的。当时我的一些劳动，到乡村的心情有点夸张，为自己的痛苦夸张，你看我都付出那么多了，我真是在这里货真价实地劳动，还希望被别人看见。当她们真的看见了之后，我不知道她们会突然地流泪，我想不到。

所以几年之后我想起一位作家说过的话，他说在女孩子心中，埋藏着人类原始的美德。这美德在哪里，我想，不是凭空杜撰出来的，是这种血肉的东西，是玉米地里的那些女孩子。回头想，我创作的基础就有了。

经过这么多年，不用那种方式，可以不是那种方式，但是一个中国作家，要描写、叙述、表达你对这个民族的理解，对中国人的理解和认识，我想还是应该对中国的农村有所理解。比如我现在长大成人以后，是一个纯粹的城市人，我再到农村去，这感情可能变了，是有隔膜的。当然你应该有下去的勇气，但是你还应该有生活下来的能力，在乡村你不能有屈尊的感觉，但你也不该仰视。我在农村的生活,不是为写《哦,香雪》做准备的,它奠定了我某种比较坚固的人生态度,它不仅仅是文学态度。在农村,我们在看到巨大的差异的时候,同时也能忽然发现巨大的相似,这两者,如果你都有本领去发现,也是不容易的。

我现在的个人感觉,认为《哦,香雪》在技术层面上,还是存在一些问题的,技术上不够圆熟,我自己都能找到这些,但我不再修改,因为那是历史,就不能再改自己的小说,就是在编文集的时候我也没有做这方面的修改。这么多年过去了,不管评论界怎么看这部小说,但我自己看中的是什么东西呢,我想,就是《哦,香雪》里面传达出的,可能是对人生的一种体贴的情感,不仅仅是善的呼唤吧,我听到了很多评价这篇小说的词,清新啊,秀丽、诗意啊,我觉得虚荣心满足了。

你问《哦,香雪》它现在对我还有没有意义?我不怀疑,那时候在技术层面上有它的幼稚,但是我又觉得在那个年代,本来也刚从一个少女脱胎成人,时间不太长,要写出那样的作品来,也不是太奇怪的事情。但它现在的意义对我在哪儿,我想是对我的提醒,比如说人到中年,无论家人、国家、生活、文学本身,经历了眼花缭乱的很复杂的更迭,场景的变幻,或者说有一些方方面面的喜怒哀乐吧。这可以说是阅历,或者说青春年华没有了。我想在这个时候,作为一个作家,一个写作的人,能够穿越你的一些经历吧,然后还能够有能力呈现一种类似于《哦,香雪》的干净、纯净的境界,至少这个作为不变的、坚实的底色,我想还是愉快的事情,对我来说还是愉快的事情。

(2)《麦秸垛》

你一开始就说了,我是在集体写作之外的,我确实是一个外边的人。但是在外边你也不能脱离整个的中国的背景,你的生活的氛围,你的阅读的氛围,你和同行也不是隔绝的。我认为在1985年、1986年比较突出,我那时候也有求变的欲望,咱们上边也说了,一个不变的作家是可怕的,是没有长进的,没有勇气打倒自己的作家是没有出息的。1986年，我的《麦秸垛》[1]在《收获》发表，这个中篇小说当然是在我已有的生活积累基础上写的，也是在求变趋势下的一种表达，现在再回过头来看这个中篇，把它跟那两个"垛"接续起来，1989年那个《棉花垛》，1996年那个《青草垛》，虽然间隔的时间比较长，但是最初评论家愿意把这三个"垛"放在一块儿，因为这都是乡村的故事吧，但也确实是相对集中地体现了我那时候想的那些事情。《麦秸垛》是在大家都在要变的那种思潮的背景下，我也想变，想自己的作品和自己都有所变化的一个作品，所以我认为它对我自己产生了一个积极的意义。但同时，因为求变的心情太强了，这个愿望的外在的驱动力太强大了，这使《麦秸垛》在语言的叙述上，有雕琢和矫情之处，是有这些痕迹的，我自己知道。那么到了《棉花垛》我不这样了，我觉得拿这"三垛"来比，就是在这思潮的裹挟当中，《麦秸垛》是外在的驱动，要变的愿望是很强烈的，虽然在评论界看来，《麦秸垛》还是最突出的，它是我的另外一个阶段。那时候还没有《玫瑰门》，《玫瑰门》几乎和这股思潮没有关系，跟这外在的驱动是没有关系的。但是《麦秸垛》是有一种要证明什么的驱动，外在的驱动是有的，当然也有自己的积累，也有新的体验。但是我更喜欢《棉花垛》，我觉得它是很单纯的，它也没有想证明什么的那种驱动了。我举出这两篇作品来说明我那一段的变化，那么一个状态，我觉得那些思潮对我有影响，我也做了一点尝试，尤其是写作《麦秸垛》。但我好像比较快就放弃了。

2. 关于"女性诗歌"

口述者：唐晓渡

---

[1]《收获》1986年第5期。

口述时间：2013年9月；**地点**：苏州。

在《谁是翟永明》[1]中我也提到，最早是一个叫骆耕野的诗人介绍我认识的，跟我说她是"四川的小舒婷"，还推荐给我一个十一首诗构成的组诗，那个诗风格上确实比舒婷要锋利一些，但某种意义上基本上还是一个感伤和哀婉的基调。所以后来她把《女人》寄给我看，她1984年写的，我1985年读到，大吃一惊，她的风格发生了非常剧烈的变化。当时杨炼写了《诺日朗》，这首诗和《诺日朗》有一种对称关系，《诺日朗》是男神，她写的是女人。当然我也看了她的《黑夜的意识》，实际上不仅对这首诗，也对女性经验做了一个自我阐释。[2]

其实很多问题，比如寻根问题，小说界到1985、1986年才开始谈这个问题，但江河和杨炼1984年就提出了史诗和寻根。江河写了《太阳和他的反光》，杨炼写了《敦煌组诗》《西藏组诗》，以前写《火把节》，都是在现代史诗的名义下做寻根的工作。

我向很多朋友推荐《女人》这组诗，"女性诗歌"这个问题的提出跟我当时读丹尼尔·霍夫曼（Daniel Hoffman）的《美国当代文学》有关，里面谈自白派诗歌的时候，像普拉斯（Sylvia Plath）和塞克斯顿（Anne Sexton）的时候用了"女性诗歌"这个概念，但没有单独提出来，它的背景是女权。翟永明的诗歌中可以非常清楚地看到普拉斯的影响，尽管后来我们讨论这个问题，她说其实当时不能说有意识地受到普拉斯的影响，但这是两回事，因为当时我们都能读到普拉斯的诗，1983年年底或者1984年年初翻译过来一批她的诗，大概有六七首，那是中国最早翻译普拉斯的，翟永明是读到过这组作品的。我觉得有时候所谓的影响不一定是模仿意义上的影响，可能是被点燃、被

---

[1]《诗选刊》2005年第1期。
[2]《黑夜的意识》原载《诗歌报》1985年9月21日。翟永明在文中说："我更热衷于扩张我心灵中那些最朴素、最细微的感觉，亦即我认为的'女性气质'，某些偏执使我过分关注内心。"本文还提出了"女性文学"三个不同趋向的层次。

触发，一个开关被打开了，而且即便你从她的句子上还是可以看出普拉斯的影响。在中国诗歌史上这是一个有历史标志性的文本，因为在此之前，比如"文革"时候林子写过一首《给他》，那首诗是一个很女人味的、纯女人的视角，但基本上不脱传统女性的框架，不过那是一首很好的抒情诗。我当时感到《女人》这组诗以及她《黑夜的意识》的阐释可能会打开一个新的局面，因为她的背景中有女权和女性的自我意识，不再是一个被规定的、被爱和希望得到爱的形象。林子无非是表达出了她更勇敢、更决绝和更有穿透力，但那种反省女性经验、女性身份的深度她没有达到。我有一次和柏桦谈诗谈到诗歌本身是女性的，它可能是一个男作者写的，但可能更多反映他女性的一面，因为人都是男女同体的。从《黑夜的意识》里面我看到普遍的女性经验，这种女性经验和性别没有关系，跟我们的生存姿态、语言姿态有关系，实际上我们很多男人的生存经验是一种女性经验，是被动的、受压抑的、向内的、被遮蔽和倾向于自我遮蔽的。其实我们这代人和我们的父辈某种意义上在社会角色里面都是这样一个女性角色，所以我向很多朋友推荐这组诗，最早也推荐给《诗刊》，《诗刊》根本没敢用，当时1985年年底，刘湛秋已经上任了。但是到1986年形势又开始变好了，他突然有一天找我，说你以前跟我说的那个四川女诗人，我当时印象挺深的，你再跟我说说。我就跟他又说了一下我对这首诗的看法。他让我写篇文章，在《诗刊》上把《女人》推出来，当时我们朋友圈子里《女人》读得已经比较多了，但外面都不知道。我就答应了。[1] 我也把这个看成是刘湛秋的自我突破，刘湛秋当时在强调"软诗歌"，他的诗歌观念是不保守的，但是避重就轻的，苏联诗歌里不是有"响派"和"悄声细语派"吗，他是企图用"悄声细语派"，用

---

[1] 唐晓渡在《诗刊》1987年第2期发表《女性诗歌：从黑夜到白昼——读翟永明的组诗〈女人〉》。他在文章中提出"当我想就这部长达二十首的组诗说些什么的时候，我意识到我正在试图谈论所谓'女性诗歌'。男女肯定不止是一种性别之分。因此，'女性诗歌'所涉及的也绝非单纯是性别问题"。

那种抒情的，通过不触及那些敏感问题来保持它的开放性，但这时候他显然有一个比较大的自我突破。包括那一年在"青春诗会"之外又开了一个青年诗歌的会，《诗刊》有两个梯次，青春诗会是那些比较成熟的，已经取得比较广泛影响和认可的人，另一批还没有很大影响，但苗子很好，潜力比较大的，刘湛秋上任以后每年第十期都会做这个事，那一年刘湛秋做了这两件重要的事情。这首诗和这篇文章一推出来，跟着就出现了女性诗歌的大局面。到了1989年，《诗刊》专门出了"女性诗歌专号"，翟永明、唐亚平、海男、林雪、陆忆敏、张真，都属于在这首诗带动之下的那一拨女诗人。她们当时都写了大量的作品，这一个女性诗歌群和之前林子的，以及再往前林徽因的、舒婷的都完全不一样，舒婷是她们那种意义上的女子诗歌的高峰，以后那种诗歌不是说没有了，但它是作为一种历史的回溯。

3. 关于"三恋"[1]

口述者：王安忆

口述时间：2003年10月；地点：上海。

我是反对"身体写作"概念的。对我这个具体的写作者来说，是没有这个解剖意识的。我写"三恋"的时候，没有想那么多，当时很有探索的欲望，我就想写人的关系，人的两性关系。《荒山之恋》写的是四个人，爱情的发生不是两个人的事情，男人和女人的事情，和他周围所有的人都有关系，这里需要很多的条件，比如时间、地点、人，就是说两个人在各自的命运里正好走到一起的时候，在这个时间

---

[1] "三恋"指《荒山之恋》《小城之恋》和《锦绣谷之恋》，分别发表于《十月》1986年第4期、《上海文学》1986年第8期、《钟山》1987年第1期。

段上、性格段上,这才有爱情。所以小说所有的篇幅都是写他们各自的人生道路,等到他们好起来的时候,已经快要完了。人喜欢玩玄的啦,爱情不是两个人的事情,是一个公共社会的事情,和时间、地点都有关系的这么一个想法。《小城之恋》是我假想,如这是一两个人的事情的时候,它会发展成什么样子,而且这两个人也是不自觉的。我就喜欢写不自觉的人。当时两个人没有受过教育,没有思想,没有理性,我就想把两人脱得光光的,他们两个人在一起,有什么好做。那就只有一件事好做,那就是身体,当他们只有身体的时候,他们会做什么,前途如何?他们的前途也是很不幸的,这个前途是灭亡。等到这个女孩子派生出其他东西,他们才得到解脱,我是这么一个想法。身体能解放到怎么样?解放到最后,是不快乐的。给你解放好了,能怎么样快乐?人还是要从理性当中继续快乐。他们是用现有的思想去实现它,这过程也是一样的。我倒觉得80年代作家比今天的作家更加不自觉,不知道文学是为什么的,就是想写,就是对社会有看法,不是悲观那么简单,甚至不清楚。第三恋是就剩一个人了,人是越来越少了,一个人是怎么实现自己的两性关系,他只能虚拟一个人。当时我们这些人特别勤于思考,我觉得80年代这帮人勤于思考,很多对我们来讲,都是思考的果实,现在都是现成的,就是摘桃子。我们要爬那么高,过程都是收获。现在他们不用爬那么高,好像不用劳动。80年代思想的果实,现在好像是公众的消费品。张炜特别讨厌王朔的一个地方,有一句讲得特别好:他把我们这么多年苦心经营、积累的东西,一下子挥霍掉了。

4. 关于《一个人的战争》等

口述者: 林白(1958—),原名林白薇,作家。《一个人的战争》被视为中国"女性主义文学"的代表作之一。

口述时间：2005年11月；地点：苏州。

我先从我到北京开始讲起。我是1990年三四月份到《中国文化报》的，中间有一段时间比较动荡，没太写东西，整个状态不是很好。1990年在《钟山》上发表的《子弹穿过苹果》，1989年在《上海文学》发表的《同心爱者不能分手》，都是在广西的时候写的。到北京之后一两年，事情很多，工作大变动，人生是一个转折，原来在广西是一个人，到北京后有家庭有孩子，就一直写作状态不太好，到1992年好一点了。我就写了三个中篇，《回廊之椅》《瓶中之水》和《飘散》。写了这几个中篇以后，我就觉得状态恢复了，我想写一个长篇。那时候也没太多社会方面的影响。我当时阅读最多的作品就是《追忆似水年华》，七大本，我当时只看了前面三本，中间第二本是看透了，也不是从头到尾看的。看得比较多的就是这个，那么说我受什么影响，比较明显的就是受这部作品影响。这个影响是我自己不知道的，不是说我要模仿，没有一个很明确的影响。假如有人问我阅读方面的影响，我想一切东西都对我有影响，比如读一个很差的报纸，读一个东西，都会变成血液里的养分，也有可能是毒的东西，那也是一种影响，不一定是看一个名著或者是一个很烂的东西，那影响是很难说的，我只是告诉你我当时读得最多的是什么。

《一个人的战争》，是我写完那三个中篇以后，我觉得我的状态已经恢复了，我自己就有了写长篇的冲动。之前没有太多的构思，没有明确的理念，就是想写一个长篇。我从第二章开始写起，当时没有《一个人的战争》这一标题，这个标题是我写完了以后放上去的。从3月份写起，到9月30号写完了，最后一章写得比较匆忙。我是写完第二章，再写第一章，然后写第三章、第四章，最后结尾，加题目。是1993年写的，1994年发表的。[1]

---

[1]《花城》1994年第2期。

当时是一个什么样的情况呢？深圳有个文稿竞拍活动，我有个朋友，北京《文艺报》的一个朋友，在参与竞拍这个事情，他就让我把长篇拿去竞拍，可以多拿点稿费。让我10月1号之前一定要寄给他，我就赶在9月30日之前写完。当我准备寄给他的时候，我想不对，我觉得这个作品对我非常重要，我也知道它应该是一个好的作品。就我本人来说，我很看重这个东西，我想假如拿去竞拍，我是不能发了，版权是他的，得听他的，我的作品就埋没掉了，不能发也不能出版，拍出来的价格给我，然后出版权和发表权都是他的。现在想想幸亏没给他。所以我决定——也没有和任何人商量，其实我到北京是很孤独的，没有人可以商量——我要发表，先拿给杂志社发表，我不竞拍了，我临时撤出来了。当天晚上我给他打电话，我撤出了。然后给了《花城》杂志，不知道发不发得出来，一个女性自慰的东西。我当时也没有发表过长篇，也不是重要的作家，没想到《花城》很痛快，很快告诉我可以发，第二期头条。《花城》就发了，这一步对我很重要。《一个人的战争》最初的单行本，是一个批评家朋友介绍拿给兰州的书商，最后是以甘肃人民出版社的名义出版的。当时是高稿酬，一千字是九十元钱。书出版了，搞得很糟糕，那个封面别提多恶心了。说印五万册，但所有摊子上全都有，隐瞒了印数，满地都是。我一看头都大了，这么一个封面，完蛋了，本来这个内容人家有争议，现在这个封面就更糟了，被包装成一个很低俗的作品。我非常难过。这是90年代初。

到了1995年才有批评，也有人出来讲讲话，王小波也出来肯定这部小说。好就好在什么地方呢，1995年世界妇女大会在北京开，所有的出版社都很关注女作家的作品，而且有一种女性主义理论，从另一个角度来审视《一个人的战争》，好像很快又得到了很多肯定。当时也还有争议的，像有的人会觉得这个东西如何如何，国家正规的杂志社出这种东西，那是非常要不得的。我知道谁这么写过，但我不能告诉你这个人是谁。然后也还有争议，但是学术界也还是比较认可的，学院里是认可的，一般人反正认为林白是个有争议的作家。

这部长篇的写作基本没有什么社会因素，纯粹是我个人生活走到了一个点上，到了那个地方，我必须写这么一部长篇。写作《一个人的战争》时，女性主义好像也没引进。别人说我是女性主义写作，我倒不介意，那时不介意，反倒窃喜，我觉得说什么主义我都没关系，可以让我的作品有更多的人读到。说什么主义也没关系，不较劲，自己的写作也不往上靠，我看那一位作家，她写的什么东西里头好像是根据女权主义来写的，我根本没有。当然也不是完全没接触女性主义的理论，我是1986年买过波伏娃的《第二性》，90年代买过李小江的书，还是有一点各种渠道来的信息。但是我没有深度研究过，最基本的东西也可能是知道的。

女性经验肯定是有的，因为我恰好是个女性。但是我当时首先想的不是女性的经验，而是个人的经验，是我个人，因为我正好是女性，所以变成了女性经验，实际上对我来说是个人经验。这种个人经验，已经被社会的、文化的东西掩盖住了。当时确实是，我也没看到国内有人这么写，所以就想写出来，未必发表得出来，未必出版得了。

小说的文体，写的时候还是有感觉的。比如说这种人称、叙述，然后有点像网状的，还是没有用强烈的理论，完了以后也没有用理念来归纳它。作家是通过写作来思考的，思想最起码有两种，一种是理性的、逻辑的、清晰的，另一种是感性的，有两种思考，理性的这种思想我比较缺乏。在写的时候，我还是按照自己的感觉走。跟以前我读到的别人的小说不一样，不是像别人一样有头有尾的故事，和那种叙述是不一样的。我自己想表达的东西能够和谐地表达，有很多内心独白，在人称、结构上还是有一点想法的，反正不是很明晰、清楚、强烈的理念，这些都没有。

多米肯定和我个人有谐和的地方，但不是自传，是个小说，我赋予了很多我个人的东西，她身上有我的东西，她可能折射了我的弱点、我的激情、我的情感，但她是我虚构出来的人物，肯定不能等同于我。

女性自身的精神处境,我也思考。其实我被解聘之前,我去找过单位,解聘以后,我也去找过单位,找过几个单位,好像对女性是有一种压迫。我去找过一个地方,本来已经很有希望,后来他们领导说,找女编辑,不能好看也不能难看,不能守旧也不能太前卫,我也不知道他们是把我算成好看的还是难看,前卫还是保守,反正就不要我了。弄个女编辑,他们可能还是觉得有争议,这是90年代中期。1996、1997年的时候,我从《中国文化报》出来,社会对于女性还是有很多问题的,女性面临很多压力。有些人她没碰到这个事情,她说没有啊,女性地位很高啊,但是实际上女性地位还是存在很多问题的。

我觉得"个人化写作"这个提法比较好。私小说?其实我并不完全知道真正私小说是怎么样的,哪个算是私小说,但是我觉得"个人化写作"合适、恰当,因为私小说是比"个人化写作"更狭义、更极端的,应该也有一些小说能够套下这个的,但是我没有这么极端。

我觉得我和陈染是很不一样的。他们说是这样的,你们俩从远处看,一下子不能一个个辨认出来,从远处看,你们两个还算是一致的,走近看就差很远,各个方面。她是北京的,我是广西北流的,根子上就不一样,是两个不同的作家。

90年代还是不错的,如果没有90年代,我作为一个作家就不可能出来。我还是喜欢写作,还是特别注意自己成为一个作家,成为一个用不着大红大紫、能够出版、能够发表、能够顺利一点的作家。我想如果是80年代,我的小说的确是出不来的,的确发表不出来的,90年代对我来说还是很重要的,它的确是一个多元化的时代。所以我觉得90年代还是比较宽松的、多元共存的,还是一个比较活跃的时期,精英文化是受到了一定的挤压,但我觉得,对我来说,还可以。

《妇女闲聊录》对我来说是变化比较大啊。[1]你说我以前不喜

---

〔1〕《妇女闲聊录》,最初为2003年7月人民文学出版社出版的长篇小说《万物花开》的附录,2005年2月新星出版社出版《妇女闲聊录》单行本。

讲话，现在也闲聊了。我不知道是不是因为走路的关系。我每天出来走路，走路可以让生命快乐，心情好了，身体也比较好了。原来不动，睡眠也不好，精神也不好，我很怕出来交际，朋友让我出来吃顿饭我都很怕的。那次方方来，方方是我文坛上最好的朋友，她到北京来，她住在和平里，离我家很近，她和邱华栋两个人让我从东四胡同到和平里那么近的地方吃饭，我都不去，没有这种道理，而且还不是我请她，她请我吃饭，我就没有去，我一咬牙就说不去了，我真是很怕出来交际，我觉得自己的恐惧、焦虑到了很严重的地步，我也是经常觉得要开会了，慌了，睡不着觉，想到开会就很头疼，就是不行，发言就更不行了。我真是不行，写了讲稿都不行，大脑一片空白，只有在写作里头，才能够写，出来面对人群就不行了，我是很怕人的。不光怕生人，也怕熟人，还怕自己的亲人。我怕我妈，我小时候，我妈在房间里头我肯定是不进去的。我在一个房间，我妈进来，我就赶紧出去，很紧张，要是偶尔一两次，她带我去看电影，我也不敢和她并肩走，她在前面，我得隔一段才行。我妈在镇上很知名，她是个妇产科医生，镇上很多人都是她接生出来的，都要跟她打招呼，男女老少，远远的，我就怕被认出是她的女儿，我就慌，我就远远地跟着。从小就心态不正常，这两年我渐渐好了，自己也很高兴，心态好，身体好，现在我也睡得着了。睡不着精神不好，人就很累，别人说这个林白特别不好玩，人家都不叫我了，我本来就怕，你叫我我也不去，越来越封闭。我这一两年变化是很大。

5. 关于《私人生活》等

口述者：陈染（1962— ），作家。曾供职于大学、出版社。《私人生活》被视为中国"女性主义文学"的代表作之一。

口述时间：2006年12月；地点：北京。

（1）关于精神气质与创作

你在邮件中问到我的精神气质和小说之间的关系。精神气质这种东西，我觉得像一个人的衣服、气场一样，是一个人的状态和面孔。精神气质是由复杂的因素形成的，包括物质基础、遗传因素、神经类型等，甚至有政治阶级因素在里面。相对于大环境，我是在一个物质比较好的条件下长大的，所以没有那么多无产阶级的深仇大恨，在这方面我好像是没有痛感的一个人。但是我的家庭氛围不是很好，因为我的父母是知识分子，他们对待婚姻的态度是比较前卫的，他们的离婚使我从小就知道了婚姻变革会给家庭带来怎样崩溃的影响。这是我在成长过程中和同龄人不一样的精神环境，我想这些可能是形成我特定环境下个人精神气质的重要因素。精神气质还包括知识结构，知识结构也能呈现出一个人的精神风貌。小时候我是一个很喜欢读书的孩子，但我从小是学习音乐的，音乐对我来说是残酷的，我也很难说怎么爱音乐，但为了追求个人成功还是要坚持学音乐。后来中学没毕业就赶上高考了，因为学音乐，我的文化基础不好，为了高考就把音乐丢弃掉。反正丢掉音乐之后我就开始读书了，当然读的书不仅包括文化考试课的课程，也包括我喜欢的古典名著，应该说高考是我生命很大转折的一个开始，是从音乐转向文化的开始。那时候就一直读书，包括在大学期间，国外的哲学、心理学、文学不断涌入中国，我当时读书读得特别兴奋，简直是狂读书的状态。虽然那时的读书环境和现在不一样，但为我奠定了一个比较好的文化基础。这些综合因素是构成我精神气质的成因。

你说我在小说中对凋敝、缱绻、伤感等这些词特别敏感。其实这些词是和一个人的精神状态一脉相承的东西，精神气质也决定了一个人对像"凋敝"这些词的选择。有一次我跟王朔聊天，他说："这些词都是你自造的吗，因为只有鲁迅可以造词，在中国是不允许造词的。"我说："那我的这些词对你是不是有感觉，通过这些词你是知道我的特定指向的，对不对？"他说："是啊。"我说："这就够了，这些词不管它是从文化学,还是从哪个方面讲,严格意义上是不可以成立的词,但是我用了,你领会了、感觉了就可以了。"我觉得这些词和我的精神气质是融合的,当然这些词也是成长的。比如说这种凋敝、彷徨等精神指向的词随着人逐渐成熟以后,它们会变得更隐晦一些,也更平和一些,这时候我会用一些温和的词语来呈现一个人的心理状态。反正我现在用这些词已经很谨慎,不怎么强烈使用,但偶尔也会写。我最近写的散文,像《僻室笔记》,里面有很多精神状态和心理问题的呈现,还有一些谈社会、人生的话题,然后这本书里也有这些词语在出现,但是已经不是那么极端化、那么寒冷了。我觉得这是一个人成熟的体现。以现在这个年龄,我是越来越理解那些有了丰富经历的人,他们处世的那种大气和温和,以前是肯定不能够理解的,我年轻时候就是愤怒女青年,虽然不像韩寒他们那样尖锐,但精神气质上和他们还是一样的,都是愤怒状态。今天说一个成年人还愤怒就很幼稚了。

(2)关于早期创作

1986年的时候我23岁,那时写了《世纪病》,[1]当时我还比较前卫,穿的像是什么毛边的牛仔裤,反正是时尚的,对主流的东西很反抗,就是对官方认可的东西,无论什么,我都是要抵触的。那时候其实是比《私人生活》更年轻幼稚的起始阶段。二十多岁的年龄是一个幼稚、冲动而且很不节制的年龄,所以文学里面不节制的痕迹、幼稚的东西是特别容易呈现出来的。但是到了《与往事干杯》[2]《私人生活》时,我已经三十多岁了,我开始懂得控制,相对来讲在文学上我也发展到了一个比较成熟的阶段,比现在更激情澎湃一些,现在我可能更平和一些。这几个阶段还是跟人的年龄有密切关系的。那时候觉得自己的痛苦是全世界的痛苦,是所有人的痛苦。那时我23岁,我

---

[1]《收获》1986年第4期。
[2]《钟山》1991年第5期。

跟刘索拉住得很近，我比刘索拉、徐星他们小很多，当时我们在一起我觉得我是小孩儿。有机会和刘索拉认识后，我的第一篇小说《世纪病》就是刘索拉推荐我发表到《收获》上的。那时候我的精神气质和他们的很像，是叛逆的、躁动的和缺乏冷静的。现在觉得那东西其实是很脆弱的，表面上很锋芒，实际上我不觉得它比我现在含蓄的东西更有冲击力。我现在藏得更深了，但藏的这种东西实际上对国家政治、文化、人生问题的态度更冷静，我觉得我现在是更有力量、更成熟了。二十多岁其实是很脆弱的，但当时自己是意识不到的。

（3）关于《私人生活》

《私人生活》[1]是1996年发表的，那时候无论是感情还是内心的饱满度都是人生的巅峰状态。不得不承认岁数越大，人积累的一些经验会多一些，但是这个饱满度是越来越衰退的。我现在完全不能够和30岁的激情饱满状态相比，现在任何事情都很难调动我内心的那种执着了。这是很现实的一个问题，我能够坦然面对创作枯竭的状态。我觉得所有的作家都应该学会面对这种枯竭的状态，不是说你回避它它就不存在了。从人的生理看，衰退是正常的现象，所以我也在面对我自己的这个苦恼。

我觉得这是跟一个人的性别和真诚有关系的，比如一个男人一定要回避自己内心的一个暗角，或是回避他一个软弱的不能碰的地方，所以有些男性作家是不愿意说自己的痛苦的。但是我可以说我的痛苦，我不觉得我不能写作我就不能活了，当然我也还在坚持，文学也不全是我的唯一。我不知道一个男性作家遇见这样的情况会怎么办，其实我也不知道怎么办，只是我没有他们那么严重。面对自己这么长时间的不写作，这是正常的，是作家必须面对的事情。

我对《私人生活》比较有印象的是，记得写了很久之后，有一天我拿起《私人生活》一看，想这是谁写的，这人要是在现实生活中我

---

[1]《花城》1996年第2期，作家出版社1996年5月出版单行本。

认识，我一定会和他成为好朋友的。当时我觉得这人的表达是很贴近我要表达的那种高度的，无论是文字的紧张度、饱和度和思想的倾向，都符合我的那个高度，都是我要的，我觉得挺棒。

黛二小姐的原始模型和我个人的成长是很有关系的。黛二小姐是一个知识女性，她没有经历过底层生活的磨难，但也经历了精神上的苦难。她内心比较丰富、善良、真诚、不老练、多愁善感，是一个很女性的人，不至于歇斯底里，但也有非逻辑的一面。她身上呈现了我精神成长的一些影像，我更倾向于她身上所呈现出来的一些东西，反正她是和我有很多契合点的一个人物。我不记得黛二小姐是哪天出现的了，当时我也不知道自己是有意还是无意想把黛二小姐作为一个文学人物。当然这个文学人物有很多我自己所设想的东西，她个人细节的东西与我的生活是回避的，但是她的精神内涵有很多与我是相同的。

我记得关于《私人生活》这部小说在1996年开作品讨论会的时候，去了很多批评家，戴锦华她们会从女性主义谈《私人生活》，但是只有王蒙说《私人生活》是一部政治小说，连小说里面的狗都是有政治感的。[1] 我觉得王蒙的观点实在是太犀利了，因为我还是担心《私人生活》被贴上什么女性主义、"先锋主义"的标签，因为那时的"先锋主义"还没有完全退潮。在中国文学、文化界，王蒙的确是使我们感到幸运的一个存在，这点是不能回避的，他的影响力是最大的。

（4）关于女性主义

其实关于女性主义我是不怎么理解的，但是有一点，我根据自己的生活经验所写的关于人的看法，这些看法可能被学者们认为是女性主义的。比如我现在在写对尤瑟纳尔的作品和她人的感悟的时候，我想到一个话题，这个话题又会被人理解成女性主义的话题，但我不知

---

[1] 王蒙在《私人生活》研讨会上的发言说："有一段挺有意思——那只狗因为参与意识被爸爸驱黜。从'参与意识'可以看出这部书并不完全是私小说。对那只狗的描写相当政治化，狗的路线觉悟相当高，是好同志，我们自愧不如。"参见《陈染〈私人生活〉研讨会发言纪要》，《博览群书》1996年第7期。

道那就是女性主义。我觉得吧，就说尤瑟纳尔，如果作为男性和女性的特质分开来说的话，她的女性特质是不鲜明的。她有哀伤，但她不是泛滥的，她的任何东西都是节制的、理性的，不像女性的那种不节制，比如说尖锐、激昂或者说强烈的非理性成分。但像尤瑟纳尔那样的作家，她的雄厚在于她的女性特质是不强烈的，她融合了很多内心强大的、力量的、卓越的东西。我特别尊重这个作家，因为她的完整性呈现出来了，她使我感到很渺小，因为我一看自己就知道自己是女性作家。我知道她是一个女性，但我没有强烈感受到她是一个女性作家。如果从身边的一些人身上，我会有一种感觉，感觉他们就是一个男性或者说是一个女性。我觉得内心的雄厚和包容是作为一个人最高的东西，这是人特别棒的一个很高的状态。在现实生活中感觉也是这样的，比如一个特别女性化的人，我会觉得挺好，但我不一定和她做朋友，倒是那种很大气、心胸很宽的女性，我容易和她谈心。

我写作虽然是理性的，但基本上我还是让写作处于本能的状态。我很愿意调动我接近本能的状态，这时候我觉得我是很饱满的，如果任何本能都没有的话，人就是很作的。就跟接触一个人一样，如果你觉得他有很多生动的、本真的东西，你会觉得这个人可爱。如果他都是作的，可能会有隔膜。对作品我也是这样的，我希望自己不要把自己的本能扔掉。但是我还是要自己有理性，这就是为什么我和其他90年代的女性作家不一样，是因为她们有很多情况是过于本能，过于零碎、感觉化了。我肯定还是要让作品有理性思考的成分，但绝对不能成为一个纯理性的作家，那就太可怕了。

对，我完全没有想过要按照女性主义的理论写下去。我在《破开》[1]里面也提到了女性主义的一些话题，但这都是来自我对生活的思考，《破开》与我刚才讲的那个话题是有关系的，与法国的尤瑟纳尔也是有一定关系的。站在我的角度，我会觉得一个女人如果内心更

---

[1]《破开》，《花城》1996年第1期。

丰富、更有小辈男性的特质，比如说有思想，比较渊博、雄厚，这样的女人更有分量，也会更有魅力一点。

其实我是一个特别顺的作家，我从来没有遇见过退稿，我是很幸运、没有遇见挫折的作家，我赶上了一个好时代，如果是在今天，我死定了，因为我不大爱交往。碰见了很多好编辑、文学人，他们给了我很多帮助，包括王蒙老师，都是他让别人主动来找我的，我挺感谢那个年代，如果是现在我肯定出不来了。

6. 关于《花城》与"女性写作"

口述者：文能（1958—　），批评家、编辑，曾任《花城》编辑部主任，时任《佛山文艺》主编。
口述时间：2006年5月；地点：北京。

我的编辑思路是清晰的：从我编辑的长远思路来看，我会有意识组织编辑对文学史有意义的作品，当然有时候会有短期的目标，比如在某一个阶段推出女性写作、个人化写作的作品，这可能是我短期思路里重要的一方面，同时这个目标使得陈染、林白、海男这些人崛起了。当时盛行女性写作的原因比较复杂，总体来说在90年代，一批很活跃的男性作家都突然终止写作，整个文坛的形式是沉闷的，就特别需要新的创作来打破这沉闷的气氛，比较适合的就是一批女性作家的创作，所以我在90年代初期就有意识组织了这样一批作品。80年代中期以前，中国文学杂志的面貌基本上是很相近的，而且当时的文坛也是根据那几个浪潮走过来的，比如说"伤痕文学""反思文学""改革文学"。但走到"寻根文学"那里，文坛开始分化，文学杂志的分化也出来了。《花城》从80年代中后期就开始转型，这时候它的前卫性、先锋色彩的特点就突显了出来。先锋性就是我们推出了苏童、余华这批作家的作品；前卫性就是我们在90年代初期推出女性作家的作品，在这批作品里面，标志性的是《一个人的战争》《私人生活》《守望空心岁月》，另外还有海男、虹影的东西，总之当时一批女作家比较前卫的作品基本都集中在《花城》发表。我组织这批个人化或是私人化的作品是有编辑思路的，个人化写作在思想史上有一定的原因，90年代哲学、语言学转向被文学接受，使得文学要打破一种同一化，不再强调统一性，而是要突出个体差异，女性的个人化或私人化写作在这方面是一个比较有效的突破。在这个背景中产生的一批作品都非常突出，比如林白的《一个人的战争》、陈染的《私人生活》，她们的小说没有国家、民族的框架和语言背景，不再是宏大叙述，她们更注重的是私人化的东西的揭示，她们也注重很细微的、独特的感觉，在语言上女性的特点非常明显，这在90年代呈现了一个很新的、独特的文学景观。关于陈染、林白作品的特点，我专门写文章讨论过，在这里就不说了。海男的写作有个特点，就是她不注重讲故事，而是把自己很原生态的感觉通过语言喷发出来，所以她的语言似乎是自己独创的。虹影会把自己很私密的生活空间敞开给公众。80年代女性作家与男作家在创作上的性别是没区别的，包括在题材、句式、思想上女作家与男作家都雷同。但林白、陈染这批作家的创作跟80年代女作家的创作不同，而与80年代男作家的创作更不同。她们有意识地对男权话语进行抗衡、颠覆，当然这种颠覆跟90年代的女性主义理论思潮在中国的传播有关系，她们或多或少受到女性主义、女权主义的影响。更为有意思的是，白先勇他们作品里的同性恋倾向开始在女性作家的作品中表现出来，这在以前的中国文学创作中是极其罕见的，也是重要的景观了。

二十一、其他小说

1. 阎连科《年月日》[1]

口述者：阎连科（1958—　），作家，教授。在文学创作之外提出了具有独创性的"神实主义"理论，曾获卡夫卡文学奖等。时任中国人民大学教授。

口述时间：2006年10月；地点：北京。

　　我是在写作长篇小说《日光流年》过程中写《年月日》的。那段时间腰椎病让我几乎瘫痪在床上。每快走几步，腰的疼痛和左腿的麻木，让我有死亡的恐惧。这期间，1994年4月吧，我又受命创作十集电视剧《青山巍巍》。为了完成这部纪念二炮部队成立三十周年电视剧的编剧工作，在朋友的帮助下，找到中国残联专门为残疾人服务的下属工厂，请他们根据我的病情，专门设计和制作了一个活动躺椅，能够半躺、半坐，也可以抬头向天写作的铁骑架子。这个写作架子，能在地上滑动，也可以固定不动。架子上的写作板根据我的姿势，调整出和我的手臂、眼睛相适应的各种写作角度。

　　在剧本通过后的下半年，我就躺在架子上开始《日光流年》的写作。躺椅太硬了，我就垫了一床被子，到了夏天，后背长出了很多痱

---

[1]《年月日》（中篇小说）发表于《收获》1997年第1期，获第二届鲁迅文学奖、第八届"小说月报"百花奖和第四届上海长中篇小说奖等。

子。《日光流年》写到三分之一时，《青山巍巍》拍摄好了，还拿到了总政的"星光杯"奖和优秀编剧奖。我没有办法去领奖，从办公室回家又躺下写作时，忍不住流泪。我后来说，流泪是为自己在写作中的心灵之死，为心灵的生生死死，死死生生。我四处寻医看病，躺在椅子上写作。两年之后，《日光流年》写到四分之三，我遇到了西安一位讲授马克思主义哲学的教授，他痴迷中医，业余治疗腰椎病，是个奇人。经过他的精心治疗，我终于卸掉了腰上的铁板腰带，之前差不多六年时间，我下床时必须捆绑铁板腰带。虽然没有根除，但我可以行走了，每天可以坐下来写一会儿东西。

我没有继续《日光流年》的写作，而是用一周时间写了《年月日》。在西安治病的秋天，有机会在远郊玉米地，沿着一条小路一直一直往前走，朝着空寂无人的虚地走去。脚下是野草，前面是落日。我甚至听到了四周寂静的声音。走着走着，我不自觉地停了下来，脑子里突然闪出一个念头：如果人类的祭日到了，这个世界上只有一个人和一粒种子，会是什么样？我被这个念头震住了。在这一瞬间，我看见黄昏的落日像明亮透彻的朝霞，在日光中有红绸子蓝绸子在舞蹈。回到住处，我收拾了行李，和医生朋友告别，赶紧乘坐火车回到北京。第三天，我一早就仰躺在椅架上，在活动板上写作《年月日》。一周时间，一稿而就，不像写，而是泻。然后，寄给了《收获》杂志。

2. 毕飞宇《祖宗》《玉米》《地球上的王家庄》

口述者：毕飞宇（1964— ），作家、学者，时任中国作家协会副主席、江苏省作家协会主席，南京大学教授。著有《哺乳期的女人》《青衣》《玉米》《地球上的王家庄》《平原》《推拿》等小说，《哺乳期的女人》和《玉米》分获第一届鲁迅文学奖优秀短篇小说奖、第三届鲁迅文学奖优秀中篇小说奖，《推拿》获第八届茅盾文学奖。

口述时间：2022年1月；地点：南京。

（1）《祖宗》[1]

《祖宗》于1993年刊发在《钟山》上，实际的写作时间则是1991年。[2] 这是一篇关于牙齿的故事，在《祖宗》里，所谓的"祖宗"，说白了就是牙齿。作为一个出生在上个世纪60年代的乡下人，我对牙齿的认识当然带有那个时代的特征。——"现实"是这样的，一个乡下人，年过五十之后他的牙口通常就不再健全了；至于少量的古稀者，他们往往只剩下一两颗门牙，极长，它构成了死亡之前顽固的和丑陋的象征。

如果不保洁，人类牙齿的寿命大概只有50岁。这是我个人的看法，也许并不科学。事实上，人类的牙齿并没有固定的生命，它可以很短，也可以很长。如果你一定要问我一个节外生枝的问题，中国人的牙齿到底又有什么不一样的呢？我会说，是改革开放改变了中国牙齿的命运，它们长寿了，关键是它们好看了。长寿和好看的牙齿让我们慢慢地融入了全人类的审美范畴。这件事太好了。

这么一说话就简单了，我们的身体处处可以体现文明的程度，比较下来，最为直观的也许就是牙齿。牙齿的故事就是文明的故事。文明的故事自然也可能是野蛮的故事。

《祖宗》就是一个野蛮的故事。故事是这样的：我的祖母，100岁了，满口的好牙，依照我们村子里的文明话语，这样的人在死亡之后会变成厉鬼，能吃人；为了避免祖母的暴行，我的父亲和我的叔叔们，以文明的名义，他们在我祖母100岁生日的那天，把她满嘴的牙齿都拔了。祖母失血，她就这样成了一具普遍的和普通的尸体。

---

[1]《祖宗》(短篇小说)发表于《钟山》1993年第6期。

[2] 毕飞宇在《几次记忆深刻的写作》中谈及《祖宗》时说："之所以拖了这么久才发表，是因为那时候我还处在退稿的阶段，一篇小说辗转好几家刊物是常有的事。""1991年，中国的文学依然很先锋，我也在先锋。先锋最热衷的就是'微言大义'——我立即和一位百岁老人满嘴的牙齿'干'上了。和大部分先锋小说一样，小说用的是第一人称，'我'进入了小说，进入了具体的情境。"《时代文学》2010年第5期。

1991年，我只是一个27岁的写手。我清楚地记得，我是在深夜完成这个短篇的。我写到了祖母的棺材，当然，还有她的装殓。在此我必须承认一件事，我非常害怕描写死亡，对我来说，这很煎熬。道理很简单，文字所能留下来的毕竟只是很少的一部分，为了这小小的一部分，一个写手必须用很长的时间生活在某种特定的氛围里。这样的氛围令人窒息。在后来的岁月里，我妥协了，但凡遇到类似的情况，我会搁笔，我会在白天去完成那些特定的部分。当然，作为一个读者，我也拥有了一种能力，我能区分哪些小说是在夜里写的，哪些小说是在白天写的。我不喜欢"夜写"的小说，它总有一种特殊的"夜气"，虽然夜深人静的时候我们的灵魂要自由得多。——祖母被装进棺材了，然而，她老人家并没有死，她在用她的指甲抠刮棺材的内侧。打开不打开棺材呢？我的父亲和我的叔叔们做出了一个惊人的决策：不打开。当然，这个决策其实是我做出的，就在那个漆黑的夜里。差不多就在那样的时刻，雷雨已悄然而至，我没有注意到罢了。——深夜的天空突然亮了，我的窗户也亮了，丧心病狂。不该拥有的明确与不该拥有的清晰从天而降。一道弯弯曲曲的白光像一条胳膊那样抚摸在窗户的玻璃上。我都没来得及反应过来，一声巨响业已降临。我火速离开了"棺材"，一骨碌就钻进了写字台的下面去了。

《祖宗》实际上已经从牙齿的故事上偏离出去了，成了谋杀的故事。一帮做儿子的，出于一种神奇的禁忌，他们勠力杀死了自己的母亲。

禁忌确实是神奇的。在我看来，禁忌有点类似于夜行，因为你什么都看不见，你总觉得你的身前有一个深渊，一不小心你就掉下去了。事实上，你的身前没有深渊，是黑暗使危险的假设变成了可能。这些假设都是祖先留下来的，经历了反复，再加上对恐怖的屈从，人们坚信了，禁忌即真理，禁忌是一件值得我们用生命捍卫的事情，它神圣，即使奉献出我们的母亲也在所不惜。

这样说其实有点复杂了，某些时候，小说家只是感受到了荒谬，是荒谬让小说家欲罢不能，然后，依照他的直觉，他一本正经地对待了这些事。

对我来说，真正要处理的是对幽闭的恐惧感。我无数次地设想，那个被囚禁在棺材里的人不是我的祖母，而是我自己——这样的想象让我窒息。作家还能是什么呢？就是带入。在虚构面前，作为一个领导者，他是身先士卒的。

当然，认识能力是一个作家所必需的理性，他必须看到，幽闭他的，其实不是棺材，是家族，是亲人，是儿女。当你老了，你只能被摆布，摆布的结果就是活着的时候直接被送进了棺材。

毫无疑问，回过头来看，《祖宗》涉及了愚昧。什么是愚昧呢？其实我也不知道。站在今天，我也许会说，愚昧是一种历史观。它是设防的，出于设防，它可以禁闭，可以杀戮，并由禁闭与杀戮而滋生出正义。我们会把这样的正义当作遗产一样留给下一代。

我想我再也写不出《祖宗》这样的作品了，我再也不能承受那样的恐惧了。

想起来了，我写《祖宗》的时候已经结婚了，住在一间17平方米的教工宿舍里，没有卫生间。就在朝北的窗户下面，我搁置了我的写字台。那时候我还没有任何私人财产，所有的桌椅都是公物，包括我的稿纸，包括我的圆珠笔。可以说，我一无所有。我能够拥有的只是写作的状态。我是夜行的动物，天一黑，我就出来了，我能够看见白天里永远也看不见的东西，这就是《祖宗》反过来告诉我的。

(2)《玉米》[1]

写《玉米》之前我刚刚发表了《青衣》，[2] 我一点也不知道《青

---

[1]《玉米》(中篇小说)发表于《人民文学》2001年第4期，2004年获第三届鲁迅文学奖，2011年获英仕曼亚洲文学奖，2018年入选中国改革开放四十周年最有影响力小说。这个系列的小说还有《玉秀》《玉秧》，分别发表于《钟山》2001年第6期、《十月》2002年第4期，被称为"《玉米》三部曲"。

[2]《青衣》(中篇小说)发表于《花城》2000年第3期。

衣》在外面已经"出圈"了。[1]我刚刚搬了家，那是我用17万元人民币购买的新房。我之所以把17万元写在这里，主要是为了高兴一下。我发誓，17万元，这仁慈的、梦幻般的价格是真的。

《玉米》这篇小说的写作有点意思，主要是一头一尾。

我想我的朋友们都会同意，我的语言风格到了《玉米》这里突然变化了。《小说月报》的刘书棋老师刚刚选发了《青衣》，突然，《玉米》又来了。他不认识我的语言了，特地给我打了一个电话。他问："确实是你写的吗？"我说："是的。"

我为什么要写《玉米》，这个过去说过了。我写《玉米》的时候有一个情况，动手的时候十分地仓促。我一口气写了十来天，有趣的事情发生了，就在现在《玉米》的开头部分，我发现我正在写的小说出了大问题，我的语言，它的调调，变了，往大里说，我的语言风格偏离了。老实说，我是一个较早建立了良好语言风格的作家，对风格这个东西我总是格外敏感，通常也都能把控得住。《玉米》却奇怪得很，才十来天，我的语言被我写到一个完全陌生的世界里去了。我当然沮丧，我怎么就搞砸了呢？补救的方法自然有——把这个部分删了，一切自然都会OK。但是，我清楚地记得，我没有这么干。道理很简单，我的身体已经从全新的语调里感受到了一种陌生和巨大的势能，有点类似于失重。失重的感觉让我很舒服。你一点也不需要发力，仅仅依靠身体的自重，你就能获得向前的动态。我为什么要舍弃我最舒服和最自由的姿势呢？没道理。我没有犹豫，当机立断，我立即删除了十几天前的劳动成果。——如果说，《玉米》一定要有一个统一的叙事风格，那就从现在开始吧。《玉米》写得顺当极了，它不是攀登，甚至也不是跑步，它是冬季项目，是速降，是高山滑雪。明明是往下冲，却仿佛在往天上飞。老实说，我从来没有获得过这样的

---

[1]《青衣》先后改编成电视剧、京剧和舞剧等艺术形式。2008年《青衣》的英译本入选了2008年英国独立报外国小说奖的复评名单。

体验。为了稳定住这样的体验，我最大限度地避免了人物的对话，最大限度地避免回车键，我就一大段一大段的，电脑上黑压压的一片，犹如原始的森林。当然，因为我的放纵，我也为后来的修改留下了巨大的障碍，我只能一遍又一遍地改。

分析《玉米》的文章相当多，大部分我都看过。老实说，这些文章让我羞愧。我觉得我对不住那样的赞美。说白了，我写《玉米》的时候就是一白痴，是不停的速降的体重让我来到了终点。在四十多天的时间里，惯性陪伴着我，我就这样被布满了积雪的山坡撸到了底，白花花的。

而事实上，《玉米》的结尾也不在我的预期之中。按照我原先的念头，或者说人物的关系，《玉米》起码还有三分之一的篇幅没有完成。可是，就在那样一个平平常常的上午，我写到了《玉米》现在结尾的部分。我突然发现，《玉米》可以结尾了。可问题是，尚有三分之一的内容我还没写呢。在我的写作生涯里，我从来没有遇到过这样的事。我是不喜欢写作提纲的。一篇小说，需要写什么，写多大的篇幅，我只是大概有数。对了，我有过一个蹩脚的比喻，我的写作就是放羊，但是，潜意识里，我有我的牧羊犬，是牧羊犬和羊群的互动决定了我的写作走向。现在，牧羊犬停下来了，羊也吃饱了，我又能做什么呢？——那就停止了吧。这个决定好，我觉得我讨了天大的便宜。《玉米》的写作告诉我，如果你的身体已经终止了那种隐秘的动态，所有的写作计划都他妈的狗屁不如。

还是要回过头来说一说风格。风格也许真的没有那么重要，常识是，相对于我们这些写小说的人来说，我们所索取的那个东西叫"本质"。据说，"本质"才重要。可是我知道，本质之所以是本质，它必须抽象，也可以说，它是"感性不及"。在我看来，可以使"本质"清晰起来的，唯有表象而已。小说呢，它不是表象，它是表象的表象，也可以说，它是第二表象，第二表象只能是个人的、风格的、长相一般的。所以，我想带着无限的职业骄傲说，我能给你的只有表象。这句话也可以换一个说法，我能给你的只有风格。如果我有足够的能量，我也会附带着再补充一句：风格固然有它的恒定性，可它毕竟来自蝴蝶的翅膀。

孟繁华老哥说，即使只有一篇《玉米》，飞宇也可以独步文坛。[1]这话过誉了。可是我愿意厚着脸皮告诉我自己，不期而遇的风格转换提示我已人到中年。

3.《地球上的王家庄》[2]

在闲聊的时候，大部分批评家朋友都愿意说，《地球上的王家庄》是我最好的短篇，不是之一，就是最好的。他们说，这东西有点"神"。我不置可否。我知道，这样的话题当事人是没有发言权的。别人怎么说，我就怎么听。

终于有那么一天，一位朋友让我就《地球上的王家庄》写几句"感言"，反正就是创作谈一类的东西。

我为什么要写这个东西？我知道。这个东西究竟写了什么？我也都记得。可是，有一件事是可笑的——我的哪个作品在哪里写的，哪间屋子，也就是说，写作的过程，我都记得——《地球上的王家庄》我可是一点都想不起来了，一点蛛丝马迹都没有。

为此我做过专门的努力，想啊，想，每一次都失败了。有时候我都怀疑，这个短篇究竟是不是我写的呢——它所关注的问题是我关注

---

[1] 孟繁华在《论玉米》中说："毕飞宇是这个时代较有影响的作家之一。他先后发表的《青衣》《玉米》《玉秀》《玉秧》《家事》等为数不多的中篇小说，使他无可争议地成为当下中国这一文体较优秀的作家。《玉米》应该是他最具代表性的作品，在百年中篇小说史上，也堪称经典之作。《玉米》的成就可以从不同的角度评价和认识，但是，它在内在结构和叙事艺术上，在处理时间、空间和民间的关系上，更充分地显示了毕飞宇对中篇小说艺术独特的理解和才能。"《文艺争鸣》2008年第8期。

[2]《地球上的王家庄》发表于《上海文学》2002年第1期。

的，它的语言风格是我一贯坚持的，从这个意义上说，《地球上的王家庄》肯定是拙作。可是，关于它的写作过程，关于它的写作细节，我怎么就一点也想不起来了呢？

《地球上的王家庄》是我写的，我却拿不出一点证据。他是私生子——我喝醉了，和一个姑娘发生了一夜情，她怀上了，生下来了。后来那个姑娘带着孩子来认爹，我死不认账。再后来，法院依据医院的亲子鉴定判定了我是这个孩子的父亲。我认了，必须的。从此，我对这个孩子就有了特别的愧疚，还滋生了很特别的爱。越看越觉得是别人的，越看越觉得是亲生的——我就是想不起他生母的身体。唉。

写作要面对戏剧性，没想到写作自身也有它的戏剧性。这很好。

二十二、80年代长篇小说

相对于中短篇小说而言，80年代的长篇小说写作尚未兴盛。但也出现了一些值得关注的重要作品，比如古华的《芙蓉镇》、王蒙的《活动变人形》、张炜的《古船》、路遥的《平凡的世界》、贾平凹的《浮躁》和铁凝的《玫瑰门》等。

1.《古船》[1]

口述者：张炜

口述时间：2013年9月；地点：苏州。

《古船》好像是1986年在《当代》发表的，第五期吧。但写的时候比较早了，出的时候为什么晚了呢？因为那个时候稿子要出时，要经过很多的关口，要给编辑看、领导看，他们要求的改动幅度普遍比现在的杂志大，所以改来改去改了好几年。其实最早写的时候我是二十七八岁。说起来很有意思，我正在打草稿构思这个长篇，文联的两个领导到我家里去，我那时候条件很差，家住在立交桥旁边，他们去一看这个地方噪音很大，就对我说："你在这个地方写作不行啊，我们给你找个比较清静的地方，你在那里安心地创作。"然后就

---

[1]《当代》1986年第5期，人民文学出版社1987年8月出版单行本。

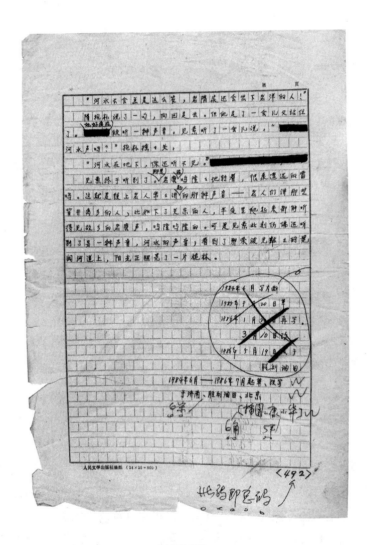

《古船》手稿

在我家附近到处找房子，找到一个在英雄山（过去叫四里山）下的两层小楼，里面铺着木头地板和地毯，房子也不远，离我家就十分钟的路程。他们给我暂时租了两年，当时我很感谢。我就在那个地方安心地工作，大概花了一年的时间，草稿就打好了。我现在也做了作协主席，回想这个事情自问我能不能做到，如果现在一个年轻的作者我觉得他要写一个重要的作品，我能不能在本市给他包一个房子，你看我就做不到，所以我想他们两个挺了不起的。对，我的答案是我很难做到，因为你给他包了，别的作家你包不包？这不是钱的问题，现在中国做事情要平衡，这一平衡就把很多好事情平衡掉了，这是题外话了。我在那里写了可能不到一年时间，是用钢笔一笔一画写完的，这个时候我已经出版了好几部中篇，像《秋天的思索》《秋天的愤怒》等等，也写了很多短篇，得过几次全国的奖，所以《当代》当时就一直想抓住我的第一部长篇。有个叫王建国的，在我写的过程中他就知道了，看完了之后很激动，也提出一些修改的意见。我也找了一些信得过的好朋友和重要的中老年作家帮我看，毕竟是第一部长篇，自己也比较慎重。

你说当时国内写长篇的人很少。对，那个时候写长篇刚刚开始，在我二十七八岁的时候，我们这一拨作家的兴奋点还没有转到长篇。中国的新时期文学一开始是诗，然后是短篇，后来是中篇，再后来才是长篇，所以在80年代中期以前，你会发现中国的一线作家都在忙活短篇，在长篇领域里面活跃的很少有一线作家。到了80年代中期以后，开始慢慢往长篇上面转移，我正好在这个转移的时期开始构思这部作品，我还记得当时写得密密麻麻的那些构思草稿。在修改意见中，有一条是对土改部分的担心，后来果不其然这一部分还是发生了争执，其他都没有什么问题。[1] 有的人讲书里主人公读《共产党宣言》

---

[1] 何启治读稿后的疑虑是："主要是：其一，小说既写了国民党还乡团的残酷报复，也直接描绘了在土改中一些农民违反党的政策，错打错杀的恐怖画面。在这个（转下页）

是我后来加上去的，实际上不是，里面原来就有，我写的读《共产党宣言》和其他写一些读马列著作的角度不同，高度也不同。我觉得这对主人公来说是一个很自然的事情，因为当他从根源上追究是什么改变了他家族的命运时，他不可能忽略这部书，《共产党宣言》改变了世界的政治版图、社会版图，也连带改变了他家族的命运，他一定会去追溯。他读了两本书，一本是《天问》，一本就是《共产党宣言》，我觉得这是作为家族中善于思索的主人公肯定要追究的两本书，所以书里一开始就有，不是后来加的。有点调整的是根据《当代》编辑部和人民文学出版社的审核意见，对里面一个王书记，他在土改中对于过火的、非常残忍的行为有过阻止，是党内一个比较有理性的人，他们说能不能把这个人再强化一下，多议论几句。关于王书记这方面的描写加了百把字，但这百把字很难加啊，压过了整个的韵律，小说的整个味道就改变了，所以加得要准，整个篇章要非常契合，关于土改就是加了这么一点。[1]其他我也做了很多修改，那时到胜利油田住了一个月，在东营的一片荒原上面找了一栋房子，十分偏僻，我就在那里聚精会神改了一个月，主要是每一个标点每一个字，一点一点从头开始搞，这样就基本定稿了。到了北京，他们还是不放心，又给我包了一个招待所，在那里又搞了将近一个月。[2]但是这个修改不是设计

（接上页）重要问题上如何掌握分寸，我还没有把握。其二，小说在艺术上尚欠圆熟，有的表现在语言文字上，有的表现在塑造人物上，如多次讲隋抱朴学习《共产党宣言》，总显得有点牵强。"《从〈古船〉到〈白鹿原〉》，《文学编辑四十年》，人民文学出版社2001年5月第1版，第19页。

[1] 关于这一部分的修改，何启治在文章中有详细的说明："和张炜面商的结果，是由他加了土改工作队王书记制止乱打乱杀坚决执行党的土改政策的一个片段（一千多字）。"《从〈古船〉到〈白鹿原〉》，《文学编辑四十年》，人民文学出版社2001年5月第1版，第20页。

[2] 何启治回忆说："1986年五六月间，张炜带着长篇小说《古船》的修改稿到北京，就住在人文社邻居中国语言文字改革委员会简朴的招待所里。建国陪我去看他。只见他身穿黑汗衫，理短发，眼眶和脸庞都有点浮肿，慢声细语地说话，还常常微蹙着双眉，一脸疲惫而又难受的样子。听说他用心地写了两年《古船》，写了改，改了再改，定稿时还不满三十岁，而所写故事的时间跨度却有四十年，是从改革开放（转下页）

层面或者政治层面的修改，还是我本人对于文字的修改，二十多天后就发稿了。

发稿之后当然你们也知道遇到了一些坎坷。最早知道是1987年的"青创会"来了一个领导，晚上串门的时候他说《古船》这个事情可能有点麻烦，一个很大的领导看了以后拍桌子了。"青创会"在这个特殊时期召开，整个会的程序并不是很平稳。是某个领导来串门时候说的。那个时候和现在不一样，我不希望这个消息在这么重要的会议上继续散播，但是没有办法他还是说了，会议的后半场整个地都在议论《古船》的事情。当时他说的这个大的领导人很权威，他拍了桌子问题就很麻烦了，后来就闹得很大。这个对我很不利啊，因为那个时候还是很"左"的，很容易抓一点事情做文章，特别是在基层。想象一下，这个传到省里就会变得很麻烦。是的，会变成一个事件，各种人性的因素就会利用这个发酵，直接影响你个人的生活。我一开始创作就不顺利，很早我写了一个叫《第一扣球手》的短篇，就写农村的改革中间有一些农民实际上是很苦的，我写了他们很真实的生活状态，劳动的艰苦，日子的艰难。这在当年成了一个大事情，省里形成了一个材料，认为问题是严重的，看到后把我吓了一跳。就这么一个短篇，在主要报刊上都发了批判文章，召开了批判会议，几乎所有的文学会议都不让我参加了，当时我才二十出头，今天看来这不算什么，但当时却十分不顺利。到了《古船》这个事情就闹得更大了，不

（接上页）的80年代回溯40年代的胶东土改乃至'大跃进'、大饥荒和'文化大革命'。这么年轻的张炜能写好他没有经历过的这一切吗？我当时不由得产生这样的疑问。张炜就娓娓地向我解释。那内容，后来也成了他在《古船》作品讨论会上发言的一部分。就是说，为了完成他的第一部长篇小说，他'构思、准备前后有四年，具体写作、修改用了两年时间'（见1994年10月版《古船》第411页）。谈到这几年的准备时，他说'我走遍了（芦青）河两岸所有城镇，拜访了所有的大的粉丝厂和作坊。我读过了所能找到的所有关于那片土地的县志和历史档案资料，仅关于土改部分的，就约有几百万字。我还访问过很多很多的当事人，当年巡回法庭的官员，访问过从前线下来的伤残者、战士、英雄和幸存者'（见1994年10月版《古船》第410页）"。《从〈古船〉到〈白鹿原〉》，《文学编辑四十年》，人民文学出版社2001年5月第1版，第18页。

知道有多少的麻烦，评奖肯定不让评了，各种各样很严厉很吓人的批评就更多了，这里就不一一说了。但这个事情出现了一个蛮有意思的插曲，这个很重要的领导毕竟是一个老文化人，他可能读了一些关于《古船》的评论，可能更细地翻了翻这个文本，就写了一封信让省里的领导转给我，这封信的大意是：以耳食之言做判断是轻率的，对于这么一个文学作品不能简单化，这么做对文学是有害的。他说看到这么多好评，看来我当年的判断是不好的、不对的，也许这个作品有缺点，但是瑕瑜不能互掩，我不应以耳食之言乱加臧否。他老人有根底，一个有根底的人处理事情还是不一样的，他有反省力，能够检讨自己，用词也文绉绉的，祝我写出更好的作品，我看了觉得非常有意思。这封信还在我家里。尽管他当时给我造成的很多损失是无法估算的，他不知道他在那个位置一拍桌子，一层一层下来到我这儿，可能对生活、对个人的创作形成很大的干扰，对我来说是很艰难的，无法一一述说。[1]《古船》引起的事情就是这个情况，到现在实际上在一部分人眼里《古船》还是充满争议的作品，当然比过去好一点。今天看《古船》写土改根本不算什么，后来有好多写得比它厉害多了。

我觉得有两个情况对《古船》的产生有很关键的帮助，一个是我的外祖父、外祖母，包括我父亲这一辈的很多人经历了一些土改方面

---

[1]《当代》在刊发《古船》时的"编者的话"中肯定了作者在"完成史诗式作品"方面所做的"可贵的努力"。据何启治回忆，在1986年12月27日北京的座谈会上，"社长兼《当代》主编孟伟哉也亲自到会向作者表示祝贺，向与会者表示欢迎和感谢"。"但在1987年'清除资产阶级精神污染'的背景下，已于同年一月调离人民文学出版社社长岗位，改任中宣部文艺局局长的孟伟哉在当年的涿县（河北）组稿会的发言中，在他列举的精神污染在文艺界的八大表现的第二项中，批评有的作品'以人道主义观照革命历史'，还是不指名地批评了《古船》。""后来，听说在第四届'茅盾文学奖'的专家工作班子也是以无记名投票方式产生的，为评委会提供参考的候选作品名单中也有《古船》。至此，对《古船》的评价似乎已经有了公正的定论。然而，意想不到的是，直到1996年年底，上级主管领导机关又要求人文社全面系统地汇报《古船》从组稿、发表、出书到评奖的全部情况，似乎对《古船》的争论还没有最后画上句号。"《从〈古船〉到〈白鹿原〉》，《文学编辑四十年》，人民文学出版社2001年5月第1版，第21、24、25页。

的事情。小时候我外祖母和母亲在看护我的时候就讲了一些当年的事情，有些事情对一个少年来讲，听了之后永远不会忘记，真是惊心动魄啊，听了之后就有一颗种子植在心里，一想起来就有一种恐惧感。因为听的人不超脱，讲的人也不可能超脱，她讲了她所看到的、经历的，当年对我的震动之大用语言无法形容。于是我注意了解经历土改的那一拨人和事件，我走访了很多人，走访的内容结合外祖母和母亲的讲述，增加了我对土改的了解，得到了更多的例子。《古船》里最让人难忘的是抱朴的母亲茴子是怎样点上自己的楼房，吃了药，最后着起火来叫多多去用斩刀斩她身上好的衣服，往她身上撒尿，这些在生活中都真实发生过，不可能编出来。这些场景和事件对于一个少年来说是刻骨铭心的，这都是他们看到的、听说的真实的事情，不打折扣，不存在发生没发生这种困惑。我又走访了很多当年巡回法庭的人员以及参与事情的所谓老革命，这是一个很关键的因素。另一个关键的事情是我毕业后直接分到了一个档案馆，在里面工作了四年半，我一毕业就从事编写历史档案资料选编的工作，内部出版，编了几十卷，这是一个班子，社会科学院、档案馆和出版社一起。一开始两个人选材，山东是一个大馆，要从浩如烟海的历史档案资料中选择材料，后来就是我一个人在选，当时的档案资料都很脏，很多根本没有整理，一卷一卷的，我就穿着那种工作服从大量的资料里初选材料，我个人看了不知多少千万字的文字，你说我对这段历史印象得有多深。当时年轻，记忆力好，写得也快，看得也快，这有助于我纵横地考虑历史问题，眼界放得更宽。我们每天都在经历着当代所谓的改革生活，不可能不跟我所看到的、听到的那一部分历史事件发生呼应，所以我在构思和思考的时候，这两个关键的事件肯定对我起了很大的作用：一个是亲人的讲述，一个是我个人看了大量的文字资料。我们现在中国的作家还没有兴起利用档案的习惯，国外像欧洲的作家非常重视档案馆，中国的作家顶多重视图书馆。档案馆其实更重要，改革的时候要跟国际同步，档案馆过了一定年限就要解密，像图书馆一样对公众开放。当你打开看这些资料，不光是内容，它的形式也让你有感受力，有各种笔迹，铅笔、钢笔、毛笔都有，那种修改，里面夹杂的各种让你有感触的东西，比如战地邮票，当年用的信封、信笺，包括信纸上的血迹，这些东西从物质层面就刺激你，对我很有触动，对以后的写作，特别是后来《你在高原》多卷的写作也产生作用，有一种现场感，这种现场感是不可以取代的，它跟一般的回忆录，铅印出来的东西是不一样的。跟我一块儿工作的人不是写作者，他们不知道这个东西对我多么重要，我每天埋头在那些故纸堆里，出来以后满身都是灰，那时候也不知道保护自己。我们穿长袍似的蓝色工作服，每天抱档案、弄档案，出来以后工作服上全部都是灰，头发上也全是灰。从我们以后才有一个"抢救档案"的项目，就是把那些堆在那里的一卷一卷没有分类、装在麻袋里的档案按照性质分门立卷，建立全宗。录音过去都是钢丝录音带，录出来的声音严重失真，失真的部分我们都一点一点把它导到录音带里，今天我们可能要把录音带转成数字录音了。随着科技的发展它也不断地变化，录音带会发生粘连，保存的时间不是太长。

你刚才提到两个相关的问题，《古船》没有走通常的"伤痕文学"之类的路子，在"寻根文学"方兴未艾的时候你讲苦难，讲人性，讲家族，在当时有什么深层的思考？当年确实是这样。还有一个很重要的事件，不过不是发生在我个人身上，而是在中国50年代生人的那一批作家身上普遍发生作用，就是拉美文学爆炸对中国的传播和影响，那时候影响最大的有略萨和马尔克斯。拉美文学在跟中国的本土经验结合，跟每一个作家个人的写作经验和生活经验结合中发挥了巨大的作用，相当于给当时中国的写作加了一撮火药，引起了一场燃烧，当时能看出来很多作家都受拉美文学的影响。对我的影响比较大的作家除了略萨和马尔克斯，还有巴西作家亚马多，只要翻译过来的我都读了，当时的翻译作品不像现在这么多，只要来了一本新的书，无论好坏很快就把它看完了，当时苦于没有那么多外国文学读，不像现在多到读不了，（当时）书店架子上有的基本都是读过的。所以这也是个很重要的因素，但它对我的作用还不是这么简单，因为对我影响最大的始终还是19世纪前后的那些作家，从歌德、雨果到托尔斯泰、屠格涅夫，特别是陀思妥耶夫斯基，《卡拉马佐夫兄弟》对我的影响太大了，《古船》中兄弟之间的关系、辩论，那些描写不得不说多少受到《卡拉马佐夫兄弟》的影响。《卡拉马佐夫兄弟》对我的影响是很致命的，我看了之后非常感动，到现在我还能清清楚楚地回想起当时读《卡拉马佐夫兄弟》时，夜不能寐，每天都处于极其亢奋、激动状态的情形。拉美的东西与我所读的那些经典作品嫁接了，我不自觉地对比这两种文学的不同在哪里，它们给人强烈震撼的不同点在哪里，我做了大量的工作。我没有简单地去模仿拉美文学，我曾写过一篇文章叫《心仪》，谈了好多国外的作家，我谈了马尔克斯这样的作家多么了不起，多么让人入迷，具有不可解脱的魅力，但是我说有一个问题，在他们前面的高山上永远站着托尔斯泰一族，总觉得他们缺少那种伟大的感觉。《心仪》是我写完《古船》以后不久的读书随笔，忠实地记录了我读马尔克斯这一类作家的一些感触，我同样入迷，同样受到影响，但他们的影响没有彻底地、全面地、深层地覆盖我过去的阅读，我只是吸收了他一部分结构和叙述方法，在《古船》中也可以看到痕迹。我也很感谢拉美文学，但我更感谢的还是那些19世纪前后的经典文学，特别是我刚才提到的那一拨作家。

这样的影响现在还在，非常强烈，让我反思了很多问题。还有一个对我影响很大的就是中国古典文学，我特别喜欢先秦的书，语言有隔膜，读起来很生涩，但一旦突破这个隔膜，一旦把它读进去以后，对我的影响是巨大的，没有办法消除，像《诗经》，诸子散文，包括秦代以后的《史记》对我都起到了很大的作用，所以我在《古船》里大量地写《天问》之类的东西，也是出于这方面的思考。

齐文化对我的影响也很大，因为我出生的地方就是齐国，就是济南往东，泰安往北、往东这一块。齐文化和儒家文化不一样，很多人一谈到齐鲁文化就不自觉地以为是儒家文化，这是从外边往里看，他没有在内部生长，对这两种文化分不清。儒家文化我们稍微熟一点，以孔孟为代表，是一个农耕文化，但这个文化后来发展成非常强的严整性，强调精神的作用，警惕物质主义，是一套很入世的道德伦理。齐文化讲起来和儒家文化一样地复杂，大致上是一种实用主义、商业主义的文化，就是所谓以管仲为代表的治理国家的方法和思想，但它也有好的一面，像开放、海洋、幻想和放浪。道家的东西在陕西就很难发展，到了胶东，在齐文化的土壤里一下子就起来了，出现了丘处机对道家文化的发扬光大，这不是偶然的，那个土壤就是这样。经常出现海市蜃楼，引起海边人的幻觉，面对开阔无边的浩渺海洋，人很容易幻想，心也很宽阔。齐文化的这个特点在《古船》中可以找到大量的例证，像关于航海的描述和关于隋不召的描述，显然就是齐文化对我的影响，但这个影响对我是潜移默化的，并不是"显"的而是"隐"的，因为当年没有人谈齐文化，我生长在那里，不自觉地受到影响。当然，儒家的文化对我的作用就太明显了，《古船》里关于抱朴的很多东西都是很入世、很儒家的。这两种文化在我身上有对抗、有统一，对我都有影响。还有一个情况就是80年代的作家和现在不一样，气都是很正的，在一块儿不讨论别的，只讨论文学，讨论文学的发展，个人的盲角，怎么样突破自己。说别的事情的人很少，如果有一个人热衷于说与文学无关的东西，特别是黄色笑话，在作家队伍里是不受重视的，是没有市场的。后来的作家们到一块儿谈得最多的肯定不是文学，是其他的一些事情。那个时候作家的探索性，整个时代的文学气质，跟现在完全不同，就是在那样一个普遍的文学心气下，对我多方面地、开阔地思索和探讨有很大的助益。那时候我才二十多岁，看到大家都在思考文学问题、思想问题，水涨船高，加强了我勇于探索、多方思考的态势和趋向。

再有就是我已经写了好多中篇、短篇，积累了相当的文学经验。

另外在正式发表小说之前,我已经写了大量的文学作品,除了一点诗之外基本都没有发表,那些文学训练对我是一种磨损,也是一种经验的积累,甚至是激情的积累,我要寻找一个大的突破口,要把自己想表现的东西找一个形式宣泄出来。《古船》全面地囊括了我这些东西,对我来说是一次综合的表达,把我各种各样的积累综合在这一部书里,里面不仅有我的生活阅历,还有我文学的激情和理想,很多隐而不发的东西全都囊括在内。今天看《古船》,我可能对它的技法层面有很多保留,但它里面包含的某种无法用语言表述的东西,可能我很难去重复,现在我也达不到,有一种青春的激情、单纯和勇气。不光是社会和政治层面的勇气,更重要的是字里行间蕴藏的生命的勇气。随着年龄和社会经验的增长,也是一个失去的过程,再回头写《古船》是不可能了,别说现在五十大几的我写不了《古船》,就是到了写《九月寓言》时候的我也仍然无法写出《古船》,那种生命的力量,就像投掷东西一样,投出去就收不回来了,到了写《九月寓言》时候的我,就没有那种强大的、忘我的、不顾一切的投掷力,没有那种生命的决心和勇气,一个年龄有着一个年龄的文字,《古船》离我而去了。不仅是作家、画家、音乐家,只要是搞艺术的都会有这样的体会,每个年龄段都具有符合它生命特质的表达,就像水流一样,流过去就不复还了。

2.《浮躁》[1]

口述者:贾平凹

口述时间:2005年11月;地点:西安。

---

[1]《浮躁》,《收获》1987年第1期,作家出版社1987年9月出版单行本,1988年获"美孚飞马文学奖"。

写《商州初录》时跑了这么多地方之后，我就想写个长篇小说。开始写《浮躁》，写了很长时间，差不多是和《商州初录》这组文章同时写的。当时中国的改革出现过波折，开始很厉害，后来又牵制住了，出现了回潮。我在西安有几个朋友，是现代派诗人，穿喇叭裤，带着收录机在外面唱，当时把他们当作流氓打击了，进监狱了，我还去看过他们。改革有一段波折。到90年代，邓小平南方谈话，情况又变化了。

　　《浮躁》的背景就是改革。在《浮躁》之前，"浮躁"这个词用得不多。从这之后，这个词就不停地被用，就流行了。还有"商州"这个词。我那地方不叫"商州"，叫"商洛"。上古时期曾经叫过商州，自从我写了《商州三录》后，商洛又改为商州了。这完全是我的功劳。《浮躁》写了改革初期中国发生的情况，现在回想起来，《浮躁》还是用老办法写的，50年代以后现实主义小说的那种写法，说故事。我在《浮躁》的后记里说了，以后不再用这种方法写小说了。然后就开始短篇、中篇，酝酿写《废都》。当时别人写改革是另一种写法，比如张洁、蒋子龙，我写改革和他们不一样。《浮躁》出来以后，当时上海的一位领导，要批判《浮躁》，给《收获》压力。李小林他们都知道这事。后来慢慢做工作，这事才压下来。当年批《苦恋》，文件的后一段有一句：还有贾平凹的一些中短篇小说如何如何。当时一个月有八本杂志批我。

　　从那以后我就越来越关注一些意象的东西，在作品的思想内容上要有新的东西出现，文学通常走在生活的前面。所谓现代性实际上就是人类的现代意识。东西方国家对于这个问题的思考是不同的，按目前这种状况，东方的文学观如果不牺牲自己文化中的一部分，就很难走向现代。当然西方也有很多东西在慢慢地靠近东方，等等。中国目前处在改革年代，也在不断改变自己文学中的内容。只是民族的，忽略了"世界性"，来谈"越是民族的越是世界的"就不可能。

3.《玫瑰门》[1]

口述者：铁凝

口述时间：2003年10月；地点：苏州。

现在转回看《哦，香雪》，我要说《玫瑰门》里也有《哦，香雪》。你可能不相信，那怎么会有呢？我想要是没有香雪这样的底色，我为什么要写《玫瑰门》呢？我想我对生活是没有失望的，因为《玫瑰门》里确实写出了一些惨烈的东西，但是也写出了一种生命被塑造的可能。那个主人公，就是那个老太太司猗纹，一方面可以说生命可能被扭曲成那样，一方面你也可以感叹一个生命强大成这样。她就是一个手无寸铁的家庭妇女，但是她敢于面对本来要把她踏上一万只脚的社会，她要碰撞出一个高低来，这就是一个家庭妇女的生命，强大的生命力，她的一个姿态。那么这里也当然还有很多失望，但是谁不想活得好一点呢？所以就这些意义上来讲，我的创作前后变化特别大的。因为我们的话题是从《哦，香雪》开始，顺着这个线说，《玫瑰门》里有支撑我写作的不变的底色，《哦，香雪》还是存在的。它有一个核，这个核是没有变的。最终我觉得我的小说，我要表现的不是审判，不是居高临下，也不是俯视。不管写得怎样丑陋、惨烈，《玫瑰门》这样的故事也好，清新秀丽的《哦，香雪》一样的故事也好，我觉得文学还应该有个巨大的功能就是有暖意，应该给人类带来一些温暖。你一说温暖，好像就有点假惺惺，但是实际上不是，如果你要有温暖别人的能力是很不容易的，搞不好就是很冒险的，我认为是这样的。《哦，香雪》里当然也有理想主义色彩，它确实有一种境界在里面，可能是达不到的境界，我作为一个作家，我希望这个底色

---

[1]《文学四季》1988年创刊号，作家出版社1989年6月出版《玫瑰门》单行本。

伴随着我，我不想抛弃它。

《玫瑰门》初稿写到六万字的时候，我就全部推翻了。主人公司猗纹，从十八岁到八十岁，中心是在"文革"以后，以前的是断代的跳跃式的，那这六万字我写完了之后自己看了看，觉得不能要，不对！完全错误的！我觉得太带有作者个人色彩了。我必须打倒我以前的想法。什么想法呢，我觉得我把司猗纹妖魔化了，是漫画式的一种简单否定，一种个人道德层面上的好恶，有作者个人的介入，带有先见色彩。这不是我要写的小说，而且我想它是个长篇小说，最初是想写一个中篇，那时候还不知道自己能否写一个长篇小说。1986年吧，开始写那一部分，现在读者看到的，是又过了半年，我在整理我的一些储备吧。我想说明一个什么呢？第一，长篇小说没有一个现成的人物，任何一部长篇小说里都没有一个现成的人物，确实不是现成的；第二呢，我想能够给读者留下印象的长篇小说里的人物，一定是在作家心里养育出来的，是培育，一定要经过养育和培育。我说的是培育而不是存放，我们不可能是拿来就有的，或是临时组装的，或者是一切搭配。培育里面搭配可能是个基础，如果你没有在心里培育一个相当的时间，你就胡乱抛出来，我觉得作为长篇小说来说是可怕的。我想我当时写的稿子，就是没有培育的一个人，这个人要养育她，可我养育得不好。司猗纹这个老太太，我在培育她的过程中又经历了一段时间，我想了一些事情也感悟了一些事情，我觉得真正的文学是不应该这样的。首先我希望，作为一个作者对她有一种巨大的理解，这里其实也有暖意在里边，有了温暖和体贴，你这种体贴这种暖意可以用许多不愉快的表象，或者是通过一些不愉快的故事表现。

女人之间战争是双向的，不是说敌方我方，而是一种很复杂的纠缠。上海的评论家李子云说，你发动了一场玫瑰战争，有声有色，她用了这样的词。你刚才的分析是有道理的，是一个隔代的人与人的纠缠，中间这代人缺席，或者是似隐似现，它拉开了一段距离，退远了看，又有纠缠又有一定的隔膜，厮守着，这样一种特定的关系。看起来不方便，实际上它获得了另外一种方便。那个主人公，一会儿是第一人称一会儿是第三人称叙述。眉眉最恐惧的是她不能摆脱她一生想摆脱的东西，她的战争的对象就是她的外婆，但是她无力摆脱，隔了一代了她觉得不必像她了，可是人类的悲哀也就在这儿，她有一种宿命、轮回，一种循环往复，一种好像不可知的命运。但是不管这里边有多少不可知也好，宿命也好，但最终，我觉得读者看到的，它最后还是有一点亮光的，我想，还是有这些东西的。

为什么要推翻重写？最初完的六万字全不是我心里想象的东西。我心里面到底想的是什么呢？我的问题在哪里呢？后来我就不要了，必须得打倒它完全重新开始。后来我意识到司猗纹这个人物的重要性，我想我要表达的，关键就在这个人身上了。她确实是包容了我对人生对人性的，当然也有对女性的认识。我说她是一个手无寸铁的家庭妇女，那么她身上那种邪恶和一种让人不能不感佩的、虽然被扭曲但是很强大的生命力，你不能不承认她。而且，仔细想想，话还得说回来，如有一个评论家说，其实我们每一个人身上都有她，都有那个老太太的某一点。所以我想如果是一幅漫画，是一个脸谱，只是一个凶恶的老太太，我不理解她，我觉得我以前对这个人物没有足够的理解，没有养育她，没有好好培育这个人物。

我对女性主义这个话题一直比较淡漠，但是你说了，一部小说它可以提供给人从不同的角度去说它，去品头论足，我也没什么意见。但是我写作的时候，没有这种很鲜明的女性主义立场。我想文学还是从人出发的，文学本质上是一件从人出发的事情，有的时候纯粹的女性作家她会退居第二位。但当然因为你本身就是女性，在提性别的时候，你不能说你是一个自然的生理的身份，但是一个作家确实应该有超越你的性别身份的这种意识，或者说希望获得一种更好的能力、更开阔的心胸。

河北梆子表演艺术家裴艳玲是女性，但是她的行当是武生，比如说她扮演《林冲夜奔》里的林冲、《钟馗》里的钟馗。我有一次看她的一出河北梆子《钟馗嫁妹》,她演钟馗。因为我们两个人是朋友,后来我们讨论过《钟馗嫁妹》。我看了她演的这个钟馗,特别地感动。我就觉得她这个女性演员在男鬼钟馗身上表现出了妩媚。那男人也可以有妩媚吗,我觉得可以。是谁来表现出来的呢,我觉得是这个女性。这里边其实有一个差异,就是男人看自己也有一种偏见。比如说男性要表现阳刚之美,他可能有一种神化了的气势,而且男人最怕说这个人是娘娘腔、奶油小生。但妩媚是一种境界,我觉得也可以给那些优秀的可以打动人的男人用上妩媚这个词。但是男性是绝对会排斥这个的,你怎么可以说我妩媚呢,那是美女身上的一种气质,是好的女性身上难以说清的一种味道。但是她表演的这个钟馗身上,有以前我没有见到的男鬼身上的妩媚,那种妩媚打动了我这样一个观众,这是男人没有办法发现的。那反过来说,梅兰芳的《贵妃醉酒》,他演的那个杨贵妃,也可能是一个女性所不能理解的,眼光是有差异的,但是这种差异本身也是很美妙的,它不是一个绝对对立的东西。那么作为小说呢,你一定要强烈地说我没有女性的眼光,那它本身也是不真实的。遗憾的是被我们称为经典的女性形象,大多不是出于女性作家之手,所以我觉得这个也值得研究。我不知道经典作品里的男性,是否有出于女作家之手的,我没有研究过。

  如果还接着钟馗那个问题说,我觉得男性可能也有些心理障碍。这里就是有一个差异,女性作家和男性作家写作心态、出发点的差异。其实女性她总是后退一步写,而男人却觉得他应该和整个社会全身心地去碰撞,他应该避免流泪,更避免妩媚,所以相对之下,为什么有一批女作家的东西很容易感动人,首先就是真诚。有一些女性她确实是稍带神经质的,但是在一定的范围内她确实能打动人。比如说在华盛顿,那儿有一个文学基金会,有一些青年作家做义工。做义工是干什么呢,就是给一些精神有问题的人去用文学疗法治疗心理疾病。定期跟这些精神有问题的人到某个地方去聚会,跟他们交谈,让他们讲出自己的故事。然后布置一个作业，出几个题，这个题叫《半夜十二点》，那个题叫《一只猫的故事》，让他们回去就这个题的中心写出一个故事来，多少多少天以后交回来。他们有一个内部的小刊物，可以发表。后来我就参加了这么一场文学疗法活动，他们发了一些图片，每个人的图片都是不同的，就一个图片你写一篇散文出来吧，或者就这图片写一篇小说，还有竞争，我们选择一些在这个杂志上发表。我观察了一下，首先这些承认自己有问题的人，一个男性也没有，都是女性；其次，这些女性确实是有宣泄的愿望，可能就是她没有空间吧，她要讲，她宣泄的过程本身就是一次治疗吧，她要说，她还有一个潜在的意愿她要写下来，写下来的希望是她要发表，那小说就出来了。为什么来的都是些女性啊，没有一个男人坐在这个圈里说我有问题，我要求写一些什么东西，没有。所以我当时就觉得，怎么心理有问题的都是女人啊，男人没有心理问题吗？男人可能也有心理问题，但是为什么来参加心理治疗的都是女人呢？开玩笑说，女人天生是作家，成为作家的可能性比较大，当然她有倾诉的需要。倒不是说我是个女性，我站在女性立场上，可能确实首先她有说的欲望。女人为什么要写小说，因为我有话要说。好像我也经常听到有人这样回答。这有一个好处，就是真，她的哪怕是带有一点神经质的宣泄的真，就可以打动一些读者，因为这个真还是很重要的。但是为什么我后来强调要警惕这种性别的纯粹视角，我就觉得过分了容易陷入自恋，那她的空间是非常狭窄甚至到狭隘，我想这是我自己应该警惕的。

关于思想的问题，男性女性的差异很大。男性总是要扮演思想者的角色，我看罗丹的《思想者》的时候我就紧张，思想者脊背上的肌肉都是像波涛一样翻滚。你看罗丹的雕塑，你看到的确实是躯干。但是瑞士的那个雕塑家，生前也不是很有名，不被人家重视，他跟罗丹完全是两回事。他的男性都是瘦瘦的没什么肌肉，好像飘摇欲坠的，很孤独。飘摇欲坠好像也没有倒下去，就像是图钉一样的人，很尖细但是又很锋利,就是这样的一种人。他给你提供了另外一个空间,不是躯干本身,所以我就觉得也是非常伟大的,实际上他也打破了一种男权的神话。他也是一个男性,为什么他所有的作品中的男性形象就是图钉那样的,腰很细,像游丝一样,好像要断了,但是又衔接起来了,没有断,很孤单的,行进中的,站立着的,或是雨中的,这样一个形象。这些形象美不美呢,在审美上我也不能说他有多么空前绝后的价值,我倒也不这样认为,但他创造出的细弱的男人的形象,表达了人类的现状,整个人类的现状,男女都包括,人类是孤单的,没有那么强大。他的雕塑有需要互相靠近的这种温情在里面,而罗丹是排斥的。思想者因为思想的时候确实有很大的焦虑痛苦吧,他那个后背的波浪翻滚,我觉得这个思想者真是不得了。其实女性作家和男性作家还有一个区别就是女性作家没那么多心理负担,一定要做一个伟大的思想者。我觉得小说不要承担那么多的思想,小说也不能有这样的义务,也不是说有这么多的思想排列就是高级小说,就是好小说,这是两个问题。可能女性作家在这个方面相对放松一点,没有思想者的焦虑。

女性要警惕过分地自赏和自恋,过分地自赏和自恋,会使作品的气势变小。我一直觉得格局可以小,但是气势应该是大的。我们总是在纠缠到底写大事呢还是写小事呢,小事也可以有大气势。好的作品为什么好,即使它是写一个很小的事情,但它表达的现实是很广阔的、气象万千的。一个短篇也可以气象万千。当然我们一些作家热衷于一些小事,你读的时候是小事,读完以后还是小事,就是这个事情,没有别的了。我看到一种小说,形式比较大,可是它内容很小,技术比较多,情感比较少。但是有一种基本的说法是,男人的小说在脑子里,女人的小说在子宫里。

关于外国文学的影响,我想我诚实地说,我认为最初我受俄罗斯文学的影响是有的,我毫不隐瞒这一点,因为我跟先锋好像也没有必然的关系。最初非常喜欢托尔斯泰、屠格涅夫这些,后来对屠格涅夫我就比较淡然了，因为又读了陀思妥耶夫斯基的作品。长大了才开始读了《罪与罚》，小时候我看不懂，去了俄罗斯以后，也可能看了他的故居以后，到圣彼得堡的铁匠街，知道了他的一生以后，回过头来再读他的《罪与罚》，我还是觉得那种透不过气来的压抑，文学我觉得有的时候也是需要透不过气来的。他的《卡拉马佐夫兄弟》读了以后，让人一星期都不能平静，那时候才二十多岁，我觉得这个作家这些作品还是伟大的。当时在读他的时候，并没有考虑他的派别，他是哪个系列的。但是我觉得现在也有两种说法，有的贬他抬高托尔斯泰，有的贬托尔斯泰抬高他，我想这两个作家都是伟大的，他们不仅仅属于俄罗斯。他们都对我产生过一些间接的影响。他们互相是不能替代的，托尔斯泰让我感觉到伟大，不是他的大善，他最终通过忏悔达到的解脱，恰恰是他没有出路感，其实真正的大家是承认自己没有出路的。我认为托尔斯泰的价值在这儿。陀思妥耶夫斯基从宗教入手，他表达的是人类灵魂永远的钝痛，不是尖利的，不是很锋利的那种疼，是钝痛。那么我觉得这些东西都是非常深厚的，一言难尽，它就影响了你，它就好像在空气里影响你，但它不是资源，它不是我们的写作资源。所以那次也有一个人问我，他说你那个资源在哪里，我说我的资源在本土，在这儿啊！资源是泥土里的东西，影响是空气里的东西，但是对于一个作家来说，都需要，我的这种比喻都是形象化的，也许是不很确切的。像法国的一些作家，像美、日、德国家的一些中篇短篇小说，我也是很痴迷的。但是马尔克斯的那些东西，我觉得没有特别打动我，只是说他也让我好奇，一个人可以这样写，但是他是否能深入到我心里，我觉得没有。我们就是很忽略亚洲的一些作家，我不知道为什么老说西方的作家，亚洲的作家像大江健三郎，我觉得他的一些作品能够打动我，同属东方，就是亚洲文化的背景。还有君特·格拉斯的《铁皮鼓》，他的作品我也是特别喜欢，而且他有一句名言，真是至理名言，他说："好的小说是从诗里面来的。"但是他们这些人都不能成为我个人写作的资源，那是不可能的。影响有，因为他使你知道在你之外文学还可以是这样的，他给你的好的积极的影响还是无所不在，你当然不可能闭上眼睛。

我不可能有卡夫卡的影响，但是我喜欢，就是他离你很遥远，但是你可以喜欢。就像中国的作家吧，比如说孙犁和赵树理，截然不同，但我都喜欢，我就是喜欢他们的不同。去年写一本绘画的书，我印象中有一幅插图，就是孙犁的《铁木前传》的插图。为了那个插图，我找来《铁木前传》又看了一遍，看完以后我还是非常感叹，他能在那样的背景下写出这样一部中篇，把它放到我们当代最好的中篇小说里，我觉得仍然是难以匹敌。几乎是没有一个废字，他怎么用这样的心境来写一个中篇小说，四万五千字，他达到了那个高度，在那个时候是一个文学奇迹。

二十三、文学期刊与小说

文学期刊在文学发展中的作用，不仅是发表重要作品、发现和培养新人，而且需要引导文学潮流。80年代的《人民文学》《北京文学》《收获》《上海文学》《钟山》《当代》《诗刊》等在这些方面发挥了引领作用。本章是部分期刊编辑的口述回忆。

1. 关于《人民文学》

口述者之一：崔道怡
口述时间：2005年10月；地点：北京。

《人民文学》复刊于1975年，也就是在"四人帮"垮台之前，"四人帮"其实是准备把《人民文学》控制在自己手里的。《人民文学》的复刊和发展还有些曲折，以前《人民文学》的领导准备复刊的时候，就把我们从干校调回来挂职在人民文学出版社，然后准备让李季同志主持工作，结果那个时候，"四人帮"不批准把《人民文学》交给李季。后来有人向毛主席反映说中国文坛上没有小说了也没有诗歌了，毛主席就批示要发展小说、诗歌，"四人帮"意识到问题之后，立马恢复了《诗刊》，他们就把李季调到《诗刊》去了。紧跟着就是《人民文学》的问题，中央调了刘白羽还有其他前辈一起来复刊,并找上海《朝霞》的副主编来主持工作。[1]虽然《人民文学》被党作为一种文艺性的宣传工具,但是它和政治形势是密切配合的,那复刊后的《人民文学》要配合什么样的形势呢?那时候的观点还是要配合于国于民有利的形势,邓小平出来主持工作提出要搞国民经济建设,大家都希望把国民经济搞上去,所以我就找了蒋子龙,约了《机电局长的一天》并发到了复刊的《人民文学》上,不久就到了"四五"事件,蒋子龙也在天津受到了排挤。粉碎"四人帮"之后,作家协会还没有恢复,但又需要文艺界的老领导出面组织工作,这样就由张光年接手《人民文学》的主编。那时候《人民文学》其实代替了作家协会,因为作家协会还没有恢复,因此《人民文学》的主编也等于是作家协会的主席。张光年出任《人民文学》的主编对文艺复兴起了决定性的作用,张光年最主要的表现是在1977年11月发表了刘心武的《班主任》。

到了李季管《人民文学》的时候,虽然他管的时间很短,但是我觉得他发展了张光年开创的局面,包括对作家的肯定,包括提出要举办"全国优秀短篇小说评奖"。在这之前中国没有文学评奖,只有电影评奖,而文学评奖就是由李季提出来的,这点特别值得记忆。我写过一篇记录小说评奖过程的文章,从第一届到第七届的评奖过程都有,这文章发在天津的《小说家》上。这个评奖在当时是一年评一次,首先是读者来信投票,然后由评委再次投票决定,不像现在,那时候评委对作品的认真态度很让人敬佩,而且对作品的争论很大。有一次草明说"我们这一次评奖一定要注意作品的思想性,思想性是第一位的",而丁玲马上就说:"如果一部作品艺术性不是第一位的

---

[1]《人民文学》复刊主编由袁水拍担任,副主编为严文井、李希凡和施燕平。施为常务副主编。复刊后的第一期于1976年1月20日出版,最终发稿时间则是1975年12月20日。关于《人民文学》的复刊情况,可参阅《〈人民文学〉复刊的一场斗争》(《人民文学》1977年第8期,署名"本刊编辑部")和吴俊《〈人民文学〉的创刊和复刊》(《南方文坛》2004年第6期)。

话，那算什么作品。"两个老太太，而且都是让人尊敬的文学前辈，她们在评奖中的针锋相对，这点给我的印象很深刻。因为文学在当时的社会生活中起了很大的作用，所以《人民文学》提出创办《小说选刊》，接着由《小说选刊》负责"全国优秀短篇小说评奖"这个任务。没想到《小说选刊》最后独立了出去，还和《人民文学》在地位上并列。

李季去世后，张光年又来接管《人民文学》，他开始物色年轻的人，1983年他挑选王蒙做主编，王蒙干了三年。张光年是很有远见的，他挑选王蒙当主编是正确的选择。王蒙复出后的创作是如泉喷涌、才华横溢，比如他的作品《夜的眼》，我们可以看出王蒙在文艺的创新上是顶尖级别的人物，这样的人物当主编非常适合。他真正开拓了《人民文学》的视野，他推出了徐星、刘索拉、残雪、莫言、高行健的作品，这些人都是在艺术上有创新的。王蒙还特别关注现实，他找刘心武写了一批纪实文学，比如《5·19长镜头》《公共汽车咏叹调》，这些也引起了人们广泛的关注。从王蒙那里开始，《人民文学》大部分重要的稿子他都要看的，他是实际的主编，对文学创新起了决定作用，他的创新作品《春之声》都是在《人民文学》上发的。[1]后来王蒙选了刘心武当主编。刘非常有雄心，上任之后就弄了个编辑手册。到了新时期，《人民文学》里进入了一大批人才，最新锐的还是李敬泽，李敬泽很年轻，虽然那时只是副主编，但他的艺术感觉和对作品的鉴定能力都很好，进入90年代，就是这样的编辑维持住了《人民文学》的艺术地位。后来李敬泽拿到毕飞宇的《玉米》，就证明他作为一个编辑没有失职。

口述者之二：李清泉

口述时间：2004年4月；地点：北京。

---

〔1〕《人民文学》1980年第5期。

我去《人民文学》做常务副主编的时候，主编还是张光年，他没有怎么太管，有时候听听汇报情况啊，交换交换意见、看法，他一般情况不处理稿件。主要是我负责常务，当然副主编好几个了。但是指定就是我负责，常务、终审权都归我，倒没什么阻力。当然关系跟我在《北京文学》时不一样，《北京文学》的关系很敞亮，大家来往都很敞亮，你像章德宁，当时是一个新编辑，我一说什么她都照我的意见办。在《人民文学》发过哪些重要作品，我这记忆力就不行了，不像在《北京文学》一些事儿记得那么清楚。因为稿件的压力也比较大，我终审，所以很多稿件都堆到你跟前儿。稿件数量也大，《北京文学》数量没那么大。我进《人民文学》干了几年，视力越来越不行了，眼睛不行，开始闹白内障，现在白内障还在。所以1982年就把我调到文学讲习所了。[1]

口述者之三：朱伟

口述时间：2005年4月；**地点：**北京。

其实我在《中国青年》工作之前，在《人民文学》曾做过一段时间的业余编辑，1983年我跟王蒙一起到了《人民文学》。[2] 1983年我离开《中国青年》的时候，已经答应到《青年文学》去，而且关系都已经调过去了。没想到王蒙找到我并对我说："如果你要做文学的话，你就到《人民文学》来，你也比较适合做纯粹的文学。"后来他亲自到《青年文学》说服总编辑，要他们放我走，然后和他一起到《人民文学》上岗。我感觉得到，他希望和我一起改变《人民文学》的面貌。我们进去之前，《人民文学》是淹没在众多文学杂志里面的，而且那时《人民文学》发的作品都很保守，不能在文学潮流中

---

[1] 中国作家协会文学讲习所于1984年改名为"鲁迅文学院"。
[2] 王蒙1983年8月接替张光年任《人民文学》主编，1986年12月去职。

起到引导的作用。王蒙上来的时候，在1983年的7月号上写了一篇文章，文章主要意思是文学应该与时代同步。我理解的是，王蒙倡导的是一种社会层面上的文学，这种文学跟社会同步、跟社会的改革开放同步并且能够引起社会震动，总之王蒙是想带来文学繁荣的局面。后来我重新回顾的时候，我觉得我们还是有根深蒂固的纯文学的概念，觉得社会层面上的文学创作和纯文学的创作还是有相当大区别的，我则倾向于纯文学。我跟王蒙进入《人民文学》之后，刚进去的时候我管的是黑龙江地区，而王扶负责北京，这时候在编辑部起主导作用的还是原来的老编辑，我开始有点英雄无用武之地的感觉，到了1984年王蒙就把负责北京地区组稿的任务交给我了，直到1984年我才负责北京地区的稿件，因为北京的作家比较多，所以北京是《人民文学》组稿的几个重点地区之一。1985年《人民文学》总共有十二个小说头条，其中十个是我发的。总的来说《人民文学》有三分之一的小说稿件是经我手发的，这也是为什么到了1987年会酿成那么大的事件。[1]1984年之前《人民文学》是保守的，王蒙过去后决定要改变《人民文学》的面貌，这样1984年《人民文学》有一个突变，然后才有1985年的爆发，从而形成《人民文学》比较灿烂的时期。我深切感受到王蒙在1985年要把《人民文学》表达的可能性尽可能扩大，每一期的头条，他说都要和上一期构成强烈的反差。

　　1985年《人民文学》的遗憾就是没有发表马原的主要小说，后来他的作品在一、二期合刊上发了一篇，但都不重要。一、二期合刊现在看来，它团结了一批很有潜力的作家，像莫言、马原、孙甘露、北村等，这些人很有创作潜力，他们文学表现方式的多样性是很出色的，比如孙甘露的小说是哲理化的，马原特别注重平实的叙述，看起来虽然没有波澜，但很有味道，他们代表了将来创作的潮流。

━━━━━━━━
〔1〕《人民文学》1987年第一、二期合刊发表了马建的小说《亮出你的舌苔或空空荡荡》。由于该小说违反民族政策和宗教政策，《人民文学》主编刘心武停职检查。

刘心武的社会纪实小说是王蒙1985年开拓出来的。《5·19长镜头》[1]写得很好，而《公共汽车咏叹调》[2]就没有这么出色，因为它没有涉及尖锐的矛盾，这可能跟王蒙的提倡有关。我始终觉得《5·19长镜头》在1985年的小说中还是很重要的一篇。王蒙说首先《人民文学》要有刘索拉的现代性很强的小说；其次还需要写实主义很扎实的小说，包括韩少功、贾平凹的小说；另外王蒙想能不能用纪实的方式写小说，后来我们就约刘心武来写，他写了《5·19长镜头》《公共汽车咏叹调》。王蒙是有很多想法的人，他说汪曾祺、林斤澜的小说是一种味道，《人民文学》需要这种味道来调味，但是不能成为主调。1985年的时候，《人民文学》还是强调社会层面的主调，其实刘索拉和徐星的小说从主调上讲还是积极的，虽然这两部小说里表现的有迷惘、痛苦的情绪。王蒙对主调的要求很明确。

到了1986年年终，王蒙却决定离开《人民文学》。他很早之前就已经想好选谁当主编了，而且私底下我们也讨论过，后来就选了刘心武。因为王蒙已经把《人民文学》开拓得很宽了，他希望刘心武在他的基础上能够让《人民文学》上一个更高的层面。刘心武接手后，一直到1987年的一、二期合刊，他也经过一段时间的铺垫和努力。我记忆比较深的是，刘心武赞成我们说的关于纯文学的观点，尽管刘心武本身还是一个写社会小说的人，这和王蒙的观点不一样，当时刘心武还写了一篇文章提出来要扩张文学的内延和外延。

1987年之后随着刘心武停职，我实际上就没在《人民文学》工作了。一、二期合刊之后，其实第三期、第四期都已经编好了的，而且稿件的阵容都很强大。当时是准备在第三期推出一个女性专号，全部发女作家的小说，而且我已经向林白她们约好了。那时《人民文学》由作家协会接管，王扶当副主编。等到刘心武复出，我还不能够

---

[1]《人民文学》1985年第7期。
[2]《人民文学》1985年第12期。

恢复，因为我仍然有"严重问题"不能够用。其实80年代我的审美趣味和《人民文学》的整个队伍是有强烈反差的，《人民文学》背后的人事冲突，还是审美取向的冲突。1987年以后，很遗憾我对《人民文学》很少起作用了。虽然之后我也发表过余华的《鲜血梅花》，推出过格非的小说，但总体上，我就没怎么发挥作用了。很多事情已经忘了，要想回忆清楚还得把当年的刊物拿出来看下。

2. 关于《北京文学》

口述者之一：李清泉

口述时间：2004年4月；地点：北京。

《北京文学》，[1]就在我负责的那一段，1978、1979、1980年，两年多一点，那个时候，这么说吧，这两年多编的东西，合乎历史发展的一种需要，比较突破了过去的很多禁忌，表现了锐气，所以有点影响，其实表现锐气的作品并不太多，有，但并不太多，主要的是影响很大，受欢迎。这个形势也是很不容易的。1981年年初我调回《人民文学》。

《内奸》，方之那个东西很尖锐，太尖锐了。又有汉奸，又有商人，商人还是正面人物，还有共产党人，一看以为还是坏蛋。写的各种人物。我觉得这个尖锐，这个里面的共产党有好的又有坏的，而且这商人是正面人物。所以费了劲儿琢磨，希望他把那些很尖锐的地方，稍微地减弱一点。要求方之这样，他不给修改，要么发，要么不发就拉倒，不给修改。不给修改没办法了，就还是发了。发了，还没事。我真是费了老劲儿，甚至是有点矛盾，没别的，就是题材问题。这些东西啊，我和你说吧，这些都是可以谅解的。我都跟编辑部说了很多次，

---

〔1〕《北京文学》此时应为《北京文艺》。

要有很明确的态度,不要往上推,你自己有什么看法,把看法说出来,没有关系。说过多少次,但有的拿不稳啊。《爱,是不能忘记的》,是有点争议。有人是提出批评的,提出批评,我就提出反批评。

王蒙同志在《北京文艺》发的作品比较多,因为他从新疆回来就落脚在北京文联。50年代,我在《人民文学》的时候,有一年我没有做编辑部的工作,调我做审干工作,正好那一年秦兆阳发了他的《组织部新来的青年人》。虽然没有发他的作品,但是有时也组织过一些活动,那时候已经认识了。

口述者之二:章德宁

口述时间: 2004年4月;地点:北京。

(1)关于方之《内奸》[1]

我记得是1978年吧,我记得不是太清楚,就是好像是共青团第九次代表大会吧,记不清是第几次了,你可以查一查。[2]当时我在会上见到王蒙,王蒙当时"右派"还没正式地改正,但是当时已经有改正的消息了,所以王蒙也参加了这个会,他好像不是作为正式代表吧,我记得。当时我就向他约稿,因为以前看过他的《组织部新来的青年人》,留下了非常深刻的印象,所以就向他约稿。他说他当时手里没有,他说给我介绍一个人。他就给我介绍方之,他有一篇稿子。方之说是有一篇稿子,但是某杂志社退掉的。我就不说那杂志社的名字了。方之他就给我讲了讲那么一个故事,他把商人做了作品的主人公,而且基本是正面人物,是写抗日的,是商人抗日。他说以前商人是反面人物,按当时的"三突出"原则,他说这样的东西你们能不能发?我说我觉得能发,我记得他说那个杂志社退稿跟他说的理由是:

---

[1]《北京文艺》1979年第3期。
[2] 应为中国共产主义青年团第十次代表大会,1978年10月16日至26日在北京召开。

像话本小说，不像那种一般的小说，不是很像，以这样的理由退的。方之认为我们实际上不敢发。他说除了这个杂志还有别的杂志也退过，就是因为以商人为主人公不敢发。后来他说你说了不算，那我说我回去跟我们领导汇报一下。我回去以后就向我当时的领导李清泉汇报。李清泉就说，你拿来看看吧。我就拿去了，拿回来以后，我们看了都觉得挺好的。李清泉在他的文章里也提过，其实他当时发这文章也还是有所承担的。《内奸》发了以后第二年就获了"全国优秀短篇小说奖"。新时期前几年吧，实际上是不断地在破禁区，各种各样的禁区，很多引起轰动，在题材上，包括这种，以什么样的人作为主人公，一号人物，而且还是正面人物，在现在来说根本不是什么问题。可在当时这些全都是问题。

（2）关于王蒙

刚才说了，我是共青团代表大会上第一次认识王蒙。那时候他就给我们写了一个《快乐的故事》，写了两个小小说。但是我们发出来的时候，给他改了，变成"故事二则"。不过好像当时是我们领导改的吧，李清泉改的，把名字给改成《故事二则》，当时王蒙还有一点想法，为什么给改啊？就是那次会议上见了以后，当时向王蒙约稿，他后来就给我们写了这个。当时他"右派"还没有改正。那时他的《最宝贵的》还没有发表，《最宝贵的》发表以后，获得第一届还是第二届全国短篇小说奖。[1] 从那以后就和王蒙建立了非常好的合作关系。他改正以后就到北京作协当专业作家，当时北京作协也没有住的地方，他先在他姐姐家住过一段时间，然后就住在招待所里。后来他觉得好的作品，他都给我们。《风筝飘带》写好以后，王蒙就主动给我们打电话。他会说，写了一篇小说，你过来拿吧，合作得一直都挺好的。后来他当我们的副主编，他曾经当过《北京文学》的副主编，跟杨沫同时的，杨沫是主编，他是副主编。

---

[1]《作品》1978年第7期，获"第一届全国优秀短篇小说奖"。

（3）关于《爱，是不能忘记的》和《高粱殡》

我刚刚到编辑部的时候，正好是毛主席逝世的时候，我来报到的时候，文化局的办公室里就设了灵堂，编辑们在给毛主席守灵，轮班，然后没过几个月就上街游行，粉碎"四人帮"了就上街游行。我来了后的第一件事就是跟着老编辑组那个纪念毛主席的文章。

李清泉任内是《北京文学》发展比较快，而且是比较辉煌的时代。一些情况他都比较清楚，比如说《受戒》啊，《爱，是不能忘记的》《内奸》啊什么，都是他经手的啊，他都会记得。你可以问问他，我想他会欢迎的。他就是眼睛看不见，说话没问题。张洁那篇《爱，是不能忘记的》，[1]大约也是那个时候发的。张洁第一篇在我们那里发的是《从森林里来的孩子》，这篇好像也是被一个比较重要的杂志社退掉的。她送到我们这里以后呢，我们就觉得非常好。李清泉也觉得特别好，责任编辑也觉得特别好。发表了以后，就获了全国小说奖了。在我们这里好像也没什么很多的争论，好像一些被退掉过的作品，但到这里来以后，大家觉得这么好的作品，怎么会被退掉，所以在杂志社内部并没有什么很大的争议。对《爱，是不能忘记的》，在编辑部，觉得要慎重，像这样的东西，是不是应该发，当时也是比较慎重。当时也是要求编辑部传阅，我记得当时李清泉的意思是，这样的作品，对于净化心灵，有好处。我记得他在稿签上是这样批的。当时大家觉得对她是一种保护吧，觉得发出来以后，对她本人会有一些议论。主要还是从这个角度，所以对作品本身没有什么争议。

林斤澜、李陀他们是1986年到1989年分别任主编、副主编，他们那段也是比较辉煌的时期，发了一些比较重要的作品。莫言的《红高粱》发了以后，我们也去找他约一篇小说，给他找了一个招待所，请他去写，然后拿回来，这篇就是《高粱殡》。[2]我是责编。小

---

[1]《北京文艺》1979年第11期。
[2]《北京文学》1986年第8期。

说里边也是有一点什么细节,在当时看来也有些敏感,编辑部可能是有不同意见。林斤澜说,实在不行,我不当主编了,我还去写作,去当作家,非常敢承担。

(4)关于史铁生

还有一篇其实也是到过我们编辑部的,就是史铁生的《午餐半小时》,最先曾经到过我们编辑部,但还是退掉了。其实铁生跟我们的合作关系挺长的了,但是之前一直也没发成吧,前两次也是不太顺,当时也是全体讨论,大家全写意见了,但还是没发出来,挺遗憾的。我认识他的时候,他的小说还都是写在本子上的呢。第一篇是《教授之死》,[1]第二篇《午餐半小时》,我都提过,可都没发出来。不能拿本子去送审啊,所以我帮他抄下来,然后去送审。反正是这两篇都没通过。因为有了那么两次嘛,再约也就不太好约了,有点不好意思约了。

(5)关于《断裂》[2]

我们编辑部有一个编辑就说有这么一个东西,我说拿来看看。好像都在传这个事情,评价也不一样,有的说他们年轻人在炒作吧。发了之后,我知道当时的情况,有来自官方的压力,比如作协吧,或者是什么,对这事情是比较愤怒;而且有些朋友也说,《北京文学》为什么发这样一个东西,好像不应该发。但是到现在我觉得发了这东西我不后悔。我是觉得作为一个文学杂志,它对于文学的发展,除了其他的,要有另一个功能,它应该为文学发展记录一点什么,我觉得这是很重要的。我并不是全同意他们的观点,我不会全同意,但我看到它是一个重要的事件,觉得就是记录下在那个时候、在那种情况下,有一批年轻人,他们这么想了,这么做了。我觉得应该留下这个记忆。而且文学杂志,我觉得它不应该是圈子化的,它是一个平台,因为我本人虽然在杂志这么多年,但是我觉得我不是任何圈子的人,只

---

〔1〕 发表时题为《法学教授及其夫人》。
〔2〕《北京文学》1998年第10期发表《断裂:一份问卷和五十六份答卷》。

要是好作品，重要的东西，我都希望在《北京文学》留点痕迹，我就觉得它是很重要的一个事情。其实这件事情到现在还有后遗症。我觉得很多东西还是意识形态化的，在思维方式上、表现手法上，咱们国家是非此即彼。在80年代，写实主义就非常受冷落，好像只要是写实的手法，就非常落伍，但在这之前呢，就是写实的，所谓的现实主义，实际上不是现实主义，那个是主流的时候，其他也都排斥，反过来，又是这样的，我觉得这特别不利于文学的发展。真的就是非此即彼，没有多元化，我觉得。

3. 关于《十月》《当代》

口述者： 章仲锷

口述时间： 2005年11月；地点：北京。

（1）关于王朔

1981年我被调到《当代》了。刚去的时候是做普通的编辑，我们编辑部的副主任叫龙世辉，他是一位名编辑，编过《青春之歌》《林海雪原》等。1984年他被调到作家出版社去当副总编，他的位置我接了。他走的时候交代我编辑王朔的《空中小姐》，[1]这篇稿子在龙世辉手上已经改了一次，在我手上我又让他改了两次，前后一共改了三次，由九万多字的稿子压缩到四万字。因为王朔之前没有写过长篇小说，当时我主要觉得《空中小姐》一是写得太啰唆，在我看来中篇三四万字就够了，九万字显得太长；另一个就是人物形象不够突出，需要加一些个性；再就是小说里面油滑的东西写得太多了。《空中小姐》是一个纯情的小说，写的是复员军人和空姐的恋爱故事，发表以

---

[1]《当代》1984年第2期。

后,很快就被改成电视剧了,反映还不错,我对王朔的语言很欣赏。1984年接着发了《浮出海面》。[1]《浮出海面》写的也是爱情故事,但从《浮出海面》开始,有一个贯穿王朔很多部小说线索的人物就出现了,这个人物叫石岜。王朔当时给他取名叫王岜,实际上是王八的谐音,我觉得这个不严肃就改成了石岜。这两篇小说发出去后,王朔就开始有影响,接着他就发了《顽主》《橡皮人》《一半是火焰,一半是海水》《玩的就是心跳》《编辑部的故事》。我记得有一年王朔就有四部小说被改编成电影,那一年被称为"王朔年",这些电影中最有影响的应该是《顽主》《一半是火焰,一半是海水》。他和王海鸰还合作写了《爱你没商量》。[2]我们曾在海南办过一个笔会,笔会上王朔认识了王海鸰,然后他们就合作写东西。这小说主要写的是王海鸰的情感生活,也改编成了电视剧。

1988年我调到作家出版社,我一方面管纯文学稿件,主要是处理长篇小说,包括莫言、贾平凹、张贤亮的一些有分量的小说,很多知名中年作家都在我手里出过书,大概有五六十本。另一方面我创办了一个刊物叫《文学四季》,当时的目的是给作家出版社拉长篇稿子,而且对作家来说,发表之后再紧跟着出书,可以拿双重稿费。《文学四季》创刊的第一期我就发了王朔的《玩的就是心跳》,这稿子得来很不容易,本来《玩的就是心跳》已经给了人民文学出版社,最后我说服他把稿子给了我。这篇小说发了以后,我还给王朔写过一篇评论《由纯情走向邪恶》,《空中小姐》还比较纯情,到了《顽主》《一半是火焰,一半是海水》王朔解构的东西就开始出现了,并颠覆了一些庸俗的看法,这在《玩的就是心跳》里表现得特别突出,我觉得这没有什么值得批评的,因为这时候创作已经走向多元化。1989年6月后,《文学四季》停刊了。《文学四季》一共出了六期,每一期

---

[1]《当代》1985年第6期。
[2]《爱你没商量》编剧为:王朔、王海鸰和乔瑜。

至少有两部长篇，除了王朔的作品，还有莫言的《十三步》，张洁的《只有一个太阳》，张贤亮的《习惯死亡》，陈可非的《红菩提》，等等。我发的其中有些作品可能就是我的罪状，虽然上面批我，但我还是不服气，我停职后在家待了半年，直到1991年才去了《中国作家》。

（2）关于刘心武

发刘心武的作品也很有意思，刘心武出名之前在《十月》工作，我们是同事，所以我跟他关系比较密切。当时我在《十月》，《立体交叉桥》他已经给了《当代》，主编秦兆阳还给了意见让他修改，但他不愿意改，我就趁势把稿子拿过来在《十月》发了。[1]先发的是《如意》，再发的是《立体交叉桥》。发《钟鼓楼》[2]的时候，我已经从《十月》调到《当代》了，刘心武本来把稿子给了《十月》，他很想凭这个小说得第三届"茅盾文学奖"，但《十月》要跨年才发，这样一跨年就赶不上评第三届"茅盾文学奖"，[3]我就很大胆地给他把《钟鼓楼》拿到《当代》发了。这三篇作品对刘心武来说是里程碑，而且写法也很有意思。

（3）关于张洁《沉重的翅膀》

《沉重的翅膀》是我在《十月》编的，稿子不是我拿来的，但是我很肯定，那年三个"茅盾文学奖"，有两个是我编的。到了《当

---

[1] 章仲锷回忆说："发《立体交叉桥》时，作者本来已把稿子交《当代》，对方的责编和终审都提出了修改意见，作者迟迟没动手改。恰在这时我去心武家，他不在，我从他母亲手上拿到稿子，坐那儿一口气读完便拿去《十月》发表了。"《岁月如歌——我在〈当代〉的一些回忆》，《当代》1999年第4期。

[2] 刘心武的《如意》《立体交叉桥》分别发表于《十月》1980年第3期、1981年第2期，《钟鼓楼》发表于《当代》1984年第5、6期。

[3] 应为第二届"茅盾文学奖"。章仲锷在《岁月如歌——我在〈当代〉的一些回忆》中说《钟鼓楼》获第二届"茅盾文学奖"是准确的。在这篇文章中，章仲锷还谈到了《钟鼓楼》的修改："对《钟鼓楼》的编辑，我还是下了番功夫的。小说是写当代京城一四合院里普通居民的日常生态景观，为了加强其历史沧桑感，我建议作者添写了上万字的一节'楔子'，叙述北京钟鼓楼周围的历史沿革和文化底蕴，成为全书的有机组成部分；同时增加了少量北京俚语的注释，并请具有民俗写实画风的著名漫画家丁聪为之配插图，都起到了锦上添花的作用，故而作者满意我这个'老搭档'。"

代》以后，我还编了刘白羽的《第二个太阳》，这是属于歪打正着，因为稿子很长，他既不要伤筋动骨，又要全发，很多编辑不愿意编，我就接手了。我去找他商量，说全发是不可能的，最多发三十万字，我就把其中几个章节写个概要，压缩着基本上全发了。后来就出书，还被评上了"茅盾文学奖"。

我记得当时张洁在《沉重的翅膀》里面引了一大段行为哲学的介绍，我觉得这不是小说，建议她把这个介绍删掉或是简化，但她坚持不割舍，因为她觉得行为哲学还是新事物，需要详细介绍。后来张洁一定要坚持，修改意见就算了，我现在回忆那些行为哲学的介绍对小说来讲是多余的，不是纯文学。

（4）关于山西作家郑义、李锐、柯云路

我在《当代》发了柯云路的《夜与昼》《衰与荣》，[1]除此之外还有焦祖尧的《跋涉者》，我不是很满意这部小说，让他做了大的改动，叙述的方式改成了过去和现在交叉的叙述，这样就比较活泛。由《跋涉者》我开始和山西作家接触，当时就接触了成一、李锐、柯云路。我到山西约稿的时候找了郑义，郑义当时家徒四壁住在仓库里，在他家他给了我《远村》，他说《远村》已经六家退稿。但是我一看就非常欣赏，《远村》写山西农村一种很畸形的婚姻，这种婚姻叫"拉帮套"，因为经济贫困一个妻子有多个丈夫，其实这种婚姻是很悲惨的。同时他又写了一只狗，因为正处于"文革"的时候，这狗的凶悍和人的懦弱形成了对比。当时正值清理"精神污染"，我非常欣赏《远村》，但又担心发不了，想着怎么弄？那天我写了三千多字的像论文式的审读意见，然后给主编孟伟哉看，他一看就同意发表。发的时候还是有顾虑，我们把《远村》排成小五号并且不发头条，但是发

---

〔1〕《新星》《夜与昼》《衰与荣》分别发表于《当代》1984年增刊第3期、1986年第1期、1987年第6期，人民文学出版社曾分别出版单行本。

表之后反响很大，那年评全国优秀中篇小说奖时它得票最高。[1]当年又发了郑义的《冰河》，最后改成了《冰河死亡线》，第二年我才大量组织山西的稿子，隆重推出了郑义的《老井》，李锐的《红房子》，成一的《云中河》，还有雪珂的《女人的力量》，我把这四篇小说搞了个山西作家专辑，[2]专辑前面我还写了个"编者按语"，其中有"晋军崛起，引人注目"一段话，"晋军"这个词从这时候就开始流传了。

至于《新星》，[3]我是专诚去找柯云路约的稿，他给我谈了计划，准备写三部曲并取名《古陵三部曲》，看了之后我对作品很赞成，但题目我不满意，我把题目改成了《新星》，他也接受了，因为这小说写的主要是政治上的新星李向南。后来小说很快就被改编成了电视剧，应该说在中国《新星》是第一部反映改革的电视剧，从此李向南这个人物家喻户晓，街头巷尾的人都在谈他。《新星》之后，他又接上了想写三部曲的念头，分别是《夜与昼》《衰与荣》《灭与生》。他是想用这三部小说概括改革的艰难路程。《夜与昼》《衰与荣》是在《当代》发的，可惜《灭与生》没写，因为改革本身还是摸着石头过河，不知道改革最后将怎么走。后来他兴趣就转到气功上去了，1989年《当代》还刊登了他的长篇小说《大气功师》，而且销路也好。他很能掌握市场的取向，顺着市场需求他写了《情商启蒙》《龙年档案》等。柯云路很多小说采用的都是大材料，但他对文字不是太讲究，我给提过很多意见，比如在他小说里面"过了一会儿"这句话频繁出现，我对他说汉语里面的词很丰富，"过了一会儿"可以用"一刹那""转瞬"来代替，如果老是用"过了一会儿"，小说语言就会显得太单调。这可能是因为他写得太快了，但是柯云路人很聪明，他对政治非常感兴趣，政治理论功底很扎实。

---

[1]《当代》1983年第4期。
[2]《当代》1985年第2期。
[3]《新星》，《当代》1984年增刊第3期。

二十四、90年代长篇小说（上）

长篇小说的发展与兴盛是20世纪90年代文学的一大特征，文学观念、题材、内容和形式都出现了重大突破。这是20世纪80年代文学变革的结果，也反映了在新的文学语境下作家、读者和市场的诸多变化。其中"新历史主义小说"的兴起，是我们考察20世纪90年代长篇小说的一条重要线索。

"新历史主义小说"出现于"先锋文学"之后，不可避免地分享了"先锋文学"已经凭借种种大胆的文体实验实现的对于"正典"的"僭越"：先锋文学对"形式"的敏感（对"形式"的意识形态属性的自觉），对文学史结构的意识（一部作品在"写出"之前就"预先"处于繁复的文本之网中，特定作品意义的生成部分来自其所处文学史序列的"位置"），构成了新历史主义的文学视域。新历史主义小说家们最为熟悉的典律大概就是"一切历史都是当代史"，他们最敏感地领会到了历史的"话语"性质。因此可以这么认为，"先锋小说"最先认识到了"现实"的虚拟性，新历史主义则在此基础上将这一文学史的"洞见"贯彻到了历史领域。

总体上来看，新历史主义小说的写作带有明显的"策略性"。这些小说总是在文本的"正文"之外隐约传达出对另外的、更为系统和庞大的文学建制的指涉，尽管多数情况下那些被指涉的文本是"缺席"的。正是对正典系统的各种精巧拆解——无论是充满想象力的"戏仿"，还是对于构成正典核心隐喻的"篡改"——

引生了新历史主义小说的"意义"。对"十七年文学"和"文革文学"正典的"篡改"热情支持着新历史主义小说家们的创作：那些被前序文学史经典用之无疑的人物设定、主题营构均被新历史主义的小说家作了大胆的、针锋相对的戏仿，甚至是逆写。新历史主义小说家们显然不满于由正典设定的明确的道德秩序，斩钉截铁的"阶级性"在他们眼中完全不足以反映复杂幽微的"人性"，"人性"由是成为他们创作的突破口。然而人性在大多数的新历史主义小说中，并没有像其提倡者所说的那样多么幽深难测，人性往往被简单地约减为粗糙的、勾留于肉身之中的原始欲望，特别是"性欲"。如果说左翼经典注目于那些光辉灿烂、没有丝毫道德破绽的"英雄人物"，那么新历史主义小说则更多关注阳光无法照及的、阴渠陋巷之中的"边缘人物"，他们是为正史的通衢驱逐到视野之外的、无法被正史秩序整合的"余数"。

新历史主义小说除了借重于解构主义的拆解策略，还得益于"日常生活"意识的再度浮现。既往历史叙事的刻板性除了引起肉体的反叛，更为重要的是这些反叛的能量逐渐流散到了涓滴的日常生活之流中。日常生活往往会蜕变为腐蚀性的、惰性的力量，而在新历史主义的小说中，日常性逐渐变成"真理性"，那些历史题材的新历史主义小说也被读作了永恒的日常性的循环往复。

（一）陈忠实《白鹿原》

口述者：陈忠实（1942—2016），作家。《白鹿原》获"茅盾文学奖"。时任中国作协副主席，陕西省作协名誉主席。

口述时间：2003年5月；地点：西安。

1. 关于写作《白鹿原》的准备

以前我每年保持十个短篇的速度。到了80年代中期，1984年、1985年我写中篇小说量比较大，也写得比较顺，写的兴趣很高。1984年一年大概写了四个中篇，而且还有一个比较大的十万字的长中篇。到写中篇的时候，我意识上有一点很明确了，就是在艺术形式上，这个中篇和那个中篇必须不一样。这个意识非常明确。还有一个很明确的，就是同一个题材的东西，思想和精神内容的东西，可能有几种表现手法，可能有一个形式是最恰当的，不要随便轻易拿起哪个来就写。这个意识当时很明确。我比较欣慰的是，我后来发了九个中篇。那九个中篇从艺术结构上、表现形式上，不管内容好坏，评价高低，起码形式上，让人感觉陈忠实每次都做了一些尝试。这个我心里很清醒。写那个《梆子老太》，我很明确，既然是以人物命名的，我就不能把结构故事的形式贴上去，这个作品要以人物为主线来结构这个小说，而不是以结构故事的形式来结构。在《梆子老太》以前有两个作品，一个就是以故事来结构。对一个中篇来说，我感觉用故事的形式来结构就容易，用人物去结构显然就困难一些。因为故事的形式是我们比较熟悉的。这里边有两个中篇，一个就是《梆子老太》，这个还不太成熟；后来写《夭折》的时候，就是纯粹的人物结构的形式，真的就是我自己感觉形式上比较自然一些，写起来很舒服，很自然就写出来了，没有任何别扭。这个意识很明确。

1985年8月吧，陕西作协开了一次长篇创作促进会，因为前两次"茅盾文学奖"，陕西没有作品，好歹得有啊，陕西这么一茬作家，没有一个写长篇，都在写短篇、中篇。当时陕西作协领导就说啊，"茅盾文学奖"，陕西就推荐不出一部小说，还不是说挑不出来，根本就没有，是好坏都没有啊。那些作协领导把陕西作家召集起来，开会研究啊，他们大概认为，陕西这茬作家，不是说全部啊，起码有一些艺术准备和思想成熟的作家可以进入长篇小说创作，所以开一个会，促进他们从中篇转入长篇。会在延安开的，我参加了。那个会议结束，路遥就留下，在延安开始写《平凡的世界》了。其实路遥在开会以前就准备构思啦，路遥开完那个会就在陕北写第一部了。我在那个会上发言说，我现在还没有写长篇小说的打算。这是一点。第二点，我原来说是写完十个中篇以后再看情况，当时我是写了九个，我打算第十个中篇完了，再看看有没有写长篇的可能。第三点，我说我读过《百年孤独》，读完《百年孤独》的感觉是摧毁性的，为什么会产生这种摧毁性的感觉？我读了很多外国作家的作品，没有这种感觉，没有感觉到人家作品很多的好处，很多可以学习。有的人认为我这是危言耸听，因为他们没有读过《百年孤独》，还有人下来说：陈忠实，你为啥谦虚呢？实际这是我的真实感觉。那个会完了后，我回来还是继续写我的中篇，把计划写完。当年冬天就写完了那个《蓝袍先生》。[1]

　　写完《蓝袍先生》以后，突然就引发了想写长篇小说的可能。这个很怪的，以往我写中篇小说，写完也就过去了，然后形成新的构思。写完《蓝袍先生》之后，牵扯到两点。蓝袍先生的前段，解放前那一段生活，在写那一段生活时就有一种压抑不住的感觉。因为那段生活，一下子写到蓝袍先生到那几个村子执教和周围那些人啊，包括那几个东洋人啊，把我解放以前很多生活记忆的东西调动起来。但作品根本就盛不下这么多内容，按照原来那个中篇小说的构思，这个人物身上根本盛不了那么多东西，他负载不了那么多东西。当时写那个作品时就感觉，想放弃，这个叫人思考的东西太多了，后来还是按着这计划，按着已经基本构思完成的这个人的生命轨迹写完。解放前的那一段还不能有太多的牵扯，牵扯多了，那就没法弄了，这是这个人物所负载不了的。这是一个。到写完以后，这个人物在解放以后的命运，当了"右派"以后的命运，就涉及由一个具体人物牵涉到一个民

---

[1]《蓝袍先生》，《文学家》1986年第2期。

族的命运，这个大命题就产生了。哎呀，我当时就有一种感觉，我自己把自己都吓了一跳，这个民族命运得有多少人啊，政治家，包括变法派，辛亥革命前后，包括解放以后，这多少人在思考这个民族命运的命题。作为一个作家意识到这个问题的时候，真是感觉到这个东西是很害怕的啊，那真是承受不住啊。而且感觉到我可能承受不住，拿不下来，要承担这样一个深厚的民族命运的主题。当然这个主题显然不是穷人翻身得解放这样一个命题，不是大家都表现过的、司空见惯的那个层次上的。这样把解放前解放后一下子关联到一块儿，一个很强烈的关于民族命运的思考，这个大问题就出来了。当然这个不是凭空想的，是由蓝袍先生的生活所影响出来的，这是最初的想写长篇的想法和动力，就是从《蓝袍先生》开始的。当然我知道这是一个太大的命题，可是这个东西，一旦产生就很难把它排除或者是放弃，这个时候我就开始做准备了。1986年我还写了已经完成了构思的中篇和短篇，部分时间已经开始做写《白鹿原》的准备工作，把其他的工作都停止了。

专门去做这个工作是1987年。1987年春节一过就开始了，开始查县志，以前我从来没想到要查县志。我强烈地感觉到我对关中这块土地的历史，只有生活的积累而缺乏理性的研究，查了蓝田，又查了长安，还查了一个现在已经消失了的行政区划——咸宁县。在清末和民国初，西安市本身就分成咸宁和长安两个县。咸宁县和长安县的县府是在西安市里设置的，它把西安分成一半。我的那个家乡，出生地，就在蓝田县和咸宁县的交接处、边缘。那个大的历史框架上，大家都知道那个秦始皇，但是具体到自己生存的这块土地上的时候，这个县志就要比我们的国史都要亲切得多了，可感性就强烈得多了。所以那时候在蓝田断断续续待了几个月，积累了二十多万字，做笔记。那个时候没有办法，没有复印材料，而且那个县志是古版，一摞这么厚一次只能借你两本，你看完了拿去再看另外两本，咱们也不敢把这一摞都拿来，拿来了以后，在那个小旅馆里，那个时候没有宾馆，县城里的那个旅馆八块钱一张床，在那里借了两本看，看了抄，抄好了拿回去换，这是很费劲的。但这个县志查阅是太重要了，收获太大了，我较为系统地知道我生存的这块土地的历史。这块土地过去在什么朝代划成什么县，什么时候变化，什么时候又划成什么县，这个里头有很多，这都不是太重要的。它在地理方面、人文方面、经济方面的记载太重要了，尤其是近代以来，整个历史上大的灾变、小的灾变，包括我家门前的灞河是哪一年涨水，哪一年泛滥了，冲刷了多少人家，倒了多少房屋，全部都清清楚楚记载啊。那个县志，你看看历史价值多高啊，那个时代的民情和灾情啊，什么都记载得清清楚楚，第一手资料啊。我们现在的县志都是哪个时期开了什么会，全是这些东西。还有一部分就是县志之外，新时期以来各县都整理了一些资料，就是哪个县发生过什么大的政治事件，革命斗争的一些回忆录什么的。长安县和蓝田县的党史资料记载了近代以来，西安周围地下党、国共最初发展的过程。第一个共产党支部是1927年成立的，就在这个白鹿原上，真实的白鹿原。一个革命者在北京参加了"五四"，回来以后就在这个原上，第一次建立了共产党党支部，在粮店里头发展的两个人、三个人，很早呀，二几年啊，开始还不敢叫共产党，叫国民党支部，一年以后把这个国民党支部叫作共产党支部，非常富有这种细节的东西。在那个很古老的地方，在北京念过洋书回来的两个人，在那个粮店里，那个粮店可能就三间门面，那么个小间，在那里头策划成了一个党的支部。你想想看，那个东西多赋予想象的空间，这个想象的空间是非常大的，看到这种历史性的细节特别兴奋。后来查了很多东西，关于陕西地下党的活动就大致有了个轮廓。我不太欣赏某些作品把地域性的、太生僻的一些东西渲染得太过分，那个东西它不代表共性，你只能给别人造成这一块地的愚昧、落后、几乎跟野人没有什么区别的这种生存形态，我觉得反而不是成功的作品。

陕西这块地域近代以来的历史演进引起的历史重创、心灵重创，起码我认为不应该把它看作是一个特殊地域的独有现象。我认真读了关于中国近代史的一些书，觉得必须把这块历史发展的变化投影到中国大的历史背景上头去，你看了叫人感觉到这一块土地跟中国历史进程、人的精神在根本上是一致的。通过这个研究，我改变了对陕西人的认识，我们在很长一段时期里头，一说陕西这块地方就是落后、保守，尤其有些不负责任的人，还在报纸上写上随笔，说为什么发展不快，大家都围在秦朝的城墙之内，很陈旧。我不这样认为，80年代初，了解了近代以来的整个历史以后，我不这样认为。我觉得陕西是近代中国整个北方，除了北京以外，是最积极的一个地方，这个就很怪啊，非常激进的一个地方，辛亥革命在武昌一成功，陕西是北方最早响应并完成了辛亥革命的。南方当然是像连锁反应，但在北方陕西是最早响应，而且很快就完成了辛亥革命。陕西把这个辛亥革命在陕西的成功叫"反正"，老百姓都知道"反正"，农民都知道"反正"，都知道"反正"那年如何如何。而且到共产党闹革命，农民运动，陕西的农民运动，就是刘志丹他们弄的，在华县，总部在那儿，蓝田比较靠近一点。就蓝田这个小县有八百个村子，八百个村子建立了农民政权，你看蓝田一个小县，而且还不是农民运动的中心地带，中心在华县哪，蓝田是最贫穷的一个县，八百个村农民组织，你想想当时的农民运动要普及到什么程度！从参与的农民和普及的人数来讲，我是看的正经的党史资料，陕西农民运动普及的程度和人数参与的程度是全国第二，仅次于湖南。后来我在一些大学里头跟学生讲这个事情，我开玩笑说，陕西农民运动和湖南搞得差不多，就缺一个毛泽东，就缺一个毛泽东写陕西农民考察报告。没有人知道陕西农民运动厉害到这个程度。刘志丹和谢子长在陕西闹革命的时候是非常早的，最早建立革命根据地的，几乎跟江西是同时弄的，但交通不便，那个时候没有通信设备，毛泽东还不知道陕北有红军，包括他在长征时已经到了宁夏还是甘肃，他才从国民党报纸上知道，国民党在这儿"围剿"红军，才知道这儿根据地还存在，掉过头来就落脚到陕北了。而且在大革命时代以后，陕西的渭华起义，最激烈的，是长江以北最大的一次暴动，"八一起义"，广东的几次暴动，大多是在南方，北方唯一最大最有影响性的暴动就是渭华起义。毛泽东后来落脚到延安以后，那就更不用说了，革命根据地就在陕北。而且在50年代，陕西的农业搞得非常好，而且没有搞"浮夸风"，陕西人都比较务实，历届领导大致都是陕西人，他们有这种务实作风。陕西自近代以来，不要说共产党闹革命闹得凶，近代以来反封建也反得很凶，所以陕西人没有落后过。所以我建立了对陕西人的这种认识，后来就在这整个酝酿过程，查资料啊，包括读书。一个查资料的过程就是构思的过程，也是深化关于这个民族秘密历险的过程。

2. 关于文化心理结构

1985年的时候，创作比较活跃，思维也比较活跃，那个时候我不参与这争论，但是我很注意各种新学识，我一般也不轻易转向哪一种，也不过分去重视照搬哪一种，取一些优长的东西，尤其是一些优秀作品，研究一些技法，然后把它运用到自己的创作实践中去，起码可以丰富、改善我们习惯的那种现实主义，起码有些新鲜生气。这个时候我觉得从理论上，我接受的最新鲜的就是文化心理结构。这个东西我接受了以后，我做了一些研究，我觉得对我启发是最大的。在这个之前，我也写过很多中短篇，用现实主义的说法就是塑造人物啊，性格啊，都是必须要考虑的，不管一个中篇还是短篇，至于具体要写什么是另一回事，总体而言就是要写人物啊，写性格啊。其实很难把性格写好，我们一些文学作品也是提供一些类型化的人物。不要说"四人帮"时的"高大全"那类人物，我们那些古典小说里的宋江、李逵真正从性格上讲都是类型化的人物，张飞和李逵，差不多吧，刘备和宋江又是有些相似之处。探索人的文化心理结构，给我一个非常重要的启示，解析人物的心理。具体到我构思的《白鹿原》这个长篇，我觉得我找到了可以写这个长篇小说的很自信的东西，就是解析近代以来的这个民族心理结构上所发生的不断的颠覆和平衡这样一个过程。

人的差异主要是心理结构上，巨大差异才显示出人和人的差别，一个民族和一个民族的差异也是心理结构上的差异。心理结构的主要形式是文化结构，文化结构影响着人的心理结构，心理结构不是空的，它的内容是什么，主要是文化，这个文化就包括政治的、经济的、观念的和道德的；尤其是道德的观念，应该包括风俗的、民俗的，习惯性的这些东西，习俗性的东西。作为最普通的人，他的心理结构主要建构在这个上，他可能从一出生，就有父母、祖先流传下来的习俗性的、文化性的东西，包括道德判断上的，最简单的，什么可做，什么不可做，什么应该做，什么不能做。大人肯定要教给孩子，这个你不能做，为什么不能做，他甚至不讲道理，也没有什么高深的知识，但这个东西就给孩子造成了心理上长期的影响。跟西方，跟美国人跟英国人的差异，在外表上当然是形象上的差异，但最本质的差异是心理结构上的差异，价值观、道德观，这个差异是很明显的。所以我突然就感觉到，这一下子就可以借来作为考察我们这个民族近代以来的非常重要的途径和方法。我非常兴奋。

那么《白鹿原》到底写什么？大家都说故事情节很强什么的，但实际上这个故事都在演绎着什么东西。我的概括就是：中国的封建制度解体以后，开始出现颠覆，帝制和共和的颠覆、平衡，从那个时候一直到共和国成立，就结束了，整个五十多年吧；经历的是一次又一次颠覆和平衡，不断颠覆，不断平衡，这个过程实际上是中国人经历的精神更新过程，它这个颠覆，实际上是原有的平衡受到新的力量或者新的观念新的思想的冲击以后，打破了原有的政治的、道德的、社会的，包括习俗的平衡，这个过程实际上和蚕蜕壳的过程是一样的，是一个很痛苦的过程，然后得到一次新的平衡，一种新的解放。而整个过程很漫长，有的民族可能一次就完成这个新的更新，我们这个民族历史沉积的东西太多了，甚至到现在还没有完全完成这整个过程。这个东西我是突然意识到的，意识到像鲁迅那个《风波》的短篇，我记得在中学读到这个短篇，那个农民被剪掉了辫子以后，回到乡下，就惶惶的，没有了皇帝怎么办，惶惶不安，家里人都被剪掉了辫子，这个就不好见人了。我突然意识到鲁迅这个辫子是一个伟大的细节，历史性的一个细节。那个辫子是个什么东西，那个辫子就是标志着封建的整个政治的、道德的一个平衡点，那个辫子一剪就是把心里面平衡的东西打碎了，打碎了人就痛苦了，日子也过不成了，整天惶惶的，这是一个最典型的细节。所以在构思这部小说的时候，就是从这种心理解析、从这个角度上来写的。

我不是写人物外在的性格。很多人我没有做肖像描写，只是把白家和鹿家做一个概括性的整体肖像描写，而且白家和鹿家也没有什么差别，都是这个村这个种族的一个概括性描写。包括鹿兆鹏、黑娃都没有什么肖像，就是一个凸一个凹，就写了这两个大的轮廓，那不是一个个人的轮廓，是一个总的文化，一个凸一个凹的轮廓。具体到人物，一些主要细节，那当然有一些细致的描写，不写肖像可以把这个人物写活，我是实验我这个解析心理的功力，紧紧把握这个人的心理，就是把握心理结构颠覆和平衡的这个过程，每一个人物的重大的命运转折。我不知道你注意了没有，我写的每一个人物重大的命运转折，他坚守什么或者改变什么的时候，都是他的心理颠覆的最坚实点。大家看到孝文被那个小娥拉到窑里面的时候，普通读者看的是热闹，脱了裤子就不行了，都是看的这个热闹，实际上这是孝文精神上最痛苦的。你想想孝文是被他父亲当作家族的接班人来培养的，道德心理就平衡在白嘉轩的道德上的，这个人突然让小娥拉到那个窑里头，那这个精神心理全颠覆了。一旦拉下裤子来，整个精神崩溃了，就不行了，生理上就不行了，一旦系上裤子他又成一个人，男人的欲望就全都出来了，实际上就是这个心理过程。普通的读者看热闹，但实际上这是一个非常痛苦的过程，他和小娥的关系都已经明了，都已经受到他父亲惩罚了，直到父亲把他惩罚了以后，把地都卖了，这个时候他跑到小娥窑里，小娥才发现他这个行了。这个不行是一个意象性的东西啊，为什么行了，小娥说了一句，原来要来是那个样子，现在不要来是这个样子。要了就不行了，那个时候是在他父亲的道德观念，那个心理结构下就不行了，那个白嘉轩传承的心理结构形态不能容忍孝文去窑里，是这个道理。一旦这个面皮撕破以后，孝文就感觉不到，他父亲那张纸帮他炼出颗丸来，原生形态的东西就达到一种平衡了，人的原始欲望的东西就不受后天道德的东西制约了，他达到一种心理平衡。所以这个颠覆过程，我就举他一个例子，其他人都是类似这个。而白嘉轩这种人物，他的经历在哪，之所以形成强大的个性，他的心理结构几乎要颠覆多次才能达成平衡，这个人厉害，精神强大，他能守住。朱先生那种旧的文化人的心理观念都在变，都在小小地颠覆，用后来的话叫进步吧。那时候有冲击和颠覆，他的变化不是冲击造成的，是他所面对的现实让他发生一些小小的变化。把公费改成公举，别人会认为这前后的称呼不一样啊，前头的共产党的某某部队过来以后，后来又一个共产党的部队来了以后，这前后不统一，这是朱先生有意留下的不统一。实际上他已经按照共产党的要求交费了，他变化了，但他不明说。直到解放还交费啊，朱先生已经有所变化了，这时候他对共产党和国民党的看法已经发生变化了，他的心理又重新结构了，但他不能给别人说，不能明说，只留下一件差错，实际上是留给我们后人来看，看到朱先生从收费到公举，看出他是想变化的过程，这个人是非常含蓄的一个人，这也是朱先生的一个心理颠覆和平衡的过程。这些人物我都是从心理结构来解析。

　　肖像的描写，个性化的语言，你脱离心理流程的变化，单纯地去找个性语言很难，是空洞的。世界上的人是各种面相都有，一时间哪能写出许多面相来，未必就这个面相的人给人家留下，有些面相很冲的人精神世界却很丰富。所以这个东西我觉得，重要的解析是把握人物心理真实,而把人物的心理真实把握准确了,你的人物就自由了,作家写起来就更是很舒服,这个人物的语言、行为就出来了,写作状态就出来了。我这个小说写了四年,我写得很从容,有两次困难是由于结构上的原因。因为这个时间跨度长,有些时段你必须跳过去,人物太多,一个人物跳过去了,这个人物还放在多年以前就不行了,放在一个章节里头,如何把人物分配合理,纯粹是技术上的原因,有两次吧,很烦恼,半个月写不了一个字。

3. 关于传统文化

我是这样理解的,政治可以不断地变化,但传统文化是民族血液的东西。我又意识到我们关中很多文盲型的农民,常常可以讲很斯文的话,而且还有生活习俗礼仪性的东西,都很斯文,不像我们现在一些电影啊,那农民都跟土匪一样,从来就没文化,从来说话就没形没状的,那不是这个样子的。包括我小时候,我们村子都很穷,三十几户人家的村子,非常斯文,尤其是年下节下,这些日子过得是非常斯文的。大年初一那一天,早晨一起来,家家都在自家门口放炮,天一放亮,大家都起来在这个门口见面,都作揖,都穿了棉袍,粗布衣啊,也是过年的时候才拿出来穿。平时,家庭稍微好一点的农民都是礼帽,一辈子一个字都不认识。一个村子里头,一个姓的人,都有一个族谱,都在那个族长家里挂着,三十响午大家都来敬老祖宗,大年初一这一天都来挂族谱的这家上香,有的还拿来自己家里做的甜果,然后磕头作揖,哪像我们现在一些电影电视剧一样的,一个个都是土霸。所以我有个总的认识,这个民族,不管后来的政治观点,包括政治制度发生了怎样的变化,包括到清末的变革、变法,到军阀混战经历了最痛苦的这段历史,这个民族没有毁灭,它必然有自己精神世界中很难被异族同化的东西,就是文化。尽管我们有很多汉奸，但还是有很多为民族请命的人，革命战士、英雄不说，平民中间都有这种精神，这个民族最优秀的文化的一部分。但同时在我们民族优秀文化的大背景下，在世界整个历史潮流和思想进化过程中，还有很多负面的、确实腐朽的东西，就和疮和肉和皮粘在一起是一块儿的，长疮了，但没有全部烂掉，这个民族要全部烂掉就不可能延续到今天了，尽管我们都承认王朝的腐朽，承认我们的文化有跟世界潮流不能适应的东西。在白嘉轩这个人物身上，我把新鲜和腐朽的汇在一起，后来我发现大家对这个人物不断地发生误读，看不到我在批评他，老以为陈忠实在维护一种落后的传统文化。包括现在还有一些人，把陕西作家称为守旧派。这个民族确实有许多优秀的东西，在白嘉轩身上，你看看，我们常说中国人民勤劳、善良什么的，这些也体现在白嘉轩身上。但他的身上同时又有腐朽的东西。我批判这个是很厉害的，写小说不能明着去批判，更不能做张条子来议论这事，但读者应该看到那些东西，我写的那些东西是批判的。他对待小娥，他致命地镇压革命，这都是应该批判的，这些都是封建制度非常残酷的一面啊。白灵要革命，他把白灵锁起来，白灵跳窗跑了。他回到家就下毒，白灵死了，这就是非常残酷的一面啊，他可以把亲生女儿都毒死了，那是非常残酷的。包括他对小娥，这些东西都是让读者去判断的。你看看黑娃和小娥，小娥那么美好的一个女孩子，她在那个家里是个奴隶啊，她是别人生存的一个工具啊，她任何自由也没有啊。黑娃的求慕应该是非常自然的，是一种反叛啊，结果白嘉轩不容忍她，这个我就不细解释了。这是白嘉轩很残忍的一面，一直到小娥死了以后，连蛾子都要看成是小娥蜕变成的妖女，这个跟法海就没有差别了，白嘉轩在坚守封建道德的层面上和法海是没有区别的。白嘉轩为什么要修那个塔呢，我冒着重复人家（的风险）让白嘉轩修这个塔的，法海修雷峰塔，镇压白娘子的。我是犹豫半天，我想白嘉轩的封建的这一面必须要这样的。我那个三十几户人的一个村子，过去封建迷信，这个村子里要是连着死多少牛啊羊啊，瘟疫流行，没有办法解释，就会请个巫师或者巫婆来说，你们这个村子不平衡，必须要修一个庙，村里马上就集资，修一个什么庙，保平安，这是很普遍的。所以写白嘉轩修塔我是犹豫了一下，是否和雷峰塔重复了。但后来我想还是不行，我必须写的。

关于家族，这个也是我后来才理解到的。中国的封建时代，对乡村很宽松，没有形成结构，到县一级就没有了，一个县只有一个县令，一个衙役，就是这么几个很简单的结构啊，那个县长多大力，他能管县上几个人啊，他就是管农民给你皇粮多少。所以乡村里的宗族是以这个维系下来的，它是最基层式的结构，大族谱，一个村子一个姓氏，大家选举一个族长，是最具威性的人来说了算，来处理一些事情，包括家族内部的矛盾，包括这个村和那个村发生的矛盾，都依仗这个家族的力量，凝聚人心，那时候真是非常厉害。我小的时候，我看见我们村子整治一个女人，把她绑在大街上一棵树上，大家变着法子打，这个细节是我还没有上学时就看见的，印象深。那是要维持一个家族的正统。陕西这个地方很有意思，我在蓝田查这个县志以后才知道，乡规民约，道德规范，跟公约一样的，有一个评判的标准。

4. 关于《白鹿原》的发表和出版[1]

小说写好后，我给何启治打了电话，[2]是寄去还是送去，他说派人来拿，他害怕路上遗失。人民文学出版社的高贤均，还有《当代》的洪清波，他们两个到陕西来取稿的，当时还刚刚有复印的设备，一

---

〔1〕《当代》1992年第6期、1993年第1期；人民文学出版社1993年6月出版单行本。
〔2〕应该是写信，而非电话。陈忠实在《何谓益友》一开头就写："我终于拿定主意要给何启治写信了。一封期待了四年而终于可以落笔书写的信，我将第一次正式向他报告长篇小说《白鹿原》写成的消息。"《热风》2001年第8期。

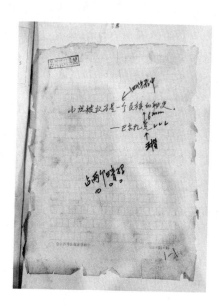

《白鹿原》手稿

般政府部门才有,怕遗失掉,复印了一份,把书稿给他们了。[1]

1993年小说刚发行不久就有人要搞电影、搞电视。广电部有个副部长到南京,接受采访的时候说:《白鹿原》和《废都》都不能改编电视。具体怎么说的我不记得了,大概是说《白鹿原》没有什么积极意义,就说了这么一句,不能改其他艺术形式,包括电影。还有一个什么精神,有几个不准,唯一好的就是这书没有被禁止发行。不许改成其他艺术形式,也不许批判,这叫冷处理。冷处理,唯一的好处是没有禁止发行。一直没有禁止发行。这也没有正式的文件,说是口头,谁都不负这责任,但就是这精神。

5. 关于《白鹿原》的修订与"茅盾文学奖"

关于《白鹿原》的修订和获奖的事,我没有去跟媒体做过解释,

---

[1] 何启治回忆说:"过了年即一九九二年的三月间,我收到了忠实的来信。他在信里说到他的第一部长篇小说《白鹿原》的创作情况,还说他很看重这部作品,也很看重《当代》杂志和人民文学出版社的态度,在我们表态之前,他不想把这部倾注了他多年心血的长篇小说交给别的杂志和出版社,希望我们尽快派人到西安去看稿。后来,《当代》杂志的洪清波和人文社当代文学一编室的负责人高贤均便受命到西安去取回厚厚的一摞《白鹿原》的手稿。按照三级审稿的规定,当时《当代》杂志有洪清波、常振家、朱盛昌和我按流水作业的办法看稿,负责出书的当代文学一编室则有刘会军、高贤均、李曙光参与其事。尽管对稿件有过一些具体的意见,但在总体上所有参与此事的同人都认识到这是我们多年企盼的一部大作品。由于它那惊人的真实感,厚重的历史感,典型的人物形象塑造和雅俗共赏的艺术特色,使它在当代文学史上必然处在高峰的位置上。由此,我们一致认为应该给它以最高的待遇,即在《当代》杂志连载,并由人文社出版单行本。一九九二年八月上旬,朱盛昌签署了在《当代》一九九二年第六期和一九九三年第一期连载《白鹿原》的终审意见;一九九三年一月十八日,我作为书稿的终审人签署了这样的审读意见:'这是一部显示作者走向成熟的现实主义巨著。作品恢宏的规模,严谨的结构,深邃的思想,真实的力量和精细的人物刻画(白嘉轩等人可视为典型),使它在当代小说林中成为大气(磅礴)的作品,有永久艺术魅力的作品。应作重点书处理。'《白鹿原》在一九九三年六月出书。"《陈忠实和他的〈白鹿原〉》,雷达主编,李清霞选编:《陈忠实研究资料》,山东文艺出版社2006年5月第1版,第254页。

我不愿意去做解释。有些人未必就是认真，他是跟你起哄呢。实际的情况是，"茅盾文学奖"评奖，我和人民文学出版社那个责编，都不抱任何希望，能把这个奖给你吗？它允许你继续发行就不错了。何启治，你是知道的，我们两个通电话，说我们不关心那个事。他跟我解释，我说，你不用跟我解释，我心里很清楚，能允许我们继续发行，读者欢迎，我作为一个作者这就很够了。发生变化是在1997年，大概就是这个时候，8月份。当时作协安排了年末就要评奖，要重评，1995年年末初评结果就已经出来了。在全国推荐的一百多部小说里，最后推荐了二十来部，初选时两部书是全票，《白鹿原》和《活动变人形》。这个结果，可能上边就很不高兴。有些话我就不愿意说了。上边一看这个结果就把评奖压下去了，按往常的评奖，11月份初选出来，第二年的元旦就公布终评的结果，结果从1995年的秋天压到1996、1997整整两年，再也压不下去了，10月末，就重新启动。在这之前要集中重评这个消息我知道，何启治跟我说了，咱们就不管这个事了，没有希望，我说我能接受，我说你也不要在意。到8月份突然发生一个变化，起作用的是陈涌。曾镇南和陈涌保持着一种友好的关系，曾镇南后来和我说，他无意间到陈涌那儿去，不知道说什么事情了，看到陈涌的桌子上放着《白鹿原》，问陈涌。陈涌说，"茅盾文学奖"评奖，把这些书拿来让我看。曾镇南随口就问，《白鹿原》你看了觉得怎么样？陈涌说了两点，一点从思想上说，这是他读过的，是解放以来啊还是新时期——时间我搞不清楚了——他看过的当代作家写长篇小说，写中国的历史文化、民族文化，写得最深刻的一部。大意是这样，这是从思想上讲；而且讲了一点，《白鹿原》不存在历史倾向性问题，要害就在这句话。因为这部小说在一些人看来，最重要的一点还不是说写性的问题，是历史倾向性有问题。陈涌说，不存在历史倾向性的问题，这就是非常重要的一个辨正了；另外，他说这是他看过中国作家利用西方现代小说艺术形式最不留痕迹的一部作品，不留任何痕迹，就这两条。曾镇南跟人就说，这样传啊，传到何启治耳朵里，何启治觉得有了很大的变化，陈老的这个意见评价很好。后来到10月份，10月下旬，评奖的时候，还有人包括作协的人在说，哎呀，这个作品很为难啊。我也没有问谁，那和咱没有关系啊，评上也好评不上也好，无所谓。后来一个评论会议开起来，可能陈涌毫不掩饰地就把刚才那两点在会上就又讲了，这一讲就起了一个很重要的作用，使那些有极左观点的人一一退出。慢慢地有一部分人改变观点了，这样一下子就发生了很大变化，而且大家意见基本趋一致啊。陈涌的发言，起码要让一些坚持极左观点的人不好说话，不好发言。到这种情况下，就剩下投票了，获奖就基本定了，投票也就是一个形式了。这时中国作协一个领导就跟我打电话：我跟你说啊，议论的时候，尽管还没有投票，不过看样子，肯定没有问题啦，但是现在有一个小问题，就是大家在会上商量的，让打个电话，对一个人物的两句话，你能不能做一下修改？征求一下我的意见。我说你说的是哪两句话？这两句话全是主线上的话。就是农民运动失败以后，田福贤不是回来反攻倒算嘛，报复农民运动的那个情节，朱先生说了一句：白鹿原这下成了一个鏊子了。鏊子不是把这边烙焦了反过来烙那边嘛。再一句话就是朱先生一个学生，革命者鹿兆鹏受伤了以后到他老师书院里去养伤，他老师把他藏在那里养伤，无聊的时候，作为一个革命者和他的老师聊天，说先生怎样看待国民党和共产党？朱先生就讲他的看法：我看这个国民党是天下为公，共产党是天下为共，共产党就是共产嘛，为共嘛，"公"和"共"就是没有什么本质区别，两个字是一个意思啊，为公字和共字在那里争执不休。他没有说共产党好，国民党坏，他都是很隐讳的这种说法，包括说这个鏊子，烙烧饼的这个鏊子，他给你说这个，就意味深长了。朱先生有学问，包括他不正面给你回答国共好坏，国民党天下为公，一个是天下为共，国民党共产党，他连这个词都不提，这个天下为公，那个天下为共，合起来不就是天下为公共了吗？电话里让我把朱先生这两句话改一下。我后来就这话解释，说这个话第一，鏊子这个比喻啊，是朱先生的观点，不是陈忠实的观点，朱先生这个人那个角色，大家都知道嘛，是旧知识分子，他居于一种很客观或者是很超然的态度去看两党斗争的，所以他认为是一个鏊子，那是他的一个看法，并不代表陈忠实的观点。我陈忠实是老共产党员，那是开玩笑的？对国民党共产党、公和共的看法，也是朱先生的看法，不是我的观点。他说，这个我们大家都知道，但是这两句话对读者影响太深刻了，你能不能把这个修改？我说我可以，但是不能去掉，去掉读者会不答应我的。我说我记得这小说写道，朱先生和他学生谈到这个国共问题的时候，说到这个天下为公、为共的事时候，兆鹏没有说话，光听了他老师的话，他没有说，我说这里可以给他添两句，表示兆鹏不同意他老师的观点就对了。原话保持，原话不好改的，就在这给兆鹏添几句话。兆鹏原来听了以后在那就没有吭声，添了以后就是兆鹏不同意他老师的政治观点，这样可以不伤害所有人物。鏊子啊，我写过就忘了，我特意把书又看了，朱先生没有直接说这个鏊子的话，都是借别人的口说出的。这次出现这个话是白嘉轩跟别人说，说他听姐夫说，白鹿原成了一个鏊子，这里有一次。还有一次是，那个总乡约田福贤在镇压农民运动积极分子的时候，他发表一个训斥讲话，他讲怪不得，前几天我到县上去，见到朱先生，朱先生跟我说，白鹿原现在成了鏊子了，我现在才明白，朱先生这个话的意思了。通过这个人物说的这句话。这个是间接引语，没有实际说这话，是最后让朱先生把这话证实了一下，朱先生说白鹿原这下是三家子的鏊子，是在黑娃打断白嘉轩的腰以后，他来看他的妻弟白嘉轩的时候说的这话。三家是国共，再加上一家土匪。我到后来就把"三家子的鏊子"这个去掉了，不是对鏊子一说的修改。朱先生说是三家子的鏊子，这话缺乏准确性，黑娃那小股土匪根本不能和国共构成三家之分，不能构成三家，所以就把这句话去掉了。前头两个鏊子都保存着，就这么一下修改。

《白鹿原》修改就是这两处，就是给鹿兆鹏加了一段，不同意他老师说的国共两党的那两句话，朱先生的话还保存着，就这么点儿修改，出版了以后我没有再修改过。一些字啊什么的，既然让我修改，没有什么大的改动，就是什么废字废词，可以去掉就去掉了。修订过程中我还发现，有一个细节，前后两次出现过，大家都没有发现。我把它删掉一处，前边已经交代过了，后边又交代一次，这个人们都没有看出来，就是这么个事。结果这个媒体就瞎炒，又是说陈忠实没骨头，想得那个奖，人家叫修改就修改，好挖苦我，我也不愿做解释。

（二）余华《活着》等

口述者：余华

口述时间：2002年5月；地点：苏州。

1.《活着》[1]

《活着》这部作品对我来说（有什么意义），这样的问题在今天的年轻读者里面比较普遍，其实他们不知道我们这一代人童年和少年的经历，我们的周围有很多孤寡老人，他们经历了战争，连绵不断的战争，你想国民党和共产党打了多少年，又和日本人打了八年，完了以后又是自然灾害，又是疾病，那时候物质条件也是极其低劣，很多人因此失去了生命。现在很少能看见像福贵这样的人了，可是在我的童年时这样的人很多，王尧说他住的小镇上这样的人也很多，因为他和我是同龄，我们都是1960年出生的。一个作家的童年其实就是决定了他今后写作的方向，我小时候的感受就是这样。至于你说到的后来的那些好像对我来说已经不重要了，当我在写一部具体的作品的时候，是没有闲工夫去考虑是这个问题还是那

---

[1]《收获》1992年第6期，后由中篇扩充为长篇小说。

个问题好，我考虑的唯一的问题是明天这个人物他要干什么，他干什么的时候要说什么话，然后甚至我还要考虑我可能不会写的，他会穿什么衣服，他会到一个什么环境的地方去，我不会去写，但是我必须要了解他的背景，这样我写起来心里比较有底。《活着》这部作品我就是这样写出来的，而且有一个感触比较深的，就是叙述带着我走，不是我带着它走，我根本就带不动它。这里面还有一个问题，也是问《活着》这部电影，问张艺谋和我观念上有什么根本差异。电影当然和小说有很大的不同，我觉得这个不同主要来自两个原因，第一个原因是电影和小说的区别，电影要严格地控制时间，电影要是太长的话，电影院就没有观众了，没有观众就意味着赔钱，赔钱就意味着没有人给你投资拍电影，不管是哪个导演，他只要连赔三部电影，给他投资拍电影的钱就会少很多。他们都面临很严峻的压力，既要有市场，又要保持他的艺术性，这也确实不容易，所以它的长度是要控制的，文学不一样，文学我不管设计什么样的结果，我只要叙述铺垫，十万字不够我铺它二十万字，总够了吧。文学作品不在乎长度的限制。第二个原因，是我和他年龄的差异，他是1950年出生的，比我大了十岁，这就很明确，为什么在我小说中"文革"仅仅当一个背景出现，到了电影中突然作为一种主旋律出现，就是因为"文革"开始的时候我就七八岁，我也就是一种朦胧的感受，张艺谋十七八岁，那他太清晰了，实际上他拍成这样我觉得是很可以理解的。

2.《许三观卖血记》[1]等

写完《许三观卖血记》之后，在接受访谈的时候我曾经说过，

---

[1]《收获》1995年第6期，江苏文艺出版社1996年6月出版单行本。

我说写完这部小说以后我就不再害怕写对话了。莫言说的秘密我不知道,他没有告诉过我。莫言是一个对话写得非常好的作家,我觉得就严格意义上说,一个优秀的作家,甚至夸大一点说,一个伟大的作家,有一个前提,就是必须要把对话写好,这个问题非常重要。好多作家,你可以看着,比如同样是两个作家,一个对话写得好,一个对话写得不好,1990年的时候他们都还差不多,但是到了2000年,他们的距离就远了,再过十年,距离会更大。对话是表达了作家什么样的能力呢?就是他对生活、对世界洞察的能力。莫言他很会写对话,写小说的时候他就张扬他的那些对话,包括他去年的那部《檀香刑》,写得很好,我很喜欢那本书。威廉·福克纳的《我弥留之际》,写出了文学叙述的差异性。威廉·福克纳真能写,我举个简单的例子,他写一个医生,一个医生看到一条山上的小路,他就从一个医生的角度写那条小路像一条断胳膊,那就是医生的感觉。我刚开始拔牙的时候,我看什么都跟牙齿联想起来,跟那个血淋淋的口腔联想起来。我1983年年底放弃这份工作,现在已经快十九年了,这种感觉慢慢消退了,刚开始是很强烈的。所以我觉得对话最重要的一点是看起来你好像是把对话写得好,重要的就是你对人物的把握,就是对这个世界的把握,这是非常重要的。很多这样的作家,像詹姆斯·乔伊斯,对话写得真是精彩,你不能说它只是漂亮,它是扎实。我觉得漂亮已经不重要了,最重要的是有的作家对话写得非常地扎实,一看就知道这个作家以后不得了,哪怕这个作家现在还没什么名。对话对一个作家来说,就是他的命根子。因为叙述的那部分,严格意义上来说,相对对话来说是很容易。因为是我在替他讲,我可以不在乎他的语气,我用我的叙述语气就行了;当一个人物开始发言了,这个时候,难度就来了。《许三观卖血记》写了几千字的时候,突然发现这个小说是由对话来组成的,我的心里突然咯噔一下,因为那个时候我就知道,虽然我在写了《在细雨中呼喊》[1]《活着》以后，我就觉得我也可以写一写对话了，以前我都不敢写，以前我都把它在叙述中交代，然后中间留一两句话让人物来说。后来我突然发现对话起到两个作用：第一，人物在发言；第二，叙述在前进。

要是当年中华人民共和国成立的时候把首都定在海盐，那我就用方言写作，首都定在上海，那陈村可以用方言写了，在北京那只有一个作家用方言写，全中国人民都看得懂，是王朔，他的方言就是普通话、官话。我们南方作家的问题就是这样。中国的方言它跟西方的还不一样，西方的方言它运用的区域范围比较大。我们海盐的方言已经到了那种程度了，出去二十公里就不一样了，一个镇的话和另一个镇的话又不一样了，有些词汇也不一样了，这就非常麻烦了，就不知道该如何去应付。我感觉到使用方言最好的是汪曾祺，汪曾祺的作品里几乎读不到方言，我记得当初读《大淖记事》时汪曾祺用的唯一的一个方言词是"倒贴"，比如有些女的养男人，在那个地方叫"倒贴"，可是"倒贴"这个词你发现没有，北方人全懂。我发现汪老有一个了不起的地方，他用一点方言，他不是不用，他用的方言是全中国人都能懂的那种方言，特别土的方言谁看得懂？文学毕竟是一个阅读的作品，它不是一个资料，不是说你要去搜集民间资料。所以我觉得当时汪老给了我一种如何处理方言的启示。汪老他语言的句子、他的节奏是典型的南方式的，他绝对不是北方式的，他是非常南方的。他语言里面的那种灵秀，北方作家根本就写不出这样的东西，根本就没有这种感觉，他思维非常缜密，北方人粗犷，语言也粗犷。所以我觉得对我来说的话，语言就是一个不断妥协的过程，而且我跟汪老也有相同之处是——当然汪老比我住得更久，我后来也住到北京了，肯定有时北方语言的影响也会有。其实我觉得很遗憾，我有很多次机会和汪老一起出去，在大街上散步两个人东说西说，但两个人不谈文学，谈话

---

[1]《收获》1991年第6期。

时这个话题已经没有兴趣了。我要写一篇怀念汪曾祺的文章，等我这个长篇写完以后。我觉得南方作家写作在语言上肯定必须要妥协，不仅是我，还包括苏童。苏童你看就是江浙味道，我的作品还不像苏童那样明显，不太那么明显的原因是我的血统没有苏童那么纯正，我爹是山东人，南下的，知道吗？母亲是浙江人，父亲是山东人，我发现种类很管用。

我吸收那种北方的东西比苏童容易得多，当然我住在北京他在南京，还是不一样的。还有一点，你刚才说的那个翻译体。我是在写了《活着》后翻译体的东西少了，怎样对待翻译体？翻译体也是我们的汉语，而且是我们汉语非常重要的一部分，其实它的语言有的地方是非常美妙的，但后来我为什么用得少了？就是我写的作品不太适合用这样的语言了，这是很奇怪的。我刚开始写作时对语言的要求，比如说这是一个杯子，我搁在桌子上，就是简单明了的语言，但我不满足，我觉得这样的语言不好，我需要从几个角度来描述这个杯子，自然翻译体的味道就出来了，那是西方的强项，因为西方的语言——无论是英语、法语都是靠后缀来完成的，汉语句式的精华是排比句，为什么我们最早读的文言文没有标点符号，它不需要，它的节奏断了，句子也就断了，它是靠节奏，而西方语言是靠旋律。所以我们当初有些作家莫名其妙，汉语是不能学乔伊斯那样几页没有标点符号的，像文言文，当然标点也是舶来品，从西方引进的。汉语就是靠一种节奏感，节奏完了以后它就完了，一个句子完了可以喘一口气了，终于一个句子读掉了可以读下一个。西方语言它是充满旋律感。有一次刘禾从美国打一个电话过来，让我给她查中文版的《追忆似水年华》中的某一段，我查完了复印好了传真过去，她一个电话打过来，说太吃惊了，我说怎么吃惊，她说法语原文是没有标点符号的，汉语里充满了标点符号。法语原文是写一个入睡的过程，一页左右，你感觉法语的旋律是越来越慢，越来越慢。我不懂法语，刘禾是这方面的权威。我说汉语必须要有标点符号，汉语是一种有节奏的语言。但翻译体引进以后，我觉得增加了汉语里的旋律感，以节奏为基础，就是"以节奏为基础，以旋律为准则"了，所以今天的汉语已经变化很大，它的旋律感已经加强了。还有一点，从文言文向现代白话文转化过程中，有很多民间的语汇，在民歌民谣里面，旋律感已经出来了，已经出现了很多旋律感的东西。所以我觉得这两种语言现在已经结合得越来越完美，但是有时候你也觉得很悲哀，比如我在读鲁迅的小说，我把它全部读完了，有一次跟汪晖说，我突然有一种感觉，我们中国的汉语一个世纪以来除了增加词语以外，它没干什么，因为鲁迅的白话文已经是非常完美成熟了，你去读他的白话文，太好了，我们仅仅在这个基础上增加了一些新词语而已。所以在我看来中国的白话文到鲁迅那一代其实已经完成了，这有点像意大利语一样，以前没有意大利语，就是因为但丁写下了《神曲》，他是用佛罗伦萨的地方语写的，那个《神曲》太有名了，就成了意大利语，后来整个意大利全部说这样的语言，这非常了不起。这也是文学的一种功能，一部伟大的作品终于统一了一个国家的语言，有了国语，本来他们没有国语。鲁迅其实也一样，你看鲁迅那个时候使用的白话文……文学就是这样，它会使一种语言尤其从文言一下子唰的转到白话文。所以鲁迅他们把文言转成白话，就相当于整个世界留在我童年中的印象是一样的，剩下我们这帮人来就是修修补补的事了，就是使汉语的表达变得更丰富一点而已，这个基础是鲁迅这代作家定下来的。我们现在用的还是他们的语言体系。

（三）张炜《九月寓言》

口述者：张炜
口述时间：2013年9月；地点：苏州。

回头说《九月寓言》。[1]它跟《古船》的差异比较大，从文风到写的生活到作者的姿态好像都不太一样，有的人挺喜欢《九月寓言》，有的人更喜欢《古船》。我写《古船》的时候发现有一部分东西没有得到淋漓尽致的表达，就是所谓海边的齐文化，从小塑造我性格、我所经受的那种生活。到了《九月寓言》，我就把那一部分没有表达过的，对我来说可能更本质、更实在、更拥有过，也更当下的生活写了出来，我从小经历的肯定不是《古船》那样的生活，我经历的肯定是《九月寓言》这一类的生活。

我是生活在林场和园艺场之间的林子里面的，离我们最近的一个村子叫作西岚子，村民是从鲁西南很远的地方逃荒过来的，他走到海边不能再走了就在这里定居下来，一开始只有十来户人，后来有二十来户，那是穿过林子离我最近的一个小村子。当时我很孤独，因为只有我们一户人家在林子里住，我们也是经历社会动荡后搬到那里去的。所以我从小跟人接触很少，接触动物、植物很多。我从小对于海洋、大地、林子、动物、植物非常敏感，包括很小的虫子和草，你想我很孤独啊，就跟这些打交道，所以我认识了特别多的动物和鸟。人要找伙伴啊，园艺场和林场的工人不跟小孩玩，而且我还怕他们，所以我就穿过林子跑到几华里之外的西岚子，那个地方是荒野，他们逃难到那里，给人看山岚子，慢慢就定居下来。我跟他们有一种天生的亲近感，他们也是外地来的，我们也是漂泊在这儿的，不过他们在这里居住了，居住了就有一个小团体、小社会，对我还是接纳的，我如果到其他的村子里或者林场、园艺场，我们也是异类，他们也是异类。所以我跟他们玩得很好，从小对这个村子的印象很深，每一个小小的不成规模的街道，每一个老人、每一个小孩都非常熟悉。当我回头一想最温暖我的就是西岚子，所以里边所有的事件、所有的人物都是真的，创造的很少。全都是真的，每一个名字都是真的，但是我怕

---

[1]《收获》1992年第3期，上海文艺出版社1993年5月出版单行本。

发表之后他们的后人找我的麻烦，就在写好了之后再把名字稍微改一点，但还是要保留里面一个字，否则味道就不对了，所以全都是真的。当然，我表现的生活有我的提炼和剪裁，那是肯定的，我要结构它，我还要思索好多东西，但起码这些事件、人物都是真实得不得了，那是我写的最贴近生活的一个东西。当然了，我后来常常把现实生活和作品比喻成粮食和酒的关系，这一些粮食经过我个人的酿造，再倒出来就变成一壶酒了，它的品质当然不一样了，不是同一个东西，但肯定是源于这一堆粮食。

对我来说，《九月寓言》从某种程度上讲和《古船》写得一样过瘾，它把我个人最熟悉的生活，我心上所固有的趣味，我个人所知道的生命里不同于别人的部分那么酣畅地表达，没有一个作品像《九月寓言》那么透彻地表达了我的生命质地和生命快感。看《古船》会觉得我是那么一个人，当然那个人也存在，就是我从小受外祖母的影响，记忆所激起的生命的抗争、愤怒和忧郁，那种东西当然有，但是另一种东西被那些东西所压抑，没有得到很好的表达，当我把《古船》写完，把压抑搬掉了之后，我就回头写我更真实的东西，其实我更真实的状态就是《九月寓言》中的状态，后来写了一个跟《九月寓言》差不多的东西叫《丑行或浪漫》，那也是我极其重视的作品，它和《九月寓言》有区别，但是属于一个方向上的作品。实际上我回头看我的作品一直在《九月寓言》和《古船》这两极上摆动，《丑行或浪漫》肯定是《九月寓言》方向上的，像《外省书》《柏慧》《家族》肯定是《古船》那个方向的。这两种东西在我身上时而交叉，但还是不同的。这两个方向在我身上都很强烈，一种是那种沉郁的思索、勇气、反抗式的、至死不渝的探究和追索的欲望，这是《古船》这一方向的。只有到哪里我才把这两个路合并起来了呢？你说得对，是《你在高原》。这两条路看起来离得很远，中间是一个空白地带，这个空白地带实际上我都可以做事情，但是我没有很好地做，不是那条道路就是这条道路。把它合二为一，把整个空白地带像拉网一样全部合围连贯起来的，就是《你在高原》。这两个路距离很远，但我知道它都是从我个人的生命出发的，最后肯定会回归到一条道上来。

你刚才谈到一个对我很重要的散文《融入野地》，它作为《代后记》收入《九月寓言》，是之前写的还是之后？是之后。《九月寓言》快交稿的时候我被车撞了一下，住了三个月的院，那时候很痛苦，下了病危通知。这三个月我躺在病床上很孤独啊，我从来没有受过这么大的限制，遭过这么大的罪，一个不停思考不停劳动的人突然被限制在病床上，那个反差很大啊，就肯定会思考，我就思考了很多问题。我把那些思考写得很慢，用托板在怀里写，写一点儿就气喘，在那种情况下，我用了一个多月写了一篇不足一万字的散文，就是《融入野地》，这个时候《九月寓言》的清样也来了，我就把这篇东西做了它的后记。你想，花一两个月写一篇不足万字的东西。不仅是花功夫，而且写不快。一个人写东西还是要连带自己的血肉和生命的，血肉和生命这个东西一旦去掉，这个文章是不感人的，只是汉字的组合，但如果带着你的生命感、你的血肉，人家读起来还是不一样的。我觉得我那三个月在床上躺着，面对着死亡的威胁，巨大的痛苦加在我身上，它就引我思考一些更深层次的东西。我长这么大做了什么，经历了什么，我在想什么，我的出路是什么，别人的出路是什么，社会的出路是什么，我会想很多很多，想了之后我就用这篇散文去表达。因为要表达的东西太多，不可能很具体，所以就用意象啊、虚词啊，有些东西实在是大到不可以表述那么大，于是就有了"野地"这个概念。《融入野地》和《九月寓言》有一种互文关系。类似于《九月寓言》这个路往前走，有《融入野地》、《蘑菇七种》和《金米》，它们都是这个系统的，都是混沌的、民间的、土地的，是各种难以言传的很奇怪的感觉，是荷尔德林"黑夜里，我们走遍大地"的那种感觉。这种感觉只可以意会，你要把它说得很清晰很难。像《融入野地》这种文章，如果讲究文辞，很容易就写得矫情和学生腔，但由于它是一个朴素而真挚的在病床上的探索，一个人面对那么痛苦的状态困在病床上，那个时候不是矫情的时候。

还有一点，这里面间接地还在说一个问题，就是告诉一个人，他最终还是从哪里吸收力量，不要忘了土地对生命的根本性力量，它的规定性、不可预测的伟大力量，人类用不着那么惧怕，还是应该拾起昨天的勇气，从大地上汲取力量。今天回头看，它隐隐地含有这些东西，不能直说了，对于当时那种很严峻的状态，我觉得《九月寓言》也好，《融入野地》也好，已经用力去思考了，在寻找力量，寻找最值得信赖的、永恒的东西，寻找给生命支持力的到底是什么。在另一方面也有像《诗人，你为什么不愤怒》这样一种直接说话的、呼唤的文章，跟这种呼唤文章配套的作品有像《柏慧》《家族》，等等。不过写《家族》的时候我已经开始《你在高原》的构思和写作了，1988年《九月寓言》差不多写完了的时候就开始构思这些东西。《家族》是《你在高原》的总纲式的一部书，当时写了上半部分就发表了，又独立出了单行本，后来又写了缀章。《家族》放在《你在高原》的第一部。不光是《家族》，后来还发表了两三部，原来我是想写一部发一部，都叫《你在高原》，[1] 后来发现不是这个情况，因为历时太长了，后来还有很多新的认识和变化，表达上也有新的变化，这样前面出来的就没法改了，所以后来我发现不行就停止了。全部写完统一处理修改，就是技术上也要做很多调整，人物关系啊，细节啊，它历时二十多年，肯定有很多矛盾、互相冲突的地方。

（四）李锐《旧址》等

口述者：李锐

---

[1]《你在高原》共10部长篇小说：《家族》《橡树路》《海客谈瀛洲》《鹿眼》《忆阿雅》《我的田园》《人的杂志》《曙光与暮色》《荒原纪事》《无边的游荡》，作家出版社2010年3月第1版。

口述时间：2002年8月；地点：太原。

实际上我的写作大致可以分成三大块：一部分就是我的插队经历，以吕梁山为背景的；另外一部分以我的家乡、大家族为背景的，这就是虚构的"银城"；再有一部分就是我青少年、童年的生活，这一部分是我写得比较少的。我轮流地在这三块地里奔波，我不知道哪天会到哪去写，会到哪块土地上耕种哪些东西，但基本上就是这样一种状态，我觉得这三块地的耕种，给了我一种创作的张力，一种开放性。我觉得这样比较好，比在一种土地上耕种，种一样单一的品种要好，这样创作上可以拉开空间，有一定的丰富性。我这个人创作是凭直感的，没有计划，比如说有的人要写什么，就列一个详细提纲，然后照着这个提纲一点一点去写，我从来没有这个习惯。我总是忽然觉得自己要写小说，小说就来找我了，我的小说就写出来了，我总是这样一个状态，我老是没有计划，写写停停，长时间不写了，我就会有焦虑，有一种写作的渴望和冲动。总之在创作上，我是一个比较少理性的、比较少计划的人。有的时候计划好的东西反而写不好。

《旧址》[1]写了一个家族、一种文化、一段历史的消散和废墟化。《银城故事》同样是对无理性的历史的厌恶和质疑，在这个故事里几乎所有的人到头来都走进了死胡同，都是没有出路的。有的评论家把我这两部长篇归于新历史主义小说。我不大知道新历史主义有什么样的主旨和特点。我所想表达的是在无理性的历史中种种生命的悲情，这种地久天长的悲情是中国文学传统中千百年来被诗人和作家们反复咏叹的情怀。作为一个中国作家，作为一个使用方块字的后来者，我希望自己的创作能接续这个中国文学的深厚传统。《银城故事》是我

---

〔1〕 上海文艺出版社1993年8月第1版。

"语言自觉"的再一次尝试。《无风之树》[1]《万里无云》[2]是我回归口语之海的努力。在《银城故事》的叙述上，我希望能把自己的写作和中国悠久的诗歌传统相衔接。我用《凉州词》的四句诗来统领全篇不是随意的，我希望能把《凉州词》古老苍凉的意境贯穿到自己当下的叙述中来，希望能完成一次当代汉语和中国传统文学资源的衔接。在对历史的颠覆和重新叙述中，《凉州词》的古老苍凉，是地久天长的生命悲情的主调。在这个主调之下，从容不迫的日常生活和环环紧扣的暴动突变，交替出现，组成了小说的复调格式。所有的没有出路的反抗和绝望，所有的永恒不变的山川风物、民间百态，反复出现，反复对比，我想表达的无非还是"最有理性的人类所制造出来的最无理性的历史，给人自己所造成的永无解脱的困境"。因为有这样一些比较自觉的想法，所以我的叙述控制得相当冷静，有节制。所以我觉得《银城故事》在总体上比《旧址》要好，因为这是更自觉的追求。当然，还是免不了有人什么都看不出来。

我的《无风之树》《万里无云》可以看作是姊妹篇。但是，张仲银比《无风之树》里的苦根要用意深远得多。张仲银带着书本和知识，带着真理和理想，带着他的话语权力来到地老天荒的五人坪，他自认为是一个古往今来的读书人的化身，是一个启蒙者的化身。他不是一个平面化的权力恶魔，而是一个身体力行的理想主义者。他为了唤起民众，甚至不惜制造神话，不惜为此而投身牢狱。可不幸的是，他最终还是被自己的理想烧成灰烬，他想推动的群山最终还是成为他的葬身之地。他先后两次因为不同的造神运动而被捕，他是一个不幸而两次心死的殉道者。那场因为祈雨引发的大火，最终把五人坪的家园烧成一片焦土，在这片焦土上生而为人是一种彻底的悲剧。

这两部小说在叙述方法上是基本一致的。而所谓叙述方法的选

---

[1]《收获》1995年第1期，江苏文艺出版社1996年6月出版单行本。
[2]《钟山》1997年第1期，中国青年出版社1997年11月出版单行本。

择，也正可以看作是作者人生立场的转变和选择。新文化运动以来的启蒙者在他们的书面语里，在他们的叙述当中，从来都没有那些所谓的千千万万的普通人的声音，所谓劳动者的声音，那些劳动者无非是被他们使用的素材，无非是他们想表达他们自己的主题所使用的一部分材料，甚至于就是做得非常好的沈从文先生、老舍先生、赵树理先生，他们对于民间口语的运用，也只是作为他们描述民间生活、表达自己小说主题的素材，那是个工具性的东西，而不是主体本身，作为启蒙者的叙述主体，是一个高于叙述的外在的他者。我想做的比他们更进一步的是，我想让那些千千万万没有发言权的人发出声音，我想取消那个外在的叙述者，让叙述和叙述者成为一体。于是我就创造了一种他们的口语，我让他们不断地倾诉。我要让那些千千万万永远被忽略，世世代代永远不说话的人站起来说话，正是在这个意义上，我认为我是在做近代以来的知识分子一直在做的人道主义的努力，把人道主义坚持到底，坚持到每一个人。人道主义绝不仅仅是知识分子传播给民众听的道理，更不是一部分人对另一部分人的施舍。知识分子、读书人必须认识到民众本身也是人，在人的意义上他和你是平等的。既然千千万万个普通农民、劳动者和知识分子是一样的，是平等的，那为什么不让他们在小说里也成为叙述的主体？当我把口语变成了叙述的主体的时候，把"被叙述的"转变成"去叙述的"时候，我也把千千万万个人、把每一个个体生命的体验变成了文学的主体。正是在这个意义上，我的口语倾诉，在本体上对叙述语言有个向前推的拓展，这是在人本的意义上，在人道主义的意义上，对民间口语的提升。所以我说"叙述就是一切"。尽管我知道，现在世界上流行的是"取消意义""平面化""碎片化"的后现代主义。可惜我们的评论家们没有看到，因为没有一个评论家谈到我的这种努力，我觉得很多人不是不去看，而是他们没有这个能力，他们的人道主义到哪儿为止呢，有一个巨大的门槛，到知识分子启蒙这个门槛为止，他们站在这个高高的门槛上，永远要低下头来启蒙别人，而他们没有意识到，当他们这样讲这样做的时候，已经俨然成为一个新的等级，他们的人道主义永远是从上向下的施舍和给予，他们永远不认为那些被启蒙者和他们一样。而事实却是，在生命的意义上那些人和他有同样的尊严，有同样的言说权利。一些自认为掌握了真理的人，永远要以想当然的态度认为自己可以安排别人的命运，这实在是知识者的无知。那些要救中国的人已经这样做过了，我们也看到了他们的历史结局。

因为我的表述方式和那些人的启蒙姿态、启蒙立场是不相一致的，所以批评我的人正是我所批评的人，应当说他不理解也不懂得我在做什么。不过这很正常，我不能要求所有的人都能读懂我的小说。其实，我不过是在回到源头寻找语言的生机。中国小说就是从口头传唱开始的。口头说唱、话本，是汉语小说的源头。这已经在半个多世纪前就被鲁迅先生说得很明白了。从口头话本开始的汉语文学，最终在民间形成了以章回体小说为基本文体的滔滔大河，在这条大河中汇集了极其富于方言口语特征的《金瓶梅》《水浒》《红楼梦》这样的经典巨著，和这条章回体的滔滔大河相比，流传于士大夫之间的笔记体，充其量只能说是一条涓涓溪流。白话文运动正是因为回到民间，回到民间口语的海洋中，才在一派酷烈的西风中没有被完全同化，没有被拉丁化，终于找到了最坚实的立足点，从而获得了新的生命。最"书面化"、最"字本位"的文言文的被淘汰正是汉语最深刻的一次解放，这个基本事实不是我们当代人用了新理论就可以任意颠倒的。尽管我们现在知道，那是一次别人的历史发生在我们身上。可与此同时，那也是我们的历史对于世界的改变。可惜，那一次现代汉语的努力，很快就被淹没在"全盘西化"的主流意识形态中。那种"非驴非马的骡子的语言"，正是主流的书面语最形象的病征。而同样的病征，在新时期文学中再次泛滥成灾，在一些文艺理论家那里灾情尤其严重。30年代的"文艺大众化"讨论，正是一些敏锐的作家、评论家意识到了问题的严重性，而及时提出来的。又可惜，这个本来是文化和语言的根本性问题很快被政治化，很快又被另一种意识形态所淹没。但是，我们没有理由就此而放弃对白话文运动的继续，没有理由放弃继续到源头活水中获得新的生命，同时也没有理由放弃回到两千多年的文言文传统中寻找被我们忽略的资源。

一直到现在我都觉得《无风之树》是我写得最好的长篇，比《旧址》好，也比《厚土》好。在《无风之树》里我所表达的那种丰富性，那种更具备文学意味的丰富性是很强的，比《厚土》要丰富得多，远远超过《旧址》。

我一直对《旧址》不满意，《旧址》的叙述语言太浮躁，我不满意它，我甚至于很不满意它。当然，写《旧址》的时候你可以感觉到我的感情是很投入的，是很有激情的。有的人看了以后很感动，说它特别感染人，很有激情。但是我觉得作为一个文学作品，若以高标准来衡量它，我老觉得在叙述上有点不对头。《旧址》第一句"事后才有人想起来，1951年公历10月24日，旧历九月廿四那天恰好是'霜降'"。这是一个语言流行病，这是一句流行话，当时大家都在说"多少年以后""许多年以后"，其实我也不是有意地要去这样模仿，但这是当时的一个流行腔，自从《百年孤独》在大陆有了译本之后，就有了这样的流行腔。一个作家在创作自己的小说的时候是不可以有流行腔的，但是我那部小说，虽然我没有借鉴魔幻现实主义的手法，我也没有模仿别的，但就这第一句，就是不可容忍的，真的，对于我来讲是不可容忍的。

在出文集的时候，我把这第一句"事后才有人想起来"删掉了。"1951年几月几日那天恰好是'霜降'"，不是很好的开头吗？我觉得删掉这一句，在节奏上和后面不矛盾，我自己觉得这句话删得非常好。就是不要那个流行腔，这对我是一个提醒，也是一个记录。在我自己创作了《厚土》之后，仍然未能免俗，没有能脱尽这个流行腔。这不行，这是不可以的。所以我老提醒我自己，你犯过那样的错误，那是一个低级错误。

我觉得《无风之树》对我来讲是一个整体的超越。有人认为我的叙述有障碍。我认为这恰恰是一个丰富，我这样试验、这样去写恰恰是一种丰富，是我对书面语的一种反抗，就是对被分成等级化的书面语的反抗。我用直接的口语，实质上并非是当地农民的真正的口语，这是我创作的口语，我真要用当地的农民的口语写小说谁都看不懂。因为那里很多方言任何人都看不懂的，《新华字典》里没有那些字，也没有那些词。

"山药蛋派"的作家们对于民间文化，他们有他们的贡献，他们让自己的创作和视线放到了底层，并且使用民间的语言，这是他们的贡献，这不可否认。但是他们的作品基本上都是为政治服务的。现在在山西谈"山药蛋派"，是个敏感的话题，因为一些老作家还健在，他们一直是山西人骄傲的资本。一谈起来，大家都会觉得：哎呀，你怎么可以这样把它简单地否定，前一段在《山西文学》登了一篇文章讨论"山药蛋派"，这位评论家说赵树理和"山药蛋派"的这些作家无论是文学成就还是创作的出发点，都不一样，他们根本就不能放在一起讨论的，一石激起千层浪，马上引起轩然大波。其实，在《山西文学》发表这篇文章之前，曾经有过一次反复，当时这篇文章是先给了《山西文学》的，韩石山掂量再三没敢发，最后人家拿到《山西大学学报》上发表了，韩石山很后悔，又把这篇文章转载到《山西文学》上，然后自己又加了个"编者按"，说明当时这篇文章是什么时候给我的，我是怎么再三犹豫回绝了，最后人家还是发出来了，于是觉得很后悔，写了一点自己的感慨吧，然后把这篇文章登出来了。可韩石山立刻惹了麻烦，还有领导找来谈话之类。所以说中国是很复杂的，谈文学还有这么多人为的政治因素在干扰。如果讲使用语言的缺点，我觉得"山药蛋派"更多的是被动地模仿，被动地使自己的叙述语言贴近农民的口语，而作为一个作家在语言主体上他们没有创造性。他们更多的是为政治服务才那样去写的。

我不想为政治服务，不想为任何政治服务。我觉得我写《无风之树》的时候，我只是使用了一种口语倾诉的方式，也使用了一些方言,但是对我来说那是一个别人都没有用过的语言,当地的方言也不是这样的,我以前的小说也不是这样的,那是我创造的口语。我从福克纳那里借鉴了以第一人称转换视角的方法,但是我自己内外交困的精神煎熬、我对现代汉语写作的种种思考、我刻骨铭心的生命体验是不可能从他那里借鉴来。我曾经做过一个比喻,我自己以前的创作就好像是在海边上拾贝壳的,《厚土》是这样的,很凝练、很注意、很用力,拾起一个一个的贝壳,希望它精彩夺目。而《无风之树》是我干脆直接跳进大海,我跳进口语的大海,我在那个口语的海洋里所获得的那种自由,所获得的那种丰富性,是我在海边上拾贝壳根本达不到的,我觉得很多评论家没有注意到这一点。为什么会有这样的疏忽?大概是我不适合他们的理论吧。其实作家的创造也有偶然性,他朝着一个方向努力努力努力,可能在一个作品中他突然走向一个极致,在形式上和内容上忽然达到一个很高度的和谐。我觉得《无风之树》是做到了这一点。

我写作长篇小说的速度一般吧。比如说我的《无风之树》吧,那个我就认为写得比较快,那是一个小长篇,十二万字,我写了三个月,这在我已经是写得相当快了。《银城故事》,我写了一年,十三万字。《旧址》,我写了一年,十七万字。我说的一年是从我正式动笔写,这中间还常常包括了查找资料,阅读有关书籍,等等。如果要算上谋篇、酝酿,那时间就比较多了,不知要几年。一般来说长篇小说开头比较难,写到后边,写顺了,就无所谓了。前些年一天写三四千字,这两年一天能写一两千字就很满意了。

是的,我的长篇小说都不长。我对史诗极其怀疑,我根本不相信。所有的史诗式的小说,如果说在我写《厚土》以前我还有点相信。这和我的世界观有关系,我对史诗不相信,我拒绝诗意化地理解历史。所谓史诗对于历史总充满了赞美,所谓大地、人民、悲壮都是史诗的性格,我认为这样的东西都是一种旧的思维方式,一种遗传病,落在史诗诗意化的泥潭里,人很容易陷入精神自欺,陷入对历史的美化。那是一种精神上的撒娇。"精神撒娇"这个词是我制造出来的，我曾经写过一篇文章叫《精神撒娇者的病例分析》。我发现这样的东西我身上也有，于是我就一点一点从自己身上剔除它。我最近给台湾版的《万里无云》写了一个序言，叫《谓我何求》，其中有一句话："我对淹没了无数生命的'历史'有着难以言说的厌恶和怀疑。我叙述是因为我怀疑。我叙述是因为我厌恶。"所以说，包括我长篇小说的篇幅，都和我这个思路相一致。这我们在前面已经讲过了。

（五）贾平凹《废都》

口述者：贾平凹
口述时间：2005年11月；**地点**：西安。

1989年以后一段时间是苦闷期，大家都不知干啥。当时我给《人民文学》寄稿子，记不得哪篇了，人家不登。这段时间我写了四个关于土匪的中篇小说，《美穴地》、《五魁》、《白朗》和《晚雨》。我以前的创作都是写现实生活，只有这四篇是写过去的土匪。这个时候发不了别的东西。发这四个中篇小说时，其实已经在写《废都》[1]了。《废都》的一个背景是，进入90年代以后，中国社会不知道怎么办，虽然还不到2000年，但已经弥漫了"世纪末"情绪，是那样的社会现象；再加上我个人肝病严重、离婚，父亲又去世，各种事情都压在一块儿。当一个国家一个时代一个社会出现一种情况，又和你个人的命运交织在一起时，在这个结合点上，你把你个人的故事写下来，既是你的故事，也是社会的故事。《废都》的写作就在这个结合点上，

---

[1]《十月》1993年第4期开始连载，北京出版社1993年6月出版单行本。2009年解禁后，作家出版社再版。

是个人与时代的连接。回头一想,《废都》正好是那个时候,个人和时代有结合点。"世纪末"情绪,时代氛围,个人情况,实际上都是一种"废都"意识:对一切都很痛苦、很无奈、很挣扎,是这样一种意识。这就是写《废都》的背景。

《废都》里暗藏了一个案子,这就有了庄之蝶。这个案件是真实的,从这个案件引发了很多事情。当时的西安城市,不是很现代化的一个城市,像大农贸市场那样的城市。我对这个城市各个层次的文化人都比较熟悉,这本小说出来以后,很多人对号入座,到处都给你对出一套人马出来,一套一套的。包括唐婉儿是从潼关县来的,那儿也对号入座了一批人。到处都对出一批人。《废都》出来的半年,好评如潮,过了半年,到处是一片骂声。而且有关部门也监控我,谁到我这儿来,都清楚,给我带来的阴影特别重。你想当什么都当不上,好事都轮不上。在海外呢,《浮躁》是最早翻译的,然后就是《废都》,日本和法国都翻译出版了。但从批判以后,我啥事都不参加了,埋头继续写作,再不管外面的事情。差不多十年时间,啥事也不管,压力太大了。

开始批判以后,到北京开会,文代会和作代会,让我参加我就参加了。这两个会和宣传部部长会议一起开了个大会。当时丁关根是中宣部部长,他来做报告,本来念念稿子就完了,他把稿子放下发挥,就开始说《废都》了。他要说《废都》时,我正要上厕所,他一说,我去不了了,我一去,他说我有抵触情绪。他一批评,下面就抓得特别紧了。省里市里不停开会,虽然没有说要批判你,但你得不停地检讨,你还要检查自己嘛。中宣部和省市领导谈话,说这个作家还是很有才华的,要帮助。这个意思。省市领导找我谈话,市委书记和我有过长篇谈话,谈话时我没有说话,都是他一个人讲。后来报纸上也发了,都是讲大道理。于是,中国作协就要我换一下脑子,到江浙去换脑子。开始叫我到广东去,但觉得广东的富裕是个人富裕,不是集体富裕,江浙呢是集体富裕,到那儿换脑子。当时把我分到江阴的华西去，后来接触了，华西还不要，人家喜欢记者去，不喜欢作家去。作家待几个月待一年吧，害怕把那边的东西挖出来。因为它在毛泽东时代就开始做生意了，内部情况不愿跟人谈，害怕作家住在那儿，你啥都知道了。所以，它不欢迎。这个时候，江苏、浙江宣传部就商量，干脆让我每个县都跑去。这一年吧，把江苏、浙江的主要县全走了一圈，考察了一圈。每次去待一个月，然后回西安，再去待一个月。那个时候，我根本不想去，因为我母亲年龄大了，我一走，没有人照顾母亲。但是，你又没办法，中宣部叫你去，你又不能不去，是中宣部、中组部下的文。我叫我妹妹来照顾我母亲。每次，我先到北京，张锲把我带到江苏或浙江，交给省上，省上再叫你这个县的宣传部接待。我到了以后，宣传部给我打一份表，哪一天你要参观什么什么地方。安排得满满的。在这儿待一个县，再把我送到另一个县的宣传部，再给我一张活动的表。就这样来来往往，待了一年。让我写东西，但没有办法写东西，回去写了日记，《江浙日记》，出了一本书。就是这个过程。这个过程，在某种程度上就像过去的流放一样。叫你走，你就得走。我不习惯南方的冬天，冷，阴冷。家里还有老母亲。当时我是单身，我母亲没有人照顾。到了那儿也操心家里。每次去，也不是直接到江浙，先到北京，再从北京到江浙。回去时，又从北京回。为什么每次都要到北京？要去汇报思想。

这一年，啥事都有。到了一个地方，宣传部部长都要接待，接待得很好。宣传部部长熟悉了以后，都说读过《废都》，都要我签名。也有一个省委宣传部的人，还告我的状。因为这个时候苏州有一个商场，想在商场里面办一个"平凹书屋"，用我的名字，给我两万三万块钱吧。我说可以，他们就给了钱。省委宣传部的一个干部看见了，认为我下来不好好改造，还做生意一样。后来上面还问我了，我把情况谈了一下。哎呀，发生了好多事情。

《废都》的"节本"问题。写作《废都》时，我考虑到了对性爱描写的接受程度，就写了一部分，一部分就没写，当时就画了框框。

到了编辑部,出版时编辑又把那些内容删除了许多,出版时说以下删除多少字,已经不准确了。当时我自己说删除多少字,其实没有写。数字就不准确了,是虚的。当时写的那些故事,都是日常生活,吃喝拉撒睡,写得比较实。想想那个事情也要写写吧,你不写,不写不行。当时也考虑不要写太多。但还是写了,惹了一堆事情。实际上,当时为什么要禁《废都》,这不是孤立的事。我那儿有一个作家,给中央写过一封信,说反党反什么,然后再说到性;是一位老作家,他动员很多人联名写信给中央,后来很多作家没有签名,也就没有发出。有些作家到他家里看见了。当时我很害怕人家给我戴政治帽子,戴政治帽子太可怕了。所以我宁愿戴流氓帽子,不愿戴政治帽子。有关部门实际上是从另一个方面不满意的,认为这不是主流,调子这么低沉,但又没有办法说,不能戴政治帽子,就以写性爱的名义批判。所以,我宁愿戴流氓帽子,不愿意戴"反革命"帽子,因为我父亲曾经被打成"反革命"。

《废都》出来之后给我带来的那种伤害、压力等一些不好的因素是很多的,直到这两年来才有所好转。当然也与当时的文化背景有很大的关系,要是现在出版的话也就不会引起那么大的影响,当时出版的时宜不是非常合适的。一些人主要是反对我在小说中的性描写,现在是司空见惯了的。但是对于这本书反对得也是特别强烈。当时的知识分子正处于一种转变中,而小说的发表使得许多人认为知识分子怎么会是这样的。但从我的角度来讲,我认为知识分子在一些方面是不健全的。尽管当时这本书带来的压力很大,但也受到了一些肯定和安慰。我感动的是,别人传过来季羡林先生说的话:二十年后《废都》会大放光彩。马原也多次对《废都》表示肯定。有一个老先生与一个新潮的作家都对我的作品肯定,我就感到很安慰了。我觉得一部现在认为好的作品要是五十年后没人看,那就不是好作品。《废都》在我的小说写作中起码是一个阶段性的、开创性的、转折性的作品,对后面的《白夜》等作品的写作产生了重要的影响。其实是谁都想写这本书，但是谁都不敢写这本书。这本书出来之后在日本的轰动很大。日本学者认为这是"五四"以来中国最突出的小说，并认为终于看到中国的小说写到了"人"本身。这本书在日本是自30年代以来发行量最大的一本小说。在中国，盗版很严重，现在还在盗。正书出不了，盗版在延续。1993年时就有三十多种盗版版本。

一个人心理吧，它与环境有密切关系，环境操纵心理，心理影响环境，然后一生的命运就决定了。就我来讲，小时候咱长不高，瘦弱，形象也不好，本身就无法到人面前去，那一阶段家庭政治成分不好，父亲打成"反革命"，从高小起你在人面前就更不能说话了，没法跟别人有更多的交往，一谈这些东西，毫不起作用，别人还嘲笑，好像你有啥冤枉，像祥林嫂，你有什么冤，别人那儿都烦了。一旦大风来了，大风来了所有草木都摇了，是吧，所有草木都倒了。所以从小时候我对人情世故、世间冷暖体会是最深的，小时候我家庭遭变故的时候，那简直是昨天还好得一塌糊涂，今天突然你发生事情就没人管了。你比方说当时《废都》一出来的时候，有好多人说的是好得一塌糊涂，哎，上面一禁，他马上就变了，这就叫保护自己。你真的还没办法跟他说，你只好自己默默地忍受这种世态炎凉。我看起来好像是个很怯懦的人，实际上是一个坚强的人，我表面上柔弱，但骨子里是坚强的，坚强得很。我的生活观一直都是这样，一直是这样过来的。所以，以后人家说你这个人矛盾，现实生活中老实得很，但写东西毫无顾忌，愿怎么写就怎么写。这样，一生肯定就多起伏，就是这种命。

再说与古典长篇小说、章回体小说的关系。我大学毕业以后，分到出版社。那儿有一个人，一天突然拿来几本书，说你看一下，这也是禁书。是《金瓶梅》，一回一个册子，我只看过四册。他只给了四册，后来我发现多得很。看了以后很吃惊，小说还有这样写的。这书写得好，写生活，当时感受特别深刻。所以这部书肯定受《金瓶梅》影响，写日常生活，写得很实。里面有细节，是日常生活，没有曲折的故事。这是对我影响最大的。我写《废都》之前，就看过这四本册子，四回。后来人家说你这《废都》模仿《金瓶梅》，我才看完整的《金瓶梅》，之前只看过四回。这四本册子，还惹了一件事。我在看的时候，跟编辑部的一位同事说，我这儿有四册《金瓶梅》，你看不看？她就拿回去了。她没看，她丈夫看了，就学上面用性具，她特别反感，就和丈夫离婚了。在中学时看过《红楼梦》，虽然不懂诗词什么的，但白话文特别有意思，我喜欢看。看了四回《金瓶梅》以后，觉得比《红楼梦》还要好。我觉得《金瓶梅》更生活化更平民化。《红楼梦》写的是大观园里的贵族小姐少爷，那种生活离咱远。《金瓶梅》写铺子老板，是小镇的生活，风情风物风俗，还能理解。大观园那些东西，吃什么喝什么，咱还不理解。这两本书对我后来的创作影响很大，走的就是这条路子。

二十五、90年代长篇小说（下）

（六）王安忆《长恨歌》

口述者之一：王安忆
口述时间：2003年10月；地点：上海。

当时我看到一张报纸，不是很详细的，讲一个上海小姐被一个社会青年杀了，整个过程我记不清了，但这个故事我记了很长时间，将近十年。[1]我写《长恨歌》，前面一章描写上海弄堂结束以后，我都不知道要写这个故事。后来快写完的时候，我才意识到要写这个人的故事，这个人的故事特别吸引我，从此岸到彼岸，过程特别长。[2]一

---

[1] "许多年前，我在一张小报上看到一个故事，写一个当年的上海小姐被今天的一个年轻人杀了，年轻人为什么要杀她，我已不记得了，读时那种惨淡的感觉却记忆犹新，我想我哪一天总会写它的。写《长恨歌》时，开始我打算写城市的很多秘闻，采取散文化的、平均分配的写法，在最后一刻，我想起了多年前读过的那个故事，我决定就写这个人物，她就是王琦瑶。"参见1995年7月与王雪瑛的对话《形象与思想——关于近期长篇小说创作的对话》，《王安忆说》，湖南文艺出版社2003年9月第1版，第88页。

[2] 在谈到王琦瑶到底是谁时，王安忆说："她就是上海，王琦瑶的形象就是我心目中的上海。在我眼中，上海是一个女性形象。她是中国近代诞生的奇人，她从一个灯火阑珊的小渔村变成'东方的巴黎'，黑暗的地方漆黑一团，明亮的地方又流光溢彩得令人目眩，她真是一个神奇的女人。在经历过历史的风横雨狂之后，她有一种美人迟暮的感觉，她终于倒地死去了，在旧上海的尸骸上又生长出一个崭新的上海。王琦瑶是一个生命力极其顽强的女人，她和上海一样非常能受委屈，但她百折不挠。她在小事情上很能妥协，但在大目标上绝不妥协。眼看着没有路了，她又能走出一条生路。（转下页）

个上海小姐怎么会和一个社会青年混在一起？我写作特别喜欢把不可能的事情写成可能，这其实是有挑战性的。然后就是具体操作的事情，《长恨歌》创作特别没思想。比如说第二部，我现在看最喜欢第二部了，当时写的时候，最没着落了，不知道写什么，她怎么度过60年代，她一个人，和娘家人也断了往来了。我就凑了，先是严师母进入她的生活，常来跑跑，然后拖来一个毛毛娘舅，他们三个啊，我想给他们凑成一桌麻将，第四个人是谁呢，我费了一些心思，那就是萨沙，这个很具体。我在想这第一部、第二部的主要任务就是王琦瑶怎么过渡到80年代，并且和青年一代打成一伙，她怎么和青年一代搅和到一起呢？如果她有个孩子，那是最自然的。她又不是教师，可以有学生，她没什么文化，那有个孩子就好了。她孩子肯定不是婚生，她本人不是婚姻始终如一嘛，应该是非婚生。她有了女儿以后，又要把女儿撇开，这些人物好像都是具体的操作问题，但每个具体的人物加进来以后，都带着他的时代背景和他社会中的位置和他在事件中的作用，这部小说是个操作性的东西。刚刚发表反映很冷淡的，一开始在台湾得了两个大奖，这儿一点声音都没有的，直到后来得了"茅盾文学奖"才好一点。评论家对这些没什么兴趣，所以也没发什么文章。后来才热起来的。

短篇不好写，我一直到1996年以后才又开始写短篇。短篇耗料，我蛮舍不得的，一个题材写一个长篇也可以，写一个短篇也就用掉了。短篇这么短的篇幅里，你要弄好的话，真的需要动脑筋的。从《长恨歌》以后，语言有一个很大变化，我自己有数的，《长恨歌》语言特别绵密。我回过头去看，觉得年轻时特别有力气，能写出这些东西，现在让我写的话，肯定要删掉三分之一。写作有人说与怀旧有

（接上页）只要一息尚存，她就绝不认输，直到最后被一个年轻人活活地掐死。她在属于她的那个时代死去之后再死去，真够顽强的。"参见1995年7月与王雪瑛的对话《形象与思想——关于近期长篇小说创作的对话》，《王安忆说》，湖南文艺出版社2003年9月第1版，第88—89页。

关，当时不是这样的，只是想写80年代的生活。去年我在台湾待了半个月，做了一些讲座，关于我和《长恨歌》的问题，是必回答的。台湾的张迷很多，说你是张爱玲的后继者是夸奖你、抬举你。我总是要解释我不是，我强调受左翼文学、苏俄文学的影响。他们对我很好的，称我是共和国的女儿。

我现在正在整理我妈的日记，正好整理到一段"大跃进"时期我妈妈到安徽的采访。我妈很喜欢记日记的，我喜欢备忘录。我妈妈解放后的大部分日记，都是采访笔记。我妈妈很不容易的，我发现她每部小说都能在她采访的生活中找到影子的。我现在正在整理"大跃进"时期的日记，里面就有《剪辑错了的故事》的素材。她采访的劲很大，每一段素材都能在她的日记里找到的。说实话，这代作家现在也没人关心，现在根本不是做事情的时代。我妈妈最早的日记是她十七岁的日记。我现在就是整理她的日记，出版也不急，我妈妈这一辈子最大的遗憾就是她的作品太少，她如果能有本日记，就好像有部完整的生存记录。我（把她）每一个阶段日记，都给她写一篇文章，说她的背景。

口述者之二：王干

口述时间：2005年11月；地点：北京。

王安忆是《钟山》比较忠实的作者，在《钟山》发表小说比较多吧，包括"三恋"里的那个《锦绣谷之恋》，都是在《钟山》发表的。我们跟作者一直都保持着比较好的关系。当初组稿的时候，她说有一个长篇小说。我见到她时已经写了十万字，后来又重新写了，写得特别认真。那是1993年，到她家去的。当时《作家》发我一篇《平面的歧途》，王安忆很关注这种文学评论、文学动态。当时《收获》好像也想发表，但三十多万字要压缩，所以稿子就到了《钟山》。当时我们正在做"新状态小说"。这部长篇小说我们分为三期连载。[1]南京大学的哪个学生去采访王安忆,她让学生带给我,我当时一看,觉得非常好。但是这个小说可能是因为连载,分了三期嘛,当时也没有太多的宣传,也没什么影响。所以后来我就说,我们中国好的小说怎么就这么被冷落。到1995年,我们《钟山》到上海开了一个《长恨歌》的研讨会。所以当时有人就很奇怪,为什么呢?因为还没出书。王安忆是上海作家,一般来说是上海作协开会,跟南京也没什么关系,她不是江苏作家。上海方面就很奇怪。其实当时参加研讨会的很多人,基本都没看过作品。所以会上谈的是王安忆创作的一些情况,跟张爱玲的关系。也有几个看过的,王晓明看过。后来我说,如果这个研讨会开过以后,能让大家认真地去读作品,也算是一个成果。后来还有人写文章跟我调侃,因我说以前写旧上海的小说到王安忆为止,他说王干说《长恨歌》不但空前而且绝后。《长恨歌》这部作品出来时是没有什么影响的,开了研讨会以后就引起重视了。在《钟山》有一个关于《长恨歌》研讨会的纪要。当然不是说那个会很重要,只是刚好在一个口上,至少引起了重视。后来又出单行本啊。因为之前王安忆也写了几个长篇,不是很被看好,所以也不太被重视。但是《长恨歌》我觉得写得好,把上海的灵魂写出来了。后来好像王安忆写文章也谈过这个事,一部好作品有时候一不小心也会被淹没掉啊。但是如果不是好作品,再怎么炒作也没用。因为皇帝的新衣呀,最后总是要显出真相来的。你再怎么炒作,大家可能上当一时,不可能上当一世。王安忆的写作很认真,从题目到内容,我们基本没做改动。当时她还是手写,还没用电脑。会上有人说王安忆超过张爱玲了。当时陈村还调侃说超过张爱玲了,就像是浦东的房价超过徐家汇了一样。王安忆就讲:她说我和张爱玲是不一样的,张对社会是绝望的,我还不是一个虚无的人。

---

[1]《钟山》1995年第2、3、4期连载,作家出版社1995年11月出版单行本。

（七）韩少功《马桥词典》等

口述者：韩少功

口述时间：2002年11月；地点：苏州。

你说到《夜行者梦语》。当时是遭遇战，短兵相接，想说得尖锐一些。一尖锐就免不了招风惹事，千夫所指。文学界有些人发起了批判"道德理想主义"运动，认为重提道德就是极左，就是狙击"市场化"与"国际化"，甚至就是"红卫兵"、"法西斯"与"奥姆真理教"，情绪化的攻击破坏了正常讨论气氛。接下来，指控《马桥词典》是"抄袭""全盘照搬"的舆论大潮，实际上有有预谋的思想报复，是封杀不同声音的恐怖行为，使我不得不严肃对待。[1]

《马桥词典》[2]是对语言的微观调查，当然也会涉及一些语言规律，比方说你说到的语言与知识系统的关系。语言是生活的产物，因此一个词里经常蕴藏着很丰富的东西，比方历史经验、人生智慧、意识形态、个人情感与社会成规的紧张关系。语言并不完全是自然的、公共的、客观的、中立的、均衡分配的什么东西，而是一份特定的符号档案。我在内蒙古的时候，知道蒙古族人有关马的词汇特别多，一岁的马、两岁的马、三岁的马，如此等等，都有不同的名字。三岁的公马、三岁的母马，也有不同的名字。这在非牧区是不可想象的事情。我在《马桥词典》里写到一个"甜"，写到马桥人把很多美味都归

---

[1]《马桥词典》出版后，评论家张颐武撰文《精神的匮乏》和《我坚持认为》认为小说"模仿"《哈扎尔词典》，无论形式或内容都照搬《哈扎尔辞典》。评论家王干在《看韩少功做广告》中认为："《马桥词典》模仿一位外国作家，虽然惟妙惟肖，但终归不入流品。"韩少功公开表示这是一次有预谋的文化扼杀，最终选择将张王二人和相关媒体告上法庭。

[2]《小说界》1996年第2期，作家出版社1996年9月出版单行本。

结为"甜"。为什么会这样？是马桥人味觉迟钝吗？是马桥人语言贫乏和孤陋寡闻吗？可能事情并没有这么简单。从这一个词切入进去，我们有可能走进一个社会的、政治的、经济的、心理的、文化的大课堂。

普通话是一个民族国家建制的一部分，所以也常常叫作"国语"或者"国文"，有时也叫作"官话"。其实所谓普通话本来也是方言。当年毛泽东登上天安门，如果一时心血来潮，搞点家乡主义，把湖南话定为官话怎么办？那一来，北方话就成为方言了。所以从纯粹语言学的角度来说，我不承认有什么普通话，只有大方言和小方言的区别，北方话是大方言，湖南话是小方言，如此而已。

就像英文在世界上的扩张，普通话也在中国境内扩张，而且像英文一样曾经借助国家权力的推动。这样做的好处是交流方便了，国家在语言上统一了，但就普通话本身而言，它出现了跨方言、跨地域、跨文化现象，在很多地方有文化性削弱和工具性加强的趋势。我们说老舍、邓友梅、林斤澜、陈建功、王朔的北方话很"地道"，又说广东、福建、湖南等地作家写的北方话"不地道"，为什么？因为前者写的实际上是方言，或者说是作为方言的北方话；而后者写的是普通话，是作为普通话的北方话。两个"北方话"不是一回事。前者文化性更强，所以更丰富，更鲜活，更多形象和氛围，更有创新的能量——这都是文化的应有之义。而后者只剩下工具性，文通字顺，意思明白，但是少了很多"味"，也缺乏更新的动力。

从世界范围来看，印度、菲律宾、南非等地的很多作家也在这样丰富和改造着英语，使英语变得五花八门。对于保存和发展文化来说，这是很正常的一件事。但这种普通话的丰富和改造还是有限的，并不能取代方言。有些陕西的、湖南的、江苏的、广东的笑话，还是没有翻译成普通话，一翻译就没有意思了，不好笑了。可见语言中有些东西是不可译的，就像数学中的质数，与别的数没有公约数，无法进行通分。在另一方面，对普通话的丰富和改造，一般也只发生在文学领域，包括口头文学与书写文学，对文学以外的领域的作用很小。

就算有作用的话，也是一个滞后和缓慢的过程。现在有很多计算机翻译软件，翻译商务语言、政务语言、科技语言、旅游语言以及一般理论语言，大体还行，就是很难翻译文学。用最好的软件来翻译文学，也不能省力，只能添乱，添大乱，任何一个文学翻译者都不会做这种傻事。因为文学语言不仅仅是工具，更重要的是文化。美国一个研究翻译机的专家说过："翻译机能翻译文字，但不能翻译文化。"我在一篇文章里引用过他这一句话，说明翻译机只能适用于那种最大公约数式的语言，即工具性的语言，对于文化的表达和沟通，帮不上多少忙。这不是技术暂时过不过关的问题，是语言的文化性本身具有非逻辑、非公共等的特点，与计算机的基本工作原理相冲突。人们对此不必存有奢望。以为语言都可以通过机器来翻译，是工具主义、技术主义、理性主义的信念。白话文运动以后，从白话文到普通话，很多语言学家和语言政策专家都抱有这一种信念，即把语言看成一种纯粹工具。

　　出于专业的本能，我对于一切方言的写作都直觉地表示支持。中国古典小说四大名著，还有《金瓶梅》，里面就有很多方言。我不能想象，如果中国没有四大名著，如果中国没有老舍、沈从文、赵树理、艾芜、周立波这样一些作家，中文会是一个什么样子。当然，全世界的语言是一个多层次的结构。中文是一个语种，内部各种方言是亚语种，再更下的层次，还可能有亚亚语种。不同层面都有相似的问题，比如说工具性与文化性的关系问题，公共性与非公共性的关系问题，还有精华与糟粕的杂处共存问题。方言可能是地方性的"官话"，也有工具性的功能，更不可能都是精华。我并没有方言主义。我们谈了语言的文化性，但并没有说这些文化不需要交流，不需要借助对外交流的工具，不意味着语言的工具性就是一个贬义词。在公共交流和文化特异不能两全的时候，我们不能不做出一些权衡和妥协。这也是我眼下写作的常态。我尽量保全方言中比较精华的东西，发掘语言中那些有丰富智慧和奇妙情感的文化遗存，但我不能写得人家看不懂，必须很有分寸地选择和改造，慎之又慎。还好，连《马桥词典》这样的书都翻译了好几种外文，使我对这种写作态度更有信心。

《暗示》[1]在中国大陆出版时，被出版社定性为"小说"；在台湾出版时，被出版社定性为"笔记体小说"。我没有表示反对。有人指出这样的文体根本算不上小说，我同样没有表示反对。因为小说的概念本来就不曾统一过。如果说欧洲传统小说是"后戏剧"的，那么中国传统小说是"后散文"的，两者来路不一，概念也不一。中国古代是散文超级大国，而且古人大多信奉"文无定规""文无定法"，偏重于顺应自然，信马由缰，随心所欲。从这种散文中脱胎出来，小说一开始叫笔记、叫话本，后来叫章回小说，是一个把散文故事化、口语化、大众传播化的走向。《三国演义》就脱胎于《三国志》。这样的小说一开始也有些散文面孔，比如《太平广记》一类从唐代开始的大量传奇话本，几乎无法让人分清散文与小说的界限。明、清两代的古典长篇小说中，除了《红楼梦》较为接近欧式的焦点结构，其他都多少有些信天游、十八扯、长藤结瓜，说到哪里算哪里，有一种散漫无拘的明显痕迹。《镜花缘》《官场现形记》都是这样，是"清明上河图"式的散点透视。

《暗示》对西方理性主义传统以及弗洛伊德、哈贝马斯的某些看法持有异议，对虚无主义的符号学也是质疑的，对西方社会还有过一些批评性描写，但这并不意味着什么"反西方"立场。正像我在《暗示》中对中国展开批评的时候，也并不是"反中国"。我不是在对世界文化做全面评价，也没有能力当这个裁判，因此在写作中常常只是记录和描述自己生活感受的某一个层面。我的志趣不是做一个文化史家，如果我关心文化的话，只是因为文化有助于我了解人，了解一部分人。这是我对自己的定位。从这一点出发，一般来说我不会去全

---

[1]《钟山》2002年第5期，人民文学出版社2002年9月出版单行本。

面评价某个学者，不会去全面评价某个思想流派。在一些具体问题上提出看法时，通常会提醒自己想得多一些，说得少一点，留有余地。这不仅仅是一种策略，是一种我觉得应有的学习态度。

对人类的思考能力不能过于自信。有时候宁可缓一缓，看一看，再琢磨一下。人肯定都会说错话，但错话说得少一点是可能的。比如我们有一个中文词"国家"，把"国"与"家"组合在一起，体现了中国文化中一整套由孝而忠的伦理，一整套农耕文明传统中特有的思想情感，西方人怎么翻译和理解呢？很难。他们曾经把中文词的"面子"，翻译和理解成"荣誉""尊严""体面"等，后来发现都不大对，最近才有一种新译法：mianzi，干脆来个音译，将其当作一个全新的概念。其实，每一种语言里都有一些不可译或者很难译的词，有一些不可译或者很难译的语法现象。恰恰是这些词和语法现象，构成了特定文化资源的宝库，值得译者和读者特别注意。朱光潜先生早就说过这一点。

我读古代的书有一个爱好，特别喜欢注意作者举什么样的例子，打什么样的比方，注意这些例子和比方来自什么样的生存方式。我读《墨子》的时候，发现他最喜欢用制陶、造车、筑墙一类活动来打比方，一看就知道这是个工程师、实干家，成天在生产现场转，肯定经常有一身臭汗，与孔子、孟子、荀子那一类白领阶层不一样。我读柏拉图、亚里士多德、贺拉斯的时候，发现他们常常说到牧羊人、羊皮、马、牛肉，很容易从中嗅出游牧生活背景；还发现他们常常说到船、战船、帆、船长、舵、航行、进口、出口、商人，一一透出地中海沿岸商业繁荣的气息。钱穆先生说，读史一定要读出人，这是对的。我们读语言也一定要读出生活，就像你说的要读出苏南和苏北的生存方式来，如此才能设身处地地了解人文。

现代作家中，有些人国学底子好，古汉语是他们的重要资源，我们读鲁迅、钱锺书等人的作品，还可以读出明显的书卷气。有些人受西方作品的影响大，翻译语言是他们的重要资源，巴金、郭沫若、曹禺、徐志摩等人就是这样，写出的作品比较新派和洋派，差不多就是说着中国事的欧美文学。还有些人注意从民间语言那里取得资源，吸收俗语、吸收口语，是他们贴近社会底层生活的自然结果。沈从文、老舍、赵树理等人在这一方面尤有特色。汪曾祺说过，他每写完一篇作品，都要拿来朗读两遍，也是十分注意口语化的。当然，资源只是资源，并不能替代创造。不管是倚重哪种资源，不管是追求哪种风格，都可能有生龙活虎的成功者，也可能有面目可憎的模仿者、低能者、粗制滥造者。一个作家最基本的觉悟，就是要对语言有感觉，知道什么是好，什么是糟；哪里该短一点，哪里该长一点；哪里该再揉熟一下，哪里该朴拙、直白甚至残缺……这里没有一定之规，只能因时、因地、因事而取其宜。写作经验可以帮助一个写作者做出判断，但最好的语言往往又是违反和突破写作经验的，是出乎意料的，是妙手偶得，所以还是没有一定之规。

但功夫在诗外，功夫在语言外，一味刻意地设计和制造某种语言风格，只能是舍本求末。写作的时候，他甚至应该把语言这一类问题完全忘掉，找到最恰当、最尽意、最有力量的表达就够了。这就像一个人刻意表现自己的美，时时惦记着自己的美，肯定就美不起来，眉来眼去、搔首弄姿，倒可能让人大倒胃口。现在有一些时髦的说法，说"诗到语言止"，说"文学的全部只是语言"。我赞同这些人重视语言，但怀疑这些吓人的说法，因为我怎么听，也只能听出一种对着镜子千姿百态的味道。

我的语言意识觉醒得比较晚，写作上也没有什么语言上的特别。我从不单独对语言给予什么计较。总的态度是"用心而不刻意"。所谓"用心"，就是学习和研究语言时要认真；所谓"不刻意"，就是在写作中使用语言时大可放松，大可随心所欲。我相信语言是一个写作者综合素质的体现，需要水到渠成，就像苏东坡说"行于所当行，止于不得不止"，一下笔可以跟着感觉走。一个写作者越是具有思想和审美的个性，他的世界就越丰富；反过来说，他越忠实地去表现这个世界的丰富，他的思想和审美个性就越强大。在这样一个不断互动的过程中，语言是他与世界的联系，当然是一种有限的联系。所谓"我手应我心"，常常不能完全地"应"上。但这也刚好使语言成了一个可以不断创造的过程，从一个语言共同体来说，是一个众人拾柴火焰高和长江后浪推前浪的过程。

　　写完《马桥词典》以后，我感觉有些生活现象从语言分析的这个框架里遗漏了，或者说没法放入这样的框架。比方说"言外之义"，既然在"言外"，你怎么去认识它？它是怎样存在的？怎样进入感知的？这时候我就想到了具象，也想到了语言与具象的关系。我觉得具象分析可能是另一个框架，并且与前一个框架有形成互补的可能。走到这一步，我当然需要展开对语言哲学的反思。

　　大概自维特根斯坦开始，西方很多哲学家把哲学问题归结为语言问题，于是潮流大变，哲学家都成了半个语言学家，被人称为"语言学转向"。说实话，我写《马桥词典》就是多多少少受到了这一思潮的启发。但构想《暗示》的时候，我缺乏这种依托了，找不到现存的理论路线了。我读过国内外一些资料，没有发现多少用得着的东西。阿尔都塞、拉康、福柯谈到过"非言说"的语言禁区，但都只是从意识形态压迫这方面立言，只是我关心范围的一小部分。倒是中国汉魏时期王弼等人的"言象意之辨"，还能给我一点点线索。我咨询过一些专家学者，包括刘禾。她说你这个思路很有意思，可以大胆走下去，最好能写成一本理论。据她所知，西方学者们在电影、摄影、广告方面都有些具体研究，但统纳到具象这一题目下来展开思考的还少见。我无意做理论著作，也做不了。我还是只能立足于自己的生活感受，只能在不同的文体中穿插，来点不讲规则的游击战。也许中文是一个很方便打游击战的武器，也许笔记体文学也是一个最方便打游击战的武器。我在《暗示》里有点同"语言学转向"拧着干的野心，好像要跳到语言之外，经常对语言这个符号体系给予怀疑、挑战、拆解，最后追击到逻各斯中心主义这个老巢，重炮猛轰一通。

　　视觉只是具象感觉的一部分，并不是我要说的全部。更重要的是，语言与具象实际上是不可割裂的，我花了很大的篇幅来描述它们之间的互在和互动关系，并不赞同一些所谓反语言主义者在理论上的片面和夸张。电脑从业者们经常用到一个词，叫"信息压缩"，比方把很多编码压缩成一个简码，压缩以后，使用者们可能只记住了简码，只知道简码，对压缩内容和压缩过程完全忽略。我以为语言与具象就是这样一种互相压缩的关系。比方说"革命"这一个词，不同的人给它压缩了不同的具象。有一个老师曾经要求学生写出他们听到"革命"这个词的瞬间联想，结果学生写出来的各各不一：有红旗，有红军，有父亲，有手风琴，有广场，有官员，有电脑，有黄河，有风暴，还有菜市场……这就是说，"革命"留给这些少年的心理想象是不一样的，可能来自一次父亲对儿子的教训，也可能是来自一次美妙的参观旅行，或者是电视里飞速发展的经济建设，如此等等。"革命"这个词被人们频繁使用，但在每个人心中引起的具象感觉千差万别，实际上也就是深层含义的不尽相同。反过来说，人们也会在一个具象里压缩很多语言，比如有一件军装摆在面前，有的人会觉得亲切，因为他当过几年兵；有的人会感到恐惧，因为他在"文革"军管时期挨过整；有的人可能不以为然，因为他知道现在当兵的没有几个钱，比炒期货炒楼盘差远了；还有的人可能喜不自禁，因为他听说过特种兵神通广大的故事，早就想学上几招。这样，很多由语言组成的记忆、知识、故事压缩在一件军装里，使人们产生了不同的心理反应，使这件军装产生了因人而异的符号功能。在我看来，语言与具象是不同的符号，是不同的信息压缩简码，在实际生活中互相激发、互相控制、互相蕴含。这大概才是人类心智活动一个较为完整的图景。言外之义，有言无义，一言多义，这一类现象也才可以得到大体的把握。在现实生活中捕捉和澄清这些关系，是我在《暗示》中要达到的目标之一。

我说出个人的感受，并不保证它能取代其他人的经验。我在附录中强调了这一点，申明这只是一份孤证，法庭无须采信。我关切社会和历史这样的大事，但愿意与普遍主义的、本质主义的宏大叙事保持距离，退回到一种比较个人化的立场，也是一种文学的立场。小说小说，为什么是"小"？因为小说家不是写法律、写政策、写社论，而是个人化的表达，不强加他人。

（八）阎连科《日光流年》等

口述者之一：*阎连科*
口述时间：*2006年10月；地点：北京。*

（1）我觉得我的写作分为这样几个系列，80年代中期开始写作的时候是"瑶沟"系列，里面有五六个中篇。我觉得"瑶沟"系列的写作特别传统，因为当时余华他们的小说特别流行，别人就说我的小说永远要慢别人半拍，而我还在老老实实讲故事。现在看"瑶沟"系列这些小说写得确实比较老实、传统。一直到1995年后，我系统地再看以前的小说，觉得那阶段的创作实质上是很散漫的一种重复，十个中篇可能才讲一个故事或是两个故事。这对我的触动还是很大的。虽然"瑶沟"系列重复得很厉害，但这系列小说打实了我写作的基础，比如对人物、场景的描写等，奠定了我讲好故事的能力，总之我写实的功底就是从那时形成的。之后我就着手开始写"耙耧"系列，写"耙耧"系列最大的一个原因是，我觉得在现行的意识形态和制度下，谁的坏话都不允许说，但不管你怎么说农民的坏话都是没有问题的。第二个原因就是我的小说必须要有所变化了，变化之一的压力是来自批评家对我的建议，我不能把小说写得太传统了，也不能让自己小说里面的内容老是重复。当时对我有重要影响的一部小说是胡安·鲁尔福的《佩德罗·巴拉莫》，[1]旧译叫作《人鬼之间》。胡安·鲁尔福在这本小说中把阴阳之间的界限彻底打破了，它阴阳时空的转换是非常流畅的，没有隔膜感，在这点上远远超过了我们的《西游记》和《聊斋志异》。当我们去看《西游记》和《聊斋志异》的时候，虽然它们也会打破很多阴阳时空，但你总觉得是人为地让时空转换，看起来有点假，包括《红楼梦》的开篇贾宝玉的衔玉出生都是这样。《人鬼之间》这部小说完全打破了阴阳的隔膜，读的时候你根本不知道哪个是人、哪个是鬼，哪个是活的、哪个是死的，但是故事非常完整、非常统一。我的"耙楼"系列就是在这样一个时空观的影响下写完的，我小说的变化就开始了，这是我第二阶段或是第三阶段的小说创作。

（2）《日光流年》[2]

从1994年到1998年断断续续写了四年的时间。《日光流年》的来源比较偶然，我内心很害怕死亡，直到现在我都无法战胜对死亡的恐惧。我目睹了五十多岁的父亲因为心脏病死在我怀中，当时我心中一片空白，不知道发生什么事，只知道一个人就这样消失了，回到部队后悲哀才真正出现，这在我心理上形成了非常大的阴影。偶然地，我有一次坐火车经过开封，在火车上听说河南有个村庄的人易得食道癌，他们大概在四五十岁就患病了，而且找不到生病的原因。这件事对我触动很大，加之我长期对死亡的恐惧，在那时候《日光流年》的思路就有了。再就是略萨的小说对我有影响，略萨的每一部小说在结构上都努力做到不一样，他使你看到了每一个故事用不同的结构方式讲，讲出来的意义是完全不同的，同样一个故事换个叙事方式讲出来会发生无穷的意义，《日光流年》完成了这点。还有就是在

---

[1] 胡安·鲁尔福（1917—1986），墨西哥作家，魔幻现实主义的先导，影响了加西亚·马尔克斯等一批作家。云南人民出版社1993年9月出版屠孟超、赵振江译《胡安·鲁尔福全集》，为"拉丁美洲文学丛书"一种。

[2] 《花城》1998年第6期，花城出版社1998年11月出版单行本。

家看录像带的时候，故事如果没看完可以把带子倒回去再看，我忽然发现其实小说可以倒着写，我就从主人公司马蓝死的时候开始写起，从四十、三十、二十，一直写到他回到母亲的子宫里，完成了人生死和生的轮回。

它的出版是荒诞的。《日光流年》完成之后，好不好我心里一点底都没有。作家出版社编辑杨葵看完作品说，这小说是他们见过的写农村题材最好的一部小说，但是因为"最好"，要考虑出版社的发展，所以他们就不能出。他们退稿退得很婉转。之后我把《日光流年》投到了人民文学出版社，刘海虹马上成立了一个审稿小组，他们看了说这本小说怎么是倒着写的？一般人都是从生写到死，《日光流年》却是从死写到生，这等于把小说的结构推翻了。还有为什么里面有的篇幅要重复？他们要我改了才允许出版。当刘海虹在地铁上把这些意见传给我时，我就说人民文学出版社的观点太落后了，为什么小说不能倒着写，这个重复涉及的是生死轮回的问题。最后我尖刻地说道："从新时期以来，你们出版的小说还是很传统的小说，从来没有出过探索性的小说。"可能是他们被我的话触动了，没多久人民文学出版社就打电话过来，说要出我的书，而且一个字都不改，我的回复是不出了，出的话就比较荒唐了。我回头就给《收获》杂志打电话，但由于种种原因，《日光流年》还是没有发表成，最后《花城》答应我全文印发。《年月日》《日光流年》对我很重要，比起"瑶沟"系列的读者，虽然它们的读者在缩小，但这两部小说完成了我早期小说的转折，我真正开始被评论家认可。这两部小说显示了我的创作个性，它摆脱了以往农村小说的固有特点，把我和其他的小说家区别开了。现在看来，这两部小说要远远比以前的小说耐读一些，从语言到故事重复得也比较少了。这一阶段让我控制下来了写作速度，以前写小说每年可写七八个中篇，而且写完不改就寄走发表了，这是最致命的。我发现我小说重复的重要原因是没有控制住写作速度，无论一个作家的写作精力多么旺盛，我觉得一个作家对自己写作速度的控制是很重要的,写作快不见得是好事。

(3)《坚硬如水》[1]

写《坚硬如水》时,我花了两年时间才完成。《坚硬如水》和《日光流年》不一样,从语言、结构、故事的背景上讲都不一样,但语言是最不同的。我对"文革"的记忆太深刻了,现在虽然背不上毛主席语录,但对革命话语非常熟悉,这种语言我一直觉得,哪个作家如果原汁原味地把它记录下来对汉语是很有贡献的。有一次我的一个洛阳军分区的朋友打电话来,说他们那有很多"文革"的档案,让我过去看一下。我看完档案后,有个惊人的发现,虽然十年"文革"是中国现代以来最禁欲的一个时期,但这些卷宗90%以上都是关乎男女关系,10%才是偷和贪污,这下我就想写一个与性的压抑有关的故事。对"文革"语言的记忆加之这次经历,《坚硬如水》的灵感就出来了。我写了一万多字,并把小说命名为《一粒精子的庞大叙述》,但考虑到出版的问题就删掉了。接着把它改成《炮打司令部》,直到最后在《钟山》发表的时候才叫《坚硬如水》。虽然曾经有个编辑说《坚硬如水》的语言掌控了作家,作家没有把握住语言,只是作家被语言带着往前走了。我知道他说的话有道理,我也觉得《坚硬如水》的语言有点黄色,甚至像洪水泛滥一样没有控制好,但现在我再看《坚硬如水》的时候,还是觉得只有那个语言能够把我带进去,我觉得没必要改,因为我之前说过一种题材的小说适合它的语言只有一种。

《坚硬如水》这本小说让你明白荒诞的重要性。经过《年月日》《日光流年》一系列作品你会发现,任何一个作家,即便是托尔斯泰、巴尔扎克都不能完全把握现实。在现实面前作家都是无力的,你哪怕有强大的写作功底,但在面对现实的时候你都是渺小的。要把握现实就要寻找新的突破口,这时荒诞的意义就呈现出来了,荒诞比写

---

[1]《钟山》2001年第1期,长江文艺出版社2001年1月出版单行本。

实更能把握现实的深刻,甚至其他任何写作方式对现实的把握都无法与荒诞相比,而且荒诞写起来也会方便得多。接下来还有一个问题,你会意识到究竟什么是真实。我觉得真实并不等同于生活,生活发生的事情对文学来说并不真实,恰恰我们倡导的现实主义是真实等同于生活,永远是用生活中的细节来核对文学中的真实,如果文学里写的细节生活中没有,那这本小说就不真实,我觉得这是写作理论上的一个误区。在真实问题上对我触动比较大的是,记得80年代末期看卡夫卡《变形记》的时候,我就觉得格里高利一夜变成虫,这给我带来不真实的感觉。虽然卡夫卡是一个伟大的作家,但卡夫卡没有让我解决真实的问题,这个问题始终埋在我的心里,直到读到《百年孤独》的时候。其实马尔克斯也是在看了《变形记》后,突然发现小说还可以这样写。我觉得在中国文学中,像《聊斋志异》《西游记》没有帮我解决我对真实的疑问,但是《百年孤独》给了我答案。《百年孤独》的开篇讲了一个吉卜赛人拿着磁铁在马孔多走来走去,谁也不知道磁铁是什么东西,大家发现磁铁所到之处,各家各户家具上所有的铁钉都会纷纷掉下来,以往丢的铁钉这时候忽然从床下滚出来。这么一个情节你会发现要比卡夫卡的人变虫真实得多,因为它有个桥梁的过渡。现实生活中我们虽然不会说磁铁能把家具上的铁钉吸出来,但磁铁和铁的这种关系能给我们带来真实。卡夫卡没有在人和虫之间搭个桥梁完成他们之间的转化过程,《变形记》中人突然变成虫是外在强加的,但磁铁和铁钉之间有必然的内在联系。我忽然觉得,《百年孤独》对我来说解决了文学真实和生活真实的问题,文学的真实和生活的真实是完全不一样的,如何要把极其荒诞的东西转换成真实的东西,这之间必须有一个桥梁、一个台阶,不能像卡夫卡一夜之间把人直接变成虫,而没有一个桥梁的过渡。一个作家的真实观问题远远超过其他文学观念问题,因为每个作家要完成的是弄假成真的过程,就是真实的谎言、谎言的真实,如何能把假的变成真的,就要找到一种过渡的东西。

（4）《受活》[1]

《受活》我本想写艾滋病，艾滋病题材在七八年之前我就准备写的，但那时我掌握的东西很有限所以就没写。1991年有则参考消息说到列宁的遗体问题，是保留在红场还是送回老家，或是火化掉，都不知道怎么处理，这件事情对我的触动很大。其实中国的名人和俄国的名人有很大的关系，对我们社会主义国家的人来说，任何人面对如何处理列宁遗体时都会有所触动。我出生在50年代，是生在红旗下长在红旗下，红旗的影响在我的脑海中是永远无法抹去的。加之1996年为了写一部电视剧，我到武汉去访问一个盲人村，这些人都是在当年抗洪抢险的时候遇见突发事故变成盲人的，政府为了安抚他们就建立了盲人村，并为他们提供便利的生活条件。列宁遗体加上盲人村这两件事情就有了《受活》。我刚讲的语言问题就是，这么大的、复杂的故事该用什么语言来叙述？最后我想到方言。那用方言来讲的重要性是什么？因为方言带来的真实感是不可替代的，方言可以用最小的语言来讲最大的事情，方言可把荒诞、空乏的东西讲得很真实，这就是《受活》解决语言问题的过程。这些年另外的困惑就来了，《坚硬如水》对我来说是个个案，是个例外，我其实应该把之前的《日光流年》《受活》以及现在准备写的艾滋病题材即《丁庄梦》这三部小说看成一个整体，因为它们之间有一定的联系。

口述者之二：文能
口述时间：2006年5月；地点：北京。

阎连科的《日光流年》是我发的。这是连科重要的转型作品，虽然从《年月日》开始他的作品已经开始转型，但是《日光流年》把他的转型大大往前推了一步。我当时也给了他一些详细的修改意见，第

---

[1]《收获》2003年第6期，春风文艺出版社2004年1月出版单行本。

一是他的语言，以前他小说中叙事语言的强度不够，从《年月日》开始一直延续到《日光流年》，我们会看到他叙事语言的强度在大大强化。特别是在《日光流年》中他自觉地把方言带进他的创作，这对现代汉语写作有推动作用，因为方言夹杂着丰富的个人经验，如果作家只是用标准的普通话去创作的话，他大量的个人经验色彩会被过滤掉。在《日光流年》里，连科用浓烈的方言叙事形式把他对当代生活的观察和思考全体现出来了。另外在连科的早期作品中，他对现代性的问题没有进行足够的重视和反思，但在《日光流年》里他把这点表现得非常出色，就是现代性在中国本土化的时候呈现的是很复杂、扭曲的状态。现代性、现代化的过程对中国特别是乡村中国是一个痛苦挣扎的过程，这过程里面有不太被人关注的底层人的牺牲，这种牺牲其实是很震撼的，这种震撼使得我们对中国现代化的进程有了新的认识和看法。比如《日光流年》里重要的主线是挖渠道，因为村里的水源有问题。为了解决问题，村民需要挖一个新的渠道，把别处的河水引进过来，但是当他们把河水引进过来的时候，发现水被污染了。这个故事本身有很强的寓言色彩，就是当我们把一种解决我们的贫困、病态的方法从先进地方引来的时候，有可能这种方法在中国土地上会变异、会扭曲。

编辑部对阎连科小说的意见没有很大的分歧。在发表他的小说上，我们做了很不一样的处理，他这篇小说有三十多万字，我们没有做过一本杂志就发一个长篇，《日光流年》破了一个例。那个时候，我们杂志除了发一两篇散文、评论外，剩下的全发他的《日光流年》，这是前所未有的，在《花城》创刊二十年的历史上是最特殊的事件。

（九）阿来《尘埃落定》

口述者：阿来（1959—　），藏族，小说家。《尘埃落定》获"茅盾文学奖"。时任四川省作协主席。

口述时间：2006年10月；地点：南京。

（1）关于语言和文化差异性

用汉语写作从最初来讲，好像是没有选择的。改革开放以前，藏文是不允许教学的，藏语被认为是过去西藏封建制度的一部分，这样看也有它的道理，因为西藏的文字从它创立的那天起就是为了宗教阐释，之后它并没有突破寺庙的高墙真正走向民间。这个文字有一千多年的历史，但它始终都在进行宗教阐释没有表述日常生活，后来也把它当成是宗教学的一部分。我出生在一个偏僻的小村子里，在我们接触教育的时期，就已经有了汉族地区的老师进来建立学校，并给我们上课了。我自己曾经也去学过藏文，但口头语言我是不会的，我一学习藏文就发现了藏文存在的问题。藏语有两个特点，第一，它完全是进行宗教阐释的，跟表述当下生活无关，我就想我要学习这样一种文字干什么？第二，藏族方言区之间的差异很大，我刚好是在藏语方言区的一个东北边疆地带，如果藏语这种文字和它的口语比较一致的话，学起来可能会容易一些。当时我在学藏文的时候就觉得各个方言之间的差异，包括藏文字和口语之间的差异怎么就这么大了，学起来为什么这么困难，干脆我学英语好了。后来我进入文学创作领域中，发现藏文也有问题，它虽然有民间传说，并且有些民间传说后来也文本化了，但它没有一个独立的真正属于作家创作的传统。到了80年代，我开始了真正意义上的创作，就有这样的想法：汉语写作面对的是十几亿人，而藏语写作只是面对几百万人，我就要有个选择，虽然这个选择实际上是功利的，但我还是选择了用汉语创作。其实我现在都不大愿意用汉语这个词，我觉得用中文会更容易接受。中文现在已经是几十亿人一起用的公共语言，将来还会有越来越多的人来使用它，中文的影响力会越来越扩张，在某些程度上讲好的作品都会扩张自己语言的影响因素。

真正写作以后可能有些观念会变化，但是我刚走上文学道路的时候，遇见了一些编辑，他们会给你提供一些意见，他们告诉你，你要突出你的某些身份，也就是自己的某种特色，比如你是少数民族作家的身份。所以那个时候投稿我都不愿意向外投，因为稿件上要标注自己的民族身份，我一般都不愿意标注上，即使不标上，别人也会给你说明，我其实不是很喜欢，看着不是太舒服。其实我们的生活本来就处于一个差异性很大的时代，而且我们也老在强调差异性。文学到底是为了求异，还是为了求同，如果为了差异，我们就会制造出越来越多的敌对障碍来。我觉得文化差异性的形成有它特定的因素，如果老是讲文化的差异性，比如文化构成的方式不同，大家穿的衣服不一样，想问题的思路也不一样，这样人与人之间就不能沟通了，而文学的目的之一就是要努力使人们相互沟通。让我比较有深刻感受的是，如果老讲差异，我们怎么能懂得陀思妥耶夫斯基呢？怎么能懂得美国的黑人作家呢？我对那些边缘作家比较关心，比如美国的黑人作家、犹太作家，心想这些边缘作家该怎么表达？我突然发现，他们强调的差异性确实是很少。这个时候我又想起另一个问题，就是当这些作家在打动我的时候，是跟我打动别人的方式一样还是不一样？最后发现他打动我的地方跟我打动别人的地方是一样的。无论人的生存方式多么不一样，但是大家面临的基本情感形态是一样的，面对的终极问题是一样的，对事物引起的心理感受、快感是一样的，只是大家的表达方式不一样而已。

（2）关于《尘埃落定》[1]

《尘埃落定》中的一个内容就是讲土司制度，在整个西南少数民族地区，比如云南、贵州，甚至湖南、湖北的苗族和土家族这些地方，都存在过土司制度。我曾经也做过土司制度的研究，尤其是对我们阿坝地区七八个土司和它们几百年的历史我都做过非常详细的研

---

[1]《当代》1998年第2期选载，人民文学出版社1998年3月出版单行本。

究，甚至最后别人拿家谱的时候都会找我，因为他们的家谱很多是口头化的，没有文字记录。我在处理这个的时候，发现古今中外之间其实是有某种映照的。从这个意义上讲，《尘埃落定》具有象征性，隐喻了国内当下的一些政治。中国政治有一个特点，就是对权力的留恋，我在作品中会有意点染一下，让读者也产生这样的联想。土司制度与其他制度是不一样的，但权力本身对人性的映照都是一样的。《尘埃落定》刚出来的时候，有人问我它写的是什么，我说写的是一个关于时间和权力的寓言，它不是很简单的一个故事，而是一个寓言。

我曾经读过一篇表现主义的小说，这小说里面有一个侏儒，当然侏儒与傻子是没关系的，这个侏儒是中世纪欧洲宫廷里的一个弄臣，小说的叙事角度就是他，用他的眼光看宫廷政治。虽然这部小说的故事性不完整，但里面发表的议论对我的启发非常大。我就想当我们写宫廷政治时，找到一个突然从下往上看的视角，就会带来一些解构、颠覆的因素。我在80年代写过一篇具有民间故事色彩的短篇小说，里面的主人公同《尘埃落定》里的傻子有一点像，用我们当下的话讲就是一切弱势都在他身上。但是民间有它的智慧，老百姓想要表达不满的时候，都会选这样的人来做主人公，在所有表达不满的民间故事中，最初他们都是没有用处的，但最后的胜利者却是他们。用傻子当《尘埃落定》的主人公，我其实是找到了一个特殊的叙事角度，而且相应的这个人物所具有的包容性一下子就都来了。

我不太喜欢构思小说，我觉得写小说其实是酝酿一种情绪，当情绪酝酿到一个状态，尤其是到平稳的状态时我就开始写，那么相应的形象、场景或是一些好的句子就会出现。我觉得我写作小说的方式就好像是我给它设置一个布景，搭一个台子，然后弄几个人物上场，几天就能完成。小说自有它的逻辑力量，它会自动发展，我很少去干预这个逻辑发展的过程，我觉得小说中的人物自己可以行动起来。我记得有一次出去开会，遇见一个作家，晚上我们在一起聊天，他就给我讲小说的构思，讲的只是一个短篇，他大概就讲了两三个小时，我觉得这样写小说太累了吧。我写小说更多是在酝酿一种情绪，当然写之前肯定收集过一大堆材料，收集材料会费劲一点，写作过程却很短，并不是收集的所有材料都会运用到小说里面去。虽然小说也有对文化的专门追问，但我觉得小说是自然而然的想法。我对写小说还有一个看法，就是小说不能先有名字，因为小说一旦有了名字它对写作过程中的意义限定就太强了，作家心里会不断地用这个名字去修正故事，而且很难克制。我发现自己写小说，如果我对故事的干预太多，故事往往发展不如意，这是我从以前写短篇的时候得出来的一些经验。我写得好的东西往往都是让它自由发展的，基本不干涉它。写完后如果你强行去调整结构，可能会把内在的逻辑打破。

写《尘埃落定》的时候我在文化局工作，那时我还是个球迷，常会停下来去看球，晚上有时候也不写。其实我写小说是很快的，因为我的小说形成是自然而然的，写完之后就很难调整，动一下反而什么都变了。虽然对结构要有一些理性的控制，但我不大直接构思作品。

我觉得写好小说有两个要素：第一是酝酿情绪；第二是语言的雕琢，特定的故事对语言是有规定的，它首先就给语言定了一个调，当然我们后来会说小说的形式往往不止语言，它还包括结构等。说到结构，虽然我们说写小说不能够干预，但是结构在可控的范围内还是可以调整的，结构随着故事的丰满才逐渐成形，只有到这个时候我才会考虑小说整体结构的问题。可能更老的作家是不考虑这些结构问题的，但我们这代作家还是需要考虑形式。

我愿意始终保持良好情感的状态，我们进入小说的时候其实更多是通过语言进入，所以找到一个好的语言的调子是很重要的。我曾经试过改编电视剧，发现这种写作方式和我的写作习惯完全相左。电视剧讲究故事情节不需要怎么讲究语言，没有语言感觉的写作太痛苦了，对我来说是活受罪，我没写几集就把任务还给别人了。所以我不能够做电视编剧，我不能那样写作，因为我觉得写作的过程一定是要愉悦的，如果写作会给自己带来痛苦，那么就不要强迫自己写了。

《尘埃落定》的出版对我触动很大。80年代中国开始市场化，对于文学作品来说，大多数人认为市场化就是把作品往低往俗做，而我是一直在坚持纯正文学的立场。《尘埃落定》是1994年写的，写好之后我把它投出去，而且投的很多是新锐的杂志，但都遭到了退稿，部分原因是政治上的敏感，更大的原因是估计他们认为纯文学没有销路，《尘埃落定》没有应和市场的发展。当时我觉得中国的市场化这样做就不对了，为什么美国市场化这么多年，依然还是有大量的像海明威、福克纳这样的纯文学作家存在，而在中国为什么文化上好东西就不能够赚钱，甚至卖不出去？最后我对投稿很是不抱希望的时候，我给投过的一家杂志社打电话，还以为别人扔了，结果他们说稿件还在，我就让他们给我转寄到人民文学出版社。[1]经过重重曲折，《尘埃落定》最终还是投出去了，也发表了。[2]当年在国内销售二十万册。

---

[1]《当代》编辑周昌义在谈话录《〈尘埃落定〉误会》中比较详细地谈到了《尘埃落定》的投稿过程。何启治："我就是在《小说选刊·长篇小说增刊》上看到《尘埃落定》，并在开过研讨会后决定在《当代》选载《尘埃落定》的，因为在我看来，它远胜于《我们播种爱情》这一类汉族作家写藏区少数民族生活的作品。在选载此作的《当代》1998年第2期，我还为它撰写了倍加赞赏的'编者按'。"参见《〈当代〉选发〈尘埃落定〉始末》，《出版史料》2009年第3期。

[2]《尘埃落定》的责任编辑脚印（刘宇）回忆说："我早年看过阿来的小说，却很少跟阿来谈小说，他的中短篇小说，打磨得都很精致，格调也很稳定。谈这类小说，是很费心智的，阿来也不主动谈自己的小说。""1994我回四川在成都住了两天，阿来在几百公里外的阿坝，自然无缘见面。听说他好像不太顺，我给《四川文学》的朋友高旭凡打电话。那边的声音说，高旭凡不在。我说，哟，跟我开玩笑，你明明是高旭凡。那声音说，我真不是高旭凡，我是阿来！我兴奋起来：阿来你在成都？！还能见到你！第二天，见到高旭凡。高旭凡说阿来不能来，他生病了，每天打吊滴，就在我那破平房支个床，情绪也不好。""后来我才知道，阿来这年已经写完了《尘埃落定》，并开始了在各出版社漫长的流浪旅程。之后，阿来回到阿坝州继续做那纯文学双月刊《新草地》。空隙时，给旅游电视片撰写解说词，给地方志撰写宗教方面的文章，总之，为地方文化建设作贡献。《尘埃落定》的命运尚在一团迷雾中……""1997年，《当代》编辑周昌义、洪清波将疲惫的《尘埃落定》带回北京，副总编辑高贤均读后，认定这是（转下页）

（十）毕飞宇《平原》《推拿》

口述者：毕飞宇

口述时间：2022年1月；地点：南京。

（1）《平原》[1]

《平原》的写作花了我很长的时间。写完了之后，我差不多有两年多的时间没有写东西。之所以没有写东西，是我发现了写作的可怕之处——写作像蛀虫，它能把你的生活都蛀空了。除了作品，你一无所有。

但是，你也不能说一切都是空的，在写《平原》的日子里，我也有了意外的收获，那就是另一个身体。我是一个喜爱运动的人，我喜

（接上页）一部好小说，他在电话里兴奋地说：'四川又出了一个写小说的人。'书稿编好后，出版社将印数定在一万册。当时纯文学人气散淡，一本小说发行三万，简直就是奇迹了。对于陌生的《尘埃落定》，陌生的阿来这个名字，印数一万也得咬着牙。"《小说选刊》有本《长篇小说增刊》，供职该刊的关正文常'流窜'到各出版社抓书稿，他刚发过《抉择》，反响不错，高贤均向他力荐《尘埃落定》，关正文刚认识了阿来，对阿来印象颇好，便急忙驾车来我家取书稿。我兴奋地跟关正文谈了半天书稿，他只颔首说，回去看看再说，很是老练的样子。几天后他来电话说，好，不错，我们要用20万字。刊物出来后，关正文又来商量要开个《尘埃落定》研讨会。关正文有新点子：不要老面孔，不要老生常谈，刊物送到新派评论家手中，还送了一句话：有谈的再来，没谈的不必勉强来。效果是奇异的，研讨会本定有40个人左右，结果来了60多人，很多人是知道《尘埃落定》这部书来研讨会旁听的，很快报纸上陆续出现关于评价《尘埃落定》的文字……""人民文学出版社牌子又老又硬，好书稿、好机会、好编辑不缺，社里一直在寻找一条适应市场化的出路，1998年社里刚成立了宣传策划室，室主任张福海年轻有锐气，他认定要做就要把《尘埃落定》做成一流的作品，老牌出版社第一次尝试了全方位策划、营销一部纯文学作品的运作：写出厚厚的策划书、开新闻发布会、电视、广播、报纸大规模立体宣传、区域代理、全国同时发货，每日监测销售量数据，不久盗版书铺天盖地……"参看《阿来与〈尘埃落定〉》,《人民日报》（海外版）2000年11月15日。

[1]《收获》2005年第4、5期，江苏文艺出版社2005年10月出版单行本。

欢很多的运动项目。到了写《平原》的日子，因为搬家，我的大部分运动项目都被迫终止了，最终，我选择了健身。我的运气也确实好，一家全新的健身房正好就在我们家的楼下。我报了名，交了钱，之后我就上了第一堂训练课。

我很清楚地记得第一天上课的情形，那时候我真的太瘦了，一米七四的身高，体重还不到六十公斤。这样的体重让我在足球场上占尽了便宜。因为体重轻，我的变向一向很容易。在我看来，在足球场上，变向的速度比绝对的速度来得更管用。可是，这么轻的体重来到了健身房，我自惭形秽了。——那些陌生的家伙他们真是壮啊，力量巨大。所以呢，当我的教练给我上课的时候，我老老实实地把器材拿到了一边。这么说吧，我其实是有点担心，万一他们的哪一个动作失控了，那我可是吃不消的。

健身有它的周期，一般都是以五天为一个单位。胸、肩、背、腿、休息，再胸、肩、背、腿、休息。就这样，没完没了地轮回，单调极了。那就轮回呗，那就单调呗，这个世界上又有哪一件事情不轮回、不单调呢？北岛不是说了，"一切都是轮回"。那好吧，一切都是单调。反正我的健身也没有目的，就是玩。我不想成为大力士，更不想成为我们那个年代的施瓦辛格。没人陪我踢足球了，我只是换一个不求人的项目玩玩而已。我喜欢玩，真的。

好玩的事情突然就发生了，嗯，那个时候我刚刚写完了我的《平原》。和平时一样，我又来到我的健身房了。就在我和几个老熟人聊天的工夫里，突然来了一个年轻人。他特别地瘦，麻秆腿，芦柴棒。一看见他，我就开心——那不就是我吗，他的体形和我实在太像了。因为体形肖似的缘故，我对他格外地热情。他很谦虚，也害羞。在谦虚和害羞之间，他拿起了一对分量很轻的哑铃，走到一边去了。我说："你到中间来啊。"他客客气气摸了摸自己的大臂，说："你们的力气那么大，要是碰到了怎么办？"我说："不会的。用不了几天，你的力量也会上来的。"他说："大哥，不要骗我。"大约过了一个多月,小伙子有点急了,他问我:"我的力量怎么就是上不来呢?肌肉也不见长。"我说:"别急啊,有些东西肉眼是不可能看到的。"他问我:"你在这里练了几年了?"我说:"快四年了。"

很可惜,这哥们儿第二天没来,再也没来。我不知道他在后来的岁月里究竟看到了什么。我的虚荣是,我其实是想送他一本《平原》。

(2)《推拿》[1]

因为写了《推拿》,我在盲人朋友那里多了一些人缘。他们有重要的事情时常会想起我。

就在去年,我突然接到一个电话,是一个盲人朋友打来的。他邀请我参加他的婚礼。他是盲人,他的新娘子也是盲人,全盲。

我很荣幸地做了他们的证婚人。在交换信物的这个环节,新郎拿出了一只钻戒。新郎给新娘戴上钻戒的时候用非常文学化的语言介绍了钻石,比方说,它的闪亮,它的剔透,它的纯洁,它的坚硬。我站在他们的身边,十分希望新娘能感受到这些词,闪亮,还有剔透。她配得上这些最美好的词。可是,我不知道新娘子能不能懂得,我很着急,也不方便问。

在《推拿》当中,我用了很大的篇幅去描绘盲人朋友对"美"的渴望与不解。那是一个让我十分伤神的段落。"美"这个东西对视觉的要求太高了,如果我是一个盲人,我想我会被"美"逼疯。说实在的,在证婚的现场,我很快乐,却也有点说不出来路的心酸。我知道这是一种多余的情绪,我很快就赶走了它们。

新娘子从口袋里拿出了一样东西,然后向主持人要话筒。新娘子

---

[1]《人民文学》2008年第9期,2008年9月人民文学出版社出版单行本。《推拿》获第八届"茅盾文学奖",颁奖词为:"《推拿》将人们引向都市生活的偏僻角落,一群盲人在摸索世界,勘探自我。毕飞宇直面这个时代复杂丰盛的经验,举重若轻地克服认识和表现的难度,在日常人伦的基本状态中呈现人心风俗的经络,诚恳而珍重地照亮人心中的隐疾与善好。他有力地回到小说艺术的根本所在,见微知著,以生动的细节刻画鲜明的性格。在他精悍、体贴、富于诗意的讲述中,寻常的日子机锋深藏,狭小的人生波澜壮阔。"

的第一句话就是"我很穷",新娘子说,"我没有钱买珍贵的东西"。新娘子说:"我用我的头发编了一枚戒指。"新娘子最后说,"用头发编戒指是很难的,我就告诉我自己,再难我也要把它编好。半年了,我一直在为我们的婚礼做准备。"

头发是细的、滑的,用头发去编织一枚戒指,它的难度究竟有多大,我想不出来。但我要说的不是这个,我要说的是"做准备"。

这个世界上什么东西最动人?我想说,是一个女孩子"做准备"。它深邃、神秘,伴随着不可思议的内心纵深。我想说,女性的出发没什么,"准备出发"是迷人的;女人买一只包没什么,"准备"买一只包是迷人的;女性做爱没什么,"准备"做爱是迷人的。生活是什么,在我看来就是"做准备"。

一个女孩子在为她的婚礼"做准备",男人很少这样。男人的准备大概只有两个内容:一、花多少钱;二、请什么人。这其实不是"做准备"。"做准备"往往不是闪亮的、剔透的,很难量化。相反,它暧昧、含混,没有绝对的把握,它是犹豫的。活到四十六岁,我终于知道了,人生最美好的滋味都在犹豫里头。

附录一 "重返80年代"与当代文学史论述

如果把"重返80年代"[1]视为近几年来的一个文化事件也许不会有什么争议。在知识界少有较大规模"集体行为"的情形下，2006年查建英《八十年代访谈录》、甘阳主编的新版《八十年代文化意识》出版，给原本进行中的"重返80年代"工作推波助澜，一时呼声鹊起、应者云集，蔚为思潮。但在短促爆发后又很快趋于平静，此情形与90年代以后的一些讨论、思潮和事件一样。这个时代已经长久没有那种相对耐心持久、饱满结实的思想收获期。当"重返80年代"的浪潮逐渐回落时，在学理和问题的层面上讨论"80年代"以及重返"80年代"也许更有意义。

在有了"思想解放运动"、"新启蒙"、"文化热"、"方法论热"和"小说革命"以后，"80年代"成为20世纪最重要的历史时期之一。因此，无论是80年代行进中的即时评论，抑或80年代之后的不断阐释（种种阐释不能都视为"重返"），关于80年代的论述始终是当代文学界一个持续的话题。在80年代，文学、哲学、美学以及史学发挥了"先锋"的作用，这也是当年的一大特色。90年代以后，经济学、政治学、社会学等已经迅速发展，但有明确"重返80年代"意识的还是以人文学者居多，其中，文学研究界的重返已有不少系统的

---

[1] 在20世纪尚未结束时，我们通常会说"八十年代"和"80年代"，新世纪后又通常会说"二十世纪八十年代"或者"1980年代"，为了叙述的方便统一和尊重约定俗成的习惯，本文统称为"80年代"。

成果问世。[1]我们还注意到，在90年代末期，不少80年代文学创作的中坚力量开始"重返80年代"。1999年岁末，韩少功的一篇谈话录《反思八十年代》触及的一些话题也是近两年来文学研究界"重返80年代"讨论到的关键问题，[2]不少作家都不同程度对80年代的文学创作有所反思。相对于许多学科在"重返"中的缺席，文学界的写作者和研究者表现得更为活跃，"重返80年代文学"事实上是"重返80年代"这个事件中的主要部分。"重返80年代"这一巨大的任务显然不是文学界能够独立完成的，但文学的敏锐，恰恰又是其他学科无法替代的。

"80年代"之所以成为我们思想生活和学术研究中的一个问题，并不只是在当代文学史论述中它已经成为一个"断代"，不只是在"80年代"发生过程中我们对"80年代"的解释便已存在分歧，甚至也不只是因为新的知识谱系为我们阐释"80年代"提供了新的可能，重要的是"80年代"所包含的问题是与之前的历史和与之后的现实相关联，这些问题生在80年代，却有"前世"和"今生"。在来龙去脉中"重返80年代"，既是一个研究方法问题，在某种意义上说也是一种"世界观"的确立。如果"重返80年代"只是"反思"和"再解读"80年代文学本身，那么这样的重返不仅局促而且也缺少洞察历史变革的宏阔视野和支点。因此，我以为需要尝试在中国当代文学史的论述中"重返80年代"。

和"80年代"相关联的一个概念是"新时期"。有争议的"新时期"曾被分割成"80年代"和"90年代"两部分，也有以"后新时

---

[1] 如程光炜的系列论文以及他和李杨在《当代作家评论》上主持的"重返八十年代"专栏等，程光炜的系列论文犹有价值。有些论文，虽未明确说是"重返八十年代"，但对80年代文学、90年代文学的演变等论述深刻透辟，如南帆的《四重奏：文学、革命、知识分子与大众》，蔡翔的《何谓文学本身》《专业主义和新意识形态》等。

[2] 韩少功在这篇访谈录中对80年代启蒙中思维的简单化等问题多有反思，在这前后，韩少功的一些思想随笔以及他与笔者的对话录等对80年代的诸多重要问题都有新的见解。

期"终结"新时期"的命名。我想,我们可以暂时搁置这些概念的争议,就表述的内容来说,"80年代"作为"新时期"的一部分应当是没有疑问的。与"新时期"紧密关联的则是"文革",当我们讨论80年代文学时,势必牵涉到"新时期文学"与"文革文学"的关系问题,也无疑会连带到"十七年文学"。这一关联性的研究,也正是当代文学史论述中的一个薄弱环节。叙述和揭示这两者之间的关系,是讨论80年代文学的一个前提,也就是说,我们首先要关注"80年代文学"是如何发生的。90年代以后文学写作的变化以及文学批评的分歧,其实仍然没有能够避开"新时期"与"文革"相关联的若干重要问题,新世纪关于"纯文学"的争论,既是重返80年代文学,也是回到"文革"结束后文学的基本问题上。

我们通常是在否定的意义上阐释"新时期"与"文革"的关系的。在80年代以后的文学批评和文学史论述中,"文革"始终是一个显现的或者潜在的参照系,因此而有"拨乱反正",也是文学之所以被称为"新时期"的根据。于是,"80年代"作为文学史的"断代"意义也即彰显出来。这样的论述经由对"文革文学"的否定,在相当程度上将一些贯穿在"十七年文学"、"文革文学"和"新时期文学"中的基本问题搁置起来,在我看来这是当代文学史论述中的一种"断裂"。在20世纪中国文学研究中,关于"现代文学"与"当代文学"的关联研究,关于"十七年文学"与"文革文学"的关联研究,包括"新时期文学"与"五四文学"、"十七年文学"与"延安解放区文学"的关联研究,都有鲜明的意识而且富有成果。但是关于"文革"和"新时期"的关联研究却始终没有深入下去,因此,我曾提出一个问题:文学是如何从"文革"过渡到"新时期"的。另外一种方式,是从"文革"时期的社会思潮和文学思潮中挖掘积极的因素来论述"新时期"到来的必然性以及历史断裂中的进步力量。比如,对极左思潮的抵制和反抗,包括"朦胧诗"在内的"地下文学"或者"潜在写作"等都在文学史的论述中获得了积极的评价,这些论述虽然未必都是着眼于我所说的"关联"研究，但多少弥补了当代文学史论述中的"断裂"。

因此，在我们的视野和叙述中，80年代文学的"新"是和此前的文学表现出截然相反的路径，用南帆的话说，"人道主义、主体、自我、内心生活是文学理论撤出激进主义革命话语的通道"。[1]这条通道如果用简单的概念来加以描述，那就是"纯文学"，"纯文学"集纳了80年代文学的最基本方面。在今天的种种当代文学史中，关于80年代文学的论述虽然不尽相同，但从"纯文学"的概念出发选择和评价80年代文学是相同的尺度。因此，对"纯文学"的反思，实际上即是对80年代文学及前后相关问题的反思。[2]围绕"纯文学"，我们可以牵扯出更多相关、类似的概念：人性、个人主义、形式、新启蒙、现代派、先锋、寻根、知识分子、精英等。在这样的通道之中，无论是创作还是批评，有许多我们过去耳熟能详并且是我们思想生活、审美活动中的许多概念和词语被搁置甚至被遗忘了：革命、阶级、世界观、社会主义文化、工农兵创作、样板戏、史诗等。这样的状况，事实上也包含了一种二元对立的结构：激进主义革命话语与纯文学。

在今天的语境和知识谱系中，我们已经发现了当年以及在后来一段时期里对80年代文学的处理过于简单了。纯文学的历史不仅不是80年代文学的全部，纯文学自身的复杂性也非文学史论述中的那样单纯；同样不可忽略的问题是，从80年代中后期开始我们已经无法对80年代文学做贯穿到底的概括，而我们曾经认为已经解决了的问题或者因为纯文学的胜利而被搁置的一些问题在"中国特色社会主义""市场""全球化"的背景下又重新抬头。发展的路径不同，但问

---

[1] 南帆：《四重奏：文学、革命、知识分子与大众》，《文学评论》2003年第2期。
[2] 关于"纯文学"的讨论，可以视为"重返80年代"，而且是一次深度重返。李陀在《漫说"纯文学"》以及蔡翔在《何谓文学本身》中已有相当精彩的论述，我这里就不再赘言。

题的基本面仍然在那里：政治、革命、社会主义文化、文学体制、阶级和阶层、世界观、宏大叙事、工农兵写作、知识分子与大众等又以旧貌新颜和我们遭遇。毫无疑问，80年代延续在90年代和新世纪之中，但这只能是笼统的说法。如果说"80年代文学"是共同的记忆，但不可否认，每个人的经验是有差异的，与其说我们仍然生活在80年代，毋宁说我们生活在关于80年代的纪实与虚构之中。当我们和那些死而复生的问题再次遭遇时，我们不能不承认，80年代和我们的想象并不一致。

巨大的落差在90年代的变化之中。张旭东在为《幻想的秩序》所作的自序《重返80年代》一文，有比较多的篇幅是在谈"80年代"与"90年代"之关系。"'80年代'这个'未完成的现代性规则'已成为'后新时期'都市风景中无家可归的游魂。"因此他有一个"信念"："90年代学术思想不但是80年代'文化讨论'的发展，更包含着一个文化思想史上的未完成时代的自我赎救。"这个理想的状态是："如果80年代西学讨论为某种隐晦的'当代中国文化意识'提供了一个话语空间，那么90年代中国文化批评的题中应有之义就是：通过对西方理论和意识形态话语的细致分析去破除思想氛围的幻想性和神话色彩，从而为当代中国问题的历史性出场及其理论分析提供批判意识和知识准备。"[1] 用这样的视角看，张旭东揭示了80年代到90年代的演变轨迹："对新的思想空间的渴望是如此强烈，以至于人们下意识地赋予那些新颖的符号、叙事、话语和意识形态表述以一种感官的丰富性和刺激性。换句话说，'文革'后中国的社会欲望在寻找其象征的表达时发现了'西方理论'，而这种'欲望的象征'的物质

---

[1] 在张旭东看来，"支持这种由西（学）返中（国问题）的理论探索路径和文化普世主义态度的是一种开放进取的时代精神，是敢于越出'自我同一性'的樊笼，在'他者'中最大程度地'失掉自我'，以便最大程度地收获更为丰富的自我规定的勇气和信心"。参见《批评的踪迹：文化理论与文学批评：1985—2002》，生活·读书·新知三联书店2003年8月第1版，第109页。

规定和意识形态内容都要求将其自身以'审美'的方式重新创造出来。然而80年代文化热或西学热所带有的强烈的审美冲动和哲学色彩无法掩盖这样一个事实:'文革'后中国思想生活追求的是一种世俗化、非政治化、反理想主义、反英雄主义的现代性文化。这种世俗化过程及其文化形态在如今的'小康社会'或'社会主义市场经济'中获得了更贴切的表现。但在历史展开之前,其抽象性和朦胧性却找到其美学的、本体论的形式。在这个意义上,80年代变成了90年代的感伤主义序幕,正如'文化热'暴露出一个反乌托邦时代本身的乌托邦冲动,标志着一个世俗化过程的神学阶段。"以援西入中的方法论来阐释80到90年代的变化,这是一个重要的角度,确实也与我们在80年代关于现代化的想象方式和内容比较吻合。如果承认到目前为止我们自己的文艺理论和批评武器大致来自西方的话,那么,我们也可以用这段文字来解释90年代以来的文学何以会有这样的面貌:世俗化、反理想主义、反英雄主义、反宏大叙事等。

但是从80年代中后期经90年代再到新世纪,在知识分子与历史和现实所构成的复杂场景中,文学写作的复杂性已非一种理论和方法可以阐释。"纯文学"在后来的发展无论是自身还是它的语境都发生了重大变化,我们已经失去了从严格角度来论述文学发展路线的可能。以写作实践而言,在文学一方面表现出世俗化、非政治化、反理想主义、反英雄主义等现代性文化特征的同时,精神性、理想主义、英雄主义和宏大叙事仍然作为80年代的一个传统延续下来,而处于"中间"状态的以及反映了后现代文化特征的创作也呈现了另外的面貌,从80年代过来的莫言、王安忆、韩少功、贾平凹、张承志、张炜等一批作家的创作都出现了一些异样的质素。对这些作家的评论已经不能按照80年代的"纯文学"的尺度来衡量,如果这样,一种批评的困窘就出现了:90年代以来我们对这些作家的批评常常停留在80年代的理解之中,而这些理解现在看来只能是我们观察和评价80年代文学的一种框架。

文学在90年代的变化其来有自。似乎在"新写实"的命名之后，我们就再也不可能统一地论述80年代文学了，这种状况其实在以"伤痕文学""反思文学""改革文学""寻根文学""先锋文学""新写实主义"来叙述从70年代末到80年代的文学时业已存在。在这样一个以时间为线索的现代性叙述中，80年代文学的丰富性和复杂性事实上已经被简单化处理了。比如说，在这样的叙述中，汪曾祺的小说常常必须"单列"；高晓声"陈奂生系列"之外的小说就不被重视；如果只把韩少功、王安忆、贾平凹的小说归属到"寻根文学"，他们的非"寻根"创作也常常被忽略；等等。许多作家被剪裁了，许多在思潮之外的创作被批评界忽视了。在这样的序列中，"寻根文学"与"先锋文学"也被视为对立的思潮，这两种思潮在回应西方现代性时的复杂关系被简单化理解。

回溯80年代文学写作的路径，可以发现文学"方法论"的同一性和差异性始终是并存的。"援西入中"可以说是80年代作家的一个共同选择，具体到"先锋文学"和"寻根文学"思潮，其实不仅是"先锋文学"，"寻根文学"也与"现代主义"有密切的关系，以文学史论述这个"典型"的"寻根"作家韩少功的《爸爸爸》来说，我们不能否定这个小说是"现代派"。在既往的论述中，常常为了突出思潮的特征而舍弃了作家和文本的其他要义。"先锋文学"的往后退其实也是"方法论"的调整，而更多的包括"寻根"作家的创作早已开始了"方法论"的调整。这个调整，便是作家对中国传统叙事资源的重视。在创造性一样的基础上认识本土资源的意义，在被我们贴上鲜明标签的作家如莫言、韩少功、贾平凹、格非、林白等人那里都有"革命"性的论述，特别是他们的一些作品给我们前后判若两人的印象，如《檀香刑》《生死疲劳》《马桥词典》《暗示》《秦腔》《人面桃花》《妇女闲聊录》等。

这似乎表明，"纯文学"的边界其实在80年代就远比我们现在的文学史论述更为广阔，而90年代以后"纯文学"边缘化的遭遇出乎我们的想象和预料，由此造成的落差让我们手脚忙乱失去了定律。"纯文学"在90年代以后的遭遇并非"纯文学"本身有多少致命伤，而且并未在80年代的基础上往后倒退。相反，呈现了汉语写作的新的可能性，只是因为它在整个社会结构中的位置发生了变化，它的价值并未边缘化。在这个变化中，"纯文学"的部分"虚假影响"开始消失（我认为我们应当承认文学在80年代的影响有些是虚假的），同时作家和批评家也还没有能够找到和现实相对应的方式。在文学的"乱花"之中，"纯文学"之外的创作也挤压"纯文学"，文坛因此纷扰。当我们以"纯文学"的标准对待其他创作时，其态度颇有点像新文学运动时期对待"通俗文学"一样。所以，我们在坚持"纯文学"的基本价值并且也"与时俱进"时，可能需要以"大文学史"观来看待文学的格局。

如果顺着前面张旭东所描述的那个轨迹，我们可以认为，90年代以后的"世俗化"过程是80年代现代化想象展开后的必然。这已是我们今天不得不承认的一条历史轨迹。当然，在知识界同样有人士对80年代的理解着重在理想主义而不是社会欲望方面，因此在不得不承认这个现实时，又将如何对待"市场""世俗化""大众"等问题作为考验知识分子品格的关键。当年，知识分子对计划经济的挣脱，对市场经济的向往，是与"新启蒙"和"纯文学"的核心价值相吻合的，通常把市场视为自我实现、民主自由的"归宿"。那时对市场经济的想象和向往忽略了市场经济作为一种体制给人带来的负面影响。消费主义等新意识形态将不仅世俗地解释了知识分子倡导和坚守的那些精神准则，而且彻底冲击了知识分子在80年代现代化想象中确立的身份和话语权以及知识分子话语曾经具有的普遍意义。90年代人文精神的提出和讨论就是在这一直接背景下产生的。

这样一个大的变化，知识分子"批判的话语文化"遭到挑战，知识分子处理现实问题的能力也遭到挑战，部分知识分子甚至改弦更张，而"纯文学"的处境和演变、作家的困惑与选择也只是这个大格局中的一种。这一状况是否只是因为"市场"和"新意识形态"的冲击？是否只是因为有了"市场"和"新意识形态"，我们才会发出"知识分子都跑到哪里去了"的感叹？我想，这是我们以80年代文学为中心在整体上论述当代文学史时必须考虑到的问题。

在我们曾经有过的思想共同体中，"新启蒙"和"纯文学"很大程度上是针对专制主义而产生的，这是80年代许多思想和设计的基本背景，也是知识界和文学界的共识。"新启蒙"的夭折以及"纯文学"在90年代以后的危机，在许多论者那里归咎于知识分子和文学处理现实问题的能力。在我看来，这并不是问题的全部。因为，当代中国历史中的问题显然不是用"专制主义"能够简单表述清楚的，当我们把"新启蒙"或者"纯文学"的出发点局限在反抗专制主义及相关方面时，尽管这个出发点是必要与合理的，但已经出现了疏忽当代历史复杂性的危险，出现了疏忽社会主义文化复杂性的危险；疏忽了这些复杂性，"批判的话语文化"无疑在形成之时就有诸多先天不足。

我们应当记得，"新启蒙"和"纯文学"即便在80年代也曾和现实构成过紧张的关系。蔡翔直截了当地说出了另外一个"80年代"："二十世纪八十年代并不仅仅是一个浪漫的或者充满激情的时代，相反，思想斗争乃至政治斗争仍然存在，有时候，这种斗争甚至显得非常残酷。""在一些敏感的领域（比如，人道主义、异化、人性，等等），知识分子话语仍然受到国家意识形态的强力阻击，甚至政治手段的压迫。"[1] 在这个紧张的关系中，当年"纯文学"的倡导者和实践者们，现在也坦陈"去政治化"背后的策略考虑，一些研究者把这种策略看成是以一种"政治化"的方式"去政治化"。如张旭东所言："具有讽刺意义的是，只有当新的知识生产和消费方式使'西方理论'变成经院哲学的今天，它往日的社会政治含义和企图才变得昭然

---

〔1〕 蔡翔：《专业主义和新意识形态》，《当代作家评论》2004年第2期。

若揭。""如果说物质资本的积累不可避免地导致阶级分化,那么符号资本的积累也必将在符号和话语空间的内部为自己作出日益明确的意识形态和政治立场的说明。"我们现在或许能够看出当年"纯文学"去政治的片面,而且也可以从种种文本中分析出"政治"的意义,但我们显然不能忽略在当时"去政治化"的必要。这样的价值判断是不能模糊的。如果当时没有回到文学自身这样的期许,文学是不可能从阴影中走出的。这正是文学与当时语境的复杂关系之一。就文学而言,这里涉及政治与审美、个人与社会、内容与形式等诸多关系,而最为核心的问题,我以为是对文学的社会主义文化背景的认识。文学作为社会主义文化想象和实践的一部分,对"十七年文学""文革文学""新时期文学"许多根本性问题的认识都与社会主义文化的演进密切相关。当我们不断把"现代性"这个概念引入文学史研究时,如何定义中国文学的现代性特别是如何定义社会主义的现代性是至关重要的。尚塔尔·墨菲(Chantal Mouffe)在《政治的回归》中说:"关于社会主义理想,问题似乎就在于与现代性的规划密切相关的进步这个观念上。在这一方面,到目前为止一直关注文化问题的后现代讨论已经开始转向政治。"他因此认为"现代性必须在政治的层面上加以界定,因为正是在这里,社会关系才得以形成并被象征性地安置"。[1]

显然,当我们在文学史论述中考察文学的文化语境时,已经无法将80年代文学的背景孤立起来,它与之前之后的关联,正是"经典社会主义体制"形成和变革的全过程。我这里借用了雅诺什·科尔奈(Janos Kornai)的概念,他对苏联和东欧"社会主义体制"的论述,特别是对"政治改革"的论述,对理解中国的社会主义文化颇有启示。[2] 在当代文学史的论述中,如果我们把"80年代文学"

---

[1] 尚塔尔·墨菲:《政治的回归》,王恒、臧佩洪译,江苏人民出版社2005年5月第2版。
[2] 雅诺什·科尔奈认为:"传统官方意识形态中的某些观念在改革阶段还是被完整地保存着,其他思想领域则经历了反复无常的修正。变化主要发生在对私有财产和市场功能的看法上。""经典社会主义体制试图树立起一种英雄式的牺牲精神。(转下页)

置于社会主义体制的形成与变革之中加以考察,可能会使文学当代历史的复杂关系有更多的揭示,而这些,正是我们的文学史所缺少的。

(接上页)但在进行时,意识形态已经将英雄观念替换成了享乐主义观念。执行纪律的观念开始淡化,转而提倡要为人民提供物质刺激。""与经典意识形态相比,改革时期的官方意识形态是一座一致性要差得多的精神大厦,它包含许多内在的矛盾。"《社会主义体制——共产主义政治经济学》,张安译,中央编译出版社2007年5月第1版,第392—393页。

附录二　关于"90年代文学"的再认识

无论是作为"80年代文学""断裂"的结果，还是视为通往"新世纪文学"的"过渡"，在这样的框架中重读"90年代文学"已经困境在先。将1979年以后的当代文学划分为"80年代"、"90年代"和"新世纪"三个时间段已经约定俗成。"80年代文学"以其历史转折时期的"革命性"留下太多深刻的记忆，而在意犹未尽的感觉中文学随着文化转型进入90年代，且很快逼近"世纪末"，"新世纪文学"由于它的"当下性"也成为研究者近距离观察的中心。"90年代文学"因此被挤压在这两者之间，这种论述模式的偏颇显而易见。如果不能有效清理"90年代文学"，关于"80年代文学"的"经典化"难以完成，而"新世纪文学"和"90年代文学"有着很多的相似性，在某种意义上说，对"90年代文学"的研究是解读"新世纪文学"的前提。因此本文试图在三个阶段的"关联"中，突出"90年代文学"的文学史价值。这样的再认识，意图不在建立一个系统的文学史秩序，而是在除去遮蔽中裸露90年代文学的问题，并做出一种个人的阐释。

一

作为问题和方法的"80年代"是我们讨论90年代文学与思想文化的前提。

很多论者都是在"终结"或者"断裂"的意义上认识90年代与

80年代文学关系的，尽管两种之间的"联系"也受到关注，但在实际的论述中被置于次要的位置。1989年2月"中国现代艺术展"和是年3月海子的自杀，在一些研究者那里被视为具有象征性的事件，认为这两件事标志着80年代文化的终结。但关于历史的论述显然不能简化为几种事件的组合。我们可以找到"断裂"的根据，也可以确认"联系"的理由。我关心的问题是，在承认80年代与90年代的差异时，两个年代过渡阶段的文学与思想文化，是否没有如此泾渭分明的鸿沟？换言之，80年代是否已经蕴藏或者显露了90年代的问题？这些问题是已解还是未解？

关于"80年代文学"的论述，特别突出了它的"整体性"，文学思潮被描述为"伤痕"、"反思"、"改革"、"先锋"、"寻根"和"新写实"等。这样一种清晰的概括虽然从一个侧面呈现了所谓主潮的演进，但也同时遮蔽了不应当被忽视的创作，这样一种以时间为序的线性式叙述，也忽视了在共时态结构中讨论作品的可能。这种叙述的偏颇是显而易见的。不能被概括到这些思潮中的作家作品甚多，莫言尴尬地处于"寻根"与"先锋"之间，汪曾祺的小说也和这个序列错位，冯骥才、邓友梅、陆文夫的小说，张炜的《古船》，李锐的《厚土》等都不能入列。王安忆因为1985年的《小鲍庄》而归为"寻根小说家"，但她在1986年便写作了《荒山之恋》《小城之恋》，1987年写作了《锦绣谷之恋》。在论述了王蒙的意识流小说之后，他的《活动变人形》等也无法归入某个论述系统。命名于80年代中期的"先锋小说"，其实也是一个逐渐完成的过程，1985年前后有马原、残雪、刘索拉和徐星，而在1987年之后，余华、格非、苏童、孙甘露等则是另一种面貌。这种论述无视和删除了"80年代文学"的"分裂"与"差异"，也阻断了一些文学思潮的发展过程。这样一种叙述的偏差，表面看来是"纯文学"观念的偏颇，其实正说明了80年代文学场的"幻想"中存在不同的路径。所以，我们今天有必要再次敞开被批评家和文学史家缩略了的"80年代文学"。

80年代文学的重要,与我们曾经的思想与艺术的扭曲和贫困有关。80年代文学的转型,最重要的是重新处理了文学与政治的关系,文学回到自身的历程由此开始。这在20世纪中国文学史上的意义是非凡的。过于强大的政治影响,使中国作家与学者对政治之于文学的负面影响成为一种超负荷的记忆。文学与政治关系的处理,让文学回复常态;但这个处理并没有完全解决彼此间的关系问题,新世纪以后,关于"纯文学"的反思、文学"再政治化"的提出以及"文学性"的争论等,都是80年代问题的延续、拓展和深化。

人、人性、人道主义的问题是80年代文学与思想文化的基本问题之一。但这些问题不仅在80年代经历了反复,90年代又被重新理解。这种反复和理解同样存在于新世纪的思想界。当这些关键词被置于不同的语境和知识谱系之中,论者也做出了不同的、各有侧重的解释。倘若在新文化运动的历史中考察这种变化,我们会发现这其实只是思想史的一种"循环"。瞿秋白在《"五四"和新的文化革命》中说:"无产阶级决不放弃'五四'的宝贵的遗产。'五四'的遗产是什么?是对于封建残余的极端的痛恨,是对于帝国主义的反抗,是主张科学和民权。虽然所有这些抵抗的革命的倾向,都还是模糊的和笼统的,都包含着资产阶级的个人主义,一切种种资产阶级性的自由主义和人道主义;——但是,这种反抗精神已经是现在一般资产阶级和小资产阶级的智识分子所不能够有的了。而无产阶级,却不放弃这种遗产的,因为无产阶级是唯一的彻底反抗封建残余和帝国资本主义的阶级,只有它能够反对着资产阶级,批判一切个人主义,人道主义和自由主义等类的腐化的意识,而继承那种极端的深刻的对于封建残余的痛恨,——用自己的斗争,领导起几万万群众,来肃清这种龌龊到万分的中国式的中世纪的茅坑!"[1]联系到80年代关于人道主义的争论

---

[1] 瞿秋白:《"五四"和新的文化革命》,《瞿秋白文集·文学编》第三卷,人民文学出版社1989年版,第23页。

和90年代以后那些从社会主义文化实践历史出发对人、人性、阶级性的再解读，我们就看到了这种历史循环的深刻性。

90年代困扰知识分子的另一个问题是"启蒙"角色的丧失，而这个身份的变化在80年代知识分子的历史主体位置确立的时候已悄悄产生。这不仅反映在刘索拉、徐星等人的小说中，王朔和王小波笔下的知识分子更是"反讽"的对象。"新写实小说"大概除了方方的《祖父在父亲心中》外，知识分子的叙事同样成为"一地鸡毛"。我在这里并不是表述对这些创作的价值判断，而是突出90年代一些问题的来龙去脉。

事实上，80年代的"整体性"中已经有很大的"缝隙"，这显示了80年代的复杂性。80年代之所以是"新时期"的开始，而非"完成"，另一个重要原因是，虽然主流文化与文学的关系有过反复和折腾，但在否定"文革"和实现"四个现代化"方面基本保持一致，而已经出现的通俗文化也不足以和精英文化抗衡，主流文化对通俗文化也保持了某种程度的抑制。而90年代的文化转型则改变了80年代相对单一的文化结构，熟悉和陌生的问题接踵而至，风起云涌。

二

也许现在还找不到比"边缘化"更准确的措辞来描述90年代文学的位置。在无可奈何地承认文学位置的"边缘化"后，很多批评家特别补充强调了文学"价值"不能"边缘化"，这既是坚信文学的意义世界对人的精神生活和社会发展的重要性，同时也表达了对意义世界不断丧失的忧患。

但是，当我们在使用"边缘化"这样的措辞时，随之而来的问题是，"中心"是什么？是"经济建设"，还是"主流文化"抑或"大众文化"？显然，我们不能给予清晰的答案。90年代在某种意义上是模糊的，主流意识形态和消费主义意识形态都没有能够在价值体系方面形成新的统一论述。尽管有各种各样的设计方案，但文化方向感的缺失、与生活的脱节是从90年代延续至今的问题。

90年代文化结构的变化（多元、多样抑或是无序），为人的发展和文学的发展创造了更多的可能性。当时间和空间敞开之后，文学从相对单一的文化体系中解放出来，而新的可能性相伴的是困顿的处境与写作的难度。知识分子欢迎"社会主义市场经济"的到来，并期待新的思想解放运动，在邓小平南方谈话发表以后，知识分子一时摆脱了80年代末90年代初的低迷和灰暗。市场经济在瓦解旧的意识形态的同时有可能敞开思想自由、精神独立的空间，成为一种新的"想象"。知识分子在计划经济体制中生活得太久也遭遇太多的束缚，在不长的时间里度过了"市场经济什么都好"的"幼稚时期"。生活在左右的人，文化价值和伦理道德在物质、利益、欲望、狂欢以及后来被称为消费主义意识形态的挤压中逐渐陷落、瓦解和沉沦，80年代的文学经验不足以应对变化了的90年代。转型时期的文化问题并非一一对应到文学，作为精英文化的文学置身在不同的文化冲突中所面临的基本问题是，文学与主流文化或者主流意识形态的关系有了怎样的新变，文学与大众文化或者消费主义意识形态处于怎样的状态（紧张还是妥协），主流文化与大众文化的微妙关系又对文学产生了怎样的影响。因为有80年代的经验，文学与主流意识形态的关系似乎相对稳定，而与消费主义意识形态的关系则成了最为突出的问题。——从这看似正反的两个方面处理文学与主流文化、大众文化的关系，是论述90年代文学与思想文化时常用的分析模式。但实际的状况是，以精神的独立性和审美理想主义为核心的文学与其他文化的关系并非如此简单，所以在结构的关联性中来讨论相关问题是我们今天在认识90年代文学与思想文化的"方法论"。

选择德国汉学家顾彬（Wolfgang Kubin）在《二十世纪中国文学史》中对相关问题的论述或许比援引国内学者的观点更有参考意义。

顾彬身处发达的资本主义社会，对市场、权力和消费主义应当有更直接的经验，文化与意识形态的差异或许也使他对90年代文学有更多的偏见；比这一身份想象更重要的是，顾彬所持的文学史评价标准，与80年代的"纯文学"观念和文学在90年代坚守的基本信念颇为一致："我本人的评价主要依据语言驾驭力、形式塑造力和个体精神的穿透力这三种习惯性标准。在这方面我的榜样始终是鲁迅，他在我眼中是20世纪无人可及也无法逾越的中国作家。"他从这一标准出发，批评了中国学界一种研究范式的转换："权威的失落也波及到了文学研究领域。有一种自90年代时髦起来的做法现在更演变成了普遍行为，即压低那些在国内乃至国际上公认的现代中国文学代表作家，同时抬高过去那些不太重要或干脆属于通俗文学的人物，从现代中国文学之父鲁迅（1881—1936）到当代武侠小说代表作家金庸（1924年生）的范式转换在这里具有典型意味。"[1]如果撇开中国文学雅俗演变的历史，以及当下在处理"五四"以后"新文学"与"旧文学"关系上的学术困境，而不紧盯着顾彬的偏颇之处，我们清晰地明了他特别把通俗文学作家列为被拔高对象时所持的对大众文化的批判态度。

顾彬在"纯文学"与政治意识形态、"纯文学"与消费主义意识形态两种关系中，叙述和判断了"90年代文学"："市场经济和消费越来越多地决定了生活和人的思想。知识分子以及作家失去了作为警惕者和呼唤者的社会地位。他被排挤到了边缘，在过去的理想丧失之后，一时还找不到新的非物质性的替代品。我怎样在市场经济中苟活下来，对他来说成了一个存在问题，这是他在计划经济中所不曾面临的。这个转向在许多方面是根本性的。它使得艺术脱离了原先作为党的传送带的任务，从而为艺术家头一回敞开了一种真正作为个人性立场的可能性，而不用理会人们是否赞成这种立场。现在文人通常不再是国家干部——其国家意识将作家创作活动规定为'为工农兵服务'。由此，

---

[1] 顾彬：《二十世纪中国文学史》，华东师范大学出版社2008年9月第1版，第1页。

至少在文学中，那种明显的'对中国的执迷'现象也告一段落，潜伏于其后的、通过写作行动将中国带上光辉道路的传教式态度，不论在作家还是在读者那里都得不到赞同了。"顾彬还认为，除了围绕诗人海子的"崇拜"是一个例外，90年代以宗教为修饰的语言销声匿迹了，对一种打上了"信仰"印记的作家活动的排斥与对历史的拒绝相伴而来。"国家只是在进行相应财政资助（工资、奖金）时，才会向作家索要带约束力的政治价值，否则都是市场说了算，市场成为成功或失败的唯一标准。不向消费视为屈服的纯文学，只能满足于微不足道的销量和仅仅残存于——财政上还得由作家们负担的——专业性读者中。"[1]我们注意到，顾彬的这些叙述和判断与国内持"纯文学"观念和大众文化批判的学者、批评家的看法几乎没有大的区别，他描述的现象、揭示的问题也大致成立，尽管个别事实不够准确，个别判断也过于极端。现在的问题不是顾彬的偏见，而是90年代的文学与文学生活显然比顾彬和持相同认识的国内同仁所叙述和判断的要复杂和微妙得多。

文学和主流文化以及主流意识形态的关系，在80年代通过重新处理文学与政治的关系已经得到调整，在一定程度，文学的转向已经基本完成，而市场经济的运作又进一步松动了主流意识形态对文学的控制，这是一个"根本性"的变化。但是，主流文化和文学的转向在"松动"之中又出现了新的"动向"。经过80年代重建的当代文学制度，在90年代容纳了市场经济的因素和大众文化的成分，新世纪十余年来，这种容纳的特点更为明显。如果从主要方面看，王元化在《文化结构的三个层次》中揭示的体制弊端已经有了重大变革："我们需要进行改革的体制主要是建国初期在一边倒的思想指导下，照抄过来的苏联模式。""苏联模式的弊端是什么？第一，是以行政命令进行文化领导的体制。在专业机构上设置行政管理机构，这使得专业人员无法按专业需要和专业特点进行工作，而必须受命于并非从事专业

---

[1] 顾彬：《二十世纪中国文学史》，华东师范大学出版社2008年9月第1版，第345页。

工作的行政命令的领导，从而往往产生外行领导内行、瞎指挥种种扯皮现象。""第二，不适应或甚至违反文化发展规律。""第三，高度集中，形成垄断。"[1]这是从"经典社会主义"到"中国特色社会主义"的一个深刻变化。所以，一方面，主流文化对主旋律的倡导从未间断，而且文学制度也提供了相应的保证，"五个一工程"的实施便是一种明证；但另一方面，主流文化对文学独立性的选择也保留了体制所能容忍的自由与弹性。这种训诫与自由的双重存在，是90年代文学制度的主要特征。"茅盾文学奖""鲁迅文学奖"的评审，深刻反映了文学与主流文化、作家与文学制度的复杂关系。作家在保持自己的创作独立性的同时，也选择了通过文学制度来确认自己位置的方式。迄今为止，没有一个作家拒绝这些国家级的奖项，"精英文化"和"主流文化"之间也存在相当程度的合作与妥协关系。一些作家为了这些奖项对作品的修改或者为了获奖而写作、为获奖而运作的现象屡见不鲜。在90年代以后，特别是在新世纪，获奖给作家所带来的利益（奖金和著作出版的版税）也不言而喻。

市场与消费、大众文化与消费主义意识形态，在90年代成为"精英文化"和文学的强大对手。90年代中国的后现代主义理论家，在援引西方后现代主义理论时试图对中国的本土问题做出解读，赋予文学的无深度、碎片化、片面化以合法性，积极肯定了后现代主义解构"中心"，这一转向生活的哲学和相关的文学批评不能说没有积极意义。但是在既没有深刻的历史反思，又未建立起"中心"的90年代，后现代主义的建设性也就受到怀疑和批判。虽然在90年代文学中出现了一些被后现代主义理论家称为"变体"的后现代主义因素，但没有形成持久的文学思潮，也缺少具有代表性的文学文本。知识界对大众文化研究的变化，也正说明了大众文化之于90年代的复杂性

---

[1] 王元化：《文化结构的三个层次》，《王元化集》卷七，湖北教育出版社2007年10月第1版，第327、328页。

以及阐释者背后的意识形态分歧。

除了部分自由写作者外，90年代的中国作家的主体部分多为专业作家，或者是有其他社会职业者。也就是说，利益的诱惑远大于生存的危机。就专业作家而言，生存的危机被夸大了。90年代以后，专业作家制度并未废除，但在实际运作中，对专业作家岗位的设置控制得相对严格。一些业余作者或者自由写作者，也试图努力通过创作的实绩成为专业作家或者签约作家，这与其说是对体制的认同，毋宁说是克服生存危机的选择。除了文学期刊的分化以外，一些作家或者选择下海经商，或者从事文化产业，这在当年引起非议的现象，在今天看来，并非文学的危机，而是作家自己的价值观和生活方式的变化，就文学史而言，是可以忽略不计的，它成为观照作家生活态度和生存方式变化的一个参照。一些作家在经商之后放弃了文学，一些作家也写出了值得注意的作品。如果参照西方，或是中国香港与台湾地区，几乎都没有专业作家制。一个作家是否有其他社会职业，或者是什么样的职业，并不决定他的精神品质和文学成就。其中的关键，仍然是看他有怎样的文学信仰、文学观念和最终究竟写出了什么样的作品。

在最初读到美国学者罗伯特·达恩顿（Robert Darnton）的著作《启蒙运动的生意》时，我颇为震惊。在这部关于《百科全书》出版史研究的著作中，作者说："启蒙运动存在于别处。它首先存在于哲学家的沉思中，其次则存在于出版商的投机中——他们为超越了法国法律边界的思想市场投资。"[1]"哲学家"、"生意"、"投机"和"投资"一起成为叙述"启蒙运动"的关键词，这对我们重新认识文学与市场、大众、消费的关系或许有所帮助。我这里说的不是市场、大众、消费对文学精神的改造、侵蚀以及作家对市场、大众、消费的屈服，

---

[1] 罗伯特·达恩顿：《启蒙运动的生意》，叶桐、顾杭译，生活·读书·新知三联书店2005年12月第1版，第3页。

而是确认文学的生产和传播，已经无法与市场、大众、消费以及大众传媒毫无关系。最近十年来，有不少重要作品是经由出版商和第二渠道出版和发行的，这反过来证明了我们在90年代对市场的过度紧张。主流文化与大众文化、主流意识形态与消费主义意识形态的关系，在许多论者那里发现了"某种合谋"的现象，这种现象不是虚构的。这里的困境反映了在"后革命时代"主流文化的策略调整和无奈，而这对精英文化和文学来说，其实是陷入了更大的困境之中，主流文化对大众文化和娱乐至上倾向的宽容，包括对"革命叙事"的消费，都显示了产生思想的机制尚未建立这一困境。

这些现象的产生，或许如马恩所揭示的那样，是"物质根源"使然。针对德国麦克斯·施蒂纳（Max Stirner）《唯一者及其所有物》的观点和方法，马克思、恩格斯在《德意志意识形态》中说："对我们这位圣者来说，共产主义简直是不能理解的，因为共产主义者既不拿利己主义来反对自我牺牲，也不拿自我牺牲来反对利己主义，理论上既不是从那情感的形式，也不是从那夸张的思想形式去领会这个对立，而是在于揭示这个对立的物质根源，随着物质根源的消失，这种对立自然而然也就消灭。共产主义者根本不进行任何道德说教，施蒂纳却大量地进行道德的说教。共产主义者不向人们提出道德上的要求，例如你们应该彼此互爱呀，不要做利己主义者呀等等；相反，他们清楚地知道，无论利己主义还是自我牺牲，都是一定条件下个人自我实现的一种必要形式。"[1]

当我们把转型时期的文化结构分为主流文化、精英文化和大众文化三种时，实际上在承认文化多元（多样抑或是无序）的同时，也面对了价值取向不同的文化之间的冲突。如果在"精英文化"的层面上看待文学与其他文化形态的关系，文学与"政治"的对话并未停止，与"市场"的对话同样艰难困苦。我愿意在积极意义上看待文化转型

---

[1]《马克思恩格斯全集》第三卷，人民出版社1972年版，第275页。

给90年代文学带来的影响，中国文学由此获得了更为广泛而深厚的文化背景。如果没有这样一种复杂、冲突、妥协的文化背景，文学也就失去了发展的时间、空间和动力。剩下来的问题是，中国作家在这个背景上处于什么样的位置和高度。

三

90年代的变化首先是对个人生活的改变，而非首先抽象出文学的问题。失去左右生活的能力以及生存的焦虑，几乎是一个社会性的问题。米兰·昆德拉（Milan Kundera）要求每一部小说回答"人的存在究竟是什么，其意义何在"这一问题，在一定程度上变成了日常生活中的问题。对"生活的本质"的不同理解，是90年代的"世界观"和"方法论"发生变化的开始。这一变化从80年代中后期已初露端倪。80年代"商品经济"浪潮对人的价值观、生存方式的冲击，只是作为世俗运动的现代化以及由"有计划的商品经济"到"社会主义市场经济"犹豫、徘徊过渡的最初反应。此时的文学和文学知识分子虽然已经有过多次挫折的经历和经验，但仍然有现代化的"想象"和"纯文学"观念的维持，知识分子亦已存在的分歧在大的政治语境中并非主要问题，也非已经变化了社会大众关注的焦点。生活的不确定感和灰色地带从80年代中期以后便滋生和蔓延。

知识分子在90年代以后的落差是巨大的，几乎是从现代化设计的参与者和大众精神生活导师的位置上跌落下来，而包括一部分文学读者在内的大众，则越来越沉入世俗化的生活中。这是70年代末以来知识分子第一次与社会脱节。关于文学"边缘化"的叙述便是对这种现象的沮丧表述。但正是这样的位移或脱节，文学以何种方式来重新思考人类的生存处境和精神处境（这种处境越来越多的是困境）才成为一个问题。而作家自身的精神与审美能力是否能够传达文学对种种处境尤其是精神困境的关切，则是形影相随的问题。

因此，文学的"边缘化"或许可以表述为"文学不再属于它的世界"。正如米兰·昆德拉在谈到小说的相关问题时说："这不是说，在'不再属于它的世界'中，小说要消失？要让欧洲坠入'对存在的遗忘'？只剩下写作癖无尽的空话，只剩下小说历史终结之后的小说？我不知道。我只相信自己知道小说已无法与我们的时代精神和平相处：假如它还想去发现尚未发现的，假如作为小说，它还想'进步'，那它只能逆着世界的进步而上。"[1]当这个问题展开时，文学不仅面对的是当下的问题，还不可避免地要对亦已形成的文学知识、尚未深入反思的历史、变化之中的知识分子与大众的关系等作出新解。在这个意义上，作为方法的80年代其局限不言自明。

90年代的思想景观在孟繁华、林大中主编的《九十年代文存》中充分地展现。如同编者在"前言"中解释的那样，所选的文章多与文学界相关，"其原因在于一方面是文学与时代的关系敏锐而过于密切，它的问题是十分明显的，但它同时也以感性的方式感知并提出了时代最需要回应的问题；一方面是90年代以来，文学界的许多学者转向了思想文化领域，这些学者是带着文学家的敏锐和感情方式在思想文化领域开展学术活动的。与90年代相关的论争，几乎都有他们的声音。所以这些论争部分地显示了90年代知识界取得的思想成就"。因此，在思想的层面上，如果说文学和知识分子在90年代文化转型中"缺席"或者"失声"是失之公允的。

在这里，我无法对90年代文学的思想史意义做出进一步的分析，但一个事实是，从80年代过来的那批作家，对文学的坚守仍然是一贯的，而且以强烈的姿态形成了与现实的紧张关系。韩少功的《夜行者梦语》、张承志的《荒芜英雄路》、张炜的《忧愤的归途》等这些结集于1995年之前的散文随笔，相当程度地反映了一批作家

---

[1] 米兰·昆德拉：《小说的艺术》，董强译，上海译文出版社2004年8月第1版，第25页。

对现实的"抵抗"和克服危机的努力。张炜对文字的敬畏和对知识分子本源精神的寻找持续至今,并以多卷本的《你在高原》显示了自己的文学信念;同样,张炜的道德理想主义以及与"反现代化"思潮相吻合的观点也带来了争议。尽管批评界对韩少功在90年代以后的思想转向有仁智之见,但他对技术、解构主义和后现代主义、资本、经济功利主义下的人的异化等都有深刻而独到的见解,因而被视为90年代以来最具思想者素质的作家之一。李锐则是另一位话题广泛的尖锐批评者,他以近百年来中国传统文化无效、新文化又失之偏颇的历史论述概括出"双向的煎熬"这一命题,以此呈现当代知识分子与中国的困境。在这些相对激烈的作家中,张承志的心灵史则是用极端的方式、强烈的政治意识和神秘的宗教情怀书写而成。即使被批评界视为"相对主义"的作家,如作为80年代中坚人物的王蒙,他在创作和其他著述中的复杂性远比引起争论的《躲避崇高》要丰富得多。

　　文化的制度性、论述者的知识背景和思想资源等因素,同时决定了分歧的不可避免。1993年的"人文精神"讨论成为90年代一个标志性的"思想事件",文学界、知识界和思想界的分歧大致由此开始。思想文化的论争取代了政治批评,但论争背后的意识形态因素也逐渐强化,在从90年代到新世纪的进程中,论争和分歧易被处理成单一的意识形态问题,壁垒森严,从而失去了对话和包容的关系。对"他者"的批判、怀疑,始终强于对自己的质疑与批判,甚至缺少自我批判与质疑,可以说是知识界的一个特征。我无力对此作出更广泛和深入的分析,如果局限在文学界,我以为史铁生在90年代的思想方式是值得我们重视的。史铁生的静穆、神性、通透和诗性一直被视为文坛稀缺的品格,而他几乎没有宣谕,而是静思。我们很少看到史铁生与现实的直接而紧张的冲突,但他将现实处境转化为人类生存困境的思考,由此岸而渡及彼岸。史铁生曾经感慨地说到他对"立场"的拒绝:"因为立场问题,在'文化大革命'中,受罪受得太多了，首先你是什么立场，你有了你的立场，再设计你的观点。这太可笑了，我有了我的观点，我已经有了我的立场，我不是用立场来决定观点的，而是有观点顺带着有了立场。你一强调立场那就是党同伐异。"[1] 如果以史铁生这样的方法观察90年代，这个年代留下的立场、姿态远远多于思想观点。

在做这样的观察和反省时，我颇为踌躇。一方面，我们对文学界的"思想状况"可能有诸多的不满；另一方面，如果我们只是从作家与现实的关系以及他们的论述来考察其思想容量的大小，并进而论定其文学的价值，是否会看轻文学把握世界的特性？也许，在思想史的意义上中国作家缺少自己的"世界观"和"方法论"，但作家的心灵世界已经在各种冲突和选择中被打磨了，这将对他们的创作产生深刻的影响。像鲁迅这样，能够在杂文和小说中产生深刻思想的作家可遇不可求。但是，即便如鲁迅也曾经有过思想的曲折。王元化在1988年的《谈鲁迅思想的曲折历程》中有过这样的分析："从《二心集》开始，鲁迅虔诚地接受了被他认作是党的理论家如瞿秋白等的影响。这一时期，他的不少文字带有特定意义上的遵命文学色彩。例如，他对'第三种人'的批判，对文艺自由的论争，对阶级性的分析以及对大众语和汉字拉丁化的意见等等，都留下了这样的痕迹。""在这几年中，纵使从鲁迅身上也可以看出当时的某些思想倾向的影响。早年，他经常提到的个性、人道、人的觉醒……在他的文字中消失了。直到他逝世前，才开始超脱左的思潮，显示了不同于《二心集》以来的那种局限性，表现了精神上新的升华。"[2]

从乐观处看，"不管怎么样，从这种处境的变更中除了能看到个人化的加强外，还能赢得一种积极的基本趋势：知识分子被迫对自身

---

[1] 史铁生：《"有了一种精神应对困难时，你就复活了"》，《在汉语中出生入死》，春风文艺出版社2005年1月第1版，第157页。

[2] 王元化：《谈鲁迅思想的曲折历程》，《王元化集》卷七，湖北教育出版社2007年10月第1版，第19、20页。

和他的同类进行反思，质疑固有的立场，并且去创造一种新的精神基础。从根本上属于他的质询任务的有'五四'的遗产、中国传统的角色和经常遭到忽视的普通人的现实"。质疑的对象尚有左翼文学、社会主义现实主义和"文革"以及西方现代性。因此90年代并不是一个问题消失的年代，而是一个缺少思想和累积思想的年代。

四

在90年代文化与文学呈现多元和分裂的状态时，全球化的趋势又把中国文化自身的身份认同问题放大，经济的世界一体化带来了文化的扩张与压缩，90年代文学自觉不自觉地被卷入其中。80年代文学回应西方现代性的问题，到了90年代以后更广泛和深入地展开。

和80年代不同，现实主义和现代主义的紧张关系已经不复存在，而中国文学传统的当代性问题又同时存在。一方面，回到传统仍然是困难的，80年代的"文化热"并未形成一种"新文化"的经验似乎也说明了这一点；90年代末的"断裂"事件也未形成"断裂者"期待的新传统，又表明了"断裂"的虚妄。正如张旭东所言，"当代中国文化一个最大的问题就是回不到传统，因为在当代和传统之间隔着一个巨大的现代，隔着一个巨大的近代，隔着一个巨大的西方。所以回到传统的路径我想只能是进入西方，进入西方的近代和现代，突破神话这个屏障，把它从内部进行分解，把西方的近代和现代历史化，看到他们的危机，看到他们的问题，看到他们自己应对和解决这种危机和问题的方式和方法，以这种方式回到自己的历史性，回到自己的传统，不然的话我们永远也回不到传统"。[1]

---

[1] 张旭东：《全球化时代的文化认同：西方普遍主义话语的历史批判》，北京大学出版社2005年5月第1版，第380页。

另一方面，回到以现代主义为精神和形式资源的"先锋文学"同样是件困难的事。格非认为"先锋小说"可能会卷土重来，但不是简单的回归："我觉得先锋小说有可能会卷土重来。不过不是我们，而是别的什么人。即使先锋小说再回来的时候，不可能是原样回来，实际上先锋小说是个假概念，它代表着什么？谁也说不清楚。那么我们就说现代主义的小说，现代主义小说在西方有许多各种各样的极端。现在有很多趋势，把现代主义改头换面重新纳入到创造性的劳动中去，然后发现、发明或者采用一种新的想象力，一种新的文体，如果把这个称为'先锋小说'的话，我认为它一定会回来的，而且会在一个更高的层次上回来。我不赞成简单的回归，因为所谓的先锋小说，造成了读者和作家的疏离。在目前这样的消费社会，你出现一个标新立异的作品，同样可以把它标价卖出去。现代艺术一旦风格化，就容易被模仿，小说也一样。先锋艺术，先锋小说失去震惊效果是因为它本身变得甜美了，变得商品化了，被流行收纳了，所以它对社会不再具有批判性。""我认为新的先锋小说出现，一定会有一个更大的创新。必须具有更大的整合能力，在我们的时代，它更需要精通历史，要老老实实地去了解我们的历史。简单的回归是回不来的。"因此，重要的问题还是对历史和文化的整合。[1]

但这些困难并不妨碍考察文学与中国文学传统和西方现代性的对话关系，"先锋文学"（主要是"先锋小说"）的"转向"或者"终结"，也是90年代的一个重要话题，其中蕴藉着当代文学双向对话的痕迹。相对而言，"寻根文学"似乎在80年代亦已被"终结"，其所谓"复古"倾向和对"传统文化"的"回归"常常被不少论者诟病。无论是当时的评论，还是后来的文学史叙述，"寻根文学"常常被置于和"先锋文学"相对立的位置上。作为回应西方现代性的不同方式，"寻根文学"确实有偏向"传统"的一面，这种文化的转向，在

---

[1] 格非：《何谓先锋小说》，《青年文学》2006年第11期。

叙事和美学趣味上，可能更多的是偏向中国的叙事传统，而不是经典现实主义传统。我想讨论的重点，自然不是消除"先锋"和"寻根"的界限，莫言的《红高粱》似乎就介于两者之间；需要厘清的问题是，在和"寻根小说"的比较中，我们是否能够发现"先锋小说"与中国叙事传统的关系？如果我们得到的是肯定性的回答，那么，需要进一步讨论的是，90年代文学（包括"先锋派"）究竟和文化传统尤其是小说的叙事传统构成了怎样的关系。这是一个在80年代因"寻根文学"而起，很快又中断，到了90年代又再度复现的问题。

长期倾心关注"先锋小说"的陈晓明对90年代后"先锋派"的评估是："八十年代后期，先锋派的形式主义实验给文学创造了新的艺术经验，但先锋派的实验突然而短暂，在九十年代随后几年，先锋派迅速放低了形式主义实验。除了格非和北村在九十年代初还保持叙述结构和语言方面的探索，先锋派在形式方面已经难以有令人震惊的效果。一方面，先锋派的艺术经验不再显得那么奇异，另一方面艺术的生存策略使得先锋们倾向于向传统现实主义靠拢。故事和人物又重新在先锋小说复活。"[1]这差不多也是很多研究"先锋派"的批评家的共识。"形式的疲惫"，除了艺术经验奇异感的钝化以及生存策略的调整外，也与小说家自身的创造力有关。90年代为先锋作家的转向或终结所唱的挽歌，在某种意义上是论者和读者对先锋派创造力"幻想"的失落。"先锋文学"在形式和精神上打破训诫与桎梏所作的探索确实显示了一种新的美学品格和可能性。而这样一种创造活动，对于更看重"间接经验"的先锋小说家来说，很大程度上取决于心灵的创造力。如苏童所言，"对一个作家来讲不存在生活匮乏的问题，作家写作是一种心灵的创造活动，他遇到的问题准确地说是想象力的匮乏、创造力的匮乏"。[2]至于按照现实主义的理解，生活（丰富的或

---

[1] 陈晓明：《自在的九十年代：历史终结之后的虚空》，《山花》2000年第1期。

[2] 林舟：《永远的寻找——苏童访谈录》，《花城》1996年第1期。

匮乏的）如何影响创造力与想象力则是另一个问题。

尽管"先锋派"的精神意义也受到重视，但形式的革命性处于更突出的位置："先锋派所作的那些对人类生活境遇的怪异、复杂性和宿命论式的表现，在很大程度上得力于形式方面的探索，那些超乎寻常的对人类生活境遇的表现，其实是艺术形式的副产品。一旦先锋派放低了形式主义的姿态，依靠一些陈旧的故事和平淡无奇的叙事，先锋派的表现力无所作为。"[1] 由关注故事的形式到重返故事之中，由新奇怪异的叙事回复到平淡无奇，这样一种转向被视为"向后转"。换言之，"先锋小说"由原先的反传统变为逐渐靠拢传统（包括经典现实主义传统）。在通常的分析中，"先锋小说"的革命性是与"反传统"联系在一起的（虽然是一个语焉不详的"传统"），如果就"先锋小说"与经典现实主义和社会主义现实主义的对话关系而言，"先锋小说"确实是"反传统"的；但是，在仔细考察以后，我们可能会发现，和西方的小说传统尤其是现代派小说相对的中国叙事传统，其实存在于80年代的"先锋小说"中，并经90年代延续到新世纪。

马原是80年代毫无争议的"先锋派"，但马原对自己小说的解读饶有意味。马原以书法为例论中西的差异，他认为以理性主义作为思想基础的西方人无法理解书法里的"气"，他们只能从线条的变化中感受到一种形式的美感，其中的差异就在于"我们汉人自己有一个不能用线性逻辑去表述的境界"。而马原觉得自己的小说有这样的中国艺术的背景："很多人以为我的小说是西方的，实际上是不对的。因为他们总想要一个所以然，但我也不知道，究其然非常吃力。我只知道，故事以这样的方式出来以后它们之间最妙。它们之间有了某种情节与意味，但是我自己没有能力把它们用一根线联系起来。实际上，这个'线'是中国的艺术背景，你有中国的艺术背景之后，自然觉得

---

[1] 何锐主编：《前沿学人：批评的趋势》，北京图书馆出版社2001年4月第1版，第54页。

这是妙构,这些彼此不相干的断片单元究竟是如何发生作用的。"[1]马原并不否认西方小说对他的影响,但他在中国艺术的背景中解释了他的"叙述圈套"。

从80年代末开始,"先锋小说"便逐渐呈现了中国叙事传统的因素,苏童写于1989年的《妻妾成群》或许具有某种"标志性"意义,而他在90年代写作的《红粉》《米》等都在不断强化他在艺术上兼容中国小说叙述传统的倾向。同样被称为"先锋小说家"的叶兆言,其"夜泊秦淮"系列的文化面貌和美学特征,也都确认了中国叙事传统的意义。80年代"寻根小说"的一些主将,韩少功的《马桥词典》除了形式的创新外,他对"方言"的再造和叙事,延续和深化的是他在80年代对"小说传统"的认识;贾平凹颇受争议的《废都》突出了当代小说与明清小说的关系;王安忆的《长恨歌》也被一些论者读出了张爱玲的影响;等等。如果与从80年代到90年代的"新写实小说"相比较,我们会发现同样是写"世俗生活"但差异很大,其中的关键就在于世俗小说中有无"诗"的意识。[2]

格非曾经谈到他在90年代的变化,"在20世纪80年代的时候,我接触到比较多的现代派作品,就把它作为一个较为固定的资源来使用。可是到了20世纪90年代,我扩大了阅读面,重新研究中国古典小说,研究西方现代主义小说、浪漫主义小说,甚至古典主义的小说,一直到中世纪以前的史诗等这样的作品,我觉得所有这些东西都应该成为我们的遗产。而现代主义应当放到文学史中去,它只是重要的环节。我并不觉得现代主义过时了,应该把它的许多重要的东西都利用起来。我自己也说不清是怎样的一种变化,可能需要一种整合,把各种各样的,包括现实主义的、意识流的、荒诞派的,或者魔幻现

---

[1] 马原:《小说的本质是"方法论"》,《在汉语中出生入死》,春风文艺出版社2005年1月第1版,第301页。

[2] 阿城:《闲话闲说——中国世俗与中国小说》,作家出版社1998年2月第1版,第114页。

实主义的，我觉得都可以使用。"[1]而在这种整合中，中国传统叙事资源的意义再次被强调，这在莫言、王安忆、李锐、格非、阿来等小说家的文论中都有相当程度的反映。正是基于90年代的这一变化，当代作家才有了以相对成熟的方式回应西方现代性问题的可能。这一变化，无疑让"先锋小说"失去了80年代的"原样"。当我们面对韩少功的《暗示》、格非的《人面桃花》、莫言的《檀香刑》《生死疲劳》和王安忆的《天香》等小说时，我们才有可能讨论"新时期"以来小说的发展轨迹。

这当然是一个自"新文学"以来便困扰中国作家的问题。从晚清到"五四"，小说分为古典和现代，而现代则大致确定为西方小说的横移。在20世纪40年代的"文艺大众化""民族形式"的讨论中，"旧文学"的意义获得正面肯定。虽然这种肯定受到特定政治文化的影响，但现代小说与传统的关系问题也凸显出来。以群在1943年的文章中这样写道："'五四'以来的新文学运动，虽然受了外国文学的影响，并且初期的新文学创作还部分地犯了模拟西洋文学的毛病，但是经过了十几年的努力和奋斗，却已经逐渐地克服了这些弱点，改正了这些弊病，而建立起了中国新文学的独立风格，而开始'走向创造之路'。"以群甚至认为新文学"大体上，在初期的创作中，所保留着的中国旧文学的痕迹反比所承受的外国影响更显著"。"因此，新文学运动一方面固然是一个文学的革命运动，另一方面也是衔接着中国文学历史，承继着中国文学传统的有机的发展。"[2]"新文学"中"外国文学"和"中国旧文学"的影响孰轻孰重，自然可以商榷，但这两种影响无疑同时存在。从现代到当代，小说对中国叙事传统的确认和改写，"在所谓'现代性'话语的背景之中，这一过程的重要性往往被

---

[1] 格非：《何谓先锋小说》，《青年文学》2006年第11期。
[2] 以群：《略论接受文学遗产问题》，《以群文艺论文集》，上海文艺出版社1983年9月第1版，第45页。

众多文学史的研究者所忽略"。[1]

创作或研究中取向的偏颇,并不存在"合法"与否的问题。不必说研究者的知识谱系、理论方法和文学研究模式等影响和规定其解释文学现象、论述文学史的方向,作家对文学资源选择有着更大的自由,没有取舍、没有偏颇,可能就没有文学的特质。但是,当我们既有一个久远而深邃的历史背影,又有一个广泛而多变的文化结构时,整合历史和文化,从而获得自由与高度,则是文学无法回避的问题。

在如此论述90年代文学时,我没有过多地选择作品进行文本分析。事实上,《在细雨中呼喊》《叔叔的故事》《长恨歌》《废都》《白鹿原》《酒国》《丰乳肥臀》《九月寓言》《尘埃落定》《马桥词典》《旧址》《一个人的战争》《私人生活》《务虚笔记》《日光流年》等都是对80年代文学经验的超越,从不同的路径上显示了个人、现实、历史等在90年代的文学形式与意义。80年代文学的经验,在很大程度上压抑了90年代文学中一些重要文本的意义;文学史的叙述也常常因为突出了80年代的意义而遮蔽了90年代文学的重要性,在90年代出现的一些作家作品笼罩在80年代辉煌的影子之下。作为对这种现象的反拨,充分阐释90年代的代表性文本也就显得必要,但是这种阐释不是对某种文学观念的验证,而应当在90年代与80年代文学的关联中,对这些作品作历史化的处理。这是有待深入的工作。

---

[1] 格非:《朝向陌生之地》,《青年文学》2005年第1期。

后　记

在声音的回放中，我生出遥远的感觉。从口述（声音）到开始撰写初稿（文字），积十余年之久，才有今天这样的面貌。从完成初稿再到付梓出版，差不多又是十年时间。在写这篇后记时，我重放了当年的部分录音，这些不同的声音留存了一段文学史记忆。

口述史工作告一段落后，我想想后怕，如果换到今天，即使我有这样的愿望和计划，也几乎没有精力和条件去实施了。时过境迁，亲历者或年迈或辞世或销声，或由于种种原因不再愿意口述回忆。我说告一段落，是因为这本口述史留下了不少空白和遗憾，有待我日后补遗、充实和调整，而这些问题亦与口述史的特点和难点联系在一起。

最早读到英国学者保尔·汤普逊《过去的声音：口述史》时，我对口述史方法颇为好奇，这本书是2000年被译介到中国的。在此之前，20世纪90年代初期唐德刚译注的《胡适口述自传》，在国内学界有过影响，我因此对美国哥伦比亚大学的口述史工作有所了解。在当时，我并没有用口述史方法研究中国当代文学史的具体想法。2001年上半年，我在台湾东吴大学任客座教授期间，淡江大学中文系邀请我主持一项总结田野调查的学术活动，由此略知台湾学界的口述史工作。于是，我开始思考是否可以尝试用口述史的方法撰写中国当代文学史。

2001年夏天，林建法邀请莫言和我在大连聚会，策划了后来持续很长时间的"小说家讲坛"。作为讲坛活动的延伸，我们又在2003年出版了"新人文对话录丛书"。我因此和很多作家有了联系，口述史工作初步展开。在掌握了访谈、储存、筛选、声音转成文字等口述史的基本环节,而且对口头文献、用声音记录历史的方式有了特别的热情和自己的思考后,用"口述史"的方法做文学史成为我的新领域。2003年,我确立以"新时期文学"(主要是20世纪80年代、90年代文学)作为口述史的范围,集中精力研究口述史的理论方法,开始做文案和访谈,并陆续发表了部分成果。从那时开始,便有读者询问口述史何时出版。

尽管我对20世纪80年代以来的文学有过比较深入的研究,但相对熟悉的是文本和思潮本身,其背后的故事或相关联的人事则知之甚少。因此,除了需要熟悉作家作品外,与文本、思潮、事件、论争等相关的事都有待了解、发现和整理,这涉及作家、编辑、出版家、批评家、文学活动家和文艺工作的组织者、领导者等诸多讲述者。多数线索是在不断阅读和采访中发现的,有些得之偶然。因而,为访问所做的案头准备几乎超过了访谈本身的时间。2004年在香港中文大学访问一个月,我几乎重新翻阅了一遍80、90年代重要的文学期刊,特别留心一些重要作品的责任编辑,以及在第一时间对作品发表评论的学者,这样可以找到访谈的人选。现在重新翻阅当时不断补充的访谈"地图",感觉是一次漫长的文学之旅。

在确定了受访者之后,如何联系、何时访谈都是件困难的事。有些我想访问的作家,像汪曾祺、高晓声、路遥等已经谢世了。一些作家诗人和相关人士生活在国外,即便联系上,但何时能够访谈则是未知数,这是口述史的整理工作持续十余年的一个重要原因。还有一些受访者年事已高或者患病。访问林斤澜老师时,他正在医院里看病,是躺在病床上口述的,我非常不安。去北京陶然亭访问李清泉老人,他患眼疾,行走也不便,访谈结束了,他坚持送我到门外,我走到楼道的另一端,老人还站在门口,我为之动容。我访问的前辈中,李清泉、林斤澜、李子云、陆文夫、章仲锷等先生已经辞世。有一些我想访问的人,虽然联系上了,但婉拒口述,我虽然理解,也甚为遗憾。

如果有可能，我还是想请教他们。有许多年，我常常一个人背着行囊，在火车和飞机上奔波，访问各地的受访者。

由声音到文字的转换是另一件困难的事。将录音稿整理成文字，开始是让我的研究生做的，这一工作非常辛苦。但自己在整理这些文字稿时发现，学生对其中的一些历史不是很熟悉，他们也未在采访现场，最初的文字稿不免有些差错，所以在整理文字稿时我又重放录音核对和修订。当时没有录音笔，用的是卡式录音机，整理文字时特别麻烦。这次再校订时发现，我手上已经不能播放的这种录音机早已被时代淘汰了，幸好一个学生从淘宝网上帮我购买到了。把声音变成文字，肯定要删除一些内容（包括一些涉及人事关系的内容或者不合时宜的内容），这些删除是否妥当，我自己也没有完全把握。将来再版时，如条件允许，或可复原一部分。讲述者的语气、神态和身体语言也是很难复原的，这也是口述史到目前为止未能很好解决的一个问题。其中的一些文字稿，我请讲述者做了校对，但多数无法如此。因而，如有不妥之处，责任在我。由于技术原因，部分口述内容未收录，容待以后增补。

在书稿付梓时，我要向所有的受访者表达我的谢意和敬意。没有他们的讲述，也就没有这本口述史。我向所有协助我完成这一工作的朋友表达谢意和敬意，没有他们的协助，访问工作不可能做到这一程度。在这个意义上，口述史是一项集体性的工程。哈佛大学王德威教授特地为本书作序，给予许多鼓励。我还要特别感谢三联书店的责任编辑唐明星老师，由于三联的努力，这本书才有机会和读者朋友见面。对其他关心本书出版的朋友，也在此一并致谢！

王尧
2023年冬月于三槐堂